*»Der Zufall ist der
einzig legitime Herrscher des Universums.«*

NAPOLEON BONAPARTE

Helmut Barz

African Boogie

EIN KATHARINA-KLEIN-KRIMI
… FORT VON FRANKFURT AM MAIN

SUTTON KRiMI

Helmut Barz lebt in Offenbach am Main. Nach einem Studium der Theaterwissenschaften und der Theaterregie arbeitet er als Texter und Regisseur für Werbung und Unternehmenskommunikation.

Mehr Informationen zum Autor finden Sie im Internet unter www.helmut-barz.info.

Mehr zu den Katharina-Klein-Krimis finden Sie unter www.sonderermittlungseinheit.de.

Bisher von Helmut Barz im Sutton-Verlag erschienen:
Westend Blues. Ein Katharina-Klein-Krimi aus Frankfurt am Main

Sutton Verlag GmbH
Hochheimer Straße 59
99094 Erfurt
www.sutton-belletristik.de
Copyright © Sutton Verlag, 2011

ISBN: 978-3-86680-749-5

Gestaltung: Markus Drapatz
Die Veröffentlichung dieses Werkes erfolgt auf Vermittlung von
BookaBook, der Literarischen Agentur Elmar Klupsch, Stuttgart
Druck: CPI books GmbH, Leck

Gewidmet

Justice Lawrence Wargrave
… weil er die Gerechtigkeit gefunden hat,
die er suchte und verdiente.

Sir Julian Freke
… weil er wusste,
wann eine Schachpartie verloren ist.

sowie

zwei hoch geschätzten Damen
… die mit ihren Morden mehr Geld verdient haben
als Lucrezia Borgia.

Die wichtigsten Personen

Katharina Klein, Kriminalpolizistin auf der Flucht vor einem Killer
Andreas Amendt, Gerichtsmediziner auf der Flucht vor sich selbst
Harry Markert, Schutzpolizist auf der Flucht vor dem Alltagstrott
Sandra Herbst, Ärztin auf der Flucht vor schlechtem Wetter
Alexander Freiherr von Weillher, Umweltschützer auf der Flucht vor den Behörden
Stefan Döring, Club-Direktor auf der Flucht vor der Erfolglosigkeit
Augustin, Majordomus, auf der Flucht vor gar nichts
Javier, katholischer Priester, zur richtigen Zeit am richtigen Ort
Kristina Bergthaler, Krimiexpertin
Dirk-Marjan Jakutzki, Architekt, vernarrt in Brücken aller Art
Sabrina Jacheau, Manuela Striese, Sylvia Schubert, Claudia Weisz, blond gelockte Schönheiten
Darissa von Heuth, Regisseurin
Daniel und Susannah Breugher, TV-Stars
Joachim und Dr. Gabriele Bronski vom Architekturbüro Bronski und Partner, Frankfurt am Main
Pfarrer Hans Giesler nebst *Gattin Tamara*
Jens Mandeibel und Jean-Luc Meier, zwei Rüpel
Christian Kurt, Anbeter holder Weiblichkeit
Charlie Buchmann, Unternehmer
Dr. Thorsten Urban, Unternehmensberater in den besten Jahren
Luisa Rheinsberger, reiche Witwe
Frank Heidlich, Chauffeur mit Rechtsanwaltszulassung
Roswitha Heidlich, die Frau, die ihn geheiratet hat
Dr. Albert Norrisch, Internist auf der Suche nach dem großen Abenteuer
Chittaswarup Kumar, indischer Geschäftsmann mit künstlerischen Ambitionen
Anton, selbstloses Warzenschwein

sowie *ein unbekannter Lottomillionär* mit ein paar offenen Rechnungen

Passengers From Frankfurt

Eigentlich hat alles ganz harmlos angefangen: Ich habe Lotto gespielt ... das erste und einzige Mal in meinem Leben.

Ich war gerade aus meinem Job gefeuert worden und pleite. Gerade noch genug Geld auf dem Konto, um die Monatsmiete zu bezahlen und mir jeden Tag ein Brötchen zu kaufen. Auf der Straße hatte ich ein Zweieurostück gefunden – direkt vor einer Lotto-Annahmestelle. Über dem Eingang des Ladens hing eine Fahne, die den aktuellen Jackpot verkündete: Dreiundzwanzig Millionen Euro.

Ich weiß nicht, was mich in die Annahme-Stelle zog. »Pech in der Liebe – Glück im Spiel«? Vielleicht wollte ich mir auch nur endgültig beweisen, was für ein Voll-Loser ich war.

Ich habe also einen Schein ausgefüllt. Drei Tipps, irgendwelche Zahlen, ich habe nicht drauf geachtet. Nur eine Auslosung. Am Samstag. Am Sonntag war ich dann doch neugierig und hab' ins Internet geschaut. Ein Richtiger, zwei Richtige, drei Richtige und so weiter.

Sechs Richtige plus Superzahl. Jackpot.

Hell On Earth

Frankfurt am Main, 5. Dezember 2007

»Andreas Amendt ist … war der Verlobte Ihrer Schwester. Und für den Mord an Ihrer Familie war er … ist er … mein Hauptverdächtiger.«

Das hatte ihr Chef doch gerade nicht wirklich gesagt, oder? Das konnte doch einfach nicht sein. Wenn nicht …

Wenn nicht alles so perfekt zusammenpassen würde.

Das Blut rauschte in Katharinas Ohren. Sie klammerte sich an Polanskis Schreibtisch fest. Etwas berührte ihre Kniekehlen. Einer von Polanskis Sesseln. Ihre Beinmuskeln gaben nach. Sie sackte zusammen und ließ den Kopf in die Hände sinken. »Oh, Scheiße«, murmelte sie leise.

Sie hatte Andreas Amendt … Sie hatte ihn geküsst! Das konnte auch nur ihr passieren: Sich ausgerechnet in den Mörder ihrer Familie zu verlieben.

»Katharina?«

Warum hatte ihr niemand etwas gesagt? Andreas Amendt nicht. Polanski nicht. Thomas nicht. Ihr Partner. Ihr *toter* Partner.

»Frau Klein!«

Es war ausgerechnet Thomas' Tod gewesen, der sie zu Dr. Andreas Amendt geführt hatte. Sie und Thomas waren in eine Schießerei geraten. Sie hatte überlebt, ihr bester Freund hatte weniger Glück gehabt. Sie hatte seine Leiche identifizieren müssen und war prompt in den Gerichtsmediziner hineingelaufen. Zufällig. Nicht mal direkt in der Gerichtsmedizin. Irgendwo auf dem Gelände der Uni-Klinik. Oder war die Begegnung gar kein Zufall? War er ihr gefolgt?

Plötzlich hatte sie sich mitten in den Ermittlungen zu zwei Mordfällen wiedergefunden. Dr. Amendt war nicht von ihrer Seite gewichen. Wiedergutmachung? Oder wollte er nur herausfinden, was sie wusste? Rechtzeitig zur Stelle sein, wenn sie von seiner Tat Wind bekam? Um sie gleichfalls …?

»Kriminaldirektorin Katharina Klein!«

Polanskis Stimme riss sie aus dem Strudel ihrer Gedanken. Richtig! Das war sie: Katharina Yong Klein. Tochter einer koreanischen Mutter und eines deutschen Vaters. Kriminalpolizistin. Kriminal*direktorin*! Sie war ja befördert worden. Weggelobt.

Katharina wurde endlich wieder bewusst, wo sie war. Sie saß im Büro von Kriminaldirektor Polanski. Ihr Chef lehnte an der Kante seines Schreibtischs und hielt ihr einen Cognac-Schwenker hin.

»Trinken Sie das!«

Sie gehorchte und stürzte den Weinbrand hinunter. Verschluckte sich. Hustete.

»Wohltuende Wärme im Abgang!« Der Erfinder dieser Phrase musste Feuerschlucker im Zirkus gewesen sein.

»Katharina? Alles in Ordnung?«

Diese Frage brachte das Fass endgültig zum Überlaufen.

»Alles in Ordnung?«, stieß Katharina unter hysterischem Lachen hervor. »Mein Partner ist tot. Ich habe zehn Tage mit dem Mörder meiner Familie zusammengearbeitet, ohne dass irgendjemand den Anstand hatte, mir zu sagen, wer er ist. Und ich bin frisch ernannte Chefin einer Kamikazeeinheit.«

»Hören Sie, es tut mir leid. Aber mir waren die Hände gebunden. Sie wissen doch, Sie als Angehörige … Und ich dachte … Sie hätten etwas gefunden, was ihn entlastet. Nachdem Sie die Akte jetzt kennen … Aber die haben Sie noch gar nicht gelesen, oder?«

Richtig. Die Akte zur Ermordung ihrer Familie. Die sie nicht haben durfte. Die sie aber doch von ihrem toten Partner geerbt hatte, dem sie unter etwas mysteriösen Umständen zugespielt worden war. Die in ihrem Safe in ihrem Wohnzimmer lag. Ungelesen.

»Ich war beschäftigt.«

»Es tut mir wirklich leid. – Aber …«, Polanski hielt einen Moment inne, »Sie haben jetzt wichtigere Probleme. Sie wissen doch …«

Sie wusste … was? Katharina wusste, dass sie auf dem Weg nach draußen gewesen war. Weg aus dem Polizeipräsidium. Doch sie war noch einmal umgekehrt, um Polanski zu fragen, woher er eigentlich Andreas Amendt kannte. Und davor?

Sie hatte hier in diesem Büro gesessen. Zusammen mit Polanski und dem seltsamen Mann, der permanent Eukalyptuspastillen lutschte.

Worüber hatten sie noch mal gesprochen? Verdammt, das musste doch erst ... Wie lange war das jetzt her? Zehn Minuten? Eine Viertelstunde? Ein Wort tauchte in ihrem Bewusstsein auf. »Ministro.« Spanisch für Minister. Oder für Pfarrer. Sie erinnerte sich, dass sie das komisch gefunden hatte. Warum?

»Katharina, Sie müssen sich jetzt wirklich zusammenreißen. Ihr Leben hängt davon ab«, drängte sich Polanski in ihre Gedanken. »Sie müssen untertauchen!«

Untertauchen! Richtig! Das war es! Sie hatte Miguel de Vega erschossen. Den Sohn von Felipe de Vega. *Dem* südamerikanischen Drogenboss. Er hatte Rache geschworen und ihr einen der besten Killer der Welt auf den Hals gehetzt. Codename Ministro.

Wie war das noch genau gewesen? Der Innenminister hatte sie zur Kriminaldirektorin befördert. Sie hatten Champagner getrunken. Katharina hatte Andreas Amendt geküsst, der sich plötzlich aus ihrer Umarmung gelöst hatte und weggerannt war. Und dann hatte sie eine Durchsage in das Büro von Polanski beordert. Dort hatte sie falsche Papiere erhalten. Etwas Geld. Und die strikte Anweisung unterzutauchen, bis dieser Mann mit den Eukalyptuspastillen die Situation geklärt hatte.

Katharina zwang sich aufzustehen. Sie hatte einen metallischen Geschmack im Mund. Adrenalin, die Wunderdroge des menschlichen Körpers. Sie atmete einmal tief durch und zwang sich zu einem Pokerface: »Okay, ich gehe dann mal untertauchen, Chef!«

Polanski lächelte tatsächlich. »Nicht mehr Chef, Katharina. Sie haben jetzt den gleichen Rang wie ich.«

»Einmal Chef. Immer Chef.« Sie wollte sich umdrehen, doch Polanski tat in diesem Moment etwas für ihn vollkommen Ungewöhnliches; er umarmte sie so fest, dass es fast wehtat. Dann schob er sie behutsam an den Schultern von sich: »Passen Sie auf sich auf, Katharina. Keine Abenteuer. Und keine Aktionen auf eigene Faust. Versprochen?«

Direkt vor der Tür des Präsidiums wartete ein gepanzerter Maybach auf sie. Das Auto ihres Patenonkels Antonio Kurtz. Was würde Polanski jetzt sagen? »Es lohnt sich also doch, einen Patenonkel bei der Mafia zu haben.«

Schnell stieg Katharina ein. Hans und Lutz, ihre beiden treuen Leibwächter – ebenfalls eine Leihgabe ihres Patenonkels – saßen auf den Vordersitzen. Lutz drehte sich zu ihr um und fragte wortkarg und präzise wie stets: »Wohin?«

Ja. Das war die richtige Frage. Wohin? Katharina brauchte Kleidung. Ausrüstung. Vor allem aber brauchte sie Informationen. »Zu Kurtz!«, antwortete sie.

Der Maybach passt gerade eben durch die enge Hauseinfahrt auf der Eschersheimer Landstraße. Ein uneingeweihter Betrachter würde vermuten, dass sie zu einem kleinen Hof führte. Tatsächlich aber endete sie in einem entkernten Wohnhaus, das Kurtz für seine Zwecke umgebaut hatte. Es diente jetzt als Garage und als Lager für Dinge, die besser vertraulich blieben.

Von dort führte eine Tür in den hinteren Teil des »Puccini«, eines italienischen Restaurants, das, seinem Namen angemessen, gegenüber der Hochschule für Musik und darstellende Kunst lag: das Hauptquartier ihres Patenonkels. Und das Refugium, in dem Antonio Kurtz sich seinem liebsten Hobby hingab: dem Kochen.

Kurtz stand an einer Arbeitsplatte in seiner altmodischen Küche und schnitt Gemüse. Er sah auf, als sie hereinkamen, und legte das Messer weg. Dann kam er um den kleinen Tresen herum, um seine Patentochter zu umarmen.

»Katharina-Kind! Gott sei Dank! Wir müssen dringend reden! De Vega hat –!«

Katharina unterbrach ihn: »Er hat einen weiteren Profi auf mich angesetzt. Einen Spitzenmann mit Codenamen Ministro.«

»Woher weißt du das?«

»Von Polanski. Und von einem seltsamen Typen, der ständig Eukalyptusbonbons lutscht.«

Kurtz erstarrte. »So ein unscheinbarer, grauer Typ, bei dem jede Phantomzeichnung ein weißes Blatt ergeben würde?«

»Genau. Kennst du ihn?«

»Halt dich fern von dem!«, sagte Kurtz barsch. »Der Typ bedeutet Ärger. – Hat er dir irgendwas gegeben?«

»Falsche Papiere. Fünftausend Euro. Und diesen Koffer hier!« Katharina hob einen kleinen, weinroten Kosmetikkoffer hoch.

»Zeig mir die Papiere!«

Katharina zog den Reisepass, den Personalausweis und den Führerschein hervor und gab sie Kurtz.

»Gute Arbeit«, musste er widerwillig anerkennen, nachdem er die Papiere durchgeblättert hatte. Dann nahm er den Kosmetikkoffer, stellte ihn auf den knorrigen Eichentisch und öffnete ihn. Mit spitzen Fingern hob er die Gegenstände heraus, die darin lagen. Den schweren, metallenen Fön. Den wuchtigen Epilierapparat. Den gurkengroßen Vibrator.

»Die Dinger enthalten Geheimfächer für Teile meiner Waffe«, erklärte Katharina. Ihre Wangen fingen an zu glühen.

»Humor hat er ja«, knurrte Kurtz. »Schau an, Seine Unscheinbarkeit gibt vor, hilfsbereit zu sein.«

»Seine Unschein... – Weißt du mehr über ihn?« Katharina wurde ungeduldig. Konnte ihr nicht *einmal* jemand geradeheraus die Wahrheit sagen?

»Der Typ ist – nun, er selbst würde sich vermutlich als Problemlöser bezeichnen. Was auch irgendwie stimmt. Allerdings ist er völlig skrupellos. Wenn nötig, hinterlässt er auch mal Leichen.«

»Geheimdienst?«

»Wie man's nimmt. Er macht die Arbeit, die Geheimdiensten zu schmutzig ist. Er und seine Leute. Er ist extrem gut vernetzt. Weltweit. So viel weiß ich.«

»Und welches Interesse hat er an mir?«

»Wenn ich das wüsste.«

»Hat es was mit der Ermordung meiner Familie zu tun?«

Kurtz war von der Frage nicht sonderlich überrascht: »Ich weiß es nicht. Aber damals habe ich ihn zum ersten Mal gesehen. – Wieso? Hat er dir sonst noch irgendetwas gegeben?«

Katharina zögerte: »Nicht direkt. Er hat Thomas die Fall-Akte zugespielt. Jetzt hab' ich sie.«

Kurtz zog verwundert eine Augenbraue hoch: »Hat er gesagt, warum?«

»Nur dass er an der Aufklärung des Falles sehr interessiert ist.«

»Und sonst nichts?«

»Nein.«

»Gut. Hast du die Akte schon gelesen?«

»Nein. Bin ich noch nicht zu gekommen.«

»Hat er sonst noch was gesagt oder getan?«

»Er hat mich eindringlich gebeten unterzutauchen. Allein. Während er versucht, das Problem mit diesem Ministro zu lösen.«

Kurtz knetete seine Unterlippe: »Ich gebe es ja nur ungern zu, aber er hat recht. Und wenn einer dieses Problem lösen kann, dann er. – Ministro hat noch nie versagt.«

Das waren ja schöne Aussichten. »Was weißt du noch über diesen Ministro?«

»Der Typ ist ein Geist. Taucht auf, schlägt zu und verschwindet spurlos. Angeblich soll er Südländer sein. Spanier oder Südamerikaner. Mittelgroß. Das ist alles, was ich weiß.« Kurtz räusperte sich: »Auf jeden Fall ist die Idee mit dem Untertauchen richtig. Weißt du schon, wohin?«

»Nun, ich –«

Kurtz unterbrach sie streng: »Zu niemandem ein Wort, Katharina. Zu Polanski nicht. Zu mir nicht. Und auch sonst zu niemandem. – Also, weißt du schon wohin?«

»Nein«, antwortete Katharina fest.

»Richtige Antwort. Und du kannst nirgendwo hin, wo dich jemand erkennen könnte. – Ist dir das klar?«

Katharina nickte gehorsam.

»Das Schwierigste wird sein, dich aus Frankfurt herauszubringen, ohne dass dir jemand folgt.«

Darüber hatte Katharina auf der Fahrt zu Kurtz auch schon nachgedacht. Sie brauchte ein Ablenkungsmanöver. Und dazu hatte sie eine Idee: »Sag mal, Antonio, du hast doch bestimmt ein paar asiatische Pferdchen in deinem Stall?«

Kurtz wollte streng sein, konnte sich aber das Grinsen nicht verkneifen: »Zu den Mieterinnen in meinen Etablissements gehören auch Damen asiatischer Herkunft, ja.«

Es war das vermutlich am schlechtesten gehütete Geheimnis Frankfurts, dass Kurtz ein Reich aus Bordellen und Glücksspiel kontrollierte. Das meinte Polanski, wenn er Kurtz den »Patenonkel bei der Mafia« nannte.

»Sind darunter zwei, die mir halbwegs ähnlich sehen?«

»So schön wie meine Katharina ist sicher keine, aber das wird sich machen lassen, ja.«

»Okay, lass sie zu meiner Wohnung bringen. Ich habe da eine Idee.«

»Gut. Aber erst mal essen wir.«

Essen. Kurtz' Allheilmittel. Doch Katharina bekam keinen Bissen herunter. Die Gedanken rasten in ihrem Kopf. Plötzlich fiel ihr etwas ein: Kurtz war doch ihr Patenonkel und der beste Freund ihres Vaters! Er musste doch … Verdammt! Warum war sie nicht gleich drauf gekommen?

»Sag mal, Antonio, kanntest du den Amendt eigentlich schon vorher?«, fragte sie betont harmlos.

Kurtz ließ sein Besteck sinken: »Hat er es dir endlich gesagt, ja?«

»Wer? Was?«

»Der Amendt! Hat er dir gesagt, wer er ist?«

»Nein, das habe ich von Polanski erfahren.«

»Madonna ragazzi!« Kurtz schlug mit der Faust auf den Tisch. »Er hatte es mir doch felsenfest versprochen.«

»Wer hat was versprochen?«

»Na, der Amendt. Dass er es dir selbst sagt. Wer er ist. Wer er *war*.«

»Du hast ihn also gekannt?«

»Natürlich. Susanne und er haben ihre Verlobung hier gefeiert.«

»Im Puccini?«

»Hier in dieser Küche. Zusammen mit deinen Eltern. Professor Leydth und seine Frau waren auch da. Und diese Jazz-Sängerin. Marianne Aschhoff.«

Amendts Quasi-Adoptiv-Eltern und seine mütterliche Freundin. Katharina hatte schon ihre Bekanntschaft gemacht. Jetzt verstand sie auch, weshalb Marianne Aschhoff bei ihrem Anblick ein Tablett mit Gläsern hatte fallen lassen. Katharina hatte ihrer Schwester Susanne immer ziemlich ähnlich gesehen. – Tja, die Einzige, die nichts gewusst hatte, war sie. Katharina war damals

als Austauschschülerin in Südafrika gewesen. Susanne hatte ihr zwar begeistert von der Verlobung geschrieben; leider hatte sie einen verflixten Hang zu Spitznamen gehabt. Der »Schatz«, das »Bärchen«, das »Hasenkind« – das war also Andreas Amendt gewesen.

»Und warum hast du mir nichts gesagt?«, fragte Katharina vorwurfsvoll.

»Er hat mich darum gebeten. Und mir hoch und heilig versprochen, es dir selbst zu sagen.«

»Und darauf lässt du dich –?«

»Unschuldig bis zum Beweis des Gegenteils, du erinnerst dich?«, fiel Kurtz ihr ins Wort.

»Du glaubst also nicht, dass er es war?«

»Ich glaube zumindest nicht, dass es so passiert ist, wie Polanski behauptet. Dass der Amendt einfach durchgedreht ist und deine Familie abgeschlachtet hat.«

»Warum nicht?«

Kurtz hielt einen Moment nachdenklich inne. Schließlich sagte er: »Lies die Akte. Wenn noch jemand Licht in die Angelegenheit bringen kann, dann du.«

Kurtz hatte gerade Espresso gemacht, als Hans mit der guten Nachricht kam, er habe zwei passende Mädchen gefunden. Es war Zeit aufzubrechen.

Als Katharina, Hans und Lutz wieder in den Maybach stiegen, fragte Kurtz noch: »Brauchst du sonst noch irgendetwas? Geld?«

Katharina schüttelte erst den Kopf. Dann fiel ihr doch noch etwas ein: »Ein Auto. Einen Golf oder so. – Und, ach ja, du kennst den Hintereingang zu meinem Haus?«

Katharina hatte schon vor einiger Zeit entdeckt, dass man ihr Haus auch über die Parallelstraße erreichen konnte. Man ging in eine bestimmte Hofeinfahrt. Von dort kam man in Katharinas Nachbarhaus. Die Keller beider Häuser waren über eine Tür verbunden.

»Dann komm bitte mit den Mädchen dort rein. Und stell den Wagen auf dem Hof ab.«

Der schwere Wagen rollte wieder aus der unscheinbaren Einfahrt. Hans fädelte den Maybach in den Verkehr ein.

Katharina legte ihm die Hand auf die Schulter. Da war noch etwas, das sie gleich erledigen konnte. »Hans, fahr doch bitte mal in die Fichardstraße. Zweite Querstraße rechts.«

»A. Amendt« stand neben der obersten Klingel. Katharina drückte auf den Knopf. Keine Reaktion. Sie trat zurück und schaute nach oben. Die obersten Stockwerke waren dunkel. Vermutlich saß Amendt Gitarre spielend im »Blauen Café«, dem Laden seiner mütterlichen Freundin. Sollte sie ihn dort konfrontieren? Nein! Kurtz und Polanski hatten recht. Sie hatte wirklich wichtigere Probleme.

In The Shadow

Andreas Amendt hatte das Licht nicht angeschaltet. Er saß im Dunkeln auf seinem Wohnzimmersofa. Auf seinen Lippen spürte er noch immer den verdammten Kuss. Er hätte es nie so weit kommen lassen dürfen. Er hätte es ihr schon längst sagen sollen. Aber wie?

»Ach übrigens, Frau Klein: Ich war der Verlobte Ihrer Schwester. Der Vater ihres ungeborenen Kindes. Und ich habe wahrscheinlich in einem Wahnanfall Ihre Familie abgeschlachtet.«

Alles wäre sehr viel einfacher, wenn er wirklich wüsste, was damals passiert war. Doch er hatte nur ein paar unscharfe Erinnerungen. Einzelne Bilder, Momente. Susannes letzter Kuss. Der letzte Kuss, den er überhaupt von einer Frau bekommen hatte, bis ihn Katharina Klein geküsst hatte. Vorhin. Auf dem Flur des Präsidiums. Sie küsste genauso wie ihre Schwester. Sanft. Tastend. Die Zungenspitze zärtlich suchend.

Amendt schloss die Augen. Wieder sah er die Bilder vor sich, die ihn bis in seine Träume hinein verfolgten: Bilder vom dritten Dezember 1991.

Er war direkt aus dem Krankenhaus zu seiner Verlobten gefahren. Ein Patient hatte während seiner Schicht einen schweren Krampfanfall erlitten. Er hatte sich die Zunge abgebissen und war daran erstickt. Sie hatten ihn nicht mehr retten können.

Susanne hatte ihm die Tür geöffnet. Sie hatte gleich gesehen, dass er fertig war mit den Nerven. Sofort hatte sie ihm angeboten, sich in ihrem Zimmer etwas hinzulegen. Sie war mit ihm nach oben gegangen. In ihr Zimmer, in dem immer ein unbeschreibliches, aber sehr sympathisches Chaos herrschte. Er hatte nur die Schuhe abgestreift und sich auf das Bett fallen lassen. Susanne hatte ihn zugedeckt. Und dann hatte sie ihn geküsst. Das war das Letzte, woran er sich erinnerte, bis …

… bis ihn die beiden Polizisten aus der Dusche gezerrt hatten. Er war nackt gewesen. Das heiße Wasser war wuchtig aus der Massage-Brause auf ihn herabgeprasselt. Dennoch hatte er gefroren. Das Badezimmer war neblig vom Wasserdampf. Seine Kleidung lag unordentlich auf dem Boden. Blutverschmiert. Deshalb hatten sie ihn in einen weißen Einweg-Overall aus Plastik gesteckt. Dann hatten sie ihm Handschellen angelegt und ihn auf dem Rücksitz eines Streifenwagens sich selbst überlassen. Bis Polanski kam. Dann erst hatte er erfahren, was passiert war. *Was er getan hatte.* Natürlich war er es gewesen. Wer denn sonst? Die Schizophrenie seiner Mutter hatte ihn endlich eingeholt. Auch sie war eines Tages durchgedreht. Hatte mit einem Messer auf seinen Vater und ihn eingestochen: Die drei Narben auf seinem Brustkorb legten davon Zeugnis ab. Doch die Stiche hatten alle wichtigen Blutgefäße und das Herz verfehlt.

Sein Vater hatte weniger Glück. Er war innerlich verblutet. Dann war seine Mutter ins Badezimmer gegangen und hatte sich selbst die Kehle durchgeschnitten.

Die Türklingel riss Andreas Amendt aus seinen Gedanken. Wer konnte das …? Wer wohl? Das konnte nur *sie* sein. *Sie* war gekommen, um ihn zur Rede zu stellen. Er hätte nach dem Kuss nicht einfach davonlaufen sollen. Er hätte bleiben sollen. Ihr die Wahrheit sagen. Zu spät.

Er wollte aufstehen und zur Tür gehen. Doch er hatte einfach nicht Kraft. Nicht heute. Nicht jetzt. Er ließ sich wieder auf das Sofa zurücksinken. Lauschte in die Dunkelheit. Doch es klingelte kein zweites Mal.

Suitcase Blues

»Bereit, jeden Tag im Kampf zu sterben, traten junge wie alte Samurai gepflegt auf, weil sonst ihr toter Körper auf dem Schlachtfeld vom Feind als schmierig erachtet worden wäre.« So hieß es im Hagakure, dem Lehrbuch der Samurai.

Dieses Zitat raste in Katharinas Kopf herum, während sie zwischen ihrer Wäschekommode und der Reisetasche auf ihrem Bett hin und her hetzte, immer mehr Unterwäsche in die Tasche stapelnd. Endlich zwang sie sich innezuhalten und ließ sich auf das Bett sinken. Sie sah auf den seidenen Body in ihren Händen: Bereit im Kampf zu sterben? Ja. Aber nicht hinterrücks abgeknallt von einem Profikiller. Doch ... was sollte sie machen? Sie hatte noch immer keinen Plan. Nur eine Reisetasche voller Unterwäsche. Und einen mit einem repräsentativen Querschnitt ihres Badezimmers gefüllten Kosmetikkoffer. Die drei Geräte mit den Geheimfächern für die Teile ihrer Waffe lagen obenauf. Doch ihre Pistole würde sie erst im letzten Moment verstauen.

Wo sollte sie hin? Was brauchte sie dazu? Sie wusste es nicht.

Als sie ihre Wohnung betreten hatte, hatte sie als Erstes ihre große Keksdose, in der sie ihre Pokergewinne aufbewahrte, genommen und Kassensturz gemacht. Etwas mehr als fünfzigtausend Euro. Sie hatte das Geld – lauter gebrauchte Scheine – sortiert und in das verborgene Innenfach ihrer Handtasche gestopft. Ihr Notebook wanderte gleichfalls in ihre Handtasche – sie würde es brauchen, um mit der Außenwelt in Kontakt zu bleiben. Dann hatte sie *die Akte* aus ihrem Wohnzimmer-Safe geholt: die Fallakte zum Mord an ihrer Familie.

Sie hatte Lutz gebeten, ihre Reisetasche vom Schlafzimmerschrank zu fischen. Der große Leibwächter hatte ihr gerne den Gefallen getan. Dann war er zurück in die Küche gegangen, wo sein Partner Hans saß. Und vier missgelaunte BKA-Beamte, die Polanski zu Katharinas Schutz geschickt hatte, bis sie die Stadt verlassen konnte.

Katharina sah auf ihre Reisetasche, die geöffnet auf dem Bett lag. Die Tasche war zwar schon älter, aber wirklich benutzt hatte sie

sie nur zweimal: Sie hatte ein halbes Jahr in den USA auf der FBI-Akademie in Quantico verbracht. Und dann damals, als sie als Austauschschülerin nach Südafrika geflogen und so dem Mörder ihrer Familie entgangen war. Aber vielleicht ...

Vielleicht hätte sie damals das Schlimmste verhindern können. Ihrer Schwester den Mann ausreden. Die Verlobung. Die Schwangerschaft. Wenn Susanne etwas machte, dann richtig: Verliebt, verlobt und schwanger in weniger als drei Monaten. Oder sie hätte sogar ... Unsinn. Was hätte ein siebzehnjähriges Mädchen gegen einen Wahnsinnigen mit einer Pistole schon ausrichten können?

Nicht grübeln! Nicht jetzt! Katharina zwang sich, zu ihrer Wäschekommode zu gehen, um sie zu schließen. Doch dann entdeckte sie etwas: In der Kommode, bisher gut unter ihrer Wäsche verborgen, lag ein Badeanzug, immer noch sauber mit Geschenkband verschnürt. Sie nahm das Päckchen heraus und zog die Karte hervor, die noch unter dem Band steckte.

»Liebe Kaja! Viel Erfolg in Frankfurt. Mach auch irgendwann mal Urlaub! Und lern endlich schwimmen! Alles Liebe, Harry«

An Harry hatte sie schon lange nicht mehr gedacht. Eigentlich Harald. Harald Markert. Polizeihauptwachtmeister. Er war ihr Ausbilder gewesen. Ihr erster Partner. Mit ihm war sie in Kassel Streife gefahren. Obwohl erst in der zweiten Dreißiger-Hälfte, war er schon damals der nette Schutzmann von nebenan gewesen. Graue Strähnen in den Haaren. Vollbart. Ein kleines Bäuchlein. Stets gelassen: ein Fels in der Brandung. Sie hatten sich angefreundet. Wohl auch, weil Harrys kleine Tochter Annika Katharina ins Herz geschlossen hatte. Das Mädchen hatte sie Kaja genannt. Und Harry hatte diesen Spitznamen übernommen. Wie lange war das jetzt her? Mehr als zehn Jahre! Annika musste bald erwachsen sein.

Harry hatte Katharina immer mit ihrer großen Schwäche aufgezogen: Tiefes Wasser machte ihr Angst. Sie war sich sicher, dass irgendetwas sie packen, in die Tiefe ziehen und jämmerlich ertrinken lassen würde. Deshalb konnte sie nicht schwimmen.

Sie drehte den Badeanzug zwischen den Händen. Und plötzlich formte sich der perfekte Plan vor ihrem inneren Auge. Sie wühlte ihre Sommergarderobe aus dem Schrank hervor und begann, ihre Reisetasche weiter zu füllen. Auch den Badeanzug legte sie dazu. Man wusste ja nie.

Sie hatte gerade den großen Reißverschluss der Reisetasche zugezogen und mit einem kleinen Vorhängeschloss gesichert, als es klingelte. Lutz öffnete und ließ Kurtz ein, der zwei hübsche junge Asiatinnen im Schlepptau hatte. Katharina musterte die Mädchen: Hundertprozentig ähnlich sahen sie ihr nicht. Aber die Figuren und die Größen passten. In der winterlichen Dunkelheit würde es gehen.

Als die beiden Mädchen Katharina entdeckten, schnatterten sie erbost auf Kurtz und Lutz ein. Endlich sprach Kurtz ein Machtwort: »Nix Kollegin. Nix Konkurrenz.«

Die beiden Mädchen hielten überrascht inne.

»Ihr sollt ... ihr mit was helfen«, versuchte Kurtz sich verständlich zu machen.

Nach einer kurzen Denkpause zwitscherte die eine, den Blick auf Katharina geheftet: »Ahhhh, Mädchen mit Mädchen!«

»Kostet extra!«, ergänzte die andere im gleichen Ton.

Das konnte ja noch heiter werden! Doch Kurtz hatte sich schon an den großen Leibwächter gewandt: »Lutz, erklär es ihnen!«

Lutz neigte sich zu den beiden Mädchen und begann leise mit ihnen in ihrer Sprache zu reden. Sie hörten mit offenen Mündern zu.

Katharina war wider besseres Wissen erstaunt.

»Lutz spricht ... was eigentlich?«, fragte sie ihren Patenonkel verblüfft.

»Mandarin«, antwortete Kurtz nicht ohne Stolz.

»Lutz spricht Mandarin?« Katharina konnte diese Tatsache immer noch nicht fassen, denn der bullige Mann war, wenn er überhaupt sprach, sehr einsilbig.

»Lutz schweigt in acht Sprachen fließend«, antwortete Kurtz amüsiert. »Englisch, Russisch, Spanisch, Französisch, Italienisch und ... hab' ich vergessen. Auf jeden Fall auch Mandarin.«

Was war das nur mit Frauen und Kleidern? Und mit Schuhen? Vor allem mit Schuhen? Die beiden Mädchen hatten sich begeistert auf

Katharinas Kleiderschrank gestürzt. Nur mit Mühe hatte Katharina ihnen ein schwarzes Samtkleid und ihr Lederkostüm entreißen können. Auch um ihre hohen Stiefel hatte es ein kurzes Tauziehen gegeben. Jetzt standen die beiden vor ihr, tief enttäuscht, aber passend gekleidet: Jeans, Sweatshirt mit Kapuze, schwarze Halbschuhe.

Auch Katharina hatte sich umgezogen. Sie trug einen Anzug, Anthrazit mit Nadelstreifen, zu dem sie ihr Partner Thomas einmal überredet hatte, eine schlichte weiße Bluse, ein schmales Halstuch. Ihr Haar hatte sie zu einem Dutt hochgesteckt. Außerdem trug sie eine Brille mit eckigem, schwarzem Gestell. Nicht, dass sie eine Sehhilfe brauchte. Die Fassung enthielt nur Fensterglas. Doch die Brille leistete ihr manchmal gute Dienste, wenn sie besonders seriös auftreten musste. Wie zum Beispiel diesmal. Schließlich war sie laut ihren neuen Papieren »Zoë Yamamoto, Halbjapanerin, Geschäftsfrau«.

Katharina blickte in den großen Spiegel in der Tür ihres Schlafzimmerschrankes: Ja, so konnte sie gehen. Die Flucht konnte beginnen.

Gemeinsam löschten sie alle Lichter. Dann setzte sich der erste Trupp in Bewegung. Die BKA-Beamten hatten sofort bessere Laune bekommen, als sie erfahren hatten, was sie tun sollten, und erfüllten ihre Rolle mit Begeisterung: Betont militärisch und auffällig stiegen die Beamten und eines der Mädchen in den vor dem Haus bereitstehenden Opel – schweifende Blicke, Hände an den Waffen, seltsame Handzeichen. Der Wagen setzte sich in Bewegung und fuhr die Straße hinab. Ein am Straßenrand geparktes Auto startete plötzlich und fuhr ihnen nach.

Fünfzehn Minuten später verließen Kurtz, Hans und Lutz mit dem zweiten Mädchen die Wohnung. Leise huschten sie die Treppe hinunter, schlichen verstohlen zu Kurtz' Maybach, stiegen unauffällig hinein und fuhren ebenfalls ab. Diesmal war es ein Motorrad, das aus einer Hauseinfahrt bog und ihnen folgte.

Katharina wartete noch eine halbe Stunde, die Straße von ihrem Schlafzimmer-Fenster aus im Blick. Ein Mann, der im Halbschatten zwischen zwei Straßenlaternen an einer Hauswand gelehnt und geraucht hatte, trat seine Zigarette aus und ging. Dann passierte nichts mehr. Dennoch spürte Katharina, wie ihr Herz schneller schlug: Zeit zum Aufbruch.

Hans hatte bereits ihre Reisetasche und den Kosmetikkoffer zum auf dem Nachbarhof wartenden Fluchtauto gebracht. Katharina hängte sich ihre Handtasche über die Schulter. Ihre Pistole nahm sie in die Hand. Wer wusste, welche Überraschungen auf dem Flur und im Keller auf sie warteten.

Sie schlich die Treppe hinunter, ohne das Licht anzuschalten und glitt durch die Verbindungstür zum Keller des Nachbarhauses. Bevor sie auf den Hof trat, sah sie sich noch einmal um. Keine Menschenseele zu sehen.

Die Türen des alten, roten Golfs waren offen, der Schlüssel steckte in der Zündung. Katharina stieg ein und legte die Pistole griffbereit auf den Beifahrersitz. Langsam ließ sie den Wagen aus der Einfahrt auf die Straße rollen, als von links ein Auto kam. Der Fahrer blinkte ihr höflich mit der Lichthupe, sie möge doch fahren. Sie tat ihm den Gefallen.

Der Wagen blieb eine ganze Weile hinter ihr. Ein Verfolger? Als sie auf die Friedrich-Ebert-Anlage einbog, verschwand der Wagen im Verkehr. Dennoch: Sicher war sicher. Sie würde das Verkehrsmittel noch einmal wechseln. Anstatt in Richtung Stadtautobahn abzubiegen, fuhr sie weiter geradeaus zum Hauptbahnhof.

Katharina steuerte den Wagen in die Tiefgarage an der Nordseite des Bahnhofs. Sie fand eine Parklücke in der Nähe des Ausgangs, stieg aus und sah sich um. In der Ferne lud ein Rentnerpaar Gepäck in einen älteren Mercedes. Sonst war niemand zu sehen.

Sie nahm ihr Gepäck aus dem Kofferraum, ließ ihre Pistole in der Manteltasche verschwinden und legte den Autoschlüssel unter den Fahrersitz. Kurtz würde den Wagen schon finden.

Plötzlich tauchte aus dem Halbdunkel der Tiefgarage ein Mann auf. Katharina ließ ängstlich die Hand in die Manteltasche gleiten. Doch der Mann ging an ihr vorüber. Offenbar wollte er nur zum Ausgang. Als er fast schon an ihr vorbei war, dreht er sich doch zu ihr um. Ein Südländer. Mittelgroß. Verdammt!

Sie wollte schon ihre Pistole ziehen, als der Mann freundlich fragte: »Brauchst du Hilfe oder was?« Er zeigte auf ihre Reisetasche.

Katharina zwang sich zu einem höflichen Lächeln, während sie den Griff ihrer Pistole fest umklammerte. Sie verneinte und deutete mit einem Kopfnicken auf die Tasche: »Hat Räder!« Ihre Stimme klang kieksig.

»Sorry ey, hab' ich dich erschreckt?«, fragte der Mann.

Katharina schüttelte den Kopf. Der Mann brummte etwas Unverständliches, drehte sich um und ging durch die Stahltür des Ausgangs. Sie atmete tief durch, bis sie nicht mehr zitterte.

Auf den Bahnsteigen herrschte Trubel wie immer. Katharina tauchte in die Menge ein. Eine Reisende unter vielen. Und unter lauter mittelgroßen Südländern. Wie sagte man doch? Es ist keine Paranoia, wenn wirklich jemand hinter dir her ist?

Scheinbar ziellos wanderte sie über den Bahnsteig, um etwaige Verfolger zu verwirren. An einem Stand kaufte sie einen Kaffee. Dann ging sie langsam zum Eingang des Tiefbahnhofs. Sie fuhr die Rolltreppen hinab zu den S-Bahngleisen. Sie hatte Glück. Eine S8 fuhr eben ein. Katharina stieg ein, blieb aber mit ihrem Gepäck neben der Tür stehen. Ihr fiel ein, dass sie gar keinen gültigen Fahrschein hatte. Hoffentlich kam keine Kontrolle.

Im Terminal 1 des Frankfurter Flughafens herrschte Hochbetrieb. Menschen mit Koffern eilten an Katharina vorbei, vor den Check-in-Schaltern warteten Reisende in langen Schlangen auf ihre Abfertigung. Das hieß, dass sie eine gute Chance hatte, an diesem Abend noch einen Flug zu ergattern. Wenigstens etwas.

Der Mann auf dem etwas erhöhten Infostand schaute genervt auf, als Katharina auf ihn zumarschierte. Deshalb setzte sie ihr freundlichstes Lächeln auf: »Sagen Sie, hier gibt es doch irgendwo ein Last-Minute-Reisebüro, oder?«

»Da hammer sogar zwei von. Das da ist ganz neu.« Er deutete mürrisch zu einer Seite der Halle. Dort leuchtete ein rotes Neonschild: *Last-Minute-Tours*. »Aber wennse nen Tipp wollen?«, fuhr der Mann plötzlich freundlicher fort. »Dann gehnse am besten zum andern. Da machense wirklich Schnäppchen.« Er zog einen Plan des Terminals hervor und kreuzte mit seinem Kugelschreiber an, wo das Reisebüro lag. Katharina nahm den Plan und bedankte sich.

»Buchen bis zur letzten Minute. Denn manchmal muss man einfach mal ganz schnell raus!«, stand auf dem Schaufenster. Katharina betrat das kleine Ladengeschäft. In den Regalen stapelten sich die Reiseprospekte bis zur Decke. Hinter einem verkramten Schreibtisch saß ein blondes Mädchen, vielleicht Anfang zwanzig. Sie strahlte, als sie Katharina hereinkommen sah und deutete mit einer Hand auf den Stuhl vor dem Schreibtisch.

»Was kann ich für Sie tun?«

»Ich, ich ... brauche eine Reise.«

Das Mädchen war wohl an solch vage Angaben gewöhnt: »Hm, ich verstehe. Einfach mal raus, wie? Haben Sie ein bestimmtes Ziel im Kopf?«

Was sollte sie sagen? Irgendwohin, wo mich kein Profikiller findet? Katharina antwortete zögernd: »Vielleicht irgendwohin, wo schönes Wetter ist. Sonne. Und Meer.«

Das Mädchen nickte verständig: »Das lässt sich machen. Und wann?« Dann sah sie auf Katharinas Gepäck. »Möglichst bald, oder? – Na, dann wollen wir mal schauen!« Sie tippte auf der Tastatur ihres Computers. »Hm, Kenia. Aber erst in drei Tagen. Seychellen übermorgen. Kolumbien ginge heute noch.«

In die Höhle des Löwen? Direkt in das Land des Menschen, der ihr Rache geschworen hatte? Keine gute Idee. »Nein, nicht Südamerika.«

»Gut. Also nicht Südamerika ... was haben wir denn noch?« Sie schaute wieder auf den Schirm. Plötzlich rief sie begeistert: »Mafia!«

Katharinas Gesicht wurde eiskalt. Zitternd tastete sie nach der Pistole in ihrer Manteltasche.

Doch das Mädchen fuhr fröhlich fort: »Mafia Island! Absoluter Geheimtipp. Ein richtiges Tropenparadies!«

Katharina zwang sich zum Durchatmen. Echt? So einen Ort gab es? »Wo ist das denn?«

»Vor der Küste von Tansania. Eine knappe Flugstunde von Dar es Salam. Traumhaft schön. Und das Resort ist ganz neu. Hat erst im März aufgemacht. Fünf Sterne. Und dafür supergünstig.«

»Das klingt doch gut.«

»Und wie lange wollen Sie bleiben?«

Ja, wie lange? Wie lange würde der Mann mit den Eukalyptuspastillen brauchen, Felipe de Vega davon zu überzeugen, Ministro zurückzupfeifen? Eine Woche? Drei? Sicher war sicher.

»Am liebsten sechs Wochen!«

»Sechs Wochen!« Dem Mädchen blieb der Mund offen stehen.

»Ja, ich habe schon seit einer Ewigkeit keinen Urlaub mehr gehabt«, erklärte Katharina schnell.

»Und Sie wollen eine Weile von der Bildfläche verschwinden, oder?« Das Mädchen musterte sie kritisch. »Beziehungsstress?«

»Wie kommen Sie da drauf?«

»Na ja, mir ist aufgefallen, dass Sie ... da am Auge ...«

Oh Hilfe, daran hatte Katharina gar nicht mehr gedacht. Sie hatte ja bei ihrem letzten Fall ein paar Blessuren davongetragen. Nachdenklich betrachtete sie ihre verbundene Hand: eine Schnittwunde. Selbst zugefügt, als sie eine große Scheibe eingeschlagen hatte. Und das Veilchen hatte sie sich eingefangen, als der Mörder, gegen den sie ermittelte, sie überwältigt hatte. Beinahe hätten er und sein Partner sie umgebracht. Wenn Andreas Amendt nicht rechtzeitig zu Hilfe gekommen wäre. War das wirklich erst gestern gewesen?

»Na ja, es geht mich ja auch nichts an«, entschuldigte sich das Mädchen eilig.

Doch Katharina hatte eine Idee, für die sie sich gleich darauf schämte: Wie oft hatte sie schon in irgendwelchen Küchen, Schlafzimmern oder Wohnungsfluren gestanden, über eine Leiche gebeugt, der Mann oder der Freund der Toten in Handschellen im Streifenwagen, immer noch fassungslos von seiner eigenen Tat? Dennoch war das der einzige Weg, das Mädchen zum Schweigen zu überreden. »Ja. Ich habe mich getrennt. Carlos hat das nicht so gut verkraftet und ...« Sie deutete auf ihre Wange.

»Das kenne ich leider auch. Trennung ist da wirklich das Beste«, sagte das Mädchen mitleidig.

»Stimmt. Und deswegen will ich jetzt auch ein paar Wochen weg. Untertauchen, bis er sich beruhigt hat.«

Das Mädchen wandte sich dem Computer zu: »Dann wollen wir mal – Doch, sechs Wochen sind kein Problem. Und Sie können auch vor Ort bequem verlängern, wenn Sie das wollen. Vollpension?«

Katharina bejahte.

»Also, der Flug mit der Lufthansa geht morgen früh um sieben Uhr fünfunddreißig und –«

»Gibt es keinen früheren?«, fragte Katharina drängend.

»Oh je. Mal schauen.« Das Mädchen befragte wieder ihren Computer. »Also direkt nach Dar es Salam nicht ... oder, warten Sie, doch. Emirates Airlines mit einem Zwischenstopp in Dubai. Der Weiterflug ist aber dieselbe Maschine. Der geht um zehn nach neun, also in einer knappen Stunde. Das sollten Sie schaffen. Aber, Moment ...«

»Ja?«

»Der Flieger ist fast ausgebucht. Da ist nur noch ein Platz in der ersten Klasse.«

»Was kostet das Ganze denn dann?«

Das Mädchen nannte ihr eine exorbitante Summe. Dennoch nicht mal ein Viertel dessen, was Katharina in ihrer Handtasche mit sich trug. Doch, das konnte sie sich leisten. »Den nehme ich!«

»Sehr schön.« Das Mädchen strahlte wieder. Kein Wunder, denn sie hatte vermutlich gerade eine fette Provision verdient. »Dann brauche ich Ihren Pass.«

Katharina gab ihn ihr und das Mädchen begann zu tippen.

»Gut, Frau Yamamoto ...« Katharina war kurz verwirrt. Sie musste sich schnell daran gewöhnen, so genannt zu werden. »Wie wollen Sie zahlen?«

»Bar.«

»Bar?«

»Bar. Wenn Sie nichts dagegen haben.« Katharina öffnete ihre Handtasche, zog den Reißverschluss des Innenfachs auf und entnahm ein Bündel Geldscheine.

»Nein, nein. Das ist kein Problem. Nur ungewöhnlich.« Plötzlich wurde das Mädchen misstrauisch. »Das ist doch kein ...?«

Schnell, eine Ausrede! Katharina sagte das Erste, was ihr durch den Kopf schoss: »Nein, kein Falschgeld. Keine Sorge. Ich ... nun ja, ich habe mich für das Veilchen gerächt und Carlos' nagelneuen Porsche verkauft. Pech, wenn er ihn aus steuerlichen Gründen auf mich eintragen lässt.«

Das Mädchen stimmte mit einem verschwörerischen »Wir Frauen müssen zusammenhalten«-Grinsen zu: »Richtig. Pech.«

Katharina zählte den Betrag ab. Das Mädchen nahm das Geld und verschloss es in einer Kassette. Dann gab sie Katharina einen Umschlag mit ihren Reiseunterlagen. Katharina verstaute ihn in ihrer Handtasche und wollte aufstehen.

»Moment!« Das Mädchen durchsuchte die Regale, bis sie endlich drei Prospekte hervorzog, die sie Katharina reichte: »Damit Sie auch wissen, wo Sie hinfliegen.« Tansania, Mafia Island … und ein Prospekt, der »Golden Rock. Das Paradies in der Brandung« betitelt war.

»Golden Rock ist das Resort. Sie werden einen echten Traumurlaub haben! Erholen Sie sich gut.«

Das Mädchen gab Katharina die Hand. Dann öffnete sie ihr die Tür. Katharina nahm ihr Gepäck und ging hinaus. Dann drehte sie sich noch einmal zu dem Mädchen um: »Ach ja, wenn jemand nach mir fragen sollte …«

»Keine Sorge, ich werde schweigen wie ein Grab.« Das Mädchen deutete an, wie sie einen Reißverschluss über ihrem Mund zuzog. Katharina bedankte sich. Grab. Dort konnte es für das Mädchen leicht enden. Ministro war bestimmt nicht besonders rücksichtsvoll bei der Informationsbeschaffung.

Sie ging mit zügigen Schritten los. Doch wohin musste sie eigentlich? Eine Anzeigetafel verriet es ihr: »Emirates Airlines Flug 2804. Dubai / Dar es Salam. Departure Time 21:10. Terminal 2. Gate 13.«

Terminal 2. Das bedeutete, das Gebäude zu wechseln. Katharina seufzte. Frankfurt Airport, der Flughafen der kurzen Wege. Sie fuhr mit der Rolltreppe eine Etage nach oben zur Skyline-Station. Die Skyline war eine Magnetbahn, die die beiden Terminals miteinander verband.

Auf dem Bahnsteig stand bereits eine Bahn. Ein Mann sah, wie Katharina ihre Schritte beschleunigte, und stellte den Fuß in die automatische Tür, damit sie noch einsteigen konnte. Er hob ihr auch die Reisetasche in die Kabine. Katharina bedankte sich. Der

Mann winkte ab und wandte sich dann wieder seiner Begleitung zu, einer jungen Frau mit langen, blonden, gelockten Haaren. Hübsches, rundliches Gesicht. Auf der Nase das gleiche eckige Designer-Brillen-Modell, das auch Katharina im Moment trug. Es passte eigentlich gar nicht zu ihr.

Das Blondlöckchen wuschelte ihrem Begleiter über die kurzen Haare: »Immer galant und hilfsbereit, Dirk-Marjan!«

Der Mann, schlank, Dreitagebart, dunkelblondes Haar, vielleicht ein bisschen zu bemüht, gut auszusehen, winkte ab: »Ach, du weißt ja, Kristina. Was du willst, dass man dir tut ...«

Die Bahn setzte sich in Bewegung. Die Frau nutzte die Gelegenheit, die Balance zu verlieren und sich von ihrer Begleitung auffangen zu lassen.

Der Mann stellte die Frau wieder aufrecht hin. Sie strahlte ihn an: »Danke. Und das mit dem Early Check-in ist eine prima Idee von dir. Dann brauchen wir uns morgen nicht so abzuhetzen und mit dem ganzen Gepäck abzuschleppen. Wusste gar nicht, dass das geht.«

»Na ja, ich mache das immer so, wenn es möglich ist.«

»Und du hättest wirklich keine zwei Einzelzimmer nehmen müssen. Wir sind doch gut genug befreundet.«

Wie? Die beiden waren kein Paar? Katharina sah auf.

»Wir hätten uns wirklich ein Zimmer teilen können. Wo das Sheraton hier am Flughafen doch so teuer ist«, fuhr die Frau fort. Sie war einen kleinen Schritt an ihren Begleiter herangetreten, doch der reagierte nicht. Vielleicht schwul, dachte Katharina. Vom Aussehen her kam es hin.

»Ach, erstens kann ich mir das leisten. Und zweitens ist die Reise umsonst, wie du weißt«, antwortete er leichthin.

»Und du hast wirklich noch immer keine Ahnung, wer dir die Tickets geschickt hat?«, fragte die Frau mit großen, staunenden blauen Augen.

»Nein. War nicht mal ein Begleitschreiben dabei.«

»Das ist bestimmt ein Trick. Die sind bestimmt von einer schönen Frau, die dich auf eine einsame Insel locken will ...«

»Kristina, du liest zu viele Krimis. – Ich wette mit dir: Da sucht ein Projekt Investoren. Vermutlich so eine neue Ferienanlage. Oder eines von diesen Timesharing-Modellen.«

Davon hatte auch Katharina schon gehört: Man investierte in eine Immobilie und konnte sie dafür einen Teil des Jahres nutzen.

Die junge Frau lachte eine Nuance zu laut: »Bist du denn so wohlhabend? Hast du im Lotto gewonnen?«

»Nicht direkt, aber ich habe einige gute Aufträge in der Pipeline. Seitdem ist auch meine Bank ständig mit Investment-Plänen hinter mir her. – Aber ich habe bisher nur etwas Gold gekauft.«

Die junge Frau sah unwillkürlich auf den leeren Ringfinger an ihrer rechten Hand.

»Ach, können wir noch an einem Buchladen vorbei, wenn wir das Gepäck losgeworden sind?«, fragte sie viel zu fröhlich.

»Lass mich raten, Krimis kaufen?« Jetzt war es der Mann, der der Frau über die Haare strich. Es sah ein klein wenig grob aus, doch die Frau schloss die Augen und schmiegte sich in die Hand.

Urplötzlich ließ der Mann los. Gleichzeitig öffnete die Frau wieder die Augen: »Klar. Was denn sonst?«

Auf dem Skyline-Bahnsteig im Terminal 2 trennten sich ihre Wege. Der Mann hob Katharina noch die Tasche aus der Kabine, was die Frau mit einem verschwörerischen »Mein Ritter!« in Katharinas Richtung quittierte.

Katharina sah den beiden nach. Früher hatte sie Frauen immer belächelt, die unwillige Männer umschwärmten. Doch jetzt? Schließlich hatte sie sich ebenfalls in den falschen Mann verliebt. So was von falsch. Mörderisch falsch. Seufzend machte sie sich auf den Weg ins Terminal.

Am Fuß der Rolltreppe passierte sie eine Toilette: Das erinnerte sie an etwas. Rasch ging sie hinein und schloss sich mit dem Kosmetikkoffer in einer Kabine ein. Dann zog sie ihre Pistole aus der Manteltasche und zerlegte sie. Die Einzelteile verstaute sie sehr sorgfältig in den dafür vorgesehenen Geheimfächern. Sie drapierte den Gurken-Vibrator so, dass er gut sichtbar obenauf im Kosmetikkoffer lag. Das sollte lästige Nachfragen beim Zoll ganz schnell unterbinden.

Sie wusch sich vorsichtig die Hände, um den Verband nicht zu beschädigen und sah in den Spiegel. Im Neonlicht trat ihr Veilchen wirklich deutlich hervor. Kein Wunder, dass die Blondmaus im Reisebüro seltsame Schlüsse gezogen hatte. Katharina zog ihre Puderdose hervor und versuchte, die Schäden abzudecken.

Plötzlich wurde die Tür zur Toilette aufgerissen. Katharina griff in ihre Manteltasche. Wo war ... Verdammt, ihre Waffe hatte sie eben zerlegt.

Doch die Frau, die burschikos hereinmarschiert kam, würdigte Katharina keines Blickes, sondern steuerte schnurstracks auf eine Kabine zu und schloss energisch hinter sich ab.

Katharina ließ sich erleichtert gegen das Waschbecken sinken. Dann nahm sie ihr Gepäck und verließ die Toilette. Erst jetzt merkte sie, dass ihre Beine zitterten.

Am Emirates-Schalter stand eine endlose Schlange. Verdammt. Hoffentlich schaffte sie das rechtzeitig. Aber ... einer der Schalter war leer. Über dem Schalter stand »First Class«. Doch! Damit war sie gemeint. Vergnügt spazierte sie an den neidischen Blicken der Wartenden vorbei, während sie den Umschlag mit den Reiseunterlagen hervorzog. Die Schönheit aus Tausendundeinernacht, die hinter dem Schalter stand, nahm ihr Ticket und ihren Reisepass, tippte auf ihrem Computer, sah Katharina wieder an und sagte etwas. Das Einzige, was Katharina verstand, war das Wort Yamamoto.

Katharina stockte: »Ich ... äh ... Könnten Sie noch einmal ...«

Der Blick der Schönheit kühlte ab. »Ich habe Sie gefragt, wo Sie sitzen möchten. Am Fenster oder am Gang?«

»Verzeihung, aber ich spreche kein Arabisch.«

»Ich hatte Sie auf Japanisch gefragt«, sagte die Schönheit hochnäsig.

»Oh!« Was jetzt? Okay, die ungefähr hundertste Notlüge an diesem Tag. »Ich spreche auch kein Japanisch. Ich ... ich bin in Deutschland aufgewachsen.«

»Aha!«, sagte die Schönheit herablassend. »Also? Wo möchten Sie sitzen? Gang oder Fenster?«

»Fenster bitte.«

»Aber gerne«, kam es frostig zurück. »Stellen Sie bitte Ihr Gepäck auf das Band.«

Katharina gehorchte. Endlich gab die Schönheit ihr den Boarding-Pass, die anderen Unterlagen und den Reisepass zurück. Aus den Augenwinkeln sah Katharina, wie ihre Reisetasche und der Kosmetikkoffer auf dem Laufband davonfuhren. Hoffentlich hatte die Schönheit nicht beides nach Wladiwostok geschickt.

Passkontrolle, Sicherheitsschleuse, Gate, Boarding, Abflug – noch fünf Stationen bis zur Sicherheit!

Katharinas Herz schlug plötzlich bis zum Hals, ihr Mund war trocken und ihre Hände feucht. Sie ging zielstrebig und schnell, ohne nach rechts und links zu schauen und …

Sie prallte gegen etwas, stolperte, fiel hin. Der Inhalt ihrer Handtasche ergoss sich über den Fußboden. Ein starker Arm packte sie. Das war es jetzt! Ein Anschlag mitten auf dem Flughafen. Sie hatte nicht aufgepasst. Jetzt würde sie die Quittung bekommen: die Schärfe eines Messerstichs, der harte Schlag eines schallgedämpften Schusses, den Stich einer Spritze.

Doch eine sanfte Stimme neben ihr sagte nur: »Um Himmels willen, das tut mir leid.«

Der Mann, mit dem sie zusammengeprallt war, kniete neben ihr und fasste sie an der Schulter.

»Haben Sie sich wehgetan?« Er blickte sie besorgt an. Fein geschnittenes Gesicht. Graue Haare, gepflegter Vollbart. Freundliche graue Augen. Einen kurzen Augenblick stutzte Katharina, von einem Déjà-vu gepackt. Sie meinte, die Augen zu kennen. Doch woher? Sie musste sich täuschen.

Der Mann reichte ihr die Hand und half ihr aufzustehen: »Es tut mir wirklich entsetzlich leid. Wo habe ich heute nur meine Augen?«

»Kein Problem. Ich war ja auch abgelenkt.« Katharina bückte sich nach ihrer Handtasche. Die Prospekte und der Umschlag mit ihren Reiseunterlagen waren herausgerutscht. Und sonst noch ein paar Kleinigkeiten. Sie wollte alles wieder in die Tasche stopfen.

»Erlauben Sie?« Der Mann sammelte die Reiseprospekte auf, während Katharina hektisch die Kosmetikartikel und das leicht zerknüllte Bündel Unterwäsche verschwinden ließ. Beim Aufrichten stießen sie beinahe wieder gegeneinander. Katharina stolperte zurück, doch der Mann packte sie noch einmal am Arm und fing sie auf. Dafür, dass er nicht besonders groß war, war er ziemlich kräftig.

Der Mann reichte ihr die Prospekte und den Umschlag: »Sie fliegen nach Tansania? Mafia Island? – Eine Trauminsel! Ich bin übrigens auch –«

»Ja, ja, danke«, schnitt Katharina ihm das Wort ab. Sie nahm die Unterlagen und schob sie zurück in ihre Handtasche. Sie wollte endlich weitergehen.

»Guten Flug. Und Gott sei mit Ihnen.«

Erstaunt über diesen frommen Wunsch drehte sich Katharina noch einmal zu ihm um. Erst jetzt bemerkte sie, dass der Mann unter seinem Jackett ein schwarzes Hemd mit Priesterkragen trug. Er nickte ihr noch einmal zu: »Adeus!« Dann ging er in Richtung der Rolltreppen davon. Gute Figur, dachte Katharina unwillkürlich. Und plötzlich musste sie hysterisch kichern: Südländer. Mittelgroß. Und war »Ministro« nicht auch das spanische Wort für Priester? Katharina war sich sicher, dass der Mann nicht einmal Hölle, Feuer und Schwefel *predigen* konnte. Geschweige denn regnen lassen.

Die Schlange vor der Passkontrolle war kurz. Gott sei Dank. Die Uniform des Beamten hinter dem Schalter ließ Katharinas Herz wieder bis zum Hals schlagen. Bundespolizei! Wenn er sie nun erkannte? Doch er blickte nicht mal auf. Er nahm ihren Pass, blätterte, ohne darin zu lesen und reichte ihn zurück. »Guten Flug«, murmelte er mürrisch. Katharina dankte knapp und ging weiter.

Sie legte ihre Handtasche und den Mantel auf das Laufband der Sicherheitsschleuse. Dann ging sie durch den Metalldetektor, der nicht anschlug. Entsprechend behutsam wedelte sie der Mann hinter dem Detektor mit seinem Handprüfgerät ab und winkte sie weiter.

Sie trat an das Laufband hinter dem Röntgengerät. Aus dem Augenwinkel sah sie, wie eine rote Lampe neben dem Schirm blinkte. Was war denn?

Eine Beamtin stoppte Katharinas Gepäck. »Tut mir leid, ich muss einen Blick in Ihre Handtasche werfen.«

Katharina wusste, dass jede Widerrede die Prozedur nur verlängern würde. Außerdem hatte sie nichts Kompromittierendes dabei. Oder doch?

Die Beamtin zog das Notebook hervor: »Würden Sie den Computer bitte kurz anschalten?«

Ach ja, richtig: Notebooks galten als gute Verstecke für Sprengstoff. Also nahm Katharina das Gerät aus seiner Hülle, klappte es auf und drückte eine Taste. Der Rechner erwachte zum Leben.

»Auch einloggen?«, fragte Katharina.

»Nicht nötig.«

Katharina schaltete den Computer ab und klappte ihn zu. Die Beamtin warf unterdessen noch einen kritischen Blick auf das Röntgenbild. Katharina beugte sich vor, um selbst zu sehen, was die Beamtin betrachtete: einen dunklen Fleck am Boden der Handtasche. Hilfe, das hatte sie ja völlig vergessen.

»Warten Sie, ich kann das erklären.« Katharina griff in die Handtasche und öffnete zwei Sicherheitsnadeln; dann zog sie den eingelegten Boden der Handtasche hervor: zwei dünne Stoffbahnen, in die mehrere Reihen von Bleigewichten eingenäht waren. Sie reichte den Boden der Beamtin, die ihn misstrauisch zwischen den Fingern drehte: »Was ist das denn?«

Ja, was? Am besten die Wahrheit. Na ja, die halbe Wahrheit. »Ein Bleiboden. – Wissen Sie, äh ...?« Mit einer kalkulierten Geste, die hoffentlich trotzdem zufällig aussah, wischte sich Katharina über das Gesicht. Sie hoffte, den eben aufgetragenen Puder abzuwischen und ihre Blessuren wieder zum Vorschein kommen zu lassen.

»Das ist so. Ich ... mein Ex-Freund ...«

Die Beamtin hob wissend die Hand: »Ich verstehe. – Ich hoffe, Sie haben dem Kerl mit der Handtasche ordentlich eins übergezogen.«

»Nein, ich ...«

»Häusliche Gewalt ist kein Kavaliersdelikt, wissen Sie? Haben Sie Anzeige erstattet?«, fragte die Beamtin fürsorglichstreng.

»Nein, ich ...« Katharina schämte sich. Genau diese Frage würde sie auch stellen.

»Das sollten Sie aber. – Warten Sie.« Die Beamtin zog ihre Brieftasche hervor und nahm eine Visitenkarte heraus. »Die hier können Ihnen weiterhelfen.«

Eine Karte vom »Weißen Ring«. Katharina hatte solche Karten selbst schon oft weitergegeben.

»Aber Sie verstehen, dass Sie das hier ...«, die Beamtin hielt den Boden in die Höhe, »nicht mit ins Flugzeug nehmen dürfen?«

»Klar. Ich habe auch nur vergessen, ihn herauszunehmen. Könnten Sie ...?«

»Natürlich.« Die Beamtin warf den Boden in einen bereitstehenden Container und wandte sich dem nächsten Fluggast zu.

»Meine Damen und Herren, eine Durchsage für den Flug Emirates Airlines 2804 nach Dubai und Dar es Salam: Leider verzögert sich das Boarding um etwa zwanzig Minuten. Wir bitten Sie um etwas Geduld und danken für Ihr Verständnis. – Ladies and Gentlemen, the boarding of flight 2804 ...«

Verdammt! Noch eine Verzögerung! Katharina zwang sich zur Ruhe. Sie war im Sicherheitsbereich des Flughafens. Und die Dichte von mittelgroßen Südländern um sie herum hatte deutlich abgenommen. Sie nahm die unbequeme Brille ab und verbannte sie in die Handtasche. Vor einem spiegelnden Schaufenster zog sie die beiden Essstäbchen heraus, die ihren Haarknoten zusammenhielten. Sie schüttelte ihre Haare aus, dann band sie sich einen Pferdeschwanz. Das war doch gleich sehr viel bequemer. Sie stutzte kurz: War es leichtsinnig, jetzt schon so viel von ihrer Verkleidung abzulegen? Andererseits: Wer sollte sie hier noch erkennen?

»Guck mal, das ist ja Katharina!« Die so Angesprochene erschrak, als sie hinter sich eine vertraute Stimme hörte. Das war ...

Laura! Tatsächlich! Das kleine Mädchen, das sie die letzten zehn Tage beherbergt hatte, nachdem ihre Mutter getötet worden war, kam freudestrahlend auf sie zugesprungen, ihren Vater, Tom Wahrig, an der Hand hinter sich her zerrend. Was machten die denn hier?

Katharina konnte trotzdem nicht anders. Sie ging in die Hocke und ließ zu, dass das Mädchen ihr um den Hals fiel. Schließlich hatten sie eine Menge miteinander erlebt. Und ... wann hatten sie sich verabschiedet? Das war erst am Vormittag dieses Tages gewesen. Es kam Katharina wie eine Ewigkeit vor.

Katharina löste sich behutsam aus der Umarmung. »Kommst du doch mit nach Brasilien?«, fragte Laura begeistert.

»Ach nein, Laura. Ich fliege woanders hin.«

»Echt? Schade!« Laura schob traurig die Unterlippe vor. Katharina konnte es ihr nachfühlen. Sie würde das kleine Mädchen vermissen. Ihr Vater würde mit Laura nach Brasilien gehen, weg aus Frankfurt. Weg von den Erinnerungen an ihre ermordete Mutter. Es war sicher besser so. Aber Katharina hätte nie gedacht, dass sie sich so an ein Kind gewöhnen konnte.

»Wo fliegst du denn hin?«, wollte Laura wissen.

Fast hätte es Katharina verraten. Aber sicher war sicher: »Das kann ich dir nicht sagen. Das ist geheim. Du weißt doch, ich bin ...«

»Polizistin!«, rief Laura, bevor Katharina ihr den Finger auf den Mund legen konnte. Sie sah sich besorgt um, aber niemand nahm Notiz von ihnen.

»Und da muss man manchmal Dinge machen, die niemand wissen darf«, erklärte sie dem Mädchen.

»Schon klar«, sagte Laura mit der Weisheit einer fast Fünfjährigen. »Kommst du uns besuchen?«

»Das habe ich dir doch versprochen. Sobald ich Zeit habe.«

Tom Wahrig räusperte sich: »Laura, unser Flug ...«

Katharina richtete sich auf und gab ihm die Hand: »Guten Flug!« Dann ging sie noch mal in die Hocke und nahm Laura fest in den Arm. Das Mädchen erwiderte die Umarmung. Endlich ließen sie einander los. Laura nahm ihren Vater wieder an die Hand und winkte noch einmal über die Schulter.

Katharina sah ihnen nach, bis sie in der Menge verschwunden waren. Sie würde Laura besuchen. Doch, ganz bestimmt.

Wie es der Zufall wollte, befand sich die Emirates-Lounge direkt gegenüber von Katharinas Gate, bewacht von einer ganzen Armada von bulligen Sicherheitskräften.

Katharina ließ sich in einen Sessel fallen: Ihre erste echte Ruhepause an diesem Tag, stellte sie fest. Vielleicht sogar seit zwei

Wochen. Seit ihr Leben langsam, aber sicher aus dem Ruder gelaufen war.

Sie sah auf die Uhr: kurz vor neun. Vor vierzehn Tagen um diese Uhrzeit hatte sie verzweifelt zu Hause auf ihrem Sofa gesessen. Polanski, ihr Chef, hatte sie eben nach Hause gebracht. Gegen ihren Willen. Thomas, ihr langjähriger Partner und bester Freund, war keine drei Stunden zuvor getötet worden. Und sie selbst hatte zwei Menschen erschossen. Drogenhändler, die einen Kollegen und vier Jugendliche als Geiseln genommen hatten. So hatte es begonnen. Und dann war das Schicksal auf den Geschmack gekommen und hatte mit dem Hammer auf ihr Leben eingeschlagen. Immer und immer wieder. Bis nichts als ein Scherbenhaufen übriggeblieben war: Vor vierzehn Tagen war sie Kriminalhauptkommissarin im KK 11, dem Frankfurter Kommissariat für Kapitalverbrechen, gewesen. Vielleicht nicht die beliebteste Kollegin, aber die erfolgreichste. Und dann hatten sie und ihr Partner ausgerechnet an diesem Nachmittag den Entschluss gefasst, Karten für die Oper zu kaufen. Dabei mochte Katharina die Oper eigentlich gar nicht. Aber Thomas hatte sie gebeten mitzukommen. Damit seine Frau, die eifersüchtig auf Katharina gewesen war, sie besser kennenlernen konnte.

Ausgerechnet im Parkhaus an der Oper, diesem Palast der Spießbürgerlichkeit, mussten sie in eine Geiselnahme geraten. Miguel de Vega hatte Thomas erschossen. Katharina dafür ihn. Und plötzlich war alles anders gewesen: Ein Kollege hatte Katharina angeschwärzt, sie hatte sich einer Mordanklage gegenübergesehen und war vom Dienst suspendiert worden.

Und dann hatte ihr das Schicksal auch noch Laura in den Schoß geworfen – und gleichzeitig einen neuen Fall, denn Lauras Mutter, ihre Nachbarin, war Opfer eines Gewaltverbrechens geworden.

Kurz darauf war er in ihr Leben getreten: Dr. Andreas Amendt. Der neue, arrogante Gerichtsmediziner, den niemand leiden konnte. Der sanftmütige Gitarrenspieler, der Ungerechtigkeit nicht ertrug. Auch er war suspendiert worden, weil er einen verdienten Arzt des Uni-Klinikums des Mordes bezichtigt hatte. Er und Katharina hatten sich zusammengerauft und gemeinsam beide Morde aufgeklärt.

Katharina war in die Fänge der Mörder geraten. Dr. Amendt hatte ihr das Leben gerettet. Und sie hatte sich in ihn verliebt.

Gleichzeitig hatten sie beide ihren Job verloren: Sie waren weggelobt worden zu einer Kamikaze-Einheit. Doch Katharina hatte geglaubt, dass es gut gehen würde, solange es drei Menschen auf der Welt gab, denen sie wirklich vertrauen konnte: Polanski, ihrem Chef, Kurtz, ihrem Patenonkel, und Andreas Amendt.

Aber das Schicksal hatte ihr erneut ins Genick getreten. Es lag eine bittere Ironie darin, dass dieser Tritt gleichzeitig das größte Rätsel in ihrem Leben löste: Sie erfuhr, wer ihre Eltern und ihre Schwester umgebracht hatte. Nur deshalb war sie Kriminalpolizistin geworden. Aber sagte man nicht: Wen die Götter vernichten wollen, dem erfüllen sie einen Herzenswunsch?

Sie hatte erfahren, dass Andreas Amendt der Verlobte ihrer Schwester gewesen war. Und Polanskis Hauptverdächtiger. Polanski! Der fast wie ein Vater zu ihr war. Schon damals, als er der leitende Ermittler gewesen war. Und doch hatte er kein Sterbenswörtchen gesagt. Klar, er durfte nicht. Aber er musste doch gesehen haben, was sich zwischen ihr und Amendt abspielte. Das Gleiche galt für Kurtz, ihren Patenonkel. Beide hatten Katharina ins offene Messer laufen lassen.

Katharina spürte einen Stich im Magen: Sie hatte jetzt niemanden mehr, dem sie vertrauen konnte: Thomas, ihr bester Freund, war tot. Polanski und Kurtz hatten sie angelogen – und der Mann, der ihr das Leben gerettet und in den sie sich verliebt hatte ... Nun ja, dieser Mann war Andreas Amendt, der Mörder ihrer Familie.

Sie war allein. Endgültig allein.

»Meine Damen und Herren«, riss eine freundliche, etwas rauchige Frauenstimme Katharina aus ihren Grübeleien. »Wir beginnen nun mit dem Boarding für Emirates Airlines, Flug 2804 ...«

Das war ihre Maschine. Katharina ging vor zum Gate, überreichte ihre Bordkarte und wurde in den stählernen Tunnel der Gangway zum Flugzeug eingelassen.

Eine weitere arabische Schönheit, diesmal jedoch von ausgesuchter Freundlichkeit, nahm sie am Eingang des Flugzeugs in Empfang und geleitete sie zu ihrem Sitz. Katharina ließ sich hineinfallen. Der Sitz war weich, groß und mit hellem Leder bezogen. Zwei Armlehnen ganz für sie alleine. Genug Freiheit, um ihre Beine ganz auszustrecken. Die Stewardess half ihr mit dem Sicherheitsgurt. Dann fragte sie Katharina höflich: »Möchten Sie vor dem Abflug ein Glas Champagner?«

Die Maschine rollte gemächlich über den Flughafen zur Startbahn. Auf dem Platz jenseits des Ganges hatte ein kleiner, kugelrundvergnügter Mann Platz genommen. Auch er hatte sich ein Glas Champagner bringen lassen und Katharina über den Gang hinweg zugeprostet.

Jetzt war der Champagner getrunken und die Stewardess hatte die Kelche wieder eingesammelt. Katharina fühlte sich angenehm leicht und etwas beschwipst.

Endlich hatte die Maschine ihre Startposition erreicht. Der Pilot stellte sich vor und wiederholte noch einmal den Hinweis, sich jetzt anzuschnallen und den Sicherheitsgurt erst zu lösen, wenn die Maschine ihre Reiseflughöhe erreicht habe.

Die Motoren der großen Boeing heulten auf. Die Maschine beschleunigte, Katharina wurde in ihren Sitz gepresst. Dann hob das Flugzeug ab und nahm Kurs in den schwarzen Nachthimmel.

Blues On The Dark Side

In der Ferne blinkten die Lichter eines Flugzeugs. Andreas Amendt stand auf der Terrasse seiner Dachwohnung und schaute den Lichtern nach. Dann verschwanden sie in der Wolkendecke, und er richtete seinen Blick wieder nach unten in den dunklen Innenhof seines Hauses. Er könnte einfach springen. Nein, das war eine blöde Idee: Die Äste der Bäume würden seinen Sturz abfangen; er würde sich lediglich ein oder zwei gebrochene Gliedmaßen und einen Aufenthalt in der Psychiatrie einhandeln. Er atmete tief ein, doch die feuchtkalte, schmutzige Winterluft schien keinen Sauerstoff zu enthalten. Alles in allem war es ein wirklich beschissener Tag gewesen.

Vor einer Stunde hatte es erneut geklingelt. Er wollte es wieder ignorieren. Doch kurz darauf schlug jemand mit Macht gegen seine Wohnungstür: »Amendt! Ich weiß, dass Sie da sind! Machen Sie auf oder ich trete die Tür ein!« Antonio Kurtz. Natürlich.

Andreas Amendt öffnete zögernd. Kurtz stieß die Tür ganz auf, packte ihn am Kragen und schleifte ihn ins Wohnzimmer. Grelles Licht flammte auf und vertrieb die Dunkelheit. Amendt kniff die Augen zusammen. Hinter Kurtz waren zwei stämmige, kahl geschorene Männer in die Wohnung getreten. Einer von ihnen hatte wohl den Lichtschalter betätigt.

»Sie haben es mir versprochen, verdammt!« Kurtz zog Andreas Amendt wieder am Kragen hoch.

»Aua. Sie ... Sie tun mir weh!«

»Weh? Ich tue Ihnen weh?« Kurtz ließ ihn auf das Sofa fallen. »Sollen Ihnen meine beiden Experten hier mal zeigen, was wehtun wirklich bedeutet? Und seien Sie lieber froh, dass ich hier bin und nicht Katharina. – Ganz ehrlich, ich hätte kein Problem damit, wenn sie Ihnen eine Kugel in den Kopf jagt.«

Andreas Amendt ließ den Kopf in die Hände sinken. Auch er hätte kein Problem damit. Aber das würde er Kurtz sicher nicht sagen.

Kurtz packte ihn unter dem Kinn. »Sie hatten es mir versprochen. Sie wollten es ihr unbedingt selbst sagen.«

»Es ist ... nicht so einfach.«

»Einfach? Nichts ist einfach. Auf jeden Fall: Jetzt weiß sie es.«

Andreas Amendts Magen stürzte in bodenlose Tiefen. »Haben Sie es ihr gesagt?«

»Nein!«, knurrte Kurtz. »*Ich* halte mich an meine Versprechen. Aber haben Sie im Ernst geglaubt, sie würde es nicht von selbst herausfinden?«

Klar. Natürlich hatte sie es herausgefunden. Verdammt, warum hatte er es ihr nicht einfach gesagt? Dreimal hatte er einen Anlauf unternommen. Dreimal war etwas dazwischengekommen. Dreimal war er dankbar gewesen für die Galgenfrist.

»Und jetzt?«, fragte Andreas Amendt endlich.

»Nichts ›und jetzt‹. Katharina ist fort. Untergetaucht. De Vega hat einen Profi-Killer auf sie angesetzt.«

Andreas Amendt schämte sich dafür, dass er innerlich aufatmete. Erneut war seine Frist verlängert worden.

»Aber sie wird wiederkommen«, fuhr Kurtz fort. »Und dann werden Sie ihr jede Frage beantworten, die sie stellt.«

»Und was, wenn ich das nicht kann?«

»Oh, Sie können. Dafür garantiere ich. Und was Katharina nicht aus Ihnen herauskriegt ...« Kurtz blickte vielsagend auf seine beiden Schläger. Dann beugte er sich ganz dicht vor Amendts Gesicht. »Haben wir uns verstanden?«

»Ja, voll und ganz.«

»Na also. Und enttäuschen Sie mich nicht wieder.«

Mit einem lauten Knall fiel die Wohnungstür hinter Kurtz und seiner Leibgarde ins Schloss.

Andreas Amendts Hände schmerzten vor Kälte. Er hatte natürlich keine Jacke angezogen. Fast eine Stunde hatte er nach Kurtz' Besuch auf der Dachterrasse gestanden. Antworten hatte er noch immer nicht. Weder für Katharina Klein noch für sich selbst.

Endlich hielt er die Kälte nicht mehr aus. Die rasenden Gedanken. Den Sog des Abgrunds. Er ging in sein Wohnzimmer und schloss die Terrassentür sorgfältig.

Sein Blick blieb auf dem Telefon haften, das in der Ladestation auf dem Schreibtisch stand. Er nahm es und setzte sich wieder auf sein Sofa. Langsam drehte er das Gerät in den Händen. Wen sollte er anrufen?

Plötzlich wusste er es: Die Nummer, die er wählte, war lang. Mehr als zehn Stellen. Er lauschte im Hörer auf die Stille, in der sein Anruf durchgeschaltet wurde. Es läutete am anderen Ende. Fünf, sechs, sieben Mal. Endlich meldete sich eine dunkle, kräftige Frauenstimme: »Herbst Medical Office?«

»Hi Sandra, ich bin es.«

»Andreas!« Die Stimme klang ehrlich erfreut.

»Hab' ich dich geweckt?«

»Nö. Bin eben erst von einem Notfall zurückgekommen.« Er hatte mit Sandra Herbst zusammen studiert. Auch noch in der Facharztausbildung – zum Neurologen, Amendts erster Disziplin – waren sie unzertrennliche Freunde gewesen. Doch irgendwann war Sandra ins Ausland gegangen und nicht mehr nach Deutschland zurückgekehrt.

»Wir haben ja schon ewig nicht mehr miteinander gesprochen. Wie geht's dir? Du klingst nicht gut«, fragte sie.

»Na ja, wie man es nimmt. Ich bin gerade suspendiert. Lange Geschichte. Aber ich habe schon eine neue Stelle.«

»Das ist doch klasse! Glückwunsch!«

»Und ich habe mich verliebt«, stieß Andreas Amendt hervor. Es klang seltsam, so laut ausgesprochen.

»Noch besser! Wurde ja auch mal Zeit!«

»In Susannes Schwester.«

Ein erschrockenes »Was?«. Dann Schweigen. Endlich fuhr Sandra Herbst fort: »Großer Gott. – Und jetzt?«

»Nichts ›und jetzt‹. Ab Februar soll ich auch noch mit ihr zusammenarbeiten. Die neue Stelle.«

»Hm.« Sandra Herbst dachte nach. »Ab Februar, sagst du? Und du bist gerade suspendiert?«

»Ja.«

»Dann pack deine Siebensachen und komm her!«

Night Ride

Ein dezentes Ping aus den Bordlautsprechern kündigte an, dass das Flugzeug seine Reiseflughöhe erreicht hatte. Katharina löste ihren Sicherheitsgurt und nahm ihre Handtasche. Die normalen Flugzeugkopfhörer waren immer so unbequem. Deshalb wollte sie nach den Ohrhörern ihres MP3-Players suchen. Doch stattdessen zogen ihre Hände *die Akte* hervor. Die Fallakte ihrer Familie.

Sie hielt den schweren Hefter auf dem Schoß und starrte ihn an, als würde er so von selbst seine Geheimnisse preisgeben.

»Nun schlag die Akte endlich auf, du Feigling.« Katharina meinte, Susanne sprechen zu hören. Ihre tote Schwester. »Du hast es dir und mir versprochen!«

Susanne hatte recht. Sie hatte es ihr versprochen. Katharina atmete tief und langsam ein und aus. Als ihr Herz nicht mehr bis zum Hals schlug, öffnete sie den braunen Papphefter.

Die Akte begann mit einem Protokoll des Notrufs. Der Anrufer hatte seinen Namen nicht genannt. Immer wieder hatte er völlig verstört wiederholt: »Etwas Schreckliches ist passiert.« Der diensthabende Beamte hatte mehrere Anläufe gebraucht, um ihm wenigstens die Adresse zu entlocken.

Neben dem Anruf-Protokoll fand sich eine Notiz. Katharina kannte die kleine, gestochene Handschrift. Sie gehörte Thomas, ihrem Partner. Einen kurzen Augenblick lang dachte Katharina an den vergangenen Sonntag. An Thomas' Beerdigung, auf der ihr seine Witwe die Akte zugesteckt hatte. Sie biss sich auf die Lippen, denn sie spürte, wie sich in ihren Augen Tränen sammelten. Nicht heulen! Nicht jetzt!

Was hatte Thomas notiert? »Anruf durch wen? A.A.?« A.A.? Andreas Amendt?

Sie blätterte weiter. »Einsatzbericht / Erster Angriff« war die nächste Seite überschrieben. »Erster Angriff« – so nannte man die ersten Arbeiten der Polizei vor Ort: Tatort sichern, Verletzte versorgen, mögliche Verdächtige festnehmen, Zeugen finden und so weiter. Früher hatte Katharina diese Bezeichnung immer komisch gefunden. Sie vertiefte sich in die Lektüre des Berichts.

Die Streifenbeamten hatten die Haustür offen vorgefunden. Wegen möglicher Gefahr im Verzug hatten sie das Haus betreten: im Wohnzimmer drei leblose Personen, die Scheibe des Panoramafensters eingeschlagen. Dann hatte einer der Beamten »Geräusche, die auf verdächtige Aktivitäten schließen ließen« gehört. Das stand da wirklich so. Beamtendeutsch war schrecklich prosaisch. Aber Katharina kannte die Situation. Den Augenblick, in dem man feststellt, dass man nicht alleine am Tatort ist. Den bitteren Geschmack des Adrenalins im Mund. Das Pochen des eigenen Herzschlags. Sie konnte die beiden Streifenbeamten vor sich sehen, wie sie mit gezogenen Dienstwaffen den Geräuschen nachgegangen waren. Ins obere Stockwerk. Ins Badezimmer. Dort hatten sie ihn vorgefunden: »eine verdächtige, hilflose Person«. Nackt unter der Dusche kauernd. Der Bericht vermerkte, die Beamten hätten das »Wasser, das auf sehr hohe Temperatur eingestellt war,« abgedreht. Dann hatten sie die »hilflose Person« in Gewahrsam genommen. Aufgrund der deutlich sichtbaren Blutspuren auf der im Bad vorgefundenen Kleidung hatten sie der Person »Behelfskleidung zur Verfügung gestellt«. Dann hatten sie die Person in ihren Streifenwagen verbracht.

Zuletzt fand sich noch ein Vermerk: Die hilflose Person wurde als »Andreas Amendt, Assistenzarzt in der neurologischen Abteilung des Universitätsklinikums Frankfurt am Main« identifiziert. Richtig. Amendt war nicht nur Gerichtsmediziner, sondern auch Neurologe. Ein Wunderkind. Medizinstudium und zwei Facharztausbildungen in Rekordzeit. Waren Wunderkinder nicht immer in Gefahr, dem Wahnsinn zu verfallen? Katharina meinte, gelesen zu haben, dass hohe Intelligenz und Schizophrenie genetisch oft Hand in Hand gingen. Und Amendt war erblich belastet. Das hatte ihr Professor Paul Leydth, sein Ziehvater, in einem etwas surrealen Gespräch erzählt. Leydth hatte nur sehr kryptisch von einem Mord gesprochen, an dessen Tatort Amendt gewesen war. Und dann hatte der Professor Katharina gebeten, die Wahrheit über diesen Mord herauszufinden. Vorausgesetzt, Andreas Amendt zog sie ins Vertrauen. Nun ja, zu spät.

Neben dem Bericht der Polizisten fand sich wieder ein Vermerk: »Schock?« Außerdem hatte Thomas mit einer Büroklammer einen Wikipedia-Artikel an die Seite geheftet: »Retrograde Amnesie«. Rückwirkender Gedächtnisverlust. Was hatte Paul Leydth gesagt? »Er hat keine Erinnerungen an die Tat.« Aber war Amnesie nicht oft zeitlich begrenzt? Kamen die Erinnerungen nicht irgendwann zurück? Thomas hatte die entsprechenden Sätze in dem Artikel mit einem Textmarker angestrichen und notiert: »Weiß er heute mehr?«

Katharina hörte ihren toten Partner beinahe sprechen. Das war seine Art gewesen: Fragen zu stellen. Immer wieder und wieder. Damit hatte er Katharina manchmal fast zum Wahnsinn getrieben.

Die nächsten Seiten der Akte enthielten den Bericht der Spurensicherung, eine endlose Auflistung: Fingerabdrücke, ein paar Fußspuren im Garten. Das meiste davon war nicht verwertbar. Katharina überflog die Liste, bis ihr Blick an der sichergestellten Kleidung aus dem Badezimmer hängenblieb: Baumwollhemd, Baumwollhose, hellblau. Krankenhauskleidung. Darauf Blutspritzer und Wischspuren – Blutgruppe Null. Katharina dachte daran, dass Susanne, als sie mit dem Medizinstudium anfing, aus Spaß die Blutgruppen ihrer Familie bestimmt hatte. Sie alle hatten Blutgruppe Null. Eine sehr seltene Anomalie. Ihr Vater hatte gesagt, er habe immer gewusst, dass seine Familie etwas ganz Besonderes sei.

Als Katharina die Seite umblätterte, musste sie tief durchatmen. Tatortfotos. Sie zwang sich, die Bilder anzusehen: Ihre Eltern saßen auf dem Sofa. Ihre Schwester Susanne lag auf dem Boden. Auf dem Rücken. Katharina stutzte. Susanne hatte vermutlich in ihrem Lieblingssessel gesessen. War sie aufgestanden, um sich schützend vor ihre Eltern zu stellen? Selbst dann hätte sie so nicht liegen dürfen. Nicht so gerade ausgestreckt und mit dem Kopf in die falsche Richtung. Auch Thomas hatte diese Diskrepanz bemerkt und am Rand notiert: »Wer hat die Leiche bewegt?«

Katharina versuchte, sich den Hergang vorzustellen: Es muss sehr schnell gegangen sein. Ihre Familie sitzt beim Kaffee. Der Täter springt durch die Scheibe des Wohnzimmers und schießt. Die tödlichen Schüsse fallen innerhalb weniger Sekunden. Und dann?

Ein Foto zeigte den gedeckten Kaffeetisch. Feines Porzellan, eine Leidenschaft ihrer Mutter. Marmorkuchen. Susanne war süchtig danach gewesen. Das Bild wirkte friedlich. Unberührt. Fast. Ein paar Pfeile dokumentierten Blutspritzer. Blutgruppe Null.

Den Tatortfotos folgten Seiten um Seiten mit Vernehmungsprotokollen. Vor allem mit Amendt. Immer wieder die gleiche Frage: »Was ist passiert?« Immer wieder die gleiche Antwort: Er sei nach der Arbeit von der Klinik zu seiner Verlobten gefahren. Da er sehr erschöpft gewesen sei, habe Susanne ihm angeboten, sich in ihrem Zimmer ein wenig hinzulegen. Danach wisse er nichts mehr. Die »Ich erinnere mich an nichts«-Strategie: der erste Schritt in Richtung Freispruch wegen Unzurechnungsfähigkeit.

Andreas Amendt war mit der Strategie durchgekommen. Ein Gutachten, das sich gleichfalls in der Akte befand, bestätigte die Amnesie. Gutachter war ... Professor Paul Leydth. Amendts Ziehvater. Ein Freundschaftsdienst? Das wäre strafbar gewesen. Allerdings bestätigte ein zweiter Arzt, dessen Name ihr nichts sagte, die Diagnose. Das Gutachten enthielt auch einen Hinweis auf die familiäre Vorbelastung: Amendts Mutter war schizophren gewesen. Sie hatte seinen Vater getötet und sich dann das Leben genommen. Auch das hatte Paul Leydth Katharina erzählt.

Katharina kramte in ihrem Gedächtnis. Was wusste sie über Schizophrenie? Sie erinnerte sich noch gut daran, was der Gerichtspsychiater mit dem schweren Tick, der ihn immer seinen Kopf ruckartig zur Seite werfen ließ, in seiner Vorlesung »Psychische Erkrankungen in der polizeilichen Praxis« betont hatte, damals auf der Polizeihochschule: Schizophrene waren selten gewalttätig, seltener als der Durchschnitt der Bevölkerung. Und wenn doch, benötigten sie einen sogenannten Trigger, ein starkes auslösendes Moment. Was war dieser Trigger gewesen?

Sinnlos, zu grübeln. Also zurück zu den Spuren, den Indizien. Katharina schlug den Bericht der Ballistik auf: Acht Schüsse waren abgegeben worden. Aus einer Entfernung von fünfzig bis achtzig Zentimetern. Alle acht Geschosse konnten sichergestellt werden. Kaliber 7.65 Millimeter. Die Spuren an den Geschossen waren konsistent mit einer Tatwaffe vom Typ Walther PPK. Die Akte vermerkte, dass eine Waffe dieses Typs auf Diether Klein, Katharinas Vater, registriert war. Doch die Pistole war nicht auffindbar. Katharina wunderte sich: Ihr Vater war immer sehr vorsichtig gewesen und hatte die Waffe im Tresor seines Arbeitszimmers verwahrt. Ungeladen. Wo war sie? War es die Tatwaffe? Und wenn ja, wie war Amendt an sie herangekommen?

Katharina wollte schon weiterblättern, als sie noch einmal stutzte. Sie blätterte zurück. Doch. Acht Geschosse. Und keine Patronenhülsen. Nahm sich jemand in einem Wahnanfall wirklich die Zeit, derart gründlich Spuren zu beseitigen?

Und: Acht Geschosse? Das Magazin einer PPK fasste sieben Patronen. Wo kam die Achte her? Natürlich konnte man eine Pistole überladen: Durchladen, das Magazin entnehmen und auffüllen. Sieben Patronen im Magazin und eine im Lauf. Aber das war schon ziemlich spezielles Fachwissen, über das nur ein geübter Schütze verfügte. Außerdem verlangte es Planung. Planung und Wahnsinn? Oder lud ihr Vater seine Pistole so? Katharina glaubte es nicht, denn es hätte bedeutet, das Magazin bei entsicherter Waffe und gespanntem Hahn zu entnehmen und wieder einzusetzen. Das Risiko, dass sich dabei ein Schuss löste, war groß. Ihr Vater wäre dafür zu vorsichtig gewesen.

Neben dem Ballistikbericht fand sich eine Notiz von Thomas: »TT? Autopsiebericht, S. 8« TT? Was sollte das denn heißen? Thomas und seine Fragen. Katharina schlug die angegebene Stelle auf. Es handelte sich um den abschließenden Bericht des Gerichtsmediziners mit einer Zusammenfassung der Verletzungen. Auf ihre Mutter und ihren Vater war je dreimal geschossen worden. Zweimal in die Brust, einmal in den Kopf. Susanne wies zwei Schussverletzungen auf, beide in die Brust. Jeder einzelne der Schüsse wäre tödlich gewesen.

Drei Schüsse? TT? Klar. Das hieß »Triple Tagging«! Zwei Schüsse in die Brust. Fangschuss in den Kopf. So schossen Menschen, die mit einer Waffe umzugehen wussten und kaltblütig genug waren, um zu töten. Passte das zu Andreas Amendt? Und woher konnte er überhaupt so gut schießen? Acht Schüsse in so kurzer Zeit abzugeben und genau zu treffen, verlangte auch auf die kurze Distanz Übung und Präzision.

Andererseits: Andreas Amendt hatte Katharina das Leben gerettet und dabei vor ihren Augen einen Menschen erschossen. Mit einem einzigen Schuss, der beide Oberschenkel-Arterien des Mannes, der Katharina eben erstechen wollte, zerfetzt hatte. War das wirklich nur ein Glücktreffer gewesen?

Katharina rieb sich die Schläfen. Diese Akte war ein einziges Puzzle. Sie würde ein ganzes Team brauchen, um sie zu untersuchen und zu verstehen. Aber sie wollte wenigstens noch lesen, was Polanski selbst sagte. Sie blätterte vor zum vorläufigen Abschlussbericht am Ende der Akte.

Wie alle Berichte von Polanski war auch dieser knapp und präzise. Er formulierte als Schlussfolgerung:

Es ist davon auszugehen, dass Andreas Amendt der Täter ist. Die Suche nach weiteren Verdächtigen oder Mittätern verlief bisher erfolglos. Auch die Untersuchungen des Umfelds sowie der Lebensumstände der Geschädigten haben keine Hinweise auf mögliche weitere Verdächtige erbracht.

Eine psychiatrische Evaluation muss zeigen, ob Andreas Amendt in einem akuten und transienten psychotischen Schub gehandelt hat, wie es die Beweislage vermuten lässt.

Diese Schlussfolgerung war zumindest gewagt. Die »Wer sollte es sonst gewesen sein?«-Strategie war immer ein Notnagel. Katharina war erstaunt, dass Polanski sich dazu hinreißen ließ.

An die letzte Seite des Berichts war wie zum Hohn ein Schreiben geheftet, in dem der zuständige Staatsanwalt Polanskis Fall in Stücke riss. Katharina konnte nicht umhin, ihm recht zu geben. Die Indizienkette war nicht geschlossen. Die Tatwaffe fehlte. Man konnte Amendt nicht nachweisen, überhaupt geschossen zu haben. Es gab weder Zeugen noch ein Geständnis. Und es fehlte jedes Motiv.

Motiv! Richtig. Auch Psychotiker brauchten ein Motiv. Oder zumindest einen Trigger.

Warum sollte Andreas Amendt so eine Tat begehen? Vielleicht Susannes Schwangerschaft? War er damit überfordert gewesen?

»Das ist Blödsinn. Und das weißt du!« Katharina sah erschrocken auf. Susanne schaute über die Kante des Vordersitzes auf sie herab. Ihre Augen funkelten ärgerlich. »Andreas liebt Kinder! Das hast du ja nun weiß Gott selbst erlebt!«

Na klasse! Die Gespenster der Vergangenheit. Sie musste über der Akte eingenickt sein, unmerklich hinübergeglitten in einen jener Träume, die von der Wirklichkeit kaum zu unterscheiden waren. Aber Traum-Susanne hatte recht. Amendt war ein Kindernarr. Auch schon damals?

»Natürlich. Das habe ich dir doch geschrieben!«, beantwortete Susanne die unausgesprochene Frage. »Weißt du, was er gemacht hat, als er erfahren hat, dass ich schwanger bin?«, fragte sie. »Er hat einen Kinderwagen gekauft. Einen richtig schönen. Und das von seinem Assistenzarzt-Gehalt.«

»Begeisterung und Wahn liegen nahe zusammen oder nicht?«, sagte eine männliche Stimme neben Katharina. Thomas saß auf der Armlehne ihres Sitzes, wie üblich etwas overdressed: Dreiteiler, Hemd und Krawatte in farblich perfekt aufeinander abgestimmten Grautönen, weinrotes Einstecktuch.

Susanne fauchte ihn zornig an: »Vor lauter Begeisterung bringt er seine Verlobte um und ihre Eltern gleich mit, oder was?«

»Warum nicht? Einerseits der Kinderwunsch. Auf der anderen Seite die Angst, die Krankheit seiner Mutter geerbt zu haben und jetzt womöglich weiterzugeben. Die Spannung baut sich immer mehr auf und – Bamm!« Thomas stieß die Faust in seine Hand.

»Blödsinn.« Susannes Augen hatten sich mit Tränen gefüllt.

»Was denkst du denn, Katharina?«, fragte Thomas.

Sie wusste es nicht. Die Spuren ergaben keinen Sinn. Zumindest nicht, wenn man von einer spontanen Wahnsinnstat ausging.

»Ganz richtig«, sagte Susanne trotzig. »Welcher Wahnsinnige nimmt sich denn die Zeit, seine ganzen Spuren so zu verwischen? Und die Pistole? Denk an die Pistole!«

»Was soll damit sein?«, fragte Thomas zurück.

»Wie soll er daran gekommen sein?«

»Vielleicht war euer Vater ausnahmsweise mal leichtsinnig? Hat sie auf seinem Schreibtisch liegen lassen? Und wer sagt denn, dass die Pistole eures Vaters überhaupt die Tatwaffe war? Walther PPKs bekommt man auf dem Schwarzmarkt nachgeschmissen.«

Da hatte Thomas allerdings recht. Fast jeder kleine Dealer auf der Konstabler Wache kannte jemanden, der jemanden kannte, der …

»Und einen Schießkurs hat er da auch gleich absolviert?«, fragte Susanne giftig.

»Darf ich auch was beitragen?« Katharina sah auf: An der Rückenlehne des Sitzes vor Katharina lehnte Miguel de Vega. Was hatte der denn in ihrem Traum zu suchen?

»Was?«, fragte sie.

»Na ja, wenn ich 'nen Mordauftrag an einer Familie hätte: So würde ich es machen. Rein. Bammbammbammbammbamm. Und Feierabend.«

Thomas fragte trocken: »Und das hilft uns jetzt wie weiter?«

»Vielleicht guckt ihr auf den falschen Verdächtigen. Mein ja nur. Triple Tagging. Keine Patronenhülsen. Für mich sieht das nach 'nem Profi-Job aus.«

»Und der Profi lässt einen potenziellen Zeugen am Leben?«, fragte Thomas irritiert.

»Toller Zeuge. Ohne Gedächtnis. Und wenn er es doch wiederfindet … Wer glaubt ihm schon? Am Tatort? Blutverschmiert? Und plötzlich will er einen unbekannten Dritten gesehen haben?« Miguel de Vega grinste triumphierend. »Der perfekte Sündenbock.«

»Und wer sollte den Auftrag gegeben haben?«, fragte Thomas.

»Keine Ahnung. Jeder hat Feinde.« Miguel de Vega zuckte mit den Achseln. »Und wer hat denn hier den Patenonkel bei der Mafia?«

»Kurtz?« Katharina schluckte.

»Oder jemand, der sich an Kurtz rächen wollte.« Damit löste sich Miguel de Vegas Erscheinung in Rauch auf.

Thomas holte tief Luft: »Das ist doch alles Hirngespinst.«

Susanne gab sich noch nicht geschlagen. »Papa hatte vielleicht wirklich Feinde. Galeristen. Andere Kunsthändler.«

Katharina erinnerte sich, dass ein Konkurrent den Wagen ihres Vaters einmal mit Farbe übergossen hatte. Ausgerechnet wegen eines Streits um ein Bild von Jackson Pollock. Ihr Vater hatte sich über die Ironie sehr amüsiert.

»Siehst du?«, triumphierte Susanne.

»Polanski wird das alles untersucht haben«, warf Thomas ein.

»Und wenn nicht? Vielleicht war Polanski ja froh, einen Täter gefunden zu haben?«

Schwer vorstellbar. Polanski drehte jeden Stein dreimal um und hinterfragte alles. War er damals auch schon so? Bestimmt.

»Und wenn es Verbindungen gab, die er nicht kennen konnte? Was, wenn es gar nicht um Papa ging?«, bohrte Susanne weiter.

»Und um wen dann?« Thomas wirkte genervt.

»Ich weiß nicht. Vielleicht um mich?«

»Um dich?«, fragte Katharina.

»Vielleicht hatte ich Feinde? Ich weiß es nicht. Ich meine, ich hatte ja nicht immer ein glückliches Händchen mit Männern, oder?«

Katharina versetzte diese Bemerkung einen Stich. Ausgerechnet Susannes liebenswerteste Eigenschaft, in jedem Menschen das Gute zu sehen, war nicht sehr hilfreich bei der Partnerwahl gewesen. Dummköpfe, Karrieristen, …

»Irre wie der Amendt«, setzte Thomas die Reihe fort. Das war zu viel für Susanne. Sie sprang auf, packte Thomas am Revers und schüttelte ihn: »Er ist es aber nicht gewesen!«

»Natürlich war er es!« Thomas und Susanne rangen wie zwei Kinder. Katharina drängte sich zwischen die beiden: »Jetzt hört aber auf!«

Es half nichts. Im Gegenteil. Thomas und Susanne packten sie an den Armen. Hilflos schleuderte sie hin und her. Plötzlich gab der Boden nach und Katharina kippte nach vorne.

Als sie sich wieder gefangen hatte, waren Thomas und Susanne verschwunden. Eine Stewardess hielt Katharina an einem Arm fest. Auf der anderen Seite stützte sie der kleine Mann vom Nachbarsitz.

»Vorsicht.« Die Stewardess drückte Katharina sanft, aber bestimmt auf ihren Sitz zurück. »Sie waren eingeschlafen. Aber wir erwarten Turbulenzen. Und da müssen Sie sich anschnallen. – Tut mir leid, ich wollte Sie nicht erschrecken.«

Katharina zurrte beschämt den Gurt über ihrem Bauch fest. Sie blickte zur Stewardess auf: »Kein Problem. Und verzeihen Sie, aber …«

Die Stewardess nickte wissend und verzeihend. »Ein Albtraum? Kommt manchmal vor. Der Luftdruck.« Sie betrachtete Katharina kritisch. »Sie sind ja völlig nass geschwitzt. Ich hole Ihnen ein Handtuch. – Sie sind doch nicht krank?«

»Nein, nein. Nur etwas viel Stress.« Sie wischte sich über ihr lädiertes Auge. »Streit mit meinem Ex-Freund.«

»Aha! Auf jeden Fall sind Sie hier sicher. Ich bringe Ihnen auch etwas Eis für Ihr Auge.«

»Danke!«

»Bringen Sie ihr einen Whiskey mit«, mischte sich der kleine Mann ein, der sich gleichfalls wieder hingesetzt hatte. »Mir auch. Und vielleicht was zu essen?« Er drehte sich zu Katharina. »Sie haben das Essen verschlafen.«

»Ich fürchte, wir haben nur noch den Nachtisch übrig. Mousse au Chocolat.« Katharinas Lieblingsspeise. Das musste die Stewardess ihr angesehen haben: »Ich bringe Ihnen mal zwei Portionen.«

»Danke. Und verzeihen Sie noch mal ...«

»Ach, ein Albtraum ist doch gar nichts. – Ich bin gleich wieder da.«

Von allen Turbulenzen unbeeindruckt, schwebte die Stewardess durch den Gang davon. Katharinas Sitznachbar sah ihr begeistert hinterher. Dann bemerkte er, dass Katharina ihn beobachtete, und richtete sich schulterzuckend auf: »Sorry. Aber sie ist einfach zu schön. Wie eine Prinzessin aus Tausendundeinernacht.«

Der Mann bückte sich nach etwas, das auf dem Gang lag: die Akte. Katharina griff rasch danach, zog sie weg und steckte sie in ihre Handtasche. »Ein geheimer Geschäftsbericht. Ich komme schon in Teufels Küche, wenn jemand erfährt, dass ich über der Lektüre eingeschlafen bin und ihn nicht wieder sicher verwahrt habe.«

»Verstehe. Müssen ja Höllenzahlen sein, wenn die Albträume auslösen.«

Was würde ein Unternehmensberater sagen? »Na ja, eher ein Höllen-Klient.«

»Lassen Sie mich raten: Beratungsresistent, aber er gibt Ihnen an allem die Schuld?«

»So ungefähr. Er weigert sich, alte Schulden zu begleichen, weil er sich nicht daran erinnert.« Das war wenigstens die halbe Wahrheit. Und sie würde den Amendt schon drankriegen. »Und wenn er es nicht war?«, hallte Susannes Stimme in Katharinas Kopf nach. Unsinn!

Katharina verstand zwar nicht, warum, aber die Stewardess musste sie ins Herz geschlossen haben. Sie hatte ihr nicht nur einen Whiskey, eine Flasche Wasser, ein Handtuch und ein kleines Schälchen mit Eiswürfeln gebracht, sondern gleich drei Schälchen mit Mousse au Chocolat.

»Fliegen Sie auch nach Dubai?«, fragte ihr Sitznachbar.

»Nein, nach Dar es Salam.« Verdammt. Verplappert. Katharina beruhigte sich gleich wieder. Wer sollte schon davon erfahren?

»Tansania. Schönes Land.«

»Wenn Sie das sagen. Ich war noch nie dort.«

»Na, dann haben Sie ein Traumerlebnis vor sich.« Er musterte sie kurz. »Verzeihung. Ich wollte nicht ...«

Katharina winkte ab. »Keine Ursache.«

»Und ... Ich will ja nicht persönlich werden, aber haben Sie solche Albträume häufiger?«

»Manchmal«, antwortete Katharina knapp.

»Ich glaube, dann habe ich etwas für Sie.« Der Mann angelte nach dem Aktenkoffer, den er unter seinen Sitz geschoben hatte. Er legte ihn auf seinen Schoß und klappte ihn auf. Der Koffer war voller Medikamentenpackungen. »Wo haben wir denn ...? Ach da.« Der Mann zog eine Schachtel hervor und drehte sie stolz zwischen seinen Händen. »Ganz neu entwickelt. Keine Überdosierung. Keine Abhängigkeit. Und es stört nicht die REM-Phasen; ein mildes Euphorikum vertreibt böse Träume. Morph-OX.«

Jetzt hielt der Mann Katharina die Schachtel hin.

Urplötzlich packte Katharina die Panik. Es wäre einfach, ihr so eine Giftpille zu verabreichen. Sie zwang sich zur Ruhe. »Ministro?«, fragte sie.

Der Mann blickte sie irritiert an: »Nein, Morph-OX.« Den Begriff »Ministro« schien er noch nie gehört zu haben. Okay. Da war sie wieder, die Paranoia. Katharina nahm die Schachtel und besah sie sich von allen Seiten. Sie war versiegelt.

»Danke. – Sind Sie Pharmakologe?«

»Schön wär's.« Der Mann lachte. »Ich bin nur ein einfacher Pharma-Vertreter. Na ja, nicht ganz einfach. Ich bin Vertriebschef für den EMEA-Raum.«

»Fliegen Sie deswegen nach Dubai?«

»Natürlich. Ein echter Boom-Markt. Mit etwas Glück mache ich da morgen den Deal meines Lebens. Und dann hänge ich noch ein paar Tage Dubai dran. Tolle Stadt.«

»Wenn Sie meinen ...«

»Doch, immer einen Trip wert. – Apropos: Haben Sie an alle Schutzimpfungen gedacht?«

»Schutzimpfungen?«

»Für Tansania. Schönes Land. Aber das Gesundheitssystem ist eine Katastrophe. Besser, wenn man da nicht krank wird.«

Oh je. Der Mann hatte recht. Sie hatte sich darüber keine Gedanken gemacht. Andererseits war sie als Polizistin so ziemlich gegen alles und jedes geimpft. Außer ...

»Ist Tansania eigentlich Malaria-Gebiet?«, fragte sie.

»Natürlich. Unser wichtigster Absatzmarkt für Resolariam. Sie haben doch an die Malariaprophylaxe gedacht?«

Katharina schüttelte den Kopf.

»Na, das ist aber leichtsinnig.« Der Mann wühlte in seinem Koffer und zog eine weitere Schachtel hervor. »Hier. Nehmen Sie das. Einmal pro Woche eine Tablette.«

»Gibt es da Nebenwirkungen?«

»Na ja, wie man's nimmt. Resolariam wurde im Auftrag der amerikanischen Armee entwickelt. Hebt die Laune und stärkt den Kampfgeist. Und vor Malaria schützt es natürlich auch.«

Das konnte sie wirklich brauchen. Katharina steckte die Schachteln in ihre Handtasche.

»Und Sie?«, fragte der Mann plötzlich. »Sie sind eher im asiatischen Raum unterwegs, was?«

Das war jetzt etwas peinlich. Aber besser nicht lügen und sich dabei erwischen lassen. »Na ja, in den letzten Jahren bin ich nicht so oft aus Deutschland rausgekommen. Nur nach Südafrika und in die USA. In Asien war ich noch nie.«

»Südafrika!«, schwärmte der Mann. »Fantastische Krankenhäuser. – Echt? Sie waren noch nie in Asien? Aber Sie sind doch ...?«

»Halb …« Fast hätte sich Katharina erneut verplappert. »Halbjapanerin. Aber ich bin in Deutschland aufgewachsen.«

»Noch nie in Asien! Das ist wirklich ein Verlust. Hongkong ist eine tolle Stadt. Die hübschesten Ärztinnen auf der Welt.«

Der Mann schwärmte weiter von den Ländern, die er bereist hatte: Australien – »die fünfzig giftigsten Schlangenarten der Erde. Ein Traum für unser Geschäft mit Antiseren«, China – »nirgendwo setzen wir mehr Amphetamine ab«, Los Angeles – »jede Schlankheitspille, die Sie sich nur denken können.«

Katharina ließ ihn reden.

Tell Me More

Andreas Amendt war es tatsächlich gelungen, noch ein Ticket zu ergattern. Gleich für den nächsten Morgen. Jetzt stand er auf dem Frankfurter Flughafen und stellte wieder einmal fest, wie sehr er es hasste zu fliegen: Das Aufstehen mitten in der Nacht, um ja zwei Stunden vor Abflug am Flughafen zu sein. Die zähe Taxifahrt durch das nächtliche Frankfurt. Das ewige Schlangestehen. Die entwürdigenden Sicherheitsprozeduren. Da sollte sich noch mal jemand aufregen, wenn die Bahn von »Beförderungsfällen« sprach. Hinter den Kulissen nannten die Fluggesellschaften Passagiere bestimmt »Selbstbewegende Gefahrengüter«.

Er stand mit seiner Reisetasche und seinem abgenutzten Gitarrenkoffer fast am Ende der Schlange, die sich durch einen Irrgarten aus Absperrbändern zum Check-in-Schalter der Lufthansa wand. Eine Windung weiter maulte ein Mann lautstark, dass man das ja alles besser organisieren könne. Eine anderer jammerte, man hätte ihm wenigstens Business Class spendieren können, wenn man ihn schon um die halbe Welt verfrachtete. Eine recht große Frau redete auf ihren deutlich kleineren Mann ein, ob er denn auch wirklich an alles gedacht habe, und meckerte, dass er seine Unterhosen nicht vernünftig gefaltet habe.

Einzig der grauhaarige Mann, der direkt vor Amendt in der Reihe stand, las in Seelenruhe in einem in Leder eingebundenen Buch. Mit der anderen Hand spielte er mit einem Rosenkranz.

Andreas Amendt schwitzte. Er trug immer noch seine Lederjacke. Die würde er nun wirklich nicht mehr brauchen. Also setzte er sein Gepäck ab, um sie auszuziehen. Dabei stieß er den vor ihm stehenden Mann versehentlich mit der Spitze seines Gitarrenkoffers an. Der Mann drehte sich um. Amendt sah, dass er einen Priesterkragen trug.

»Entschuldigung.«

»Oh, keine Ursache«, erwiderte der Mann höflich. Interessanter Akzent. Leicht gerolltes »ch«. Spanier, oder Südamerikaner. Trotz der grauen Haare wirkte der Mann sehr jugendlich. Er war frisch rasiert. Die Haut seines Gesichts war bis auf ein paar Lachfältchen um die freundlich-grauen Augen glatt und hatte jenen warmen Olivton, den Südländer haben, wenn sie es gewohnt sind, sich im Freien aufzuhalten. Im Geiste sah Andreas Amendt den Mann durch seine Gemeinde spazieren: ein kleines spanisches Dorf aus frisch geweißelten Häusern. Die Menschen grüßten ihn ehrfürchtig, er grüßte freundlich zurück und blieb dann und wann stehen, um ein paar Worte mit seinen Schäflein zu wechseln.

Der Mann musterte Amendt, als der sich aus seiner Lederjacke schälte. »Johnny-Cash-Imitator?«, fragte er mit einem Augenzwinkern.

Amendt blickte an sich herab. Richtig. Er war völlig in Schwarz gekleidet: schwarze Jeans, schwarzes Jackett, schwarzes Buttondown-Hemd. Er schüttelte den Kopf: »Nein, ich bin kein Country-Fan. Jazzer!«

Der Mann nickte anerkennend. Bestimmt hatte er in seiner kleinen Pfarrei ein paar Platten von Chet Baker oder Al Di Meola. Richtige Schallplatten. Keine CDs.

Andreas Amendt deutete auf das Buch. »Ist doch praktisch, wenn man von Berufs wegen immer erbauliche Lektüre dabei hat, nicht wahr?«

»Wie man es nimmt.« Der Mann schlug den Ledereinband zurück und offenbarte das Cover des Buches: »Das Schwert der Leidenschaft« von Tamara Paxton. Die Lettern des Titels schwangen sich über eine Airbrush-Idylle, in der sich ein Ritter in silberner Rüstung über eine ohnmächtige Schönheit beugte.

»Wenn Gott nicht gewollt hätte, dass wir Ritterromane lesen, hätte er uns Tamara Paxton nicht gegeben.«

Argumentiere nie mit einem Theologen. Andreas Amendt wollte etwas Cleveres erwidern, doch sie wurden von plötzlichem Lärm unterbrochen: Vor ihnen in der Schlange diskutierten zwei Männer lautstark darüber, wer sich jetzt vorgedrängt hatte. Die beiden weigerten sich, ihren Streit beizulegen, aber auch, die Menschen nach ihnen vorzulassen. Das konnte ja noch eine Ewigkeit dauern.

Der Priester schien das Gleiche zu denken. Er klappte sein Buch zu. Dann zog er einen schmalen, steifen, weißen Stoffstreifen aus der Innentasche seiner Jacke: »Was halten Sie davon, wenn wir das hier ein wenig abkürzen?«

»Und wie?«

»Lassen Sie mich nur machen.« Mit geschickten Fingern steckte der Mann den Stoffstreifen in Amendts Kragen, bevor dieser noch fragen konnte, was das solle. Jetzt erst erkannte er, was der Stoffstreifen war. Ein Priesterkragen. Der Mann bürstete noch ein Staubkorn von Amendts Jackett und zog das Revers gerade. »Doch, das geht. Folgen Sie mir.«

Damit hob er seine kleine Reisetasche auf und ging. Andreas Amendt nahm sein Gepäck und folgte ihm. Der Mann steuerte schnurstracks auf den Schalter der Business Class zu. Er fragte knapp über seine Schulter: »Ihr Vorname?«

»Andreas. Warum?«

»Sie werden sehen.« Dann setzte der Priester sein freundlichstes Lächeln auf.

»Gott zum Gruße«, wandte er sich an die junge Frau, die an dem Schalter saß. »Ich frage mich, ob Sie wohl eine Ausnahme machen und uns einchecken könnten? Bruder Andreas und ich würden gern noch die Kapelle aufsuchen und ein Gebet sprechen.«

Die Frau antwortete etwas überfahren: »Eigentlich ist das …«

»Für einen sicheren Flug«, fuhr der Mann unbekümmert fort. Er sah der jungen Frau direkt in die Augen. Flirtete er? Ein Priester?

Die Frau wurde unsicher. »Ich glaube, da kann ich eine Ausnahme machen.« Ihre Stimme war kieksig. »Wo wollen Sie sitzen?«

Zwei Minuten später hatten Andreas Amendt und der Priester ihre Bordkarten.

»Ist so was denn zulässig?«, fragte Andreas Amendt den Priester, als sie in der Schlange der Passkontrolle standen.

Der Priester grinste, und schaffte es dabei, zugleich schelmisch und würdevoll auszusehen: »Ach, für solch lässliche Sünden hat der liebe Gott eine Strafe geschaffen: Fliegen mit der Economy Class.«

Sie hatten einen Kaffee getrunken, während sie darauf warteten, dass ihr Flug aufgerufen wurde, spendiert vom italienischen Wirt des kleinen Stehcafés, der automatisch an das kleine goldene Kruzifix um seinen Hals fasste, als er die beiden Geistlichen bediente. Andreas Amendt hatte den Priesterkragen schon wieder abnehmen wollen, doch sein Gegenüber hatte abgewinkt. »Behalten Sie ihn bis nach der Einreise. Macht vieles leichter. – Ach, mein Name ist übrigens Javier.«

»Andreas Amendt.« Sie hatten sich die Hände geschüttelt.

»Fahren Sie in den Urlaub?«, hatte Andreas Amendt neugierig gefragt.

»Ach, schön wäre es. Nein. Missionsarbeit. Ein paar Wochen im Jahr reise ich um die Welt und besuche Gemeinden. In diesem Jahr ist Afrika dran. – Und Sie?«

Andreas Amendt zuckte mit den Schultern. Javier musterte ihn: »Sie laufen vor jemandem davon. – Ja, Sie laufen davon, richtig?«

Richtig. Amendt war, typisch für ihn, auf der Flucht. Vor sich selbst. Vor seinen Problemen.

»Eine Liebesangelegenheit?«, bohrte Javier weiter. In diesem Augenblick wurde ihr Flug aufgerufen. »Kommen Sie, erzählen Sie es mir im Flugzeug.«

Jetzt wusste Andreas Amendt, was Javier mit der Strafe für lässliche Sünden gemeint hatte. Zwar hatte die Frau am Schalter ihnen in einem Anfall christlicher Nächstenliebe die besten Plätze gegeben, direkt am Notausgang, sodass sie wenigstens etwas Beinfreiheit hatten. Aber die Economy Class war auf maximale Passagierauslastung ausgelegt, nicht auf Komfort. Javier hatte ihm den Fensterplatz überlassen. Jetzt saßen sie nebeneinander, während das Flugzeug auf die Startbahn zurollte. Amendt lauschte dem Pärchen, das hinter ihnen saß.

»Mein Gott, ist das spannend. Ich bin noch nie geflogen«, verkündete die Frau begeistert. »Und überhaupt. Afrika. Das wird bestimmt toll. Abenteuer! Und dann die geheime Verschwörung, die uns die Tickets zugespielt hat.«

»Kristina, hast du letzte Nacht wieder Agatha Christie gelesen?«

»Nur ein bisschen. Ich muss doch wissen, was uns erwartet.«

»Und? Was ist es diesmal? Will man uns umbringen?«, fragte der Mann so, wie man ein kleines Kind fragen würde, das von seinen Abenteuern im Sandkasten erzählt.

»Vielleicht. – Oder es ist eine geheimnisvolle Schönheit, die dich ins tropische Paradies lockt. Damit du ihr einen Palast baust.«

»Und da kann sie nicht einfach einen Termin mit meinem Büro machen?«

»Nein, das muss heimlich geschehen. Damit ihr Mann, der Maharadscha, nichts mitbekommt.«
»Wir fliegen nach Afrika, nicht nach Indien.«
»Eben. Dorthin ist sie geflohen vor ihrem eifersüchtigen Gatten. Doch die Häscher sind schon unterwegs zu ihr. Sie werden jeden umbringen, der sich ihnen in den Weg stellt.«
»Kristina! Wir sind auf Pauschalreise zu einem Urlaubsresort. Nicht unterwegs zum Tiger von Eschnapur.«
»Weißt du's sicher? Ich sage: Abenteuer.«
»Und ich sage: innovatives Investment-Banking. Das Resort ist bestimmt erst halb fertig und die brauchen Geld.«
»Oder einen Architekten. Und das Resort wird von einer geheimnisvollen Schönheit geleitet.«
Plötzlich lachte der Mann auf: »Wieso sollte eigentlich ich das Ziel der Verschwörung sein? Warum nicht du?«
»Wie kommst du darauf?«
»Na ja, es ist immerhin *dein* Ex-Lover, der mit an Bord ist.«
»Himmel, ja. Der Bronski. Lass dich nie mit verheirateten Architekten ein. Ich wünschte, ich hätte auf dich gehört, damals. – Glaubst du, er hat uns schon gesehen?«
»Geflissentlich übersehen, würde ich sagen. Göttergattin Gabriele ist ja auch mit dabei.«
»Vielleicht haben die das Ganze eingefädelt? Um uns zu ärgern. Dich. Die haben dir doch den Auftrag für diese Autobahnbrücke abgejagt, oder?«
»Und dann laden sie uns auf eine Reise ein? Zum Ausgleich?«
»Nein, um uns zu ärgern. Oder um dich für alle Zeiten loszuwerden.«
»Indem sie mich ermorden?«
»Zum Beispiel.«
»Die Bronskis? Das wäre denen doch viel zu anstrengend. Und viel zu unhygienisch.«
»Hast du ein Reinigungstuch, Schatz?«, imitierte die Frau eine sehr affektierte Sprechweise. »Ich bin so schmutzig. Blut geht doch so schwer raus.«
Das Lachen der beiden wurde vom Aufheulen der Motoren übertönt. Die Beschleunigung drückte sie in die Sitze. Dann hob

die Maschine ab und tauchte ein in die düstere Morgendämmerung.

Das Flugzeug hatte seine Reiseflughöhe erreicht und flog jetzt durch strahlende Morgensonne. Tief ausatmend lehnte sich Andreas Amendt in seinen Sitz zurück. Der Druck auf seiner Brust ließ allmählich nach. Galgenfrist. Bis Februar.

»Jaja, der Start ist immer das Schlimmste. Und die Landung. Dazwischen ist Fliegen recht erträglich«, stellte Javier fest.

»Da mögen Sie recht haben.«

»Und Sie haben den wichtigsten Teil Ihrer Flucht hinter sich, nicht wahr? Den Aufbruch.«

Amendt antwortete nicht, doch der Priester ließ sich nicht beirren: »Und? Was ist Ihre Geschichte? Vor wem laufen Sie davon?«

»Warum wollen Sie das wissen?«, fragte Andreas Amendt mürrischer, als er es gemeint hatte.

Doch der Priester antwortete gut gelaunt: »Ich? Ich bin einfach nur neugierig. Und Sie sehen aus, als ob Sie einen Priester brauchen könnten.«

»Ich bin konfessionslos.«

»Das ist ein Grund, aber kein Hindernis. Gott findet immer die, die nicht an ihn glauben. – Und eine Beichte würde ihnen gut tun. Sie leiden, das sieht man Ihnen an. Lassen Sie mich raten: Gestern Abend standen Sie vor der Entscheidung, wegzufliegen oder aus dem Fenster zu springen.«

Woher wusste Javier das?

»Von der Dachterrasse«, antwortete Andreas Amendt schließlich knapp.

»Aber Sie sind nicht gesprungen. Und das ist gut so.«

»Ach, ich hätte mir nur ein paar Knochen gebrochen und wäre in der Psychiatrie gelandet. Oder im Rollstuhl. Ich bin Gerichtsmediziner, wissen Sie? Da weiß man, wie so was ausgeht.«

»Gerichtsmediziner? Arzt hatte ich getippt. Aber nicht Gerichtsmedizin. Eher ... nein, kein Chirurg. Auch kein Orthopäde.« Javier betrachtete ihn interessiert. Andreas Amendt starrte unverwandt zurück. »Neurologe!«, stellte der Priester fest.

»Ja, das war mein erster Facharzt«, gestand Andreas Amendt. »Wie kommen Sie darauf?«

»Sie haben diesen Blick. Pupillenreaktionen. Reflexe. Mir ist aufgefallen, dass Sie unwillkürlich darauf achten.«

»Beeindruckende Beobachtungsgabe für einen Priester.«

»Vielleicht. – Warum haben Sie das Fach gewechselt?«, fragte Javier plötzlich.

»Die Patienten in der Gerichtsmedizin jammern nicht so viel.«

Javier schüttelte leicht schmunzelnd den Kopf: »Sie sind auf der Suche nach Antworten, oder?«

Schon wieder richtig. Was wollte dieser Priester von ihm? »Und Gott kann mir die liefern?«

»Sie wären erstaunt, was Gott alles kann, wenn man ihn lässt. Aber für den Anfang reicht es vielleicht schon, wenn ihnen jemand zuhört. – Und keine Sorge, das Geheimnis der Beichte ist heilig.«

Erstaunt stellte Andreas Amendt fest, dass Javier recht hatte. Er hatte wirklich das Bedürfnis, einmal alles zu erzählen.

»Also gut«, sagte er endlich. »Ich habe fünf Menschen getötet.«

Javier zuckte nicht einmal mit der Wimper. »Erzählen Sie!«

African Grovin'

Das Gepäckförderband drehte sich langsam im Kreis. Die meisten Reisenden hatten ihr Gepäck schon gefunden; auch Katharina hatte ihre Reisetasche bereits vom Band gehoben. Jetzt wartete sie auf den Kosmetikkoffer. Er kam nicht.

Sie wollte schon aufgeben und sich nach Hilfe umsehen, als noch einmal neue Gepäckstücke auf das Band polterten, darunter endlich auch der kleine weinrote Koffer. Katharina atmete erleichtert auf. Das hätte gerade noch gefehlt. Irgendwo wäre der Koffer geöffnet worden. Und dann hätte man ihre Waffe gefunden. Die versteckte Munition. Ganz sicher.

Langsam, langsam, zwang sie sich zur Ruhe. Hätte, könnte, müsste, sollte. Nicht endgültig paranoid werden. Und nicht verdächtig wirken.

Bei der Passkontrolle hatte sie schon genug Aufmerksamkeit erregt: Die Kontrolleurin hatte ihr entsetzt mit Händen und Füßen zu verstehen gegeben, dass sie für die Einreise ein Visum brauchte, das sie nicht hatte. Zwei uniformierte, mit Maschinenpistolen bewaffnete Beamte hatten sie abgeführt und in ein karges Büro gesetzt. Dort hatte sie fast zwanzig Minuten warten müssen, bis jemand kam. Das weiße Hemd des schlanken Mannes ließ seine Haut noch dunkler wirken. Er erklärte ihr in gebrochenem Englisch, dass sie für das Visum fünfzig Euro zahlen müsse. Und sie bräuchte ein Passfoto.

Wo sollte sie denn ein Passfoto hernehmen? Sie hatte hilflos mit den Achseln gezuckt. Doch der Mann hatte eine alte Sofortbildkamera aus seinem Schreibtisch gezogen. Weitere fünfzig Euro für das Foto.

Katharina hatte ihm zwei Fünfzigeuroscheine auf den Tisch gelegt. Ein Schein wanderte in eine offiziell aussehende Kasse. Den anderen steckte der Mann in die Brusttasche seines Hemdes. Zehn Minuten später hatte sie ihr Visum. Der Mann hatte sie höflich zum Gepäckband begleitet und ihr einen schönen Aufenthalt in Tansania gewünscht.

Am Zoll stand eine lange Schlange, an der finster dreinblickende Männer mit Maschinenpistolen entlangpatrouillierten. Nicht hinschauen. Nicht auffallen.

Endlich war Katharina an der Reihe. Die Beamtin bedeutete ihr, die Reisetasche zu öffnen, warf aber nur einen knappen Blick hinein. Dann zeigte sie auf den Kosmetikkoffer. Katharina blieb wohl nichts anderes übrig. Sie schloss ihn auf.

Die Beamtin sah auf den Inhalt, dann auf Katharina. Dann fing sie an, laut und derb zu lachen, winkte ihre Kollegen herbei und zeigte auf den gurkengroßen Vibrator. Was hatte der Mann mit den Eukalyptuspastillen noch gesagt? »Drapieren Sie ihn ganz oben auf dem Gepäck. Das kürzt Zollkontrollen ab.« Und dann hatte er hinzugefügt, Katharina solle beschämt dreinschauen.

Aufgabe erfüllt! Sie wünschte sich, im Boden versinken zu können, während sie den Koffer hektisch wieder abschloss. Die Zollbeamten kicherten noch immer und deuteten mit ihren Händen die Größe des Vibrators an. »Have a nice stay in Tanzania!«, rief ihr einer hinterher. Katharina krallte sich ihr Gepäck und floh durch den Vorhang aus steifen PVC-Streifen.

Sie hatte so viel Schwung, dass sie in ein Pappschild rannte. Katharina änderte die Richtung und ging mit schnellen Schritten auf den Ausgang zu. Dann erst registrierte sie, dass auf dem Pappschild etwas gestanden hatte, und drehte sich wieder um.

Der Schwarze, der das Pappschild vor seiner Brust hielt, hatte ihr erstaunt nachgeschaut. Deshalb konnte sie jetzt den Namen lesen, der auf dem Schild stand: »Zoë Yamamoto«, ihr Tarnname.

Sie ging zurück zu dem Mann. »Hi, my name is Zoë Yamamoto.«

Der Mann schaute unverwandt auf sie herab. Er war groß, bestimmt zwei Meter, und unglaublich dünn. Seine Haut war schwarz wie gebeiztes Ebenholz. Er trug eine Art weiten Kaftan aus afrikanisch-bunten Stoffen und an den Füßen nagelneue Turnschuhe.

Moment, sprach man in Tansania etwa Französisch? »Je suis …, je m'appelle …«, radebrechte Katharina, während der Mann sie regungslos ansah.

»Golden Rock?«, fragte er schließlich mit einer tiefen, vollen Stimme.

»Yes, yes. Oui. Golden Rock. That's my resort.«

»Supi! Na, dann wollen wir mal«, fuhr der Mann auf Deutsch mit rheinischem Einschlag fort. Katharina war so verdattert, dass sie sich ihr Gepäck widerstandslos von ihm abnehmen ließ.

»Sie sprechen Deutsch?«

»'türlich. Deutschsprachige Betreuung. Wie im Prospekt versprochen.« Der Mann lächelte und offenbarte zwei Reihen absolut gleichmäßiger, weißer Zähne. »Ich bin übrigens Mtanguluzi.«

Er setzte die Reisetasche noch einmal ab und reichte Katharina die Hand. Sein Händedruck war fest, seine Haut rau.

»Mtang ...«, versuchte Katharina zu wiederholen. Es gelang ihr nicht.

»Die meisten Menschen nennen mich Augustin.«

»Augustin?«

»Ja, von dem Volkslied.« Er sang sehr melodisch: »Ach du lieber Augustin, Augustin ... Das Lied habe ich aus Deutschland mitgebracht.«

»Aus Deutschland?«

Wenn ihn Katharinas Verblüffung kränkte, ließ er es sich zumindest nicht anmerken. »Ja. Ich hab' da studiert. In Aachen.«

Natürlich. Das gab es. Auch die Uni Frankfurt hatte eine ganze Reihe Studierende aus Afrika.

»In Deutschland hatte ich einen anderen Spitznamen«, fuhr Augustin fort.

»Nämlich?«

»Langer Samstag«, sagte er ausdruckslos.

Das war zu viel. Katharina musste so sehr lachen, dass es wehtat. Augustin blickte auf sie herab, ohne eine Miene zu verziehen.

»Entschuldigung«, sagte sie etwas beschämt, als sie sich wieder beruhigt hatte.

»Null Problemo.« Mit einer Hand hob Augustin die schwere Reisetasche auf und balancierte sie auf seinem Kopf aus. »Du hast Humor. Das ist gut. Humor ist in Tansania immer gut.« Jetzt war es an ihm zu lachen. Er wandte sich zum Ausgang und ging los. Katharina konnte kaum Schritt halten.

Sie passierten die Glastür. Die Luft draußen war so heiß, dass es Katharina den Atem aus den Lungen presste. Sie wünschte sich, sie hätte ihr Jackett ausgezogen.

Augustin steuerte zielstrebig auf den Parkplatz zu, auf einen alten, etwas verbeulten Pick-up. Ohne das Gepäck abzusetzen, sprang er so leichtfüßig wie ein Balletttänzer auf die Ladefläche. Dort verstaute er Katharinas Gepäck in einer großen, abschließbaren Metallbox. Dann sprang er elegant herab und hielt Katharina die Beifahrertür auf. Katharina wunderte sich kurz, dass sich der Beifahrersitz auf der falschen Seite befand. Aber in Tansania galt offensichtlich Linksverkehr.

Katharina fiel etwas ein: »Ich dachte, wir fliegen weiter nach Mafia Island.«

Augustin startete den Motor, der nach ein paar Anläufen widerwillig ansprang. »Klar. Aber dazu müssen wir rüber zum Terminal 1 am anderen Ende des Flughafens. Das ist ein Stück.«

Augustin steuerte den Wagen mit Schwung auf eine große Straße. Das Gaspedal durchgetreten und die Hand an der Hupe kurvte er durch den dichten Verkehr, dass selbst Katharina sich vor Angst an ihrem Sitz festkrallen musste. Nach etwa einem Kilometer bog er schwungvoll ab und fuhr auf ein Ensemble älterer Gebäude zu. »Das ist der alte Flughafen«, erklärte er. »Wird jetzt nur noch für die Inlandsflüge genutzt.«

Ein Wachmann winkte sie lässig durch ein Tor im Zaun. Augustin hielt mit quietschenden Reifen in einem Hangar, in dem drei kleine Passagierflugzeuge standen. Zwei der Flugzeuge hatten schon bessere Zeiten gesehen. Eines wirkte fast neu. »Golden Rock« stand in schwungvollen Lettern auf der weißen Lackierung. Zu diesem Flugzeug führt Augustin sie jetzt: »Du hast Glück. Du kriegst den VIP-Flug.«

Er verstaute ihr Gepäck. Dann fragte er: »Magst du vorne sitzen?«

Katharina bejahte. Er öffnete die Tür zum Cockpit und hob sie umstandslos hoch, damit sie einsteigen konnte. Sie setzte sich auf den Copilotensitz und schnallte sich an. Dann staunte sie nicht schlecht, als sich Augustin auf den Pilotensitz zwängte. »Na, dann wollen wir mal.«

Er bedeutete Katharina, sich das zweite Headset aufzusetzen. Dann startete er den Motor und ließ die Maschine aus dem Hangar rollen, zur Startbahn, die im rechten Winkel die Landebahn für die großen Verkehrsmaschinen kreuzte. Direkt vor ihnen setzte eine große Boeing auf. »So, das war die Maschine aus Kairo«, hörte Katharina Augustin über die Kopfhörer. Dann sprach er wohl mit dem Tower. Er scherzte in einer fremden Sprache, dann wechselte er zu Englisch. »Permission for Take-off«, krächzte es aus den Ohrmuscheln und Augustin schob den Gasregler nach vorne. Die Maschine raste die Startbahn entlang. Das Ende kam immer näher. Katharina klammerte sich mit einem unterdrückten Schrei an ihren Sitz. Doch im letzten Moment hob das Flugzeug ab und stieg steil in den Himmel. »Über den Wolken muss die Freiheit wohl grenzenlos sein ...«, knarzte Augustins Bariton aus dem Kopfhörer. Seine Hände tanzten über den Instrumenten und Reglern. Zwischendurch deutete er nach vorne: In der Ferne erhob sich majestätisch der Gipfel des Kilimandscharo. Dann flog Augustin eine sportliche Kurve und nahm Kurs auf den Ozean.

Endlich traute sich Katharina zu sprechen: »Kommt man eigentlich nur mit dem Flugzeug nach Mafia Island?«

»Na ja, theoretisch auch mit dem ›dhow‹, das sind diese kleinen Boote.« Augustin deutete nach unten auf das Wasser, auf dem sich kleine Boote mit dreieckigen Segeln durch die Wellen kämpften. »Dazu muss man aber ziemlich seefest sein.«

Sie waren etwa eine halbe Stunde geflogen, als Augustin nach vorne zeigte: »Mafia Island.«

Wie ein großer, langgestreckter, in silbrig glitzernden Sand gefasster Jadestein lag die Insel mitten im blauen Ozean.

»Mafia Island hat einen eigenen Flughafen?«, fragte Katharina neugierig.

Augustin wiegte den Kopf hin und her: »Flughafen würde ich das jetzt nicht nennen.«

Die Maschine raste dicht über Baumwipfel. Katharina schloss die Augen. Hoffentlich wusste Augustin, was er tat. Sonst würde er

Ministro eine Menge Arbeit abnehmen. Sie spürte, wie die Maschine absackte, den Boden berührte und wieder in die Luft sprang. Okay, das war's jetzt! Wenigstens würde Katharina mit dem Wissen, wer ihre Familie umgebracht hatte, sterben. Die Maschine setzte erneut hart auf, das Fahrwerk kratzte über den Boden. Katharina wurde nach vorne in ihre Sicherheitsgurte gedrückt. Und dann kam das Flugzeug zu einem abrupten Halt. Vorsichtig öffnete Katharina die Augen. Sie waren tatsächlich gelandet; und um sie herum lichtete sich allmählich eine dichte Staubwolke.

»Willkommen auf Mafia Island!«, verkündete Augustin stolz.

Nachdem er das Flugzeug sorgfältig in einem kleinen Hangar verschlossen hatte, nahm Augustin noch mal Katharinas Gepäck. Erneut balancierte er die Reisetasche auf dem Kopf. Er musste Nackenmuskeln aus Stahl haben. Dann schritt er wieder zügig aus. Katharina musste beinahe rennen, um ihm zu folgen. Kein Wunder, dass die besten Marathonläufer aus Afrika kamen.

Sie gingen an einem kleinen, aber frisch und bunt gestrichenen Holzgebäude – wohl der offizielle Terminal – vorbei zu einem Parkplatz, auf dem nur drei Autos standen. Auf eines davon steuerte Augustin jetzt zu. Katharina blieb vor Staunen und, zugegeben, Neid der Mund offen stehen. Es war ein DKW Munga, eine Kreuzung aus offenem Jeep und Transporter, die zuletzt 1968 gebaut worden war. Doch der Wagen sah aus, als wäre er eben erst aus der Fabrik gerollt.

»Wow«, war das Einzige, was Katharina sagen konnte. Es war ihr Hobby, alte Autos zu restaurieren, zuletzt einen Mini aus den Sechzigerjahren, den sie Morris getauft hatte; er hatte fast neu ausgesehen. Aber das hier war ein Meisterwerk.

»Willst du fahren?« Augustin hielt ihr die Schlüssel hin.

»Wirklich? Ich meine ...«

»Ach, hier auf Mafia Island ist alles nicht so hektisch. Wenig Verkehr.«

Von seinen Chauffeursdiensten entledigt, wandte sich Augustin mit Begeisterung seiner Aufgabe als Reiseführer zu, während Katharina sich nach Leibeskräften bemühte, den Wagen auf den holprigen

Sand- und Steinpisten zu halten. Manchmal passierten sie ein Dorf, dessen Bewohner freundlich winkten.

»Tourismus ist noch neu auf Mafia Island«, erklärte Augustin. »Die meisten hier leben von der Landwirtschaft und vom Fischen. Einige auch vom Schmuggel, aber das war früher mehr.«

»Und du?«, fragte Katharina. »Bist du von hier?«

Augustin verneinte und begann zu erzählen: Seine Mutter sei Kenianerin, eine Massai, sein Vater stamme aus Tansania. Sie waren einfache Bauern gewesen, doch mit der Zeit hatten sie sich etwas Wohlstand erwirtschaftet. Sie hatten gewollt, dass ihr Sohn etwas Besseres wird, und ihn auf die höhere Schule geschickt. Er hatte gute Noten, war sprachbegabt. Und so hatte er ein Stipendium für Deutschland erhalten. In Aachen hatte er Maschinenbau und Flugzeugtechnik studiert und anschließend eine kurze Zeit für Siemens gearbeitet. Doch dann hatte ihn das Heimweh gepackt: »Das Wetter! Wie haltet ihr nur das Wetter aus?«

Also war er heimgekehrt. Auf Mafia Island wurde dieses Resort geplant. Golden Rock. Die konnten jemanden wie ihn brauchen. »Viele Maschinen! Ganz viele Maschinen!«, schwärmte Augustin.

»Und jetzt? Bist du Reiseführer?«

Augustin lachte: »Hin und wieder. Vor allem kümmere ich mich um die Maschinen und halte die Fahrzeuge in Ordnung. Was so anfällt. Und manchmal singe ich deutsche Volkslieder. Für die Touristen.« Mit sonorer Stimme schmetterte er »Hoch auf dem gelben Wa-ha-gen«.

Sie hatten die Insel fast ganz durchquert, als sie an eine Bucht kamen. Auf ein Zeichen von Augustin hin hielt Katharina den Wagen an. Ihr Begleiter deutete nach vorne: »Golden Rock!«

Der mächtige Koloss aus zerklüfteten Felsen, der etwa einen halben Kilometer vor ihnen aus dem Wasser ragte, sah völlig unbewohnbar aus. Doch eine lange, schmale Holzbrücke zog sich über gischtiges Wasser von den Felsen zum Festland wie eine Nabelschnur.

»Die Legende sagt, dass dort einst ein zorniger Gott seinen Faustkeil in den Boden gerammt hat, weil er die Schönheit von

Mafia Island nicht ertragen konnte«, erklärte Augustin theatralisch.

»Und da ist wirklich eine Ferienanlage drauf?«

»Ja! Und was für eine. Du wirst sehen. Langsam auf der Brücke. Seitenwind.«

Behutsam ließ Katharina den Wagen anrollen; sie erwartete, dass die Brücke unter ihnen schwankte. Doch die Brücke stand ... nun ja, wie ein Fels in der Brandung. Etwas mutiger gab Katharina ein wenig Gas. Sie rollten langsam über die Brücke.

»Es führt über den Main, eine Brücke von Stein. Wer darüber will gehen, muss im Tanze sich drehen«, stimmte Augustin an.

Das Frankfurter Volkslied löste plötzlich etwas in ihr: Katharina konnte wieder frei atmen. Nur noch über die Brücke, dann war sie in Sicherheit. Sie hatte es geschafft! Bei der zweiten Strophe sang sie fröhlich mit: »Kommt ein Fuhrmann daher, hat geladen gar schwer, seiner Rösser sind drei, und sie tanzen vorbei.« Und so fuhren sie singend Meter um Meter der Insel entgegen, deren Felsen in der Sonne tatsächlich golden schimmerten.

Die Brücke endete auf einem Felsplateau, auf dem jemand stand. Katharina hielt überrascht den Wagen an. Der aristokratisch-schlanke Mann trug einen hellen Anzug und einen Tropenhelm. In der Hand hielt er an einem Stab ein großes Schild: »Golden Rock gehört den Affen. Und sonst niemandem.«

Der Mann winkte ihnen freundlich zu. Augustin grüßte lässig zurück. Dann gab er Katharina ein Zeichen weiterzufahren. Eine schmale Straße führte in die Felsen hinein.

»Wer war das denn?«

»Das ist Alexander Freiherr von Weillher. Der steht immer hier.«

»Und das lasst ihr zu?«

»Er ist Dauermieter auf Golden Rock. Zahlt gut. Außerdem ... die Touristen lieben es, ihn zu fotografieren.«

Katharina lachte auf: »Und was will er? Was ist mit den Affen?«

»Hier auf Golden Rock gibt es Paviane. Die will er schützen.«

»Und?«

»Lästige Viecher. Wir haben ihnen ein Gehege eingerichtet, aber manchmal büxen sie aus und machen Ärger.«

Katharina wusste, was er meinte. Am Kap der Guten Hoffnung hatte sie erlebt, wie eine Horde Paviane auf der Suche nach Essbarem einen Campingbus zerlegt hatte: Ausgewachsene Paviane hatten die Kraft, Menschen den Arm aus dem Gelenk zu reißen.

Sie fuhren im Schatten der Felsen über die schmale Straße, die sich höher und höher wand. Hinter zwei großen Felsblöcken öffnete sich plötzlich ein großes Plateau: eine hügelige Landschaft, durchbrochen von rauen Felsformationen, gepflegter Rasen, kleine Wäldchen, einzelne Palmen und große, knorrige Bäume. Sauber geharkte Kieswege durchzogen die Landschaft, Treppen verbanden einzelne Ebenen miteinander. In der Ferne erhob sich wuchtig ein kleines Felsgebirge, auf dem ein Windrad stand.

Die zahlreichen kleinen Bungalows schmiegten sich an Felsformationen, als wären sie aus dem Stein hervorgewachsen.

Schmetterlinge flatterten zwischen blühenden Sträuchern von Hibiskus und Bougainvillea hin und her. So hätte es vermutlich im Garten Eden ausgesehen, dachte Katharina. Wenn da nicht die blöde Geschichte mit dem Apfel dazwischengekommen wäre.

Augustin tippte ihr auf die Schulter: »Alles in Ordnung?«
»Warum?«
»Du weinst.«
Katharina betastete ihre Wangen. Tatsächlich waren ihr zwei Tränen die Wangen hinuntergelaufen. Sie hatte es geschafft! Sie war frei. Frei!

»Nur der Fahrtwind«, log sie rasch. »Meine Augen sind etwas empfindlich.«

Augustin zuckte mit den Schultern, als würde er ihr nicht recht glauben.

»Mein Gott, ist das schön hier«, sagte Katharina schließlich.
»Natürlich! Die Götter haben Afrika geschaffen, als sie besonders gute Laune hatten.« Auf Augustins ausgestreckter Hand hatte ein bunter Falter Platz genommen.

Katharina ließ den Wagen wieder anrollen, musste aber gleich darauf bremsen: Vor ihnen überquerte ein Warzenschwein mit geschäftigen Schrittchen den Weg.

»Ich habt hier Warzenschweine?«, fragte Katharina erstaunt, während sie das Tier betrachtete, das sich am Wegesrand auf die Vorderknie niedergelassen hatte, um zu grasen.

»Nur das Eine. Das ist Anton. Unser Maskottchen. Hat uns ein Ingenieur aus Namibia geschenkt«, antwortete Augustin.

Sie fuhren über den Kiesweg zu einem Gebäudeensemble am Rand des Plateaus: Der große, offene Pavillon war vermutlich das Restaurant; das funktional-eckige Gebäude, das sich daran anschloss, enthielt wahrscheinlich die Küche, nach den Schornsteinen auf dem Dach zu urteilen. Etwas abseits stand ein zweistöckiger Holzbau mit einer offenen Veranda.

Augustin wies Katharina an, vor der Veranda zu parken. Sie kletterten aus dem Wagen und gingen ein paar Stufen hinauf.

Korbsessel und Sofas, mit bunten Tüchern bedeckt und üppig mit Kissen dekoriert, gruppierten sich um kleine Tische. In der Mitte der Veranda stand ein großer Tresen aus knorrigem Holz. Hinter dem Tresen wartete eine zierliche Schwarze mit kurzem, zu winzigen Zöpfen geflochtenem Haar. Ihr Kopf ragte gerade eben über den Tresenrand.

»Welcome to Golden Rock, Misses Yamamoto!«, verkündete sie in fröhlichem Singsang. »Your passport and your voucher, please!«

Katharina kramte in ihrer Handtasche nach ihrem Pass sowie den Reiseunterlagen und reichte beides über den Tresen.

»Have a seat, please. Gustavo will bring hot towels and a welcome drink.«

Katharina gehorchte und setzte sich auf das nächste Sofa. Aus dem Nichts erschien ein Kellner. Von einem Tablett nahm er ein großes Cocktail-Glas und stellte es vor Katharina auf den Tisch. Die Flüssigkeit darin war am Boden rot und wurde nach oben hin Orange. Katharina zögerte: »Alkohol?«

»Kein Alkohol, Ma'am, frisch pressed Juice«, erklärte der Kellner. Dann reichte er ihr auf einem Teller ein sauber gefaltetes, dampfendes Handtuch. Katharina nahm es und rieb sich Gesicht und Hände ab. Sie wollte sich bedanken, doch der Kellner war schon wieder verschwunden.

Also nippte sie an dem Saft. Sie merkte, wie durstig sie war, und trank den Rest in einem Zug. Als sie das Glas absetzte, stand die zierliche Schwarze plötzlich neben ihr.

»Terribly sorry, Misses Yamamoto«, sagte sie in besorgtem Singsang-Moll. »Please follow me.«

Was war denn? Das Mädchen führte Katharina zu einer Tür mit der Aufschrift »Head of Security«.

Katharinas Kehle schnürte sich zu, ihr Herz begann zu rasen. War sie erwischt worden? Waren ihre Papiere …? Im Geiste überprüfte sie schon ihre Optionen zur Flucht. Erst mal runter von Golden Rock. Sie hatte genug Geld in der Handtasche, jemand würde sie sicher zum Festland bringen können. Und dann?

Das Mädchen öffnete ihr die Tür. Katharina atmete tief ein und ging hindurch, bereit, sofort zuzuschlagen. Die Tür schloss sich mit einem leisen Knacken.

»Kaja? Bist du das?«

Katharina wirbelte herum und fand sich gleich darauf an eine sehr breite und sehr geblümte Brust gedrückt. Dann schoben zwei große Hände sie auf Armeslänge weg.

»Du bist es tatsächlich.«

»Harry?«, war das Einzige, was Katharina herausbekam.

Vor ihr stand tatsächlich Harry Markert, ihr alter Kollege aus Kassel. Sein Haar und sein Bart waren grau geworden, er hatte zugenommen und er trug keine Uniform, sondern ein weites, türkis geblümtes Hawaiihemd. Doch seine lieben braunen Augen waren noch die gleichen.

»Was machst du hier?«, fragte Katharina endlich.

»Das könnte ich dich auch fragen. – Komm, nimm Platz.« Er räumte ein paar Unterlagen von einem Stuhl. »Also, was machst du hier? – Undercover-Arbeit?«

»Was? Wieso das denn? Nein, ich bin im Urlaub …«

Harry lachte auf: »Kaja, du warst noch nie eine gute Lügnerin. Und echte Papiere mit falschem Namen …«

»Echt?«, rutschte es Katharina heraus.

»Natürlich! So echt, wie es nur geht. Sogar das Einwohnermeldeamt und das Telefonbuch kennen eine Zoë Yamamoto, wohnhaft in Offenbach. Musste das sein, Kaja? Offenbach?« Er lehnte sich vor: »Komm schon. Du bist doch in offiziellem Auftrag hier, oder? Du kennst mich doch.«

»Nein, ich bin wirklich nur im Urlaub ...«

»Lüg mich nicht an. Wenn hier irgendwas nicht stimmt, will ich das wissen. Ich bin schließlich Sicherheitschef«, sagte Harry streng. Doch dann musste er Katharinas Hilflosigkeit bemerkt haben. Sehr viel freundlicher fragte er: »Oder steckst du in Schwierigkeiten?«

»Wie kommst du da drauf?«

»Na ja, falscher Name im Pass. Lädiertes Auge. Verbundene Hand. – Komm, sag mir, was passiert ist.«

Und plötzlich löste sich Katharinas Gefühl, endlich in Sicherheit zu sein, in Luft auf; ihre Flucht schien ihr auf einmal vergeblich. Dicke Tränen rollten über ihre Wangen: »Ja, ich stecke in verdammten Schwierigkeiten.« Und dann riss sie der Strom der Tränen mit sich mit.

Nach einer Ewigkeit waren die Tränen versiegt. Harry reichte ihr ein Taschentuch, mit dem sie sich das Gesicht abwischte und die Nase putzte.

Als sie sich halbwegs beruhigt hatte, setzte sich Harry wieder auf die Kante seines Schreibtisches. »Komm, Kaja, erzähl mir die ganze Geschichte.«

In diesem Augenblick wurde die Tür zu Harrys Büro aufgerissen. Der Mann, der hereingestürmt kam, konnte höchstens Mitte dreißig sein, doch das Leben war ihm nicht freundlich gesonnen: Sein Haar war unordentlich, seine Haut blass, fast bleich, seine Kleidung so zerknittert wie sein Gesicht. Er fixierte Katharina und fragte genervt: »Ist das endlich die IT-Schnepfe vom Festland?«

Harry stand auf: Mit seiner imposanten Erscheinung hatte er schon auf Streife so manchen Krawallschläger zur Raison gebracht. Auch der Mann, der sie so rüde unterbrochen hatte, wich unwillkürlich einen Schritt zurück.

»Das ist Zoë Yamamoto, ein Gast! Eben angekommen«, erklärte Harry freundlich. Dann wandte er sich an Katharina: »Stefan Döring. Unser Club-Direktor.«

»Ein Gast! Hurra!«, sagte der Mann bitter, während er Katharina achtlos die Hand gab. »Beschwerde mit Tränen? Schon beim Einchecken?«

Harry wollte etwas sagen, doch Katharina kam ihm zuvor: »Mein Hund ist gestorben. Hab' es eben telefonisch erfahren.«

»Na Gott sei Dank. Ich meine: Mein Beileid. – Harry, finde mal raus, wo die blöde IT-Schnepfe bleibt. Dieser Computer macht echt, was er will.« Und damit warf er die Tür hinter sich ins Schloss.

»Was war das denn?«, fragte Katharina, durch diesen Auftritt ernüchtert.

»Sieh es ihm nach. Stefan steht unter Stress. – Hier liegt einiges im Argen.«

»Was denn?«

»Erzähl ich dir später. – Jetzt bringe ich dich erst mal zu deinem Bungalow. Und unterwegs erzählst du mir in Ruhe, in welchen Schwierigkeiten du steckst.«

Katharina hatte sich rücklings auf das große, weiche Himmelbett fallen lassen. Einen kurzen Moment wünschte sie sich, jetzt einfach so liegen zu bleiben, bis sie wieder nach Deutschland zurückkonnte.

Harry hatte sie durch die paradiesische Landschaft der Insel zu einem kleinen Bungalow geführt, der sich malerisch in eine Felsengruppe einfügte. Der Bungalow selbst hatte nur einen großen Raum. Das »Badezimmer« mit Dusche und einer Badewanne mit Löwenfüßen lag dahinter im Freien, durch die umgebenden Felsen vor Blicken geschützt. Sehr romantisch.

Unterwegs hatte Katharina Harry von ihren Schwierigkeiten erzählt. Von Ministro. Und von Andreas Amendt. Harry hatte nachdenklich genickt. Er sei gerne bereit, mit in die Akte zu schauen, hatte er gesagt. Und was Ministro anginge: Die Insel sei eine Festung, nur über die Brücke erreichbar. Jeder, der reinwollte, müsse an ihm und seinen Männern vorbei.

Dann hatte er sie in dem Bungalow alleingelassen.

Jetzt lag sie also auf dem Bett. Sie fühlte sich nur noch erschöpft. Doch wenn sie länger so liegen blieb, würde sie einschlafen. Also zwang sie sich, wieder aufzustehen. Sie warf einen Blick auf ihr Gepäck. Auspacken konnte sie später. Aber eines würde sie gleich erledigen: Sie öffnete den Kosmetikkoffer, nahm die Geräte heraus, entnahm ihnen die Teile ihrer Waffe und setzte sie zusammen. Dann schob sie die Pistole in ihre Handtasche und ließ die Geräte in der hintersten Ecke des Schrankes verschwinden. Die Akte und ihr Geld legte sie in den kleinen Safe. Als Kombination wählte sie »03 12 91«, den Todestag ihrer Familie. Der Code sollte sie daran erinnern, dass sie noch eine Aufgabe zu erledigen hatte.

Dann schlüpfte sie aus ihren verschwitzten Kleidern und stellte sich unter die Dusche. Das prasselnde Wasser tat gut, ihre vom Flug verspannten Muskeln lockerten sich. Endlich hatte sie genug, trocknete sich ab und fischte frische Wäsche, ein T-Shirt, eine Stoffhose und ein paar Sandalen aus ihrer Reisetasche.

Als sie sich angezogen hatte, nahm sie ihre Handtasche, verließ den Bungalow, verschloss die Tür sorgfältig und schob die Schlüsselkarte in die Tasche ihrer Hose. Es war noch etwas früh für das Abendessen. Also spazierte sie über die Insel. An einer Seite des Plateaus führten Stufen zu einer weiteren Ebene herab, auf der sich eine Landschaft aus elegant geschwungenen Swimmingpools erstreckte: Ein kleineres Nichtschwimmerbecken, ein großes Becken mit Sprungturm. Schön anzusehen, doch leider nichts für sie. Katharina stieg die Treppen wieder hinauf zur Hauptebene. Erst jetzt fiel ihr auf, wie ruhig es war. Zu ruhig. Es fehlte etwas. Gäste! Wo waren die anderen Urlauber?

Harry kam Katharina aus dem Rezeptionsgebäude entgegen, eine Flasche Rotwein und zwei Gläser in der Hand: »Sundowner?«

Ohne die Antwort abzuwarten, bedeutete er Katharina, ihm zu folgen.

Eine schmale Gasse führte zwischen den Felsen hindurch und endete auf einem kleinen Felsvorsprung. Harry trat an die fast mittelalterlich anmutende, aus grobem Stein gemauerte Brüstung und goss zwei Gläser Wein ein.

Die Sonne stand schon sehr tief und tauchte alles in ein unirdisch-rotes Licht: das glitzernde Wasser unter ihnen, die sie umgebende Bucht. Den Ozean.

Sie tranken schweigend ihren Wein, während die Sonne am Horizont versank. Der Himmel wurde feuerrot. Dann Türkis. Und dann brach schlagartig die äquatoriale Nacht an: ein Meer von Sternen auf samtiger Schwärze.

Katharina begann im Wind zu frösteln. Harry nahm ihr Glas und sie wanderten zurück durch die Felsen. Sie fragte ihn: »Was machst du eigentlich hier, Harry? Frühpensioniert?«

Harry seufzte: »Nein. Ich musste mal raus. Immer Streife, immer der gleiche Trott. Und dann gab es dieses Angebot hier. Also habe ich mich ein Jahr beurlauben lassen. Noch bis Ende Januar. Wie nennt man das heute? Sabbatical?«

»Und deine Familie?«

»Geschieden. Seit zwei Jahren.«

»Das tut mir leid. – Und deine Tochter? Annika?«

»Gerade sechzehn geworden. Sitzt den ganzen Tag am Klavier. Will Pianistin werden. Ihr Lehrer sagt, sie hat das Zeug dazu«, erzählte Harry mit kaum unterdrücktem väterlichem Stolz.

»Schön. – Und nach deinem Jahr hier? Zurück nach Kassel?«

»Vielleicht. Aber am liebsten würde ich noch mal was ganz Neues machen. In einer anderen Stadt. Vielleicht in Frankfurt. Irgendjemand muss ja auf dich aufpassen.« Er legte den Arm um Katharinas Schultern und drückte sich freundschaftlich an sich.

Katharina und Harry saßen an einem Tisch in der Nähe des großen Feuers in der Mitte des Restaurantpavillons. Augustin, ganz in Weiß und mit einer Kochmütze auf dem Kopf, grillte Steaks über dem Feuer. Dabei sang er fröhlich vor sich hin. Ein Lied auf Suaheli.

Das Restaurant war fast leer. Lediglich der naturliebende Freiherr saß ein paar Tische weiter und kaute missmutig an seinem Salat. Und vor ein paar Minuten hatte ein dicker Inder den Pavillon betreten, pompös von zwei muskulösen Männern flankiert, die mit ihren weit geschnittenen Anzügen und Sonnenbrillen aussahen, als hätten sie ihre Leibwächterausbildung anhand von schlechten Kinofilmen erhalten. Der Inder saß jetzt alleine an einem Tisch, die beiden Leibwächter hatten in respektvoller Entfernung an einem Katzentisch Platz genommen. Ihre Sonnenbrillen hatten sie nicht abgelegt, obwohl nur das Feuer und ein paar Kerzen auf den Tischen dämmriges Licht spendeten.

»Nicht viel los hier, oder?«, fragte Katharina.

Harry lachte bitter auf: »Ich sag es ja: Wir haben gerade unsere eigenen Probleme. Die Anlage ist ziemlich neu, erst im letzten Januar eröffnet und noch ein Geheimtipp. Aber dreißig, vierzig Gäste hatten wir immer. Im Sommer war die Anlage sogar ausgebucht.«

»Und jetzt?«

»Keine Ahnung. Seit einem Monat ist tote Hose. Deswegen ist Stefan ...« Harry deutete mit dem Kopf zu dem blassen Club-Direktor, der an der Bar des Restaurants lehnte und fahrig in einem Aktenordner blätterte. »Also, er ist ziemlich mit den Nerven fertig. Er hat Angst, dass die Eigentümer ihn feuern.«

»Keine Gäste? Na ja, vielleicht Flaute. In Deutschland halten die Leute gerade ihr Geld ziemlich zusammen.«

»Wenn es das Einzige wäre ... Der Computer sagt nämlich, die Anlage ist ausgebucht. Und Stefan kann das nicht ändern.«

»Deswegen die Frage nach der IT-Schnepfe ... ich meine, Expertin?«

»Genau. Aber für morgen ist eine Gruppe Gäste angekündigt. Mal schauen, ob die auch wirklich auftauchen. Und ob auch alle wieder wohlbehalten abreisen.«

Katharina sah verwundert von ihrem Steak auf: »Warum das denn?«

»Na ja, noch haben wir keine Leichen. Noch!« Harry beugte sich zu ihr und flüsterte: »Das Wasser um Golden Rock herum ist lebensgefährlich. Dabei sollte die Insel eigentlich zum Taucherparadies werden. Aber urplötzlich sind hier gefährliche Strudel entstanden. Der Freiherr gibt der Brücke die Schuld.«

»Und?«

»Möglich. Aber als ich im Januar hergekommen bin, gab es die Strudel noch nicht. Und auch noch keine Seewespen.«

»Seewespen?« Katharina schluckte. Seewespen, eine Quallenart, waren die giftigsten Tiere der Welt. Die Berührung mit ihren Nesselfäden konnte Herzstillstand auslösen, mindestens aber einen anaphylaktischen Schock. Das hatte sie mal in einem

Dokumentarfilm gesehen. »Aber die gibt es doch vor allem vor Australien, oder?«

»Ja, irgendeine Strömung muss sie hierher gespült haben. – Und da Riffe die Bucht, in der Golden Rock liegt, praktisch in ein abgeschlossenes Becken verwandeln … Na ja, die Viecher scheinen sich hier festgesetzt zu haben. Und entgegen dem Expertenurteil fühlen sie sich ausgesprochen wohl. Zusammen mit den Strudeln ist das Wasser um Golden Rock heute eine tödliche Falle, die nicht mal mit Booten zu passieren ist. Der einzige Weg hierher führt über die Brücke.«

»Du klingst so, als ob du glaubst, dass da Absicht hinter steckt«, stellte Katharina fest.

»Zumindest gibt es Menschen, die ganz froh wären, wenn Golden Rock bankrottgeht.«

»Wer denn?«

»Schau dich einfach um. Der Freiherr will die Insel der Natur zurückgeben. Ich habe Erkundigungen über ihn eingeholt. Er steht in Deutschland auf der Fahndungsliste: Einbrüche in Tierlabors, abgefackelte Genversuchs-Felder. Tansania weigert sich aber, ihn auszuliefern. Kein Wunder. Er hat viel Geld ins Land gebracht.«

»Er ist reich?«

»Und wie. Er stammt aus einer der reichsten Familien Deutschlands.«

In diesem Augenblick rief der Inder mit Stentorstimme: »Garçon!« Ein Kellner eilte pflichtbewusst herbei, um sich eine Beschwerde anzuhören.

»Und das ist der Zweite aus dem Club der Feinde von Golden Rock«, erklärte Harry. »Chittaswarup Kumar. Er kauft auf der ganzen Welt Resorts auf, die in wirtschaftliche Schieflagen geraten sind, und baut sie zu Touristenburgen um. Er wartet nur auf die Pleite von Golden Rock. So lange hat er sich hier eingenistet.«

»Und ihr könnt ihn nicht rauswerfen?«

»Nein. Zu einflussreich. Ihm gehört schon die Hälfte aller Lodges in Tansania. Außerdem zahlt er den vollen Preis für den Mega-Bungalow, den er gemietet hat. Ohne ihn und den Freiherrn könnten wir unser Personal schon längst nicht mehr bezahlen.«

»Und jetzt?«

»Wir warten ab. Von den deutschen Eigentümern hat es den Ukas gegeben, ›Golden Rock bis zum letzten Mann zu halten‹. Wörtlich. Eigenwillige Wortwahl, wenn man bedenkt, dass Mafia Island mal deutsche Kolonie war. – Ich hoffe und bete nur, dass nicht wirklich jemand zu Schaden kommt.«

Katharina dachte laut nach: »Dann wäre dieser Döring aus dem Schneider, oder?«

»Wieso das?«

»Na ja, ein Tourist, der schwimmt oder taucht, trotz der strengen Anweisungen, es nicht zu tun. Ein tragischer Unfall. Ein Skandal. Der Ruf der Anlage ist ruiniert, ohne dass Döring was dafür kann. Er kann sich die Hände in Unschuld waschen, nicht wahr?«

Harry sah sie erstaunt an: »Stimmt. Daran habe ich noch gar nicht gedacht.«

Doch dann musste Katharina ob ihrer eigenen Paranoia auflachen: »Hilfe, Mordmotive, wo ich nur hinschaue. Sogar mitten im Urlaubsparadies.«

Harry lächelte schief: »Stimmt. Vielleicht sind wir schon zu lange dabei. – Wurde Zeit, dass wir mal rauskommen.«

»Gestatten Sie, dass ich Sie zu Ihrem Quartier geleite?« Katharina war auf den Weg zu ihrem Bungalow, vom Wein etwas leichtfüßig, gestolpert. Doch eine kräftige Hand hatte sie aufgefangen: der Freiherr. »Darf ich mich vorstellen? Alexander von Weillher.«

Katharina gab ihm die Hand. Der Händedruck war kräftig, doch seine Haut war weich, die Nägel sorgsam maniküert.

»Gestatten, der militante Umweltschützer vom Dienst.« Er schlug die Hacken zusammen und deutete eine Verbeugung an.

»Zoë Yamamoto. Bereit zur Indoktrination.« Katharina salutierte scherzhaft.

»Indoktrination? Aber, aber. Ich folge nur der guten Sitte, eine Dame niemals alleine durch die Dunkelheit gehen zu lassen.«

»Ein Naturschützer mit Manieren?«

»Adel verpflichtet. Und ich bin der Meinung, dass unsere Welt besser aussähe, wenn wir alle ein wenig mehr Höflichkeit und Rücksichtnahme üben würden. Auch gegenüber der Natur.«

Das Knirschen des Kieses unter ihren Füßen war für ein paar Momente das einzige Geräusch. Katharina betrachtete ihren Kavalier aus den Augenwinkeln: Hochgewachsen, schlank, sein Profil aristokratisch-markant. Blonde Haare, blaue Augen.
Sie fragte: »Und Sie wollen Golden Rock den Affen zurückgegeben?«
»Den Affen und den vielen Vögeln, die hier einmal genistet haben.«
»Sie könnten die Insel einfach kaufen.«
»Ach, Sie wissen also schon, aus welchem Stall ich komme. Gut. Hab' ich übrigens versucht. Aber dieses deutsche Konsortium war schneller und will Golden Rock einfach nicht mehr hergeben. Hoffen wohl auf den ganz großen Coup, wenn die neureichen Chinesen und Russen kommen.«
»Wenn die Seewespen da mal keinen Strich durch die Rechnung machen. Und die Strömungen.« Es konnte nicht schaden, dem Freiherrn ein wenig auf den Zahn zu fühlen. »Kommen die wirklich von der Brücke?«
»Vermutlich. Oder jemand hat ein paar der Riffe gesprengt.«
»Riffe gesprengt? Und wozu?«
»Was weiß ich? Vielleicht, damit sie malerischer aussehen beim Tauchen. Aber die Natur rächt sich. Statt eines ruhigen Wasserbeckens gibt es jetzt unberechenbare Strudel. Und, na ja, die Seewespen sind ein Glücksfall, das gebe ich zu.«
»Glücksfall?«
»Irgendwann spricht sich das rum. Und dann ist die Insel wieder leer.«
»Und Sie?«
»Ich warte ab. Und erzähle jedem, der es hören will, vom Biotop, das diese Insel einmal war …«
»Daher die Mahnwache?«
»Daher das beliebte Fotomotiv. In Hunderten von Fotoalben, Blogs und Reiseportalen gibt es Fotos von mir. Mit meiner Botschaft.«
Das klang gar nicht so kriegerisch, wie Harry es geschildert hatte.
Plötzlich streckte der Freiherr den Arm aus und hielt Katharina zurück. »Pavian!«, flüsterte er scharf.

Tatsächlich. Im Licht einer Lampe am Wegesrand saß ein großer Pavian. Als er sie sah, fletschte er die Zähne und stellte sich auf die Hinterbeine. Katharina überlegte rasch. Sie hatte ihre Pistole in ihrer Handtasche. Vielleicht konnte sie ...

Doch der Freiherr war schon einen Schritt vorgetreten und in die Hocke gegangen: »Wir sind keine Feinde«, sagte er leise und beinahe zärtlich. »Aber du bist hier in Gefahr.«

Als hätte der Affe verstanden, hockte auch er sich hin.

»Gehe schnell heim. Hier gibt es kein Futter für dich.« Während er flüsterte, ging der Freiherr langsam rückwärts, ohne aus seiner Hocke aufzustehen. Der Affe sah ihn an, als müsse er intensiv über die Worte des Freiherrn nachdenken. Plötzlich drehte er sich um und verschwand behände in der Dunkelheit.

Der Freiherr verharrte noch ein paar Sekunden, dann richtete er sich auf: »Ich sag es ja. Höflichkeit hilft immer.«

»Was, wenn er Sie angriffen hätte?«, fragte Katharina noch etwas atemlos von dem Schreck.

»Dann wäre ich jetzt tot oder schwer verletzt. Aber das wäre mein Fehler. Nicht seiner. Schließlich sind wir in sein Reich eingedrungen.« Plötzlich drehte er sich zu Katharina um: »Oder Sie hätten das arme Tier erschossen. – Wenn mich nicht alles täuscht, haben Sie eine Pistole in Ihrer Handtasche.«

Katharina klemmte ihre Handtasche unwillkürlich fester unter ihren Arm.

»Vorhin, als Sie gestolpert sind, ist Ihnen ein Henkel entglitten, da habe ich die Waffe gesehen.«

Verdammt, dachte Katharina. Sie musste ...

»Was sind Sie? Zielfahnderin? BKA? Interpol?«, fragte der Freiherr sachlich.

»Nein. Unternehmensberaterin. Ich ... ich habe mir ein paar Feinde gemacht.«

»Und Sie sind natürlich nur auf Urlaub hier.«

»Ja«, sagte Katharina fest.

»Meinetwegen. Aber wenn Sie in Ihrem ›Urlaub‹ den Menschen finden sollten, der hier in der Natur rumpfuscht, umso besser.«

»Sie sind es nicht?«

»Darauf gebe ich Ihnen mein Ehrenwort, wenn das noch etwas gilt, heutzutage.«

»Wie dem auch sei: Ich bin wirklich im Urlaub hier. Last Minute.«

»Wenn Sie meinen – Heckler & Koch, Glock oder Beretta?«, wechselte der Freiherr plötzlich das Thema.

»Weder noch. Stockert und Rohrbacher. Modell 1.«

»Ganz was Feines. Wusste gar nicht, dass die schon auf dem Markt ist.«

»Ein Prototyp. Handgefertigt. Geschenk eines zufriedenen Kunden.« Das war zumindest die halbe Wahrheit. »Sie kennen sich damit aus?«

»Meine Familie hat die zweifelhafte Ehre, die größte Handfeuerwaffen-Sammlung der Welt zu besitzen.«

Katharina konnte sich ein Grinsen nicht verkneifen, als sie sich den Freiherrn vorstellte, wie er sich mit einer alten Vorderlader-Pistole auf dem Feld der Ehre duellierte. Obwohl ... »Ich hätte gemutmaßt, Degen wären mehr nach Ihrem Geschmack?«

»Oh ja. Zivilisierte, elegante Waffen. – Sie fechten nicht zufällig?«

»Nein, das heißt ja. Ich betreibe Kendo.«

»Für meinen Geschmack etwas roh, wenn Sie gestatten. Erwachsene Menschen, die sich mit Holzschwertern gegenseitig auf den Kopf hauen. Aber vermutlich ebenfalls eine Familientradition, nicht wahr?«

»Ja, eine Familientradition.« Das war zwar glatt gelogen, aber solange sie ohnehin als Halbjapanerin durchgehen musste ...

»So wie bei uns in der Familie die Handfeuerwaffen. – Das ist Ihr Bungalow, glaube ich?«

Der Freiherr verabschiedete sich mit einem formvollendeten Handkuss. Seine Lippen berührten Katharinas Hand dabei nicht, sie spürte nur den leichten Hauch seines Atems; so gehörte es sich.

The Dirty Dozens

Lautes Vogelgezwitscher weckte Katharina. Vor ihrem Fenster war es noch dunkel. Sie sah auf den Digitalwecker auf dem Nachttisch. Viertel nach fünf. Aber sie war wach und munter. Also duschte sie kurz und schlüpfte in eine leichte Stoffhose und ein Topp mit Spaghetti-Trägern.

Wenn sie schon mal so früh wach war, wollte sie den Sonnenaufgang sehen. Deshalb wanderte sie durch die Dämmerung zur Pool-Landschaft, die auf der Ostseite der Insel lag. Sie umrundete das große Becken mit Respekt und lehnte sich an die Brüstung, die die Pool-Ebene zum Meer hin absicherte. Unter ihr fiel der Felsen bestimmt dreißig Meter tief ab. Besser nicht hinunterschauen. Stattdessen genoss Katharina die endlose Weite des Meeres, das von der Sonne in feuriges Rot getaucht wurde.

»Wasser ist zum Waschen da ...« Hinter Katharina erklang lautes Singen. Sie drehte sich um. Augustin kam die Treppe zur Pool-Landschaft herunter, zwei Jungen im Schlepptau, die nicht älter als sechzehn sein konnten. Einer der Jungen begann, die Oberfläche des Pools mit einem Kescher abzufischen. Der andere sprang ohne viel Federlesens ins Wasser und tauchte unter, wohl um die Filter zu reinigen.

»Schon wach?«, fragte Augustin Katharina.

»Ja, ich wollte den Sonnenaufgang sehen.«

Augustin nickte: »Die hab' ich in Deutschland vermisst. Die Sonnenaufgänge.«

»Um den Pool kümmerst du dich auch? Was machst du noch alles? Kochen, fliegen, fahren ...«

»Kochen nur ausnahmsweise. Unser Koch kommt erst heute wieder. Nee, ich kümmere mich um alles, was irgendwie Maschine ist ...« Er deutete auf das Windrad. »Siehst du, die Insel ist vollkommen unabhängig. Windenergie, Solarzellen. Sogar das heiße Wasser machen wir mit Sonnenenergie. Hab' ich alles mitgebaut.«

Katharina war beeindruckt. »Und dann arbeitest du nur hier? Ich denke, solche Talente werden doch überall gebraucht, oder?«

»Ja, aber ein Ingenieur verdient in Tansania vielleicht fünftausend Dollar im Jahr. Hier komme ich fast auf das Vierfache.«
»Nur fünftausend Dollar im Jahr?«
»Das ist schon ganz schön viel. Tansania ist arm. Die meisten Menschen verdienen weniger als einen Dollar am Tag. Deswegen ist der Tourismus so wichtig. Er bringt Geld ins Land. – Frühstück?« Ohne ihre Antwort abzuwarten, fuhr er fort: »Komm! Ich schmeiß einen Topf Kaffee aufs Feuer.«

Augustin stimmte »Im Frühtau zu Berge« an und ging Katharina voran die Treppen hoch zur Hauptebene. Dort führte er sie am Restaurantpavillon, in dem noch alle Stühle auf den Tischen standen, vorbei in die Rezeption. »Hier ist es gemütlicher«, verkündete er. Katharina setzte sich auf eines der Sofas.

Sie war trotz der frühen Stunde nicht allein in der Rezeption. Stefan Döring starrte auf den Computer auf dem Tresen und fluchte vor sich hin.

Erst als Augustin eine Kaffeetasse von der Größe einer Suppenterrine vor Katharina hinstellte, sah der Club-Direktor zu ihr hin. »Morgen«, grüßte er knapp. »Sie sind nicht zufällig im zivilen Leben IT-Expertin? Oder kennen sich sonst irgendwie mit Computern aus?«

Katharina wollte schon verneinen, aber dann fiel ihr ein, dass sie zumindest mehr über Computer wusste als die meisten anderen, die sie kannte. Und oft genug half es ja, den Rechner einfach aus- und wieder einzuschalten.

»Ein wenig.« Sie ging um den Tresen herum. »Was hat er denn?«
»Das Buchungssystem spinnt. Angeblich sind wir komplett ausgebucht. Und bis auf die Mitglieder der Gruppe, die heute anreist, wenn wir viel Glück haben, haben alle Gäste den gleichen Namen.«

Katharina sah auf den Bildschirm. Eine Buchungsmaske. Und tatsächlich stand überall »Name: Ennescio, Vorname: Nom« Sie sprach den Namen leise aus. Dann lachte sie auf.

»Was ist so komisch?«, fragte Stefan Döring gekränkt.
»Nomen Nescio. Lateinisch für ›Ich weiß den Namen nicht‹.«
»Ich kann kein Latein.«
»Dafür steht die Abkürzung ›N.N.‹.«

»Aha. Und?«

»Das ist so ein ITler-Scherz, nehme ich an.«

»Sehr witzig. Ein Hacker?«

Katharina fiel ein, dass sie im Präsidium vor ein paar Monaten eine neue EDV-Anlage bekommen hatten. Auf dem System war eine Testroutine Amok gelaufen und hatte die Schreibarbeit von zwei Tagen zerstört.

»Haben Sie vor Kurzem ein Update bekommen? Ein neues System?«, fragte sie.

»Ja, die haben die SAP-Version gewechselt. Warum?«

»Offenbar wollte jemand testen, wie sich das System unter Volllast verhält. Und hat vergessen, das Programm zu löschen.«

Das war das erste Mal, das Stefan Döring lächelte. Eigentlich war es eher ein wölfisches Grinsen: »Ernsthaft? Dann ist das nicht meine Schuld?«

»Nein.«

»Und Sie wissen nicht zufällig, wie man das behebt?«

»Das muss vermutlich in der Zentrale gemacht werden.«

»Na, die werden was von mir zu hören bekommen. Das ist nämlich ein Desaster. Ich kann die Zimmer nicht freigeben. Nicht mal Last-Minute kann ich anbieten.«

Katharina stutzte: »Und wie bin ich dann an mein Ticket gekommen?«

»Sie hatten Glück. Ihre Reise gehörte zu einem Kontingent, das eine Agentur namens ›1219 Romans‹ gekauft hat. Irgend so eine Agentur für Events. Und die hat die Reisen verschenkt.«

»Verschenkt?«

»Als Preisausschreiben-Gewinne und so weiter. – Ihre Reise ist ursprünglich an den Oberbürgermeister einer Kleinstadt gegangen. Davon hat die Opposition Wind bekommen und einen Skandal losgetreten. Also hat er die Reise zurückgegeben. Direkt an unsere Zentrale. Die haben sie manuell in das Last-Minute-Angebot eingetragen. Und wir haben Ihre Daten nur als Fax bekommen. Offiziell sind Sie hier immer noch registriert als …«, er fuhr mit der Maus über die Buchungsmaske, »Claas Kolches, Oberbürgermeister von Suhlheim.« Und damit drehte er sich um und verschwand türenschlagend in seinem Büro.

Nach dem Frühstück stand Katharina der Sinn nach Bewegung. Über der Rezeption informierte ein Schild über die Vorzüge von Golden Rock; unter anderem stand dort »Fitness- und Sportraum«. Vermutlich zwei Kraftmaschinen und ein Laufband, aber besser als nichts. Also wandte sie sich an die kleine Concierge, die ihr mit Händen und Füßen zu erklären versuchte, wie Katharina gehen musste. Dann besann sich das Mädchen eines Besseren und zog einen kopierten Plan von Golden Rock unter der Theke hervor. Mit einem Kreuz markierte sie, wo der Fitnessraum war.

Katharina ging in ihren Bungalow, schlüpfte in ein T-Shirt und eine Jogging-Hose sowie ein paar Leinenschuhe mit Stoffsohle. Dann stieg sie erneut zur Pool-Landschaft hinab.

Unterhalb des Sprungturms war eine große, zum Pool hin offene Höhle in den Fels gehauen. Auf einem bronzenen Schild stand: *Unser Fitness-Zentrum diente ursprünglich als Lager. Es ist Teil eines ausgefeilten Höhlensystems, mit dem Schmuggler Golden Rock in einen sicheren Stützpunkt für den illegalen Handel mit Gewürzen und Stoffen verwandelten. Wenn Sie an einer Besichtigung der Höhlen interessiert sind, wenden Sie sich bitte an die Rezeption. WARNUNG: Erkunden Sie die Höhlen auf keinen Fall ohne fachkundige Führung. Es besteht Lebensgefahr.*

Noch eine tödliche Falle. Aber diese Führung würde Katharina auf jeden Fall mitmachen. Fiel ja irgendwie in ihr Fachgebiet.

Sie betrat die große Höhle, die durch eine indirekte Beleuchtung in ein angenehm-warmes Licht getaucht wurde. Entgegen ihrer Vermutung hatten die Betreiber von Golden Rock an der Fitness wirklich nicht gespart. Nicht nur eine ganze Reihe Präzisionskraftmaschinen und Hantelbänke wartete auf die Nutzung, sondern auch mehrere Laufbänder und ein paar Ergometer und Stepper. Ein Teil der Höhle war mit einer großen, dünnen Matte ausgelegt wie in einem Dojo. Am Rand hing sogar ein Sandsack. Hervorragend! Genau das, was sie brauchte.

Katharina betrat die Matte und begann ihr Training mit ein paar Tai-Chi-Formen. Als sie sich halbwegs aufgewärmt fühlte, schlenderte sie zum Sandsack. Sie begann mit ein paar einfachen Schlagkombinationen, um locker zu werden. Dann nahm sie Tritte hinzu, schließlich Sprünge, tauchte ein paarmal unter dem schwingenden Sandsack hindurch, um die Seite zu wechseln. Immer schön gegen die Bewegung des Sandsacks anarbeiten, ihn stoppen, schwingen lassen, abtauchen, wieder stoppen, schlagen, treten, springen, schneller und schneller. Endlich war sie völlig außer Atem und ihr stand der Schweiß auf der Stirn. Mit einem letzten gedrehten Tritt brachte sie den Sandsack zum Stillstand. Dann trat sie einen Schritt zurück und atmete durch. Das hatte sie wirklich gebraucht. Und, nein, der Sandsack hatte nicht plötzlich das Aussehen von Andreas Amendt angenommen, danke der Nachfrage.

Katharina und Harry lehnten am Tresen der Rezeption, um sich den Aufmarsch der Gäste anzusehen.

Eben war der Bus vorgefahren und mehrere Angestellte waren ausgeschwärmt, um das Gepäck auszuladen. Gustavo und ein weiterer Kellner standen mit Begrüßungscocktails und heißen Handtüchern bereit.

Zwei große, kräftige Männer in bunten Hemden drängten sich an den aus dem Bus quellenden Reisenden vorbei und stürmten auf die Rezeption zu. Sie knallten fast gleichzeitig ihre Reiseunterlagen und Pässe auf den Tresen.

»We want bungalows next to each other. We are old school comrades«, dröhnte der eine mit breitem deutschen Akzent.

Alte Schulkameraden also. Katharina konnte sich die beiden gut als Schüler vorstellen: Größer als ihre Mitschüler und feist. Ihr Körperfett würde sich erst später in Muskeln verwandeln, dennoch waren sie kräftiger als alle anderen. Katharina sah genau vor sich, wie sie kleinere Kinder auf dem Pausenhof herumschubsten.

Die Concierge schien diese Typen gewohnt und blieb ruhig: »No problem. Your names, please.«

»Jens Mandeibel«, dröhnte der Mann, der nach den benachbarten Bungalows verlangt hatte.

»Jean-Luc Mei-äär.« Franzose also, dem Akzent nach zu schließen. Und dann war er in Deutschland zur Schule gegangen?

Anisa – so hieß die Concierge nach dem kleinen Namensschild auf ihrer Brust – reichte den beiden Männern die Schlüsselkarten und zwei große Umschläge. »Welcome drinks and hot towels.« Sie deutete auf Gustavo und seinen Kollegen.

»Welcome drink. Very good.« Mandeibel schlug begeistert mit der flachen Hand auf den Tresen. Anisa zuckte zurück.

Die beiden nahmen je ein Glas von Gustavos Tablett. »Prost. Auf die alten Schulzeiten.« Sie stießen klirrend an, tranken. Dann setzten sie zeitgleich ihre Gläser ab und starrten sie an. »Wie denn, keine Umdrehungen? – No alcohol?«, fragte Mandeibel den Kellner.

Gustavo antwortete höflich: »No alcohol.«

Mandeibel stellte das Glas aufs Tablett und wandte sich an seinen Schulkameraden. »Na, die Bimbos vertragen halt selbst nichts.« Katharina sah, dass Gustavo leicht zuckte. Sein Deutsch war offenbar besser, als er zeigte. »Schwarze sind ohnehin kein gutes Service-Personal. Zu viel Schlendrian«, dröhnte Mandeibel weiter. Dann fiel sein Blick auf Katharina.

»Das ist mehr nach meinem Geschmack. Asiatinnen. Fleißig, anschmiegsam und sauber. Bis auf die Fantasie. Die ist dreckig.« Er lachte. Dann wandte er sich an Katharina: »Two drinks please. With alcohol.« Er fischte einen Geldschein aus der Brusttasche seines Hawaiihemdes und … Katharina starrte an sich herab: Er hatte ihr den Geldschein doch nicht wirklich in den Ausschnitt gesteckt, oder?

»Come on. Hopp. Hopp. Drinks.« Er wollte Katharina einen Klaps auf den Po geben. Jetzt reichte es. Katharina packte seine Hand und wirbelte um ihn herum; im nächsten Moment hatte sie seinen Arm auf den Rücken gedreht. Dann gab sie ihm einen kräftigen Tritt in den Hintern, sodass der Mann stürzte und über den frisch polierten Steinboden schlitterte. Die anderen Gäste lachten hämisch.

»Deinen Arsch lasse ich feuern!« Mandeibel raffte sich auf und wollte auf Katharina zustürzen, doch er prallte an Harrys breiter Brust ab. Katharina hatte Harrys Gabe, sein Körpervolumen auf Kommando auf das Doppelte zu vergrößern und so zum Felsen in der Brandung zu werden, immer bewundert.

»Langsam, langsam. Die Dame ist Gast von Golden Rock, ebenso wie Sie«, erklärte Harry in dem Ton, mit dem man unartigen Kindern ihr Fehlverhalten erklärte.

»Dann ist das Hausfriedensbruch! Ich kenn' mich aus!«

Katharina presste sich die Hand vor den Mund, um nicht zu lachen. Und Harry fuhr im gleichen freundlichen Ton fort: »Einer Dame in den Ausschnitt zu fassen, ist sexuelle Belästigung.«

»Belästigung? Ich habe ihr Geld –«

»Und das könnte als Versuch der Förderung von Prostitution ausgelegt werden. Sie sollten in der Hinsicht ganz vorsichtig sein. In Tansania wird so etwas streng verfolgt. Und man ist hier mit dem Schwert sehr schnell bei der Hand.«

Jean-Luc Mei-äär und Jens Mandeibel fassten sich gleichzeitig erschrocken an die Kehle.

»Tiefer«, korrigierte Harry sie freundlich. »Und jetzt führt Sie sicher gerne jemand zu ihrem Bungalow.«

Er nickte einem jungen Kellner zu, der den beiden winkte, ihm zu folgen. Sie trollten sich. Vergnügt sah Katharina, dass der Kellner sie ihr Gepäck selbst tragen ließ.

»Stimmt das? Mit der Kastration?«, fragte sie Harry neugierig.

»Natürlich nicht. Aber du weißt ja, solchen Typen muss man von Anfang an klarmachen, wer der Herr im Ring ist, sonst werden sie zu Bullys, die Schwächere herumschubsen, nur weil sie es können. – Komm, sehen wir uns den Rest der Show an.«

Inzwischen hatten sich die Reisenden ordentlich aufgereiht. Relativ weit hinten in der Reihe las ein Mann, Typ pensionierter Studienrat für Deutsch und Sport, den beiden jungen Frauen vor ihm laut aus dem Reiseprospekt vor: »… und so zürnte der Gott Mafia Island für ihre Schönheit und in seinem Zorn rammte er seinen Faustkeil in die Insel. Doch der Faustkeil brach ab und blieb in der Bucht, die er gerissen hatte, stecken. Und die Göttin verwandelte ihn in den Teil des Paradieses, den wir heute Golden Rock nennen …« Die beiden Frauen verdrehten die Augen, als sie sich wieder nach vorne wandten.

Ganz vorne in der Schlange stand ein runder, gemütlich aussehender Mann mit einer großen Spiegelreflexkamera um den Hals. Seine Gattin, eine verblühte Schönheit, überragte ihn um ein paar Zentimeter. Beide kramten in ihren Taschen. »Und du musst natürlich die Reiseunterlagen verschludern«, meckerte die Frau. »Weil der Herr natürlich als Erstes seine Fotoausrüstung braucht.«

»Der Umschlag war die ganze Zeit da!«, verteidigte sich der Mann. Die Frau meckerte leise vor sich hin und suchte weiter.

Eine blonde Schönheit mit bauchfreiem, aber langärmeligem T-Shirt und eng anliegender Stoffhose, eine übergroße Sonnenbrille lässig ins wallende Engelshaar gesteckt, löste sich hinter ihnen aus der Schlange: »Na, wenn das noch länger dauert, gehe ich eben vor.«

Die Frau des Pärchens, das hinter den ihre Unterlagen Suchenden wartete, stieß ihren Partner an: »Nun mach doch was, Frank. Die drängt sich vor.«

Frank, ein hagerer, blasser Mann in verwaschener Jeans und beigem Hemd, murmelte schüchtern: »Lass doch, Roswitha. Wir sind im Urlaub.«

Die Schönheit hatte unterdessen ihre Unterlagen auf den Tisch geworfen. Anisa versuchte, ihren Pass zu entziffern: »Miss Jacki, Jacka ...«

»It is pronounced Jack-ooo«, erklärte die Schönheit. »Sabrina Jack-ooo. Ich bin Ehrengast von Berling Tours. Meinem Kunden«, fügte sie stolz hinzu. Sie ließ den Blick durch den Raum schweifen, ob denn auch alle vernommen hatten, dass sie wichtig war.

Anisa händigte ihr die Schlüsselkarte und einen großen Umschlag aus. Damit stolzierte die Schönheit davon. Sie drückte einem der Gepäckträger einen Geldschein in die Hand und ließ sich das umfangreiche Gepäck hinterhertragen.

Endlich waren die Suchenden fündig geworden. Stolz legten sie ihre Unterlagen und ihre Pässe auf den Tisch. »Pfarrer Hans Giesler. Gott zum Gruße«, verkündete der Mann mit Prediger-Stentor.

»Gottzum ...?«, fragte Anisa verwirrt.

»No, my name is Giesler. Hans und Tamara Giesler.«

Anisa verstand und gab ihnen ihre Schlüssel und Umschläge.

»Gott bless you, mein Kind.« Giesler zückte die Kamera. So ein Augenblick musste für die Nachwelt festgehalten werden. Seine Frau zog ihn verärgert davon.

Die Frau hinter ihnen in der Schlange, eine blasse Blondine, die ein Buch umklammert hielt, war erleichtert, an der Reihe zu sein. Kein Wunder, denn der Mann hinter ihr versuchte sie in ein

Gespräch zu verwickeln, genauer: ihre Brüste. Er hob den Blick nicht vom Ausschnitt der Frau, während er auf sie einsprach.

»Sylvia Schubert«, stellte sie sich Anisa hektisch vor und krallte sich, so schnell es ging, Unterlagen und Zimmerschlüssel. Dann eilte sie davon.

Der Mann hinter ihr warf ebenfalls seinen Pass auf den Tisch, rief »Christian Kurt« und nahm seinen Umschlag an sich. Dann sah er sich um, wohin denn Sylvia Schubert verschwunden war. Dabei blieb sein Blick – natürlich – an Katharinas Dekolleté hängen. Wenigstens verzichtete er darauf, Geld hineinzustecken; aber wenn das so weiterging, dachte Katharina, würde sie nur noch hochgeschlossen herumlaufen. Endlich zog Christian Kurt von dannen, wohl, weil er am Horizont ein neues Objekt der Begierde entdeckt hatte.

Nach ihm trat ein denkbar falsch angezogenes Paar an den Tresen: Der Mann, der mit seinen kurzgeschorenen, grauen Haaren, seinem hageren Gesicht und seiner Nickelbrille aussah, als wolle er sich zum Steve-Jobs-Ähnlichkeitswettbewerb anmelden, trug Rollkragenpullover zu teurer Jeans. Die Frau, eine streng-attraktive Brünette, trug ein schwarzes Kostüm, das wohl bei der Abreise noch schick und elegant ausgesehen hatte, jetzt aber nach einem Bügeleisen schrie. Der Mann flüsterte Anisa etwas zu. Sie verstand ihn nicht. Etwas lauter wiederholte er: »Joachim und Doktor Gabriele Bronski vom Architekturbüro Bronski und Partner.« Anisa sah kommentarlos in ihre Unterlagen und händigte ihnen Schlüsselkarten sowie einen großen Umschlag aus, den das Paar an sich nahm wie schlechte Geheimagenten Dossiers von einem Informanten.

»Diese ganze Reise ist ein Witz«, flüsterte das Steve-Jobs-Double gerade, als sie an Katharina vorbeikamen. »Da will sich jemand über uns lustig machen.«

Einer nach dem Anderen hatten die Reisenden ihren Pass und ihre Unterlagen vorgezeigt und ihre Schlüsselkarte sowie einen großen Umschlag in Empfang genommen. Ein älterer Herr mit vollem weißem Haar und gepflegtem Schnurrbart hatte den Umschlag gleich geöffnet, einen Brief hervorgezogen, ihn gelesen und war dann laut lachend davongegangen.

Die beiden jüngeren Frauen nutzten die erste Gelegenheit zur Flucht vor dem pensionierten Studienrat für Deutsch und Sport und seinem Reiseprospekt. Der Studienrat selbst nahm den Umschlag entgegen wie eine Marsch-Order. Es fehlte nur noch, dass er die Hacken zusammenschlug.

Ein Pärchen benahm sich fast so unauffällig wie Hollywoodstars, die von Paparazzi erwischt werden wollen. »Daniel und Susannah Breugher«, raunte der Mann Anisa mit verschwörerischem Bühnenflüstern zu, im sicheren Wissen, dass sein Name bis ins tiefe Afrika hinein einen guten Klang hatte. Er konnte die Enttäuschung nicht ganz verbergen, als Anisa ihm Unterlagen und Schlüsselkarten aushändigte, ohne wenigstens um ein Autogramm zu bitten.

Die letzten Gäste, die eincheckten, kannte Katharina. Es war das Pärchen, dem sie im Flughafen begegnet war.

»Kristina Bergthaler und Dirk-Marjan Jakutzki, bereit für die große Verschwörung«, rief das Mädchen fröhlich, bevor ihr Begleiter sie mit dem Ellbogen in die Seite stoßen konnte. Sie nahm Schlüsselkarten und Umschlag, während ihr Begleiter zwei Gläser mit dem Welcome Drink von Gustavos Tablett holte.

Kristina wedelte ihm mit dem Umschlag vor der Nase. »Da ist jetzt bestimmt die Morddrohung drin. Oder die Einladung der geheimnisvollen Prinzessin.«

Ihr Begleiter lachte: »Dann wollen wir mal das Rätsel lösen.« Er riss den Umschlag auf. Katharina streckte neugierig den Kopf vor. Doch aus dem Umschlag fiel kein aus Zeitungsbuchstaben zusammengeklebter Drohbrief und auch kein versiegeltes Billett, sondern eine Broschüre mit der Headline »Traumrendite auf der Trauminsel«.

Dirk-Marjan zeigte seiner Begleitung die Broschüre mit einem Schulterzucken: »Ich sag es ja, ein Investment-Plan. Die müssen aber wirklich dringend Geld brauchen, wenn sie solche Reisen verschenken.«

Kristina wirkte ein wenig enttäuscht. Na ja, nicht überall konnte ein Kriminalfall lauern, nicht wahr?

Katharina wandte sich an Harry. »Sag mal, ich habe gesehen, dass man die Schmugglerhöhlen besichtigen kann?«

»Fortbildungsreise, was? Klar. Augustin führt dich sicher gerne. Ist nach dem Mittagessen okay?«

»Schmugglerhöhlen? Dürfen wir mit?« Urplötzlich war Kristina neben ihnen aufgetaucht. Dirk-Marjan war ihr etwas zögerlich gefolgt. Katharina wäre zwar lieber alleine gegangen, aber sie konnte einen Service von Golden Rock ja schlecht nur für sich beanspruchen. »Klar.«

»Gut«, sagte Harry. »Eine Führung für drei. Gleich nach dem Mittagessen. Festes Schuhwerk und lange Hosen anziehen.«

»Fein«, freute sich Kristina. »Schmugglerhöhlen. Wie früher bei Enid Blyton!« Sie hakte sich bei ihrem Begleiter ein und zog ihn davon. Katharina konnte ihre Begeisterung sogar halbwegs verstehen. Sie machte sich zwar nichts aus Krimis, aber als Kind hatte sie Enid Blyton verschlungen.

Augustin hatte Katharina, Kristina und Dirk-Marjan – Kristina hatte ihnen das »Urlaubs-Du« verordnet – große Taschenlampen und Feldflaschen mit Wasser gegeben. Jetzt führte er die kleine Expedition durch die Pool-Landschaft in den Sportraum. An der Rückwand schloss er eine massive Stahltür auf. Dahinter führte eine grob in den Stein gehauene Treppe in die Tiefe.

Die Treppe endete in einer großen Höhle, in der ihre Schritte hallten. Wasser plätscherte. »Das hier war der geheime Hafen der Schmuggler. Passt auf, dass ihr nicht zu nahe ans Wasser kommt.« Augustin leuchtete mit seiner Lampe auf das schwarze Wasser.

»Früher gab es nur eine einzige sichere Passage für Boote nach Golden Rock. Und die endete hier«, erklärte Augustin. »Nur sehr geübte Seeleute konnten sie finden und durchfahren. – Pass auf.«

Kristina war auf einem feuchten Steinstück ausgeglitten, doch Augustin hatte sie am Arm gepackt. Gerade noch rechtzeitig, bevor sie ins Wasser gefallen wäre.

»Unfreiwilliges Bad wäre gar nicht gut.« Augustin leuchtete ins Wasser. Kleine gallertartige Halbkugeln schillerten im Licht. »Das sind Seewespen. Eine davon hat genug Gift, um ein Dutzend Menschen zu töten.«

»Wie kommen die denn hierher?«, fragte Kristina mit einer Mischung aus Ekel und Faszination.

»Verdammte globale Erwärmung. Seewespen gibt es sonst nur bei Australien. Irgendeine Strömung hat sich geändert und sie hierher getrieben. Deswegen ist Schwimmen und Tauchen bei Golden Rock lebensgefährlich.«

Dirk-Marjan fragte neugierig: »Und was macht man, wenn man von einer Seewespe gestochen wird?«

»Sterben«, antwortete Augustin sachlich. »Du stirbst an Herzstillstand oder ertrinkst. Wenn dich nicht der Schmerz umbringt.«

»Und kann man nichts dagegen tun?«

Augustin zuckte mit den Schultern. »Essig. Das neutralisiert das Gift. Allerdings musst du in dreißig Sekunden an Land sein und reichlich Essig über die Stelle gießen, wo dich die Qualle berührt hat.«

Sie gingen weiter, bis sich neben ihnen eine Höhle auftat. Augustin führte sie hinein: »Das hier ist ein Lager. Hier haben die Schmuggler ihre Waren hingebracht. Gold. Edelsteine. Stoffe. Gewürze.« Er leuchtete auf die Wände, in die schwere, rostige Metallringe eingelassen waren. »Und Sklaven«, fuhr er fort. »Wenn die Flut zu hoch gestiegen ist, sind sie ertrunken.«

»Das ist ja furchtbar«, sagte Kristina bestürzt.

»Schmuggel und Sklavenhandel waren ein großes Geschäft. Alle haben mitgemischt. Einheimische. Araber. Kolonialherren. Offiziell haben sie die Schmuggler gejagt, aber gleichzeitig die Hand aufgehalten. Ganz Mafia Island hat davon gelebt.«

Kristina fragte neugierig: »Kommt daher der Name? Mafia Island? Vom Schmuggel?«

Augustin lachte lauthals. Dann erklärte er: »Nein. Damit hat der Name nichts zu tun. Die einen behaupten, der Name komme vom arabischen Wort *morfiyeh*. Das bedeutet Gruppe oder Archipel. Mafia Island ist aus mehreren kleinen Inseln zusammengewachsen. Andere sagen, er kommt aus dem Suaheli, von *mahali pa afya*, was so viel heißt wie ›Gesunder Ort zum Leben‹.«

Gesunder Ort zum Leben, dachte Katharina: Giftige Quallen, wilde Affen und tödliche Strömungen. Sehr gesund.

Augustin führte sie weiter, erklärte, wo die Schmuggler ihre Quartiere hatten, deutete auf Gänge, die eingestürzt waren. »Ist alles nicht so stabil. Deswegen darf man hier nur mit Führung hin.«

Irgendwann erreichten sie einen Teil, der erweitert und mit Beton verstärkt worden war. Augustin drückte einen Lichtschalter. Neonröhren sprangen flackernd an.

»Beim Bau der Anlage haben wir die Höhlen teilweise als Versorgungstunnel benutzt. Die hier ...« Er legte stolz seine Hand auf eine Maschine, die eine schwere Trommel mit dickem Stahlseil antrieb. »Die hier spannt die Brücke. Wenn der Wind zu stark weht, können wir die Brücke etwas entspannen, damit sie nicht bricht.« Er öffnete eine Stahltür. Sie gingen hindurch und standen im Freien. Über ihnen spannte sich die Brücke.

Augustin deutete nach oben. »Das hier ist ziemlich clever. Die Brücke verbindet uns auch für andere Zwecke mit dem Festland. Telefon, Internet, Fernsehen.« Er zeigte auf ein paar gespannte Seile, die eine Art Takelage formten. »Deswegen kann man auch hier unten lang klettern, wenn man mutig ist.«

Dirk-Marjan sagte andächtig: »Schon ein ziemliches Meisterwerk. – Toller Architekt. Ein Deutscher, oder nicht?«

Augustin bejahte: »Dirk Schröder. Netter Kerl. Guter Kletterer. Hat den Arbeitern viel vorgemacht.«

Kristina stieß ihren Lieblingsarchitekten in die Seite: »Wie du auch. Du springst doch auch immer auf Baustellen rum.«

Augustin ließ sie sich noch ein paar Augenblicke ausruhen. Katharina setzte sich neben ihn. »Harry hat mir erzählt, dass sich die Strömungen um Golden Rock verändert haben. Kommt das von der Brücke?«

»Nee, nicht von der Brücke«, antwortete Dirk-Marjan für Augustin. »Die Pfähle der Brücke stehen genau auf Felsen, die ohnehin schon dicht unter die Wasseroberfläche ragten. Da hat der Schröder drauf geachtet.« Plötzlich fiel ihm auf, dass ihn die anderen ungläubig ansahen. »Im Internet war eine Zeichnung«, erklärte er eilig. »Ich war neugierig.«

»Dirk-Marjan baut auch Brücken«, ergänzte Kristina stolz.

»Aber die hier ist wirklich toll«, fing Dirk-Marjan wieder an zu schwärmen. Er führte Kristina etwas weg und begann, ihr Details der Konstruktion zu erklären. Augustin und Katharina blieben zurück.

Katharina fragte leise: »Und, was glaubst du, woher die Strömungen kommen?«

Augustin kratzte missmutig mit der Schuhspitze im Sand: »Verdammtes Dynamit-Fischen. Das wird wohl irgendwann das Riff so kaputtgemacht haben, dass ein Teil eingestürzt ist.«

Dynamit-Fischen. Man zündete unter Wasser Sprengladungen, die Fische starben vom Explosionsdruck und trieben dann an die Oberfläche, von der man sie nur noch aufsammeln musste. »Ist das nicht illegal?«, fragte Katharina.

»Natürlich. Schert sich aber keiner drum«, antwortete Augustin. »Bevor das Riff eingestürzt ist und die Seewespen gekommen sind, konnte man bei Golden Rock super tauchen. Jetzt nicht mehr.«

»Und das Taucherparadies, das der Prospekt verspricht?«

»Im Norden von Mafia Island. Ist ja nicht so weit. – Ich kenn' da einen tollen Tauchlehrer. Wenn du willst …«

Katharina schüttelte den Kopf. Tauchen? Im Wasser? Wo Ungeheuer sie packen konnten? »Nein danke«, erklärte sie rasch. »Ich darf nicht tauchen. Probleme mit den Ohren.«

Augustin stand auf und rief Kristina und Dirk-Marjan zum Aufbruch.

Sie gingen zurück durch die Stahltür. Im Inneren der Höhle, neben der Tür, lagen mehrere große Trommeln mit einem dicken roten Kabel, das Katharina bekannt vorkam.

»Noch mehr Arbeiten?« Sie deutete auf die Kabel.

Augustin zuckte mit den Achseln: »Wir wollten zur Sicherheit noch ein Telefonkabel legen. Sind wir aber bisher nicht zu gekommen.«

Ihr Weg führte sie weiter in das Labyrinth aus Gängen und Höhlen hinein, bis sie an eine Treppe kamen, die sich spiralförmig an einem Schacht in die Höhe zog. Augustin leuchtete mit seiner Lampe hinauf: »Der Schnorchel des … nun, ihr würdet wohl sagen: Poseidon. Eine Legende sagt, dass der Meergott hier getaucht hat und dann eingeschlafen und versteinert ist. Sein Körper wurde dann zu Mafia Island. Und das hier ist sein Schnorchel.«

Katharina lachte: »Das ist nicht dein Ernst, oder? Schnorchel?«

Augustins breites Grinsen leuchtete weiß in der Dunkelheit: »Hab' ja nicht gesagt, dass das eine alte Legende ist. Das haben sich die Sporttaucher im Norden ausgedacht.«

Sie tasteten sich vorsichtig die geländerlose Treppe empor. Der Schnorchel verengte sich zusehends, bis sie durch einen schmalen Spalt zwischen ein paar Felsen ins Freie traten. Nein. Nicht ins Freie. In ein Badezimmer unter freiem Himmel. Dusche. Löwenfuß-Badewanne. Kristina und Katharina fragten gleichzeitig erschrocken: »Ist das etwa mein Badezimmer?«

Augustin schüttelte lachend den Kopf: »Nein, der Bungalow ist nicht vermietet.«

Sie gingen durch den Bungalow hindurch und standen auf der Wiese der Urlaubsanlage.

»So, ich hoffe, die Tour hat euch Spaß gemacht?«, fragte Augustin, während er Lampen und Flaschen einsammelte. »Wenn ihr wollt, zeige ich euch demnächst auch noch den Weg um Golden Rock herum und das Wrack des Geisterschiffs. Aber nicht heute. Ist bald Zeit zum Sundowner. Ihr wisst, wo …?«

Der Sundowner: Katharina kannte diese Sitte, sich an einem besonders schönen Platz zu versammeln und bei einem Bier oder einem Glas Wein die untergehende Sonne zu bewundern, noch aus ihrer Schulzeit in Südafrika. Offensichtlich war sie auf dem ganzen Kontinent verbreitet – und Harry hatte diese entscheidende und kritische Aufgabe der Gästebetreuung als seinen Verantwortungsbereich reklamiert. Er hatte einen Bistrotisch mit Flaschen und Gläsern aufstellen lassen und entkorkte gerade eine Flasche Rotwein, als Katharina die Aussichtsterrasse betrat. Kristina und Dirk-Marjan hatten auf die Teilnahme verzichtet, da sie noch auspacken mussten. Katharina war insgeheim froh darüber. Eigentlich waren die beiden ja ganz nett, doch Kristina hatte auf dem gesamten Weg zu ihren Bungalows wortreiche Theorien über die heutige Nutzung der Schmugglerhöhlen entwickelt, einschließlich der eines geheimen Inselbewohners, der sie alle nach und nach meucheln würde. Und dieser Dirk-Marjan: Vermutlich ganz okay, auch wenn er, wenn es nicht gerade um Architektur und Brücken ging, den Mund nicht aufbekam. Aber er hatte Katharina immer wieder seltsam gemustert, wenn er dachte, sie bemerke es nicht. Sie kannte diese Blicke. So wurde sie angesehen, wenn sie eine Kneipe betrat, deren Publikum nicht ganz astrein war. Wenn sich dort das leise geflüsterte Wort »Polizei« von Tisch zu Tisch verbreitete. Hatte Dirk-Marjan etwa …?

Ach, Unsinn!, schalt sie sich. Er hatte sie angesehen, weil er ein Mann war. Und sie eine Frau. Eine attraktive Frau. Das war es. Nichts weiter. Ein Flirtversuch. Ein sinnloser noch dazu. Dirk-Marjan war so gar nicht ihr Typ: Viel zu bemüht, gut und wild auszusehen, mit seinem Teint und dem Dreitagebart. Außerdem empfand Katharina weibliche Solidarität mit Kristina, deren Zuneigung Dirk-Marjan mit Begeisterung ignorierte.

Katharina lehnte am Geländer der Aussichtsplattform, ihr Weinglas in der Hand. Außer ihr und Harry war nur noch ein Pärchen gekommen: Die Frau, vielleicht Anfang dreißig, war recht hübsch, ihre langen blonden Haare waren gelockt, der Mann neben ihr war eher vom Typ untersetzter Bettwärmer und Kinderversorger. »Schau mal, Claudia!«, schwärmte er, als sie an das Geländer getreten waren. »Hast du schon mal einen so schönen Sonnenuntergang gesehen?« Er wollte den Arm um seine Frau – Freundin? Verlobte? – legen, doch sie schüttelte ihn ab: »Ich will endlich wissen, wo hier der Haken ist!«

»Muss denn immer und überall ein Haken sein?«, fragte der Mann, während er wieder versuchte, ihr zärtlich näherzukommen.

»Berndt! Das war ein Preisausschreiben! Da ist immer ein Haken bei!«

»Vielleicht habe ich ja einfach mal Glück gehabt?«

»Glück? Du? Und wie kommst du überhaupt dazu, meinen Namen und meine Adresse anzugeben?«

Die Frau wandte sich ungefragt an Katharina: »Mein Freund ist süchtig nach Gewinnspielen. In Zeitschriften, unterwegs oder im Internet: Er muss sie einfach ausfüllen. Wissen Sie, was er neulich gebracht hat?«

»Claudia!«, jammerte der Mann.

»Doch, das kann sie ruhig hören. Er hat aus Versehen ein Abo abgeschlossen. Für ›erotische Videos aufs Handy‹!«

Katharina verkniff sich ein Lachen.

»Und jetzt …«, fuhr die Frau vorwurfsvoll fort, »und jetzt diese … Luxusreise!«

»Ist doch ein toller Gewinn«, wollte Katharina die Situation entschärfen.

»Toller Gewinn? Ich sag's Ihnen: Das dicke Ende kommt noch. Bestimmt müssen wir auf dem Rückweg auf einer Galeere rudern. Oder Heizdecken kaufen. Und überhaupt: Wer verlost denn eine Reise, die Anfang Dezember stattfindet? Mitten in der Schulzeit? Wir sind nämlich Lehrer, müssen Sie wissen!«

»Aber wir haben doch fahren können«, versuchte es der Mann versöhnlich.

»Nur, weil unsere Schule abgebrannt ist.« Sie wandte sich ärgerlich an ihren Mann. »Und jetzt muss ich was essen!« Und damit griff sie in die Schale Salzbrezeln, die auf dem Bistrotisch stand.

»Claudia muss immer essen, wenn sie sich aufregt«, erklärte der Mann Katharina.

»Ganz richtig! Und wenn ich morgen nicht mehr in meinen Bikini passe, bist du schuld!« Die Frau lehnte sich an das Geländer und begann zu knabbern.

Moment, was hatten die gerade erzählt? Das interessierte Katharina jetzt doch: »Ihre Schule ist abgebrannt?«

»Ja«, sagte die Frau zwischen zwei Brezeln. »Bis auf die Grundmauern. Die Schüler wurden auf andere Schulen verteilt. Und wir sind bis auf Weiteres beurlaubt.«

»Immerhin bei vollem Gehalt«, ergänzte der Mann.

»Das kommt davon, wenn man es ständig mit Pyromanen zu tun hat.«

»Schüler haben Ihre Schule angezündet?«, fragte Katharina.

»Schüler? Hah! Ein Kollege!«, empörte sich die Frau und schob sich noch eine Brezel in den Mund.

»Komm Schatz, das ist nicht erwiesen.«

»Wer soll es denn sonst gewesen sein? Wer hat denn das Loch in den Sportplatzrasen gesprengt?«

»Das war ein Unfall!« Der Mann wandte sich an Katharina. »Ihm ist die Lötlampe in die Kiste mit den Feuerwerkskörpern gefallen. Beim Schulfest. – Wie dem auch sei: Freu dich doch! Sonst hätten wir nicht fliegen können.«

Die Frau kaute entrüstet auf ihren Salzbrezeln. Die Krümel hatten einen kleinen Vogel angelockt, der jetzt neben der Frau auf dem

Geländer saß und sie hungrig anstarrte. Es sah aber nicht so aus, als wäre die Frau willens zu teilen.

Auch Harry hatte dem Gespräch gelauscht. Mit seinem Weinglas in der Hand trat er ebenfalls an die Absperrung. »Keine Sorge, wir machen hier keine Verkaufsveranstaltungen«, sagte er in seinem freundlichsten Schutzmann-von-nebenan-Ton. »Und rudern müssen Sie auch nicht. Nur im Fitnessraum.«

Die Frau drehte sich langsam zu ihm um. Ihre Augen funkelten wütend. »Was wollen Sie denn damit sagen?«

Katharina verbarg ihre Schadenfreude, indem sie sich abwandte. Das hatte Harry sich selbst eingebrockt.

»Na ja, falls Sie Sport treiben ...«

»Wollen Sie damit sagen, ich muss Sport treiben?«

Der Mann sprang Harry bei: »Schatz, er hat nur gemeint, dass du vielleicht Sport treiben willst.«

»Wie kommt er dazu?« Sie wandte sich an Harry. »Finden Sie mich etwa zu dick?«

Harry war völlig überrumpelt und zögerte zu lange. Verloren!

»Siehst du?«, fauchte sie ihren Freund an. »Er findet mich auch zu dick! Und das ist alles deine Schuld!« Sie stürmte davon, allerdings nicht ohne vorher noch einmal in die Brezel-Schale zu greifen.

Der Mann blickte entschuldigend in Katharinas und Harrys Richtung und eilte ihr dann nach.

Harry zuckte mit den Schultern: »Was hat sie denn? Ihre Figur ist doch in Ordnung!«

»Oh Gott, Harry! Schlag niemals einer Frau vor, sie solle Sport treiben, wenn sie nicht wenigstens Stadtmeisterin im Marathonlauf ist. Und auf die Frage ›Bin ich zu dick?‹ gibt es nur eine einzige richtige Antwort.«

Lachend wandten sie sich der Aussicht zu. Der Sonnenuntergang war gerade in seinen besonders spektakulären Teil übergegangen, der Himmel und Meer glutrot färbte und die Wolken am Himmel aussehen ließ wie Feuerbälle.

Das erinnerte Katharina an etwas: »Haben die gerade wirklich erzählt, dass ihre Schule abgebrannt ist? Wegen Brandstiftung? Sag mal, bin ich paranoid, zu lange bei der Truppe oder ...?«

»Das habe ich auch gerade gedacht. Schon eine illustre Gesellschaft, die wir hier haben.«

Sie schwiegen einen Moment. Endlich sagte Harry: »Vorsicht ist besser als Nachsicht. Ich rufe morgen mal ein paar Kontakte in Deutschland an.«

Als Katharina in das Restaurant kam, waren die meisten Gäste schon da. Wieder brannte in der Mitte des Raumes ein großes Feuer, auf dem Fleisch gegrillt wurde. An einer Seite des Saales stand zudem ein großes Buffet, hinter dem zwei junge Männer mit großen, weißen Kochmützen standen.

Katharina überlegte, wo sie sich hinsetzen sollte. Sie hatte keine Lust allein zu essen. Der Freiherr wäre sicher ein guter Tischpartner, aber er war nicht da. An einem Tisch lümmelten sich die zwei Rüpel vom Vormittag, Mandeibel und Mei-äär. Sie sahen schon ziemlich betrunken aus.

Der Studienrat für Deutsch und Sport unterhielt einen größeren Tisch, an dem außer ihm die Gieslers und ein weiteres Paar saßen, die Katharina für sich Herr und Frau Fleischermeister Kerbel aus dem Osthessischen getauft hatte. Sie hörte, wie der Studienrat referierte: »Mafia Island war übrigens Teil des Sansibar-Deals. Sie wissen schon: Wo wir den Engländern Helgoland wieder abgenommen haben. Wir hätten Mafia behalten sollen. Helgoland ist doch eh nur ein alberner Steinblock.«

An einem anderen Tisch saßen Daniel und Susannah Breugher, nach eigener Einschätzung aus Funk und Fernsehen weltbekannt, und texteten die zwei jungen Frauen zu, die beim Einchecken schon die Vorträge des Studienrats hatten über sich ergehen lassen müssen. Die eine Frau spielte mit einer langen, blonden Haarsträhne und überlegte wohl, ob sie Daniel Breugher nicht einfach damit erwürgen sollte. Die andere Frau, kurze, braune Haare, Designerbrille, drehte genervt ihr Weinglas in den Händen.

Kristina und Dirk-Marjan waren in ein Gespräch vertieft und schienen sich glänzend zu unterhalten. Nur nicht einmischen. Vielleicht funkte es ja doch noch.

Die Bronskis saßen missmutig in einer Ecke. Sie hatten die Köpfe zusammengesteckt und tuschelten.

Das Lehrerehepaar mit der abgefackelten Schule schwieg sich an; die Frau hatte einen voll beladenen Teller vor sich. Bestimmt würde sie Katharina morgen beim Sport Gesellschaft leisten und auf dem Trimmrad versuchen, ihre Sünden auszugleichen.

Die Jack-ooo hatte sich zu einem attraktiven Mann – »Karl-Joseph Buchmann, aber alle nennen mich Charlie« – an den Tisch gesetzt und lachte zu laut über dessen Witze. Am Tisch daneben saßen »Thorsten Urban – Doktor«, wie er sich beim Einchecken mit sonorer Stimme vorgestellt hatte, und eine kosmetisch optimierte Fünfzigerin, die in Bezug auf Schmuck und Kleidung mehr Geld als Geschmack besaß.

Blieben noch zwei Tische. An beiden saßen Männer. Der eine, Christian Kurt, war jünger und hätte als attraktiv durchgehen können, wenn er Katharina nicht erneut mit seinen Blicken ausgezogen hätte.

Am anderen Tisch saß der ältere Herr, der nach dem Öffnen seines Umschlags so herzlich gelacht hatte. Katharina trat an seinen Tisch: »Darf ich mich zu Ihnen setzen?«

Wie selbstverständlich stand der Mann auf und rückte ihr den Stuhl zurecht. Er lächelte vor sich hin, irgendwo zwischen selig und verschmitzt. Plötzlich sagte er: »Verzeihen Sie, ich habe mich noch gar nicht vorgestellt. Albert Norrisch.«

Konzentrier dich, Katharina: »Zoë Yamamoto.«

»Zoë«, ließ sich Norrisch den Namen auf der Zunge zergehen.

»Meine Mutter war Japanerin, mein Vater Deutscher.«

»Komisch, ich hätte darauf gewettet, dass Sie koreanische Vorfahren haben. Die Augenform. Aber so kann man sich täuschen. – Zoë ... so heißt meine Tochter. Ist in etwa in Ihrem Alter. Spielt Querflöte bei den Frankfurter Neuen Philharmonikern. Und Sie?«

»Ich bin nur eine einfache Unternehmensberaterin.«

»Arbeiten Sie für Rhüger-Pharm?«

»Nein. Warum?«

»Wissen Sie ...«, antwortete Norrisch verschmitzt, »so etwas ist mir in meinen ganzen Jahren als Arzt noch nicht vorgekommen.« Er zog einen gefalteten Brief aus der Tasche seine Jacketts und reichte ihn Katharina. »Lesen Sie das mal.«

Katharina faltete ihn auf: »Sehr geehrter Doktor Norrisch«, las sie halblaut, »wir wissen, was unsere Produkte wert sind. Und Sie brauchen wir davon nicht erst zu überzeugen. Deswegen wünschen wir Ihnen einen schönen Urlaub auf unsere Kosten, aber ohne unsere unsinnigen Vorträge. Wir sind sicher, dass Sie dies zu schätzen wissen und uns bei Ihren Verschreibungen auch in Zukunft bedenken.« Sie ließ den Brief sinken. »Das ist ja wirklich dreist.«

»Die Pointe kommt noch: Die stellen hoch spezialisierte Medikamente zum Knorpelaufbau bei Arthrose her. Überhaupt nicht mein Fachgebiet. Ich bin Internist. Ich habe noch nie im Leben irgendwas von denen verschrieben. Keine Ahnung, wie ich in deren Datenbank geraten bin.«

Katharina wollte etwas fragen, doch sie wurden vom Einmarsch Chittaswarup Kumars unterbrochen. Flankiert von seinen Leibwächtern steuerte der dicke Inder auf den Tisch zu, an dem die beiden Rüpel saßen. Es entstand eine kurze, aber heftige Auseinandersetzung, die damit endete, dass die Leibwächter die beiden Rüpel mitsamt ihren Stühlen hochhoben und an einen Tisch in der Ecke setzten, sehr zum Gelächter der anderen Gäste. Der dicke Inder nahm zufrieden Platz, nachdem seine Leibgarde einen neuen Stuhl gebracht hatte.

»Besitzer der Anlage?«, fragte Katharinas Tischgenosse.

»Wäre er gerne«, erklärte Katharina. Sie erzählte Norrisch, was sie von Harry erfahren hatte. Der Arzt lächelte verschmitzt in sich hinein, während er zuhörte.

Nach dem Essen, so stand es auf einer kleinen Tischkarte, sollte es echt afrikanische Unterhaltung geben. Dazu wurde die Empore, auf der das Buffet gestanden hatte, blitzschnell abgeräumt. Männer und Frauen in traditionellen Gewändern betraten die improvisierte Bühne und begannen, angeleitet von Augustin, zu singen: traditionelle tansanische Lieder, auch wenn Augustin eine mehrstimmige, afrikanisierte Version von »Es klappert die Mühle am rauschenden Bach« in das Repertoire gemischt hatte.

Augustin wandte sich an sein Publikum, das mit mehr oder weniger Begeisterung der Darbietung gefolgt war: »Liebe Gäste, auch unsere Insel hat ein Lied. Und da Sie ja alle auf Bildungsreise sind, möchten wir Ihnen dieses Lied jetzt beibringen.«

Und dann versuchte Augustin mit Geduld und Humor, den Gästen ein Lied auf Suaheli nahezubringen. Die Melodie war ziemlich eingängig, doch der Text mit seinen Konsonantenreihungen und Klicklauten war kaum zu bewältigen, daher endete der Gesang immer wieder in Gelächter.

»Das üben wir die nächsten Tage noch ein paar Mal«, kündigte Augustin zum Abschluss an. »Und morgen machen wir hier auf Golden Rock etwas ganz Besonderes. Wir nennen es ›JeKaMi‹. Das steht für ›Jeder kann mitmachen‹. Wer also etwas vortragen oder singen möchte ...« Der Vorschlag stieß auf begrenzte Begeisterung.

»Auf jeden Fall«, fuhr Augustin fort, »die Bar ist geöffnet.«

»Das issoch ma ein Wort«, grölte einer der beiden Rüpel. Auch sonst fand der Vorschlag mehr Anklang als »JeKaMi«. Katharina hatte jedoch keine Lust, Zeuge eines kollektiven Besäufnisses zu werden, also verabschiedete sie sich von ihrem Tischnachbarn.

Ein paar Schritte vor ihr gingen die Breughers, die sich aufgeregt unterhielten: »Die Darissa von Heuth. Hier. Das ist unsere Chance«, sagte die Frau. »Wir müssen morgen unbedingt zeigen, was wir können.«

»Romeo und Julia?«, fragte der Mann begeistert.

»Romeo und Julia! Unsere erste große Rolle. Weißt du noch? Damals in der Schule?«

»Oh ja. Und weißt du noch, wie wir diesen Schröder rausbugsiert haben?«

»Ja, natürlich.« Die beiden küssten sich innig. Katharina ging rasch an ihnen vorbei.

Als sie gerade einen weiteren Bungalow passierte, kam ihr Dirk-Marjan entgegen. Er sah gestresst aus: »Kristina kann einen ganz schön auf Trab halten. Ihre neueste Theorie: Russische Frauenhändler, die auf lockenhaarige Blondinen stehen. Ich sag's ja. Krimileserinnen. – Sie gehen schon zu Bett?«

»Ja.« Hoffentlich machte er keine Avancen.

»Ich bin eigentlich auch k.o., aber erst brauche ich noch ein Bier. Das habe ich mir wirklich verdient. Kommt eben davon, wenn man mit seiner besten Freundin in den Urlaub fährt.«

Beste Freundin? Sah Kristina das auch so? Mal ein wenig nachbohren: »Beste Freundin? Und ich dachte, ihr wärt ...«

»Ein Paar?« Dirk-Marjan hob die Hände, ließ sie wieder sinken: »Schön wär's ja. Aber ich bin einfach nicht ihr Typ. So als Mann.«

Wenn du dich da mal nicht täuschst, dachte Katharina. Aber besser nichts verraten. Dirk-Marjan fuhr fort: »Haben Sie diesen Bronski gesehen? Der Typ, der so aussieht, wie sich Klein-Mäxchen einen Architekten vorstellt? Nickelbrille und Rollkragenpullover? Das ist ihr Ex-Lover.«

»Und dann sind Sie auf der gleichen Reise?«

»Das ist wirklich ein blöder Zufall, stimmt. Aber vermutlich sollen die auch investieren. Leisten können sie sich's, er und die Frau Doktor.«

»Ärztin?«

»Nee, Jodel-Dissertation in Kunstgeschichte. Was man eben so braucht, um sich in der besseren Gesellschaft hochzuschla–« Abrupt hielt er inne und lauschte: »Hörst du das auch?«

Dirk-Marjan hatte recht. Rhythmische, kieksend-stöhnende Laute, die zunehmend lauter wurden. Tierlaute?

Plötzlich deutete Dirk-Marjan auf den Bungalow, vor dem sie standen: »Das kommt von da drinnen. Da wohnt diese Jack-oooooooo!« Er dehnte das »O« ins Unendliche. »Scheint, dass sie ihren Spaß hat.«

Katharina und er lachten. Dann ging Dirk-Marjan kopfschüttelnd davon.

Katharina sah ihm nach. Dirk-Marjan erwiderte also Kristinas Zuneigung. Und dann bemerkte er ihr Interesse nicht? Männer konnten manchmal wirklich dumm sein.

Trouble Everywhere I Roam

Auf dem niedrigen Glastisch standen tatsächlich vier Gedecke. Das war Katharina noch nie aufgefallen. Teekanne, Kaffeekanne, Marmorkuchen und vier Gedecke. Das Kaminfeuer brannte, es war warm, fast heiß. Doch ihrer Familie schien es nichts auszumachen. Sie lachten, ihr Vater mochte einen Witz erzählt haben, vielleicht eine Anekdote aus seinem Geschäft. Ihre Eltern saßen wie üblich auf dem großen Sofa, Susanne hatte sich in ihren Lieblingssessel gekuschelt. Der zweite Sessel war leer. Und doch stand dort ein viertes Gedeck.

Katharina kam nicht mehr dazu, sich weiter darüber zu wundern. Die große Panoramascheibe des Wohnzimmers zersprang. Durch den Scherbenregen trat Andreas Amendt, eine Pistole in der Hand. Eine Walther PPK. Katharina wollte nach ihrer eigenen Waffe greifen, doch ihr Holster war leer. Sie sprang ihm unbewaffnet entgegen; er stieß sie mit Leichtigkeit zu Boden, stieg über sie hinweg, legte auf ihre Familie an und schoss. Acht Mal. Die Schüsse dröhnten in Katharinas Ohren, sie sah, wie Susanne über die Lehne ihres Sessels sackte. Dann drehte sich Amendt zu ihr um. Routiniert wechselte er das Magazin der Waffe. Katharina wollte aufstehen, weglaufen, doch ihre Beine versagten den Dienst.

Er richtete die Waffe auf sie. Und dann ... begann er zu singen: »Auf Mafia steht ein Hofbräuhaus, eins, zwei, gsuffa ...«

Katharina fuhr aus dem Schlaf hoch. Das war mit Abstand die absurdeste Wendung, die ihr Albtraum je genommen hatte.

Plötzlich fiel ihr auf, dass das Singen aus ihrem Traum noch gar nicht aufgehört hatte. Draußen vor ihrem Fenster grölten Männer. Sie sprang aus dem Bett und zog den Vorhang einen Spalt auf.

Tatsächlich! Da wankten drei Männer vorbei. Den Mittleren hatte es wohl am schlimmsten erwischt; seine Kollegen mussten ihn stützen, obwohl sie auch schon ziemlich Schlagseite hatten. Sie kamen durch das Licht einer Laterne, sodass Katharina sie erkennen konnte: Jens Mandeibel und Jean-Luc Mei-äär, die beiden Rüpel.

Dritter im Bunde war Dirk-Marjan. Na, da würde Kristina aber morgen schimpfen.

Katharina wollte sich schon wieder ins Bett legen, doch ihre Kleider waren schweißnass. Also fischte sie ein frisches T-Shirt heraus und ging in das Freiluft-Badezimmer. Sie duschte kalt und trocknete sich mit einem nach Lavendel duftenden Handtuch ab.

Verdammt, jetzt war sie wach. Dabei war es erst ein Uhr nachts. Sie schaltete den Fernseher an und zappte durch die Kanäle, doch es lief nichts Gescheites. Sie ließ den Fernseher auf CNN, drehte aber den Ton leise. Dann setzte sie sich in einen Korbsessel und dachte über ihren Traum nach. Was war noch mal so seltsam gewesen, jenseits der unvermuteten Gesangseinlage? Richtig. *Vier* Gedecke! Wollte der Traum ihr etwas sagen?

Das ließ sich ja leicht überprüfen. Sie nahm die Akte aus dem Safe und blätterte, bis sie das Foto von der Kaffeetafel gefunden hatte. Marmorkuchen, Tee, Kaffee und vier Gedecke. Tatsächlich. Hatten ihre Eltern einen Gast erwartet? Wenn ja, wen? Oder war das vierte Gedeck für Andreas Amendt gewesen, der nach eigenen Angaben zu dieser Zeit in Susannes Zimmer geschlafen hatte? Dann wäre er tatsächlich schon im Haus gewesen. Wozu dann die Scheibe? Eine falsche Spur? Wollte er einen Einbruch vortäuschen?

Was hätte Thomas jetzt getan? Welche Frage hätte er gestellt? Natürlich! Am besten begann sie damit, alle Spuren zu finden, die sich Amendt eindeutig zuordnen ließen. Vielleicht konnte sie so rekonstruieren, wann er wo gewesen war.

Sie heftete die Akte aus und begann, die Blätter entsprechend zu sortieren. Der Stapel, der direkt auf Andreas Amendt Bezug nahm, war erschreckend klein. Der Bericht vom Ersten Angriff und seiner Festnahme. Gut, dass er am Tatort gewesen war, stand ja fest. Finger- und Fußabdrücke. Die Untersuchungen und Fotos zu seinen Kleidern, zuletzt die Ergebnisse einer körperlichen Untersuchung.

Sie begann mit dem Bericht zu Amendts Kleidung. Zu den Blutspuren. Grobe Spritzer und großflächige Wischspuren, als hätte er sich seine Hände abgewischt. Natürlich. Wenn er aus nächster Nähe geschossen hatte, musste Blut auf seine Hände gespritzt sein. Aber so viel? Vielleicht hatte er beim Aufsammeln der Patronenhülsen in eine Lache gefasst.

Katharina sah sich das Foto des T-Shirts und der Hose an. Irgendetwas störte sie an den Blutspuren, aber sie wusste nicht, was. »Schuhe?« hatte Thomas unter die Bilder notiert. Und eine Seitenzahl. Katharina blätterte in der Akte, bis sie die Stelle fand. Amendts Schuhe waren in Susannes Zimmer gesichert worden. Und eines war auch dem Spurensicherungs-Team schon aufgefallen: Sie waren sauber. Zumindest mit diesen Schuhen war er nicht durch den Garten gelaufen, um durch das Fenster zu springen. Er wird die Schuhe bei einem vorherigen Besuch vergessen haben, dachte Katharina. Und vermutlich hatte er die Schuhe, die er tatsächlich getragen hatte, zusammen mit der Pistole und den Patronenhülsen entsorgt.

Neben der Beschreibung der Schuhe fand sich ein Vermerk in Thomas' kleiner, präziser Handschrift: »Fußspuren?«

Katharina fand die Seite des Berichts der Spurensicherung: Man hatte auf dem Parkett des Flures Spuren von Amendts nackten Füssen gefunden. Sie führten aus Susannes Zimmer zum Wohnzimmer und dann wieder zurück in die obere Etage ins Badezimmer. Er war also aus Susannes Zimmer gekommen, nach unten gelaufen und wieder zurück. Außerdem fanden sich auf dem Parkett neben der Tür zum Wohnzimmer zwei Handabdrücke von ihm. Als ob er gestolpert wäre und sich abgefangen hatte.

Urplötzlich entstand in Katharina ein Bild: Sie sah Andreas Amendt die Treppe heruntereilen. Warum? Hatte er etwas gehört? Von der Tür zum Wohnzimmer hatte er die Leichen gesehen. War vor Schreck gestolpert. Hatte sich wieder aufgerafft und war ins Wohnzimmer gewankt. Sie sah ihn neben Susanne knien. Sie umdrehen, verzweifelt nach Lebenszeichen suchen.

Ach, Unsinn! Sie sollte aufhören, Entschuldigungen zu finden. Er war am Tatort. Er hatte die Gelegenheit. Und er war nicht tot. Ein unbekannter Dritter hätte ihn nicht am Leben gelassen.

Frustriert legte Katharina das Blatt beiseite. Fehlte nur noch der Bericht zur körperlichen Untersuchung. Die Spurensicherer hatten Amendts Haare ausgekämmt und die Fingernägel untersucht – ohne Ergebnis. Keine sichtbaren Verletzungen bis auf einen kleinen blauen Fleck am Hals. Er mochte sich irgendwo gestoßen haben, ob bei der Tat oder nicht, war unklar. Der Bericht enthielt auch Bilder von Andreas Amendts Händen. Sie waren sauber und fein maniküriert, die Fingernägel an der linken Hand kurz, an der rechten etwas länger. Er spielte Gitarre. Aber das wusste sie auch schon.

Sie legte die Blätter des Untersuchungsberichtes einzeln auf das Bett und ließ sie auf sich wirken. Der Bericht war zu kurz, zu sauber. Etwas fehlte. Nur was?

Die Glasscheibe? Katharina erinnerte sich, dass sie im Dienst einmal eine Scheibe hatte einschlagen müssen. Panoramascheiben standen unter ziemlicher Spannung, sie zersplitterten mit Wucht. Sie hatte noch Tage später kleine Splitter aus ihrem Haar gefischt, trotz mehrmaligen Waschens. Wenn Amendt durch die Scheibe gelaufen war ... sein Haar war zwar kurz, aber dicht und gelockt, ein idealer Fremdkörperfänger. Aber nichts. Keine Splitter.

Er musste die Scheibe aus sicherer Entfernung mit etwas eingeworfen haben, einem Stein vielleicht.

Katharinas Bild verfestigte sich immer mehr: Keine Tat im Wahn, zumindest nicht akut. Sondern geplant. Mit sorgsam gelegten falschen Spuren. Und die Amnesie? Wirklich Schizophrenie? Oder vorgetäuscht durch Drogen? Als Neurologe wusste Amendt doch bestimmt, was er nehmen musste, um so eine Amnesie zu verursachen.

In Katharinas Kopf meldete sich Susannes leise Stimme: »Oder er war es nicht. Er hatte doch kein Motiv.« Katharina ignorierte sie.

Sie sammelte die Blätter der Akte wieder ein, heftete sie zusammen, genau auf die Reihenfolge achtend. Wie Thomas es gemacht hätte. Jetzt hatte sie eine Theorie und musste sie nur noch beweisen. Was hätten Thomas und sie als Nächstes getan? Richtig. Den Grübelzigarillo geraucht. Wenn sie über ein ganz besonders kniffliges Problem nachdenken mussten, hatten sie sich einen teuren Zigarillo geteilt. Katharina durchsuchte ihre Handtasche. Tatsächlich. Dort war das kleine Röhrchen. Sie schüttelte es. Noch voll. Sehr gut. Sie schlüpfte in ihre Hose und ein Paar Sandalen, nahm den Aschenbecher und die Streichhölzer vom kleinen Schreibtisch und trat auf die Veranda ihres Bungalows.

Es war wieder ruhig auf Golden Rock. Kein Wunder, es war ja auch schon fast halb drei. Sie zündete den Zigarillo an, ignorierte den ersten Hustenreiz und nahm dann ein paar tiefe Züge. In ihr keimten Zweifel. Zu vieles passte nicht zusammen. Aber kam Zeit, kam Rat. Wenn sie wieder in Frankfurt war, würde sie das Haus ihrer Eltern auf den Kopf stellen. Nach weiteren Spuren suchen.

Sie drückte den Zigarillo energisch aus und wollte schon wieder nach drinnen gehen, in der Hoffnung, doch noch etwas Schlaf zu finden, als sie in der Ferne ein Geräusch hörte. Schritte auf Kies. Sie spähte angestrengt in die Dunkelheit. Endlich konnte sie zwei Männer ausmachen. Schwarze. Vermutlich Angestellte des Hotels. Und sie trugen ... Das durfte doch nicht wahr sein, oder? Wenn Katharina sich nicht schwer täuschte, trugen sie eine in ein Leintuch eingeschlagene Leiche.

Rasch schlüpfte sie in den Bungalow und nahm ihre Pistole. Dann glitt sie wieder nach draußen und folgte den Männern. Sie umrundeten den Restaurantpavillon und gingen durch eine Tür in das angrenzende Gebäude. Die Küche.

Die Küche? Unwillkürlich musste Katharina schlucken. Damals, nach dem »Kannibalen von Rothenburg«, waren seltsame Gerüchte unter ihren Kollegen kursiert: Das sei nur die Spitze des Eisbergs gewesen. Und in Afrika gäbe es Farmen, da würden sich europäische Kannibalen treffen, Touristen in die Falle locken und ...

Aber das waren doch nur Gerüchte, oder?

Katharina zwang sich zur Ruhe und lauschte an der Tür der Küche. Nichts zu hören. Vorsichtig zog sie die Tür einen Spalt auf, schlüpfte hinein. Dort im Halbdunkel stand Harry mit einer Frau, die sie nicht kannte: Vielleicht Anfang vierzig, rotblonde, gelockte Haare, zu einem strengen Pferdeschwanz gebunden.

Wenn schon, denn schon! Katharina tastete nach dem Lichtschalter neben der Tür; die Neonröhren leuchteten flackernd auf. Doch Harry erschrak nur kurz, bis er sie erkannte: »Ich wollte dich gerade holen, Kaja. Wir haben nämlich einen Toten.«

Katharina ließ die Waffe sinken und kam näher. »Das ist Sandra Herbst«, stellte Harry die Frau neben ihm vor. »Sie ist unsere Ärztin.«

Die Frau reichte ihr die Hand: »Ich bin leider zu spät gekommen. Er ist ertrunken. In seiner Toilette.«

»Wo bitte?« Fast hätte Katharina die Waffe fallen lassen.

»In seiner Toilette«, wiederholte Harry. »Ich hab' ihn hierher bringen lassen. In das zweite Kühlhaus. Das ist gerade leer. Bei der schwülen Hitze halten Leichen sonst nicht lange.«

»In seiner Toilette?« Katharina war felsenfest davon überzeugt, sich verhört zu haben. »Wie geht das denn?«

»Wenn wir das wüssten«, seufzte Harry. »Aber Sandra hat gerade einen Freund aus Deutschland zu Gast, der uns vielleicht weiterhelfen kann.«

»Haben Sie zufällig eine UV-Lampe?«, unterbrach sie eine vertraute Stimme. Der Mann, der gerade durch die große Stahltür des Kühlraums getreten war, erstarrte, als er Katharina erblickte.

Und plötzlich fiel das letzte Puzzlestück in Katharinas Kopf an seinen Platz: Der Mann war mittelgroß. Und mit seinen dunklen, gelockten Haaren konnte er durchaus als Südländer durchgehen. Deshalb sah der Mord an ihrer Familie also aus wie ein Auftragsmord: Dieser Mann war ein Killer, der sich in das Vertrauen seiner Opfer einschlich. Bei ihrer Familie. Bei ihr. Und jetzt war er ihr sogar bis nach Afrika gefolgt. Das konnte nur heißen, dass er ...

Katharina packte den Mann und stieß ihn gegen die schwere Stahltür. Dann rammte sie ihm den Lauf ihrer Pistole unter das Kinn. »Sind Sie Ministro?«

Der Mann antwortete nicht schnell genug, deswegen drückte Katharina ihm ihren Ellenbogen in die Kehle und stieß ihn noch mal zurück; sein Kopf prallte mit einem dumpfen Dröhnen gegen die Tür. »Sind Sie Ministro?«

Andreas Amendt zwang sich zu einem gequälten Grinsen: »Ich freue mich auch, Sie zu sehen, Frau Klein.«

Five Red Herrings (Or Less)

Siebenundzwanzig Millionen fünfhundertachtundsiebzigtausend dreiundzwanzig Euro und fünfzehn Cents.

Ich konnte nicht aufhören, die lange Zeile auf dem Scheck anzustarren.

»Entschuldigung?«

Ich hatte überhaupt nicht mitbekommen, was er mir erzählt hatte, der freundliche Lottobeamte. Er musste um die sechzig sein. Volles, weißes Haar, ein noch nicht ganz weißer Schnurrbart. Dreiteiliger Anzug, leicht zerknittert. Krawatte mit Windsorknoten.

»Entschuldigung«, murmelte ich meinerseits. »Ich bin noch etwas …«

»Ja, die Überraschung, ich weiß. Also ich sagte gerade, dass die Gewinnklasse II unbesetzt geblieben ist. Das Geld steht Ihnen jetzt auch zu.«

»Aha.«

»Wissen Sie schon, was Sie jetzt machen werden?«, fragte der Lottobeamte – nennt man die wirklich so? – gut gelaunt.

Ich zuckte mit den Schultern.

Just Before The Break Of Day

»Sind Sie Ministro?« Katharina presste den Pistolenlauf noch fester gegen Amendts Kinn.

»Wer?« Sein Grinsen war verschwunden.

Katharina spürte den fast unbezähmbaren Drang, Amendts Gehirn über die Stahltür zu verteilen. »Und wenn er es nicht war?«, hallte es in ihrem Kopf. Susanne. »Noch gilt in diesem Land die Unschuldsvermutung.« Polanski.

»Hat Felipe de Vega Sie angeheuert, um mich zu töten?« Silbe für Silbe stieß sie den Satz zwischen den Zähnen hervor.

»Wer?«

»Und wer hat Sie bezahlt, meine Familie umzubringen?«

»Was?« Andreas Amendt bäumte sich ein letztes Mal gegen Katharinas Griff auf. Dann verließ ihn die Kraft. Sein Körper wurde schlaff; er wäre nach vorne gekippt, wenn Katharina ihn nicht weiterhin gegen die Stahltür gedrückt hätte.

»Können Sie mir irgendeinen Grund sagen, warum ich Ihnen keine Kugel in den Kopf jagen sollte?«

Amendt hob nicht mal den Kopf. »Tun Sie's«, sagte er leise und beinahe sehnsüchtig.

»Dann erfahren Sie aber nie die ganze Wahrheit.« Einen Augenblick dachte Katharina, sie hätte sich die sanfte Stimme nur eingebildet. Doch neben ihnen stand jemand. Olivfarbener Teint, kurze grau melierte Haare, glatt rasiert. Schwarzes Hemd. Und er trug einen … Priesterkragen?

Wer auch immer das war, er hatte recht. Katharina ließ Amendt los. Er sackte zusammen. Als er auf dem Boden saß, blickte er zu ihr auf: »Wie haben Sie mich überhaupt gefunden?«

»Ich Sie? Sie mich! Sie sind mir doch nachgereist!«

»Ich Ihnen? Woher sollte ich denn wissen, wo Sie sind?«

»Das möchte ich auch gern wissen.« Katharina richtete die Waffe wieder auf Andreas Amendt, doch die Frau aus Harrys Begleitung stellte sich vor ihn: »Andreas ist Ihnen sicher nicht nachgereist. Dafür lege ich meine Hand ins Feuer. Dass er herkommt, war meine Idee.«

»Und Sie sind?«, fragte Katharina ärgerlich.

»Sandra Herbst. Ich bin Ärztin hier auf Mafia Island. Andreas und ich waren Kommilitonen. – Und Sie sind also …? Mein Gott, Sie sehen Ihrer Schwester aber wirklich zum Verwechseln ähnlich.«

Der Priester hüstelte in Katharinas Verblüffung hinein: »Ich will mich ja nicht einmischen. Aber nebenan liegt ein Toter, für den ich gerne das Totengebet sprechen würde.«

Die Leiche lag bäuchlings auf einem Tisch in der Mitte des Kühlraums. Um Mund und Nase hatte sich eine Wasserlache gebildet. Es war einer der beiden Rüpel, Mandeibel.

Einen kurzen Moment standen sie reglos um den Tisch, bis Harry das Schweigen brach: »Doktor Amendt, haben Sie etwas herausgefunden?«

»Er ist ertrunken. Wasser in der Lunge, vielleicht auch Erbrochenes. Aufgefunden wurde er mit dem Kopf in der Toilette seines Bungalows.« Es klang, als würde Andreas Amendt einen Bericht diktieren.

»Wie kann man denn in einer Toilette ertrinken?«, fragte Katharina.

»Keine Ahnung«, antwortete Andreas Amendt mürrisch. »Hab' den Fundort noch nicht gesehen.«

»Hat ihn jemand untergetaucht?«

»Schwer zu sagen.« Der Arzt deutete auf den Rücken des Toten. »Ich sehe keine Prellungen oder so.«

»Okkult, vielleicht?«, fragte Katharina. Sie überkam ein Déjà-vu. So hatte es vor zwei Wochen auch begonnen. Katharina hatte Andreas Amendt um Hilfe bitten müssen. Und er hatte eine verborgene Prellung entdeckt: der erste Hinweis darauf, dass Katharinas Nachbarin einem Gewaltverbrechen zum Opfer gefallen war.

Auch Andreas Amendt erinnerte sich an diesen Moment: »Sie haben vermutlich wieder keine UV-Lampe dabei, oder?«

»Nein. Harry? Habt ihr so was?«

»Nee.«

Katharina wandte sich wieder an Amendt: »Noch etwas?«

»Nicht ohne Autopsie, nein.«

Gott sei Dank. Eine Möglichkeit zur Flucht. »Gut, dann will ich den Tatort sehen.«

»Moment«, hielt Javier sie auf. »Das Gebet.«

Na, wenn es denn sein musste. Katharina faltete die Hände und senkte das Haupt. Javier sprach ein Gebet auf ... Nein, das war kein Spanisch. Es war Portugiesisch.

Endlich war das Gebet zu Ende. Alle murmelten ein Amen. Dann verließen sie die Kühlkammer. Wurde auch Zeit. Katharinas Finger waren schon steif von der Kälte.

Die kleine Gruppe ging durch die Dunkelheit über die Kieswege, Harry vorweg, dahinter Andreas Amendt und Sandra Herbst, dahinter wiederum der Priester und Katharina, die sich entschlossen hatte, Andreas Amendt ab sofort immer vor sich zu halten. Auf Sicht. Momentan wirkte er zwar alles andere als bedrohlich, aber in ihr nagte der Zweifel, ob ihr Zusammentreffen wirklich Zufall war. Wenn nicht, wie hatte er dann herausgefunden, wo sie war? Er musste ihr zum Flughafen gefolgt sein. Vielleicht hatte er ihr Haus ausgekundschaftet und den geheimen Ausgang entdeckt. Und er wusste, wie sie dachte. War in ihren Kopf eingedrungen. Sie hatten ja genug Zeit miteinander verbracht.

»Entschuldigung«, riss sie die Stimme des Priesters aus ihren Gedanken. »Dieses Wort, das sie vorhin gebraucht haben? Ministro? Was haben Sie damit gemeint?«

Katharina zögerte. Doch der Priester hatte ja ohnehin mitbekommen, wer sie war. »Das ist der Codename eines Killers, der auf mich angesetzt ist. – Warum fragen Sie?«

»Weil das Wort auf Portugiesisch und Spanisch Priester bedeutet.«

»Oder Minister. Priester wäre doch ein seltsamer Codename für einen Killer, oder?«

Der Geistliche ging nicht auf Katharinas Frage ein. »Und diesen Ministro: Den hat Felipe de Vega auf Sie angesetzt?«

»Woher wissen Sie das denn?«

»Sie haben vorhin den Namen erwähnt.«

»Felipe de Vega ist ...«

»Ich weiß, wer Felipe de Vega ist«, unterbrach sie der Priester schroff. »Ich arbeite seit zwanzig Jahren in Südamerika.«

»Südamerika? Und woher sprechen Sie so gut Deutsch?«
»Deutsche Mutter. – Felipe de Vega hat einen Killer auf Sie angesetzt? Darf man fragen, warum?«
»Lange Geschichte. Ein anderes Mal.«
Und bevor der Priester nachbohren konnte, hatten sie bereits den Bungalow des Toten erreicht.

Der Wohnraum war unordentlich. Überall lagen Kleider verstreut, das Bett war zerwühlt, auf dem kleinen Schreibtisch standen mehrere leere Fläschchen aus der Minibar. In der Luft lag der säuerliche Geruch von Erbrochenem. Katharina schaute sich um. Ja, das war nur gewöhnliche Unordnung. Keine Kampfspuren. Sie folgte Amendt ins Badezimmer.

Deckel und Sitz der Toilette waren hochgeklappt. Das Toilettenbecken drohte überzulaufen. Im Wasser schwammen Brocken von Erbrochenem.

»Hier haben wir ihn gefunden«, erklärte Harry. »Seine Bungalow-Tür stand offen und da hat der Wachdienst nach dem Rechten geschaut. Der Tote hat vor der Toilette gekniet, der Kopf war unter Wasser. Die Toilette muss verstopft sein.«

Katharina sah in das Becken. Tatsächlich steckte dort etwas im Abflussrohr. Mit spitzen Fingern griff sie in das Wasser, zog das Bündel heraus und warf es ins Waschbecken. Dort faltete sie es auseinander. Der Geruch nach Erbrochenem wurde stärker. Es war ein verdrecktes T-Shirt.

Die anderen waren einen Schritt zurückgetreten, doch Andreas Amendt stellte sich neben sie. »Sieht so aus, als ob er sich im Schlaf erbrochen und dann versucht hätte, das T-Shirt verschwinden zu lassen. War ihm vermutlich peinlich.«

»Dass er sich erbricht, ist kein Wunder. Der war total besoffen letzte Nacht.« Katharina berichtete, wie sie ihn zuletzt gesehen hatte, als er singend an ihrem Haus vorbeigewankt war, in Begleitung von Jean-Luc Mei-äär und Dirk-Marjan.

Andreas Amendt schaute wieder grübelnd in die Toilette: »Trotzdem seltsam.« Er beugte sich hinunter, deutete auf ein paar Wischspuren am Rand des Beckens. »Hier muss er sich abgestützt haben. Vielleicht ist er abgerutscht und mit dem Kopf aufgeschlagen.«

»Oder jemand hat ihn untergetaucht«, widersprach Katharina.
»Hat denn jemand ein Motiv dazu?«
Harry seufzte: »So ungefähr alle Gäste. War nicht gerade der beliebteste Mitreisende.«

»Ich würde den Spuren nach auf einen dummen Unfall tippen«, erklärte Andreas Amendt, als sie wieder im Wohn- und Schlafraum des Bungalows standen. »Er hat zu viel getrunken. Dann wird ihm übel. Er erbricht sich im Schlaf, wacht auf, will das peinliche T-Shirt verschwinden lassen. Muss sich erneut erbrechen. Rutscht ab, schlägt mit dem Kopf auf, verliert das Bewusstsein und landet in der verstopften Toilette. Kandidat für den Darwin Award. Aber Fremdeinwirkung sehe ich nicht.«

»Warum nicht?«, fragte Katharina.

»Keine Kampfspuren. Keine Verletzungen an der Leiche, die darauf hindeuten könnten, dass er sich gewehrt hatte.«

»Vielleicht der Alkohol …«

»Glaub ich nicht. Nichts heizt den Selbsterhaltungstrieb so sehr an wie die Gefahr zu ertrinken. – Warten Sie, ich zeige es Ihnen.«

Er kniete sich vor das zerwühlte Bett. Dann bat er Harry: »Sie dürften der Kräftigste hier sein. Halten Sie mich mal mit aller Kraft fest.«

Harry gehorchte zögernd. »Fester. So fest Sie können«, kommandierte Andreas Amendt. Harry drückte fester.

Amendt stützte die Arme auf, drückte sie durch und richtete sich gegen das ganze Gewicht von Harry auf. Dann erklärte er: »Oberschenkel, Rücken und Arme. Die stärksten Muskelgruppen im Körper. Und der Tote war ziemlich durchtrainiert. – Also, ich tippe auf Unfall.«

»Und wenn es zwei Männer waren?«, fragte Katharina. Vielleicht hatten sich ja Mandeibels Saufkumpane einen blöden Scherz erlaubt, der schiefgegangen war.

»Ja. Würde gehen. Aber auch dann gäbe es Kampfspuren.«

»Und wenn sie ihn vorher betäubt haben? Oder sonst irgendwie kampfunfähig gemacht?«

»Mit einem Paralytikum, meinen Sie?« Andreas Amendt musterte Katharina kopfschüttelnd. »Und ich dachte immer, ich wäre der Paranoiker, der hinter jeder Leiche einen Mord sieht. – Wenn es Sie beruhigt, lassen wir eine toxikologische Untersuchung machen.«

Sandra Herbst lachte trocken auf: »Andreas, du bist in Afrika. Hier gibt es nicht an jeder Ecke Labors und gerichtsmedizinische Institute. Das Nächste ist in Dar es Salam.«

»Na, meinetwegen. Ich schaue aber trotzdem. Auch wenn ich nicht glaube, dass es was zu finden gibt: Dann hätte ihn der Täter erst zum Erbrechen gebracht, ihn dann paralysiert und zur Toilette bugsiert, um ihn zu ertränken. So viel Aufwand treibt kein Mensch.«

Harry verschloss den Bungalow gründlich. »Sicher ist sicher«, sagte er. »Absacker auf den Schreck?«

Ohne die Antwort abzuwarten, richtete er seine Taschenlampe wieder auf den Weg und ging ihnen voran. Katharina wollte schon folgen, als Andreas Amendt sie ansprach.

»Können wir … reden?«

Sie unterdrückte ein bitteres Auflachen: »Ich wüsste nicht, worüber.«

»Ich … ich schwöre Ihnen, dass ich Ihnen nicht nachgereist bin. Ich bin … davongelaufen.«

Katharina musterte ihn abschätzig: »Na, darin sind Sie ja ein Meister.«

»Aber … ich wollte …«

Katharina packte ihn am Hemd: »Sie wollten was? Haben sie wirklich geglaubt, ich erfahre nicht irgendwann, wer Sie sind?« Sie zog ihn näher an ihr Gesicht: »Oder haben Sie gedacht, Sie können sich in mein Leben schleichen wie in das von Susanne? Und dann in einem günstigen Moment –«

Andreas Amendt machte sich mit einem Ruck los: »Was? Spinnen Sie? Wenn ich das gewollt hätte, hätte ich Henthen einfach zustechen lassen.«

»Vielleicht haben Sie ihm ja das Vergnügen nicht gegönnt?«, fragte Katharina höhnisch. Im nächsten Augenblick wurde sie herumgerissen. Jemand gab ihr eine schallende Ohrfeige. Sandra Herbst. »Andreas ist kein Mörder!«, fauchte sie. Sie wollte erneut auf Katharina losgehen, doch sie lief in einen Pistolenlauf.

Harry stieß Katharinas Hand weg: »Beherrsch dich!«
Stimmt. Das war keine Antwort. Katharina ließ die Waffe wieder sinken und steckte sie zurück in den Hosenbund. »Amendt kein Mörder? Ich habe zweihundert Seiten Akten, die etwas anderes sagen.« Sie atmete tief durch. Dann drehte sie sich um: »Ich gehe jetzt ins Bett. Und wenn mir der da zu nahekommt«, sie deutete auf Andreas Amendt, »dann knalle ich ihn ab.«

Harry hob beschwichtigend die Arme: »Aber Katharina –«

»Pst«, unterbrach ihn der Priester plötzlich. »Hören Sie das?«

Lautes Zischen und Knallen hallte zwischen den Felsen der Insel. Sie alle schauten sich um und lauschten angestrengt, ob sie die Quelle des Lärms ausmachen konnten. Plötzlich weiteten sich Harrys Augen in Panik. »Die Brücke!«

Harry mochte gemütlich-unsportlich wirken, aber er war ein guter Läufer. Nur Katharina und der Priester konnten mit ihm Schritt halten. Gemeinsam kamen sie auf dem Plateau an, an dem die Brücke endete. Enden sollte! Zwischen Brücke und Plateau klaffte ein breiter Spalt. Katharina nahm Harry die Taschenlampe ab und leuchtete hinein. Tatsächlich, die Brücke hing nur noch an den Stahlseilen.

Endlich hatten die anderen sie eingeholt. Auch Augustin kam durch den Felsenpass gelaufen, mit nichts bekleidet als mit Turnschuhen und Pyjama-Hose. Schlitternd kam er zum Stehen. Entsetzt riss er den Mund auf, dann fiel er auf die Knie.

»Was ist passiert?«, fragte Andreas Amendt außer Atem.

Katharina antwortete barsch: »Was wohl? Die Brücke ist am Einstürzen.«

Unter ihnen gab es ein Geräusch, als ob eine sehr große, dicke Gitarrensaite riss. Katharina stieß Harry gerade noch rechtzeitig beiseite, bevor das ausgefranste Ende des Stahlseils auf das Plateau schlug. Es hätte ihn in der Mitte durchgehauen.

Die Brücke kippte zur Seite, nur noch von einem einzigen Seil gehalten. Über den Lärm hörte Katharina plötzlich jemanden um Hilfe rufen. Sie leuchtete in die Dunkelheit. Tatsächlich, vielleicht zehn Meter vor ihnen klammerte sich jemand an das Brückengeländer. Katharina erkannte den hellen Tropenanzug: der Freiherr.

»Schnell, wir brauchen ein Seil!«, kommandierte sie.

»Und woher …?«, wollte Harry fragen, doch Augustin war schon losgelaufen. Keine zwei Minuten später kam er mit einem Bergsteigerseil zurück. »Ist heute gekommen«, erklärte er außer Atem. »Für die neue Kletterwand.«

»Keine Zeit für Erklärungen!« Katharina löste den Knoten, der das Seilbündel zusammenhielt. Dann knüpfte sie eine Schlinge. Ihr Vater hatte ihr das Lassowerfen beigebracht. Damals, beim Cowboy und Indianer spielen. Hoffentlich konnte sie es noch.

Sie ließ die Schlinge über ihrem Kopf kreisen und in die Nacht hinausfliegen. Der erste Wurf ging fehl. Sie holte das Seil ein und warf erneut. Wieder daneben. Erst mit dem dritten Wurf gelang es dem Freiherrn, das Seil zu packen. Er band sich die Schlinge um den Oberkörper.

Katharina schlang sich das Seil um die Hüften und wies die anderen an, es ihr gleichzutun. Dann zogen sie vorsichtig, das Seil spannte sich. Zentimeter um Zentimeter arbeitete sich der Freiherr vor. Fast hatte er das Ende der Brücke erreicht. Er würde springen müssen, aber das konnten sie auffangen. Der Freiherr richtete sich auf, versuchte auf die Beine zu kommen …

Und in diesem Moment riss das zweite Stahlseil. Die Brücke verschwand im Abgrund. Katharina wurde mit einem Ruck nach vorne geschleudert, gleichzeitig raste das Ende des Stahlseils auf sie zu! Zwei kräftige Arme packten sie und rissen sie im letzten Moment weg. Der Fels splitterte, wo sie eben noch gestanden hatte. Das Stahlseil peitschte über den Boden wie der wütende Tentakel eines stählernen Meerungeheuers, bevor es im Abgrund verschwand.

Die Arme ließen sie los. Sie drehte sich um. Hinter ihr auf dem Boden saß Andreas Amendt. Er hatte sie im letzten Augenblick weggerissen. Und Amendt wiederum saß zwischen den Beinen des Priesters, der verdammt schnelle Reflexe haben musste: Er hatte gleichzeitig mit zugepackt.

Das Seil um Katharinas Hüften erwachte wieder zum Leben. Der Freiherr hatte den Absturz also überlebt. Mit vereinten Kräften zogen sie ihn auf das Plateau, wo er erschöpft liegen blieb.

Andreas Amendt kniete sich neben ihn, um ihn zu untersuchen: Von Weillher hatte eine Platzwunde auf der Stirn, seine Hände waren aufgeschürft und sein Anzug zerrissen. Sonst schien ihm nichts passiert zu sein, zumindest nach dem sehr gesund klingenden Schwall von Flüchen zu schließen, den er ausstieß: »Welche Kanaille sprengt denn die Brücke, wenn gerade jemand drüberläuft? Ich verlange, dass er gefunden, gefesselt und über Bord geworfen wird.«

Katharina packte ihn an den Schultern, bis er sich beruhigt hatte: »Gesprengt?«

»Was denn sonst? Glauben Sie, die Brücke stürzt von selbst ein? Und haben Sie das Feuerwerk nicht gehört? Sind Sie taub?«

Der Freiherr musste Luft holen. Andreas Amendt streckte ihm die Hand hin: »Kommen Sie, ich werde Ihre Wunde behandeln. Muss vielleicht genäht werden.« Er half von Weillher aufzustehen, und gemeinsam mit Sandra Herbst, Javier und Augustin führte er ihn davon.

Harry und Katharina blieben zurück und starrten in den finsteren Abgrund, den die Brücke hinterlassen hatte.

»Ich würde sagen, wir waren doch nicht paranoid«, sagte Katharina nach einer Weile. »Hier stimmt tatsächlich etwas nicht.«

Harry war nicht nach Lachen zumute. »Ich hoffe mal, dass irgendjemand auf dem Festland möglichst schnell bemerkt, dass die Brücke eingestürzt ist und Hilfe schickt.«

»Können wir nicht einfach jemanden alarmieren?«

»Nein. Alle Telefonkabel, Internet und so weiter laufen durch die Brücke. Liefen. Wir sind abgeschnitten.«

»Habt ihr kein Funkgerät? Oder ein Satellitentelefon? Für Notfälle?«

Harry seufzte: »Meine Rede, Katharina. Von Anfang an. Aber das war denen zu teuer. – Komm, hier können wir nichts mehr ausrichten. Der Döring wird toben.«

Sie fanden die anderen auf der Veranda der Rezeption. Andreas Amendt und Sandra Herbst waren gerade dabei, von Weillher zu verarzten. Katharina trat heran und sah zu, wie Amendt behutsam Stich um Stich setzte. Ein guter Arzt war er ja. Und, das musste sie sich zähneknirschend eingestehen, er hatte ihr eben das Leben gerettet.

»Sechsundzwanzig Mensuren ohne Schmiss. Und jetzt das«, jammerte der Freiherr.

»Wenn Sie wollen, kann ich es grob vernähen«, erwiderte Andreas Amendt mit ironischer Höflichkeit. »Dann haben Sie was zum Vorzeigen.«

»Ich hab' genug zum Vorzeigen«, antwortete der Freiherr giftig und ohne sich der Zweideutigkeit dieses Satzes bewusst zu sein.

»Dann halten Sie still. Gleich haben Sie es hinter sich.« Andreas Amendt setzte den letzten Stich und deckte die Wunde mit einem breiten Streifen Heftpflaster ab. Dann langte er in das Bonbon-Glas, das auf der Rezeptionstheke stand, fischte einen Lutscher heraus und gab ihn dem Freiherrn, der – noblesse oblige – die Demütigung geflissentlich übersah, den Lutscher auspackte und in den Mund steckte.

»Ich hole wohl besser den Döring aus dem Bett«, sagte Harry. »Macht einer von euch schon mal Kaffee?«

Augustin verschwand in einem Hinterzimmer, während Harry davonging. Langsam und zögernd. Es war ihm nicht zu verdenken. Letztlich war es seine Aufgabe, für Sicherheit auf Golden Rock zu sorgen. Und er hatte versagt.

Katharina setzte sich auf einen Sessel neben den Freiherrn, der immer noch seinen Lutscher im Mund hatte: »Was haben Sie überhaupt auf der Brücke gemacht?«

»Ich hab' einen Freund auf der Insel besucht. War auf dem Rückweg. – Moment, Sie glauben doch nicht etwa, dass ich ...?«

»Na ja, immerhin –«

»Ich habe einen Doktortitel in Meeresbiologie und einen Magister in Germanistik«, empörte sich der Freiherr giftig. »Halten Sie mich für so blöd, dass ich eine Brücke sprenge, wenn ich gerade draufstehe? Und wenn die ganze Insel voller Gäste ist? Ich will die verdammten Menschen runter haben von Golden Rock und sie nicht auf alle Ewigkeit hier ansiedeln.«

»Ansiedeln?«

»Der Brückenbau hat fast ein Jahr gedauert. Und Boote kommen nicht zur Insel. Flugzeuge und Helikopter ebenso wenig. Glauben Sie, ich habe Lust, das nächste Jahr mit dieser Jack-ooo zu verbringen? Oder mit diesem Kretin Mandeibel?«

»Mandeibel ist tot«, erwiderte Katharina schroff. »In seiner Toilette ertrunken.«

Der Freiherr sah sie verdutzt an: »Wodrin?«

»In seiner Toilette.«
»Ertränkt? Absichtlich?«
»Wie kommen Sie darauf?«
»Na ja, ich habe gehört, wie dieser Franzose und der Mandeibel an der Bar alte Schulgeschichten ausgetauscht haben. Kleinere im Klo untertauchen und so weiter. Pöbel!«
»Aber Sie …?«
»Frau Yamamoto, ich bitte Sie. In der Toilette untertauchen? Das tun nur Proleten.«
»Sie hätten wohl ein ehrliches Duell vorgezogen, oder?«

Von Weillher lehnte sich zurück, und schaffte es, gleichzeitig beleidigt und hochmütig auf sie herabzublicken: »Frau Yamamoto! Erstens töte ich keine Lebewesen, und das schließt Menschen mit ein. Zweitens war dieser Kerl ja nicht mal satisfaktionsfähig.« Abrupt stand er auf: »Sie gestatten, dass ich mich zurückziehe? Mein Kopf schmerzt. Und finden Sie bitte den Idioten, der die Brücke gesprengt hat.«

»Soll ich ihn dann über Bord werfen?«
»Nein, Sie sollen tun, was Sie sonst auch tun. Oder wollen Sie mir weiter erzählen, dass Sie ›Unternehmensberaterin auf Urlaub‹ sind?« Damit stolzierte er in die Dunkelheit davon.

»Yamamoto? Unternehmensberaterin?«, fragte Andreas Amendt überrascht.

»Ja! Und Ihnen wäre ich dankbar, wenn Sie meinen wirklichen Namen nicht noch weiter in die Welt hinausposaunen würden«, blaffte Katharina ihn an.

»Entschuldigung.« Andreas Amendt wich ein paar Schritte zurück. Richtig so.

»Stefan, setz dich besser.« Stefan Döring hatte sich eine Hose und ein Jackett über seinen Pyjama gestreift. Seine Haare waren zerwühlt und sein Gesicht vom Schlaf zerknittert. Harry bugsierte ihn zu einem großen Tisch in der Rezeption. Döring ließ sich in einen Sessel sinken: »Was gibt es denn so Dramatisches, dass du mich um vier Uhr morgens aus dem Bett holen musst?«

»Nun, ja«, begann Harry herumzudrucksen. »Wir haben einen Toten.«

Stefan Döring hatte gerade herzhaft gegähnt. Jetzt sah es so aus, als hätte ihm der Schreck den Kiefer ausgehakt: »Einen Toten? Hier? Wen?«

»Diesen Mandeibel. Er ist ertrunken.«

»Wo? Im Pool? Im Meer? Wir haben doch ...«

»Nein, in seiner Toilette.«

Stefan Döring blinzelte ungläubig. »In seiner Toilette? Wie geht das denn?«

»Tja, Doktor Amendt hier glaubt, es war ein Unfall.«

Stefan Döring musterte Andreas Amendt. »Aha. Und Sie sind wer?«

Harry antwortete: »Doktor Amendt ist Gerichtsmediziner aus Deutschland.«

»Wie hast du den denn so schnell hierher gekriegt?«, fragte Döring beeindruckt von der Tatkraft seines Sicherheitschefs.

»Ich bin ein Gast von Frau Herbst«, erklärte Andreas Amendt. »Als Herr Markert Frau Herbst alarmiert hat, dachte ich, ich komme besser mit.«

»In der Toilette ertrunken? Ein Unfall?«, hakte Döring nach.

»Ja. Höchstwahrscheinlich«, bestätigte Andreas Amendt.

»Lag es an der Toilette? Hat die ihn ... irgendwie eingefangen?« Die anderen blickten sich verwirrt an. Doch Andreas Amendt antwortete sachlich: »Nein. Herr Mandeibel hatte zu viel getrunken und musste sich übergeben. Dabei ist er vermutlich abgerutscht.«

»Selbstverschuldet!« Stefan Döring seufzte erleichtert und ließ sich in seinen Sessel zurücksinken. »Gott sei Dank. Eine Klage wegen Fahrlässigkeit fehlte mir gerade noch.« Er stand auf. »Frau Herbst, machen Sie bitte den Papierkram, Rechnung an Golden Rock. Und Harry, sieh zu, dass die Leiche von der Insel kommt. Und ich ... ich gehe dann mal zurück ins Bett.«

»Moment«, hielt Harry ihn auf. »Es gibt noch etwas.«

Genervt drehte sich Stefan Döring wieder um: »Noch etwas?«

»Die Brücke ist eingestürzt«, stieß Harry hastig hervor.

»Aha«, sagte Stefan Döring tonlos. Seine Augen wurden glasig. Er drehte sich um und ging in den Raum hinein. Seine Schritte waren langsam, schwer, als würde sein Körper den vor ein paar Sekunden erteilten Befehl »Zurück ins Bett« trotz hohen Widerstands ausführen wollen. Am Ende der Rezeptionstheke blieb er stehen. Gleich würde er umfallen.

Doch dann ging ein Ruck durch Stefan Dörings Körper. Er richtete sich kerzengerade auf, drehte auf seinen Hacken um und kam zurück an den Tisch. Als er wieder sprach, war sein Ton hart und sachlich: »Augustin, wie viele vom Personal sind auf der Insel?«

»Nur sechs«, antwortete Augustin kleinlaut. »Die meisten sind auf die Insel zu ihren Familien gefahren.«

»Sechs. Aha. Besser als nichts. Bis zum Morgen brauche ich eine Auflistung aller Lebensmittel und sonstiger Versorgungsgüter und eine Kalkulation, wie lange sie reichen.«

Augustin nickte militärisch.

»Harry«, fuhr Döring zackig fort: »Du sicherst den Brückenkopf, damit da niemand runterfällt. Und lass dir was einfallen, wie wir mit dem Festland Verbindung aufnehmen können.«

Harry fragte unsicher: »Und wie? Alle Kabel sind durchtrennt.«

»Keine Ahnung. Rauchzeichen. Flaggen. Notraketen. Irgendwas. – Und Sie …«, Döring blickte Katharina an wie eine Erscheinung der dritten Art, »Sie sind ein Gast, oder?«

Harry fing an zu erklären, bevor ihm auffiel, dass er nicht wusste, was: »Frau Yamamoto …«

Der Priester, der die ganze Zeit schweigend zugehört hatte, kam ihm zu Hilfe: »Frau Yamamoto ist Unternehmensberaterin für Sicherheitsfragen. Herr Markert war so umsichtig, sie wegen der Brücke um Hilfe zu bitten.«

»Sehr vernünftig«, sagte Döring. Dann fügte er schnell hinzu: »Ich bin aber nicht berechtigt, Ihnen ein Honorar zu zahlen.«

Katharina schüttelte den Kopf: »Nicht nötig.«

»Hervorragend. – Tun Sie also bitte … was Sie so tun. – Und Sie …«, damit wandte er sich an den Priester, »Sie sind auch nicht von Mafia Island, oder?«

»Nein. Ich bin Pater Javier. Ich besuche gerade die hiesigen Gemeinden. Frau Herbst war so frei, mir ihre Gastfreundschaft anzubieten.«

»Sehr gut, sehr gut. Wir können wirklich jede Hilfe brauchen.«

»Ich tue mein Bestes.«

»Exzellent. – Harry, Augustin, um sieben in meinem Büro zum Rapport. Und die anderen ... wir sollte alle noch ein wenig Schlaf kriegen.« Er warf sich heroisch in die Brust. »Wir haben harte Tage vor uns. Aber ich bin zuversichtlich, dass wir diese Krise überwinden werden. Augustin, sorg bitte dafür, dass unsere neuen Gäste Quartiere bekommen. Gute Nacht, Männer.« Er drehte sich um und marschierte zackig davon.

Katharina wartete, bis er außer Hörweite war. Dann fragte sie: »Was war das denn?«

Harry zuckte mit den Schultern: »Einmal Offizier, immer Offizier. Döring war bei der Bundeswehr, bevor er die Branche gewechselt hat. Pioniere.«

»Pioniere? Das sind doch die, die Dinge bauen, oder? Und manchmal auch sprengen?«

Harry hatte schneller als die anderen begriffen: »Meinst du, *er* hat die Brücke auf dem Gewissen?«

»Immerhin hat er die Nachricht gut verkraftet. Und er hatte einen Plan in der Tasche, nicht wahr?«

»Aber ...«

»Sagtest du nicht, dass sein Job gefährdet ist? Was ist, wenn er zum Helden von Golden Rock werden will, der über zwanzig Gäste und sein Personal aus der Krise heraus zum Happy End führt?«

Harry atmete schwer aus: »Verdammt. Du hast recht. Aber keine voreiligen Aktionen bitte. Lass uns morgen erst mal feststellen, ob die Brücke wirklich gesprengt wurde. Der Freiherr neigt zu Übertreibungen.«

»Gut«, sagte Katharina wenig überzeugt. Sie spürte das wohlbekannte Kribbeln in ihrem Nacken: ihr Jagdinstinkt.

Augustin räusperte sich: »Tja, Herr Amendt und Herr ... Priester ...«

»Einfach nur Javier.«

»Also, Herr Priester Javier. Schauen wir mal, wo wir Sie unterbringen.«

»Ich will, dass Doktor Amendt bewacht wird«, sagte Katharina giftig.

»Kaja, bitte!«, wollte Harry sie beruhigen.

»Ich bestehe darauf.«

»Aber –«, setzte Sandra Herbst entrüstet an. Doch Andreas Amendt unterbrach sie: »Wenn Frau Yamamoto darauf besteht: kein Problem.«

Javier wandte sich an Augustin: »Sie haben doch sicher Bungalows mit zwei Schlafzimmern, nicht wahr?«

»Ja. Einer müsste noch frei sein.«

»Sehr gut. Dann werde ich zusammen mit Herrn Amendt Quartier nehmen und auf ihn aufpassen. – Wenn es Ihnen recht ist, Doktor Amendt? Frau Yamamoto?«

Katharina wollte widersprechen. Javier hob beruhigend die Hände: »Keine Sorge, ich habe einen leichten Schlaf. Und das hier ist nicht meine erste Krise.« Er sprach so sanft, als wolle er ein ängstliches Kind beruhigen.

Harry, Augustin, Andreas Amendt und Sandra Herbst gingen hinter die Theke der Rezeption. Katharina blieb allein mit Javier zurück. Zum ersten Mal konnte sie ihn richtig ansehen. Er kam ihr bekannt vor. Vor allem die grauen Augen, die so gar nicht zu seiner südländischen Erscheinung passen wollten: »Sagen Sie, sind wir uns schon mal begegnet?«

Javier hob erst überfragt die Schultern, doch dann trat ein Lächeln des Erkennens auf sein Gesicht: »Doch, natürlich. Wir sind auf dem Frankfurter Flughafen ineinandergelaufen.«

Richtig! Katharina erinnerte sich. Sie war in einen Priester gelaufen, aber ... »Hatten Sie nicht einen Vollbart?«

»Ja. Die Behörden von Tansania sind etwas kleinlich, wenn es um die Ähnlichkeit mit dem Passfoto geht. Daher musste ich mich rasieren. Ich war gerade auf dem Weg zum Flughafen-Friseur, als wir zusammengestoßen sind. Ich wollte Ihnen ja sagen, dass wir quasi das gleiche Ziel haben, aber Sie hatten es so eilig. Außerdem wirkten Sie sehr erschrocken.«

»Na ja, ich war ...«

»Ich verstehe schon. Sie waren auf der Flucht. Und vermutlich haben Sie das Gleiche gedacht wie ich vorhin, oder? Dass Ministro Priester bedeutet?«

»Aber das wäre doch ein ziemlich dämlicher Code-Name für einen Killer, oder?«

»Wie man es nimmt. Kein Mensch verdächtigt uns Kirchenmäuse.« Er lachte. »Aber keine Sorge, das Einzige, was ich jemals getötet habe, waren Ratten. Und ich verspreche Ihnen, ich passe gut auf Doktor Amendt auf.«

In diesem Moment stießen die anderen wieder zu ihnen. Gemeinsam gingen sie die Verandatreppe hinunter ins Freie und verabschiedeten sich. Augustin ging vor Andreas Amendt und Javier her, um sie zu ihrem Bungalow zu bringen. Und Harry wanderte mit Sandra Herbst in die Dunkelheit. Katharina sah, dass sie sich an den Händen hielten. Harry! Alter Schwerenöter!

Und dann, völlig übergangslos, fühlte sie sich allein. Verlassen. Einsam. Es war ungerecht, das wusste sie. Aber konnte nicht auch einmal jemand für sie da sein?

Rocks & Mountains

Es nützte nichts. Sie würde nicht einschlafen. Das Bett war zu kalt oder zu warm, zu hart oder zu weich, je nachdem, wo Katharina sich hinwälzte. Endlich gab sie es auf und sah auf die Uhr. Halb sechs. Sie konnte sich wieder den Sonnenaufgang anschauen. Und dann vielleicht etwas Sport treiben, bevor der Stress richtig losging.

Die Pool-Beleuchtung war bereits eingeschaltet; im Wasser zog ein geübter Schwimmer mit kräftigen, gleichmäßigen Kraulschlägen seine Bahnen.
Katharina ging am Pool vorbei in die Sporthalle. Lockern, Dehnen, Tai Chi, Sandsack. Die Übungen fühlten sich gut und vertraut an.
Nach einer Serie von Tritten wartete sie darauf, dass sich der Sandsack wieder auspendelte.
»Frau Kl ... äh, Frau Yamamoto, ich ... Hey!«
Katharina war herumgewirbelt und fegte dem Mann, der plötzlich hinter ihr auftaucht war, die Beine weg. Im Bruchteil einer Sekunde war sie über ihm und blockierte mit den Knien seine Arme, bevor sie erkannte, wer es war: Andreas Amendt. Sein Haar war noch nass und er trug einen der flauschigen, weißen Bademäntel des Resorts. Er musste der Schwimmer gewesen sein.
»Was wollen Sie hier?«, schnauzte ihn Katharina an. »Und wo ist überhaupt Ihre Bewachung?«
»Oh, ich bin hier.« Javier trat aus der Dämmerung in das Licht der Sporthalle. Trotz der frühen Stunde sah er aus wie aus dem Ei gepellt. Er musste sich sogar die Mühe gemacht haben, sein Hemd mit dem kleinen Bügeleisen, das zur Ausstattung der Bungalows gehörte, aufzubügeln.
»Passen Sie besser auf ihn auf«, knurrte Katharina.
»Ja, Verzeihung. Ich dachte, der Moment wäre günstig für ein Gespräch unter vier Augen. – Aber vielleicht könnten Sie Doktor Amendt vorher loslassen.«
Widerwillig ließ Katharina Andreas Amendt los. »Ich wollte mich nur entschuldigen«, murmelte er.

»Für was? Dass Sie meine Familie auf dem Gewissen haben?«

»Nein.« Er machte eine Pause. Endlich fuhr er fort: »Nein, dafür, dass ich Ihnen nicht gesagt habe, wer ich bin. Aber –«

»Nix aber. Das wäre ja wohl das Geringste gewesen.«

»Ich weiß. Ich wusste nur nicht wie. Ich konnte ja schlecht zu Ihnen kommen und sagen: Ich bin Andreas Amendt und ich habe wahrscheinlich Ihre Familie auf dem Gewissen.«

»Warum nicht? Das wäre wenigstens ehrlich gewesen.«

Er ließ seufzend die Arme hängen.

»Nun, reden Sie! Sie haben eine Minute.« Katharina konnte es ohnehin nicht für immer aufschieben.

»Sie müssen verstehen, als ich Sie das erste Mal gesehen habe ... vor dem Kaffeeautomaten in der Klinik: Da wusste ich auf einmal nicht, ob die letzten sechzehn Jahre nicht nur ein böser Traum gewesen sind. Und dann, als Sie mir mehr oder minder in die Arme gefallen sind ...«

»Dachten Sie, Sie machen sich bei mir lieb Kind? Sind Sie mir nachgegangen?«

»Ja. Um Sie anzusprechen. Um Ihnen die Wahrheit zu sagen. Ich wusste ja, dass Sie bei der Frankfurter Kripo sind, und dass wir uns früher oder später begegnen. Aber dann ... war ich zu feige.«

»Und danach? Wir haben uns ja oft genug gesehen.«

»Es kam aber immer was dazwischen. Laura. Die Ermittlungen ... und ... Na ja, es wäre einfacher gewesen, wenn ich wirklich wüsste, was damals passiert ist.«

War das eine Notlüge? Was hatte Thomas notiert? »Weiß er heute mehr?« Katharina fragte mürrisch: »Was wissen Sie denn?«

»Nichts. Ich weiß, ich bin zu Susanne gekommen an dem Tag, total k.o. von der Klinik. Und sie hat mich ins Bett gesteckt. Da kannte sie keine Widerrede.«

Katharina spürte einen Stich; wenn es um das Wohl ihrer Mitmenschen ging, hatte Susanne kein Pardon gekannt. »Und dann?«

»Das Nächste, woran ich mich erinnere, sind die beiden Polizisten, die mich unter der Dusche hervorgezerrt haben. Und danach ... alles, was ich weiß, ist, was Polanski mir gesagt und gezeigt hat.«

»Und jetzt? Was wollen Sie von mir?«

»Die Wahrheit. Ich will einfach die Wahrheit wissen. Und, ehrlich gesagt, habe ich gehofft, Sie würden mir dabei helfen.«

Katharina spürte wieder Wut in sich aufsteigen: »Oh, die Wahrheit werde ich herausfinden. Verlassen Sie sich drauf.«

»Ja, bitte. – Anschließend unterschreibe ich Ihnen jedes Geständnis. Und wenn ich helfen kann ...«

Ein Mörder, der nicht nur darum flehte, ihn zu überführen, sondern auch noch Hilfe anbot? Das kannte Katharina sonst nur von Tätern, denen ein findiger Anwalt kräftig ins Gewissen geredet hatte. Doch Amendt hatte nichts zu gewinnen. Und er riskierte, den Rest seines Lebens hinter Gittern oder in der Psychiatrie zu verbringen. Er pokerte hoch. Aber vielleicht hatte er ein Ass im Ärmel. Einen Plan. Ein Schubser über die Aussichtsplattform. Oder in den Pool. Oder meinte er es ehrlich, wie es Susannes Stimme leise in ihr anmahnte?

»Ich tue, was ich kann«, sagte sie schließlich. »Und jetzt gehen Sie bitte. Fünf Schritte vor mir.«

Er gehorchte. Katharina folgte ihm, doch er ging zu schnell. Dafür holte Javier sie ein: »Sie vertrauen ihm nicht, oder?«

»Nein.«

»Verstehe. Er hat Ihnen ja auch keinen Grund dazu gegeben. – Außer ...«

»Ja?«

»Er hätte sein Problem ganz einfach lösen können. Sie einfach nicht vom Abgrund zurückreißen. Gestern Nacht. Vorhin.«

Katharina spürte im Geiste wieder die kräftigen Arme, die sie gepackt und vor dem Absturz und dem peitschenden Stahlseil bewahrt hatten. »Das hätte auch schiefgehen können.«

»Eben. Er hat nicht mal den Bruchteil einer Sekunde gezögert. Als ob Ihr Leben wichtiger wäre als seines.«

»Und Sie meinen ...«

»Oh, ich habe noch gar keine Meinung. Nur so viel: Schuld ist eine mächtige Strafe. Sie wird ihn eines Tages umbringen.«

»Und das wäre dann wiederum meine Schuld?«

»So weit würde ich nicht gehen. Aber es wäre doch gerecht, wenn er wenigstens wüsste, was ihn umbringt. Meinen Sie nicht?«

Stefan Döring hatte alle Gäste zusammenholen lassen. Einige saßen, andere standen, während er selbstsicher auf die Empore im Restaurantpavillon trat: Ein General vor der entscheidenden Schlacht – und mit einem unschlagbaren Plan.

»Meine Damen und Herren, liebe Gäste«, fing er an zu sprechen. »Leider hat sich gestern ein nicht voraussehbares Unglück ereignet. Die Brücke ist eingestürzt.«

Die Anwesenden atmeten alle gleichzeitig hörbar ein. Doch noch bevor der Beschwerdesturm losbrechen konnte, fuhr Döring mit kraftvoller Stimme fort: »Sie brauchen sich keine Sorgen zu machen. Wir haben genügend Lebensmittel. Außerdem ist unsere Insel in der Wasser- und Stromversorgung absolut autark. Und Sie werden sehen: Bevor Ihr Urlaub zu Ende ist, steht die Brücke wieder.«

Was hatte der Freiherr gestern Abend gesagt? Der Bau der ersten Brücke hatte ein Jahr gedauert? Wenn Döring da mal nicht zu optimistisch war, dachte Katharina.

»Bis dahin lade ich Sie ein, Golden Rock weiterhin zu genießen. Sie werden sehen, die Zeit vergeht wie im Fluge.«

»Ich wusste ja, es gibt einen Haken. Darauf brauche ich was zu essen.« Claudia, die Frau, deren Mann schon am Vorabend erklärt hatte, sie müsse essen, wenn sie gestresst sei, angelte sich einen Muffin.

»Wir haben keinen Empfang«, erklang eine Männerstimme. Katharina sah auf. Einige der Anwesenden hatten ihre Handys gezückt und tippten wild darauf herum.

Stefan Döring winkte besänftigend ab. »Ja, leider sind Telefon und Handyempfang gestört, ebenso wie das Fernsehprogramm. Aber wir arbeiten bereits an einer Lösung.« Katharina wusste nicht, ob sie ihn bewundern oder gleich festnehmen sollte. Er hatte wirklich die Ruhe weg und genoss die Rolle des »Helden von Golden Rock«. »Aber zur Unterhaltung habe ich ein exklusives Programm zusammengestellt«, fuhr er fort. »Auf Sie warten abenteuerliche Stunden in den Schmugglerhöhlen oder beim Inselrundgang, auf dem Sie ein echtes Piratenschiff besichtigen können. Wir veranstalten Wettbewerbe im Bogenschießen und Turmspringen. Und selbstverständlich findet heute unser JeKaMi-Abend statt. Ich hoffe, Sie haben darüber nachgedacht, was Sie Ihren Mitreisenden vorführen können.«

Dicht neben Katharina erklang ein bellendes Husten. Gut, auch ein Kommentar zur Idee des JeKaMi. Noch ein Huster. Und noch einer und noch einer. Das war jetzt wirklich übertrieben. Katharina drehte sich um: Die Stress-Esserin musste von dem Muffin, den sie immer noch krampfhaft umklammert hielt, ein zu großes Stück abgebissen haben. Ihr Lebensgefährte klopfte ihr auf den Rücken, doch es wurde nicht besser. Im Gegenteil, das Husten wurde immer heftiger und die Frau lief rot an.

»Platz! Platz!« Jemand drängte sich durch die Menge: Andreas Amendt. Er stieß den Freund davon und legte der Frau seine Arme um den Leib. Dann presste er ruckartig die verschränkten Hände knapp unterhalb des Brustkorbs in den Bauch der Frau. Immer wieder probierte er es, doch ohne Erfolg. Die Frau hustete und würgte. Amendt wischte Geschirr und Besteck beiseite und wuchtete die Frau auf einen Tisch. Mit einer Hand fixierte er den Oberkörper der Frau, mit der anderen zwang er ihre Zähne auseinander und griff in ihren Hals. Doch es gelang ihm nicht, den Fremdkörper zu packen. Die Frau hustete nur noch stärker. Amendt sah sich Hilfe suchend um: »Ich brauche ein ganz scharfes Messer und ein Röhrchen. Und was zum Desinfizieren.«

Katharina ahnte, was er vorhatte, und wühlte in ihrer Handtasche, bis sie einen Einweg-Kugelschreiber fand. Sie zog die Mine heraus und biss in den kleinen Stöpsel am oberen Ende, bis er sich löste. Dann gab sie Amendt das Röhrchen und suchte in ihrer Handtasche ihr Taschenmesser. Verdammt, das lag noch in ihrem Kosmetikkoffer! Doch Andreas Amendt war schon losgestürmt und über die Bar gesprungen. Dort wühlte er in den Schubladen; schließlich nahm er eine Flasche Wodka und sprang wieder zurück. Mit den Zähnen schraubte er die Flasche auf und kippte sie über den Hals der Frau.

»Festhalten«, bellte er. Katharina drückte die Schultern der Frau mit aller Kraft auf den Tisch. »Messer!« Doch niemand gab ihm ein Messer. Zwar sah Katharina aus den Augenwinkeln, wie Sandra Herbst über die Wiese lief, vermutlich um ihre Arzttasche zu holen. Aber bis sie zurückkam, würde es zu spät sein.

Das hatte auch Andreas Amendt erkannt. Er schlug die leere Wodka-Flasche auf die Lehne eines Stuhls, bis sie zersplitterte. Kritisch betrachtete er den Flaschenhals. Eine einzelne, scharfe Spitze ragte hervor. Er wollte sie an den Hals der Erstickenden ansetzen, doch in diesem Augenblick wurde er von einem Faustschlag zu Boden gestreckt.

»Sind Sie übergeschnappt?« Der Freund der Frau war totenbleich vor Schreck. Kein Wunder, Andreas Amendt sah vollkommen irre aus. Sein Haar war wirr, sein Blick starr und der Flaschenhals in seiner Hand wirkte auch nicht gerade beruhigend.

»Ich will ihr Leben retten, Sie Idiot!«, blaffte er und wollte sich zum Tisch durchdrängen, doch ein paar wohlmeinende Gutmenschen stellten sich ihm in den Weg. Javier schob sie beiseite: »Bitte, Sie müssen Doktor Amendt durchlassen. Er muss einen Luftröhrenschnitt machen, bevor sie erstickt.«

Katharina spürte, wie die Muskeln der Frau erschlafften. Sie hatte das Bewusstsein verloren. Kein gutes Zeichen. Doch inzwischen war Sandra Herbst zurückgekommen und warf Andreas Amendt über die Köpfe der anderen Gäste ein flaches Päckchen zu. Mit den Zähnen riss er die Papierhülle von dem Einweg-Skalpell. Dann tastete er über den Hals der Frau, um die richtige Stelle zu finden und schnitt. Katharina sah, dass kein Blut aus der Wunde floss. Verdammt! Herzstillstand! Andreas Amendt schob das Röhrchen in die Wunde, hielt den Finger vor die Öffnung. Nichts. Er sprang auf den Tisch, kniete sich über die Ohnmächtige und presste mit beiden Händen rhythmisch auf ihren Brustkorb ein. Zwanzigmal drücken, fünf Atemzüge in das kleine Röhrchen. Drei, fünf, zehn Minuten versuchte er, die Frau wiederzubeleben. Endlich hielt Sandra Herbst seine Arme fest. Es war zu spät.

Andreas Amendt blieb einen langen Moment reglos hocken. Dann zog er das Röhrchen aus der Wunde und warf es achtlos beiseite. Er strich der Frau über das Haar und schloss ihre Augen. Danach stieg er vom Tisch herab und ging durch die ängstlich vor ihm zurückweichenden Gäste davon, ohne sich noch einmal umzusehen.

Sandra Herbst gewann als Erste die Fassung wieder. »Bitte gehen Sie nach draußen und lassen Sie uns in Ruhe arbeiten«, wies sie die Gäste ruhig an.

Javier trat neben sie. Mit ernster, fester Stimme sagte er: »Wenn jemand geistlichen Beistand braucht: Ich komme gleich in die

Rezeption. Und nun gehen Sie bitte, damit wir die Verstorbene in Würde wegbringen können.«

Er wartete, bis die Gäste seinen Worten gefolgt waren, dann zog er seine Bibel, eine Stola und ein kleines Fläschchen hervor. Damit beugte er sich über die Tote und begann mit der Krankensalbung. Besser spät als nie.

Als er das Ritual beendet hatte, half er dem Freund der Toten, der auf dem Boden gekauert hatte, aufzustehen und führte ihn am Arm nach draußen.

Stefan Döring räusperte sich: »Ich will ja nicht pietätlos sein, aber hier kann sie nicht liegen bleiben. Und in ihren Bungalow kann sie auch nicht. Nicht bei der Hitze.«

Harry sagte leise: »Wir bringen sie ins Kühlhaus 2. Das ist gerade leer. Bis auf den anderen.«

»Den anderen?«

»Mandeibel. Der Tote von letzter Nacht.«

»Ach ja richtig. – Augustin? Schnapp dir deine Männer und räum hier auf. Stell die Tische um. Es darf nichts mehr an den Zwischenfall erinnern, verstanden?«

»Verstanden.« Augustin nahm die Tote auf seine Arme und ging langsam in Richtung Kühlhaus.

Harry bedeutete Katharina, ihm zu folgen. Gemeinsam gingen sie in sein Büro.

»Und jetzt?«, fragte er.

Berechtigte Frage: Zwei seltsame Unfälle in nicht mal vierundzwanzig Stunden. »Wir müssen den Amendt dazu bringen, sich die Toten noch mal anzuschauen. Irgendwie glaube ich nicht mehr an Zufall«, antwortete Katharina.

Harry nickte: »Ich spreche mit Sandra. Ist er immer so drauf?«

»Ja.« Katharina erinnerte sich, wie er um das Leben von Henthen gerungen hatte, dem Mann, der Katharina ermorden wollte und dem er in die Beine geschossen und dabei beide Oberschenkelarterien zerfetzt hatte. Damals hatte sie nicht glauben wollen, dass Andreas Amendt wirklich ein Mörder war.

»Und jetzt?«, fragte Harry erneut.

»Jetzt schauen wir erst mal nach der Brücke. Ob sie wirklich gesprengt worden ist. Irgendwo müssen wir ja anfangen.«

Der strahlende Sonnenschein und der blaue Himmel machten den Anblick nicht schöner. Geborstene Stützen ragten aus dem Wasser. Einzelne Brückensegmente trieben zwischen den Riffen, dazwischen Holzstücke und anderes Treibgut.

Als Katharina und Harry das Plateau erreichten, standen dort schon zwei Menschen und starrten in den Abgrund: Dirk-Marjan und Kristina.

Noch bevor Katharina die beiden fragen konnte, was sie hier machten, bekamen sie noch mehr Gesellschaft: Der Freiherr, in frisch gebügeltem Tropenanzug und mit passendem Helm auf dem Kopf, drängte sich an ihnen vorbei. In den Händen hielt er zwei kleine Flaggen.

»Was machen Sie denn hier?«, fragte Harry.

Der Freiherr deutete aufs andere Ufer: »Ein Freund von mir wird gleich dort auftauchen. Ich werde ihm signalisieren, dass wir Hilfe brauchen.«

»Sie können Flaggenzeichen?«, fragte Katharina neugierig.

»Winkerzeichen«, korrigierte sie der Freiherr. »Ich wusste doch, dass meine Zeit bei der Marine nicht umsonst war.«

»Marine?« Noch ein Inselbewohner mit militärischer Vergangenheit. Kannte er sich auch mit Sprengstoffen aus?

»Familientradition. Diesmal ausnahmsweise nützlich. – Wie mein Vater immer zu sagen pflegt: Ein Mann von Welt kann nicht genug wissen und können. Ah, da ist er.«

Der Freiherr trat an den Rand des Plateaus und begann, zackig die Flaggen zu schwenken. Eigentlich sah es mehr nach Ausdruckstanz aus, aber der muskulöse Schwarze am anderen Ufer verstand. Er zog zwei Taschentücher aus der Tasche und begann gleichfalls zu wedeln.

Katharina wandte sich von dem stummen Dialog ab und ging an die Stelle, an der die Brücke aufs Plateau gestoßen war.

»Eine Schande«, seufzte Dirk-Marjan, der gleichfalls in den Abgrund starrte. »Die Brücke war ein echtes Kunstwerk.«

Richtig. Dirk-Marjan war Architekt. »Wissen Sie, wie die Brücke einstürzen konnte?«, fragte Katharina.

»Von selbst? Gar nicht. Zwei redundante Sets von Stützen –«

»Redundant?«

»Zwei unabhängige Stützensets halt, jede einzeln in der Lage, die Brücke zu halten. Und dann diese Stahlseil-Konstruktion, die die Brücke flexibel gemacht hat, damit sie Wind und Strömungen aushält.«
»Sie meinen, jemand hat nachgeholfen?«
»Natürlich. Was denn sonst?«
»Wissen Sie, wie?«
»Ich müsste runterklettern.« Er deutete auf die in der Felswand verankerten Stützenreste. »Dann kann ich Ihnen mehr sagen. Warten Sie, hier war doch irgendwo ein Seil?«
Richtig. Sie hatten das Seil zurückgelassen, als sie den Freiherrn gerettet hatten. Dirk-Marjan band das eine Ende des Seils um einen Felsvorsprung und zog kräftig daran, um zu sehen, ob es hielt. Dann breitete er seine Jacke auf dem Boden aus.
»Können Sie aufpassen, dass das Seil nicht von der Jacke rutscht und durchscheuert?«, bat er Katharina, wartete die Antwort aber gar nicht erst ab, sondern schlang sich das Seil mehrfach um den Bauch und ließ sich über die Kante gleiten. Katharina sah ihm nach, während sie das Seil auf der Jacke hielt.
Dirk-Marjan war ein geschickter Kletterer. In nicht mal einer Minute hatte er die Stützenreste erreicht. Kritisch musterte er die Bruchstellen. Dann rief er nach oben: »Ja. Eindeutig gesprengt. Hier sind Spuren von Sprengschnur.« Er band das Ende des Seils um einen losen Stützenrest.
Katharina fragte nach unten: »Sollen wir Sie hochziehen?«
Er winkte ab, während er die Wand betrachtete. Dann stieg er leichtfüßig auf und zog sich über den Rand des Plateaus, ohne auch nur außer Atem zu sein.
»Aha, der Täter kehrt an den Ort seiner Tat zurück. Sind Sie wirklich so frustriert, dass sie den Auftrag nicht bekommen haben, dass Sie gleich eine von unseren Bauten einreißen müssen?« Die Bronskis hatten sich über ihnen aufgebaut.
»Ihre Bauten?«, fragten Dirk-Marjan und Katharina gleichzeitig. Bronski antwortete überheblich: »Natürlich. Die Brücke stammt von mir.«
»Wenn ich richtig informiert bin, haben Sie den eigentlichen Architekten der Brücke gefeuert.«

Dirk-Marjan war aufgesprungen. Bronski trat ängstlich einen Schritt zurück. »Meinen Sie den Schröder? Okay, der war letztlich ausführend, aber die Vision ...«

»Vision? Sie meinen diese expressionistischen Kritzeleien, mit denen Sie Ihre Kunden beeindrucken?«

»Ach Jakutzki, Sie sind doch nur sauer, weil Sie den Auftrag für diese Autobahnbrücke verloren haben.«

»Kein Wunder, bei Ihren Kickback-Zahlungen.« Dirk-Marjan fügte zu Katharina gewandt hinzu: »Bronski ist seinen Auftraggebern gegenüber immer sehr großzügig.«

»Und außerdem ziemlich schlecht im Bett«, eilte Kristina ihrem Ritter zu Hilfe. »Ist der Sex zwischen Ihnen auch so grauenvoll?«, wandte sie sich an Gabriele Bronski.

Die Angesprochene richtete sich stocksteif auf und sagte zu Dirk-Marjan: »Wenn der Schröder so toll ist, stellen Sie ihn doch ein. Werden schon sehen, was Sie davon haben.«

»Den? Jederzeit.«

Doch das Paar war schon zwischen den Felsen verschwunden. »Mit der?«, erklang die empörte Stimme von Gabriele Bronski. »Pst, nicht so laut ...«, erwiderte ihr Mann. Dann waren sie nicht mehr zu hören. Dirk-Marjan und Kristina grinsten sich an.

Katharina fragte: »Habe ich das richtig verstanden? Die haben die Brücke hier gebaut?«

Dirk-Marjan antwortete: »Na ja, gebaut ist so eine Sache. Das Architekturbüro war Bronski und Partner. Entworfen hat die Brücke aber dieser Schröder. Nach dem, was man so hört, haben die ihn dabei ziemlich über den Tisch gezogen und schließlich rausgeworfen. Aber so sind die Bronskis. Klauen anderen das Talent und werfen sie dann weg.« Er drehte sich zu Harry um. »Denen sollten sie mal auf die Finger schauen. Kann sein, dass die die Brücke auf dem Gewissen haben.«

»Warum das denn?«

»Na ja, die Brücke muss wieder aufgebaut werden, oder nicht? Und die Bronskis haben die Hände auf den Plänen. Doppelt abkassieren für den Neubau. Zuzutrauen wäre es denen.«

Dirk-Marjan zog an dem Kletterseil, bis er das Stützenstück, das er daran gebunden hatte, über den Rand des Plateaus zog. »Schauen

Sie, hier.« Er zeigte auf die Enden des Blocks, die aussahen, wie mit einer extrem groben Säge abgesägt. »So sieht es aus, wenn man Holz mit Sprengschnur durchtrennt.«

»Was ist denn Sprengschnur?«, fragte Kristina neugierig dazwischen.

»So eine Art Dynamit in Schläuchen«, erklärte Dirk-Marjan geduldig. »Die nutzt man heute bei Sprengungen hauptsächlich, weil man damit keine auf eine Stelle konzentrierte Explosion hat, sondern so eine Art Schnitt erzeugt.« Dann schüttelte er missbilligend den Kopf: »Absoluter Overkill, wenn Sie mich fragen. Zumindest, was die Brücke angeht. Sie müssten dann praktisch jede Stütze einzeln sprengen. Viel zu viel Vorbereitungszeit.«

»Wie lange dauert so was?«

»Na ja, wenn Sie's richtig machen, brauchen Sie eine Woche, um alle Ladungen zu legen. Sie müssen ja auch berechnen, wo die Trümmer hinfallen und so. Aber wenn Ihnen das egal ist ... zehn, zwölf Stunden. Viel zu viel Aufwand. Die Brücke hat nämlich eine Schwachstelle, müssen Sie wissen.«

»Ja?«

»Diese Stahlseil-Konstruktion. Die ist sabotageanfällig. Wenn jemand unbedingt Schaden anrichten will, dann spannt er die Seile bis zum Anschlag und trennt sie gleichzeitig durch. Eine kleine Sprengung und die Brücke schnurrt zusammen wie eine Spirale. Und dabei nimmt sie alle Stützen mit. Geht viel schneller.«

»Gibt es da keine Sicherung gegen?«, fragte Harry misstrauisch.

»Theoretisch schon: Die Maschine unten, die die Seile spannt und entspannt – ein Schiffsdieselaggregat mit ein paar Tausend PS – ist vermutlich elektronisch gegen Überspannung gesichert. Schalten Sie die Sperre ab und die Maschine erledigt die Arbeit für Sie.«

»Sie wissen aber viel darüber«, wunderte sich Katharina.

»Brücken sind mein Steckenpferd. Da überlegt man natürlich auch, wie man das Einstürzen verhindert. Und das war die einzige Schwachstelle, die ich erkennen konnte. Wollte den Schröder immer danach fragen. Aber der ist unauffindbar.«

»Unauffindbar?«

»Er wird sich verkrochen haben. Die Bronskis haben ihn in der ganzen Branche unmöglich gemacht.«

»Warum das denn?«

Dirk-Marjan zuckte mit den Achseln: »Die Bronskis haben sich die Brückenkonstruktion hier patentieren lassen. Obwohl der Schröder sie erfunden hat. Er wollte seinen Anteil, aber ... Wie schon gesagt: Die Bronskis sind nicht die feinsten Leute.«

Katharina überlegte: »Was muss man denn können, wenn man so eine Brücke sprengen will?«

»Na ja, bei dieser Overkill-Methode nicht viel. Wie man diese Sprengschnüre verlegt und zündet. Das ist nicht so schwierig. Finden Sie überall im Internet. – Nur den Sprengstoff müssen Sie organisieren. Und zwar eine ziemliche Menge. In Deutschland würde ich sagen, unmöglich. Aber hier ...?«

Katharina sah zu Harry. Er nickte: »Mit genügend Geld geht alles. Überall.«

»Ich sag's ja. Die Bronskis. Die werden jemanden dafür angeheuert haben«, stellte Dirk-Marjan fest.

»Und Sie?«, fragte Harry plötzlich streng. »Wüssten Sie, wie man diese Brücke sprengt?«

»Dirk-Marjan soll das gewesen sein?« Kristina schnaubte empört.

»Kristina, lass gut sein. Die müssen das fragen. – Klar, wissen tue ich das. Aber wie schon gesagt, das war Overkill. Und ich würde niemals so ein Kunstwerk zerstören.«

Katharina legte ihm beruhigend die Hand auf den Arm. Aus dem Augenwinkel sah sie, wie Kristinas Blick giftig wurde. Deshalb ließ sie schnell wieder los. »Keine Sorge, Sie haben ein Alibi«, sagte sie. »Ich hab' Sie letzte Nacht gesehen, wie Sie mit diesem Mandeibel und diesem Franzosen ...«

Dirk-Marjan blickte sie verlegen an: »Oh je, ich hoffe, wir haben Sie nicht geweckt. Meine Güte, waren wir blau.« Er drehte sich zu seiner Begleitung um: »Komm, Kristina. Lass uns schauen, ob wir einen Kaffee kriegen. Ich hoffe, dieser Reality-Krimi ist jetzt spannend genug für dich.«

Kristinas Wangen röteten sich: »Hätte ich bloß nichts gesagt. Das ist echt wie bei Agatha Christie.«

»So. Der zieht los und holt Hilfe«, erklärte der Freiherr befriedigt, nachdem er seinem Freund auf der anderen Seite zum Abschied noch einmal zugewunken hatte. »Außerdem alarmiert er die Deutsche Botschaft. Die sollen das Technische Hilfswerk runterschicken. Die bauen so eine Brücke sicher schneller.«

»Danke«, sagte Harry. »Wir haben nämlich kein Funkgerät.«

»Ich weiß, Herr Markert. Typisch deutsch. Sandalen im Gebirge. Keine Sonnencreme auf Mallorca. Und natürlich kein Funkgerät in Afrika. – Ach, ich war so frei und habe Ihr Gespräch mit angehört. Sprengschnüre? Wie sehen die denn aus?«

Endlich fiel bei Katharina der Groschen. Sie hatte doch gestern Rollen mit einem dicken Kabel gesehen, das ihr bekannt vorkam. Das war Sprengschnur gewesen, ganz sicher. »So dick und rot. Wie Kabel«, erklärte sie.

»Hm, vor ein paar Tagen kam hier ein Lieferwagen vorbei mit großen Kabelrollen. Hab' gehört, wie Augustin sie angenommen hat. Er wirkte ziemlich überrascht. Meinte, die Kabel hätte er völlig vergessen. Hat die großen Trommeln dann von seinen Männern wegbringen lassen.«

»Augustin?«, fragte Katharina. »Der hat was …?«

Harry schüttelte den Kopf. »Glaub ich nicht. Der hat heute Morgen richtig geheult. Er hat die Brücke noch mehr geliebt als dieser Jakutzki.«

»Es ist ja auch eine Schande.« Der Freiherr richtete seinen Blick auf das Meer, auf die in der Bucht treibenden Trümmer. »Die Brücke war wirklich ein Meisterwerk, wenn auch an der falschen Stelle. Und bevor Sie fragen, Frau Yamamoto: Nein, Sprengstoffe gehören nicht zu meiner Expertise.«

Augustin stand in Harrys Büro und starrte sie entsetzt an. »Die Kabel? Das war Sprengstoff?« Dann wühlte er in einem Aktenordner und zog eine Quittung hervor. »Hier.«

Die Quittung stammte von einer Firma namens »African Cable Enterprises« und lautete auf sechshundert Meter »Phone Cable, Copper, Red Coating«. »Da haben wir auch alle anderen Kabel her«, erklärte Augustin. »Die Trommeln müssen noch unten liegen.«

Er ging ihnen mit eilenden Schritten voran und führte sie zu einem Service-Einstieg zwischen den Felsen. Von dort gelangten sie über eine Treppe direkt in den Tunnel mit der Brückenmaschinerie.

Die Kabeltrommeln vom Vortag lagen noch an Ort und Stelle. Aber sie waren leer.

Augustin fluchte wütend und trat gegen die Trommeln.

»Tja«, sagte Harry. »Jetzt wissen wir wenigstens, wie der Sprengstoff auf die Insel gekommen ist.«

Katharina und Harry waren in Harrys Büro zurückgekehrt. Eigentlich wollten sie eine Liste mit Verdächtigen zusammenstellen, aber die war bisher sehr kurz. »Schauspieler. Tankstellenbesitzer. Arzt. Unternehmensberater. PR-Fachfrau ... Irgendwie klingt das alles nicht nach Sprengstoff-Experten«, sagte Harry missmutig. »Und außerdem war von denen noch keiner vorher auf der Insel, um sich umzuschauen.«

Harry hatte recht. Wer auch immer die Brücke gesprengt hatte, musste sich verhältnismäßig gut auskennen.

»Dem Freiherrn würde ich es zutrauen«, ergänzte Harry. »Aber so doof, dass er sich beinahe selbst mit in die Luft sprengt, ist er nicht.«

In diesem Augenblick sprang die Tür auf und Stefan Döring kam hereinmarschiert: »Irgendwelche Fortschritte?«, fragte er zackig.

»Nein. Aber die Brücke wurde gesprengt. Jetzt suchen wir nach Verdächtigen.«

»Schon fündig geworden?«

»Nicht so richtig. Wir suchen jemanden, der sich mit Sprengstoff auskennt und außerdem schon mal hier war.«

Katharina hob die Hand: »Moment. Die Bronskis müssen doch mal hier gewesen sein, oder? Die waren immerhin Architekten der Brücke.«

»Ach, das sind *die* Bronskis. Dachte mir doch, dass ich den Namen schon mal gehört habe. Nee, die waren nie hier. Den ganzen Bau hat dieser Büttel von denen gemacht. Schreiber oder so ähnlich.«

»Schröder?«

»Schröder. Genau. Dirk Schröder.«

»Waren Sie denn damals schon hier?«, fragte Katharina überrascht.

»Ja. Von Anfang an. Sollte den Bau überwachen, Personal rekrutieren und so weiter. Seit fünf Jahren sitze ich hier fest.«

»Fünf Jahre?«

»Ja, in Afrika geht alles nicht so schnell.«

»Und dieser Dirk Schröder? Wie war der?«, fragte Katharina. Der Name war jetzt schon öfter gefallen.

»Guter Bauleiter. Hat hier alles perfekt im Griff gehabt. Wurde aber ständig am Telefon zusammengestaucht. Von diesem Bronski. Der hat ihm wohl die Schuld gegeben, dass das Architekturbüro nicht auch den Rest von Golden Rock bauen durfte. Aber da hatte er gar nichts mit zu tun. Verordnung aus Deutschland. Wir haben hier ein paar Entwicklungshilfe-Mittel verbaut. Und die mussten an Einheimische gehen. Nur die Brücke, das konnte oder wollte keiner. Also durfte die ausnahmsweise von einem deutschen Büro entworfen werden. – Wer steht denn noch auf der Liste?«

»Na ja, mit den Bronskis sollten wir noch mal reden. Aber sonst?«, erklärte Katharina.

»Was ist denn mit unserem indischen Ehrengast?«, fragte Harry plötzlich.

»Der Kumar? Ja, das passt. Der schreckt vor nichts zurück. – Können wir den jetzt verhören?« Dörings Augen leuchteten begeistert.

Harry blickte auf seinen Notizblock: »Na ja, mehr Verdächtige haben wir nicht. Oder kennst du noch einen Sprengstoff-Experten hier auf der Insel, Stefan?«

Döring zuckte mit den Achseln: »Ja. Mich. Ich war bei doch den Pionieren. Da lernt man so was.«

»Und? Haben Sie die Brücke gesprengt?«, fragte Katharina sachlich.

»Nein. Natürlich nicht. Hat aber lang genug gedauert, bis Sie gefragt haben.«

»Warum das denn?«

»Ich will hier Ordnung haben. Und ein Bombenleger ... Deswegen machen Sie alles, was nötig ist.«

»Zu Befehl!« Katharina konnte es sich nicht verkneifen. Döring nickte befriedigt und wollte gehen.

»Ach, noch eines ...«, fragte Katharina in Dörings Rücken. Er drehte sich wieder um: »Ja?«

»Mir ist aufgefallen, dass Sie sehr schnell mit einem Plan bei der Hand waren. Und erstaunlich ruhig. Viel ruhiger, als bei dem Computerproblem.«

Döring lachte trocken auf. »Computer sind ein Buch mit sieben Siegeln für mich. Aber so eine Situation ... Das ist wie bei den Pionieren. Klarer Befehl: Urlaubsresort bis zum letzten Mann halten. Das kann ich.«

»Und natürlich können Sie mächtig Punkte sammeln. Wenn Sie diese unverschuldete Krise gut hinter sich bringen und dafür sorgen, dass alle heil nach Hause kommen.« Verhör für Fortgeschrittene I. Konfrontation mit den Beweisen.

Döring sah sie verdutzt an: »Stimmt. So habe ich das noch gar nicht betrachtet.«

Das klang geradezu erschreckend ehrlich.

»Und, na ja, alle heil nach Hause bringen ...«, fuhr er fort, »wir haben schon zwei Tote. Deshalb wäre ich dankbar, wenn Sie dafür sorgen könnten, dass es nicht noch mehr werden.«

Die Bronskis saßen auf der Veranda ihres Bungalows und schwiegen sich an. Frau Bronski las in einem dicken Kunstkatalog, Bronski kritzelte achtlos auf einem Skizzenblock. Er blickte auf, als Katharina und Harry die Veranda betraten.

»Was wollen Sie denn hier?«, raunzte er mürrisch.

Harry schaltete auf gutmütiger Schutzmann von nebenan: »Wir wollten mit Ihnen noch einmal in Ruhe über die Brücke sprechen. Sie sind doch von Bronski und Partner?«

»Ja. Und?«

»Nun, es ist doch schon ein ziemlicher Zufall, dass die Brücke –?«

»Das ist doch kein Zufall. Das ist Absicht«, fiel Bronski ihm ins Wort.

»Aha, Absicht«, sagte Katharina streng.

Bronski musterte sie kalt: »Was wollen Sie denn damit sagen?«

»Nun, immerhin sind Sie hier und –«

»Und das ist genau der falsche Ort! Es ist zum Kotzen.«

»Warum das?«, fragte Harry betont höflich.

»Weil solche Schadensfälle in unseren Verträgen mit den Kunden ganz genau geregelt sind. Wir müssen innerhalb von zehn

Tagen ein Wiederaufbau-Angebot vorlegen, sonst müssen wir die Pläne übergeben.«

»Und?«

»Sehen Sie hier irgendwo unsere Bauingenieure rumspringen? Wir können unser Team nicht mal alarmieren. Also wird sich die Betreibergesellschaft unsere Pläne unter den Nagel reißen und sich an den Nächstbesten wenden. Der es möglichst billig macht.«

»Wissen Sie auch, wer das sein könnte?«, fragte Katharina.

»Na klar«, kam Gabriele Bronskis Stimme hinter dem Kunstkatalog hervor. »Dirk! Das ist seine Rache.«

»Dirk? Dirk-Marjan?«

Gabriele Bronski ließ den Katalog sinken. »Mr. Hotshot? Nee, der nicht.«

«Aber haben Sie nicht vorhin –?«

»Hab' ich auch erst geglaubt«, unterbrach Bronski sie. »Aber Gabi hat recht.«

»Ich heiße Gabriele«, korrigierte ihn seine Frau. »Und nein, nicht der Jakutzki.«

»Warum nicht?«

»Erstens ist der auch hier. Sitzt also im gleichen Boot.«

»Und zweitens?«

»Man kann sagen über ihn, was man will. Aber das hat er nicht nötig. Dem rennen die Leute die Bude ein. Der kann sich seine Aufträge aussuchen. Macht nur, wozu er Lust hat.«

»Haben Sie ihm nicht einen Auftrag abgejagt?«

»Ja, das hat er irgendwie krummgenommen«, erklärte Bronski. »Weiß auch nicht, was der ausgerechnet an einer Autobahnbrücke im Vorharz findet.«

»Er baut halt gerne Brücken«, warf Katharina ein. »Und er hat wirklich einen so guten Ruf?«

Gabriele Bronski zuckte mit den Schultern: »Ist uns auch ein Rätsel. Aber vielleicht macht er es richtig: Einfach so tun, als bräuchte er die Arbeit nicht. Muss ziemlich viel Geld im Rücken haben: Büro in Frankfurter Westend und so. Aber keine Schulden. Vielleicht hat er reich geerbt.«

»Welchen Dirk meinten Sie denn dann?«, fragte Harry.

Gabriele Bronski antwortete: »Na, den Schröder natürlich.«

»Stimmt das, dass er der Bauleiter der Brücke war?«, fragte Katharina.

Bronski nickte knapp: »Ja.«

»Und er hat die Brücke auch entworfen?«

Gabriele Bronski antwortete schnippisch: »Ein blindes Huhn findet auch mal ein Korn. – Aber ohne den Namen Bronski wäre das Ding nie gebaut worden.«

»Und Sie glauben ...?«

»Ja. Klar. Wer sonst? So kommt er an die Pläne. Und er kann uns eine lange Nase drehen. Der sitzt bestimmt schon auf Mafia Island und plant.«

»Glaube ich nicht«, widersprach Bronski seiner Frau. »Wenn er das war, muss er zu Geld gekommen sein. Diese Reisen, so eine Sprengung – das kostet. Und angeblich war er pleite, als wir ihn rausgeworfen haben.«

»Und woher hat er dann ...?«, setzte Katharina an.

»Was weiß ich?«, murrte Bronski. »Vielleicht hat er im Lotto gewonnen.«

»Oder er hat doch Erfolg gehabt«, sagte seine Frau. »Ich habe dich ja immer gewarnt, ihn nicht zu unterschätzen. Stille Wasser sind tief. Und ich kenne ihn.«

»Woher?«, fragte Harry.

»Oh, er ist mein ... Ex. Ja, doch. So kann man das sagen. Über ihn habe ich quasi meinen Mann kennengelernt.« Dann fügte sie viel zu rasch hinzu. »Aber das mit dem Dirk war da lange vorbei.«

»Ach, das sind alte Geschichten«, widersprach Bronski. »Und den Dirk ... na ja, ich würde den nicht überschätzen. Außer, er hat einen Partner gefunden, der ihn antreibt. Er war begabt, aber ein echter Lahmarsch.«

»Und? Was denkst du?«, fragte Harry. Er und Katharina hatten sich an den Aufstieg zu Chittaswarup Kumars Bungalow gemacht, nachdem sie die Bronskis verlassen hatten.

»Irgendwie glaube ich nicht, dass die das waren. Ihre Geschichte klingt einleuchtend. Und die scheinen ziemlich sauer zu sein, dass sie hier festsitzen.«

»Sehe ich auch so«, brummte Harry. »Und dieser Schröder?«

Katharina wiegte den Kopf hin und her: »Möglich. Wir werden ja sehen, wer die Brücke baut. Wenn das nicht ein Trupp Pioniere macht. Ich muss aber sagen, das wäre ein cleverer Plan, um die Konkurrenz auszuschalten.«

Harry seufzte: »Tja, aber wir werden es nie erfahren. Oder zu spät. Solange wir nicht aufs Festland können. Hoffen wir nur, dass es dabei bleibt und dass wir nicht noch weitere unliebsame Überraschungen erleben.«

Katharina war vor einem großen Zaun stehen geblieben.

»Das Affengehege«, erklärte Harry überflüssigerweise. In einiger Entfernung saßen ein paar Paviane auf dem Boden. Ein größeres Tier erspähte sie, kam zum Zaun gerannt und baute sich zähnefletschend vor ihnen auf. Katharina und Harry wichen unwillkürlich ein Stück zurück.

»Keine Sorge«, erklärte Harry. »Oben auf dem Zaun ist ein elektrischer Draht. Da kommt er nicht rüber.«

»Vorgestern Abend ...«

»Ich weiß. Meine Leute haben ihn betäubt und zurückgebracht. Ein Draht war gerissen. Der ist jetzt aber wieder repariert.«

»Dennoch, wenn der Freiherr nicht gewesen wäre ...«

»Ja, ja, der Freiherr. Aus welchen Gründen auch immer lieben ihn die Affen und gehorchen ihm aufs Wort.«

Chittaswarup Kumars großer Bungalow lag hoch oben in den Felsen, fernab von der übrigen Hotelanlage. Der Inder saß auf der Veranda und las in einem Buch. Er sah auf, als sie kamen und winkte seinen Leibwächtern: »Lasst sie durch«, befahl er in akzentfreiem Deutsch. »Die wollen wissen, ob ich die Brücke gesprengt habe. – Tee?«, fragte er unvermittelt, wartete die Antwort gar nicht erst ab und klatschte in die Hände. Ein zierliches Mädchen erschien in der Eingangstür, und er bestellte Tee für sie alle.

»Nehmen Sie doch Platz!«, sagte Kumar höflich. »Und fragen Sie.«

»Woher wissen Sie denn, was mit der Brücke passiert ist?«, fragte Harry.

»Hab' ich recht? Gesprengt? Dachte ich es doch. Die Brücke sollte ja angeblich einsturzsicher sein.«

»Und? Haben Sie die Brücke gesprengt?«, fragte Katharina.

»Nein. Sehe ich aus wie ein Bombenleger?«

»Und Ihre beiden Leibwächter?«

»Ken? Zach?«, wandte er sich an seine Beschützer. »Habt ihr die Brücke gesprengt?«

Die beiden schüttelten gleichzeitig mit dem Kopf.

»Sehen Sie?«, fuhr Kumar fort. »Von uns war es keiner. Wäre auch ziemlich dumm. Die Brücke war das Einzige, was hier was wert ist.«

»Warum?«

»Einzelbungalows? Platz für maximal hundertfünfzig Gäste? Das ist echte Verschwendung. Wenn ich die Insel habe, lasse ich stattdessen ein paar mehrstöckige Gebäude mit kleinen Zimmern errichten. Die Gäste sind ja ohnehin immer draußen. Die Felsenlandschaft da in der Mitte kommt weg. Da baue ich eine große Bar. Aber die Brücke? Die war einmalig.«

Harry lehnte sich vor: »Na, aber so ein Skandal ...«

»Wenn ich einen Skandal wollte, würde ich dafür sorgen, dass sich jemand in den Schmugglerhöhlen verläuft. Oder ertrinkt.«

»So wie dieser Mandeibel gestern?«, fragte Katharina.

»Was? Wer?«

»Einer von den beiden Männern, die Sie von Ihrem Tisch vertrieben haben.«

»Ach, ist davon einer ertrunken?« Der dicke Inder konnte seine Schadenfreude nicht ganz verbergen.

»Ja. In seiner Toilette. Wussten Sie das nicht?«

»Nein. Woher denn?«

»Und Ihre Männer haben da natürlich nicht nachgeholfen?«

»Ken? Zach? Habt ihr jemanden in seiner Toilette ertränkt?«

Wieder vereintes Kopfschütteln.

»Sehen Sie?«, fuhr Kumar fort. »Ich habe so etwas nicht nötig, egal, was Sie gehört haben.«

Und damit nahm er sein Buch wieder auf. Er betrachtete das Gespräch wohl als beendet. Was sollten Harry und Katharina ihn auch sonst noch fragen? Sie würden abprallen wie an einer Gummiwand.

Als sie den Zaun zum Gehege schon fast wieder erreicht hatten, hörten sie plötzlich das Lachen des dicken Inders laut zwischen den Felsen hallen: »In der Toilette ertrunken! Wie dumm muss man dazu sein!«

Sunset Special

Augustin hatte sich mit dem Abendessen alle Mühe gegeben, aber niemandem hatte es so richtig schmecken wollen. Die meisten Teller waren halb leer abgetragen worden.

Die Gäste blieben an ihren Tischen sitzen, noch nicht willens, ins Bett zu gehen, aber letztlich nicht zu viel mehr fähig, als schweigend auszuharren oder leise zu tuscheln. Auch an Katharinas Tisch herrschte eisige Stille. Sandra Herbst hatte darauf bestanden, dass Katharina sich zu ihr und Andreas Amendt setzte. Jetzt schwiegen sie sich alle drei an und vermieden jeden Blickkontakt.

Augustin trat auf das Podest. Als er sprach, war seine Stimme die des geübten Sängers, warm und voll: »Es ist immer traurig, einen Menschen zu verlieren«, begann er. »Doch wir auf Mafia Island haben einen Brauch. Wenn ein Mensch von uns geht, dann feiern wir ein Fest für das Leben. Wir singen, wir tanzen, wir erzählen Geschichten, bis die Sonne wieder aufgeht. Und wenn jemand etwas beitragen möchte ...«

Katharina verschluckte sich beinahe an ihrem Mineralwasser: Augustin hatte soeben den ohnehin geplanten JeKaMi-Abend eingeläutet.

Die Angestellten brachten Instrumente: Trommeln, traditionelle Saiteninstrumente und sogar eine elektrische Gitarre mit einem kleinen Verstärker. Sie spielten und sangen ein getragenes, trauriges, mehrstimmiges Lied.

Allmählich wurde das Lied schneller, fröhlicher. Katharina hatte die deutsche Begeisterung für ethnische Musik nie so recht verstehen können, aber hier, an diesem Ort, in dieser Stimmung, entfalteten die Klänge eine beinahe hypnotische Wirkung. Ihre Füße begannen unwillkürlich, im Takt mitzuwippen.

Sie sah sich um. Kaum jemand konnte sich entziehen. Die Jack-ooo übertrieb und versuchte, ihr Männermenü des Tages, den Franzosen, zum Tanzen zu bewegen. Er weigerte sich natürlich und wandte sich peinlich berührt ab.

Norrisch, der freundliche ältere Arzt, war völlig fasziniert. Verträumt ließ der seinen Oberkörper im Takt der Musik vor- und zurückschwingen.

Mit einem wirbelnden Trommelsolo endete das Stück. Alle klatschten. Augustin und seinen Männern war das Unmögliche gelungen: Sie hatten die Gäste einen Augenblick lang vergessen lassen, wo sie waren und was geschehen war.

»Und wenn jetzt jemand möchte?«, fragte er ins Publikum. Er und seine kleine Band schienen nicht daran zu glauben, denn sie wollten direkt mit dem nächsten Stück fortfahren. Doch aus einer Ecke rief eine Frau: »Hier! Wir!«

Die Breughers, bekannt aus Funk und Fernsehen, erhoben sich von einem Tisch, an dem sie mit der kurzhaarigen Frau mit der markanten Brille gesessen hatten. Das musste diese Darissa von Heuth sein, die die Breughers für so unermesslich wichtig hielten.

Susannah Breugher stellte umständlich einen Stuhl auf die improvisierte Bühne. Ihr Mann bot ihr die Hand, sodass sie auf den Stuhl steigen konnte. »Wir spielen die Balkon-Szene aus Romeo und Julia«, verkündete sie aus ihrer luftigen Position.

Und dann legten sie und ihr Mann los. Katharina hatte ja keine Ahnung von Theater und wusste nicht, ob das nun Kunst war oder Dilettantismus. Aber Darissa von Heuth machte ein Gesicht, als hätte sie eine Fischvergiftung. Andere im Publikum kicherten hämisch.

Als Daniel Breugher den Stuhl, der die unglückselige Rolle des Balkons innehatte, ebenfalls erklomm, um seine Julia zu küssen, knirschte und knackte es gefährlich. Doch die Breughers ignorierten diese Warnung. Das hätten sie nicht tun sollen, denn im leidenschaftlichsten Moment des Kusses gab das Sitzmöbel den Geist auf und zerbrach krachend. Das Liebespaar stürzte zu Boden.

Das Kichern schlug um in höhnisches Gelächter. Es war gemein, Katharina wusste es. Aber der Anblick war wirklich zu komisch.

Das Ehepaar Breugher ignorierte die Dürftigkeit des Applauses. Mit stolzgeschwellter Brust gingen sie zurück zu ihrem Platz, in Erwartung großen Lobes. Darissa von Heuth hatte die Zähne fest zusammengebissen und starrte auf ihr Weinglas. Endlich, und mehrfach von den Breughers gedrängt, fing sie an zu reden, offenbar wenig Freundliches. Katharina hätte gerne noch weiter zugesehen, doch plötzlich war aus dem Nichts der Freiherr neben ihrem Tisch aufgetaucht. »Frau Yamamoto? Sie tanzen nicht zufällig Tango?«

Katharina blickte überrascht auf. Doch. Sie tanzte in der Tat Tango. Thomas, ihr Partner, hatte seine tanzversessene Frau überraschen wollen und Katharina gebeten, ihn zu einem Tango-Kurs zu begleiten.

»Warum?«, fragte sie den Freiherrn, der immer noch auf seine Antwort wartete.

»Das ist immer mein Beitrag zum JeKaMi-Abend. Tango für Anfänger. Damit wenigstens etwas Kultur in den Laden kommt.«

»Na dann mal los!« Mit Schwung stand Katharina auf. Der Freiherr bot ihr den Arm und geleitete sie auf das Podest. »Tango auf afrikanisch«, erklärte ihr der Freiherr leise. »Ich habe Augustin und seinen Freunden zwar das Wichtigste eingetrichtert, aber manchmal verfallen sie dann doch in ihre Rhythmen. Also aufgepasst.«

Sie drehten sich zum Publikum. Der Freiherr fragte laut: »Wer von Ihnen kann Tango tanzen?«

Niemand meldete sich.

»Falsch«, sagte der Freiherr freundlich, aber bestimmt. »Tango ist eines der einfachsten Dinge der Welt. Ganz natürlich.«

Zweideutig, zweideutig. Und das bei Tango.

»Wer will, nehme sich einen Partner, und gemeinsam lernen wir Tango in fünf Minuten. – Na, wer möchte?«

Es waren ausgerechnet die beiden älteren Ehepaare, die als Erste aufstanden: »Gott zum Gruße«-Giesler und seine Frau sowie der »Fleischermeister aus Nordhessen« nebst seiner üppigen Gemahlin. Diese Schande konnte die Jack-ooo natürlich nicht auf sich sitzen lassen. Sie kommandierte Christian Kurt ab, der erneut alleine an einem Tisch saß: Aus gutem Grund, denn er starrte wie üblich allen Frauen, die ihm zu nahekamen, in den Ausschnitt. Gut, dann passte er ja zur Jack-ooo.

Auch Kristina schleifte Dirk-Marjan auf die improvisierte Tanzfläche. Dann erhob sich ein Paar, über das sich Katharina schon die ganze Zeit gewundert hatte: „Thorsten Urban, Doktor" sah aus wie ein Versicherungsvertreter in den besten Jahren mit einer Nebeneinkunft als Gigolo; die Frau, die ihm folgte, mochte in den Fünfzigern sein, trug zu viel Schmuck, verbrachte zu viel Zeit im Solarium, gab zu viel Geld beim Friseur aus und hatte entschieden den falschen Schönheitschirurgen. Professionelle Witwe dachte Katharina. Auf der Suche nach einem neuen Fang.

Zuletzt standen auch die Breughers auf. Aber ihnen war deutlich nicht nach Tanzen zumute. Der Mann eilte durch den Pavillon nach draußen; es sah aus, als wollte er am liebsten heulen. Seine Frau folgte ihm nicht minder entsetzt. Katharina sah, wie Darissa von Heuth erleichtert aufatmete.

»Also«, fuhr von Weillher fort, als alle Paare Platz auf der Tanzfläche gefunden hatten. »Der Paso Basico, der Grundschritt, ist ganz einfach. Folgen Sie einfach meinen Anweisungen.«

Mit Schwung nahm er Katharinas Hand und legte ihr die andere Hand auf ihren Rücken. Während er erklärte, führte er Katharina geschickt durch die acht Positionen. »Und noch mal!«, kommandierte er, immer wieder einen Blick ins Publikum werfend. Die Paare folgten artig. Bald hatten sie den Paso Basico begriffen.

»Und nun mit Musik!«

Die kleine Band begann mit einem langsamen Tango. Der Freiherr zählte: »Eins und zwei und eins und zwei …«

Er ließ die Schritte ein paar Mal laufen. Dann erklärte er, ohne innezuhalten: »Im Prinzip können Sie jetzt fast machen, was Sie wollen, solange sie immer wieder in den Grundschritt zurückfinden. Wichtig ist, dass ein Partner führt. In der Regel ist das der Mann.«

Und ohne Vorwarnung führte er Katharina mit seiner Hüfte voran in die Ocho, eine Achterbewegung aus vier Schritten. Geschickt drehte er auf seinen Fußspitzen. »Na, nicht innehalten«, befahl er über die Schulter. »Grundposition. Und Paso Basico. Eins und zwei …«

Von Weillher führte Katharina so selbstsicher durch den Tanz, dass sie ebenfalls einen kurzen Blick ins Publikum werfen konnte. Die älteren Paare tanzten brav die Schritte nach, auch Witwe und

Gigolo; die Jack-ooo hatte eindeutig die Führung über Christian Kurt übernommen.

Ohne Übergang begann der Freiherr Schritte zu improvisieren. Katharina folgte. Manchmal blockte sie auch und übernahm für einen kurzen Moment die Führung. Es fing an, richtig Spaß zu machen.

»Ich sehe, Sie haben nicht übertrieben«, sagte der Freiherr anerkennend, als sie nach einer Drehung kurz zum Stillstand gekommen waren. »Sie können Tango. – Und?«

»Und was?«

»Was haben Sie bisher herausgefunden?« Er zog sie weiter.

»Nichts, ich bin ...«

»Ja, ich weiß. Sie sind Unternehmensberaterin auf Urlaub. Mit einer Pistole in der Handtasche.« Der Freiherr wirbelte sie herum und fing sie auf, sodass sie weit nach hinten gelehnt in seinem Arm lag.

»Okay, okay. Ich bin Sicherheitsspezialistin. Aber wirklich rein zufällig hier.«

Er zog sie wieder hoch. »Zufällig oder nicht: Irgendwas müssen Sie doch herausgefunden haben.«

»Nur, dass die Brücke gesprengt wurde. Von jemandem, der weiß, wie man das macht.«

Der Freiherr führte sie wieder in den Grundschritt, sodass er ihr in die Augen sehen konnte. »Mehr nicht? Das ist wenig.«

Eine neue Ocho.

»Aber wenn ich etwas anmerken darf«, fuhr er fort. »Sonst sind die Reisegruppen sehr viel homogener. Meistens Paare Ende vierzig, Anfang fünfzig, die sich nicht einigen konnten, ob sie auf Bildungsreise oder in ein Golfresort fahren sollen.«

Katharina blockte einen seiner Schritte, als er sie wieder in seine Arme wirbeln wollte, und führte den Freiherrn zurück in den Paso Basico.

»Und?«, fragte sie.

»Es ist schon ein seltsamer Zufall, dass es ausgerechnet so ein buntes Völkchen erwischt hat.«

»Sie meinen, das ist Absicht?«

»Ich sag Ihnen mal was: Ich übernehme morgen wieder meine Rolle als naturschützendes Fotomotiv. Sie würden staunen, was die Menschen da alles erzählen.«

»Hmhm!« Katharina hasste Hobbydetektive, aber sie konnte es sich nicht leisten, wählerisch zu sein.

»Sie brauchen ja nicht auf mich zu hören. Und ansonsten können Sie sich gerne in meinem Bungalow umsehen, wenn Sie das wollen. Nach verdächtigen Spuren. Vielleicht finden Sie dabei ja auch die Flasche Neunundneunziger Château du Gauze wieder, die ich dort verbummelt habe.«

Noch bevor Katharina über die Bedeutung dieses Angebots nachdenken konnte, beschleunigte sich die Musik. Der Freiherr passte seine Schritte an; Katharina folgte und ließ sich treiben. Es fühlte sich gut an, einen Tanzpartner zu haben, der wusste, was er tat. Immer schneller und rhythmischer wurde die Musik, der Freiherr wirbelte sie im Takt herum. Als die Musik nach einem trommelnden Höhepunkt unvermittelt endete, landete sie zum letzten Mal in seinem Arm. Der Freiherr schaute auf sie herab. »Übrigens. Wir haben Publikum.« Und damit zog er sie geschickt in die Höhe und brachte sie zum Stehen. Katharina sah zur Seite. Offenbar hatte niemand mehr getanzt, alle sahen zu ihnen. Jemand begann zu klatschen. Katharina spürte, wie ihre Wangen anfingen zu glühen.

Der Freiherr hatte ihre Verlegenheit erkannt. Höflich geleitete er sie zu ihrem Platz zurück, rückte ihren Stuhl zurecht und wartete, bis sie Platz genommen hatte. Dann deutete er eine Verneigung an: »Sie gestatten, dass ich mich zurückziehe? Die letzte Nacht steckt mir noch ein wenig in den Knochen.«

Und dann war von Weillher verschwunden. Katharina hatte fast damit gerechnet, dass er sie auffordern würde, ihn zu begleiten. Aber der Freiherr war wohl ein echter Tangotänzer: Flirten nur während des Tanzens.

»Andreas«, bemühte sich Sandra Herbst kernig, die eisige Stille zu überbrücken, die wieder an ihrem Tisch herrschte. »Warum leistest du nicht auch einen Beitrag zur Abendunterhaltung?«

Der so Angesprochene schien nicht sehr begeistert. »Ach, weißt du ... Ich habe meine Gitarre nicht dabei und –«

»Schnickschnack.« Sie blickte sich um, bis sie Augustin erspähte, und winkte ihm. Er eilte an ihren Tisch. »Denkst du«, fragte sie, »dein Kollege ist bereit, seine Gitarre für ein oder zwei Stücke an Andreas abzugeben?«

»Aber sicher doch.«

Sandra Herbst gab Andreas Amendt einen Schubs. »Geh schon.« Er gehorchte widerwillig, nahm die Gitarre auf den Schoß, ließ die Finger über die Saiten gleiten, korrigierte die Stimmung. Nicht »Autumn Leaves«, betete Katharina für sich. Nicht das Lieblingsstück ihrer Schwester. Das hatte er gespielt, als sie ihn zum ersten Mal mit Gitarre erlebt hatte. Es war ihr durch Mark und Bein gegangen.

Ihre Bitten wurden erhört. Amendt schlug ein paar rhythmische Akkorde an, die anderen Musiker folgten begeistert der Improvisation. Immer wieder trat ein anderes Instrument in den Vordergrund, und immer wieder ließ Andreas Amendt die Finger für ein kleines Solo über die Saiten gleiten.

»Das Musikmachen wird ihm guttun«, sagte Sandra Herbst zu Katharina. »Er macht sich rasende Vorwürfe, weil er mit der Koniotomie nicht schnell genug war. Er hasst es, Patienten zu verlieren.«

»Ich dachte, als Arzt gewöhnt man sich dran? Oder ist das eine neue Entwicklung bei ihm?«

Sandra Herbst erwiderte kühl: »Nein, Andreas war schon immer so. Hat ihn beinahe den Job gekostet, als er sich geweigert hat, bei einem Patienten die Beatmungsmaschine abzustellen. Wenn der Patient nicht wirklich wieder aufgewacht wäre ...«

»Schon immer?«

»Richtig. Ich vergesse immer, dass Sie ihn noch nicht so lange kennen. Sie sehen Ihrer Schwester einfach zu ähnlich.« Sandra Herbst musste bemerkt haben, wie Katharina zusammenzuckte. »Verzeihung, ich wollte nicht ...«

»Nein, nein. Keine Ursache. Erzählen Sie weiter.«

»Susanne war die einzige Frau, die ihn jemals interessiert hat, wissen Sie? Die meisten haben schon gedacht, er sei schwul. – Aber Ihre Schwester hat sich immer auf die Visiten geschlichen. Obwohl sie noch kein Staatsexamen hatte. Freche Fragen gestellt. Erstaunlich oft hatte sie recht.«

Ja, das passte. Susanne hatte sich zum vierzehnten Geburtstag einen Anatomie-Atlas gewünscht. Schon damals hatte sie gewusst, dass sie Ärztin werden wollte.

»Andreas mochte sie. Und, na ja, dann auf einem Konzert in einem Jazzkeller ... da hat es plötzlich gefunkt zwischen den beiden. – Aber sicher wollen Sie das alles nicht hören.«

»Doch, doch. Was ist an diesem Tag passiert? Sie wissen schon.«

»Ehrlich gesagt ist mir das immer noch rätselhaft. Andreas und ich hatten unsere Schicht zusammen. Ein Patient hat gekrampft. Epilepsie. Die Schwester hat es nicht rechtzeitig gemerkt, da hatte der Patient sich schon die Zunge abgebissen. Wir sind zu spät gekommen. Das hat Andreas aber nicht daran gehindert, dass er ... Sie haben ja gesehen, was mit ihm passiert, wenn ein Patient stirbt.«

»Und dann?«

»Andreas war völlig fertig. Eigentlich wollte er Susanne absagen. Aber sie hat ihn am Telefon zu sich beordert. Mehr weiß ich nicht. Leider. Ich habe erst am nächsten Morgen erfahren, dass Andreas in Untersuchungshaft sitzt.«

Katharina dachte nach: »Der Tod des Patienten ... Kann das der Trigger gewesen sein?«

»Trigger? Sie kennen sich aus?«

»Ein wenig. Berufsbedingt. Also?«

»Ehrlich gesagt ... Möglich ist das schon. Aber meistens folgen Trigger einer gewissen inneren Logik. Und vom Tod eines Patienten zum mörderischen Wahnanfall: Das ist ein ziemlicher Sprung. Vor allem ohne jede Vorankündigung.«

»Die könnte ja übersehen worden sein.«

»Nein. Eigentlich nicht. Andreas war ... Sie wissen, dass seine Mutter schizophren war?«

»Ja. Sie hat seinen Vater und sich selbst umgebracht.«

»Und Andreas auch. Beinahe. – Na ja, auf jeden Fall war Andreas permanent in Panik, er könnte die Krankheit seiner Mutter geerbt haben. Manchmal war das echter Aktionismus: Gesprächstherapie bis zum Abwinken. Und regelmäßig alle kognitiven Funktionen überprüfen. Aber es war alles unauffällig. Bis zu diesem Tag. Und danach auch wieder.«

»Also ein plötzlicher Aussetzer. Ist so etwas möglich?«

»Ja, aber sehr, sehr selten.«

Katharina wollte noch etwas fragen, doch das Musikstück hatte geendet. Und Andreas Amendt griff jetzt solo in die Saiten der

Gitarre. Nein, das konnte er doch nicht tun! Er spielte tatsächlich »Autumn Leaves«.

Sie sprang auf und rannte nach draußen. An einem Felsen musste sie innehalten und sich abstützen. Kalter Schweiß stand auf ihrem Gesicht. Sie lehnte sich an den Stein, der noch warm von der Sonne des Tages war, und schloss die Augen.

Plötzlich hörte sie Schritte über den Kies auf sich zukommen. Jemand setzte sich neben sie.

Katharinas Stimme kiekste. »Das war das Lieblingslied von Susanne. Warum spielt er das immer wieder?«, fragte sie trotzig. Sie würde nicht heulen ... zu spät.

»Das hat er bestimmt nicht absichtlich gemacht. Nicht um Sie zu verletzen.« Die sanfte Stimme von Javier. Der Priester legte ihr den Arm um die Schulter, zog sie fest an sich und ließ sie weinen.

Endlich versiegten die Tränen. Katharina zog die Nase hoch und löste sich mit einem Ruck aus der Umarmung. Sie wollte niemanden sehen. Mit niemandem sprechen. Deshalb stakste sie über die Wiese auf ihren Bungalow zu. Doch Javier ließ nicht locker und folgte ihr.

Katharina drehte sich zornig zu ihm um: »Was ist denn noch?«

»Er quält sich selbst damit. Mit diesem Lied. Doktor Amendt leidet. Das ist doch offensichtlich.«

»Mir doch egal. Geschieht ihm recht.« Katharina wollte weitergehen.

»Und ich dachte, Sie beide haben das gleiche Ziel.« Javier klang zutiefst enttäuscht.

Katharina blieb stehen: »Wie meinen Sie das denn?«

»Sie wollen doch beide die Wahrheit herausfinden.«

»Schon dabei.«

»Lassen Sie Doktor Amendt helfen!«

Genervt von der ruhigen Überlegenheit des Geistlichen fauchte Katharina ihn an: »Das ist wirklich eine blöde Idee.«

»Ja, ich verstehe, dass Sie das denken. Aber so wie ich das sehe, gibt es außer Ihnen keinen Menschen, der mehr motiviert ist, die Wahrheit zu finden, als Doktor Amendt. Und er ist doch ein guter Rechtsmediziner, oder nicht? Das könnte doch ganz nützlich sein.«

»Und was soll ich Ihrer Meinung nach tun?«
»Sie haben doch die Fallakte, oder?«
Katharina nickte stumm.
»Lassen Sie ihn die Akte lesen!«
»Nein.« Katharina ging ein paar Schritte, doch die Stimme Javiers stoppte sie. Er klang tief traurig: »Dann bringen Sie ihn damit um.«
Ein kleiner böser Teufel in Katharina flüsterte, das könne ihr ja eigentlich egal sein. Problem gelöst. Doch plötzlich hörte sie wieder Susanne sprechen. Ganz laut. »Und was, wenn er es nicht war?«
»Kommen Sie«, sagte Katharina mürrisch zu dem Priester.
»Wohin?«, fragte er überrascht.
»Wohin wohl? Zu meinem Bungalow. Die Akte holen.«

Nobody Knows You,
When You Are Down And Out

»Andreas, du spinnst doch vollkommen!«

»Die Akte lässt aber keinen anderen Schluss zu!«

Katharina hatte eigentlich gehofft, aufgrund der frühen Stunde niemanden im Restaurantpavillon anzutreffen. Vielleicht höchstens Augustin oder Harry. Aber sie wurde enttäuscht. Sandra Herbst und Andreas Amendt saßen an einem Tisch, zwischen ihnen die Akte. Javier lehnte an einer Holzsäule. Zum ersten Mal sah der Priester müde und angestrengt aus.

Katharina wollte schon die Flucht ergreifen, doch Amendt hatte sie bereits entdeckt: »Frau Klein, sagen Sie Sandra bitte, dass die Akte nur einen Schluss zulässt.«

»Was soll ich ihr sagen? Welchen Schluss?«

»Was wohl? Dass das Ganze kein spontaner Wahnanfall war. Dass ich … dass irgendetwas in mir die Tat lange geplant haben muss. Die Waffe besorgt. Die Spuren verwischt.«

»Das ist doch Unsinn, Andreas! Sagen Sie es ihm!«, drängte Sandra Herbst ihrerseits.

Katharina wollte am liebsten … was eigentlich? Davonlaufen? Die Köpfe der beiden kräftig gegeneinanderschlagen? Stattdessen antwortete sie: »Nein, leider hat Doktor Amendt recht.«

Die Ärztin schüttelte energisch den Kopf: »Das muss ein Irrtum sein. Andreas! Denk doch mal nach! Wir hätten doch was bemerken müssen. Ich. Deine Therapeutin. Sonst jemand. Nichts. Und irgendjemand hätte dich sehen müssen. Beim Spurenverwischen. Beim Waffenkauf. Dein Bild war doch in der Zeitung.«

Andreas Amendt schwieg. Sandra Herbst fuhr ärgerlich fort: »Andreas! Die Hypnose. Die Medikamente. Die Elektrostimulation. Irgendetwas hätte wenigstens einzelne Erinnerungen an den Tag fördern müssen.«

»Elektrostimulation?«, fragte Katharina dazwischen.

»Zeig ihr die Narben, Andreas!«, kommandierte Sandra Herbst. Doch er rührte sich nicht. Deswegen packte sie selbst seinen Kopf und schob die Haare auseinander. »Sehen Sie!«

Fünf punktförmige Narben auf der Kopfhaut. »Wir haben Elektroden direkt in das Gehirn eingeführt«, erklärte Sandra Herbst. »Die effektivste Stimulation. Und nichts. Perfekte Erinnerung an den Tod seiner Eltern. Aber zu dem Mord? Gar nichts.«

Katharina musste schlucken. »Ist so was nicht extrem gefährlich?«

»Natürlich, was denken Sie denn? Gehirnoperationen sind immer gefährlich«, fauchte Sandra Herbst wütend. »Aber Andreas hat darauf bestanden, dass wir es probieren.«

»Ich musste mich doch erinnern. Wissen, was passiert ist«, sagte Andreas Amendt mit kindlichem Trotz. Und plötzlich sah Katharina sah ein Bild vor sich: Der junge Andreas Amendt kauerte zwischen den Leichen seiner Eltern, im Pyjama, seinen Lieblingsteddy an sich gedrückt. Katharina kniff die Augen zusammen, um das Bild zu verdrängen. Doch sie beschwor nur ein Neues herauf: einen Operationssaal. Aus Amendts kahlrasiertem Schädel ragten Elektroden. Niemand würde sich solch einer Folter unterziehen, wenn er nicht absolut verzweifelt war.

Sie hatte von Wahnsinnstaten im Rausch gehört, aus dem Moment heraus, an die sich Täter nicht erinnern konnten. Oder von Paranoikern, die ihre Taten lange im Voraus planten. Aber beides gleichzeitig?

Javier war an den Tisch getreten: »Wenn ich etwas sagen darf?« Er wartete die Antwort nicht ab. »Ich möchte zu bedenken geben, dass –«

Der Rest seiner Worte ging in einem lauten, knatternden Dröhnen unter.

Die Gäste waren auf der Wiese vor dem Restaurantpavillon zusammengelaufen; selbst Anton, das Warzenschwein, kam mit geschäftigen Trippelschrittchen herbei. Sie alle starrten nach oben.

Über ihnen schwebte ein Militär-Hubschrauber mit deutscher Flagge auf dem Rumpf. An einem Seil wurde ein Leinenbeutel herabgelassen. Katharina fing den Beutel auf und griff hinein. Ein

Funkgerät. Sie sah nach oben. Der Pilot tippte auf die Seite seines Helms. Katharina verstand und schaltete das Funkgerät ein.

»Omega 14 an Golden Rock. Ist alles in Ordnung bei Ihnen? Bitte kommen«, knarzte es aus dem Lautsprecher des Funkgeräts, das Katharina dicht an ihr Ohr gepresst hatte. Ihr Daumen suchte die Sendetaste.

»Golden Rock an Omega 14.« Tja, was sollte sie sagen? Besser nicht die ganze Wahrheit; sie wollte schließlich keinen diplomatischen Zwischenfall auslösen. »Wir sind sicher. Aber wir brauchen Hilfe. Können die Insel nicht verlassen. Kommen.«

»Omega 14 an Golden Rock. Schon gesehen beim Anflug. Kann ein Boot anlanden? Kommen.«

Was hatte Harry gesagt? Die Gewässer um die Insel waren unpassierbar?

»Golden Rock an Omega 14. Negativ. Riffs und Strömungen. Kommen.«

»Kruzitürken. Omega 14 an Golden Rock. Landen können wir hier auch nicht. Sind Sie die Verantwortliche? Kommen.«

»Nein. Das ist der Club-Direktor. Stefan Döring. Der ist wohl noch in seinem Büro. Kommen.«

»Omega 14 an Golden Rock. Wir haben nicht viel Zeit. Unsere Überfluggenehmigung gilt nur für eine Stunde. Wir lassen Ihnen ein Satellitentelefon herab. Brauchen Sie medizinische Hilfe? Kommen.«

»Momentan nicht. Wir haben drei Ärzte unter den Gästen. Kommen.«

»Ihr Glückspilze. Achtung, das Telefon kommt. Over and out.«

Das Funkgerät verstummte. Katharina schaltete es ab. Wer wusste, wie lange der Akku hielt und wann sie es noch brauchen würden. Aus dem Hubschrauber wurde langsam eine größere Holzkiste herabgelassen. Katharina und Javier führten sie vorsichtig zu Boden. Katharina hakte das Seil aus und streckte einen Daumen nach oben. Der Mann an der Seilwinde wiederholte ihre Geste. Und während das Seil noch eingezogen wurde, nahm der Hubschrauber schon wieder Kurs auf das offene Meer.

Sie hatten die Kiste in Stefan Dörings Büro gebracht und ausgepackt. Augustin war auf das Dach der Rezeption geklettert, um die kleine

Parabolantenne anzubringen. Endlich signalisierte das Satellitentelefon, dass es Empfang hatte. Stefan Döring hob den Hörer vom Gerät und wählte die Nummer, die auf einem Zettel stand, der in der Kiste gelegen hatte; gleichzeitig gebot er Katharina, Harry und Augustin, die neugierig darauf gewesen waren, ob das Telefon auch funktionierte, mit einer Geste seiner Hand, zu gehen und ihn machen zu lassen. Der General hatte die Kontrolle über die Front übernommen.

»Sind alle da?«, fragte Stefan Döring von seinem Podest aus. Er hatte alle Gäste und Angestellten zu einem frühen Mittagessen in den Restaurantpavillon holen lassen.

»Die Superstars fehlen noch«, kam es trocken von Darissa von Heuth. »Diese Breughers.«

Der Club-Direktor hob ratlos die Schultern: »Na ja, vielleicht kann sie jemand nachher auf den neuesten Stand bringen. Also, die Brachnitz, ein Zerstörer der Bundeswehr, geht in den internationalen Gewässern vor Tansania vor Anker und versorgt uns aus der Luft. Wenn also jemand etwas braucht, Medikamente oder so, bitte an der Rezeption melden. Außerdem hat die Bundesregierung angeboten, Pioniere der Bundeswehr eine neue Brücke bauen zu lassen. Zurzeit wird alles für diesen Einsatz in die Wege geleitet.«

»Warum werden wir nicht einfach ausgeflogen?«, fragte Charlie Buchmann. »Mit dem Hubschrauber?«

»Hubschrauber können auf Golden Rock nicht landen«, antwortete Stefan Döring. »Also bitte ich Sie, Geduld zu üben, bis die Brücke wieder aufgebaut ist. Wir werden Ihnen jedoch den Aufenthalt so angenehm und spannend wie möglich gestalten.«

»Aber nicht wieder JeKaMi«, rief jemand.

Stefan Döring antwortete begeistert: »Nein, morgen Vormittag steht etwas ganz Besonderes auf dem Programm. Unser Bogenschieß-Wettbewerb mit traditionellen afrikanischen Bögen. Nehmen Sie teil und lernen Sie gleichzeitig etwas über die afrikanische Jagd.«

»Und wen jagen wir?«, fragte dieser Jean-Luc Mei-äär. Einige lachten. Doch Katharina hatte einen Knoten im Magen. Ungeübten Menschen tödliche Waffen in die Hand zu drücken, war eine Einladung zum Disaster.

»Natürlich niemanden«, fuhr Döring fort. »Wir schießen auf Strohscheiben. Ansonsten: Unsere Speisekammer ist gut gefüllt, unsere Küche für Sie da. Und natürlich auch die Bar.«

»Das ist-e doch mal eine Wort.« Katharina wurde das Gefühl nicht los, dass Jean-Luc seinen Akzent bewusst zelebrierte.

Nach dem Essen ging Katharina nachdenklich zu ihrem Bungalow zurück. Ihre Gedanken rasten. Sie war in der Frage, wer die Brücke gesprengt hatte, keinen Schritt vorangekommen. Und dann dieses seltsame – ja, was war es eigentlich? Geständnis? – von Andreas Amendt.

Eilige Schritte auf dem Kiesweg neben ihr rissen sie aus ihren Grübeleien. Andreas Amendt kam neben ihr zum Stehen.

»Können wir noch mal unter vier Augen sprechen? Ohne Sandra und ohne Aufpasser?«

Katharinas Körper spannte sich automatisch an. Amendt trat einen Schritt zurück und streckte die Arme vor. »Sie können mir dazu gerne Handschellen anlegen, wenn Sie das wollen.«

Okay, durchatmen. »Nein, das wird wohl nicht … Also?«

»Sie glauben das Gleiche wie ich, oder? Dass ich die Tat geplant haben muss?«

»Ja. Aber Frau Herbst …«

»Ach, Sandra ist überoptimistisch. Und sie übersieht etwas, was die Erinnerungen angeht. Eine Möglichkeit gibt es. Sie ist sehr selten, aber …«

»Nämlich?«

»Wissen Sie, was eine dissoziative Persönlichkeitsstörung ist?« Als er Katharinas Ratlosigkeit sah, erklärte er: »Früher nannte man das multiple Persönlichkeit.«

»Sie meinen, mehrere Menschen in einem Körper? Die nichts voneinander wissen? – Ich dachte, das gäbe es gar nicht.«

»Zumindest sehr viel seltener, als man eine ganze Weile geglaubt hat. Aber es gibt dokumentierte Fälle.«

»Und Sie denken …?«

»Vielleicht. Ich muss Ihnen das kurz erklären. Diese, nennen wir sie Persönlichkeitsspaltungen, die entstehen durch ein schweres Trauma in der Kindheit. Und meine Mutter …«

»Ich dachte, Sie erinnern sich an die ...«, Katharina zögerte, »an die Tat Ihrer Mutter«, sagte sie schließlich fest.

»Ja. Aber davon spreche ich auch nicht. Ich habe meine Mutter als immer präsent und äußerst liebevoll in Erinnerung. Fast schon überbehütend. Bis sie meinen Vater getötet hat. Und sich selbst.« Es fiel ihm schwer weiterzusprechen: »Das ... das kann aber nicht sein. Meine Mutter war wenigstens zweimal in der Psychiatrie, als ich ein Kleinkind war. In der geschlossenen Abteilung.«

»Sie meinen, sie hat schon mal versucht, Sie zu töten? Oder sich selbst?«

»Ja. So etwas in der Art. Aber ich habe daran keine Erinnerungen. Kann sein, dass sich damals – Sie wissen schon – etwas in mir abgespalten hat. Die andere Persönlichkeit.«

»Und Sie meinen, diese andere Persönlichkeit –«

»Ist der Mörder, ja.«

»Aber die Elektrostimulation ...«

»Ist auch nicht zuverlässig. Vielleicht haben wir an der falschen Stelle des Gehirns gesucht.«

»Und Sie meinen, diese Persönlichkeit ist plötzlich aufgewacht?«

»Nicht plötzlich. Nein. Vermutlich war sie schon die ganze Zeit präsent. Nur weil ich nichts von ihr weiß, heißt das nicht, das es umgedreht genauso ist.«

»Was wollen Sie denn damit sagen?«

»Wissen Sie noch, was Sie gedacht haben, als Sie mich hier auf der Insel das erste Mal gesehen haben?«

»Dass Sie ein professioneller Killer ... also nein, das glaube ich wirklich nicht mehr. Das ist an den Haaren herbeigezogen.«

»Vielleicht. Aber nehmen Sie mich mal aus der Rechnung. Wenn Sie nur die Tat betrachten, was haben Sie da gedacht? Ich meine, wenn Sie jetzt völlig unbeteiligte Kommissarin wären: Was würden sie als Erstes vermuten?«

Endlich verstand Katharina: »Ein geplanter Mord. Wie ein professioneller Hit.«

»Richtig. Danach sieht die Tat aus.«

»Sie meinen doch nicht etwa, dass jemand ihr anderes Ich beauftragt hat?«

»Nein. Ich meine ... nun, die verwischten Spuren. Die präzisen Schüsse. Nicht zuletzt der arglose Sündenbock am Tatort ...«

Katharina durchlief es gleichzeitig heiß und kalt. Das hatte sie bisher völlig übersehen. Amendt musste bemerkt haben, dass sie begriffen hatte, worauf er hinauswollte, doch er sprach es selbst aus: »Das war eindeutig nicht mein erster Mord. Und vielleicht nicht mein Letzter.«

Um Katharinas Brust legte sich ein eisernes Band.

»Sobald wir wieder in Frankfurt sind, müssen wir nach diesen anderen Morden suchen«, fuhr Andreas Amendt fort. »Vielleicht finden wir dort die richtigen Spuren.«

»Wir können auch noch mal das Haus meiner Eltern unter die Lupe nehmen. Eventuell finden wir dort auch noch Hinweise.« Katharinas Nacken kribbelte vom Jagdinstinkt. Doch dann zögerte sie: »Was ist, wenn uns Ihr anderes Ich einen Strich durch die Rechnung macht? Uns entdeckt? Und ...« Sie wollte es nicht aussprechen.

Doch Andreas Amendt hatte sie auch so verstanden: »In diesem Fall schießen Sie mir bitte eine Kugel in den Kopf. – Versprechen Sie mir das?«

»Ich kann doch nicht –«

»*Versprechen Sie mir das?*« Amendt hatte sie grob an den Schultern gepackt und schüttelte sie.

Katharina antwortete kraftlos: »Ich verspreche es Ihnen.«

Er ließ sie los. »Danke.«

Katharina blickte in seine undurchdringlichen, grauen Augen: »Warum tun Sie das? Sie haben doch nichts zu gewinnen.«

Andreas Amendt sah sie verständnislos an, als hätte sie etwas überaus Dummes gesagt: »Doch, das habe ich. Die Wahrheit. Und die Möglichkeit zu verhindern, dass es wieder geschieht. Das bin ich Susanne schuldig.«

Katharina hatte den ganzen Nachmittag versucht, Ordnung in das Chaos ihrer Gedanken zu bringen. Es war ihr nicht gelungen. Sie hatte sich auf ihr Bett gelegt. Dann und wann war sie eingedöst, doch gleich darauf wieder aufgeschreckt; sie hatte immer wieder vor sich gesehen, wie Andreas Amendt vor ihr kniete, sie anbettelte, endlich abzudrücken. Der Schuss. Die kleine rote Wunde auf seiner Stirn. Das Verspritzen der Hirnmasse, wenn der Hinterkopf platzte.

Sie quälte sich unter die Dusche und machte sich auf den Weg zum Abendessen. Sie bekam keinen Bissen herunter. Zur Ablenkung zählte sie die Anwesenden. Zwei fehlten. Die Breughers. Immer noch? Das war jetzt wirklich nicht die Zeit, beleidigte Weltstars zu spielen. Oder ...?

Der Bungalow der Breughers war dunkel, obwohl die Sonne bereits untergegangen war. Katharina klopfte. Keine Antwort. Sie drückte die Klinke herunter. Es war nicht abgeschlossen. Vorsichtig schob sie die Tür auf. Sie wusste schon, was sie sehen würde, noch bevor sie den Lichtschalter ertastet hatte. Den Geruch nach schwerer Süße, nach Moschus und nach altem Fleisch erkannte sie sofort. »Javier? Tun Sie mir den Gefallen und holen Harry?«

Der Priester, der gemeinsam mit Andreas Amendt und Sandra Herbst darauf bestanden hatte, sie zu begleiten, eilte davon. Katharina tastete behutsam nach dem Lichtschalter. Mit der Spitze ihres kleinen Fingers betätigte sie ihn.

Das weiche Licht der indirekten Beleuchtung half nicht, den Anblick zu beschönigen: Die Breughers lagen auf dem Bett. Nackt. Tot. Ihre Körper fingen bereits an, sich zu verfärben, ihre Bäuche waren aufgequollen. In der schwülen Hitze, die den ganzen Tag über geherrscht hatte, dauerte es nicht lange, bis der Verwesungsprozess einsetzte. Das helle Licht hatte einige große Fliegen aufgescheucht, die jetzt brummend durchs Zimmer schwirrten.

Katharina betrachtete die beiden Toten. Die Szene war ... ruhig. Beinahe friedlich. Sie lagen dort eng umschlungen, als wären sie nach sehr befriedigendem Sex Arm in Arm eingeschlafen. Ihre Gesichter waren entspannt, ihre Augen geschlossen.

Andreas Amendt beugte sich über die Toten, hob behutsam die Augenlider, zog vorsichtig ihre Lippen auseinander, roch daran. Plötzlich richtete er sich auf und sah in den kleinen Kamin, der zur Ausstattung der Bungalows gehörte. Er wischte über den Boden der Feuerstelle.

»Was ist?«, fragte Katharina.

»Meine erste Idee war Kohlenmonoxid-Vergiftung. Sie haben den Kamin angemacht, sich geliebt, sind eingeschlafen und finito. Aber der Kamin ist unbenutzt. Und eigentlich ist diese Architektur zu gut durchlüftet.«

Katharina beugte sich über die Leichen: »Sie haben auch nicht die typischen kirschroten Verfärbungen an den Lippen.«

»Die hätten durch die schnelle Verwesung schon wieder verschwunden sein können. Aber ... Schauen Sie mal!«

Er deutete auf den kleinen Schreibtisch, der in einem Erker verborgen war. Auf dem Tisch standen eine kleine, leere Sektflasche, zwei Sektgläser sowie zwei größere Gläser mit einem milchigen Bodensatz. Andreas Amendt nahm eines auf und roch daran. Dann stellte er es wieder ab und begann damit, das Zimmer schnell und systematisch zu durchsuchen. Er sah in den Papierkorb, blickte ins Bad, öffnete und schloss die Schränke. Schließlich zog er die Schublade am Schreibtisch auf: »Ah da! Wusste ich es doch.«

Er deutete auf die Tablettenpackungen und leeren Blisterriegel, die in der Schublade lagen: »Chloroquin, ein Malaria-Mittel. Diazepam, ein starkes Beruhigungsmittel. Und das da ...«, er nahm ein kleines braunes Fläschchen in die Hand, »Paspertin. Ein Mittel gegen Erbrechen.«

Malariamittel, Schlafmittel und ein Mittel gegen Erbrechen. »Suizid?«, fragte Katharina.

»Geradezu klassisch. Wie von den Websites von Sterbehilfe-Organisationen.«

Katharina betrachtete wieder die beiden Toten. Selbstmord? Immerhin hatten sie den JeKaMi-Abend, auf dem sie sich so unsterblich blamiert hatten, ziemlich aufgelöst verlassen. Aber ...

»Die Medikamente? Die scheinen das im Voraus geplant zu haben, oder?«

»Nein. Nicht unbedingt«, erklärte Sandra Herbst, die bisher abwartend an der Tür gestanden hatte. »Malariamittel und Paspertin gehören eigentlich in jede Reiseapotheke für Afrika.«

»Und das Beruhigungsmittel?«

Andreas Amendt zuckte mit den Schultern: »Es gibt Ärzte, die verschreiben solche Pillen wie Bonbons.«

Katharina ging nachdenklich um das Bett herum. Etwas fehlte. Ein Abschiedsbrief. Vielleicht in der Nachttischschublade? Doch darin lag nur der große Umschlag, den die Breughers bei der Ankunft erhalten hatten. Katharina nahm ihn und zog vorsichtig den Inhalt heraus. Ein Prospekt von Golden Rock, eine kleine Broschüre zu Mafia Island und ein von einem Heftstreifen zusammengehaltenes Manuskript. »Reif für die Insel, Pilotfolge« stand auf der Titelseite. Katharina blätterte mit dem Daumen die Seiten durch. Zwischen ihnen streckte ein Brief, den sie öffnete und überflog: Die 1219 Romans Filmproduktion GmbH gratulierte Daniel Breugher zu seiner neuen Hauptrolle in »Reif für die Insel« und wünschte ihm viel Vergnügen bei der Location-Recherche.

Offenbar war er doch erfolgreicher, als sein Talent vermuten ließ. Beruflich motiviert war der Selbstmord sicher nicht. Oder doch? Vielleicht der Erfolgsdruck der neuen Rolle? Fernsehserien kamen und gingen. Aber Panik, noch bevor die Dreharbeiten begonnen hatten?

»Doktor Amendt? Sehen Sie irgendeinen Hinweis auf Fremdeinwirkung?«

»Ehrlich gesagt nicht. Das wäre bei dieser Methode auch sehr schwierig. Das Paspertin mag ihnen ja noch heimlich verabreicht worden sein. Aber der eigentliche Giftcocktail, der ist ziemlich bitter.«

»Sie könnten gezwungen worden sein, den Cocktail zu trinken.«

»Möglich. Aber es gibt keine Hinweise. Abwehrverletzungen, Fesselungsspuren oder so was.«

»Und wenn sie irgendwie willenlos gemacht worden sind? K.O.-Tropfen oder so?«

»Denkbar. Ja. Ist mir aber noch nicht untergekommen. Wenn ein Selbstmord vorgetäuscht wird, dann durch Erhängen. Oder mit einem schnell wirkenden Gift. Ein Sprung von einem Hochhaus oder von einer Klippe, was hier auf der Insel viel naheliegender wäre. – Nein, für mich sieht es eher aus, als hätten die Breughers ihr Stück zu Ende gespielt.«

»Zu Ende gespielt? Wie meinen Sie das?«

»Romeo und Julia. So endet das Stück: Beide eng umschlungen und tot.«

Er fasste die Leiche von Susannah Breugher an den Schultern, drehte sie auf den Rücken und besah ihre Brust. »Okay, hier sind sie vom Skript abgewichen. Kein Stich in die Brust. Julia ersticht sich nämlich.«

Harry und Javier warteten vor dem Bungalow auf sie. Der Priester ging umstandslos nach drinnen. Dort hörten sie ihn beten, ruhig und mit klarer Stimme. Er musste in seinem Leben schon mehr gesehen und erlebt haben, als es sein freundliches Äußeres vermuten ließ.

»Wieder ein Unfall?«, fragte Harry.

»Nein. Sieht nach Selbstmord aus«, erklärte Andreas Amendt.

Katharina war sich nicht so sicher: »Mir fehlt das Motiv. Kein Abschiedsbrief. Keine anderen Hinweise. Der Mann hatte gerade erst eine Hauptrolle in einer Fernsehserie bekommen. – Und nur wegen der Blamage bei ihrem Auftritt …?«

»Künstler sind sensibel.«

Harry kratzte sich nachdenklich am Bart: »Ich weiß nicht. Ich hatte eher den Eindruck, dass sie ihren Auftritt sehr erfolgreich fanden, so wie die von der Bühne runter sind.«

»Danach aber nicht mehr.« Katharina erzählte, wie sie die Breughers aus dem Restaurantpavillon hatte fliehen sehen.

»Mit wem haben sie denn davor gesprochen?«, fragte Harry.

»Mit dieser kurzhaarigen Frau mit der Brille. Darissa von Heuth. Und dem kleinen Rauschgoldengel, der immer an ihrer Seite ist.«

Die Tür zu Darissa von Heuths Bungalow wurde schwungvoll geöffnet. Vor ihnen stand … der Rauschgoldengel. Die junge Frau trug nur Slip und T-Shirt, an den Füßen hatte sie Flipflops. Das T-Shirt war linksherum, offenbar hastig übergestreift. Außerdem drückten ihre aufgerichteten Brustwarzen gegen den dünnen Stoff des T-Shirts. Hatten sie ein erotisches Tête-à-tête unterbrochen?

Doch der Rauschgoldengel sagte gut gelaunt: »Ach Sie sind es. Sie sind der Ko-Direktor hier, nicht wahr?«

»Sicherheits-Verantwortlicher«, antwortete Harry. »Eigentlich wollten wir mit Frau von Heuth sprechen.«

»Darrie«, rief der Engel über die Schulter. »Das Sicherheitsbärchen der Anlage möchte dich sprechen.« Dann blickte sie wieder nach vorne und lief rot an. »Sorry. Ist so eine Macke von mir. Ich muss Menschen ständig Spitznamen geben. Natürlich nur solchen, die mir sympathisch sind.«

»Nun lass doch unsere Gäste ein«, ertönte es aus dem Inneren des Bungalows. Der Engel öffnete die Tür weiter.

»Und Sie sind noch mal?«, fragte Harry den Engel.

»Manuela Striese. Aber die meisten nennen mich Manu.«

Sie gingen an ihr vorbei in den Wohnraum des Bungalows. Katharina entging nicht, dass Manuela Striese Andreas Amendt interessiert musterte. Doch kein erotisches Tête-à-tête? Oder war sie offen nach allen Seiten?

Darissa von Heuth kam aus dem Bad. Sie trug einen Hausanzug aus schwarzer Seide. Um den Kopf hatte sie ein Handtuch geschlungen.

»Bitte entschuldigen Sie meinen Aufzug. Manu hat mir gerade geholfen, die Haare zu tönen. Was kann ich für Sie tun?«

Harry räusperte sich: »Sie haben doch gestern Abend länger mit den Breughers gesprochen.«

»Ja. Haben sich die Superstars beschwert?«

Harry antwortete mit einer Gegenfrage: »Worüber haben Sie mit den Breughers geredet?«

Darissa von Heuth zuckte mit den Schultern: »Na, die wollten wissen, wie ich sie fand. Und ich hab' ihnen die Wahrheit gesagt. Dass beide so ziemlich das Untalentierteste sind, was ich jemals gesehen habe. Dass sie auf einer Bühne nix verloren haben.«

»Bühne?«, fragte Harry.

»Na, seit wir hier sind, belagern mich die beiden. Wollten mich unbedingt davon überzeugen, dass ich sie engagiere für eine meiner Produktionen.«

»Sie sind –?«, hakte Harry nach. Darissa von Heuth fiel ihm ungeduldig ins Wort. »Theaterregisseurin, ja.«

»Und wie war das genau? Das Gespräch, meine ich.«

»Die haben mich schon am Vorabend belatschert. Und da hab' ich ihnen gesagt, die sollen bei diesem ... Wie war das Wort?«

»JeKaMi«, antwortete der Engel.

»Genau, bei diesem JeKaMi sollten sie was zeigen. Das Ergebnis haben sie ja gesehen. Und danach kommen die stolz zu mir an den Tisch und fragen mich ernsthaft, wie ich sie fand.«

»Die waren ziemlich von sich selbst überzuckert«, warf der Engel ein.

»Sie haben mich gefragt: ›Wie war's?‹ und ich hab' ihnen gesagt, schlecht.«

»Du hast gesagt: ›Eine grauenvolle Katastrophe. Shakespeare dreht sich im Grab um‹«, verfeinerte der Engel hilfsbereit.

»Richtig. Und dass kein Regisseur, der nur einen Funken Verstand hat, sie engagieren wird.«

»Und dann sind sie davongerannt?«, fragte Katharina.

»Nein«, antwortete der Engel für ihre Freundin. »Die haben ganz furchtbar angefangen zu prahlen. Von ihren tollen Erfolgen als Moderatoren. Von ihrer eigenen Sendung bei FEM-5. Und dass Darissa wohl keine Ahnung hat.«

FEM-5 war ein »Fernsehsender für die moderne Frau« gewesen, wie es auf den Plakaten geheißen hatte. Aber ... »Ist FEM-5 nicht pleite?«, fragte Katharina.

»Eben.« Darissa machte sich nicht einmal ansatzweise die Mühe, ihren Hohn zu verbergen.

»Und dann ...«, fuhr der Engel fort, »fing der Mann an, von seiner neuen Hauptrolle zu erzählen. Bei ›Reif für die Insel‹. Darissa hat ihn gefragt, welche Rolle. Und als er ihr das gesagt hat ...« Sie schwieg vielsagend.

»Ja? Was dann?«, fragte Harry ungeduldig.

Darissa von Heuth zuckte mit den Schultern: »Da hab' ich ihm erklärt, dass er die Rolle gar nicht bekommen haben kann. Die hat nämlich ein Schauspieler, mit dem ich jetzt gerade eigentlich hätte arbeiten sollen. Hat die ganze Produktion gesprengt. Ziemlich ärgerlich. Und dass die schon drehen, irgendwo bei Kuba.«

»Die sind erst richtig fuchtig geworden«, setzte der Engel fort. »Aber dann haben sie wohl gemerkt, dass Darissa keine Scherze macht. Und er hat angefangen zu heulen.«

»Sie sind davongelaufen«, übernahm Darissa von Heuth wieder das Wort. »Weicheier. So kommen die in der Branche nie zu etwas.«

»Und auch sonst nicht. Sie sind tot. Selbstmord, wie es aussieht«, knurrte Katharina.

Der Rauschgoldengel und Darissa von Heuth warfen sich einen Blick zu. »Ups!«, sagte der Engel hilflos.

»Ups?«, fragte Harry barsch. »Ist das alles, was Ihnen dazu einfällt?«

»Ich konnte ja nicht ahnen, dass die die Wahrheit nicht vertragen.« Darissa von Heuth hob besänftigend und halbwegs entschuldigend die Hände.

»Außerdem muss man mit Kritik umgehen können.« Der Engel hatte sich hinter Darissa von Heuth geflüchtet. »Ablehnung gehört zum Geschäft. Das kennen wir nun wirklich alle.«

»Sie sind Schauspielerin?«, fragte Katharina.

»Ja. Und eine ziemlich Gute.« Darissa von Heuth ergriff schützend die Hand des Engels.

»Dann kennen Sie sich von der Arbeit?«

Darissa von Heuth lachte auf: »Nein, das ist wirklich ein blöder Zufall, dass wir uns hier getroffen haben. Wir haben mal zusammen studiert, also ich Regie und Manu Schauspiel. Aber danach haben wir uns aus den Augen verloren. Wir sind uns erst am Flughafen wiederbegegnet.« Nach einem Moment fügte sie hinzu: »Es tut mir wirklich leid für die Breughers. Hätte ich gewusst, dass die gleich von der Klippe springen, wäre ich diplomatischer gewesen.«

»Sie sind nicht von der Klippe gesprungen. Sie haben sich vergiftet«, mischte sich Andreas Amendt ein.

Die beiden Frauen schwiegen. Katharina wollte schon gehen. Doch dann fiel ihr noch etwas ein: »Ach, sagen Sie, Frau von Heuth: Warum sind Sie hier?«

»Urlaub. Wegen der ausgefallenen Produktion. Und die Reise war Teil eines Honorars. Hab' in einer Firma einen Workshop gegeben: ›Emotionen rhetorisch vermitteln für das gehobene Management‹. Ist gerade wieder so eine Modewelle. Schauspielunterricht für Manager. Auch bekannt als ›Menschliche Kommunikation für Anfänger‹.«

Der Engel kicherte, bemerkte dann aber, dass das wohl unangebracht war, und hielt sich die Hand vor den Mund. Katharina fixierte sie: »Und Sie? Weshalb sind Sie hier?«

Der Engel wurde plötzlich rot. Darissa von Heuth klopfte ihr aufmunternd auf die Hand. »Erzähl es Ihnen ruhig, Manu. Vielleicht können die das Rätsel lösen.«

Das klang interessant. Der Engel setzte sich auf die Bettkante. »Na ja. Das war so«, fing sie stockend an. »Ich hab' mit der Post das Ticket bekommen. Ohne Kommentar. Da habe ich bei dieser Agentur angerufen. 1219 Romans. Ja, das ginge in Ordnung, haben sie gesagt. Die Reise sei wirklich für mich gebucht. Machten aber ein Geheimnis draus, von wem. Und da ich gerade ohne Engagement bin und mir keinen Urlaub leisten kann –«

»Eine Schande«, warf Darissa von Heuth entrüstet ein.

»Da bin ich halt geflogen. Und hier habe ich dann diesen Umschlag bekommen. Da waren ganz viele getrocknete Rosenblätter drin. Und ein Zettel. Darauf stand nur: ›Erkennst du mich? Ein Verehrer‹.«

»Und? Haben Sie ihn erkannt?«

»Nein, bisher nicht.«

»Ach, das ist bestimmt dieser Versicherungsvertreter-Typ. Doktor Thorsten irgendwas«, schlug Darissa von Heuth vor. Der Engel rümpfte angewidert die Nase. Die Regisseurin fuhr fort: »Oder dieser Großvatertyp mit den weißen Haaren, der immer so selig lächelt. Der hat dich bestimmt auf der Bühne gesehen und hofft auf seinen fünften Frühling.«

»Na ja, der ist wenigstens irgendwie süß.«

Süß, gut, das Wort hätte Katharina nicht gewählt. Aber es passte auf Norrisch.

Plötzlich wandte sich der Engel an Andreas Amendt: »Sie sind es wohl auch nicht, oder?«

Amendt sah so aus, als wünschte er sich eine Ritze zum Verkriechen. Er schüttelte beherzt den Kopf.

»Schade. Ich mag Männer, die Gitarre spielen können.«

Katharina versuchte die Situation richtig einzuordnen. Der Engel hier, nur im T-Shirt auf links und jetzt ... Das Mädchen musste Katharinas verwirrte Blicke bemerkt haben. Sie sah an sich herab, dann auf Darissa, dann wieder auf Katharina.

»Oh, nein, nein, das ist nicht so, wie Sie denken. Ich habe das T-Shirt nur ausgezogen wegen des Haarefärbens. Wir sind nicht ...«

Katharina wollte abwinken, doch der Engel ließ sich nicht bremsen: »Wir stehen beide nur auf Männer. Ehrlich. Richtige Männer.«
»Wenn man denn mal welche trifft«, ergänzte Darissa von Heuth. »Aber die Insel ist da enttäuschend. Außer diesem Freiherrn vielleicht. Der hat wenigstens Comment.«
Katharina ertappte sich dabei, dass sie einen Funken Eifersucht verspürte. Der Freiherr war *ihr* Tanzpartner.
»Ich glaube, wir sind hier fertig«, sagte sie zu Harry und Andreas Amendt.
Der Engel öffnete ihnen die Tür: »Gute Nacht«, verabschiedete sie sich. Dann war ihr das eindeutig zu zweideutig. »Und wir sind wirklich nicht lesbisch«, fügte sie rasch hinzu, bevor sie die Tür hinter ihnen schloss.

»Allmählich verstehe ich die Breughers«, sagte Harry, nachdem sie sich ein paar Schritte vom Darissa von Heuths Bungalow entfernt hatten: »Den einen Job durch Pleite verloren. Der zweite Job existiert überhaupt nicht. Eine Regisseurin, die ihnen das Talent abspricht ... Was ist denn?«
Katharina war zurück zur Tür des Bungalows gegangen. Sie ärgerte sich, dass ihr die Frage nicht eben schon eingefallen war. Energisch klopfte sie. Diesmal öffnete Darissa von Heuth selbst: »Ja?«
»Ich habe im Bungalow der Breughers ein Schreiben der Produktionsgesellschaft von ›Reif für die Insel‹ gefunden, das die Hauptrolle bestätigt. Und ein Drehbuch. Können Sie sich das erklären?«
Darissa von Heuth kratzte sich am Hinterkopf. »Das kann nur eine Fälschung sein. Vielleicht wollte sie jemand aus Deutschland weghaben. Werden gerade eine Menge Serien besetzt. Vielleicht sollten die nicht bei den Castings auftauchen.«
»Aber wenn die so untalentiert waren ...«
»Na ja, beide waren C-Promis und hatten ganz gute Kamera-Visagen. Da ist Talent nicht so wichtig.«
»Aber, so eine Reise, das ist doch sehr aufwendig, oder?«
Darissa von Heuth zuckte ärgerlich mit den Schultern: »Nee, so eine Hauptrolle ist viel Geld wert. Gagen, Werbung, Galaauftritte und so weiter. Da fällt das nicht ins Gewicht.«

Da war es. Ein Mordmotiv. Habgier.

»Danke.« Katharina wandte sich zum Gehen. Die Regisseurin schloss die Tür.

»Doktor Amendt?«, fragte Katharina. »Können Sie bei den Breughers eine Autopsie machen?«

»Klar. Ich werde nur nicht viel finden. Ich hab' hier kein Labor.«

»Dann nehmen Sie bitte Proben. Mit etwas Glück werden wir ja nicht unseren Lebensabend auf Golden Rock verbringen.«

How Long Will It Be

Es war fast schon zur Gewohnheit geworden: Katharina war wieder vor Sonnenaufgang erwacht und hatte sich auf den Weg zum Fitness-Raum gemacht. Doch unterwegs traf sie auf Andreas Amendt und Javier.

»Ich bin fertig mit den Autopsien«, berichtete der Arzt, während sie neben Katharina herliefen. »Und ich habe reichlich Proben genommen, auch wenn ich mir nicht viel davon verspreche. Geradezu Selbstmord aus dem Textbuch. Genau die richtige Menge des Medikamentenbreis verdaut, genau die richtige Menge noch im Verdauungstrakt. Weit und breit keine Verletzungen oder Einstiche oder so. Und auch die Analbereiche waren unbeschädigt.«

Gerichtsmediziner! So an ihre Arbeit gewöhnt, dass sie sich nicht vorstellen konnten, dass es Informationen gab, die morgens einfach zu viel waren. »Analbereiche?«, fragte Katharina trotzdem.

»In den einzigen beschriebenen Fällen, bei denen Selbstmord durch Medikamente vorgetäuscht wurde, hat der Täter die tödliche Dosis mit einem Einlauf verabreicht, nachdem er sein Opfer betäubt hat. Und das hinterlässt Spuren. Kleine Verletzungen, Rötungen.«

Sie hatten die Pool-Landschaft erreicht.

»Schwimmen Sie mit?«, fragte Andreas Amendt.

»Nein. Nicht so früh am Morgen.«

»Schade.« Der Arzt zog T-Shirt und Hose aus und hechtete ins Becken. Katharina sah ihm einen Moment zu, wie er mit kräftigen Schlägen durch das Wasser pflügte.

»Guter Schwimmer«, sagte Javier nach einer Weile. »Gestatten Sie, dass ich Ihnen Gesellschaft leiste und eines der Laufbänder benutze? Ich fühle mich ein wenig eingerostet.«

»Nur zu.« Sie gingen zusammen zur Sporthalle. Katharina schaltete das Licht an. Dann fragte sie Javier: »Was halten Sie von der ganzen Sache? Hier auf der Insel, meine ich?«

»Nun, ich bin kein Detektiv, nur ein Priester. Aber ich habe den Eindruck, dass wir nicht zufällig hier sind. Das heißt, wir vielleicht schon, aber die anderen Gäste nicht.«

»Sie wollen doch nicht sagen, dass Gott ...«
»Nein. Der Grund des Zusammentreffens ist irdischer Natur. Oder des Teufels.«
»Meinen Sie?«
»Eine gesprengte Brücke und vier Tote.«
»Unfälle und Selbstmord.«
»Ist das nicht ein bisschen viel Zufall für Ihren Geschmack?«

Javier hatte recht. Andererseits gab es nichts, was die Toten verband. Zumindest, soweit sie das sehen konnte. Und Mord war praktisch ausgeschlossen. Oder nicht?

»Und was, wenn es wirklich nichts ist als Pech?«

»Dann hoffe ich, dass es stimmt, was viele Menschen sagen«, antwortete Javier mit hochgezogenen Augenbrauen. »Dass Glück und Pech sich auf der Welt immer die Waage halten. Vielleicht hat ja jemand einen gigantischen Jackpot im Lotto gewonnen.«

Nach dem Frühstück waren Wolken aufgezogen und ließen die Temperaturen erträglich werden. Deshalb hatten sich alle Gäste zum großen Bogenschieß-Wettbewerb eingefunden.

Augustin war wieder einmal in seinem Element. Laut den »Jäger aus Kurpfalz« singend, war er ihnen voran zur Wiese vor dem Restaurantpavillon gezogen. Jetzt erklärte er den langen, geschwungenen Bogen, den er in der Hand hielt, reichlich durchsetzt mit Anekdoten darüber, wie seine Vorfahren einst durch die Steppe gezogen waren, um mit dieser Waffe Antilopen zu jagen. Und Löwen. »Jeder Mann muss seinen Löwen schießen. Sonst ist er kein Mann!«, erklärte er dieses Initiationsritual. Die Jack-ooo kicherte aufdringlich. Wie schaffte die es eigentlich, immer so frisch und munter auszusehen bei ihren Nächten? Katharina war am Vorabend an ihrem Bungalow vorbeigekommen; die Geräusche des Liebesspiels mit dem Männermenü des Tages waren nicht zu überhören gewesen.

»Dreißig Prozent der Kraft kommen aus dem Handgelenk«, erklärte Augustin und führte vor, wie sie den Bogen beim Abschuss drehen mussten, um dem Pfeil zusätzlichen Schwung zu geben. »Und nun probieren, erst mal ohne Pfeil.«

Er gab an alle Interessierten Bögen aus und hieß sie, das Spannen der Sehne zu üben. Viele scheiterten bereits an dieser einfachen

Übung. Kein Wunder, dachte Katharina, denn so leicht und instabil die Bögen wirkten: Man brauchte wirklich Kraft und Geschicklichkeit, um sie zu spannen. Andreas Amendt setzte dreimal an, dreimal glitt ihm die Sehne aus der Hand. Endlich gab er es auf und setzte sich an den Rand auf die Wiese.

Die Jack-ooo, die kichernd daran scheiterte, die Sehne auch nur einen halben Arm lang zu sich heranzuziehen, setzte sich neben ihn, bereits wieder auf der Pirsch. Katharina verkniff sich ein Schmunzeln, als sie Amendts gequältes Gesicht sah. Aber da sollte er jetzt mal alleine rauskommen. Sie selbst war zu sehr damit beschäftigt, diesen Bogen in den Griff zu bekommen. Das Spannen klappte – auch Augustin nickte anerkennend, vermutlich hatte er ihr die Kraft dafür nicht zugetraut –, doch das Loslassen der Sehne riss ihr fast den Bogen aus der Hand. Augustin zeigte ihr, wie sie einen besseren Halt fand und wie sie den Bogen ausbalancieren musste. Dann setzte er seine Runde fort.

Endlich war er zufrieden: »Gut, dann machen wir mal Ernst. Erste Runde: Jeder hat einen Pfeil. Wem es gelingt die Scheibe zu treffen, der kommt eine Runde weiter.«

Katharina war als letzte an der Reihe: Vor ihr hatten es überhaupt nur fünf Gäste geschafft, die Scheibe zu treffen: Dirk-Marjan, Jean-Luc, der sich gleich über die »Grande Nation der Jagd« ausließ, Darissa von Heuth, die eine gute Amazone abgab, dann der Herr Studienrat, der sich während Augustins Vortrag eifrig Notizen gemacht hatte – vermutlich würde er beim Abendessen seinen Tischgenossen einen Vortrag über die Jagd in Afrika halten –, und zuletzt Albert Norrisch, der weißhaarige Arzt, der sich freute wie ein Kind, als sein Pfeil gerade eben noch in den Rand der Scheibe einschlug.

Katharina nahm den Pfeil und spannte den Bogen. Was würde ihr Kendo-Trainer Hiroshi jetzt sagen? »Stell dir vor, wie du den Gegner triffst. Und dann überlege, wie du dorthin kommst.«

Katharina atmete langsam aus. Sie stellte sich vor, wie der Pfeil von der Zielscheibe zurück auf ihren Bogen flog. Sie fixierte ihr Ziel. Dann ließ sie die Finger, die die Sehne hielten, locker und schnappte gleichzeitig mit dem Handgelenk ihrer Bogenhand, wie es Augustin ihr gezeigt hatte. Der Pfeil flog und schlug am Rand des innersten der konzentrischen Kreise auf der Scheibe ein. Katharina ließ zufrieden den Bogen sinken.

»Sehr gut.« Augustin klatschte in die Hände. »So! Dann kommen wir zum Finale. Drei Pfeile für jeden. Fünf, vier, drei, zwei oder einen Punkt, je nach Ring.«

Albert Norrisch machte den Anfang. Nur einer seiner Pfeile traf wenigstens den Rand der Scheibe. Dennoch freute er sich erneut riesig.

Darissa von Heuth verschoss ihren ersten Pfeil, der Zweite traf den innersten Kreis. Der Dritte schlug ganz außen ein. »Sechs Punkte«, verkündete Augustin. Darissa von Heuth war nicht zufrieden und setzte sich mürrisch neben den Rauschgoldengel auf den Boden.

Der Herr Studienrat traf immerhin dreimal die Scheibe, allerdings nicht die Mitte, sondern den zweitinnersten Ring. Zwölf Punkte. Er wirkte sehr befriedigt. Katharina wurde den Verdacht nicht los, dass er gerade im Geiste die Pfeile in den Hintern eines besonders aufsässigen Schülers geschossen hatte.

Jean-Luc traf mit dem ersten Schuss genau die Mitte, um dann in seinem Überschwang die beiden restlichen Pfeile zu verschießen. »Fünf Punkte.«

Jetzt war die Reihe wieder an Katharina. Einatmen, Sehne spannen, ausatmen, Pfeilflug vorstellen und loslassen. Der erste Pfeil landete in zweitinnersten Ring. Etwas zu hoch. Beim nächsten Pfeil korrigierte sie nach und traf den innersten Ring. Sie spannte den Bogen für den dritten Pfeil, Loslassen, Handgelenksschnapper – und wieder in die Mitte. »Vierzehn Punkte.«

Es blieb nur noch Dirk-Marjan. Würde er sie schlagen können? Er ließ sich Zeit und zielte sorgfältig. Katharina fiel seine Fußstellung auf: Sehr stabil, er schoss sicher nicht zum ersten Mal mit einem Bogen. Sein Pfeil landete genau in der Mitte. Der zweite Pfeil ebenso. Und der dritte Pfeil? Dirk-Marjan zielte wieder lange. Und zack! In die Mitte der Scheibe. Fünfzehn Punkte.

»Mein Robin Hood«, freute sich Kristina und wollte ihn umarmen. Doch die Jack-ooo war schneller. »Für den Sieger!« Mit diesem Satz warf sie sich Dirk-Marjan an den Hals und küsste ihn.

Kristinas Blick wurde eisig. Sollte die Jack-ooo als Nächste auf seltsame Art sterben: Lange würden sie nicht nach einer Verdächtigen suchen müssen. Der völlig überrumpelte Dirk-Marjan schob die Küsserin mit so viel Kraft, wie es die Höflichkeit eben noch erlaubte, von sich. Doch die Raubkatze ließ ihre Beute nicht los: »Kennen wir uns nicht? Ich bin sicher, dich schon mal geküsst zu haben.«

»Ich ... ich glaube nicht.« Dirk-Marjan war rot im Gesicht vor Scham; rasch suchte er hinter Kristina Zuflucht, bevor die Jack-ooo auf einer erneuten Geschmacksprobe bestand.

»Meine Güte, ist die notgeil«, flüsterte Katharina für sich. Doch Andreas Amendt hatte sie gehört und schüttelte nachdenklich den Kopf: »Nein, das hat nur bedingt was mit Sex zu tun. Einsamkeit. Sehnsucht nach Aufmerksamkeit. Und ein gerütteltes Maß Selbstzerstörung.«

»Wie meinen Sie das?«

»Haben Sie nicht bemerkt, wie dünn sie ist? Und dass sie immer lange Ärmel trägt?«

»Drogen?«

»Nein. Ich tippe eher darauf, dass sie hin und wieder mit Rasierklingen spielt.«

Das Abendessen begann mit schlechten Nachrichten. Stefan Döring sah sehr zerknittert aus, als er das Podest betrat. Er bat um Ruhe, dann erklärte er: »Es gibt zurzeit ein paar Schwierigkeiten mit der Brücke.«

Mit einer energischen Geste unterband er das Gemurmel, das aufkam. Dann fuhr er fort: »Technisch gesehen ist das ein Auslandseinsatz der Bundeswehr. Und der muss erst durch den Bundestag. Mit Zweidrittelmehrheit.«

»Verdammte Bürokratie«, schimpfte jemand. »Die könnten uns wenigstens ausfliegen. Uns hochhieven mit Helikoptern. Geht doch anderswo auch.«

Stefan Döring holte Luft: »Dafür hat die tansanische Luftfahrtbehörde die Genehmigung verweigert. Angeblich zu hohes Risiko. Außerdem hat die Regierung von Tansania als Gegenleistung für die Genehmigung des Brückenbaus eine Beschleunigung des Entschuldungsprogramms gefordert.«

Ein empörtes Raunen ging durch den Raum. Jean-Luc sprang auf: »Verdammte Kaff-ärn«, schimpfte er los. »Die nehm-än uns doch als Geiseln. Korrupte Nigger. Nur damit ihr König Popo noch fett-är wird. – Ja, isch meine auch disch!« Er zeigte auf Augustin. Das hätte er nicht tun sollen. Augustin packte ihn, hob ihn mit Leichtigkeit hoch und zog ihn ganz dicht zu sich heran: »Sag das noch mal.«

Jean-Luc wollte sich losreißen: »Verdammte Kaff-ärn.«

Harry ging dazwischen: »Jetzt hört aber auf.«

Widerwillig ließ Augustin den Franzosen los. Der wollte nun seinerseits auf Augustin losgehen, doch Harry trat erneut dazwischen. »Bitte setzen Sie sich.«

»Ich will, dass der da gefeuert wird.«

»Und ich will, dass Sie mit Ihren Pöbeleien aufhören. Das bringt momentan gar nichts.« Schritt für Schritt drängte Harry Jean-Luc zurück zu seinem Platz.

»Außerdem hat die Regierung von Tansania recht«, ließ sich plötzlich der Versicherungs-Gigolo laut vernehmen. Alle schauten zu ihm hin.

Er stand auf und begann zu referieren; sein grauer Schnauzbart bebte vor Begeisterung: »Tansania ist eines der ärmsten Länder der Erde und hat dennoch ein Wirtschaftswachstum von sieben Prozent pro Jahr erwirtschaftet. Und das trotz der viel zu hohen Verschuldung. Ohne Schulden ... dann lohnt es sich erst richtig, hier zu investieren. Da haben wir alle was von. – Deshalb empfehle ich dringend, in afrikanische Unternehmen zu investieren. Das rentiert sich. Auch ideal als Altersvorsorge. Wer gerne einen individuellen Plan haben möchte, melde sich bitte bei mir.«

Er setzte sich wieder. »Eine genutzte Opportunity ist eine gute Opportunity«, erläuterte er seiner Tisch-Nachbarin.

Geld! Natürlich! Das war immer ein Motiv. Katharina rückte mit ihrem Stuhl an den Tisch der beiden.

»Entschuldigung, aber könnten Sie das genauer erklären?«

»Gerne. Es ist so ...«, er drehte sich zu Katharina um, begeistert davon, ein Publikum gefunden zu haben, »viele afrikanische Länder hängen seit Langem am Tropf der Banken, allen voran die Weltbank. Und damit sie zumindest ihre Zinsen zahlen können, schrauben die Länder die Steuern hoch. Das zieht alles Geld ab.«

»Klar. Hohe Steuern sind nicht gut fürs Wachstum.«

»Nur wenn das Geld wieder investiert wird. Geht aber fast völlig für die Zinsen drauf. Keine Infrastruktur, keine Schulen und so weiter. Nicht gut für Investoren.«

»Und ohne Schulden?«

»Alle gewinnen. Das Geld fließt zurück in die hiesige Wirtschaft. Der Staat kann investieren. Und die Wirtschaft wächst. – Nur die Banken haben das Nachsehen, aber das haben die in ein paar Jahren abgeschrieben.«

»Die wehren sich aber?«

»Klar. Dann müsste ja speziell die Weltbank zugeben, dass ihre Politik Quark ist. Die Entschuldung wird aber kommen. Wenn nicht heute, dann in zwei Jahren. Besser jetzt als später.«

»Sie kennen sich aber gut damit aus.«

»Ich bin Investment- und Unternehmensberater. Und als die Reise hier anstand, dachte ich, es kann nicht schaden, wenn ich mich ein wenig schlaumache.«

»Und kann die zusammengestürzte Brücke denn helfen? Ich meine, die nutzen uns ja praktisch als Geiseln.«

»Geiseln, das würde ich nicht sagen.« Er nippte genießerisch am Wein. »Fünf-Sterne-Resort mit Eins-A-Verpflegung. Geiselhaft sieht anders aus.«

»Und denken Sie, die Bundesregierung wird einlenken?«

»Klar. Alles, um unsere Bürger nach Hause zu holen. So sammeln die gleich innenpolitisch ein paar Punkte. Und niemand beschwert sich, dass wir wieder Geld zum Fenster rauswerfen. Sie werden die Banken ein bisschen entschädigen müssen. Ist aber ein Nullsummenspiel. Speziell, wo bald wieder Wahlen anstehen.«

»Danke. Das war sehr lehrreich.«

»Ach, und falls Sie Geld investieren wollen – ich kann da ... Warten Sie, meine Karte.« Er zog eine Visitenkarte aus seiner Brieftasche. Katharina nahm sie, ohne sie anzusehen.

»Darf ich Sie noch was fragen?«

»Nur zu!«

»Weshalb sind *Sie* hier?«

Der Versicherungs-Gigolo deutete auf einen Mann, der alleine an einem Tisch saß und missmutig an einem Stück Fleisch knab-

berte: Charlie Buchmann. »Ich soll dem da helfen, sein Unternehmen zu verkaufen. Ist aber eine zähe Sache.«
»Und wer ist der Käufer? Ist der auch hier?«
»Klar. Dieser rassistische Prolet da.« Er deutete auf Jean-Luc. »Ist zwar eigentlich geheim, also behalten Sie es bitte für sich. Aber ich sehe sowieso nicht, dass der Deal klappt.«
»Danke.«
»Gern geschehen.«
Katharina kehrte an ihren Tisch zurück. Geld. Das war immer ein Motiv. Jetzt kamen sie der Sache doch schon näher. Was war, wenn jemand genau das erzwingen wollte, was jetzt passierte?

Andreas Amendt, Javier und Sandra Herbst hatten sich entschuldigt. Sie wollten früh zu Bett. Doch Katharina hatte keine Lust, alleine zu essen. Die meisten Gäste starrten mürrisch auf das Steak vor ihnen und rammten ihr Besteck hinein, als hätte man einen Politiker für sie zubereitet. Nur einer lächelte verschmitzt vor sich hin. Alfred Norrisch, der weißhaarige Internist.
Katharina nahm ihr Weinglas und setzte sich zu ihm. Ein Kellner brachte ihr Besteck und Norrisch schenkte ihr Wein nach.
»Sie scheinen ja guter Laune zu sein?«, fragte Katharina neugierig.
»Oh ja. Sie werden es nicht glauben, aber ich habe gerade die Zeit meines Lebens.«
»Ernsthaft?«
»Ja. Wissen Sie … mein Vater war schon Internist. Mein Großvater war schon Internist. Und mein Urgroßvater –«
»… war Internist?«
»Nein. Apotheker. Wollte, dass sein Sohn was Besseres wird. Aber unsere Praxis war immer im gleichen Haus. Vererbt von Generation zu Generation. Mein Sohn ist auch schon in der Facharztausbildung.«
»Ich dachte, Sie haben eine Tochter?«
»Ja. Zwei Kinder. Eins von jeder Sorte. Wie es sich gehört. Wie es sich schon immer gehörte in meiner Familie. Studium, Heirat, die Töchter im künstlerischen Bereich, die Söhne übernehmen die Praxis und erben auch die Patienten. Tagaus, tagein das Gleiche, als einziger Höhepunkt ein neues Ultraschallgerät dann und wann. – Ich war nie so engagiert und energisch wie Ihr Freund.«

»Mein Freund?«

»Na, der gut aussehende Arzt, der sonst immer bei Ihnen am Tisch sitzt.«

»Das ist nicht mein Freund.«

»Oh, Verzeihung. Aber ich dachte ... Na ja, so kann man sich täuschen.«

Katharinas Magen verkrampfte sich, als sie daran dachte, was sie für Andreas Amendt empfunden hatte, bevor sie erfahren hatte, wer er war. Sah man ihr das noch immer an?

»Na ja, so eine Art Ex-Flamme«, erklärte sie unsicher, als sie bemerkte, dass Norrisch sie interessiert anblickte.

»Dachte ich es doch. Sie wären ein schönes Paar.«

»Wie sind Sie überhaupt darauf gekommen?«

»Übung. Ich bin seit mehr als dreißig Jahren Internist und Hausarzt. Und früher war es noch nicht so selbstverständlich, zum Seelendoktor zu gehen. Da kamen die Leute mit ihren Problemchen zu mir. – Darf ich fragen, warum Ex?«

»Lange Geschichte.«

»Verzeihung. Ich wollte nicht in Sie dringen. Berufsleiden, sozusagen.«

»Aber wieso haben Sie die Zeit Ihres Lebens?«, fragte Katharina, um das Thema zu wechseln.

Norrischs Augen glänzten vor Begeisterung: »Das wird sich für Sie albern anhören, aber ... Ich wollte einmal im Leben ein großes Abenteuer erleben. Auf Expedition gehen. Zur See fahren. Ging aber nie. Und jetzt? Ein Abenteuer frei Haus. Wie bei Jules Verne. Sie wissen doch. Die geheimnisvolle Insel?«

Schon wieder so eine Kindheitserinnerung. Susanne hatte Jules Verne verschlungen. Und sie hatte Katharina immer daraus vorgelesen.

Norrisch fuhr amüsiert fort: »Ich erwarte eigentlich, dass jeden Augenblick Kapitän Nemo aus den Schmugglerhöhlen kommt und uns alle in seinem U-Boot mitnimmt. So ein richtiges Abenteuer eben. Können Sie das verstehen?«

Katharina nickte und nahm ihr Weinglas: »Na dann: Auf Ihr Abenteuer!«

Slow Storm

Ein neuer Morgen. Ein neues Erwachen vor Tag und Tau. Doch es war kühler als am Vortag, und am Himmel waren Wolken aufgezogen, die im Schein der aufgehenden Sonne feurig glühten. Katharina war dankbar für den Temperaturwechsel. Und so absolvierte sie ihr Sportprogramm mit noch mehr Engagement als an den anderen Tagen. Dann ging sie zurück zu ihrem Bungalow, um zu duschen und sich für das Frühstück umzuziehen.

Das Rauschen wollte nicht aufhören. Hatte sie vergessen, die Dusche abzudrehen? Katharina sah nach: Dort, wo eben noch ihr Freiluftbadezimmer gewesen war, war jetzt nur noch ein dichter, undurchsichtiger Schleier aus Regen. Jetzt verstand Katharina, warum in einem Ständer neben der Tür des Bungalows ein großer Regenschirm steckte.

Sie schlüpfte in ihre Kleider und wartete ab. Doch auch nach einer halben Stunde hatte der Regen nicht mal angefangen nachzulassen. Hoffentlich war der Bungalow dicht. Sei's drum: Sie hatte Hunger und nichts zu essen. Also spannte sie den Regenschirm auf und trat auf die Veranda, aber nur, um gleich wieder umzukehren, sich die Schuhe auszuziehen, in Flipflops aus Plastik zu schlüpfen und sich die Hosenbeine hochzukrempeln. Dann watete sie durch den Regen zum Restaurantpavillon.

Der Pavillon war auf Stelzen gebaut, wie auch die Bungalows. Offenbar gab es hier solche Regenfälle öfter, denn Augustin und seine Kollegen, die Kaffee und Frühstück zu den Tischen brachten, wirkten nicht weiter besorgt. Einer von ihnen nahm Katharina den Schirm ab und gab ihr ein Handtuch.

Auch Javier und Andreas Amendt schienen vom Regen überrascht worden zu sein. Sie saßen an einem Tisch in der Nähe des Feuers und wärmten sich. Anton, das Warzenschwein, leistete ihnen Gesellschaft.

Katharina warf dem Tier ein Brötchen zu. Anton ließ sich elegant auf seine Vorderbeine nieder und machte sich genießerisch über den Leckerbissen her.

In diesem Moment drangen Rufe durch den dichten Regenvorhang: »Doctor. Doctor.«

Einer der Angestellten brach durch den Regenschleier. Er war tropfnass, doch er lief direkt auf Amendt zu, ohne sich darum zu scheren. »Doctor! Please come!«

Andreas Amendt sprang auf. Über die Schulter rief er Augustin zu: »Finden Sie Sandra!« Dann tauchte er in den Regen ein. Katharina war geistesgegenwärtig genug, sich ihren Schirm zu schnappen, bevor sie ihm nacheilte.

Die Bungalowtür stand offen. Katharina warf den Schirm auf die Veranda, ohne ihn zu schließen, streifte ihre Flipflops ab und trat ein. Amendt saß bereits auf der Bettkante neben dem Patienten.

Oh nein! Es war Norrisch. Sein Gesicht war fahl, seine Augen gelb und blutunterlaufen. Sein Haar klebte am Kopf. Er atmete flach und schnell, seine Augen flatterten.

»Doktor Norrisch, bleiben Sie bei mir! Seit wann haben Sie die Beschwerden?«, fragte Amendt drängend.

Norrisch antwortete nicht. Katharina setzte sich auf die andere Seite des Bettes und nahm seine Hand. Sie war kalt und klebrig. »Gestern Abend war er noch völlig gesund. Ich habe mich die ganze Zeit mit ihm unterhalten. Er war irgendwie merkwürdig glücklich, weil er endlich mal ein echtes Abenteuer erlebt.«

»Na, das hat er ja –« Andreas Amendt musste Katharinas giftigen Blick bemerkt haben und schluckte die Geschmacklosigkeit runter, die ihm auf der Zunge lag: »Haben Sie irgendwas bemerkt? Appetitlosigkeit? Müdigkeit oder so?«

»Nein«, antwortete Katharina. Norrisch hatte mit Begeisterung zugelangt, im Gegensatz zu den anderen Gästen.

»Verdammt. Das ist ein fulminantes Leberversagen. Aber dass das so schnell einsetzt ...«

Sandra Herbst kam durch die Tür, ihre Arzttasche umklammernd. Sie schob Andreas Amendt beiseite, beugte sich zum Patienten herab und leuchtete ihm in die Augen; Norrisch stöhnte und drehte den Kopf weg. »Leberversagen«, bestätigte sie Amendts Diagnose. »Irgendeine Idee zur Ursache?«

»Was ziemlich Schnelles. Frau ... Yamamoto meint, dass er gestern Abend noch fit war.«
»Aggressive Hepatitis. Oder Vergiftung.«
»Und jetzt?«
»Virostatikum? Entgiftung?«
»Keine Ahnung. Wenn wir Pech haben ...« Er brachte den Satz nicht zu Ende. Katharina wusste dennoch, was er meinte: Die falsche Behandlung würde Norrisch umbringen.
»Er muss in ein Krankenhaus. So schnell wie möglich«, stellte Sandra Herbst fest.
»Frau Yamamoto, könnten Sie ...?«
Doch Katharina war schon losgelaufen. Hinein in den strömenden Regen, der sie fast blind machte. Sie konnte nur hoffen, dass sie in die richtige Richtung lief.
Endlich. Die Rezeption. Stefan Döring war in seinem Büro. Gott sei Dank.
»Wir brauchen einen Hubschrauber«, stieß sie hervor. »Norrisch. Leberversagen. Kann nicht warten.«
Döring griff zum Hörer des Satellitentelefons. Er wählte, sprach zackig. Doch sein Ton wurde rasch immer mutloser. Missgelaunt legte er auf: »Die können erst kommen, wenn der Regen nachlässt.«
»Und wann ist das?«
»Wenn wir Glück haben, heute Abend.«
»Und wenn wir Pech haben?«
»Tage!«, seufzte Döring.
Katharina wollte sich am liebsten in einen Stuhl fallen lassen, doch dazu war keine Zeit. Sie stürzte wieder hinaus, in den Regen hinein. Es dauerte eine Ewigkeit, bis sie den richtigen Bungalow wiederfand.

Sandra Herbst und Andreas Amendt schauten sie erwartungsvoll an.
»Nicht vor heute Abend«, beantwortete Katharina die ungestellte Frage.
»Verdammt!« Amendt schlug wütend mit der Faust gegen die Wand. »Was machen wir jetzt?«
»Wir können seinen Kreislauf stabilisieren. Und hoffen, dass keine Komplikation eintritt«, schlug Sandra Herbst vor.

»Optimistin!«

»Was sollen wir denn sonst machen? Wir haben keine Möglichkeit zur Blutwäsche.«

»Warum eigentlich nicht?« Andreas Amendt schlug diesmal mit der Faust gegen den hölzernen Stützpfeiler in der Mitte des Raums. »Vergiftungen müssen doch häufiger vorkommen. Warum gibt es so was nicht im jedem Resort? Oder auf deinem Jeep?«

»Zu teuer.« Sandra Herbst ließ entmutigt die Schultern sinken, und setzte sich dann wieder neben Norrisch auf das Bett.

»Ich hab' mal gehört, dass man eine Leber kurzfristig durch eine Schweineleber ersetzen kann.« Katharina wusste selbst nicht, warum sie das sagte. Vielleicht, weil sie die Hoffnung noch nicht aufgeben wollte. Oder weil sie die Stille nicht ertragen konnte.

»Sie sind ein Genie.« Ehe Katharina es sich versah, hatte Amendt ihr einen Kuss auf die Lippen gedrückt. Und genauso schnell zuckte er zurück. Katharina schlug sich verdattert die Hand vor den Mund.

Eine Sekunde blickten sie sich unschlüssig in die Augen. Dann gewann Andreas Amendt die Fassung wieder. »Hier läuft doch ständig so ein Warzenschwein rum. Anton. Das brauchen wir.«

Sandra Herbst starrte ihn entsetzt an: »Andreas, das kann nicht dein Ernst sein.«

»Hast du eine bessere Idee?«

»Weißt du, was er sich dabei alles einfangen kann?«

»Spielt das eine Rolle? Egal, was er sich einfängt, es bringt ihn nicht so schnell um wie eine kaputte Leber.«

»Hast du überhaupt eine Ahnung, wie so was geht? So ein extrakorporaler Leberersatz?«

»Hab' mal einen Artikel gelesen. Kann aber nicht so schwer sein. – Kommen Sie, Frau Klein. Wir brauchen dieses Schwein. Und einen geschickten Bastler.«

»Sie wollen was?«, fragte Augustin Andreas Amendt entsetzt.

»Ich will Norrischs Leber kurzfristig überbrücken. Dazu brauche ich Anton. Und eine große Schüssel. Kochsalz. Einen Eimer. Ein paar dünne Schläuche. Und eine regelbare Pumpe.«

»Wo soll ich denn ...« Dann blitzten Augustins Augen auf: »Geht eine Aquariumspumpe? Wir wollen nämlich in der Rezeption –«

»Perfekt. – Kommen Sie. Holen Sie alles.«

Augustin sprach mit zwei Angestellten in ihrer Sprache. Erst dachten sie wohl, er sei völlig durchgedreht. Doch als Augustin strenger wurde, trollten sie sich.

»Anton ist ihr Lieblingstier«, grollte Augustin und stapfte davon. Katharina musste sich beeilen, um mit ihm Schritt zu halten.

Sie gingen zu einer kleinen Werkstatt hinter dem Gebäude. Augustin schloss die Tür auf. Drinnen begann er, alles Mögliche zusammenzuraffen und Katharina anzureichen: Werkzeug. Dünne Schläuche. Immer wieder schweifte sein Blick durch die Regale. »Ach da!«, sagte er endlich und nahm eine Pappschachtel aus einem Fach. »Die Pumpe. Jetzt haben wir alles.«

Augustin war es wohl gewohnt, blind durch den Regen zu laufen, denn er fand Norrischs Bungalow ohne Schwierigkeiten. Andreas Amendt hatte inzwischen schon eine Schüssel und einen Eimer mit Wasser gefüllt. Jetzt war er gerade dabei, sehr sorgfältig Salz abzumessen und in die Gefäße zu geben. Zusammen mit Augustin stürzte er sich auf die Pumpe. Sie begannen, den Mechanismus zu zerlegen, Schläuche zurechtzuschneiden und immer wieder auszuprobieren, ob die Konstruktion Wasser zog.

»Weißt du überhaupt, ob das Warzenschwein ein Schwein ist und nicht nur so heißt?«, warf Sandra Herbst plötzlich ein.

»Wir werden es herausfinden«, antwortete Andreas Amendt mürrisch.

Es dauerte eine Ewigkeit, bis die beiden Angestellten endlich kamen: Sie hielten einen Sack umklammert, in dem es zappelte und quiekte.

»Ins Bad«, kommandierte Andreas Amendt. Dann nahm er Handschuhe und ein Skalpell aus Sandra Herbsts Tasche. Er wollte schon Augustin und den beiden Angestellten nachgehen, als er sich noch einmal zu Katharina umdrehte: »Kommen Sie! Sie haben doch sicher eine Pistole dabei?«

»Wozu das denn?«

»Um das Tier danach so schnell wie möglich zu erlösen.«

»Danach?«

»Nachdem wir ihm die Leber rausgenommen haben, natürlich.« Er hob die Schüssel an und ging ins Bad. Katharina schluckte. Dann sah sie nach ihrer Handtasche. Sie hatte sie vor ihrem Spurt, um den Helikopter zu alarmieren, neben Norrischs Bett stehen lassen. Ihre Waffe war trocken. Gott sei Dank. Mit der Pistole in der Hand folgte sie den anderen ins Badezimmer, das in diesem Bungalow glücklicherweise überdacht war.

Die beiden Angestellten hielten das Tier bereits fest; es zappelte um sein Leben. »Fester«, befahl Andreas Amendt. Dann setzte er das Messer an. Katharina schloss die Augen. Das Schwein quiekte vor Schmerz und Todesangst.

»Frau Klein? Sie sind dran!«

Tunnelblick, befahl sie sich. Nicht auf das Blut und die offene Bauchdecke sehen. Entsichern. Anlegen. Die beiden Angestellten hielten das Schwein immer noch fest. Katharina zielte auf den Kopf des Tieres, doch der war zu unruhig. Also auf das Herz. »Achtung«, sagte sie laut. Dann drückte sie ab.

Der Schuss krachte, in ihren Ohren begann es zu pfeifen. Sie sah auf das Tier. Es zuckte noch zweimal. Dann blieb es still liegen. Katharina biss sich auf die Lippen. Das war das erste Mal, dass sie auf etwas Wehrloses geschossen hatte.

Erst als sie die Tür des Badezimmers klappen hörte, stellte sie fest, dass sie immer noch die Pistole auf Anton gerichtet hatte. Nachdenklich sah sie auf ihre Hand und die Waffe. Lauter kleine Blutspritzer. Auf ihrem Arm. Auf ihrem T-Shirt. Sie hätte an diesem Morgen kein weißes T-Shirt anziehen sollen. Gleich darauf schämte sich Katharina für diesen Gedanken.

Schnell wischte sie die Waffe mit einem Handtuch ab. Dann schrubbte sie sich die Hände wie ein manischer Chirurg.

Als sie sich endlich traute, in den Wohn- und Schlafraum zurückzugehen, hatte Andreas Amendt die Leber schon fast fertig präpariert. Sie war an mehrere Schläuche angeschlossen. Katharina sah, dass Sandra Herbst schon zwei Zugänge in Norrischs Venen gelegt hatte.

Jetzt ließ der Arzt klare Flüssigkeit durch die Leber laufen: »Kochsalzlösung«, erklärte er. »Um das Schweineblut auszuspülen. – So, dann wollen wir mal.« Er schloss einen der Schläuche an den ersten Zugang an. Dunkles, venöses Blut floss hinein. Andreas Amendt wartete, bis das Blut auch im anderen Schlauch zu sehen war. Dann atmete er auf: »Es fließt!«

Schnell schloss er auch den zweiten Schlauch an. Dann drehte er behutsam am Regler der Pumpe. Niemand sagte ein Wort. Fast eine halbe Stunde starrten sie abwechselnd auf die in der Glasschüssel schwimmende Leber und auf Norrisch.

Plötzlich schlug Sandra Herbst die Hände vor den Mund: »Es funktioniert. Schau nur.« Norrischs Atem hatte sich beruhigt, er hyperventilierte nicht mehr.

»Die Schweineleber filtert das Ammoniak aus dem Blut«, erklärte Andreas Amendt Katharina. »Deshalb kann er leichter atmen.«

Katharina hätte den Arzt am liebsten umarmt, doch der Schock des Kusses steckte ihr noch in den Knochen.

Der Regen hielt an. Und wenn er doch einmal etwas nachließ, rüttelten Sturmböen am Bungalow. Andreas Amendt, Katharina und Sandra Herbst hielten abwechselnd Wache bei ihrem Patienten.

Katharina hatte sich bereit erklärt, die Nachtschicht zu übernehmen. Sie saß auf Norrischs Bettkante und hielt seine Hand, wenn sie nicht seinen Zustand überprüfte. Sie hatte rasch begriffen, wie sie mit Blutdruckmessgerät und Stethoskop umgehen und wann sie die Geschwindigkeit der Pumpe nachjustieren musste. »Du hast recht, Andreas. Sie wäre wirklich eine gute Ärztin geworden«, hatte Sandra Herbst anerkennend gesagt.

»Er hat Sie geküsst«, sagte eine leise Stimme. Katharina schreckte auf. Erst hatte sie befürchtet, sie wäre eingeschlafen. Doch sie saß immer noch auf der Bettkante. Und Norrisch schaute sie an. Er schaute sie tatsächlich an. Er war bei Bewusstsein.

»Er hat Sie geküsst«, wiederholte Norrisch verschmitzt.

Katharina wollte ihm am liebsten um den Hals fallen. Doch stattdessen sagte sie streng: »Doktor Amendt vollbringt hier Weltklasse-Medizin. Und Sie kriegen nur den Kuss mit.«

Norrisch wollte noch antworten, doch es kam nur ein Krächzen. Was hatte Sandra Herbst ihr erklärt? Wasser in kleinen Schlucken. Sie nahm das Glas, das zu diesem Zweck auf dem Nachttisch stand, und schob Norrisch den Strohhalm in den Mund. Er saugte vorsichtig. Nach ein paar Schlucken hatte er genug. Katharina stellte das Glas zurück.

»Warum haben Sie sich getrennt?«, fragte Norrisch neugierig.
»Ach das ist eine lange Geschichte.«
»Ich hab' Zeit, oder?«
»Und sie ist nicht sehr schön.«
»Nein? Das werden wir ja sehen. Erzählen Sie.«

Katharina gehorchte und erzählte. Alles. Von ihren Eltern. Von Susanne. Vom Mord. Davon, wie sie Andreas Amendt kennengelernt hatte. Wie sie zusammen zwei Morde aufklären mussten. Wie sie ihn geküsst hatte. Und wie sie sich durch einen dummen Zufall auf Golden Rock wiederbegegnet waren. Sie erzählte von Amendts Reaktion auf die Akte. Von seiner Theorie der multiplen Persönlichkeit.

Als sie geendet hatte, drückte Norrisch ihre Hand fester: »Richten Sie Doktor Amendt etwas von mir aus? Sagen Sie ihm: Er hört Hufgetrappel und denkt an Zebras.«

»Was meinen Sie damit?«
»Er wird es wissen. Und Sie würden mir nicht glauben.«

Zufrieden lehnte sich Norrisch zurück auf sein Kissen und fragte: »Lesen Sie mir etwas vor?«

»Gerne. Was?«
»Dort. In meiner Aktentasche.«

Katharina schaute hinein. Zwei Bücher. Das erste hieß »Kombinante Zytostatika in der ambulanten Krebstherapie«. Das zweite war »Die geheimnisvolle Insel« von Jules Verne. Katharina nahm den zerlesenen Band hervor und schlug ihn auf.

Die Geschichte hatte sie selbst ganz gefangen genommen, sodass sie fast erschrak, als Norrisch sie unterbrach: »Hören Sie das?«

Sie sah auf. Vor dem Fenster war es hell. Es war wieder Tag geworden. Und das Rauschen hatte aufgehört.

»Es regnet nicht mehr.«
»Das meinte ich nicht. – Hören Sie!«

Tatsächlich! Knatterndes Dröhnen, das immer lauter wurde. Der Hubschrauber! Sie hatten es geschafft!

Kurze Zeit später betrat Andreas Amendt zusammen mit zwei Sanitätern der Bundeswehr Norrischs Bungalow. Gemeinsam machten sie den Patienten transportfertig. Währenddessen tauschten sie medizinisches Kauderwelsch aus. Als Andreas Amendt Norrischs Oberkörper anhob, stockte er kurz. Das Pyjama-Oberteil war verrutscht, und Amendt betrachtete eine Stelle auf Norrisch Rücken intensiv.

»Was ist?«, fragte Katharina.

»Später«, raunte er ihr zu. Das klang nicht gut.

Der Tragekorb hing bereits am Seil, bereit zum Hochziehen, als Norrisch Andreas Amendt und Katharina noch einmal zu sich winkte.

»Danke.« Er drückte ihre Hände. Dann drehte er mühsam den Kopf zu Katharina. »Das war ein schönes Abenteuer. Eine geheimnisvolle Insel. Zwei Liebende, die nicht zueinanderfinden können. Und jetzt sogar ein Happy End. Ach, denken Sie dran auszurichten, was ich Ihnen gesagt habe.« Dann ließ er ihre Hand los und gab den Sanitätern ein Zeichen. Der Korb schwebte in die Höhe. Kurze Zeit später nahm der Hubschrauber Kurs auf das Meer.

Andreas Amendt und Katharina blieben alleine auf der überschwemmten Wiese zurück und sahen ihm nach.

»Was sollen Sie wem ausrichten?«

»Ihnen. Eine Botschaft von Norrisch. Ich … ich habe ihm heute Nacht unsere Geschichte erzählt.«

»Warum das denn?«, fragte Andreas Amendt wenig begeistert.

»Er hat mich darum gebeten. Und als ich ihm erklärt habe, was Sie denken – multiple Persönlichkeit – hat er gesagt, Sie sollen bei Hufgetrappel nicht an Zebras denken. – Wissen Sie, was er damit meint?«

Andreas Amendt bejahte: »Das ist so ein Bild aus der Arztausbildung: Junge Ärzte denken immer an die exotischsten Diagnosen zuerst. Damit meint er wohl die Idee mit der multiplen Persönlichkeit. Das ist seiner Meinung nach das Zebra.« Dann sagte er ohne Übergang: »Norrischs Leberversagen war ein Mordversuch.«

Katharina stockte: »Ernsthaft? Wie kommen Sie darauf?«

»Sie wissen noch, wie ich eben seinen Rücken untersucht habe? Dort hatte er eine Einstichstelle«, antwortete er. »Von einer dicken Kanüle. Irgendjemand hat ihm etwas direkt in die Leber gespritzt.«

»Aber das muss Norrisch doch gemerkt haben. So einen Einstich.«

»Außer, jemand hat ihn vorher betäubt.«

Einen Moment lang sahen sie sich an. Dann rannten sie zurück zu Norrischs Bungalow.

In Norrischs Zimmer stand noch immer die seltsame Apparatur, die ihm das Leben gerettet hatte. Aufgerissene Einwegpackungen von Instrumenten und Spritzen waren überall verstreut. Und in der Badewanne lag noch der Kadaver von Anton, dem Warzenschwein.

Katharina ließ ihren Blick über die akkurat geordnete Ablage im Bad schweifen. Kamm, Zahnpasta, Zahnbürste, eine Packung Aspirin, ein Medikament zur Malariaprophylaxe, Rasierer, Rasierschaum, Rasierwasser und ein Deo. Kein Schlafmittel. Aber das wäre ja auch zu einfach gewesen. Sie ging zurück in den Wohn- und Schlafraum.

Andreas Amendt durchsuchte gerade vorsichtig den ebenfalls sauber sortierten Kleiderschrank. Katharina nahm sich die Aktentasche vor. Die Reiseunterlagen, den Brief des pharmazeutischen Unternehmens, den sie schon kannte, ein Kalender, ein Notizbuch und ein paar Stifte. Sie blätterte das Notizbuch durch. Ein paar Eintragungen zur Reise. Ein Eintrag behandelte den Flug. »Kein Kollege an Bord«, hatte Norrisch notiert. »Zumindest keiner, den ich kenne. So kann es meinetwegen bleiben. Vierzehn Tage keine Medizin. Das wäre paradiesisch.« Katharina schmunzelte. Aber Norrisch hatte recht: Es waren keine weiteren Ärzte in der Reisegruppe. Norrisch war der Einzige. Warum hatte das Pharma-Unternehmen ausgerechnet ihn auf die Insel geschickt?

Sie fragte Andreas Amendt, der erst mit den Schultern zuckte. Dann dachte er noch einmal nach: »Was ich mir vorstellen kann, ist, dass den Pharma-Fritzen seit Neuestem genauer auf die Finger geschaut wird. Und deshalb schicken sie nicht mehr alle Kandidaten gemeinsam nach Hawaii, sondern buchen die Reisen einzeln. Und dass sie nur Broschüren aushändigen, ist wenigstens konsequent. Die Vorträge hört sich sowieso keiner an.«

»Und das falsche Fachgebiet? Rhüger-Pharm stellt doch Medikamente für die Orthopädie her, oder? Das hat Doktor Norrisch mir erzählt.«

»Ach, die werden irgendwelche Adressdatenbanken gekauft haben. Vielleicht war da das falsche Fachgebiet eingetragen.«

Sie sahen sich weiter um. Auf dem kleinen Schreibtisch standen eine kleine, halb leere Flasche Sekt und ein Glas.

Sektflasche. Gläser. Natürlich. Bei den Breughers hatte ebenfalls eine Sektflasche gestanden. Katharina sah in die Minibar. Kein weiterer Sekt. Und auch auf der kleinen Inventarliste war er nicht verzeichnet.

Sie winkte Andreas Amendt zu sich und deutete auf die Sektflasche. »Die gehört nicht hierher. Kann sein, dass da das Betäubungsmittel drin ist.«

Amendt hob die Flasche gegen das Licht. »Halb voll.«

»Wir müssen unbedingt eine Probe aufheben und im Labor –«

»Es gibt eine einfachere Methode. Im Namen der Wissenschaft, hoch die Tassen!« Er setzte die Sektflasche an und trank sie aus, bevor Katharina sie ihm entreißen konnte.

»Sind Sie wahnsinnig?«

»Das wissen Sie doch. Keine Sorge, da war nicht das Lebergift drin. Alles, was so stark ist, schmeckt ziemlich eklig.«

»Aber ...«

»Finden Sie Sandra. Die kriegt mich schon wieder wach.« Er setzte sich entspannt aufs Bett.

Richtig. Sandra. Ärztliche Hilfe. »Rühren Sie sich nicht vom Fleck!«

Und wieder rannte Katharina los, über die Wiese. Ihre Schritte knatschten im Wasser, das noch nicht abgeflossen war. Sie fand Sandra Herbst und Harry in der Rezeption.

»Ich habe gehört, alles ist gut ausgegangen –«, setzte Harry an.

»Keine Zeit!«, rief Katharina. Sie nahm Sandra Herbst an der Hand und zog sie mit sich. »Andreas ... Doktor Amendt hat was ziemlich Dummes gemacht.«

Andreas Amendt lag ausgestreckt auf dem Bett in Norrischs Bungalow. Sandra Herbst beugte sich über ihn, fühlte seinen Puls, leuchtete mit einer kleinen Lampe in seine Augen. Amendt jammerte ein wenig und wollte sich umdrehen. Doch sie hielt ihn fest. Aus ihrer Tasche nahm sie ein kleines, in Stoff gehülltes Röhrchen, zerbrach es und hielt es ihm unter die Nase. Ammoniakgeruch breitete sich aus. Amendt schüttelte sich. Sandra Herbst gab ihm ein paar Klapse auf die Wangen. Dann bedeutete sie Katharina, ihr zu helfen, ihn aufzusetzen.

»Ja, da war Schlafmittel drin.« Amendts Stimme klang verwaschen. »Vermutlich Flu ... Flunk ... Flusi ... Flunitrazepam.« Er hob die Finger zum Victoryzeichen. »Guter Stoff. Ich brauche Kaffee. Ganz viel Kaffee. Literweise.«

»Was du brauchst, ist Schlaf«, sagte Sandra Herbst streng. »Kommen Sie, Frau Yamamoto. Bringen wir ihn in seinen Bungalow.«

»C-A-F-F-E-E, trink nicht zu viel Kaffee!« Sandra Herbst gab Andreas Amendt einen Stoß in die Seite. Doch er machte sich nichts daraus und sang glücklich weiter: »Nicht für Kinder ist der Türkentrank ...«

»Was ist mit ihm?«, fragte Katharina.

»Was wohl? Er ist high!«

Javier öffnete ihnen die Tür. Sofort griff er zu, um Andreas Amendt gleichfalls zu stützen. »Schwächt die Nerven, macht dich schwach und krank«, sang Amendt verwaschen-fröhlich.

Sie wuchteten ihn auf sein Bett und zogen ihm mit vereinten Kräften Schuhe und Jeans aus. Amendts Augen waren glasig. »Flunitrazepam ist ein schweres Wort«, sagte er noch, drehte sich zur Seite und war eingeschlafen. Sie deckten ihn behutsam zu und gingen in den Wohnraum.

»Was hat er denn angestellt?«, fragte Sandra Herbst.

»Wir ... wir haben angenommen, dass Norrisch betäubt worden ist. Die Droge war in einer Flasche Sekt. Doktor Amendt hat den Rest ausgetrunken. Als Test.«

Sandra Herbst schüttelte den Kopf: »Das sieht ihm ähnlich. Aber keine Sorge, Andreas ist hart im Nehmen. Lassen Sie ihn einfach schlafen.«

Javier nickte: »Ich werde ein Auge auf ihn haben.«

»Sehr gut. Und Sie, Frau Yamamoto? Sie sehen auch aus, als könnten Sie Schlaf gebrauchen.«
»Später. Erst brauche ich wirklich einen Kaffee.«

Sandra Herbst und Katharina saßen im Restaurantpavillon, vor sich große, dampfende Tassen mit Kaffee. Katharina hatte der Ärztin von dem Einstich erzählt, den Dr. Amendt auf Norrischs Rücken entdeckt hatte.

»Mich wundert, dass er das den Sanitätern verschwiegen hat«, schloss sie.

»Mich nicht«, antwortete Sandra Herbst. »Andreas denkt wie ein Arzt, nicht wie ein Polizist. Patientenwohl zuerst. Alles andere später. Wenn er auf ein Verbrechen hingewiesen hätte ... Vermutlich hätte Norrisch dann in Tansania bleiben müssen. Wegen der Untersuchung und so. Jetzt kann er nach Deutschland ausgeflogen werden. Er muss so bald wie möglich in ein Transplantationszentrum.«

»Gibt es die nicht auch in Tansania?«

»Ja. Aber ... Das Übliche. Keine Infrastruktur. Wenig Spenderorgane. – Ist dieser Norrisch eigentlich Internist?«, fragte Sandra Herbst ohne Übergang.

»Ja. Warum fragen Sie?«

»Eine Beobachtung, wenn Sie erlauben. Dieser Mandeibel war ein Bully und ertrinkt in einer Toilette. Dieses Schauspielerpärchen stirbt wie Romeo und Julia. Norrisch – na ja, die Leber fällt in sein Fachgebiet.«

»Und diese Claudia Weisz war eine Stress-Esserin. Hatte immer Hunger, wenn sie ... Ich verstehe, worauf Sie hinauswollen: Die Art und Weise, wie die Opfer sterben, hat etwas mit ihrem Charakter oder ihrem Beruf zu tun.«

»Ja. Schon seltsam, nicht?«

»Aber Mandeibel und die Weisz waren Unfälle. Und die Breughers haben Selbstmord begangen.«

»So sieht es aus, ja.«

»Zweifeln Sie daran?«

»Nein. Nicht direkt. Aber es ist schon erschreckend, wie gut das alles passt. – Wären ziemlich dämliche Zufälle. Oder Gott beweist mal wieder seinen kruden Sinn für Humor.«

Katharina knetete nachdenklich ihre Unterlippe. »Stimmt. Wenn es nur um das Töten gegangen wäre bei Norrisch: Dazu bietet die Insel genug Möglichkeiten. Der Anschlag auf die Leber war gezielt.«

»Eben. Jemand hier kennt ihn.«

»Dann sollten wir uns umhören.«

»Nicht wir. Andreas und ich.«

»Warum Sie?«, fragte Katharina leicht gekränkt.

»Weil wir eine gute Möglichkeit haben, alle Gäste zu befragen, ohne dass es auffällt: Norrischs Erkrankung. Wir untersuchen die anderen Gäste und das Personal. Zur Sicherheit, um festzustellen, ob wir irgendetwas ordern müssen. Sie würden erstaunt sein, was die Menschen Ärzten so alles erzählen.«

Das leuchtete Katharina ein: »Würden Sie das wirklich tun?«

»Natürlich. Aber morgen. Wenn Andreas wieder fit ist. Und Sie gehen jetzt mal ins Bett. Sie sehen nämlich ziemlich k.o. aus. Es läuft uns nichts und niemand weg.«

Sandra Herbst hatte recht: Katharina fielen trotz des Kaffees fast die Augen zu. Sie stand auf. Die Ärztin ebenfalls: »Ich begleite Sie. Und ich gehe wohl recht in der Annahme, dass Sie kein Schlafmittel brauchen?«

Katharina hatte tief geschlafen. Traumlos. Den ganzen Tag. Inzwischen hatte die Sonne die Insel fast wieder getrocknet. Als sie sich nach Sonnenuntergang endlich aufgerappelt hatte und sich hungrig auf den Weg zum Restaurantpavillon machte, wanderte sie durch Nebelschwaden, die aus der noch feuchten Wiese aufstiegen. Wie in einem Edgar-Wallace-Film. Wie passend.

Als Katharina den Restaurantpavillon betrat, fiel ihr auf, dass die Tische erneut umgeräumt worden waren. Der Tisch, an dem Norrisch gesessen hatte, zumeist allein, verschmitzt vor sich hin lächelnd, war verschwunden. Dort stand jetzt ein größerer Gruppentisch, an dem die beiden älteren Ehepaare saßen, zusammen mit dem Studienrat, der diesmal aber keine Vorträge hielt. Überhaupt waren die Gäste schweigsam oder tuschelten nur leise. Der Regen, die dramatische Rettungsaktion mit Helikopter: All das hatte seine Spuren hinterlassen und die Gäste hatten wohl begriffen, wie ernst ihre Lage war.

Katharina hatte sich gerade an den Tisch gesetzt, an dem auch Javier, Andreas Amendt und Sandra Herbst saßen, als Stefan Döring gut gelaunt das Podest betrat und um Ruhe bat.

»Es gibt gute Nachrichten«, verkündete er. »Morgen Nachmittag wird im Bundestag über den Einsatz abgestimmt. Die Bundesregierung hat sich mit Tansania auf einen guten Kompromiss geeinigt. Jetzt ist es nur noch eine Frage der Zeit, bis wir wieder eine Brücke haben. Und ich war selbst bei den Pionieren. Daher kann ich Ihnen versichern: Wir können das. Und zwar schnell.«

Ob dieser Nachricht brach sich plötzlich Erleichterung im Restaurantpavillon Bann: Die Gäste begannen, frenetisch zu klatschen.

Stolz kam Stefan Döring an Katharinas Tisch, doch dann wurde sein Ton plötzlich ernst: »Doktor Amendt? Der Schiffsarzt der Brachnitz bittet Sie, mit ihm zu telefonieren. Folgen Sie mir kurz in mein Büro?«

Katharina hatte wirklich Hunger gehabt. Kein Wunder, sie hatte den ganzen Tag noch nichts gegessen. Und Augustin war ein sehr guter Koch. So hatte sie vor lauter Essen zunächst gar nicht bemerkt, dass Andreas Amendt nicht an den Tisch zurückgekehrt war. Wo steckte er?

Sie fand ihn auf der Hälfte des Weges zu seinem Bungalow auf einem Felsbrocken sitzend. Er hatte geweint, doch als er sie kommen sah, wischte er sich trotzig das Gesicht ab. Katharina setzte sich neben ihn.

»Norrisch hat es nicht geschafft. Die Leber war völlig zerstört«, sagte Andreas Amendt endlich.

Katharina hatte es sich bereits gedacht, als sie Amendt dort sitzen sah. Sie musste ein paar Mal tief durchatmen, um nicht selbst zu weinen.

»Ich hasse es, Patienten zu verlieren.«
»Ich weiß, Doktor Amendt. Ich weiß.«

Flip, Flop And Fly

Vor Sonnenaufgang vom üblichen Albtraum aufwachen. Sport. Duschen. Frühstück. Nur ein Detail hatte sich in dieser Routine verändert. In Katharinas Albtraum war es nicht mehr Andreas Amendt, der schoss. Es war die gesichtslose Gestalt mit Kapuze, die sie früher immer vor sich gesehen hatte. Wollte ihr der Traum etwas sagen? Hatte sie etwas übersehen? Einen Hinweis?

Katharina saß allein im Restaurantpavillon und grübelte. Andreas Amendt und Sandra Herbst waren direkt nach dem Frühstück losgezogen, um die Gäste zu »untersuchen«. Hoffentlich fanden sie etwas heraus. Norrischs Tod sollte nicht ungesühnt bleiben. Es war so unfair, dass ausgerechnet der liebe, alte Arzt, der sich so sehr ein Abenteuer gewünscht hatte, zum Opfer eines Mordanschlags geworden war. Aber warum? Hatte jemand die Gelegenheit genutzt, um eine alte Rechnung zu begleichen? Waren die anderen Toten auch ermordet worden? Oder steckte hinter dem Ganzen ein völlig anderer Masterplan?

Katharina kam sich hilf- und nutzlos vor. Doch als Augustin zufällig an ihrem Tisch vorüberkam, hatte sie eine Idee: Sie würde noch einmal in die Schmugglerhöhlen hinabsteigen.

Diesmal nahmen sie den Weg über Poseidons Schnorchel. Javier hatte sich ihnen angeschlossen. Er wollte so Pfarrer »Gott zum Gruße«-Giesler entkommen, der ihm bei aller Liebe zur Ökumene mit seinem ständigen »Verehrter Bruder im Glauben«-Gerede mächtig auf den Geist ging.

Augustin führte sie durch die langen Tunnel, durch den unterirdischen Hafen, in die alten Lager und Sklavenkerker. Katharina konnte ihn überzeugen, sie auch in einige Gänge zu führen, die er für nicht sicher hielt. Doch nirgendwo eine Spur. Es wäre ja auch zu schön gewesen, um die Ecke eines Ganges zu biegen und plötzlich im geheimen Hauptquartier des Ober-Bösewichts zu stehen, bereit zum letzten großen Showdown.

Die Tour führte sie wieder zum Maschinenraum, der zum Unterbau der Brücke führte. Die gerissenen Enden der Stahlseile hingen schlaff aus dem großen Motor, den Augustin liebevoll-traurig tätschelte.

Sie traten durch die große Stahltür ins Freie. Katharina erinnerte sich, wie Augustin und Dirk-Marjan im Duett von der Brücke geschwärmt hatten. Jetzt waren nur noch ein paar geborstene Stützen davon übrig, die aus der Felswand und aus dem Wasser ragten.

Sie legten eine kurze Rast ein, setzten sich auf einen Felsvorsprung und tranken aus ihren Wasserflaschen. Katharina dachte nach: Augustin kannte das Land doch, er müsste ihr weiterhelfen können.

»Sag mal, Augustin, kannst du dir vorstellen, dass noch jemand anderes ein Motiv hat, die Brücke zu sprengen? Etwas Politisches vielleicht?«

Augustin schüttelte mürrisch den Kopf: »Das hat mich dieser Typ, der immer mit dieser mit Klunkern behängten Frau zusammen ist, auch schon gefragt gestern Abend. Meinte, dass Tansania uns vielleicht als Geiseln nimmt, um eine Entschuldung durchzusetzen.«

»Entschuldung?« Richtig, das hatte der Versicherungsgigolo Katharina auch schon erzählt.

»Tansania ist arm. Und wir haben viele Schulden«, fuhr Augustin fort. »Vor allem bei der Weltbank. Deshalb sind unsere Steuern hoch. Aber es bleibt nichts davon übrig. Geht alles in die Zinsen. Deswegen wurde ja beschlossen, Tansania die Schulden zu erlassen. Nur wann, das ist die Frage. Der Döring hat doch gesagt, dass Tansania es zur Bedingung gemacht hat, dass Deutschland den Prozess vorantreibt.«

»Könnte das jemand bewusst so geplant haben?«

»Das wäre ein ziemlich dummer Plan.«

»Warum?«

»Weil Tourismus für Tansania extrem wichtig ist. Wir haben keine nennenswerten Rohstoffe, die Landwirtschaft ist gerademal ausreichend, um uns selbst halbwegs zu ernähren. Das Einzige, was wir haben, sind die Häfen in Dar es Salam und Sansibar. Und natürlich Tourismus. – Und so was …«, er deutete auf die Überreste der Brücke, »das wäre echt Terrorismus. Nicht gut fürs

Geschäft. Weißt du, wie schnell man da auf irgendwelchen Warnlisten steht? Hast du ja gerade in Kenia gesehen.«

»Kenia?«

Javier mischte sich ein: »Die Wahl in Kenia. Die dann zu massiven Unruhen geführt hat.«

»Genau«, fuhr Augustin fort. »Die werden Jahre brauchen, bis der Tourismus wieder den gleichen Stand hat. Und bis dahin ...« Plötzlich grinste er breit. »Sollen die zu uns kommen. Wir sind zwar arm, aber verhältnismäßig sicher.«

»Aber es gibt doch bestimmt Gruppen, die mit der Regierung nicht einverstanden sind. Die für Unruhe sorgen wollen.«

»Die gibt es überall. – Aber ich glaub' nicht, dass die das waren.«

»Warum nicht?«

»Na ja. Für euch Touristen ist Mafia Island ein Geheimtipp. Für Tansanier ... Viele wissen nicht mal, dass es die Insel überhaupt gibt. Wir sind so was wie ... Wie sagt man auf Deutsch, wenn man aus einer Ecke kommt, wo die Menschen ahnungslos sind und so?«

»Hinterwäldler?«

»Genau. Hinterwäldler. Die würden so etwas auf Sansibar abziehen. Oder am Fuß des Kilimandscharo. Oder auf einer Lodge in der Serengeti. Das kennt wenigstens jeder.«

»Und auf Mafia Island selbst? Da gibt es doch bestimmt Neider.«

Augustin verneinte: »Seit wir Tourismus-Geheimtipp sind, geht es hier allen besser. Und wenn, dann würden die sich eine andere Lodge vornehmen. Nicht ausgerechnet Golden Rock.«

»Warum das?«

»Na ja, die Brücke war hier so etwas wie ein Weltwunder. Und diesen Dirk Schröder: Den betrachten viele auf der Insel wie einen Messias.«

»Warum das?«

»Weil er genau das Richtige gemacht hat. Hat fast nur mit Einheimischen gearbeitet. Dirk hat das mit der Entwicklungshilfe sehr ernst genommen. Außerdem ist er in alle Dörfer gefahren und hat sich zeigen lassen, wie man hier baut. Davon hat er viel für die

Brücke übernommen. Wenn jemals rauskommt, wer das mit der Brücke war, verlässt der die Insel sicher nicht lebend.«
»Das klang ebenso erschreckend wie einleuchtend. Also wieder eine falsche Fährte. Oder ... »Und die anderen Lodges?«
»Wir sind keine wirkliche Konkurrenz für die. Golden Rock bietet Platz für hundertfünfzig Gäste. Zweihundert, wenn wir noch ein paar Hauszelte aufstellen. Das ist nicht viel. Und mit Tauchen und so ... Weißt ja, die Strömungen und die Quallen. Da sind die anderen Lodges echt im Vorteil.«

Nach diesem nicht sehr erfolgreichen Ausflug hatten sich Katharina und Javier wieder in den Restaurantpavillon gesetzt. Augustin hatte ihnen Kaffee gebracht.
Javier war die ganze Zeit sehr schweigsam gewesen. Plötzlich sah er auf: »Darf ich Ihnen eine persönliche Frage stellen?«
»Nur zu.«
»Mir ist aufgefallen, dass Sie mit Doktor Amendt so eine Art Waffenstillstand geschlossen haben. Und –«
Katharina unterbrach ihn: »Er ist nun mal einer der besten Gerichtsmediziner, die ich kenne. Und momentan ...«
»Sie haben Zweifel? An seiner Schuld, meine ich?«
»Nicht direkt.« Der Priester war ohnehin eingeweiht, also berichtete sie ihm von Amendts Theorie der multiplen Persönlichkeit.
»Tja, in der Kirche nannten wir so etwas früher ›vom Dämon besessen‹«, sagte Javier nachdenklich, nachdem sie geendet hatte.
»Und?«
»Eine bequeme, einfache Erklärung für Vorgänge, die meistens sehr viel komplizierter sind.«
»Sie meinen doch nicht, dass Doktor Amendt das als Ausrede benutzt?«
»Um Gottes willen, nein. Ich bin davon überzeugt, dass er glaubt, was er sagt. Dazu leidet er zu sehr. – Ach ja, wenn Sie einen Einfluss auf ihn haben: Mir ist nicht entgangen, dass er Medikamente nimmt. Viele Medikamente.«
»Sie meinen, er ist süchtig?«
»Auf jeden Fall ist er auf dem Weg dahin. – Wenn Sie also Einfluss auf ihn haben ...« Er hielt kurz inne. »Aber, um auf das Thema

zurückzukommen: Ich bezweifele, dass das, was Doktor Amendt glaubt, die ganze Wahrheit ist. Und ich meine wahrzunehmen, dass es Ihnen genauso geht.«

Katharina musste zugeben, dass tatsächlich Zweifel an ihr nagten. »Und was wäre die Wahrheit? Ihrer Meinung nach?«

»Ich weiß es nicht. – Aber ich werde dafür beten.«

Sie tranken ihren Kaffee, ohne zu reden. Plötzlich sah Javier erneut auf: »Ach, entschuldigen Sie, dass ich wieder frage, aber ich habe meine Erfahrungen mit Felipe de Vega. Sie haben mir noch gar nicht erzählt, warum er einen Killer auf Sie angesetzt hat.«

Also gut. Katharina wollte ansetzen, Javier die Geschichte zu erzählen. Doch in diesem Augenblick kehrten Sandra Herbst und Andreas Amendt von ihrer medizinischen Expedition zurück und setzten sich schwungvoll zu ihnen an den Tisch.

»Das ist wirklich eine illustre Gesellschaft, die wir da haben«, begann Sandra Herbst ihren Bericht. »Man bekommt echt den Eindruck, die hat jemand speziell zusammengestellt, damit die sich maximal auf die Nerven gehen.«

»Und?«, fragte Katharina drängend. »Irgendetwas wegen Doktor Norrisch herausgefunden?«

»Nein. Den kennt angeblich niemand. Nur dieser Krimifan, Kristina Bergthaler, meinte, sie sei mal an seiner Praxis vorbeigelaufen. Ist aber nicht weiter verwunderlich. Die liegt in der Frankfurter Goethestraße.«

Nobel, nobel. Edelboutiquen, Designer-Läden und ein paar Arztpraxen. Ziemlich frequentiertes Pflaster in Frankfurt.

»Aber es gibt ein paar andere Verbindungen«, übernahm Andreas Amendt das Wort. »Zum Teil kennen sich die Gäste untereinander. Natürlich die Bronskis und dieser Dirk-Marjan Jakutzki. Die sind sich in herzlicher Feindschaft verbunden. Dieser Halbfranzose und der Unternehmensberater, der immer mit dem Juwelen-Weihnachtsbaum zusammensteckt, sollen diesem Charlie Buchmann seine Firma abschwatzen. Irgendwas mit IT.«

Sandra Herbst erzählte weiter: »Diese Jack-ooo, die Kompanie-Matratze, hat wiederum mal Werbung für Buchmann gemacht, in grauer Vorzeit. Ist übrigens sogar studierte Architektin.«

Noch eine, die sich mit Statik auskennt, dachte Katharina. Aber »Spreng mich, spreng mich, ich bin die Brücke«? Wohl kaum.

Sandra Herbst lehnte sich amüsiert zu Katharina vor. »Die muss sich mit ihrem Gepäck zu Tode geschleppt haben. Sie hat einen Sybian dabei.«

»Einen was?«, fragten Andreas Amendt und Javier gleichzeitig.

Katharina wollte es erklären, doch Sandra Herbst trat sie unter dem Tisch gegen das Schienbein. Daher sagte sie abwimmelnd: »So ein Frauending.«

Sandra Herbst fuhr mit ihrem Bericht fort: »Dieser Pfarrer Giesler hat unseren ersten Toten konfirmiert. Jens Mandeibel. Singt sein Loblied. Und mit diesem Mandeibel ist auch unser pöbelnder Halbfranzose in die Schule gegangen. Jean-Luc.«

Andreas Amendt übernahm wieder: »Darissa von Heuth und diese Manuela haben zusammen studiert. Darissa kennt niemanden sonst. Aber diese Manuela meint, dass sie die Jack-ooo mal bei einem Projekt an der Städelschule getroffen hat. Und sie glaubt auch, dass Claudia Weisz im gleichen Studentenwohnheim gewohnt hat wie ein Kommilitone von ihr. Muss wohl damals schon ständig gegessen haben.«

»Und zuletzt ist da noch dieser Studienrat«, schloss Sandra Herbst den Bericht ab. »Doktor Hartwig Leune. Der, der ständig Vorträge hält. Witzigerweise sind hier gleich vier seiner ehemaligen Schüler.« Sie korrigierte sich. »Waren. Die Breughers. Dann dieser Typ, der ständig alle Frauen anstarrt, Christian Kurt. Und zuletzt Sylvia Schubert. Die, die beim Essen immer liest.«

»Und der Rest?«

»Keine Verbindungen«, antwortete Andreas Amendt. »Der schüchterne Typ, den seine Frau ständig rumkommandiert, ist Rechtsanwalt. Diese Luisa Rheinsberger – die, die mehr Juwelen trägt als die britische Königin bei ihrer Krönung – ist Witwe. Und scheint auf der Suche nach einem solventen Mann zu sein. Hat sich intensiv nach der Gesundheit von diesem Urban erkundigt.«

»Und was ist mit dem älteren Paar? Die nach Metzgersfamilie aus dem Nordhessischen aussehen?«

»Die Kerbels? Er ist Tankstellenbesitzer aus Niederrad und stolz darauf. Sie ist gelernte Kantinenköchin. Sie kennen niemanden, haben sich aber mit Pfarrer Giesler und Gemahlin angefreundet. Ihm gehen die Vorträge von Doktor Leune auf den Geist. Aber sie meint, der Leune sei einsam und hätte sonst niemanden, der ihm zuhört. Da müsse man Verständnis haben.«

Katharina überlegte. Eigentlich waren das ganz schön viele Verbindungen. Und ausgerechnet Norrisch kannte niemand. Das Mordopfer. Das war seltsam. Schließlich fragte sie, um ihre Gedanken am Laufen zu halten: »Und wie ist der Gesundheitszustand?«

»Ach, die sind alle superfit, besonders angesichts der Umstände«, berichtete Sandra Herbst. »Wir haben auch niemanden dabei, der regelmäßig Medikamente braucht. Einzig dieser Bernd Ohlmann –«

»Das ist der Freund von Claudia Weisz. Die mit dem Muffin«, schob Andreas Amendt ein.

»Genau. Also der ist etwas depressiv. Verständlich. Macht sich immer noch Vorwürfe.«

»Zurecht«, knurrte Andreas Amendt. »Hätte er mich gleich schneiden lassen ...«

»Lass gut sein, Andreas. Er konnte ja wirklich nicht wissen, was du vorgehabt hast.«

»Und dann das blöde Rückenklopfen. Das hat das Ganze nur noch verschlimmert. Ich meine, der ist Lehrer. Lernen die denn keine Erste Hilfe? Den Heimlich-Griff sollte doch wirklich jeder beherrschen.«

»Andreas! Jetzt ist aber wirklich gut. Und du hättest ihm das nicht unter die Nase reiben müssen.«

Amendt schwieg verärgert. Katharina konnte ihn verstehen: Hilflos herumstehende, gaffende Passanten waren ihr schon mehr als einmal in die Quere gekommen.

Ihre Gedanken kehrten zu den Übereinstimmungen zurück: »Ich finde, das sind trotzdem ziemlich viele Verknüpfungen.«

Harry, der sich irgendwann zu ihnen gesetzt und die ganze Zeit schweigend zugehört hatte, ergriff das Wort: »Na ja, die kommen halt alle aus dem Großraum Frankfurt.«

»Jeder Mensch ist mit jedem anderen auf der Welt über maximal sieben weitere Menschen verbunden«, referierte Andreas Amendt sarkastisch. »Und in einer begrenzten Region reduziert sich das auf eine oder zwei Zwischenstationen.«

Er bemerkte, dass Katharina ihn neugierig betrachtete, und hob abwehrend die Hände: »Und dies war ein kleiner Eintrag aus Doktor Amendts Handbuch des nutzlosen Wissens.«

»Na ja«, mischte sich Harry ein. »Eine Verbindung gibt es auf alle Fälle zwischen ihnen. Sämtliche Reisen wurden über dieselbe Event-Agentur gebucht.«

»Wie hieß die noch mal?«, fragte Javier plötzlich.

»1219 Romans. Hab' ich damals gleich überprüft. War ja eine Überraschung, so viele Buchungen. Scheint aber ein reguläres Unternehmen zu sein. Laut Website vertreiben die Reisen als Belohnung, als Gewinn und so weiter. Manchmal fädeln die auch Geschäftstreffen ein.«

»So was gibt es?«, fragte Katharina.

»Offenbar. Sitzen sogar im Frankfurter Westend. Scheint also gut zu laufen, der Laden.«

Katharina sah, dass sich Javier nachdenklich am Kopf kratzte: »Sagt Ihnen die Agentur etwas?«

»Nein. Es ist eher … kennen Sie das Gefühl, wenn Sie wissen, etwas müsste Ihnen was sagen, aber Sie kommen nicht drauf? Naja, vielleicht fällt es mir wieder ein.«

Katharina ignorierte ihn. Sie war in Gedanken schon wieder völlig woanders. Diese Gästelisten. Wer wen kannte. Thomas wäre in seinem Element gewesen, dachte sie. Er hätte alles aufgeschrieben, Diagramme gezeichnet …

»Ach, Doktor Amendt? Können Sie mir einen Gefallen tun?«, fragte sie rasch.

»Natürlich.«

»Können Sie das alles mal aufschreiben? Diese ganzen Verbindungen und so? Ich muss das vor mir sehen.«

»Natürlich, kein Problem.«

Ein Hubschrauber hatte ein Satelliten-Radio gebracht, das Augustin mit der Stereoanlage im Restaurantpavillon verbunden hatte.

Alle, aber auch wirklich alle Gäste hatten sich im Restaurantpavillon eingefunden, um der Bundestagsdebatte zu lauschen. Katharina hatte gleich dreimal durchgezählt. Sicher war sicher.

Die Bundestagsabgeordneten nutzten die Gunst der Stunde für eine Generalabrechnung. Man warf sich gegenseitig vor, zu viel oder zu wenig für die Entwicklungshilfe zu tun, die Bundeswehr sei zu schlecht ausgestattet und Afrika habe man in der Vergangenheit zu viel oder zu wenig beachtet. Eine Hinterbänklerin der Alternativen lehnte den Einsatz aus Gewissensgründen ab, und wurde durch einen Zwischenrufer (»Die sollen eine Brücke bauen. Nicht einmarschieren.«) so aus der Fassung gebracht, dass sie wütend mit den Fäusten aufs Rednerpult trommelte und immer wieder rief: »Mit Brücken hat es in Polen auch angefangen! 1939!«, bis ihr der Bundestagspräsident das Wort entzog.

Ein Abgeordneter der Vereinigten Linken eiferte sich, dass wertvolle Ressourcen des Staatshaushalts verschleudert werden sollten, um ein paar Reiche von ihrem Inseldomizil zu befreien, während in Ostdeutschland die Kinderarmut immer mehr zunehme. Im Übrigen fehle es auch dort an Brücken. Und das fast zwanzig Jahre nach der Wiedervereinigung.

Der Vorsitzende der Liberalen schlug vor, man solle doch den Auftrag zum Brückenbau an die deutsche Bauwirtschaft geben, die im Übrigen viel zu viele Steuern zahle, was den Standort Deutschland unnötig gefährde.

Darauf erwiderte ein Abgeordneter der Bayrischen Konservativen, dass der Bausektor ohnehin überbläht sei und man dem Beispiel des Freistaats folgen und in Hightech investieren solle. Das wiederum empörte die Ministerin für Forschung und Bildung, die auf das ausgezeichnete Förderprogramm ihres Ministeriums hinwies. Die Familienministerin, wie stets um Versöhnung bemüht, sprach mit eindringlich bebender Stimme von den Kindern auf der Insel und in Afrika allgemein. Und man solle mit dieser Brücke ein Zeichen setzen. Auch für die Kinder. Das wiederum wurde mit dem Zwischenruf »Wie 1939! Adolf ging es auch nur um die Kinder!« quittiert.

Und dann sprach die Kanzlerin tatsächlich ein Machtwort: Die Menschen draußen im Land erwarteten, dass man handele, und zwar sofort. Den Zwischenruf »Was denn, jetzt schon?«, der auch unter den Gästen im Restaurantpavillon johlendes Gelächter auslöste, ignorierte sie und forderte den Bundestagspräsidenten auf, endlich zur Abstimmung zu schreiten: Mit fünfhundertfünfundvierzig Ja-Stimmen bei acht Enthaltungen wurde der Brückenbau genehmigt und Tansania war der Entschuldung ein gutes Stück nähergekommen.

In einer Liveschaltung nach München vergaß der bayrische Ministerpräsident nicht, darauf hinzuweisen, dass man auch in seinem schönen Land sehr gut Urlaub machen könne. Und die Kanzlerin verkündete, dies sei ein guter Tag für Deutschland. Und für Tansania natürlich auch.

Die Gäste und Angestellten jubelten. Stefan Döring ließ Sektgläser austeilen. Dann schwang er sich auf das Podest: »Liebe Gäste, liebe Angestellten –«

Ein lauter, dröhnender Gongschlag aus der Stereoanlage schnitt ihm das Wort ab. Die Gäste erstarrten. Als der Gongschlag verhallt war, sagte eine tiefe, verzerrte Stimme: »Ihr seid alle dem Tod geweiht. 1219 Romans erwischen jeden Einzelnen von euch, bevor die Brücke wieder steht.«

And Then There Were None?

»*Wissen Sie schon, was Sie jetzt machen werden?*«, *fragte der Lottobeamte – nennt man den wirklich so? – gut gelaunt.*

Ich zuckte mit den Schultern.

»*Wir raten unseren Gewinnern immer, nichts zu überstürzen. Also nicht gleich den Job zu kündigen.*«

»*Ich bin arbeitslos.*«

»*Na, dann haben Sie sich das Glück ja doppelt verdient. – Wir empfehlen, das Geld zunächst einmal auf ein Konto bei einer Großbank einzuzahlen. Und sich dann dort wegen Anlagemöglichkeiten beraten zu lassen.*«

»*Ja, das wollte ich …*«

»*Sehr gut. Und Sie sollten nicht zu verschwenderisch zu sein. – Aber einen schönen Wunsch sollten Sie sich sofort erfüllen.*«

Wunsch? Hatte ich Wünsche?

Bedroom Blues

»Ihr seid alle dem Tod geweiht. 1219 Romans erwischen jeden Einzelnen von euch, bevor die Brücke wieder steht«, wiederholte die Stimme. Und erneut erklang der dröhnende Gongschlag. Dann rauschte es nur noch aus den Lautsprechern. Niemand traute sich zu sprechen oder sich auch nur zu rühren.

Plötzlich zerschnitt das Klirren eines zerbrochenen Sektglases die Stille: der Startschuss für die lange überfällige Panik. Die Gäste schrien durcheinander. Eine Frau fing an zu weinen.

»Ruhe bitte!«, donnerte Stefan Döring in das Chaos hinein. Die Gäste gehorchten erschrocken. Döring fuhr leiser fort: »Verzeihung. Dieser Soundeffekt hätte erst nach dem Essen abgespielt werden sollen. Aber wir haben etwas ganz Besonderes für Sie geplant:« Er holte tief Luft. »Willkommen zu unserem Golden-Rock-Krimispiel. Frau Yamamoto und Herr Markert haben sich bereit erklärt, Sie alle in die Welt der kriminalistischen Rätsel mitzunehmen. Und es gibt auch etwas zu gewinnen.«

Die Gäste atmeten alle gleichzeitig vernehmlich aus. Dann sahen sie einander wenig begeistert an. Nur Kristinas Stimme war laut und deutlich zu hören: »Cool. Da will ich mitspielen.«

»Morgen früh beim Frühstück erfahren Sie alle Spieldetails«, fuhr Stefan Döring fort. »Freuen Sie sich also auf eine spannende Zeit auf Golden Rock. Und sehen Sie sich vor: Jeder von Ihnen könnte der Mörder sein.«

Kristina war die Einzige, die klatschte, als Döring von der Empore herabstieg.

»Den knöpf' ich mir vor«, knurrte Katharina und sprang auf.

Sie trat die Tür von Dörings Büro hinter sich ins Schloss, packte den Club-Direktor am Revers und stieß ihn gegen die Wand: »Sind Sie vollkommen übergeschnappt? Wir haben fünf Tote auf der Insel! Und Sie veranstalten ausgerechnet jetzt ein Krimispiel?«

Döring hob entschuldigend die Hände: »Sorry. Aber was Besseres ist mir auf die Schnelle nicht eingefallen.«

»Auf die Schnelle? Dann war das nicht ...?«

»Natürlich nicht. Die Anlage hat das einfach abgespielt. Ich weiß nicht, woher das stammt.«

Katharina ließ ihn los. »Aber Sie wissen, was das bedeutet, oder?«

»Ja«, antwortete Döring emotionslos, während er seine Krawatte ordnete. »Da hat sich jemand einen sehr schlechten Scherz erlaubt. Oder er will uns wirklich alle umbringen.« Er schaltete wieder in den Generals-Modus: »Harry, du sorgst dafür, dass deine Männer die Streifen verdoppeln. Bewaffne sie, wenn du denkst, es ist nötig. Mit diesen Betäubungspistolen, die wir für die Affen haben. Sorg dafür, dass möglichst niemand allein und unbewacht unterwegs ist. Und, ganz wichtig: Alle Bungalows müssen nachts abgeschlossen sein. Du weißt ja.« Nicht ohne Stolz schob er ein: »Wir können alle Bungalowschlösser zentral steuern.«

»Und wenn der Täter einfach die Bungalows anzündet?«, fragte Katharina.

»Wir haben überall Rauchmelder. Und von innen lassen sich die Türen immer öffnen, wenn die Bungalows belegt sind«, erklärte Harry.

»Und Sie«, befahl Döring Katharina. »Sie führen dieses Krimispiel durch.«

»*Was* soll ich?«

»Die beste Möglichkeit für Sie, alle im Auge zu behalten. Außerdem können Sie denen so Sicherheitsregeln vermitteln und vielleicht etwas Selbstverteidigung. So was können Sie doch, oder?«

»Doch schon, aber ...« Katharina wollte widersprechen, doch der Plan war wirklich nicht dumm.

»Sehr gut!« Döring ordnete erneut die Krawatte und strich sich über das Haar, dann kontrollierte er seinen Anblick im Spiegel über dem Waschbecken seines Büros. »Zu keinem ein Wort. Verstanden? Panik werden die noch früh genug kriegen.«

Döring wuchtete eine Kiste Sekt hinter der Bar hervor. »So, und nun wollen wir wirklich anstoßen«, verkündete er, während er die erste Sektflasche öffnete. So musste der Kapitän der Titanic auch geklungen haben.

Katharina nutzte die Gelegenheit, sich zur Stereoanlage zu schleichen: CD-Player, Kassettenrekorder, Verstärker und natürlich das Satelliten-Radio. Der Verstärker stand auf »CD«. »Hast du das Radio an den CD-Eingang angeschlossen?«, fragte sie Augustin, der zu ihr gekommen war, um zu sehen, was sie machte.

»Nein. An den Aux-Eingang«, antwortete er kleinlaut.

Behutsam tippte Katharina die Auswurf-Taste des CD-Players an. In der Schublade lag eine unbeschriftete, selbst gebrannte CD. »Haben Sie einen Plastikbeutel? Oder noch besser einen Papierumschlag?«

»Im Büro. Bin gleich wieder da.« Augustin eilte davon.

Katharina kramte in ihrer Handtasche. Sie fand aber nicht, was sie suchte. Keine Einweghandschuhe. Richtig. Sie hatte ihr letztes Paar im Bungalow von Norrisch verbraucht. Also nahm sie ihr Taschenmesser – nach dem Zwischenfall mit Claudia Weisz hatte sie es wieder in ihre Tasche gepackt – und zog die Pinzette hervor.

Damit wollte sie die CD schon aus der Schublade nehmen, als hinter ihr jemand neugierig fragte: »Was machen Sie denn da?«

Kristina, der Krimi-Fan. Musste das sein? Und was sollte sie antworten? Na klar. Die Wahrheit. Zumindest halbwegs. »Ich sichere Beweise. Für unser Krimispiel.«

»Sollen wir das nicht morgen selbst machen?«

»Na ja, ich wollte Ihnen an der CD zeigen, wie man Fingerabdrücke sichert. Und da soll ja niemand die wertvollen Spuren verwischen.«

»Wow. Echt? So was können Sie? Woher denn?«

Bevor sie sich's versah, hatte sich Katharina verplappert: »Ich bin Kriminalpolizistin.«

Verdammt. Doch eine Stimme neben ihnen rettete sie: »Ehemalige Kriminalpolizistin. Frau Yamamoto arbeitet jetzt als Beraterin für Sicherheitsfragen.« Andreas Amendt.

»So eine Art Privatdetektivin? Wie Hercule Poirot?«

»Mehr wie Mike Hammer«, erwiderte Amendt schmunzelnd.

Kristina fragte begeistert: »Und Sie sind Arzt. Doch nicht etwa Gerichtsmediziner, oder?«

Er antwortete ertappt: »Doch. Gerichtsmediziner.«

Augustin kam mit einem Papierumschlag zurück. Kristina sah fasziniert zu, wie Katharina die CD mit der Pinzette am Rand fasste und vorsichtig eintütete. Katharina wurde klar, dass sie wohl mit Publikum spielen musste. Aber warum auch nicht? Sie nahm ein Notizbuch und einen Stift hervor und wandte sich an Augustin. »Sie haben heute Abend die Anlage bedient? Können Sie kurz den Ablauf schildern?«, fragte sie in ihrem offiziellsten Tonfall.

Augustin brauchte einen Moment, bis er begriff: »Was, ich ...? Ach so!« Er plusterte sich ein wenig auf. »Ja. Ich habe die Anlage bedient. Vorhin habe ich das Radio angeschlossen und angeschaltet für die Übertragung der Debatte.«

»Und was ist danach passiert?«

»Plötzlich hat die Anlage die Nachricht abgespielt.«

»War jemand in der Nähe der Anlage, als das passierte?«

»Nein, ich habe niemanden gesehen«, sagte er, dramatisch mit den Augen rollend.

»Wer hat alles Zugang zu der Anlage?«

»Eigentlich jeder. Die steht hier ja frei herum.«

»Hat die Anlage eine Fernbedienung?«

»Ja. Moment.« Augustin tastete die Brusttaschen seines Hemdes ab. »Sie ist weg. Sie muss mir aus der Tasche gefallen sein in der Hektik.«

»Vielleicht hat er sie irgendwo hingelegt, als er die Anlage eingeschaltet hat?«, fragte Kristina im Bemühen, hilfreich zu sein. »Und jemand hat sie genommen?«

So war es vermutlich gewesen. Doch was hatte Döring gesagt? Katharina solle den Gästen etwas über kriminalistische Arbeit beibringen? »Guter Einwand. Falscher Ort. Wenn man einen Zeugen vernimmt, legt man ihm niemals etwas in den Mund.«

»Aha. Verstehe.« Kristina nickte. »Kommt nicht wieder vor.«

»Schon gut. Sie üben ja noch. Aber wir fangen erst morgen mit dem Spiel an. Das hier war ein kleiner Bonus für Ihre Neugier, die wichtigste Eigenschaft für einen Kriminalisten. Und jetzt ...«

»Ja, ja, schon gut. Ich gehe auf meinen Platz zurück und freue mich auf morgen.«

Sie tänzelte begeistert davon.

»Sie hätten ihr vielleicht sagen sollen, dass Neugier auch die gefährlichste Eigenschaft für einen Kriminalisten ist«, sagte Andreas Amendt kopfschüttelnd.

Augustin fragte plötzlich leise: »Wir stecken so richtig im Schlamassel, oder?«

Katharina nickte unmerklich. Augustin flüsterte: »Ich bewaffne meine Männer.«

»Betäubungspistolen? Nützt das was?«

»Ein Schuss aus so einer Pistole fällt einen wütenden Pavian in Sekunden. Ich denke mal, bei Menschen hat er die gleiche Wirkung.«

Ein wenig später brachten Augustin und seine Männer wieder ihre Instrumente auf die kleine Bühne. Katharina sah, dass alle unter ihren Gewändern verdächtige Ausbuchtungen hatten.

Der Sekt hatte bereits seine Wirkung gezeigt: Die Gäste stürzten sich enthusiastisch in das Singen des Mafia-Island-Liedes; das Ringen um Konsonantenreihen und Klicklaute endete auch diesmal öfters in wildem Gelächter. Katharina dachte an den ersten Abend, an dem sie versucht hatten, das Lied zu singen. An Norrisch, der begeistert mitgesungen hatte. Nun hatte sein Abenteuer doch kein Happy End gefunden.

Sie betrachtete die anderen Gäste. Der Anschlag auf Norrisch war sehr gezielt gewesen. Genau geplant. Würden die 1219 Romans weiter so vorgehen? Oder planten sie einen ganz großen Anschlag? Wenn ja, wie und wann? Eine Massenvergiftung? Sprengstoff? Es würde schwer werden, die Gäste davor zu schützen. Sie ertappte sich bei dem Gedanken, dass es ihr lieber wäre, der oder die Täter würden sich einen nach dem anderen vornehmen. Mit jeder Tat würde sie mehr Spuren sammeln können. Und die Überlebenschance für die anderen stieg. Ein zynisches Kalkül, aber was blieb ihr anderes übrig?

»Komm schon, Andreas. Ich weiß doch, dass du spielen willst.« Sandra Herbsts Stimme riss Katharina aus ihren Gedanken. Tatsächlich. Andreas Amendt schaute sehnsüchtig auf die Bühne. »Nun geh schon«, drängte die Ärztin. Auch der Gitarrist sah ihn fragend an und deutete auf sein Instrument. Andreas Amendt gab nach und ging auf die Bühne. Nicht wieder »Autumn Leaves«, flehte Katharina innerlich. Sie wurde erhört: Er fing einfach an, mit den Musikern zu jammen.

»Bereit für eine Runde Tango?« Der Freiherr war an Katharinas Tisch getreten. Na, wenn es denn sein musste. Katharina erhob sich und ließ sich zur Empore führen.

»Nun, Sie kennen das ja schon. Jeder kann Tango tanzen. – Und wer möchte …«, wandte sich der Freiherr an sein Publikum.

Er braucht nicht weiterzusprechen. Stühle wurden zurückgeschoben, Aufforderungen ausgesprochen. Selbst Harry hatte sich erweichen lassen und Sandra Herbst aufgefordert. Die beiden älteren Ehepaare, Pfarrer und Metzger, nutzten dankbar die Gelegenheit, dem Studienrat zu entkommen. Die Bronskis ließen sich gleichfalls herab.

Die Jack-ooo erlaubte sich wieder einen großen Auftritt. Sie packte den Versicherungs-Gigolo an der Hand, der gerade redlich bemüht war, die professionelle Witwe aufzufordern, die sich aber standesgemäß zierte. Mit einem »Jeder Widerstand ist zwecklos«-Griff zerrte die Jack-ooo ihren Auserwählten auf die Tanzfläche. Jean-Luc hatte sich den Rauschgoldengel auserkoren, der sich, wohl in der Hoffnung zu erfahren, wer denn ihr heimlicher Verehrer war, der Aufforderung hingab. Darissa von Heuth blieb schmunzelnd an ihrem Tisch zurück. Dafür schubste eine Frau ihren etwas kleineren und schmaleren Mann auf die Tanzfläche, der, die Augen zum Himmel verdreht, um Erlösung flehte.

Apropos Erlösung, was machte Javier denn da? Er forderte tatsächlich die professionelle Witwe auf, die sich angesichts seines Priesterkragens sicher wähnte und ihm folgte. Südamerikaner! Offenbar konnte auch ein Priester einem Tango nicht widerstehen.

Selbstsicher wie ein Torero führte der Freiherr seine Partnerin und damit die Gäste durch den Paso Basico. Täuschte Katharina sich oder war der Griff an ihrem Rücken fester als beim letzten Mal? Zog er sie näher zu sich heran?

»Sie bleiben bei Ihrer Geschichte von der Unternehmensberaterin für Sicherheitsfragen, die zufällig auf Urlaub hier ist?«, fragte von Weillher, während er sie mit Schwung über die kleine Empore führte.

»Wieso sollte ich nicht?«

»Ach, kommen Sie. Von Ihrem Tisch aus haben Sie die anderen Gäste beobachtet. Und sich die gleiche Frage gestellt wie ich.«

»Und die wäre?«

»Welche wohl? Wer wird der Nächste sein?«

»Der Nächste?«

»Frau Yamamoto, könnten wir mit der Scharade aufhören? Fünf Tote. Und dann die Drohung vorhin ...«

»Das Kriminalspiel. Dörings Idee.«

»Selbst Döring ist nicht so geschmacklos. Kann aber gut improvisieren, das muss ich ihm lassen. – Also? Auf wen tippen Sie?«

Katharina seufzte: »Ich habe keine Ahnung.«

Der Freiherr führte sie so, dass sie das Publikum sehen konnten. Unauffällig deutete er mit dem Kopf auf einzelne Paare: »Es gibt Hauptakteure. Solche, die auffallen. Dieses Architektenpaar. Die Jack-ooo. Der Franzose. Vielleicht noch der Krimifan, die mit dem anderen Architekten hier ist. Und wir haben Randfiguren, die sich lieber im Hintergrund halten. Wen würden Sie als Erstes umbringen?«

»Kommt drauf an, was ich erreichen will. – Woher wissen Sie eigentlich so viel darüber?«

»Ungefähr dreihundert Bälle in meiner Jugend. Alle mit Hintergedanken. Da lernt man das.«

»Hintergedanken? Mord?«

»Nein, nicht so dramatisch: Geschäftspläne. Elegant arrangierte Heiraten und Liebeleien. So etwas wurde in meiner Familie auf Bällen oder bei der Jagd verhandelt. Adel eben.« Drei schwungvolle Drehungen später fuhr er fort. »Ich tippe auf eine Randfigur. Die niemand so schnell vermisst. Der Täter will ja keine Panik erzeugen, die ihm die Arbeit erschwert. Den Pfarrer zum Beispiel. Oder dieses Metzgerspaar.«

»Tankstellenbesitzer«, korrigierte ihn Katharina. »Aber ich verstehe, was Sie damit meinen. – Sie haben wirklich viel darüber nachgedacht.«

»Halten Sie mich immer noch für verdächtig? Sie sind herzlich eingeladen, die ganze Zeit in meiner Nähe zu bleiben, wenn es sie beruhigt.«

War das etwa ...? Das war eine Aufforderung! Eindeutig! Was fiel dem Freiherrn eigentlich ein?

Noch während Katharina bemüht war, eine Antwort auf diese Frage zu finden und diese kleine, aber drängende innere Stimme zum Schweigen zum bringen – Das kam ja überhaupt nicht infrage! – stoppte von Weillher plötzlich abrupt. Javier hatte ihm auf die Schulter geklopft: »Sie gestatten?«

Für eine Sekunde wurden die Augen des Freiherrn schmal. Doch dann trat er mit einer angedeuteten Verbeugung einen Schritt zurück. Damit gab er den Blick auf Andreas Amendt frei, der sich prompt verspielte, als er seinerseits sah, wie Javier seine Hand fest auf Katharinas Rücken legte und sie in einen Paso Basico zog, der sie bis an den Rand des Podestes führte. Der Priester hob Katharina mit Leichtigkeit von der kleinen Bühne herab und ohne innezuhalten, tanzte er mit ihr zwischen die anderen Paare.

»Tango mit einer unverheirateten Frau?«, fragte Katharina amüsiert. »Schickt sich das denn für einen Priester?«

Javier lachte auf: »Aber natürlich. In meiner Gemeinde ist es sogar gern gesehen, wenn *ich* mit den ungebundenen Frauen tanze und nicht die jungen Männer.«

»Ernsthaft?«

»Natürlich. So können die Mädchen ihre Tanzkünste zeigen und sind gleichzeitig behütet.«

Javier führte sie in eine schnelle Drehung. Als sie wieder beim Grundschritt angekommen waren, fragte Katharina: »Sie stammen aus Argentinien?«

»Wegen des Tangos, meinen Sie? Nein! Aber ich habe in Buenos Aires Theologie studiert.«

»Und woher stammen Sie dann?«

Javier führte sie mit schnellen Schritten quer über die Tanzfläche: »Ich bin staatenlos.«

Katharina wollte noch etwas fragen, doch Javier stoppte plötzlich und wies mit dem Kopf zum Freiherrn, der sie beide mit zusammengezogenen Augenbrauen beobachtete.

»Er scheint an Ihnen und Ihren Tanzkünsten einen Narren gefressen zu haben. Offensichtlich betrachtet er Sie als sein Eigentum.«

Der Priester ließ Katharina behände durch seine Arme gleiten, bevor er sie in einen weichen Grundschritt zurückführte. Dabei zog er Katharina etwas enger an sich als nötig.

»Sie sind doch nicht etwa eifersüchtig?«, fragte sie.

»Kein Gedanke.« Javier lächelte unverbindlich. »Ich mag ihn nur nicht besonders.«

»Warum das denn?«

In Javiers sanfte Stimme mischte sich ungewohnte Schärfe: »Großgrundbesitzer und selbsternannter Herrenmensch, der glaubt, ihm stünde alles zu und Recht gelte für ihn nicht, weil er reich geboren ist.«

»Klingt, als hätten Sie da Ihre Erfahrungen?«

»Ja. In meiner Gemeinde habe ich oft genug Ärger mit diesem Typ Mensch.« Plötzlich gewann seine Stimme die gewohnte Weichheit wieder: »Aber ich tröste mich damit, dass sie eines Tages alle in der Hölle brennen werden.«

Von Weillher, Javier und Katharina lehnten an der Theke. Javier hatte sich – absichtlich oder nicht – zwischen Katharina und den Freiherrn gestellt. Gemeinsam betrachteten sie die Gäste, die nach und nach den Restaurantpavillon verließen. Katharina sah, dass jeder Gruppe ein Angestellter unauffällig folgte.

»Pater Javier, Sie waren auch nicht immer nur Geistlicher, oder?«, fragte der Freiherr. Es sollte wohl amüsiert klingen, doch so ganz konnte er das Gift in seiner Stimme nicht verbergen.

Der Priester lachte auf: »Man tut, was man kann. Hilfreich, wenn man sich in eine Gemeinde integrieren will. Nicht allen Menschen ist ihre soziale Stellung angeboren.«

Der Freiherr richtete sich auf: »Was wollen Sie damit sagen?«

Katharina war dankbar, dass in diesem Augenblick Andreas Amendt kam und so den aufkeimenden Streit unterbrach. Er verkündete, er wolle sich jetzt zurückziehen. Javier wollte sich ihm anschließen und fragte Katharina: »Sollen wir Sie zu Ihrem Bungalow begleiten?«

»Das wird nicht notwendig sein.« Der Freiherr war einen Schritt vorgetreten und stand jetzt mit Javier fast Gesicht an Gesicht. »Ich werde Frau Yamamoto eskortieren. Dann ersparen Sie sich den Umweg.«

Einen Augenblick lang starrten sich die beiden Männer unverwandt an. Javier gab nach: »Nun gut. Dann gehe ich jetzt meine Aufpasserpflicht erfüllen.«

»Aufpasserpflicht?«, fragte der Freiherr Katharina, als der Priester und Andreas Amendt den Pavillon verlassen hatten.

»Das geht Sie nun wirklich nichts an.«

Der Freiherr sprach ungerührt weiter: »Und was war das gerade für ein Auftritt? Er wirkte ja beinahe, als sei er eifersüchtig.«

»Eifersüchtig? Ein Priester? Nein. Er mag Sie nur nicht besonders.«

»Nun, da ist er nicht der Erste. – Darf man fragen, weshalb?«

»Sie erinnern ihn an die Großgrundbesitzer seiner Heimatgemeinde.«

»Tja, die Sünden der Vorväter. Nicht leicht, sie wieder gutzumachen. Aber ich tue mein Bestes. – Darf ich Sie zu Ihrem Bungalow geleiten?« Der Freiherr bot Katharina den Arm.

Die Nacht war lau. Es wehte ein leichter Wind. Die Luft roch nach Salz und Meer. Außerdem trug der Freiherr ein sehr angenehmes, dezentes Aftershave. Fast ohne es zu merken, fing Katharina an, darüber nachzudenken, was sie wohl tun würde, wenn er seine während des Tangos ausgesprochene Aufforderung wiederholte. Wie sollte sie sich dem elegant entziehen? Und plötzlich war da wieder diese leise Stimme: »Komm schon. Eine Nacht«, raunte sie. »Um den Amendt aus deinem Kopf zu kriegen.« Mit Erschrecken stellte Katharina fest, dass die Stimme recht hatte. Was war schon eine Nacht? Und der Freiherr? Attraktiv und schwer einzuschätzen. Gefährliche Männer! Was für ein Klischee!

Ein Stück vor ihnen gingen Kristina und Dirk-Marjan. Vor einem Bungalow blieben sie stehen, lauschten kurz und lachten. Dann hakte sich Kristina wieder beim ihrem Lieblings-Architekten ein, der ruckartig etwas steifer wurde, und sie gingen weiter.

Der Freiherr deutete auf die beiden: »Das zweite große Rätsel unserer Urlaubs-Mörder-Soap: Gelingt es unserem Krimifan, das Herz von Dirk-Marjan zu erobern?«

»Na ja, die zwei stecken in einer Zwickmühle. Beide glauben, sie seien einfach nicht der Typ des anderen.«

»Heidernei. Ist Dirk-Marjan blind?«

»Eher verklemmt. Oder er kämpft insgeheim damit, sich einzugestehen, dass er schwul ist«, riet Katharina.

»Homosexuell«, korrigierte sie der Freiherr mit plötzlicher Strenge. »Und, nein. Ist er nicht.«

»Sicher?«

»Sicher. Ich habe ein ziemlich gutes Gaydar.«

Gaydar? Das Wort passte so gar nicht zum Freiherrn. Gaydar war der sechste Sinn, den man Homosexuellen nachsagte, Gleichgesinnte zu erkennen. Aber …?

»Sie sind …?«, fragte Katharina, bevor sie ihre Zunge im Zaum halten konnte. Hoffentlich bemerkte er die Enttäuschung in ihrer Stimme nicht.

»Homosexuell, ja. Ich dachte, das wäre offensichtlich. – Moment, Sie haben doch nicht etwa gedacht, dass ich –?«

»Nein, nein«, fiel ihm Katharina ins Wort.

»Das tut mir sehr leid. Ich wollte nicht …«

»Schon gut.«

»Da bin ich aber beruhigt. Das wäre mir sehr unangenehm gewesen.«

Sie hatten den Bungalow erreicht, vor dem auch Kristina und Dirk-Marjan stehen geblieben waren. Natürlich, der Bungalow der Jack-ooo. Die Bewohnerin war voll in Fahrt, den Stöhnern, Kieksern und kurzen Schreien nach zu urteilen.

»Ohne Ihnen oder Ihrem Geschlecht zu nahetreten zu wollen: Sehr anregend ist das nicht. – Ist die nicht vorhin mit diesem Unternehmensberater weggegangen?«, wunderte sich der Freiherr.

»Diesem etwas älteren Herrn, der immer mit dem Juwelen-Weihnachtsbaum zusammensteckt? Ganz schön standhaft für sein Alter, oder? Offenbar die Kraft der zwei Herzen.«

Sie prusteten los.

Plötzlich steigerte sich das Gestöhne der Jack-ooo und schlug um in einen gellenden Schrei, der die Fensterscheiben des Bungalows erzittern ließ.

Katharina und dem Freiherrn blieb das Lachen im Hals stecken. Katharina rannte zur Tür des Bungalows und rüttelte an der Klinke. Abgeschlossen. Vielleicht die Fenster? Vergittert! Verdammt, bis sie jemanden mit einem Schlüssel gefunden hatte, würde es zu spät sein.

Das hatte auch der Freiherr erkannt. Er warf sich mit der Schulter gegen die Tür. Heroisch, aber sinnlos. So konnte man keine Tür aufbrechen. Katharina schob ihn beiseite und schlug mit kleinen Schlägen gegen die Tür.

»So geht das nicht ...«, setzte der Freiherr an. Doch Katharina hatte schon gefunden, was sie suchte. Den Punkt, an dem die Tür am meisten vibrierte. Die Schwachstelle. Sie nahm Anlauf und trat mit aller Macht dagegen. Holz splitterte, die Tür sprang auf.

Die Jack-ooo saß zusammengesunken und nackt auf einem Gegenstand, der entfernt aussah wie ein Reitersattel. Blut lief ihr aus Mund und Nase. Ihr Unterleib ruckte vor und zurück.

Katharina sah sich hektisch um, entdeckte das Stromkabel, das zu dem Sattel führte, und riss es aus der Steckdose. Das Rucken hörte auf. Der Freiherr war schon auf das Bett gesprungen, versuchte die Jack-ooo von dem Gerät herunterzuziehen, doch sie hing fest. Er tastete nach dem Puls. Dann nickte er Katharina zu. Die Jack-ooo lebte. Noch.

Katharina stürzte aus dem Bungalow. Hilfe holen! Aber woher? Zurück zum Rezeptionsgebäude, Harry finden und mit etwas Glück auch Sandra Herbst? Oder zu Andreas Amendt? Die Entscheidung wurde ihr abgenommen. Einer der Angestellten kam auf sie zugelaufen, die Hand schon am Griff seiner Betäubungspistole.

»Holen Sie Harry!«, schrie Katharina ihn an: »Harry!«

Er begriff, drehte um und eilte davon in Richtung Rezeptionsgebäude. Katharina lief zu Andreas Amendts Bungalow. Es brannte noch Licht. Sie klopft lautstark. Javier öffnete ihr die Tür.

»Schnell, ich brauche Doktor Amendt.«

»Der ist gerade im Bad.«

»Wir haben einen Notfall.«

Die Badezimmertür sprang auf. Andreas Amendt, nur mit einer Jeans bekleidet, stürzte heraus: »Wo?«

Statt zu antworten, lief ihm Katharina voraus. Doch sie kamen zu spät. Das wusste Katharina schon, als sie den Bungalow der Jack-ooo betraten.

Der Freiherr hatte die Frau mitsamt dem Sattel vom Bett heruntergewuchtet. Verzweifelt versuchte er Herzmassage und Mund-zu-Mund-Beatmung; immer wieder wischte er Blut aus Mund und Nase der Frau, sein heller Tropenanzug war rot verschmiert. Amendt kam ihm zu Hilfe: Gemeinsam mit von Weillher setzte er den zähen Ringkampf um das Leben der Frau fort.

Endlich ließen sich beide erschöpft auf die Knie sinken. Es hatte keinen Zweck mehr.

Die Stille nach der Hektik war bedrückend. Amendt und der Freiherr saßen fassungslos auf dem Boden. Javier kniete neben der Toten. Er betete. Katharina konnte nichts anderes tun, als sich am Türrahmen festzuhalten und in den Raum zu starren. Sie hatte versagt. War zu spät gekommen. Genauso gut hätte sie die Jack-ooo selbst umbringen können. Das Ergebnis war das Gleiche.

Harry fasste sie an der Schulter. Er und Sandra Herbst waren, in Begleitung von Augustin, endlich gekommen.

Plötzlich ging ein Ruck durch Katharinas Körper: Handeln! Jetzt!

»Wir müssen die Leiche hier wegschaffen! Möglichst so, dass die anderen Gäste nichts davon mitkriegen«, kommandierte sie. »Doktor Amendt, können Sie gleich eine Autopsie machen? Wir müssen wissen, woran sie gestorben ist.«

Der Arzt nickte stumm.

Harry, Sandra Herbst, Andreas Amendt und Augustin hatten die Leiche in das Laken des Bettes gehüllt und mitsamt dem Sattel hinaus in die Dunkelheit getragen. Der Freiherr saß totenblass in einem Korbsessel. Javier stand mitten im Raum, als traue er sich nicht, sich zu rühren.

Katharina war hektisch dabei, das Zimmer zu durchsuchen. Nichts, was Aufschluss gab. Zumindest nicht über den Mord. Eine Großpackung Kondome, Gleitcreme und ein paar plüschbezogener Handschellen lagen im Nachtschränkchen. Im Bad Make-up und Kosmetik-Artikel, die für eine professionelle Visagistin ausgereicht hätten. Im kleinen Medikamententäschchen die Pille, Aspirin und … ein halb leeres Fläschchen mit Ipecac, einem starken Brechmittel: die Droge der Schönen und Schlanken.

Im Kleiderschrank hing sorgfältig geordnet eine aufwendige Garderobe, darunter Dessous im Wert von über tausend Euro, wie Katharina gleich erkannte.

Aber nirgendwo gab es persönliche Gegenstände. Keine Fotos. Im Adressbuch nur Namen von Geschäftspartnern und Firmen. Selbst der Schmuck war von der Stange. Etwas, das man sich kaufte, weil man ein Accessoire brauchte. Nichts, was man geschenkt bekam oder in das man sich im Schaufenster verliebte und sich mit schlechtem Gewissen gönnte.

Im Papierkorb lagen Einwickelpapiere von Schokoriegeln und benutzte Taschentücher. Katharina faltete eines davon vorsichtig auf. Make-up-Spuren, ein paar Wimpern. Die Jack-ooo hatte geweint. Und Schokolade gegessen. Trost-Nahrung.

Plötzlich schämte sich Katharina. Sie hatte sich über die Jack-ooo und ihre Männermenüs lustig gemacht. Aber die junge Frau musste zutiefst einsam gewesen sein. Bestimmt hatte sie sich nach jedem Abenteuer ein kleines bisschen schmutziger gefühlt. Leerer. Vermutlich hatte sie ihre Liebhaber nach Ende des Aktes hinauskomplimentiert. Oder sie waren geflohen, heimlich, mitten in der Nacht. Vielleicht war die Jack-ooo vom Klappen der Tür aufgewacht. Hatte geweint. Und Schokolade gegessen.

Männer, Schokolade, gelegentliche Tränen … Katharina fühlte sich ertappt. Hatte sie nicht eben noch selbst darüber nachgedacht, einen Mann mit ins Bett zu nehmen, nur um einen anderen aus ihren Gedanken zu verdrängen? – Sie biss sich auf die Lippen.

Sie fand den Umschlag, den die Jack-ooo bei der Anreise erhalten hatte. Er enthielt keine romantische Nachricht wie beim Rauschgoldengel: kein heimlich Liebender, der sie eingeladen hatte. Ein nüchternes Anschreiben von Berling Tours dankte ihr für ihre Dienste und bat sie, Golden Rock für eine Werbekampagne zu evaluieren. Man sehe der weiteren Zusammenarbeit gespannt entgegen, »Ihr Berling Tours Team«. Der Brief war nicht einmal handschriftlich unterschrieben. Im Adressblock stand »Sabrina Jacheau«. Ob die Jack-ooo überhaupt jemanden gekannt hatte, der sie Sabrina nannte?

Sie schob den Brief in den Umschlag zurück und legte ihn auf den kleinen Schreibtisch. Dabei fiel ihr Blick auf eine kleine Flasche Sekt und zwei Gläser. Die Flasche war leer, die Gläser waren benutzt. Ein Glas hatte Lippenstift-Spuren.

Richtig. Jemand war bei ihr gewesen heute Nacht. Hatte er den Sekt mitgebracht? War das das Markenzeichen des Mörders?

Mit wem war Sabrina Jacheau – Katharina ermahnte sich, sie ab sofort nur noch so zu nennen – noch mal von der Feier verschwunden? Mit diesem Unternehmensberater, dem Versicherungs-Gigolo!

»Unternehmensberater! Elende Bande!«, wütete von Weillher. Er hämmerte mit der Faust gegen die Bungalowtür. Thorsten Urban öffnete, im Pyjama, mit vom Schlaf verstrubbelten Haaren. Der Freiherr stieß ihn hinein, packte ihn am Kragen und schüttelte ihn. Katharina und Javier zogen die beiden mit Macht auseinander. Urban sank auf das Bett und starrte den Freiherrn an wie einen Geist. Kein Wunder: Von Weillher war über und über mit Blut beschmiert, als hätte er gerade einen Amoklauf hinter sich.

»Haben Sie die Jack-ooo getötet?«, fauchte er.

»Was? Ich …?«, stotterte Urban.

»Geben Sie es zu!«

»Ruhe!«, donnerte Katharina. Es half. Der Freiherr ließ sich in einen Korbsessel fallen und funkelte Urban böse an.

»Ganz ruhig«, fuhr sie etwas leiser fort. Sie wandte sich an Urban. »Sabrina Jacheau wurde heute Nacht getötet. Und Sie sind zuletzt mit ihr gesehen worden.«

»Mit wem?«, fragte Urban entgeistert.

Katharina setzte sich neben ihn auf das Bett. »Die junge Frau, mit der Sie getanzt haben.«

»Ach die. Ja.« Dann fuhr er ängstlich fort: »Die habe ich nicht getötet. Ehrlich nicht. Ich weiß auch nicht …«

Katharina legte ihm beruhigend die Hand auf den Arm. Er zitterte.

»Sie haben doch mit ihr die Feier verlassen, oder?«

Urban antwortete stotternd: »Ja, ich meine … So eine junge, hübsche Frau. Ich bin ungebunden und … und es war ihre Idee.«

»Sie sind also mit ihr mitgegangen? Zu ihrem Bungalow?«

»Ja.«

»Und dann?«

»Wir haben ein Glas Sekt getrunken.«

»Haben Sie sich danach irgendwie merkwürdig gefühlt? Müde?«

»Nein ... ich, nun, wir waren wohl beide etwas beschwipst. Und dann hat sie mich geküsst. Angefangen, sich auszuziehen. Und mich auch.« Urban errötete, fuhr aber tapfer fort: »Nun, mit dem Alter ... ich ... na ja ... Da dauert das ...«

»Sie haben keinen hochbekommen!«, fasste der Freiherr höhnisch zusammen. Urban nickte peinlich berührt.

»Und weiter?«, fragte Katharina.

»Sie hat aber nicht aufgegeben. Und ... Sie wissen schon ... so mit dem Mund ...«

»Sie hat Ihnen einen geblasen?«, brachte der Freiherr, dem das Ganze viel zu langsam ging, den Satz zu Ende.

Wieder nickte Urban beschämt. Katharina sah ihn fragend an. Er fuhr fort: »Und ... nun, das bin ich nicht gewohnt ... und dann ging es viel zu schnell ... Sie wissen schon. Und das war mir ... peinlich. Und ich habe ihr angeboten ... Gleiches mit Gleichem, wenn Sie verstehen. Wollte sie aber nicht und hat mich rausgeworfen.«

»Und dann?«

»Na, dann bin ich hierher gegangen. Ins Bett.«

»Ist Ihnen jemand begegnet, draußen?«

»Nein. Das heißt doch. Ein Wächter, der mich hierher begleitet hat. Das war nett. Er hatte eine Taschenlampe.«

Katharina glaubte Urban. Sie stand auf. »Dann verzeihen Sie die Störung!«

»Aber ...«, setzte Urban an.

»Ich bleibe bei Ihnen, bis Sie sich beruhigt haben«, bot Javier mit sanfter Stimme an.

»Ja, bitte.«

»Das war ja wohl nichts.« Der Freiherr kickte einen Kiesel mit den Füßen vom Weg, während sie Richtung Restaurantpavillon gingen.

Urplötzlich wurde Katharina von Wut gepackt. Sie stieß von Weillher den Zeigefinger gegen die Brust: »Sie halten sich gefälligst aus den Vernehmungen raus.«

»Aber ...«

»Selbst wenn Urban etwas gewusst hätte ... Ihr Auftritt hat jede Möglichkeit, dass er es erzählt hätte, zunichte gemacht.«

»Entschuldigung«, sagte der Freiherr kleinlaut.

»Und jetzt gehen Sie ins Bett. Ich habe mich genug geärgert.«

»Ja, ich ...« Er ließ die Schultern sinken, drehte sich um und ging langsam in die Dunkelheit. Jetzt tat er Katharina fast schon wieder leid. Wäre sie auch so wütend geworden, wenn sie nicht vorher noch überlegt hätte, dass sie ...?

Das Tuch, das Andreas Amendt über den Körper auf dem Tisch in der Mitte des Kühlhauses gebreitet hatte, war strahlend weiß und völlig sauber. Auch der Boden des Raumes glänzte frisch gewischt. Die kalte Luft roch nach scharfem Desinfektionsmittel.

Andreas Amendt wirkte wie ein Fremdkörper in dieser klinisch sauberen Umgebung. Er hatte Katharinas Anweisung, sofort mit der Autopsie zu beginnen, wörtlich genommen, und sich nur eine Küchenschürze über seinen nackten Oberkörper gestreift. Die Schürze war nicht mehr sauber, auch wenn er sich sehr vorgesehen haben musste. Er stand neben einem kleinen Servierwagen, auf dem, ordentlich aufgereiht und ebenfalls sauber, die Instrumente lagen, die er für seine Autopsie benutzt hatte und die wohl aus der Küche stammten: ein paar große und kleine Messer, eine Wendezange, eine große Geflügelschere.

Er musste Katharinas Abscheu bemerkt haben, deshalb breitete er schnell ein rot kariertes Geschirrhandtuch über die Instrumente: »Tut mir leid. Ich musste sie praktisch von oben bis unten aufschneiden, um sie von dem Ding da runterzukriegen.«

Er deutete auf das sattelförmige Gerät, das auf einem rollbaren Servierwagen stand. Oben aus dem glänzend schwarzen Sattel ragte ein großer, latexbezogener Kunstpenis. Die Penisspitze war geborsten. Vier dünne Stahlseile, die in Pfeilspitzen mit breiten Widerhaken ausliefen, hingen aus dem kleinen Krater herab. Katharina betastete eine der Pfeilspitzen vorsichtig. Sie war an der Außenkante messerscharf geschliffen, an der Innenkante stumpf und bogenförmig.

Andreas Amendt musste einmal tief durchatmen, bevor er erklären konnte: »Das Gerät hat die Pfeile direkt in ihren Unterleib geschossen. Mit ziemlicher Wucht. Sie sind bis zur Lunge und zum Herz durchgeschlagen. Als sie versucht hat, sich zu befreien, haben die Widerhaken alles zerrissen, was sich ihnen in den Weg stellte.«

Katharina biss sich auf die Lippen. Der lange Schrei hallte noch immer in ihrem Kopf wider. Sie zog ihr Taschenmesser hervor, klappte den Schraubenzieher aus und begann, die Seite des Sattels abzuschrauben.

»Was ist das überhaupt für ein Gerät?«, fragte Andreas Amendt. War er wirklich so naiv? Die eigentliche Funktion war doch wohl ziemlich eindeutig, oder?

»Das ist ein Sybian. So was wie ein –«

»Künstlicher, männlicher Unterleib?«

»Ja. So kann man das sagen. Ein regelbarer Motor treibt den Dildo an. Auf und ab. Vor und zurück.«

Endlich hatte Katharina die letzte Schraube gelöst und nahm die Seitenwand ab. Starker Geruch nach Schießpulver drang aus dem Gerät. Die Pfeile waren mit einem Treibsatz abgeschossen worden. Katharina sah das dicke Rohr, die Bohrung für die Zündkabel, die Schweißnähte, die sauber geführten Stahlschnüre: alles solide Profi-Arbeit.

Die Zündkabel liefen zu einem kleinen Kästchen, aus dem eine Stummel-Antenne ragte.

Katharina deutete auf die Antenne. »Ferngesteuert. Aber diese Dinger haben eine ziemliche Reichweite. Der Täter kann überall auf der Insel gewesen sein.«

Andreas Amendt verzog nachdenklich das Gesicht: »Glaube ich nicht.«

»Warum nicht?«

»Diesmal hat er nicht nur die Mordmethode wieder genau auf das Opfer abgestimmt. Die Jack-ooo –«

Katharina korrigierte ihn: »Sabrina Jacheau.«

»Gut, sie hatte ja gleich ein paar Verhältnisse hier, oder?«

»Meinen Sie, sie hat den Täter vor den Kopf gestoßen?«

»Nicht unbedingt. Aber er hat sie vorher gekannt. Und ihre Vorlieben. – Sandra hat uns doch erzählt, dass dieser Sybian schon hier war, erinnern Sie sich? Er muss das von langer Hand vorbereitet und dann auf den passenden Moment gewartet haben. Vermutlich hat er sie beobachtet.« Andreas Amendt hielt kurz inne. »Das wäre zumindest die eine Theorie.«

»Gibt es noch eine andere?«, fragte Katharina überrascht.

Statt direkt zu antworten, hob er vorsichtig das Tuch von einer Seite des Leichnams und zog einen Arm hervor: »Schauen Sie!«

Der Haut des Arms war leicht gebräunt. Deshalb traten die dünnen, weißen Striche umso deutlicher hervor.

»Ist das das, was ich denke?«, fragte Katharina.

»Ja. Sie hat sich selbst geschnitten. Mit einer Rasierklinge vermutlich. Und hier ...« Er legte den Kopf frei und öffnete den Mund der Toten: »Alle Zähne sind überkront und der Rachen ist ziemlich verätzt. Bulimie, würde ich sagen. Ziemlich lange schon.«

»Ich habe Ipecac in ihrem Zimmer gefunden. – Und was schließen Sie daraus?«

»Selbstbestrafung. Wahlloser, vielleicht auch riskanter Sex. Das klingt nach Selbstzerstörungstrip, oder?«

»Sie meinen, das war Selbstmord?«

»Oder der Täter glaubt, ihr einen Gefallen getan zu haben. Auf jeden Fall muss er sie sehr gut gekannt haben. Das würde auch erklären, weshalb er nicht mit im Raum war. Oder haben Sie schon mal von einem sadistischen Folterer gehört, der seinen Opfern beim Leiden nicht zusieht?«

Ballade Pour Adrenalin

Katharina hatte nicht schlafen können. Immer wieder schreckte sie der unmenschliche Schrei von Sabrina Jacheau auf, immer wieder sah sie die Bilder der Autopsie vor sich. Die klinische Sauberkeit des Kühlhauses. Die Mordmaschine. Die Narben auf dem Arm der Frau. Irgendwann war sie aufgestanden, hatte sich an den kleinen Schreibtisch in ihrem Bungalow gesetzt und die Spielregeln für das Krimispiel ausgearbeitet. Jetzt saß sie zusammen mit Andreas Amendt im Restaurantpavillon.

»Wissen Sie schon, was Sie den Gästen sagen werden?«, fragte der Arzt. Zu Antwort zog Katharina ein paar eng beschriebene Blätter aus ihrer Handtasche.

»Ich werde ihnen so ziemlich die Wahrheit sagen«, erklärte sie. »Die werden das alles für ein Spiel halten. Hoffentlich nehmen sie es dennoch ernst genug. Zwei Wochen Hawaii für zwei Personen sind doch ein guter Preis, oder?«

»Zwei Wochen Hawaii? Und das macht der Döring mit?«

»Ich hab' ihn nicht gefragt. Er hat uns schließlich dieses Spiel eingebrockt.«

Nach und nach waren die anderen Gäste zum Frühstück eingetroffen; auch das geschickteste Umräumen der Tische hatte nicht verbergen können, dass sich ihre Reihen lichteten. Die sechs Toten hatten eine Lücke in die Gruppe gerissen. Das spürten auch die Gäste. Instinktiv suchten sie sich Plätze am Rand, in geschützten Ecken, bildeten größere Gruppen: Jean-Luc und Christian Kurt hatten sich zu Darissa von Heuth und ihrem Rauschgoldengel gesellt, sehr zu deren Unbehagen. Thorsten Urban und die professionelle Witwe hatten Charlie Buchmann in ihrer Mitte aufgenommen. Sylvia Schubert, wie stets die Nase in einem Buch, saß an einem Tisch mit den beiden älteren Ehepaaren, Gieslers und Kerbels, und Studienrat Leune, der, von allen Ängsten unberührt, über die Sternbilder der Nacht referierte. Nur die Bronskis saßen alleine an einem Tisch und tuschelten. Zuletzt erschien noch das seltsame Ehepaar mit der großen, dominanten Frau und ihrem kleineren Mann. Sie setzten sich zu Dirk-Marjan und Kristina, die in Erwartung des Krimispiels bester Laune war.

Katharina stieg energisch auf das Podest. Die Gäste sahen missmutig auf. Einmal tief durchatmen und los.

»So, bevor ich Ihnen die Spielregeln des Krimispiels erkläre, zunächst einmal, was Sie gewinnen können: Die Siegerin oder der Sieger erhält einen Gutschein über eine Reise nach ...«, Katharina machte eine Kunstpause und sah aus den Augenwinkeln zu Döring, »Hawaii. Zwei Wochen in einem Fünf-Sterne-Resort für zwei Personen.«

Döring zuckte zusammen, fing sich aber gleich wieder und warf ihr einen finsteren »Wir sprechen uns noch«-Blick zu. Sollte er doch. Wenigstens hörten die Gäste jetzt aufmerksam zu und wirkten etwas entspannter.

»Also«, fuhr sie fort: »Jeder von Ihnen erhält zu Beginn einhundert Punkte. Und wer sich von Ihnen vom Mörder erwischen lässt, allein und ohne Zeugen, bekommt hundert Punkte abgezogen. Wer keine Punkte mehr hat, scheidet aus. Außerdem gibt es Punktabzüge für Verspätungen: Wenn Sie zu spät zum Essen oder zu Veranstaltungen erscheinen, kriegen Sie einen Punkt abgezogen. Wenn erst ein Suchtrupp nach Ihnen forschen muss, bedeutet das fünf Punkte Abzug. Wenn Sie alleine angetroffen werden, ebenfalls fünf Punkte.«

Kristina fragte neugierig dazwischen: »Und was muss man tun, um Punkte zu gewinnen?«

»Gute Frage! Wir, also Doktor Amendt und ich, werden ein paar Lehreinheiten veranstalten: Ein bisschen Kriminalistik, ein wenig Auffrischung in Erster Hilfe und auch Selbstverteidigung.«

Ein Raunen ging durch die Gäste.

»Für die Teilnahme gibt es jeweils einen Punkt«, fuhr Katharina fort. »Für besonders gute Leistungen vier Punkte zusätzlich. Wer einen verlorenen Menschen wiederfindet, ebenfalls fünf Punkte. Wer die anderen vor einer realen Gefahr warnt, erhält gleichfalls fünf Punkte.«

»So wie die Affen? Wenn die ausbüxen?«, fragte Kristina.

»Genau richtig. Dafür gibt es bereits die ersten fünf Punkte.«

Der Studienrat beschwerte sich: »Da stehen doch überall Warnschilder.«

»Ja, aber Kristina hat auf sie geachtet.«

Die so Geehrte strahlte begeistert.

»Und natürlich«, sprach Katharina rasch weiter. »Wer den Mörder identifiziert und mir nennt, gewinnt einhundert Punkte. Schafft es der Mörder, bis zur Abreise unentdeckt zu bleiben und wenigstens einen anderen Mitspieler auszuschalten: hundert Punkte für ihn oder sie. – So, und jetzt losen wir die Rollen aus.«

Sie begann, kleine Kuverts zu verteilen. »In den Umschlägen finden Sie eine Karteikarte für Ihre Punktesammlung sowie einen Zettel mit Ihrer Rolle. Wenn Sie der Mörder sind, behalten Sie es natürlich für sich.«

Alle öffneten die Umschläge. Einige lächelten zufrieden, andere steckten ihren Umschlag schnell wieder weg. Andreas Amendt raunte Katharina zu: »Ist das wirklich eine gute Idee, noch einen Mörder zu bestimmen?«

Katharina erwiderte leise: »Keine Sorge, das sind alles Nieten.« Dann sprach sie laut weiter: »Punkte vergeben Harry, Doktor Amendt und ich. – Noch Fragen?«

Niemand meldete sich.

»Gut. Dann fangen wir an. Zunächst einmal, was jeder Polizist als Allererstes lernt: Eigenschutz und Selbstverteidigung.«

Die gesamte Gruppe war Katharina nach draußen auf die Wiese vor dem Restaurantpavillon gefolgt, offensichtlich froh, etwas zu tun zu haben und von jemandem betreut zu werden, der wusste, was er tat.

»Sollten wir uns nicht erst umziehen und aufwärmen?«, wandte die professionelle Witwe ein.

»Nein. Wenn Sie überfallen werden, haben Sie ja auch keine Zeit dazu«, widersprach Katharina streng. Dann wandte sie sich an die ganze Gruppe: »Da Sie alle keine Nahkampfexperten sind, gibt es nur eine wirklich wirksame Strategie für Sie: rennen, was das Zeug hält. Und, wenn es geht, treten sie dem Angreifer vorher noch zwischen die Beine.« Katharina genoss es, dass alle Männer automatisch zusammenzuckten. »Oder Sie schlagen ihm kräftig auf die Nase.«

»Le nez!«, lachte Jean-Luc höhnisch. »Na ... hahaha ... se!«

»Ja. Auf die Nase.« Katharina ließ ihren Zeigefinger gegen Jean-Lucs Nase schnippen.

»Au!« Jean-Luc riss die Hand an die Nase. Gleichzeitig wurde er von einem mächtigen Nieser geschüttelt und seine Augen füllten sich mit Tränen, die er trotzig abwischte.

»Die Nase ist nicht nur äußerst schmerzempfindlich«, erklärte Katharina mit freundlicher Sachlichkeit. »Ein Treffer löst gleichzeitig einen Niesreflex aus und die Augen fangen an zu tränen. Der Angreifer ist abgelenkt und praktisch blind.«

Jean-Luc baute sich vor Katharina auf: »Und was ist-e, wenn die Gegner größer ist wie Sie? Schneller? Stärker?«

Er forderte sie tatsächlich heraus. Katharina blieb freundlich: »Dazu wollte ich gerade kommen. – Drücken Sie mich mal weg.«

Sie packte Jean-Luc an den Händen. Doch der lehnte sich nach vorne und schob Katharina mühelos über die Wiese, so sehr sie sich auch wehrte. Er ließ sie triumphierend los.

»Sie sehen«, erklärte Katharina, als ob nichts geschehen war. »Bei Kraft gegen Kraft gewinnt der Stärkere. Keine Frage. – Und jetzt probieren Sie es bitte noch mal.«

Jean-Luc packte wieder ihre Hände; er freute sich darauf, Katharina erneut eine Lektion zu erteilen. Doch diesmal trat Katharina leichtfüßig einen Schritt zur Seite. Jean-Luc stolperte, verlor das Gleichgewicht, fiel hin. Blitzschnell war sie über ihm, drehte dem Franzosen den Arm auf den Rücken und zwang ihn, wieder aufzustehen, immer artig ihren Bewegungen folgend. Sie drehte ihr Opfer zu den Zuschauern; einigen stand der Mund offen, andere lachten hämisch.

»Starke und große Menschen verhalten sich im Kampf meistens außergewöhnlich dumm«, referierte sie. »Sie verlassen sich einzig auf ihre Kraft und Größe. Es ist ganz einfach, diese Kraft ins Leere laufen zu lassen, wie Sie sehen.« Sie ließ Jean-Luc los. Er rieb sich den schmerzenden Arm. »So, und nun tun sie sich bitte partnerweise zusammen«, fuhr sie fort.

Katharina beschränkte sich auf ein paar einfache Übungen: Wie man einem Schlag auswich. Wie man sich aus einer Umklammerung befreite. Was man tat, wenn einen jemand am Kragen packte. Sie ging durch die Übenden und korrigierte hier und da. Kristina brachte mit Begeisterung Dirk-Marjan zu Fall. Und der Freiherr, diesmal ganz frei von Contenance, balgte sich vergnügt mit dem eben noch gedemütigten Franzosen. Vorspiel, dachte Katharina bei sich. Aber warum versuchte es von Weillher ausgerechnet bei Jean-Luc, dem das Testosteron aus jeder Pore quoll?

»Unsere Jungs sind da!« Stefan Döring, der nach dem Frühstück schmollend in sein Büro gegangen war, hatte wieder deutlich bessere Laune, als er sich vor dem Mittagessen an die Gäste wandte. »Heute Morgen schon sind drei Maschinen der Bundeswehr in Dar es Salam gelandet.«

»Wow. Das ging ja flott«, kommentierte Thorsten Urban.

»Ja!« Döring warf sich stolz in die Brust. »Wir Pioniere sind von der schnellen Truppe. Damals in Somalia haben wir drei Tage für ein Krankenhaus gebraucht.«

»Und wie lang brauchen die für die Brücke?«, kam es aus dem Publikum. Berechtigte Frage, dachte Katharina.

»Zehn Tage. Vielleicht zwölf. Höchstens.«

Allgemeines Aufstöhnen. Nachvollziehbar. Katharina kalkulierte, dass der Täter in dieser Zeit noch mindestens drei bis vier Opfer umbringen konnte. Und wenn er sein Tempo erhöhte, konnte er in dieser Zeit die ganze Insel entvölkern. Oder er wartete auf die Chance zum ganz großen Knall. Knall? Natürlich! Sie musste dringend mit Augustin reden.

Katharina drängte sich zwischen den Tischen durch, während Stefan Döring weitersprach: »Warten Sie es ab. Diese zehn Tage werden wie im Flug vergehen. Gleich heute Nachmittag gibt es unseren berühmten Turmspring-Wettbewerb.«

»Gibt es wieder eine Reise nach Hawaii zu gewinnen?«, fragte Darissa von Heuth.

Döring knirschte mit den Zähnen. »Nein, nur unseren speziellen Pokal!«

Murren im Publikum. Schnell fügte er hinzu: »Und natürlich einen Reisegutschein für eine Wochenend-Städtereise für zwei Personen.«

Katharina hatte Augustin endlich gefunden. Sie zog ihn mit sich in Harrys Büro: »Sag mal, gibt es noch einen zweiten Zugang zum Unterbau der Brücke?«

Augustin schüttelte verwirrt den Kopf: »Nein, nur über den Maschinenraum. Warum?«

»Ich dachte, wenn die neue Brücke steht, dann –«

Bei Augustin fiel der Groschen sehr schnell: »Du meinst, der sprengt die gleich wieder? Mit uns allen drauf?«

»Ja, genau. Kann man ihm das irgendwie erschweren?«

Augustin dachte nach: »Klar. Wir verschweißen die Zugangstüren zum Maschinenraum. Dann muss er schon ziemlich klettern, wenn er wieder unter die Brücke will.«

Das war besser als nichts. Die neue Brücke würde sicher nicht so stabil sein wie die Erste und sich mit ein paar Ladungen C4, die man auch auf einer Klettertour mit sich nehmen konnte, zerstören lassen. Aber ein Kletterer war auffälliger als jemand, der sich durch die Schmugglerhöhlen schlich.

»Kannst du … Ich meine, habt ihr …?«

»Natürlich. Ich mache mich gleich an die Arbeit«, erwiderte Augustin, tief in seiner Handwerker-Ehre gekränkt.

Augustin ging neben Katharina her zurück zum Restaurantpavillon. Dabei sang er fröhlich »Glückauf ist unser Bergmannsgruß«.

Katharina konnte nicht anders, sie musste fragen: »Sag mal, Augustin, woher kannst du eigentlich alle diese Lieder?«

»Hab' ich aus Deutschland mitgebracht. Ich mag exotische Musik.«

»Exotisch?« Katharina fiel zu spät auf, dass diese Frage ziemlich idiotisch war.

Augustin lachte dröhnend: »Klar. Ist doch umgekehrt genauso. Die Touristen kaufen CDs mit unserer Musik wie blöde. Da habe ich mir eben diese Lieder mitgebracht. Und eine Tuba.«

Katharina hatte sich gemeinsam mit Andreas Amendt und Sandra Herbst in respektvoller Distanz zum Wasser an den Rand des Pools gesetzt. Es war schwierig, alle Gäste im Blick zu behalten. Direkt im Anschluss an den Turmspring-Wettbewerb würden sie unauffällig einen Zählappell abhalten müssen. Bisher hatte der Täter zwar nur nachts zugeschlagen, aber man konnte ja nicht wissen.

»Ha, die Reise gehört uns. Ich bin schon Punktführer.« Kristina und Dirk-Marjan eroberten die Sitzplätze neben Katharina.

»Erst musst du den Täter finden«, spottete Dirk-Marjan freundlich. »Vielleicht bin ich es ja. Und du bist das nächste Opfer.«

Kristina schüttelte lachend den Kopf: »Nein, nein. Bestimmt nicht. Ich habe schon in deinen Umschlag geschaut.« Dann blickte sie ängstlich zu Katharina: »Das war doch nicht gemogelt, oder?«

Döring hatte sich mit einem Megafon bewaffnet, mit dem er lautstark den Beginn des Wettbewerbs ankündigte. Die Springer sollten sich bitte am Fuß des Sprungturms versammeln.

Andreas Amendt stand plötzlich auf und streifte sich sein T-Shirt ab: »Kann ja nicht schaden, wenn auch jemand mal von oben draufschaut.«

»Ich wusste es: Du kannst nicht widerstehen!«, amüsierte sich Sandra Herbst. Sie drehte sich zu Katharina: »Andreas ist eine Wasserratte. – Und Sie?«

»Ich nicht.« Katharina schauderte.

Andreas Amendt musste ihre Unsicherheit gesehen haben. »Was? Eine Sportart, in der Sie nicht fit sind? Zu wenig Risiko?«

Katharina zuckte bei seinem letzten Wort zusammen. Er zog den richtigen Schluss: »Ausgerechnet Sie haben Angst vor Wasser?« In seine Verblüffung mischte sich Spott.

»Ja, ich kann nicht schwimmen! Zufrieden?«, blaffte Katharina ihn wütend an. »Und jetzt gehen Sie!«

Er wollte noch etwas sagen, entschied sich aber dagegen, drehte sich um und ging davon. Sandra Herbst legte eine Hand auf Katharinas Arm: »Sorry, Andreas kann ziemlich direkt sein.«

Katharina machte sich los. »Ich weiß.«

»Sie können wirklich nicht schwimmen?«, fragte Kristina ungläubig. »Ich dachte, als Polizistin –«

»Ich bin doch nicht bei der Wasserschutzpolizei«, knurrte Katharina. Kristina verstand und hielt den Mund.

Plötzlich stand Dirk-Marjan auf: »Ich denke, ich springe auch mal. Das sieht aus, als ob es Spaß macht.«

Auch er streifte sein T-Shirt ab und ging am Pool entlang zu der Treppe, die eine Felsenebene hinauf zum Sprungturm führte. Kristina sah ihm sehnsüchtig nach. Verständlich, dachte Katharina. Dirk-Marjan hatte eine Schwimmerfigur: kräftige Schultern, schmale Hüften, der ganze Körper gleichmäßig gebräunt.

Sandra Herbst musste Kristinas Blick auch bemerkt haben: »Warum sind Sie und Dirk-Marjan eigentlich kein Paar?« Offenbar war Amendt nicht der Einzige, der ziemlich direkt sein konnte.

»Ein was? Ein Paar? Dirk-Marjan und ich? Nein, wir ... wir sind nur beste Freunde«, antwortete Kristina stotternd.

Sandra Herbst musterte sie von oben bis unten mit hochgezogener Augenbraue. Kristina ließ betrübt den Kopf hängen: »Ach, ich weiß auch nicht. Egal, was ich mache ... Egal, wie oft ich ihm vorjammere, wie doof andere Männer sind ...«

»Oh je!« Katharina und Sandra Herbst hatten synchron aufgeseufzt, sahen sich an und prusteten los.

»Was ist?«, fragte Kristina gekränkt. »Hab' ich was falsch gemacht?«

Sandra Herbst verzog die Lippen zu einem süffisanten Lächeln: »Na ja, Sie hätten Schlimmeres anstellen können.«

»Echt? Was denn?«

»Ihn kastrieren«, antwortete Sandra Herbst dermaßen trocken, dass Katharina schnell die Hand vor ihren Mund schlagen musste, um nicht erneut aufzulachen.

»Warum das denn?«, fragte Kristina beleidigt.

Sandra Herbst rückte näher an sie heran: »Weil man einen Mann nicht als besten Freund adoptiert und ihm dann von anderen Beziehungen vorjammert. Außer, man will ihn loswerden.«

»Wirklich? Aber Dirk-Marjan ist immer so ...«

»Freundlich? Hilfsbereit? Ein guter Freund?«

Kristina nickte bedrückt.

»Tja«, fuhr Sandra Herbst fort. »Er hat sich wohl mit seiner Rolle abgefunden.«

»Aber er wollte doch nie mehr.«

»Und das glauben Sie wirklich?«

Kristina zögerte: »Na ja, am Anfang, als wir uns kennengelernt haben, da hat er mich immer eingeladen. Und mir Blumen geschenkt und so. Aber es ging nie weiter. Wollte wohl doch nicht.«

»Oder traute sich nicht?«

»Dirk-Marjan? Wieso sollte er sich nicht trauen? So, wie er aussieht?«

»Na ja, nach dem Unfall. Und den Operationen.«

»Was für einen Unfall?« Kristina sah Sandra Herbst mit offenem Mund an. »Was für Operationen?«

»Ach? Wissen Sie nichts davon? – Dann vergessen Sie, was ich gesagt habe. Schweigepflicht.«

»Doch! Bitte erzählen Sie!«

»Also gut. Aber behalten Sie es bitte für sich. Das kam raus, als wir ihn gestern untersucht haben. – Er hat mal einen Unfall gehabt. Sein Gesicht musste komplett wiederhergestellt werden. Ging eigentlich sehr locker damit um. Daher dachte ich …«

»Nein. Hat er nie gesagt. Der Arme …« Kristina blickte wieder sehnsüchtig zum Sprungturm.

»Und«, fuhr Sandra Herbst fort, »nach so einem großen Eingriff kann es sein, dass er sich hässlich fühlt. Gibt es ja auch bei Frauen, die glauben, sie seien zu unattraktiv oder zu dick und so. Dysmorphophobie nennt man das.«

»Aber das ist doch Quatsch. Er ist doch gar nicht …« Kristinas Stimme schwankte zwischen Mitleid und Empörung.

»Natürlich nicht.«

»Und Sie meinen, er will wirklich …? Oh je! Und jetzt?«, fragte Kristina bestürzt. »Was mache ich denn jetzt?«

»Die Wahrheit«, schlug Katharina vor.

»Soll Kristina ihn endgültig verschrecken?«, widersprach Sandra Herbst.

»Sehen Sie eine andere Möglichkeit?«

Sandra Herbst schüttelte den Kopf. Dann wandte sie sich an Kristina: »Ich fürchte, Frau Yamamoto hat recht. Sie werden das Risiko eingehen müssen. Sagen Sie es ihm.«

»Und sorg dafür, dass ein Bett in der Nähe ist«, warf Katharina pragmatisch ein. »Brauchst du Kondome?«

»Nein. Ich hab' … ich dachte … jetzt im Urlaub …«

»Da hast du vorgesorgt?«

Kristina bejahte schüchtern. Sie grübelte eine Weile vor sich hin. »Hoffentlich begreift er es«, murmelte sie. »Bin schon mal nur in Slip und BH zu ihm rüber in seinen Bungalow, um mir seine Hautlotion zu borgen. Hat mir sogar den Rücken eingecremt. Und nichts!«

Dirk-Marjan schien wirklich ein schwerer Brocken zu sein, dachte Katharina.

»Und was mache ich, wenn er wieder ...?«, fragte die junge Frau ängstlich.

Sandra Herbst legte ihr den Arm um die Schulter: »Dann ist er Sie auch nicht wert. – Es gibt genügend andere Männer.«

»Ja, aber keine Netten, Einfühlsamen.«

»... die sich nicht als geisteskranke Mörder entpuppen«, ergänzte Katharina Kristinas Satz für sich, während sie schaudernd an ihren Kuss mit Andreas Amendt dachte. Aber das würde sie Kristina nicht sagen. War ja nicht nötig, auch noch das letzte Bisschen Hoffnung in ihr zu zertreten wie einen hässlichen Käfer.

Plötzlich ging ein Ruck durch Kristina. Sie stand auf und verkündete heroisch: »Ich werde es ihm sagen. Gleich nach dem Wettbewerb!«

Wie zur Untermalung ihres Satzes klatschte es laut im Wasser. Hatte der Wettbewerb schon begonnen? Doch das Wasser unter dem Sprungturm war ruhig.

Kristina schrie plötzlich auf und zeigte auf das Wasser auf der anderen Seite des Pools. Dort trieb ein bekleideter Mann mit dem Gesicht nach unten. Er rührte sich nicht und das Wasser um ihn herum färbte sich rot.

Katharina sprang auf, griff gleichzeitig in ihre Handtasche und zog ihre Pistole hervor. Sie blickte nach oben, zum Ende der hohen Felswand, von der der Mann heruntergestürzt sein musste. Und dann sah sie es: Paviane! Ihr Kreischen mischte sich in die Schreie der anderen Gäste.

Wieder ein Klatschen. Diesmal unter dem Sprungturm. Katharina sah, wie jemand unter Wasser auf den Verletzten zu schwamm. Ein zweiter Klatscher. Noch jemand kam zu Hilfe. Katharina konnte nicht erkennen, wer. Die beiden packten den Verletzten zogen ihn zum Beckenrand. Da niemand sonst es wagte, überwand Katharina ihre Angst und versuchte, den Mann an Land zu ziehen. Andreas Amendt und Dirk-Marjan tauchten gleichzeitig aus dem Wasser auf und kamen ihr zu Hilfe.

In diesem Moment ergoss sich ein Bombardement aus Steinen und Ästen auf sie und die anderen Gäste. Dirk-Marjan und Andreas Amendt packten den Verletzten. Katharina kommandierte: »In die Sporthalle!«

Auch Sandra Herbst war aus ihrer Starre erwacht. Sie fasste Kristina an der Hand und zog sie mit sich. Katharina rannte um das Becken, trieb Gäste an, die dort auf Liegestühlen gesessen hatten.

Als sie gerade das Tankstellenbesitzerspaar aufgescheucht hatte, schlug neben ihr ein besonders schwerer Gegenstand auf: ein abgerissener Arm.

Ohne nachzudenken, packte Katharina die Gliedmaße und rannte gleichfalls in die Deckung der Sporthalle.

Die Gäste drängten sich in der hintersten Ecke. Nur Andreas Amendt und Sandra Herbst kümmerten sich um den Verletzten, den sie auf die große Sportmatte gelegt hatten. Sandra Herbst hatte ihr T-Shirt ausgezogen und presste es auf den Armstumpf, während Andreas Amendt versuchte, den Mann am Leben zu erhalten.

Katharina sah sich um. Hier waren sie fürs Erste vor dem Bombardement geschützt. Doch was war, wenn die Affen herunterkamen? Und warum waren die Viecher überhaupt frei?

Später! Erst mussten die Gäste in Sicherheit gebracht werden. Nur wo und wie?

Na klar! Hier unten war doch der Eingang zu den Schmugglerhöhlen! Katharina rüttelte an der schweren Stahltür. Abgeschlossen. Doch das Schloss war einfach. Sie griff nach ... Verdammt, ihre Handtasche lag noch am Pool. Sie hatte nur ihre Pistole mitgenommen.

Sie sprang zu den Gästen, die sich hinter den Kraftmaschinen verschanzt hatten: »Schnell! Hat jemand eine Haarnadel?«

Die Gäste rührten sich nicht. Doch in der Frisur der professionellen Witwe sah Katharina, was sie brauchte. Sie griff zu, ignorierte den Schmerzensschrei und hielt eine extragroße Haarnadel in der Hand. Perfekt.

Sie bog die Haarnadel zurecht und begann, im Schloss der Tür herumzufuhrwerken. Endlich sprang die Tür auf.

»Schnell, alle hier hinein!«, befahl sie.

Das ließen sich die Gäste nicht zweimal sagen. Dirk-Marjan war als Erster an der Tür: »Achtung, dunkel! Achtung, Treppe!«, rief er den anderen zu. Er wartete, bis der Letzte durch die Tür war, immer wieder befehlend: »Freie Stufe finden, hinsetzen! Ganz am Rand!«

Katharina schlug ihm bewundernd auf die Schulter. Er wusste wirklich, was er tat. Er drehte sich zu ihr um: »Komm, du auch!«

»Nein, ich ...« Sie deutete auf Sandra Herbst, Andreas Amendt und den Verletzten und hob die Hand mit der Pistole.

»Soll ich auch hierbleiben?«, fragte er sofort.

»Nein. Geh.« Sie schob ihn durch die Tür und ließ sie ins Schloss fallen. Dann zog sie den Stift aus der Klinke und zog sie ab. Eine Tür ohne Klinke sollten die Affen nicht aufkriegen.

Katharina spurtete zur offenen Front der Halle, kauerte sich auf den Boden hinter eine Säule, ihre Pistole im Anschlag. Von hier aus konnte sie die ganze Pool-Landschaft überblicken.

Hinter ihr wurde es still. Katharina sah über die Schulter. Andreas Amendt und Sandra Herbst hatten aufgegeben und hockten erschöpft neben dem Toten. Katharina erkannte, wer es war: Pfarrer Giesler. Wie kam der zu den Affen? Und wo war seine Frau? Sie hatte sie unter den Gästen nicht gesehen. Hoffentlich war sie in Sicherheit.

Katharina gab den beiden Ärzten Handzeichen. Sie sollten sich verstecken. Sandra Herbst sprang auf und zog Amendt mit sich. Sie verkrochen sich hinter ein paar Kraftmaschinen.

Katharina beobachtete wieder die Pool-Landschaft. Rechtmäßige Bewohner der Insel oder nicht: Wenn ihr ein Tier vor die Mündung kam, würde sie es abschießen.

Die Zeit zog sich. Immer wieder hörte sie das Kreischen der Affen. Sie mussten jetzt durch die ganze Anlage toben. Unter das Kreischen mischten sich hin und wieder dumpfe Schüsse. Betäubungspistolen.

Fast zwei Stunden kauerte Katharina auf ihrem Wachposten. Die Geräusche wurden allmählich weniger. Manchmal hörte sie Harry oder Augustin Kommandos rufen. Einmal meinte sie auch, den Motor eines Fahrzeugs zu hören.

Sie wähnte sich fast schon sicher, als sich ein dunkles, gedrungenes Bündel die Treppe zur Pool-Landschaft hinabschob. Ein Pavian, noch dazu ein ziemlich großer. Er ließ sich Zeit und wühlte in den Dingen, die die Gäste in ihrer Panik zurückgelassen hatten, nach etwas Essbarem. Doch er kam immer näher. Katharina legte an. Paviane konnten sehr schnell sein. Sie wusste nicht, ob sie die Zeit für mehr als einen Schuss haben würde. Sorgfältig zielte sie, atmete aus, legte den Finger an den Abzug ...

Doch bevor sie abdrücken konnte, sackte der Affe zusammen, kreischte noch einmal auf und fiel um. Aus seiner Schulter ragte ein Betäubungspfeil. Kurz darauf kamen Augustin und zwei seiner Männer nach unten gelaufen, ihre Pistolen noch im Anschlag. In der anderen Hand hielt Augustin ein Peilgerät. Er blickte auf das Display des Geräts und bedeutete seinen Männern, das Tier fortzubringen.

Dann entdeckte er Katharina. »Das war der Letzte!«, rief er ihr zu.

Katharina ließ sich erschöpft gegen die Säule sinken, hinter der sie Deckung gesucht hatte. Augustin streckte ihr die Hand hin und half ihr aufzustehen. Auch Andreas Amendt und Sandra Herbst wagten sich aus ihrer Deckung.

Als er den Toten entdeckte, runzelte Augustin die Stirn: »Ist er ...?«

Katharina nickte stumm.

»Und die anderen Gäste? Oben haben wir nur seine Frau.« Er deutete auf den Toten.

Richtig. Die anderen Gäste. Katharina ging zur Tür, steckte die Türklinke zurück an ihren Platz und öffnete. Geblendet vom hellen Licht tasteten sie sich einer nach dem anderen nach draußen. Kristina kam allein heraus. Katharina hielt sie auf: »Wo ist Dirk-Marjan?«

»Der wollte schauen, ob er den anderen Ausgang findet. Hilfe holen.«

»Oh je, die anderen Ausgänge sind abgeschlossen«, sagte Augustin. »Ich schaue gleich, dass ich ihn befreie.«

Während Harry und ein paar Angestellte die anderen Gäste nach oben führten, begleitete Katharina Augustin zu dem Bungalow, in dem der Schnorchel des Poseidon endete. Tatsächlich war Dirk-Marjan dort: »Sorry«, sagte er beschämt, als Augustin die Tür des Häuschens öffnete. »Aber ich dachte, ich komme hier raus.«

»Nicht ohne Schlüssel, wenn der Bungalow nicht belegt ist.«

»Ach, das konnte ich nicht wissen. Wollte nur helfen.«

Augustin hielt ihm eine kurze, aber ausgesprochen strenge Strafpredigt über unerlaubte Ausflüge in die Schmugglerhöhlen. Dirk-Marjan trollte sich beschämt.

Katharina und Augustin gingen zurück zu den Hauptgebäuden. Sie sah, dass er noch immer das Peilgerät in den Händen hielt. »Was ist das?«, fragte sie.

»Die Paviane haben alle kleine Sender eingepflanzt bekommen«, erläuterte Augustin. »Falls mal einer aus seinem Gehege entkommt. Damit kann ich sie anpeilen. Sind jetzt aber wieder alle hinter Schloss und Riegel.«

»Wisst ihr schon, wie …?«

»Das Tor war auf. Keine Ahnung, warum.«

»Und wie kam der Giesler zu den Affen?«

Augustin blieb stehen. »Das ist meine Schuld. – Er hat mich vorhin nach den Viechern gefragt. Ob man die sehen kann. Und da hab' ich ihm den Weg erklärt. Hab' ihm aber gesagt, dass er aufpassen muss. Nicht so nahe an den Zaun gehen, nicht füttern und so weiter.«

Katharina sah, dass Augustin schwer betroffen war. Deshalb sagte sie: »Komm, das hast du doch nicht wissen können.«

Er trat wütend einen Kiesel weg: »Es ist aber mein Job, so was zu wissen. Und zu verhindern.«

Umgeworfene Möbel, zerbrochene Flaschen; die Affen mussten sich an den süßen Likören in der Bar gütlich getan haben, während sie den Restaurantpavillon verwüstet hatten.

Harry hatte die Gäste deshalb in die Rezeption bringen lassen, die bis auf ein paar durcheinandergeworfene Kissen unberührt geblieben war.

Er wandte sich mit lauter Stimme an die Gäste: »Die Affen sind alle wieder eingefangen. Wir haben es überstanden. Und die Bungalows sind alle intakt.«

»Warum knallt man die Bande nicht einfach ab?«, ereiferte sich Charlie Buchmann.

Harry erklärte: »Die Tiere stehen auf der Roten Liste und –«

»Die gehören auf keine Liste, sondern auf die Speisekarte.«

Keine Widerworte vom Freiherrn? Katharina sah sich um. Wo steckte der denn? Fehlte etwa noch jemand?

»Vermisst einer von Ihnen jemanden?«, fragte sie laut dazwischen.

»Was?«, erregte sich Charlie Buchmann weiter. »Sie wollen jetzt ernsthaft das Krimispiel spielen?«

»Nein, ich versuche festzustellen, ob sonst noch jemand zu Schaden gekommen ist«, antwortete Katharina ärgerlich. »Also? Vermisst jemand irgendwen?«

Die meisten schüttelten den Kopf, bis plötzlich der Studienrat vermeldete: »Der Franzmann fehlt!«

Katharina sah zu Augustin, der rasch begriff und einem seiner Männer etwas zuflüsterte. Der Angestellte eilte davon.

»Sonst noch jemand?«, fragte Katharina.

Allgemeines Kopfschütteln.

»Sehr gut«, übernahm Harry das Wort. »Das Restaurant hat es am schlimmsten erwischt. Dort müssen wir –«

»Na, dann packe mer des mal an«, verkündete eine rundliche ältere Frau. Die Frau des Tankstellenbesitzers.

»Was?«, fragte Harry überrascht.

»Isch weiß net, wie's den annern hier geht, aber isch hab' noch gelernt, dass in der Not alle mit anpacke duun. Umso schnellä hammer unser Restaurant zurück.«

»Das ist wirklich nicht –«

»Rumsitze könne mer auch daheim. Und mei Mudder hat damals nach dem Kriech ein ganzes Dorf widda aufgebaut. Da ist doch so ein Restaurant a Klacks gesche.«

»Aber das ist nun wirklich nicht –«

»Sie und ihre Männa ham schon die ganze Zeit geackert und Programm gemacht, damit wir kei Panik kriesche. Nun könne mer auch mal was duun. Die da«, sie deutete auf Katharina, »kann ja Punkte vergäbe für den fleissischste Aufräumer. Außerdem, des Nixtun macht misch ramdösisch. Wo iss'n der Putzkram? – Und anschließend mach' isch für uns all a lecker grie Soß, damit mir was Anschdändisches zu esse kriesche auf den Schreck.«

Katharina musste zugeben, dass die Idee gut war. »Zehn Punkte für jeden, der am Aufräumen teilnimmt«, rief sie.

Das war genau der richtige Hinweis gewesen. Alle Gäste erhoben sich. Die Frau des Tankstellenbesitzers trieb sie energisch in die Hände klatschend in Richtung Restaurantpavillon davon.

Katharina sah der Gruppe nach. Dann fiel ihr auf, dass sie noch jemanden nicht gesehen hatte: »Wo ist denn die Frau von diesem Giesler?«

»Sitzt in meinem Büro«, antwortete Harry. »Sandra und Doktor Amendt kümmern sich gerade um sie und den Döring.«

Richtig. Der Döring. »Wo war der denn abgeblieben?«

»Hat sich auf den Sprungturm geflüchtet, als die Geschichte losging. Dann ist ihm eingefallen, dass er Höhenangst hat. Doktor Amendt hat ihn gerade runtergelotst.«

Frau Giesler saß auf einem Stuhl, totenbleich, aber kerzengerade. Katharina setzte sich zu ihr.

»Darf ich Ihnen ein paar Fragen stellen?«

Frau Giesler antwortete mit monotoner Stimme: »Ja, fragen Sie. Bevor ich völlig den Verstand verliere.«

»Waren Sie zusammen mit ihrem Mann oben bei den Pavianen?«

»Wir machen uns nichts aus Turmspringen. Und da dachten wir, wir nutzen die Zeit und füttern die Affen.«

»Füttern? Wissen Sie nicht, dass das untersagt ist?«

»Ich wollte ja auch nicht. Aber mein Mann hat gesagt, das ginge in Ordnung. Er hatte eine Tüte Äpfel dabei. Und den Schlüssel.«

»Er hatte den Schlüssel zum Gehege? Hat er gesagt, woher?«

»Nein.«

»Aber da oben stehen doch überall Schilder, dass man ...«
»Das habe ich ihm auch gesagt, aber Hans, also mein Mann ... na ja, er hat nie viel von Verboten gehalten. Die Zehn Gebote seien ausreichend für ihn, hat er gesagt.«
»Sie sind also nach oben zum Gehege gegangen. Und dann?«
»Na ja, wir hatten uns vorher ein bisschen gekabbelt. Und Hans wollte sich versöhnen. Hatte einen Piccolo-Sekt dabei.«
Schon wieder ein Piccolo. »Sekt? Hat er gesagt, wo er den herhat?«
»Meinte, der hätte bei uns auf dem Zimmer gestanden.«
»Und als Sie den Sekt getrunken haben ...«
»Dazu sind wir gar nicht gekommen. Hans wollte mit mir ins Gehege gehen, aber ich hab' mich nicht getraut. Also ist er vorgegangen mit den Äpfeln, um zu zeigen, dass es harmlos ist. Und dann ... brach die Hölle los. Und ich bin weggerannt. Hierher. Um Hilfe zu holen.«

Katharina fragte: »Die Sektflasche haben Sie nicht mehr, oder?«
»Nein, natürlich nicht«, antwortete Frau Giesler ärgerlich. »Die muss noch da oben liegen. – Ich meine, was hätte ich denn tun können? Die Affen haben meinen Mann sofort angegriffen.«

Sandra Herbst legt ihr den Arm um die Schultern: »Nichts. Sie haben alles richtig gemacht. – Kommen Sie, ich bringe Sie in Ihren Bungalow.«

Frau Giesler erhob sich. Katharina wollte den beiden gerade die Tür öffnen, als ihr die Klinke aus der Hand gerissen wurde. Augustin kam hereingestürmt: »Dieser Jean-Luc ... der macht nicht auf. Wir brauchen die Karte mit dem Zentralschlüssel.«

Das klang nicht gut. Harry zog eine Schublade seines Schreibtisches auf und entnahm ihr eine Schlüsselkarte: »Kommt. Sehen wir uns das mal an.«

Unterwegs hatten sie noch Andreas Amendt aufgegabelt. Javier hatte sich ihnen ebenfalls anschließen wollen, aber Harry meinte, es wäre besser, wenn er zurückbliebe und nach den übrigen Gästen sah.

Außer Atem hatten sie Jean-Lucs Bungalow erreicht. Harry schob die Schlüsselkarte ins Schloss und schob die Tür auf. Im

Bungalow war es dunkel, die Vorhänge waren zugezogen. Katharina tastete vorsichtig nach dem Lichtschalter.

Es wurde dämmrig-hell. Auf dem Bett lagen der Freiherr und Jean-Luc ordentlich nebeneinander, mit gefalteten Händen, fast wie auf einer mittelalterlichen Grabplatte. Allerdings waren sie nackt ... und ihre Kehlen waren durchgeschnitten!

Beide waren bleich, ihre Lippen dunkel und um ihre Hälse hatte sich eine große Blutlache gebildet. Andreas Amendt wollte die beiden untersuchen, doch Katharina hielt ihn zurück. Etwas stimmte nicht an diesem Bild. Nur was? Sie atmete tief ein ... und plötzlich wusste sie es: Es sollte nach Eisen und gammeligem Fleisch riechen. Doch die Luft im Bungalow war frisch. Sie besah sich die Blutlachen genauer: Sie waren viel zu gleichmäßig. Es gab keine Spritzer, dabei sprudelte eine durchtrennte Halsschlagader wie ein Springbrunnen. Katharina tippte mit dem Finger in das Blut.

»Was machen Sie denn da?«, fragte Andreas Amendt entsetzt.

Doch Katharina hatte den Finger schon in den Mund gesteckt. Angewidert spuckte sie aus: »Das Blut ist nicht echt! Lebensmittelfarbe, Mehl und Wasser!«

Mit der Fingerkuppe wischte sie über die Wange des Freiherrn: Ihre Finger wurden weiß. Das war Make-up!

Schnell tastete sie nach dem Puls: Er war langsam, aber gleichmäßig.

»Die leben noch!«

Andreas Amendt riss sein Stethoskop aus dem Rucksack und horchte die beiden ab. »Betäubt!«, sagte er und blickte sich um. »Dort!«

Katharina sah zum Schreibtisch. Dort standen ein leerer Piccolo-Sekt und zwei Gläser. Katharina trat heran. An der kleinen Flasche lehnte ein Umschlag mit der Aufschrift »Yamamoto«. Eine Botschaft für sie?

Sie fischte ein Paar Einweghandschuhe aus Amendts Rucksack, streifte sie über und nahm vorsichtig den Umschlag. Er war nicht zugeklebt und enthielt eine Ansichtskarte: Golden Rock bei Sonnenaufgang. Katharina drehte die Karte um. Die Botschaft war in großen, sorgfältig gemalten Blockbuchstaben geschrieben:

Damit Ihr Spiel etwas Realismus bekommt.
Mit blutigen Grüßen, die 1219 Romans

Oh Schei... Katharina kam nicht dazu, weiterzudenken. Hinter ihr brach Geschrei aus. Andreas Amendt versuchte den Freiherrn und Jean-Luc zu bändigen, die er mit Riechsalz aus der Betäubung geholt hatte – und die sich wohl im gleichen Moment gegenseitig erblickt hatten.

»Das ist nur Make-up!«, bellte der Arzt. »Sie sind unverletzt!«

Dann drückte er sie zurück auf das Bett. Doch Jean-Luc richtete sich gleich wieder auf. Amendt wollte ihn zurückhalten, aber der Franzose griff bloß nach der Bettdecke, um damit seine Blöße zu verdecken. »Merde!«, stieß er aus.

Dann zeigte er mit dem Finger auf Katharina: »Das 'ier 'aben Sie nischt gesehen. Kein Wort zu irgendschämandem!«

Von Weillher stieß ein beleidigtes »Tsch!« aus.

Jean-Luc drehte sich zu ihm: »Isch 'abe einen Ruf zu verlieren! Isch kann mir das nischt leisten! Isch bin nisch reisch!«

Der Freiherr setzte an, etwas zu sagen, doch Katharina bremste ihn mit einer Handbewegung: »Keine Sorge, von mir erfährt niemand ein Wort.«

Jean-Lucs Gesicht verzerrte sich in zorniger Erkenntnis: »Das ist die Krimi-Spiel, oder?«

Katharina war völlig überfahren, doch ausgerechnet von Weillher kam ihr zu Hilfe. Seine Sprache war zwar noch etwas verwaschen, aber sein Denken war klar: »Natürlich! Ich dachte, du warst eingeweiht!«

Jean-Luc sah ihn verdutzt an und schüttelte den Kopf.

»Wir spielen die Rolle der Leichen! Damit das Spiel etwas Realismus bekommt. Und nachdem du einfach eingeschlafen bist ... übrigens sehr unhöflich, nicht wahr, Frau Yamamoto?«

Katharina bejahte stotternd, doch der Freiherr beachtete sie nicht: »Da habe ich dich und mich eben geschminkt. Aber wenn du nicht mitspielen willst ...«

»Isch? Mitspielen? Non!«, empörte sich Jean-Luc. »Raus 'ier!«

»Anziehen darf ich mich schon noch?«, fragte der Freiherr giftig. »Du willst doch sicher nicht, dass ein nackter Mann aus deinem Bungalow kommt. Was sollten denn da die anderen Gäste denken?«

Der Freiherr hatte eilig seinen Tropenanzug übergestreift und mit einem Handtuch notdürftig Make-up und Kunstblut aus dem Gesicht gewischt. Er, Katharina und Andreas Amendt standen vor dem Bungalow von Jean-Luc. Von drinnen hörten sie, wie sich Jean-Luc laut fluchend unter der Dusche abschrubbte.

»So ein Kretin!«, eiferte sich der Freiherr.

Andreas Amendt hob besänftigend die Arme: »Sie sind betäubt worden. Da —«

»Er kann nicht mal zu sich selbst stehen!«

»Ist er bi?«, fragte Katharina.

»Bi?« Der Freiherr schüttelte entrüstet den Kopf: »Nein, der ist verklemmt. Man könnte ja was merken.«

»Na ja, nicht jeder ...«

»Ach, dann soll er nicht gleichzeitig flirten.«

»Was ist überhaupt passiert?«

»Jean-Luc und ich ... also, die Selbstverteidigungsstunde, die war sehr erregend. Da haben wir uns gedacht, wir schenken uns den Turmspring-Wettbewerb und sind hierher. Wir haben zusammen geduscht und dann wollten wir ins Bett. Vorher haben wir noch diesen Sekt getrunken, der da stand. Und ... Na ja ...«

»Haben Sie irgendjemanden gesehen?«

»Nein. – Und jetzt entschuldigen Sie mich. Ich brauche selbst eine Dusche.«

Er stakste davon. Katharina sah ihm nach. Ihre Finger umklammerten noch immer die Ansichtskarte von den 1219 Romans.

Harry nahm sie ihr aus der Hand und las sie. Dann sah er auf: »Du weißt, was das bedeutet, oder?«

Katharina nickte matt: »Der spielt mit uns. Mit mir! Das ist eine Kriegserklärung!«

Jemand wusste, wer sie war und was sie tat. Er beobachtete sie. Das konnte nur heißen, dass sich der Täter unter den Gästen verbarg. Oder beim Personal? Katharina hielt das für unwahrscheinlich. Harry und Döring konnte sie ausschließen. Und die »blutigen Grüße«? Das war ein »Jack The Ripper«-Zitat. Ein Insider-Witz. Katharina konnte sich nicht vorstellen, dass das jemand von den Angestellten wusste. Augustin vielleicht, aber der war ja auf Affenjagd gewesen.

Harry sah angestrengt auf den Computermonitor in seinem Büro. Dann winkte er Katharina, die sich in einen Sessel hatte fallen lassen, zu sich. »Siehst du das?«

Der Monitor zeigte eine Tabelle mit langen Zahlenreihen, die Katharina überhaupt nichts sagten. Harry erklärte: »Wir haben hier für alle Bungalows eine elektronische Schließanlage. Die zeichnet auch ganz genau auf, wann welche Tür geöffnet wird. Das hier ...«, er klickte mit der Maus auf eine Zeile, »ist der Bungalow von diesem Jean-Luc. Er hat ihn heute Morgen zum Frühstück verlassen. Da.« Harry zeigte auf eine Uhrzeit. »Und dann nur noch einmal wieder betreten, bevor wir mit dem Generalschlüssel gekommen sind.«

Katharina hatte plötzlich eine Eingebung »Gib mir noch mal die Karte!«

»Damit ihr Spiel etwas Realismus bekommt«, las sie. Natürlich! Genau das hatte von Weillher auch gesagt. Zu Jean-Luc! Die beiden allein im Bungalow. Niemand sonst hatte Zutritt.

Katharina knurrte in sich hinein: »Der Freiherr. Den knöpfe ich mir vor.«

In der Rezeption hatten sie Andreas Amendt aufgesammelt, der gerade einem Gast eine kleine Wunde verbunden hatte. »Keine Sorge, nur vom Kräuterschneiden«, sagte er zu Katharina. »Die Frau Kerbel führt ein strenges Regiment in der Küche.«

Auf dem Kiesweg zum Bungalow des Freiherrn kam ihnen Kristina entgegen. Allein. Sie stockte, als sie Katharina sah: »Jetzt gibt es bestimmt Punktabzug, oder?«

Katharina wollte gerade ihre Rolle als Spielleiterin spielen, als sie sah, was Kristina in den Händen hielt.

»Wo hast du den Sekt her?«, fragte sie barsch.

»Den ... den hat mir Dirk-Marjan gegeben«, antwortete Kristina erschrocken. »Meinte, der habe in seinem Zimmer gestanden.«

»Wo ist Dirk-Marjan jetzt?«

»Auf der Aussichtsplattform. Die Baufahrzeuge sind gekommen. Auf der anderen Seite. Das wollte er fotografieren. Um den Aufbau der Brücke zu dokumentieren. Und da dachte ich, Sekt und Sonnenuntergang ... das wäre doch der richtige Moment für ... du weißt schon«, erklärte Kristina mit hastiger Begeisterung.

»Warum seid ihr nicht bei den anderen? Im Restaurantpavillon?«

»Die Kerbel hat uns freigegeben. Vor allem dem Dirk-Marjan«, sprudelte Kristina weiter. »Weil der doch heute schon so viel gemacht hat. Und ... Leggersche hat sie ihn genannt. Ist das nicht süß?«

Katharina packte sie an den Schultern: »Ist noch jemand bei Dirk-Marjan?«

Kristina schüttelte den Kopf: »Nein, ich ... ich glaube nicht.«

Verdammt! Katharina ließ Kristina los und rannte davon.

Natürlich. Das Ganze war ein Ablenkungsmanöver gewesen. Der Freiherr hatte sein nächstes Opfer schon ausgesucht! Katharina spurtete durch das Felsenlabyrinth. Hoffentlich kam sie nicht zu spät.

Die Aussichtsplattform war leer. Dort stand nur eine Fototasche. Und von der Brüstung tropfte träge eine rote Flüssigkeit: Blut. Diesmal echt, da war sich Katharina sicher.

Das konnte nur heißen, dass ... Katharina sah in den Abgrund. Dort, im Wasser am Fuß der Felswand, trieb ein lebloser Körper.

Endlich hatten die anderen sie eingeholt. Und noch bevor sie jemand aufhalten konnte, war auch Kristina an die Brüstung getreten und hatte hinabgeschaut. »Oh nein!« Sie streckte die Hand nach dem Körper aus, als könnte sie ihn fassen und wieder zu sich hochziehen. »Dirk-Marjan!«

Blues, Indeed

Einen Augenblick lang sah es so aus, als wolle Kristina ihren Dirk-Marjan mittels magischer Kräfte wieder zu sich hoch beschwören. Sie streckte die Hände nach ihm aus, lehnte sich weit über die Brüstung, ihre Füße standen schon nicht mehr auf dem Boden.

Katharina schlang die Arme um Kristinas Hüften und zerrte die sich heftig Wehrende zurück. Endlich ließ die Kraft der jungen Frau nach, ihr Körper wurde schlaff; Katharina lehnte sie an den Felsen.

Kristina sah sie mit glasigen Augen an: »Das ist überhaupt gar kein Krimi-Spiel, oder? Das ist echt?«

Katharina bejahte leise. Kristina wurde totenblass und sank gegen die Felswand. Plötzlich stand Harry neben ihnen. Er hob die junge Frau mit Leichtigkeit auf. »Ich bringe sie zu Sandra«, sagte er über die Schulter. Dann verschwand er zwischen den Felsen.

Andreas Amendt beugte sich zu Katharina: »Sind Sie in Ordnung?« Statt einer Antwort streckte Katharina ihm ihre Hand hin, damit er ihr aufhalf.

Die Sonne stand bereits dicht über dem Horizont. Sie würden nicht viel Zeit haben, den Tatort zu untersuchen. Also begann Katharina, die Aussichtsplattform systematisch abzuschreiten. Es musste ein heftiger Kampf gewesen sein. Nicht nur auf der Brüstung war Blut. Handabdrücke auf dem Boden, Spritzer auf den Felsen, der Tragegurt der Fototasche war abgerissen. Dirk-Marjan hatte sich bis zuletzt gewehrt. Nur gegen wen? Es brauchte schon ziemliche Kraft, einen erwachsenen Menschen über die Brüstung zu werfen. War der Freiherr wirklich so stark?

Plötzlich hörte Katharina hinter sich ein Kratzen. Sie drehte sich um und erstarrte. Aus einer Felsspalte kam ein Pavian: ein großes Tier, ein behaartes Muskelbündel.

Der Affe betrachtete sie. Neugierig, aber ohne Drohgebärden. Wie hatte der Freiherr das gemacht? Katharina ließ sich in die Hocke nieder und flüsterte: »Keine Angst, ich bin ganz harmlos!« Etwas Besseres fiel ihr nicht ein. Aber vermutlich kam es auf den Ton an.

Das Tier kam langsam mit schlurfenden Schritten auf sie zu. Jetzt nur nicht provozieren. Katharina blieb still hocken. Der Affe stand jetzt fast Gesicht an Gesicht mit ihr. Er streckte die Arme aus, legte sie auf Katharinas Schulter …

… und ließ sich sanft an sie sinken. Er war so schwer, dass Katharina beinahe nach hinten umkippte. Schnell streckte sie die Beine aus, sodass sie ganz auf dem Boden saß. Der Affe blickte noch einmal zu ihr hoch – erst jetzt sah Katharina, dass sein Blick glasig war – und kuschelte sich an ihren Busen. Dann war er eingeschlafen.

Jetzt wusste Katharina, was nicht stimmte. Das Tier war stoned von den Nachwirkungen eines oder mehrerer Betäubungspfeile. Aber was machte es dann hier? Hatte Augustin nicht gesagt, dass sie alle Affen gefunden und wieder eingesperrt hatten? Katharina legte ihrerseits die Arme um den Affen und wiegte ihn. Solange er schlief, konnte er wenigstens keine Gliedmaßen ausreißen.

Amendt, der langsam um sie herumging, flüsterte ihr zu: »Das nennt man übrigens Affenliebe!«

Katharina war nicht nach Scherzen zumute. »Tun Sie was!«, zischte sie.

»Schon dabei!« Amendt fischte eine Spritze und eine Ampulle aus seiner Tasche. »Natrium-Pentothal! Betäubungsmittel!«

Er ließ die dünne Nadel in den Oberarm des Affen gleiten. Das Tier zuckte zwar ein wenig, wachte aber nicht auf. Befriedigt steckte Andreas Amendt die Spritze weg.

Die Muskulatur des Affen erschlaffte vollständig. Katharina schob ihn vorsichtig von sich runter und stand leise auf. Eigentlich sah das Tier ganz friedlich aus. So konnte man sich täuschen.

In diesem Augenblick bog Harry in Begleitung von Augustin um die Ecke. Katharina bedeutete ihnen, leise zu sein und zeigte auf den Affen.

Augustin trat vorsichtig an das Tier heran. Dann hob er es hoch, wuchtete es über die Brüstung und ließ es in den Abgrund stürzen. Dabei murmelte er wütend vor sich hin.

»Was soll …?«, fragte Katharina entsetzt.

»Verdammte Drecksviecher«, fuhr Augustin auf Deutsch fort. »Haben genug Schaden angerichtet.«

»Wie kommt der überhaupt hierher?«, fragte Harry.

Augustin fauchte wütend: »Kein Ahnung. Den da hab' ich selbst ins Gehege gebracht.«

»Sicher?«

»Ganz sicher. Und er war betäubt. Sollte noch gar nicht wieder richtig wach sein.«

»Dann hat ihn jemand hierher gebracht?«

Augustin bejahte zornig. »Wenn ich den zu fassen kriege.«

»Irgendeine Ahnung, wer?«, fragte Katharina. »Wer kann so gut mit Affen umgehen?«

Augustin starrte in den Abgrund. »Nur der adelige Umweltheini. Die Affen gehorchen dem aufs Wort. Warum auch immer.«

»Ich schätze es nicht, wie ein Gefangener behandelt zu werden.« Der Freiherr war nicht gerade glänzender Laune. »Eingeschlossen! Und Wächter vor der Tür! Das ist Freiheitsberaubung!«

Harry hatte, sicher war sicher, eine Wache vor von Weillhers Bungalow postiert, als er Kristina in die Rezeption gebracht hatte, wo sich Javier um sie kümmerte.

Katharina ignorierte das adelige Zetern, während sie den Bungalow durchsuchte. Schließlich stand sie im Bad, das wie bei ihr zwischen Felsen unter freiem Himmel lag: Ihr fiel wieder ein, wie sie beim ersten Besuch der Schmugglerhöhlen durch das Badezimmer eines unbewohnten Bungalows ins Freie gekommen waren. Gab es hier auch einen geheimen Ausgang?

Der Felsblock hinter der Badewanne war etwas niedriger als die anderen. Es musste doch möglich sein, drüberzuklettern?

Sie stieg auf die Toilette, trat dann auf den Badewannenrand und zog sich am Felsen hoch. Sie hatte recht. Auf der anderen Seite des Felsens lief ein schmaler Pfad vorbei. Sie ließ sich am Fels herabgleiten und folgte dem Pfad.

Er führte zu vier weiteren Bungalows, die um die Felsformation herum gebaut worden waren: Katharina kletterte der Reihe nach hinein. Der erste Bungalow war der von Jens Mandeibel, der Zweite der von Jean-Luc. Den Dritten hatte sie noch nicht von innen gesehen, aber auf dem Schreibtisch lag der Reisepass von Dirk-Marjan. Und der letzte Bungalow war der, in dem sie beim ersten Ausflug in die Schmugglerhöhlen wieder ans Tageslicht gekommen waren. Katharina erkannte die Felsformation wieder, durch die man zum Schnorchel des Poseidon kam.

Zugang zu zwei Mordopfern und zu einem geheimen Ausgang, durch den man zu jedem anderen Teil der Insel gelangen konnte.

Der Freiherr wollte schon wieder losmeckern, als Katharina ein wenig verstaubt, aber zufrieden aus dem Bad trat, doch sie schubste ihn mit einer Hand in einen Korbsessel.

»Sie haben hier einen ganz einfachen Zugang zu zwei Bungalows, die von Mordopfern bewohnt waren. Praktisch nicht?«

»Keine Ahnung«, knurrte der Freiherr. »Ich klettere nicht im Badezimmer herum.«

»Sie wissen nichts vom Weg hinter Ihrem Bungalow? Das wollen Sie wirklich behaupten? Wie lange sind Sie jetzt schon hier?«

»Drei Monate. Und nein. Ich weiß nichts von einem Weg.«

»Und vom geheimen Zugang zu den Schmugglerhöhlen wohl auch nicht?«

»Die Schmugglerhöhlen? Da kriegen mich keine zehn Pferde rein. Ich bin klaustrophobisch.«

»Und vermutlich haben Sie auch keinen Pavian auf der Aussichtsplattform ausgesetzt?«

»Natürlich nicht. Das arme Tier. Die haben heute schon genug gelitten. Ich hoffe, ihm ist nichts passiert.«

»Augustin hat ihn ins Meer geworfen.«

»*Was?*« Der Freiherr wollte aufspringen, doch Harry hielt ihn zurück.

»Sie bleiben also dabei?«, fragte Katharina ruhig. »Dass Sie zufällig als Leiche geschminkt aufgewacht sind?«

»Ja. Hab' ich doch schon gesagt. – Was unterstellen Sie mir da überhaupt?«

»Ganz einfach! Dass Sie mindestens vier Menschen umgebracht haben.«

»Ich? Ich habe Ihnen doch gesagt –«

»Ja, ja. Jedes Leben ist heilig und so weiter. Wer's glaubt …«

Der Freiherr verschränkte schmollend die Arme: »Ich sage gar nichts mehr. Sie glauben mir ja sowieso nicht.«

Katharina wandte sich an Harry: »Kann man ihn irgendwo sicher einsperren?«

»Klar. Wir haben in der Rezeption einen leeren Vorratsraum. In den Felsen gehauen. Da kommt er nicht raus.«

»Gut, dann lass ihn uns dort in Haft nehmen.« Der Freiherr wollte protestieren, doch Katharina wies ihn zurecht: »Ja, das ist legal. Ein Bürger-Arrest.«

Harry und Augustin packten von Weillher an den Armen. Widerwillig stand er auf: »Na gut. Ich gehe. Aber unter Protest. Das wird Sie teuer zu stehen kommen. Spätestens beim nächsten Mord.«

»Soll das eine Drohung sein?«, fragte Katharina höhnisch.

»Eine Feststellung! Ich war's nicht. Und wenn erst noch ein Mord geschehen muss, damit Sie mir glauben – soll mir recht sein.«

»Harry? Führ ihn ab.«

»Vielleicht sollten wir jetzt die Gäste informieren? Und ihnen sagen, dass wir den Täter haben?«, fragte Katharina. Sie saß zusammen mit Stefan Döring, Andreas Amendt, Javier und Harry an einem Tisch im frisch aufgeräumten Restaurantpavillon.

Stefan Döring widersprach energisch: »Nee, wenn die Brücke wieder steht, ist es auch noch früh genug. Nicht dass die nachträglich noch eine Panik kriegen.«

Na gut, Katharina sollte es recht sein. Sie löffelte zufrieden ihre »Grie Soß«, die Frau Kerbel wirklich ausgezeichnet gelungen war, trotz oder gerade wegen der afrikanischen Kräuter. »Zitrone'gras«, hatte die Köchin verkündet, als sie die Terrine vor ihnen auf den Tisch gestellt hatte. »Des muss isch mir merke. Des geht ausgezeichnet. Lasst's euch schmecke.«

Andreas Amendt stocherte missmutig mit der Gabel in einer Kartoffel, sagte aber nichts. Katharina fragte ungeduldig: »Was?«

»Ich bin mir einfach nicht so sicher, ob er's war. Solche Vorbereitungen – und dann dieser Fehler? Der einfach zu findende Geheimgang? Das ist mir zu simpel.«

Katharina zuckte mit den Schultern: »Mörder sind halt mitunter dumm.«

»Außerdem: warum? Ich meine, die ganzen Taten waren alle ziemlich persönlich, oder nicht? Bis auf die Geschichte mit den Affen.«

Er griff in die Brusttasche des übergroßen Hawaiihemds, das er trug. Die letzten Tage hatten ihren Tribut an Amendts Kleidung gefordert, und Harry hatte ihm eines seiner Hemden geliehen. Er zog ein paar Zettel hervor, die er Katharina reichte. »Hier, ich habe mal alles aufgeschrieben, was Sandra und ich über die Reisenden erfahren haben. So wie Sie es wollten. Und ich sehe da einfach keine Verbindung zum Freiherrn.«

»Die finden wir schon«, sagte Katharina, während sie die Zettel in ihre Handtasche steckte.

Eigentlich wollte sie in Ruhe weiteressen, doch Andreas Amendt hatte es geschafft, sie misstrauisch zu machen. Die Aufklärung war in der Tat geradezu lächerlich einfach gewesen. Der Täter wurde ihr ja praktisch auf dem Silbertablett serviert. Das passte nicht. Irgendetwas fehlte. Das letzte Puzzlestück. Nur was?

Deshalb sagte sie: »Harry, Doktor Amendt hat recht. Ihr solltet die Sicherheitsmaßnahmen noch nicht aufheben. Die Streifen und so. Sicher ist sicher. Warten wir erst mal ein bis zwei Tage ab.«

Harry blickte sie zwar erstaunt an, doch dann stimmte er zu: »Wenn du meinst. Du bist die Expertin.«

»Herr Döring, wir werden Sie verklagen!«

Ohne Vorwarnung waren die Bronskis an ihrem Tisch aufgetaucht. Der Club-Direktor seufzte. Diesen Satz hatte er offenbar an diesem Tag nicht das erste Mal gehört.

»Weshalb denn diesmal?«, fragte er matt.

»Seien Sie nicht so impertinent«, ließ ihn Bronski wissen. »Meine Frau ist in der Blutlache im Sportraum ausgeglitten.«

»Mein Chanel-Strandkleid ist vollkommen ruiniert«, ergänzte Gabriele Bronski.

»Und wissen Sie, was Sie sich dabei alles hätte einfangen können? Das ist doch vollkommen unhygienisch.«

»Kein Wäschereiservice! Und wir mussten heute Nachmittag Besteck putzen und sortieren.«

»Eine Leiche mitten im Weg. Die hätten sie ja wenigstens woanders hinlegen können. – Aber, wie schon gesagt: Sie hören von unserem Anwalt.«

Döring erwiderte nichts. Die Bronskis sahen sich zufrieden an und gingen weiter.

Andreas Amendt stieß ärgerlich seine Gabel in eine Kartoffel. Die Zinken kratzten über den Teller. »Manche Menschen haben echt ein Smartphone anstelle eines Herzens.«

Underworld Blues

Eigentlich hätte Katharina sich übermüdet fühlen müssen. Doch sie war munter und hatte sehr gute Laune, denn in der Nacht hatte sie plötzlich eine Eingebung gehabt. Sie hatte nicht schlafen können und sich deshalb die Zettel vorgenommen, die Andreas Amendt ihr gegeben hatte. Darauf hatte er fein säuberlich notiert, wer von den Gästen wen kannte. Eine ganze Stunde hatte sie auf die Zettel gestarrt. Und dann hatte sie sich eine ganz einfache Frage gestellt: Was würde Thomas tun? Thomas, ihr Partner. Der wandelnde Stenograf, der Informationen so perfekt zu ordnen verstanden hatte.

Und plötzlich hatte sie gesehen, dass die Namen in falscher Reihenfolge notiert waren. Sie hatte ihre Nagelschere genommen und die Zettel in schmale Streifen geschnitten. Dann hatte sie die Streifen neu sortiert und sie zufrieden in einen Briefumschlag gepackt, damit sie nicht durcheinanderkamen.

Andreas Amendt und Javier saßen bereits an einem Tisch im Restaurantpavillon. Katharina schwang sich auf einen Stuhl: »Ich habe eine Theorie!«

Sie wollte gerade den Umschlag aus ihrer Handtasche ziehen, als Harry besorgt an ihren Tisch kam: »Katharina, wir haben ein Problem. Ich habe noch mal nachgedacht über das, was Doktor Amendt gesagt hat. Dass wir vielleicht den falschen Mann haben. Und deshalb habe ich gerade einen Blick in die Logs des Schließsystems geworfen. Ob es vielleicht heute Nacht Unregelmäßigkeiten gegeben hat. – Und die Bronskis haben letzte Nacht gegen eins noch mal ihren Bungalow verlassen. Laut Schließanlage sind sie bis jetzt nicht zurück. Die Wächter haben sie auch nicht gesehen.«

Der Kies knirschte unter ihren eiligen Schritten. Warum musste die Anlage nur so unübersichtlich sein? Die Bungalows lagen weit verstreut. Es gab genügend Felsen und Büsche, hinter denen man den Wächtern ausweichen konnte.

Katharina wandte sich an Harry: »War der Freiherr die ganze Nacht bewacht?«

»Ja. Ich habe mein Feldbett vor der Tür des Vorratsraums aufgeschlagen. Er hätte mich schon beiseiteschieben müssen. – Hab' ihm übrigens gerade sein Frühstück gebracht. Er tobt noch immer.«

Von Weillher hatte also ein Alibi – falls tatsächlich etwas passiert war.

Die Bronskis bewohnten einen der größeren Bungalows mit zwei Schlafzimmern. Harry drückte die Tür auf und machte vorsichtig das Licht an. Der Wohnraum war leer. Die beiden Schlafzimmer auch. Das Badezimmer war gleichfalls leer und bot auch keinen geheimen Zugang.

Wo steckten die Bronskis? Katharina stand im Wohnraum und sah sich um. Hoffentlich gab es irgendwo einen Hinweis.

»Frau Klein? Schauen Sie mal.« Andreas Amendt hatte die Minibar geöffnet. Dort stand wieder eine kleine Flasche Sekt, allerdings ungeöffnet. Und unter der Flasche klemmte ein Zettel.

Ich habe den Laptop von Dirk-Marjan Jakutzki. Da sind Informationen drauf, die Sie interessieren dürften. Wir sollten ins Geschäft kommen. Treffen Sie mich heute Nacht am Pool. 1:30 Uhr.

Der Zettel war mit einem Computer geschrieben und nicht unterzeichnet.

»Wie kommt der denn hierher?«, fragte Harry. »Der Freiherr sitzt doch ein.«

»Den kann er auch schon vorher platziert haben. Noch vor der ganzen Geschichte mit Jean-Luc und Dirk-Marjan«, widersprach Katharina.

»Oder der Freiherr ist nicht der Täter«, sagte Andreas Amendt triumphierend. »Dieses Rendezvous hat er zumindest nicht einhalten können. – Und daher frage ich mich: Wo sind die Bronskis?«

»Ich glaube, wir schauen besser mal nach«, antwortete Harry. »Mit etwas Glück sind die einfach nur auf den Liegestühlen am Pool eingeschlafen, während sie gewartet haben.«

Am oder im Pool war niemand. Einer Eingebung folgend ging Katharina in die Sporthalle, zur Tür, die in die Schmugglerhöhlen führte. Sie fasste die Klinke an. Nicht abgeschlossen. Sie wuchtete die Tür auf und spähte ins Dunkel. Dann drehte sie sich zu Harry um, der ihr zusammen mit Andreas Amendt und Javier gefolgt war: »Wir brauchen Lampen. Und Augustin. Der muss uns runterführen.«

Endlich kam Harry mit Augustin zurück. Sie trugen mehrere Taschenlampen; Augustin hatte sich ein Seil über die Schulter geworfen.

Hinter den beiden lief Kristina. Entschlossen stapfte sie auf Katharina zu: »Ich will mitmachen.«

»Wobei?«

»Na dabei, den Mörder von Dirk-Marjan zu finden.«

»Hör mal«, fing Katharina an. »Das ist nichts für Amateure. Nicht wie im Krimi. Dazu braucht man Ausbildung, Erfahrung –«

»Mit deiner tollen Ausbildung und Erfahrung warst du ja bisher nicht sehr erfolgreich«, erwiderte Kristina grimmig. »Und Dirk-Marjan war mein bester Freund.«

Sie würde Kristina wohl nicht von dieser Idee abhalten können. Und in Katharinas Nähe war die junge Frau sicherer, als wenn sie auf eigene Faust unterwegs war. »Also gut. Aber tu bitte genau, was ich sage. Und wenn es gefährlich wird, verziehst du dich.«

»Na gut«, lenkte Kristina ein. »Gehen wir dann?«

Katharina wusste schon, dass sie auf der richtigen Spur waren, bevor sie die Sklavenzelle am unterirdischen Hafen betraten. Über dem Geruch nach brackigem Meerwasser, abgestandener Luft und verrottetem Holz lag noch etwas anderes: metallisch, süßlich, scharf. Blut, Kot, Urin. Tatortgeruch.

Sie ließ den Strahl ihrer Taschenlampe über den Boden und die Wände der Zelle gleiten, bis er auf zwei Körper fiel: Die Bronskis hingen schlaff und leblos an der Wand gegenüber der Tür, mit den ausgestreckten Armen an die in die Wand eingelassenen Stahlringe gefesselt. Um sie herum hatte sich eine dunkle, klebrige Lache gebildet: geronnenes Blut. Zwischen den beiden Leichen lagen ein paar Metallgegenstände auf dem Boden: zwei große Messer und eine Geflügelschere, vermutlich die Tatwerkzeuge.

Es war merkwürdig, dachte Katharina, als sie näher trat: Trotz des vielen Bluts auf dem Boden waren auf den ersten Blick keine Verletzungen zu erkennen.

Sie zog Bronskis schwarzen Rollkragenpullover vorsichtig nach oben. Auf dem Brustkorb klaffte eine große Wunde. Die Rippen standen hervor, mit Gewalt auseinandergebogen.

»Oh Gott, die sind wirklich tot, oder?« Wer stellte denn so eine dämliche Frage? Natürlich! Kristina! Die hatte Katharina vollkommen vergessen. Plötzlich begann die junge Frau zu würgen.

Katharina befahl: »Nach draußen! Nicht hier drin!«

Augustin packte Kristina und führte sie durch die Tür. Sie hörten noch stärkeres Würgen und Platschen. Kristina erbrach sich. Katharina hätte ihr das gerne erspart, aber sie hatte ja unbedingt mitkommen wollen.

Andreas Amendt hatte auch das T-Shirt von Gabriele Bronski nach oben geschoben: die gleiche, klaffende Wunde. Der Arzt betastete sie. Plötzlich sah Katharina, wie etwas Durchsichtig-Glibberiges aus der Wunde rann. Sie schrie auf: »Eine Qualle!«

Doch Amendt nahm den wabbeligen Gegenstand in die Hand und hob ihn hoch, um ihn ihr zu zeigen: »Ein Brustimplantat«, erklärte er.

Man starb immer zweimal, dachte Katharina. So hatte es ein Psychologie-Dozent auf der Polizeihochschule erklärt: Auf den physischen Tod folgte der menschliche, wenn all die Geheimnisse, die man stets für sich behalten hat, ans Tageslicht gezerrt wurden. Frau Bronski hatte weder eine besondere Oberweite gehabt, noch diese Region mit ihrer Kleidung betont. Und ihre Figur sah auch nicht danach aus, als hätte sie vorher zu kleine Brüste gehabt. Katharina konnte es sich schon denken, bevor Amendt es aussprach: »Auf der anderen Seite ist keins. Das war Wiederaufbau, keine Kosmetik. Sieht so aus, als hätte sie mal Brustkrebs gehabt.«

Katharina schauderte. Gabriele Bronski hatte den Krebs überlebt – nur um dann in dieser Höhle zu krepieren.

»Was ist das denn?« Behutsam griff Andreas Amendt in Brustkorb der toten Frau und zog etwas hervor: »Kein Herz mehr. Dafür das da.«

Katharina leuchtete auf den Gegenstand in seiner Hand: ein Blackberry. Amendt legte das Smartphone behutsam auf einer trockenen Stelle auf dem Boden ab. Er wiederholte den Griff in die Wunde bei Bronski und zog ein iPhone hervor. Dann leuchtete er mit einer kleineren Lampe aus seiner Tasche in das klaffende Loch im Brustkorb: »Das Herz fehlt. Ziemlich grob herausgeschnitten.«

Er richtete sich auf. »Mehr kann ich jetzt nicht sagen. Wir müssen sie nach oben bringen.«

»Noch nicht«, hielt ihn Katharina auf. »Ich will mich erst noch etwas umsehen.«

Systematisch leuchtete sie den Raum ab, den Boden, die Wände, die niedrige Decke. »Wo sind die Herzen?«, fragte sie laut.

»Vielleicht hat er sie mitgenommen?«, schlug Andreas Amendt vor.

»Oder er hat sie ins Wasser geworfen«, erwiderte Harry.

Katharina schüttelte nachdenklich den Kopf: »Glaube ich nicht. So ein wichtiges Symbol wird er nicht einfach wegwerfen. Dafür ist er viel zu theatralisch.«

Sie leuchtete wieder auf den Boden, auf die Blutlache um die beiden Körper. Dann sah sie es: Eine Spur führte von der Blutlache weg. Schuhabdrücke und Tropfen. Katharina folgte der Spur zu einer Nische und leuchtete hinein: ein Gang!

Sie wollte hineingehen, doch Augustin hielt sie zurück. »Der ist eingestürzt. Nicht sicher.«

»Ich bin schon vorsichtig.«

Der Gang war niedrig. Katharina konnte gerade noch aufrecht darin stehen. Sie folgte der Blutspur, bis sie auf einen Felsblock stieß, der aussah, als sei er von der Decke gestürzt. Doch die Blutspur führte direkt unter den Stein. *Unter* den Stein?

Sie betastete den Felsbrocken; er fühlte sich seltsam warm an. Sie klopfte dagegen. Es klang hohl.

»Kommt und schaut mal!«, rief sie den anderen zu.

»Der Felsen ist eine Tarnung«, erklärte Katharina, als sich die anderen mit eingezogenen Köpfen hinter ihr versammelt hatten. »Der ist nicht echt.«

Sie gab Harry ihre Taschenlampe und begann, am Felsen zu zerren und zu schieben. Erst als sie einen Vorsprung packte und daran zog, klappte der Fels zur Seite wie eine Tür und gab den Blick auf einen schmalen Gang frei.

Katharina wollte sich am Felsen vorbei hineinschlängeln, als Harry sie zurückhielt. »Katharina! Du weißt doch gar nicht, was dich da erwartet.«

Harry hatte recht. Katharina nahm die Pistole aus ihrer Handtasche. Mit der Waffe im Anschlag schlich sie vorsichtig in den Gang.

Nach einer Biegung mündete er in einen größeren Raum. Katharina leuchtete ihn ab. Rechteckig. Kahle Wände. Kein zweiter Ausgang. Und keine Menschenseele zu sehen. Sie trat hinein und rief den anderen zu, sie könnten folgen.

Von der Decke hing eine elektrische Sturmlampe. Katharina schaltete sie ein. Sie blinzelte, bis sich ihre Augen an die Helligkeit gewöhnt hatten.

Ein Feldbett mit ordentlich aufgerolltem Schlafsack, an einer Wand ein Regal voller Mineralwasserflaschen und Konservendosen. Auf einem Tisch lagen Pläne: ein Lageplan der Insel. Technische Zeichnungen der Brücke. Eine Karte der Schmugglerhöhlen, von Hand gefertigt, aber äußerst detailgenau.

Auf einer Werkbank waren diverse Gegenstände sorgfältig angeordnet: leere Medikamenten-Ampullen, Spritzen in verschiedenen Größen, darunter eine ganz Große mit einer langen Kanüle: Die musste der Mörder bei Norrisch verwendet haben. Daneben ein metallener Kasten, den Katharina durch seinen charakteristischen Handgriff als Detonator identifizierte, offenbar dazu da, die Sprengladungen unter der Brücke zu zünden. Und schließlich, auf zwei Tellern, zwei menschliche Herzen.

Sie hatten das Hauptquartier des Täters gefunden.

»Das ist ja wie beim Phantom der Oper«, stellte Kristina fest. Sie hatte als Letzte den Raum betreten.

Augustin fluchte: »Verdammich. Ich hätte schwören können, dass der Gang eingestürzt ist.«

»Und jetzt?«, fragte Andreas Amendt. »Was machen wir jetzt?«

»Tja, als Erstes bringen wir mal die Leichen nach oben«, begann Harry. »Und dann sichern wir das Ganze hier, so gut es geht –«

Doch Katharina unterbrach ihn: »Ich habe eine bessere Idee. Vielleicht weiß er noch nicht, dass wir seinen Schlupfwinkel entdeckt haben. Wir lassen alles so, wie es ist. Auch die Leichen.«

»Aber –«, setzte Andreas Amendt an.

»Es ist kühl genug hier unten; ein paar Stunden werden sie noch halten.«

»Und dann?«

»Ich warte hier auf ihn. Mit etwas Glück geht er uns in die Falle.«

»Okay«, sagte Harry. »Ich bleibe auch.«

»Nein«, widersprach Katharina. »Du und Augustin, ihr müsst nach oben. Euch ganz normal verhalten.«

Harry nickte unwillig.

»Aber ich bleibe hier«, erklärte Javier. »Jemand muss Ihnen Gesellschaft leisten. Und ein zweiter Mann ...«

»Ich bleibe auch«, sagte Andreas Amendt barsch.

Das klang ja fast, als ob er eifersüchtig war. Hatte er ihr den Tango mit Javier übel genommen? Mit einem Priester?

»Gut, dann bleiben Sie beide.« Katharina hob besänftigend die Hände. »Je mehr, desto besser.«

Ein Arzt und ein Priester; zwar nicht die optimale Verstärkung, aber besser als nichts.

»Darf ich auch bleiben?«, fragte Kristina.

Harry nahm sie sanft an der Schulter: »Nein, das ist wirklich zu gefährlich. Sie können ja mit uns oben die Augen aufhalten.«

Kristina zögerte einen Augenblick, dann willigte sie enttäuscht ein: »Na gut.«

»Braucht ihr eine zweite Waffe?« Harry zog eine kleine Pistole aus einem Holster an seinem Hosenbund. Eine Walther PPK. Er hielt sie erst Andreas Amendt hin, der panisch einen Schritt zurücktrat: »Tut mir leid, ich kann nicht mit Waffen umgehen.«

»Aber ich.« Javier nahm die Pistole an sich, zog das Magazin heraus, lud durch, fing die herausschnellende Patrone geschickt auf und warf einen Blick in den Verschluss. Dann schob er die Patrone wieder in das Magazin, steckte es zurück in die Waffe, lud erneut durch, legte den Sicherungshebel um und schob die Pistole in seine Hosentasche.

»Sie waren auch nicht immer nur Priester, oder?«, fragte Harry beeindruckt.

Javier warf einen Blick zu Katharina: »Nun, Frau Klein ist nicht die Einzige, die Ärger mit den Felipe de Vegas dieser Welt hat.«

Sie hatten das Licht gelöscht. Katharina saß auf der Werkbank, Javier und Andreas Amendt hatten nebeneinander auf dem Feldbett Platz genommen. Jetzt warteten sie schweigend, während die Zeit langsam verrann.

Plötzlich sagte Andreas Amendt in die Dunkelheit hinein: »Verdammt!«

»Was ist?«, fragte Katharina.

»Ich dachte nur gerade ... Das ist genau das, was ich gestern Abend zu Ihnen gesagt habe: ein Smartphone anstelle eines Herzens. Über die Bronskis. Erinnern Sie sich?«

»Sie meinen, der Täter hat uns belauscht? Und ist so erst auf die Idee gekommen?« Katharina richtete ihre Taschenlampe auf Amendt, der ins grelle Licht blinzelte.

»Ja. Vielleicht. Das heißt: Nein.« Er zögerte, bevor er ängstlich fortfuhr. »Was ist, wenn ich das war? Ich meine ... Vielleicht ist mein anderes Ich wieder erwacht.«

»Anderes Ich?«, fragte Javier misstrauisch.

Andreas Amendt erklärte ihm seine Theorie von der multiplen Persönlichkeit. »Und ich denke«, schloss er, »die beiden ersten Toten, dann die Begegnung mit Frau Klein. Das ist schon ein ziemlich starker Trigger. Und dann die Instrumente, die der Täter benutzt hat ... genau wie ich bei meinen Autopsien. Die Küchenmesser. Die Geflügelschere.«

»Schöne Theorie«, sagte Javier achselzuckend. »Aber Sie können es nicht gewesen sein.«

»Warum?«, fragte Amendt giftig.

»Ganz einfach! Sie haben gestern Nacht Ihr Zimmer nicht verlassen. Auch in den anderen Nächten nicht.«

»Und das wissen Sie genau, ja?«

»Ja. Ich habe Sie nämlich eingeschlossen«, erwiderte Javier sachlich.

»Sie haben ... was?«

»Außerdem habe ich Ihr Zimmer durchsucht, Doktor Amendt. Und Ihre Kleidung. Keine Spuren oder Hinweise.«

»Wann das denn?« Amendts Stimme überschlug sich.

»Während Sie schliefen. Sie haben einen sehr tiefen Schlaf. Kein Wunder, bei den vielen Tabletten, die Sie schlucken.«

»Und warum das alles?«

»Nun, ich habe viel über Sie nachgedacht. Über das, was Sie mir auf dem Flug erzählt haben.«

»Und?«

»Ich glaube Ihnen nicht.«

»Wollen Sie damit sagen, dass ich lüge?«, brauste Andreas Amendt auf.

Javier hob beruhigend die Hände: »Nein. Ich glaube nur nicht, dass Sie die Wahrheit sagen. Genauer: Sie sehen die Wahrheit nur von einem ganz bestimmten Standpunkt aus.«

»Was meinen Sie damit?«

Javier antwortete mit einer Gegenfrage: »Solche multiplen Persönlichkeiten sind doch sehr selten, oder?«

»Dissoziative Persönlichkeitsstörung. Ja. Vielleicht. Man weiß es nicht.«

»So selten, dass es Leute gibt, die sagen, diese Störung gibt es überhaupt nicht?«

»Zweifler gibt es immer.«

»Und Sie glauben also wirklich, dass Ihr zweites Ich damals die Kontrolle übernommen hat? Und danach verschwunden ist?«

»Na ja, verschwunden ...«

»Obwohl es keinerlei Anzeichen gibt, dass diese Persönlichkeit überhaupt existiert?«

»Sie ist gut darin, ihre Spuren zu verwischen.«

»Haben Sie denn jemals – wie sagt man? – eine Fugue erlebt? Gedächtnisausfälle? Oder haben andere etwas bemerkt?«

»Nein«, musste Andreas Amendt zugeben.

»Und dann finden Sie Ihre Theorie nicht an den Haaren herbeigezogen?« In Javiers sanfte Stimme hatte sich ein Hauch beißenden Spotts gemischt.

»Und welche Theorie wäre dann Ihrer Meinung nach nicht an den Haaren herbeigezogen?«

Javier ignorierte den Sarkasmus in Amendts Stimme: »Das liegt doch auf der Hand, oder nicht?«

»Nämlich?«

»Sie können sich ums Verrecken nicht erinnern, was passiert ist, oder?«

»Ja, das hab' ich doch –«, knurrte Andreas Amendt wütend.

Javier unterbrach ihn streng: »Was ist, wenn diese Erinnerungen nie existiert haben?«

»Warum sollten sie nie existiert haben?«

»Das ist doch ganz einfach. Weil Sie es nicht gewesen sind!«

Andreas Amendt starrte ihn ein paar Sekunden fassungslos an. Plötzlich knurrte er: »Unsinn!« Dann rollte er sich auf dem Bett zusammen und presste die Hände auf die Ohren. Katharina hörte ihn ein paarmal trocken aufschluchzen. Seltsam. Wollte er unbedingt der Mörder sein? Javiers Worte hatten den Funken des Zweifels, der schon eine Weile in ihr glühte, angefacht. Vielleicht sollte sie wirklich noch mal ... Aber sie hatte die Akte doch intensiv gelesen. Und darin fand sich nichts, was auf einen anderen Täter hindeutete.

Sie musterte den Priester, der seinerseits Andreas Amendt nachdenklich betrachtete.

»Javier?«, fragte sie. »Warum engagieren Sie sich so? Ich meine, Sie kennen uns doch gar nicht.«

»Ich dachte, das hätte ich Ihnen schon gesagt. Weil ich der Meinung bin, dass sich die Menschen ohnehin genug Schuld aufladen. Und auch noch fremde Schuld auf sich zu nehmen: Das ist nicht nur übertrieben, sondern auch vermessen und gotteslästerlich.«

»Amen«, warf Andreas Amendt ein. »Bestimmt haben Sie auch eine passende Bibelstelle parat?«

»Sicher ...« Javier stockte. Dann zog er Andreas Amendt am Stoff seines Hemdes zu sich heran. »Was haben Sie gerade gesagt?«

Amendt starrte ihn entgeistert an: »Entschuldigung. Ich wollte Sie nicht kränken. Ich weiß, Sie meinen es nur gut, aber –«

»Ich will wissen, was Sie gerade gesagt haben!« Javier schüttelte Amendt, der verdattert antwortete: »Ich sagte, dass Sie bestimmt eine passende Bibelstelle parat haben.«

Javier ließ Andreas Amendt so plötzlich los, dass der zurück auf das Bett fiel und sich den Kopf an der Wand stieß.

»Oh verdammt!«, donnerte der Priester plötzlich. »Mein ist die Rache, spricht der Herr!«

»Okay, ich verstehe, die Bibelstelle –«, wollte Katharina ihn beruhigen.

»Nein. Nichts verstehen Sie!«, fiel ihr Javier schroff ins Wort. »1219 Romans. Römer Zwölf Neunzehn. Das ist eine Bibelstelle: ›Mein ist die Rache, spricht der Herr!‹ Das ist es, worauf ich die ganze Zeit nicht gekommen bin. Ich bin so ein Ignorant. Unser Täter ist auf einem Rachefeldzug.«

Natürlich! Rache! Das war das letzte Puzzlestück, das Katharina noch gefehlt hatte. Sie ignorierte Javiers Toben und zog den Umschlag mit den Papierstreifen aus der Tasche. Dann stellte sie ihre Taschenlampe auf den Boden und begann, die Streifen auszubreiten. Sie sortierte sie rasch in die Reihenfolge, die sie am Abend zuvor entdeckt hatte.

»Was machen Sie denn da?« Javier, der sich wieder halbwegs beruhigt hatte, hockte sich neben sie.

»Das habe ich gestern Nacht entdeckt. Doktor Amendt hat mir ja alles aufgeschrieben, was er und Frau Herbst bei den Untersuchungen herausgefunden haben.« Sie deutete nacheinander auf die vier Gruppen, die sie gebildet hatte: »Die hier sind zusammen zur Schule gegangen. Mandeibel, Jean-Luc und Frank Heidlich. Das muss dieser blasse Typ sein, der ständig von seiner Frau herumkommandiert wird. Und die hier«, sie zeigte auf die zweite Gruppe, »sind ebenfalls zusammen zur Schule gegangen. Aber auf eine andere. Das Schauspielerpärchen, diese Sylvia Schubert und Christian Kurt, der ständig mit heraushängender Zunge Frauen hinterherstarrt. Die dritte Gruppe, Darissa von Heuth, Manuela Striese – das ist die, die aussieht wie ein Rauschgoldengel –, diese Claudia Weisz und Sabrina Jacheau –«

»Wer?«, fragte Javier dazwischen.

»Die sich ... mit den ganzen Männern eingelassen hat. Also, die kennen sich alle vom Studium. Die letzte Gruppe, die Bronskis, Kristina und Dirk-Marjan: Die sind beruflich verbandelt.«

»Und?«

»Sehen Sie es nicht? Das ist ein Lebenslauf! Zwei Schulen, meinetwegen Grundschule und Gymnasium, Studium, Beruf. Das sind die Lebensetappen eines Menschen.«

»Clever«, stimmte Javier zu. »Aber die anderen?«

»Hm, die sind alle älter. Am einfachsten ist da noch der Studienrat Leune. Vermutlich Lehrer am Gymnasium. Der Pfarrer, Giesler ...«

»Konfirmationsunterricht?«, schlug Javier vor. »Vielleicht hat er unseren Täter missbraucht oder so?«

»Möglich«, fuhr Katharina fort. »Wen ich noch nicht unterbringen kann, sind der Unternehmensberater, Doktor Urban, und diesen Juwelen-Weihnachtsbaum ... Luisa Rheinsberger.«

»Vielleicht Bekannte der Eltern. Würde vom Alter her passen«, schlug Andreas Amendt vor, der sich inzwischen aufgesetzt hatte und zuhörte.

»Und die anderen? Da bleiben noch der Arzt und dieses Tankstellenbesitzer-Paar.«

»Oh, das kann ich aufklären.« Andreas Amendt wirkte erleichtert, etwas Produktives beitragen zu können. »Tankstellen beschäftigen oft Studenten. Vielleicht hat unser Täter da gejobbt. Habe ich übrigens auch mal. Sind nicht die angenehmsten Chefs. Und Norrisch? Jeder Arzt macht Fehler. Vielleicht hat er den Täter falsch diagnostiziert. Sodass er jetzt unheilbar krank ist. Das würde auch die Eile erklären, mit der er mordet.«

»Aber das Motiv für die anderen? Rache?«, fragte Javier zweifelnd.

»Das liegt doch auf der Hand«, sagte Katharina. »Die Weisz, die Schubert, Sabrina Jacheau, der Rauschgoldengel: alle der gleiche Frauentyp. Lange, blonde, gelockte Haare, nicht besonders groß. Ich würde sagen: unglückliche Liebschaften.«

»Und Darissa von Heuth?«, fragte Andreas Amendt dazwischen.

»Keine Ahnung.«

»Könnte die beste Freundin gewesen sein«, dachte Amendt laut nach. »Soll es geben.«

»Wieso gehen Sie eigentlich von einem Mann als Täter aus?«, fragte Javier. »Kann es nicht auch eine Frau sein?«

»Möglich. Ja. Aber Frauen sind selten so direkt brutal«, antwortete Katharina.

Andreas Amendt widersprach: »Das würde aber erklären, warum er oder sie so viel Distanz zwischen sich und den Opfern lässt. Betäubungsmittel, ferngesteuerte Mordmaschinen und so weiter. Weniger Krafteinsatz, weniger Risiko.«

»Bis auf die Bronskis«, wandte Katharina ein.

»Ach, die waren auch betäubt. Keine Abwehrverletzungen. Und so viel Kraft braucht das Aufschneiden eines Brustkorbs auch nicht.«

»Okay, meinetwegen. Der Täter kann auch weiblich sein«, lenkte Katharina ein. »Die anderen Motive ... na ja, fiese Lehrer kennen wir ja alle. Und Mandeibel war ein Bully, das wissen wir. Ebenso Jean-Luc.«

»Bleiben noch Urban und diese Luisa Rheinsberger«, stellte Javier fest.

»Finden wir noch raus!« Katharina fuhr zuversichtlich fort: »Mein ist die Rache! Das ist ja eigentlich ziemlich eindeutig. Und die Theorie mit der tödlichen Krankheit klingt einleuchtend. Dann hat er oder sie nichts mehr zu verlieren.«

»Einen Einwand habe ich noch«, sagte Javier. »All das, die ganzen Reisen, die Vorbereitungen. Das braucht Ressourcen und Ortskenntnis.«

Katharina dachte an ihre eigene Familie. Ihre Eltern waren dank des Kunstgeschäfts ziemlich reich gewesen. Und die meisten ihrer Freunde auch. »Na ja, wenn der Urban und die Rheinsberger Freunde der Eltern waren ... die wirken auf mich ziemlich wohlhabend. Da stehen die Chancen gut, dass die Eltern unseres Täters auch vermögend waren. Vielleicht hat der Täter –«

»Oder die Täterin«, warf Javier ein.

»Sie haben es aber heute mit dem Sündenfall, oder? Meinetwegen! Oder die Täterin! Vielleicht hat er oder sie reich geerbt.

Denkbar, oder? Und die Ortskenntnis? Er oder sie wird hier Urlaub gemacht haben. Und dabei die Insel erkundet. Die Höhlen. Es ist ja nicht gerade schwierig, an die Schlüssel heranzukommen. Danach hat er oder sie sich diesen Unterschlupf eingerichtet. Vielleicht hat er sich auf die Insel geschlichen. Oder jemanden vom Personal bestochen. Und die Brückenpläne gibt es im Internet. Das hat Dirk-Marjan erzählt.«

»Oder er oder sie verbirgt sich unter den Gästen«, warf Andreas Amendt ein.

»Okay, das werden wir herausfinden, wenn er oder sie hier auftaucht.« Katharina sammelte zufrieden die Zettel wieder ein und steckte sie zurück in den Umschlag.

Sie mussten bereits mehrere Stunden gewartet haben. Ohne Erfolg. Irgendwann stellte Katharina fest, dass es gut gewesen wäre, Proviant mitzunehmen. Oder zumindest etwas zu trinken. Aber Moment ... in dem Regal stand doch alle Mögliche, oder?

Sie besah sich die Mineralwasserflaschen: Sie waren alle noch verschlossen und zu Sechserpacks in Folie eingeschweißt. Also waren sie vermutlich sicher. Sie riss ein Paket auf und nahm sich eine Flasche: »Möchte noch jemand?«

Andreas Amendt und Javier bejahten. Katharina reichte ihnen Flaschen. Sie trank ihre eigene in einem Zug aus. Als sie ihre leere Flasche ins Regal stellen wollte, fiel ihr etwas auf. Sie leuchtete die Wände und den Boden ab.

»Was ist?«, fragte Javier.

»Kein Müll. Nirgendwo. Keine leeren Dosen oder Flaschen.«

»Vermutlich entsorgt.«

Katharina ging zur Werkzeugbank: »Und auch kein Büchsenöffner.«

Sie suchte weiter, plötzlich von einem entsetzlichen Verdacht gepackt: »Keine von den Sektflaschen. Und nur Hinweise auf die vergangenen Taten. Nicht auf das, was er noch plant.«

»Und?«, fragte Andreas Amendt.

Statt zu antworten, ging Katharina zum Bett und nahm die Schlafsackrolle. Tatsächlich. Sie war noch mit einem Faden zusammengeheftet. Und auch das Etikett war noch an das Kopfteil getackert. Der Schlafsack war unbenutzt.

»Schnell, wir müssen hier raus!«, kommandierte Katharina. »Das ist eine Falle!«

Sie trieb Javier und Amendt durch den Gang, bis sie vor der künstlichen Felswand standen. Katharina packte zu und schob. Die Wand klappte zurück. Sie schubste ihre Begleiter durch die entstehende Öffnung.

»Was ist denn?«, fragte Andreas Amendt erneut.

Statt einer Antwort richtete Katharina ihre Taschenlampe auf den Spalt zwischen dem echten Gestein und dem künstlichen Felsen: Dort schlängelte sich ein dicker, roter Schlauch in den Felsen der Wand hinein. »Das ist Sprengschnur. Raus hier!«

Sie rannten, so schnell sie konnten. Endlich hatten sie die große Stahltür erreicht, die zur Sporthalle führte. Katharina fasste nach der Klinke. Die Tür war offen. Gott sei Dank. Sie liefen ins Freie, durch die Pool-Landschaft bis hoch auf die Hauptebene, bevor sie ihr Tempo verringerten.

Sie waren immer noch außer Atem, als sie den Restaurantpavillon betraten. Harry kam ihnen entgegen. »Was ist?«, fragte er. »Habt ihr –?«

»Das war eine Falle«, stieß Katharina hervor. »Sprengstoff. Der wollte den Gang sprengen und uns lebendig begraben. Du musst unbedingt die Schmugglerhöhlen sperren. Nicht, dass da unten noch mehr Fallen sind.«

»Kommt. Ich sage gleich Augustin Bescheid. Und dann müssen wir die Gäste warnen.«

Kristina trat ihnen mit energischen Schritten entgegen. »Ich habe den Fall gelöst!«, verkündete sie mit grimmiger Begeisterung.

Katharina hob abwehrend die Hand: »Ich weiß ja, dass du helfen willst, aber jetzt ist wirklich nicht die Zeit.«

Kristina ignorierte sie und verkündete stolz: »Das Ganze ist ein Rachefeldzug!«

»Wissen wir schon!«, erwiderte Katharina. »1219 Romans ist eine Bibelstelle. ›Mein ist die Rache, spricht der Herr‹!«

»Was? Ach so. Ja, das passt. – Nein, ich habe herausgefunden, dass es unter den Gästen Gruppen gibt, die sich bereits vorher kannten. Schule, Uni, Beruf und so.«

»Ja, das wissen wir auch schon.« Katharina wollte an ihr vorbeigehen. Kristina stellte sich ihr erneut in den Weg, begierig darauf, ihre Theorie zur Gänze loszuwerden: »Die haben alle einen gemeinsamen Bekannten! Und ich weiß auch, wer es ist!«

»Und wer?«, fragte Katharina missmutig.

Die junge Frau reckte stolz die Brust raus und warf ihre blond gelockten Haare zurück: »Dirk Schröder!«

Hide and Seek Boogie

Kristinas Verdacht hatte seine Wirkung nicht verfehlt. Katharina, Javier, Andreas Amendt und Harry sahen sich überrascht an.

Andreas Amendt fragte: »Wer ist das denn?«

»Der Architekt, der die Brücke gebaut hat«, erklärte Harry. »Aber der ist doch schon lange nicht mehr hier.«

»Wie kommst du auf diesen Schröder?«, fragte Katharina.

Stolz, dass jemand ihr kriminalistisches Gespür ernst nahm, antwortete Kristina: »Also, das war so: Ich habe vorhin mit der Tamara zusammengesessen. Das ist die Frau dieses Pfarrers. Sie hat mir erzählt, dass sie die Reise in einem Preisausschreiben gewonnen haben. Das fand ich merkwürdig.«

»Warum?«

»Na ja, ich arbeite im Marketing. Und da kenne ich solche Preisausschreiben. Normalerweise macht das Unternehmen ein Riesen-Buhei, so mit Fotos bei der Ankunft und so. Gab es alles nicht. Die haben die Tickets per Post bekommen. Außerdem kann sich Tamara gar nicht daran erinnern, dass sie jemals an so was teilgenommen haben.«

»Und weiter?«, drängte Katharina. »Wie bist du dann auf Dirk Schröder gekommen?«

»Also hab' ich mir gedacht, dass sie jemand auf die Insel gelockt hat. Und ich hab' gefragt, ob ihr Mann irgendwelche Feinde hatte. Oder jemals jemand gedroht hat, sich rächen zu wollen. Und dann hat sie mir eine ziemlich seltsame Geschichte erzählt.« Kristina plusterte sich dramatisch auf. »Sie hat also erzählt, dass ihr Mann immer sehr beliebt gewesen wäre. Besonders bei den Konfirmanden. Alle haben ihn den Kuschel-Pastor genannt.«

»Missbrauch«, murmelte Javier.

»Nein, nein. Weil er immer so freundlich war. Und ganz abgefahrene Ausflüge unternommen hat und so. Hat sie immer in geheime Kirchenkammern geführt oder zu Archäologiefeldern. Oft nicht so ganz legal.«

Richtig. Katharina erinnerte sich. »Die Zehn Gebote seien ausreichend«, hatte Tamara Giesler ihren Mann zitiert.

Kristina fuhr fort: »Wie schon gesagt, alle mochten Pfarrer Giesler. Nur einmal hat es Stress gegeben. Und daran war die Tamara wohl nicht ganz unschuldig. Ein Konfirmand war künstlerisch ziemlich begabt. Tamara hat Kunstgeschichte studiert, müsst ihr wissen. Da hat sie sich gut mit dem verstanden. Und ihr Mann war plötzlich rasend eifersüchtig. Hat behauptet, sie wolle etwas von dem Jungen oder umgekehrt oder so. War aber nichts dran, sagt Tamara.«

»Und das war –?«

»Moment, die Pointe kommt noch. Also, am Konfirmationstag sollen sich alle zum Foto aufstellen. Und da hat ihr Mann plötzlich dem Jungen ein Bein gestellt, dass der in eine Pfütze gefallen ist. Da war er voll dreckig und durfte nicht mit aufs Foto. Dem Jungen hat natürlich niemand geglaubt. Und dann hat die Tamara nachgedacht, ob ihr der Name einfiel. Plötzlich hat sie gesagt: ›Dirk Schröder‹. Da hat es bei mir Klick gemacht. Weil ... Dirk-Marjan fand doch die Brücke so toll und hat ständig den Namen erwähnt.«

»Ist das alles?« Katharina war enttäuscht. Dirk Schröder war nun wirklich ein Allerweltsname.

»Nein. Dann habe ich rumgefragt. Zunächst mal diesen Studienrat Leune. Der kannte Dirk Schröder auch. Hat allerdings das völlige Gegenteil gesagt. Der wäre total unbegabt gewesen. Er hätte ihm eine Fünf in Kunst gegeben. Und als er gehört hat, dass Dirk Schröder an der Städelschule aufgenommen wurde, hat er dem Direktor einen bösen Brief geschrieben.«

Der verhasste Lehrer. Katharinas Idee war richtig gewesen.

»Und, na ja, die Bronskis erklären sich von selber. Die haben ihn ja gefeuert. Danach habe ich also diese Regisseuse gefragt, Darissa. Und das Blondchen, mit der die immer rumhängt. Und die kennen den Schröder auch, vom Studium. Und ich glaube ...«, sie sah sich um, ob niemand lauschte, »ich glaube, die haben den ziemlich ausgenutzt. Nennen ihn immer nur das Schaf. Hat wohl, soweit ich das verstanden habe, immer Bühnenbildmodelle für die Darissa gebaut. Und die hat sie als ihre eigenen ausgegeben. Und die andere, diese Manuela, die hat ihn ihr Bett-Schaf genannt.« Kristina blies entrüstet die Luft aus. »Frauen können so gemein sein. Hat Dirk-Marjan immer gesagt.«

»Und die anderen?«, fragte Katharina.

Kristina sah zu Boden: »Weiter bin ich noch nicht gekommen. – Oder doch, noch eins: Diese Sylvia Schubert – das ist die, die beim Essen immer liest – und dieser Christian Kurt – das ist der Eklige, der immer allen auf die Titten starrt – also, das hat mir die Tamara noch erzählt: Das waren auch Konfirmanden. Im selben Jahrgang wie Dirk Schröder. Und, na ja, die Schubert und der Dirk Schröder, die haben immer Händchen gehalten. Und er war dicke mit diesem Kurt befreundet. Und plötzlich, sagt Tamara, war der Christian Kurt mit der Sylvia Schubert zusammen. Und Dirk Schröder war bei beiden abgemeldet. Deshalb hat die Tamara damals überhaupt mit ihm gesprochen. Um ihn zu trösten. Hat ihm gesagt, dass es auch noch andere Frauen gibt. Und das hat wohl ihr Mann mitbekommen. Deshalb der Stress.«

Katharina hakte im Geiste ihre Liste ab. Es blieben nicht mehr viele, die noch einzuordnen waren. Der Franzose, dieser Unternehmer, Charlie Buchmann, der Unternehmensberater und die professionelle Witwe, die Tankstellenbesitzer und zuletzt der blasse Typ mit der dominanten Frau.

»Das war gute Arbeit, Kristina!«, sagte sie.

Kristina wurde vor Stolz fünf Zentimeter größer: »Ehrlich? Habe ich recht?«

»Das werden wir sehen. Aber es klingt schlüssig. Nur müssen wir Dirk Schröder jetzt finden.«

»Ach, der versteckt sich bestimmt in den Schmugglerhöhlen. Wenn wir suchen gehen ...«

Harry schüttelte den Kopf: »Das sind ein paar Kilometer Tunnel. Davon die meisten nicht erforscht. Dafür habe ich nicht die Männer.«

Kristina ließ sich so schnell nicht abschrecken. »Dann machen wir es wie Lord Peter oder Miss Marple! Wir stellen eine Falle! Oder ... er verbirgt sich unter den Gästen! Oder den Toten!«

»Nein, die sind wirklich alle tot«, widersprach Andreas Amendt. »Die Leichen liegen im Kühlhaus. Aber wir können gerne nachschauen, wenn Sie wollen.«

Kristina verzog das Gesicht: »Nein, nein. Wird schon stimmen.«

»Nur Dirk-Marjan«, warf Javier ein, »der ist doch ertrunken, oder? Der Körper ist nicht geborgen?«

Kristina fuhr ihm empört über den Mund: »Nein. Nicht Dirk-Marjan!«

Richtig. Wie passte der ins Bild? Katharina fragte: »Was ist eigentlich mit Dirk-Marjan? Warum wurde er getötet?«

Kristina senkte traurig den Kopf: »Hab' ich auch schon drüber nachgedacht. Dirk-Marjan wollte den Schröder unbedingt kennenlernen. Wegen der Brücke. Vielleicht hatte der Schröder Angst, dass Dirk-Marjan ihn auch beklaut. Obwohl, das hätte er nie getan!«

Andreas Amendt stimmte zu: »Würde passen. Vermutlich hat sich unser Täter inzwischen so stark in seinen Verfolgungswahn reingesteigert, dass er in jedem Menschen einen Feind sieht.«

Katharina rieb sich das Gesicht. In den Höhlen, die nicht zu durchsuchen waren. Oder unter den Gästen. Die Falle war natürlich eine Variante. Aber gefährlich.

»Am besten, ich befrage erst mal die restlichen Gäste!«, sagte sie laut. »Schauen wir mal, was die noch wissen.«

»Sollten wir sie nicht zuerst warnen?«, fragte Harry.

»Nein, besser noch nicht. Lass uns die Pferde nicht scheu machen. – Aber Augustin und seine Männer sollen alle immer im Auge behalten. Am besten, du ordnest jedem ein paar Gäste zu, für die er persönlich verantwortlich ist.«

»Befragen? Au ja! Mit wem fangen wir an?«, mischte sich Kristina begeistert ein.

Katharina wollte sie schon fortschicken. Aber sie musste sich eingestehen, dass Kristina einen guten Instinkt bewiesen hatte. Und eine Dosis »naiv und blond« konnte vielleicht nicht schaden: »Ich würde sagen, wir nehmen uns erst mal die Männer vor, die vom Alter her ungefähr hinkommen könnten. Falls er sich unter den Gästen verbirgt.«

Harry hatte Augustin herbeigewinkt und sprach mit ihm. Katharina wartete ab, bis Harry seine Anweisungen gegeben hatte, dann fragte sie Augustin: »Sag mal, du kennst doch diesen Dirk Schröder. Wie sieht der denn aus?«

Augustin sah zu ihr runter: »Also, nicht besonders groß. Kleiner als ich.«

»Augustin, alle hier sind kleiner als du.«

»Sag' ich doch. Nicht besonders groß. Vielleicht eins achtzig oder so. Und er ist ziemlich ... Wie sagt man, wenn jemand dick ist, aber nicht so schwabbelig?«

»Feist?«, schlug Katharina vor.

»Richtig, feist. Und er trägt eine ziemlich dicke Brille. Außerdem hat er so eine ganz komische Knubbelnase. Braune Haare.«

»Danke.« Haare konnte man färben, Gewicht konnte man abnehmen. Kontaktlinsen oder Lasik statt Brille, die Nase chirurgisch korrigieren, vielleicht ein, zwei Änderungen an den Wangen: Es war zumindest möglich, dass Dirk Schröder sein Aussehen so verändert hatte, dass ihn niemand wiedererkannte.

»Sollen wir mitkommen?«, fragte Andreas Amendt.

»Nein, besser, wir teilen uns auf. Vielleicht können Sie und Javier sich mal den Unternehmensberater und diese andere Frau vornehmen. Und vielleicht auch das Tankstellenbesitzer-Paar.«

Jean-Luc saß mit Charlie Buchmann, dem Unternehmer, an der Bar im Restaurantpavillon. Sie hatten eine Flasche Whiskey zwischen sich stehen. Der Alkohol machte sie enthusiastisch, als sie Katharina und Kristina als willkommene weibliche Gesellschaft begrüßten.

»Auch 'nen Whiskey?«, bot Jean-Luc an. »Oder gibt das Punktabzug?«

»Nein. Und nein danke. Eigentlich wollte ich Sie nur etwas fragen.«

»Du darfst misch alles fragen, Chérie!«

Großer Gott. Der klang ja wie dieses Zeichentrickfilm-Stinktier. Benahm er sich absichtlich so schräg, damit nur keine Frau auf ihn hereinfiel, um dann festzustellen, dass er homosexuell war? Katharina fragte ihn: »Kennen Sie einen Dirk Schröder?«

»Non. Nischt, dass isch wüsste. Sollte isch?«

»Vielleicht aus der Schule?«, schlug Kristina vor.

»Schule, Schule ...« Plötzlich breitete sich ein Licht der Erkenntnis auf Jean-Lucs Gesicht aus. »Doch nisch Dirk? So ein kleines Dickerschen?«

Katharina und Kristina nickten synchron.

»Oh ja. Isch erinnere mich. Meine Güte, das ist fast zwanzisch Jahre 'er. Dirk, ja, das ... äh ... war so ein, wie sagen die Jugendlichen 'eute? Opfer? – Meine Güte, haben der Jens und isch Spaß mit dem gehabt. 'aben ihn immer in die Toilette ...«

Auch ihm musste aufgefallen sein, dass sich Kristinas und Katharinas Gesichter versteinert hatten: »Na ja, damals. Kam aber immer wieder an. Wollte unbedingt Freund sein. Hat immer meine devoir – Wie sagt man? – meine 'ausaufgaben gemacht für Deutsch.«

Katharina ertappte sich dabei zu überlegen, welche Überraschung Dirk Schröder wohl für Jean-Luc in petto haben mochte: Sie war sich sicher, dass es mit dem Leichen-Make-up nicht erledigt war. Aber darauf würde sie es nach Möglichkeit nicht ankommen lassen. Sie wandte sich an Charlie Buchmann, der neugierig zugehört hatte: »Und Sie?«

»Ich? Ich war nicht auf der Schule«, sagte er rasch.

»Kennen Sie trotzdem einen Dirk Schröder?«

Charlie Buchmann dachte nach, für sein benebeltes Hirn eine ausgesprochen schwere Aufgabe. »Neeeeee ...«, sagte er leicht verwaschen. »Oder Moment, da war mal ein Dirk Schröder. Als ich mein Firmengebäude hab' bauen lassen, dacht' ich, ich tu' dem Nachwuchs mal was Gutes. Hab' es von Architekturstudenten vom Städel entwerfen lassen. Sah auch alles gut aus. Aber die Statik! Musste der richtige Architekt noch mal völlig neu machen. Und dieser Schröder und ein paar andere haben sich wahnsinnig darüber aufgeregt. Behauptet, ich hätte die Pläne geklaut. War aber Unsinn. Hat mein Anwalt denen damals auch mitgeteilt.«

»Ein 'och auf die Anwälte«, verkündete Jean-Luc. Er und Buchmann stießen an und tranken.

»Danke für die Auskunft.« Katharina nickte ihnen knapp zu. Zwei Motive auf einen Streich.

»Brrrrrr«, machte Kristina draußen. »Manche Männer sind wirklich widerlich. Dirk-Marjan hätte so etwas nie ...« Unvermittelt begann sie zu schluchzen.

Weinende Frauen. Katharina wusste nie, was sie mit ihnen anfangen sollte. Sie nahm Kristina in den Arm, führte sie zu einem Felsen und setzte sie hin.

»Hör mal, wenn das alles zu viel für dich ist ...«

Ruckartig stand Kristina auf und zog trotzig die Nase hoch. »Nein. Ich will wissen, wer es war. Das bin ich Dirk-Marjan schuldig.«

Katharina suchte in den endlosen Tiefen ihrer Handtasche, bis sie eine halbwegs saubere Serviette fand. Immer Taschentücher zur Hand haben, dachte sie. Im Dienst hatte sie stets zwei Päckchen einstecken, aber hier ...? Sie gab Kristina die Serviette; die junge Frau schnäuzte sich ausführlich und versuchte danach, mit einem sauberen Papierzipfel ihr Gesicht abzuwischen. Dann ließ sie die Serviette in ihrer Hosentasche verschwinden. »So, weiter geht's!«, verkündete sie, ihre blonden Locken in den Nacken werfend. »Wer ist der Nächste?«

»Frank! Komm raus! Die Spielleiterin vom Krimispiel will dich sprechen!«, befahl Roswitha Heidlich in den Bungalow hinein.

Der Gerufene erschien augenblicklich auf der Schwelle. »Und wie du wieder aussiehst!« Streng ordnete Roswitha Heidlich den Kragen des kurzärmligen Hemdes, das ihr Mann trug.

Katharina nutzte die Gelegenheit, Frank Heidlich zu mustern. Er war nicht besonders groß, nur ein paar Zentimeter größer als sie selbst. Das Beige seiner Kleidung machte seine Haut noch blasser. Sein Haar war schütter und sein Gesicht konturlos.

»Ja?«, sagte er, als seine Frau endlich mit seinem Äußeren zufrieden war. »Kriege ich Punkte abgezogen?«

Katharina bemühte sich, vertrauenerweckend zu lächeln: »Nein, keine Sorge. Ich wollte nur wissen, ob Sie zufällig einen Dirk Schröder kennen.«

Frank Heidlich zuckte mit den schmalen Schultern: »Klar. Der war in der Schule mein bester Freund. Dann haben wir uns aus den Augen verloren. Er ist an die Städelschule gegangen und ich nach Heidelberg, um Jura zu studieren. Das war wirklich witzig, als ich seinen Namen hier wieder gehört habe. Dass er die Brücke gebaut hat und so. Muss es wohl inzwischen geschafft haben.«

»Hat es zwischen Ihnen mal Streit gegeben?«, fragte Katharina.

»Nö. Ist halt so, nach der Schule. Man geht getrennte Wege. Fand ich immer ziemlich schade.«

Nachdem er zu Ende gesprochen hatte, stand er schweigend vor ihnen, während seine Frau immer wieder unsichtbare Fusseln von seinem Hemd zupfte.

»Und jetzt sind Sie Rechtsanwalt?«, fragte Kristina, die wohl die Stille nicht gut ertragen konnte.

»Ja, das heißt nein. Ich habe meine Zulassung noch. Aber das mit der eigenen Kanzlei, das hat nicht so richtig funktioniert. Also arbeite ich hauptberuflich als Chauffeur.«

»Nun stell aber mal dein Licht nicht unter den Scheffel, Frank«, sagte seine Frau brüsk und fügte stolz hinzu: »Mein Mann ist stellvertretender leitender Chauffeur des Fahrdienstes der Fraport AG. Fährt so richtig teure Limousinen.«

»Aha«, sagte Katharina. Um Konversation zu machen, fragte sie: »Schon mal einen Maybach gefahren?«

»Nur einmal. Bei einer Messe. Schöner Wagen. Aber meistens fahre ich S-Klasse. Manchmal auch einen Bentley. Jetzt sollen aber nur noch diese nichtssagenden Kleinbusse kommen. Von Daimler. Sparmaßnahme. Schade eigentlich.«

Frau Heidlich wandte sich zu Katharina: »Eigentlich muss mein Mann gar nicht arbeiten. Meine Agentur macht genug Umsatz. Media-Buying. Wir kaufen exklusiv die Sendezeiten für die Werbespots von ein paar ziemlich großen Unternehmen.«

Mein Gott, wie überheblich, dachte Katharina. Vielleicht war sie das Opfer? »Und Sie? Kennen Sie Dirk Schröder auch?«

»Nein, das war vor meiner Zeit. Schade eigentlich, wir können nämlich bald einen Architekten brauchen. Wir wollen bauen.« Sie stellte sich in Positur. »In Bad Vilbel!«

»Aha. Gut, dann wollen wir mal …« Doch dann fiel Katharina noch etwas ein: »Darf ich fragen, wie Sie zu dieser Reise gekommen sind?«

Roswitha Heidlich schnaubte entrüstet, offenbar empört darüber, dass Katharina nicht glaubte, sie könne sich diese Reise leisten. Doch Frank Heidlich erklärte: »Das war wirklich witzig. Ich hatte da einen Fahrgast. Und der hat eine ziemlich exklusiv aussehende Einladung zu einem Gewinnspiel in den Papierkorb der Limousine geworfen. Die hab' ich gefunden. Aus purem Jux hab' ich die Antwortkarte ausgefüllt. Und gewonnen.«

»Wissen Sie, von welcher Firma das Preisausschreiben war?«
»Nein. Das stand nicht auf der Karte. Und auch nicht auf dem Schreiben mit den Tickets. Das kam von dieser Agentur mit den Römern.«
»Und das fanden Sie nicht seltsam?«
»Doch, schon. Aber einem geschenkten Barsch schaut man nicht hinter die Kiemen. Das hat Dirk früher immer gesagt.«

»Komisch. Man könnte meinen, die Heidlichs sind zufällig hier. Wenn sie nicht den Schröder kennen würden.« Kristina sprach aus, was Katharina dachte. Die Reise war wirklich sehr geschickt eingefädelt. Da musste man erst mal drauf kommen.

Sie waren über die Kieswege zum Restaurantpavillon zurückgewandert. Dort saßen Andreas Amendt und Javier zusammen mit dem Tankstellenbesitzers-Paar. Auch Sandra Herbst hatte sich hinzugesellt. Sie tranken Kaffee und Herr Kerbel gab gerade einen Schwank aus dem Leben eines Tankstellenbesitzers zum Besten: »Und dann habisch dene gesacht, dass die Brems aa hin is. Und da sacht der: Darum sollen's ja ma Hup lauder mache!« Er lachte über seinen eigenen Scherz. Als Einziger.

Katharina und Kristina setzten sich an einen separaten Tisch. Augustin schenkte ihnen ebenfalls zwei Tassen Kaffee ein.

»Ich hatte recht. Dirk Schröder hat mal in der Tankstelle gejobbt. Als Student. War zwar tüchtig, aber …«, Andreas Amendt, der sich endlich aus der Anekdotenrunde befreit und zu Katharina und Kristina gesetzt hatte, imitierte Herrn Kerbel, »immer wollens alles anners machen, die schunge Leut. Immer alles anners. – Irgendwann hat er wohl von selbst gekündigt.«

Das klang zwar nicht nach einem Mordmotiv, aber wer wusste, was wirklich vorgefallen war, dachte Katharina. Und wie labil dieser Schröder war. Welche paranoiden Feindbilder er entwickelt hatte.

»Und die anderen? Urban und Rheinsberger?«

Amendts Mundwinkel zuckten: »Das war ganz absurd. Die sind richtig zusammengezuckt, als sie den Namen Schröder gehört haben. Dirk Schröder, nein, den kennen sie nicht. Gar nicht. Überhaupt nicht. Das konnten die gar nicht oft genug betonen.«

»Meinen Sie, die haben was mit dem Ganzen zu tun?«
»Ich glaube eher, dass sie auf der Abschussliste ziemlich weit oben stehen. Die hatten nackte Panik im Blick.«

Katharina wollte das Abendessen nutzen, um sich noch mit ein paar weiteren Gästen zu unterhalten. Allerdings hatte sie nur eine magere Auswahl. Die meisten hatten sich zu Gruppen zusammengesetzt. Einzig Christian Kurt und Sylvia Schubert saßen wieder alleine an ihren Tischen. Die Entscheidung fiel leicht.

Katharina setzte sich zu Sylvia Schubert, die allerdings wenig gesprächig war. Während sie aß, las sie in einem dicken Buch.

Mehrfach versuchte Katharina, ein Gespräch zu beginnen, doch Sylvia Schubert hob für ihre einsilbigen Antworten nicht mal den Kopf aus ihrer Lektüre. Katharina wollte schon aufgeben und schaute sich um, wo Harry saß.

Plötzlich hörte sie ein seltsames Flirren, gefolgt von einem dumpfen Aufschlag direkt neben ihr. Erschrocken sah sie zu Sylvia Schubert: Ein Pfeil ragte aus der Brust der jungen Frau. Sie sackte nach hinten, fiel vom Stuhl, ihr Buch fiel polternd vom Tisch.

Ein paar Sekunden herrschte Stille. Die anderen Gäste starrten wie gelähmt auf Sylvia Schubert. Und dann brach endlich die Panik aus. Alle sprangen auf, schrien durcheinander. Katharina dankte allen Göttern, dass Augustin vorausschauend Wachen an den Eingängen aufgestellt hatte: Die Angestellten trieben die Gäste in den hinteren Teil des Pavillons, zur Bar, wo sie halbwegs geschützt waren. Auch Katharina war aufgesprungen und schaute sich lauernd um. Woher war der Pfeil gekommen?

Sie entdeckte den Schützen: Er stand auf einem Felsen in der Nähe, ganz in Schwarz gekleidet, maskiert, in der Hand einen modernen Jagdbogen. Gestochen scharf zeichnete sich seine Silhouette gegen das Licht des Vollmonds ab.

Er hatte wohl bemerkt, dass sie ihn gesehen hatte, und sprang behände vom Felsen.

Katharina setzte über das Geländer des Pavillons und rannte ihm nach. Erst dann fiel ihr ein, dass sie unbewaffnet war. Ihre Handtasche stand noch neben ihrem Stuhl. Keine Zeit umzukehren. Dann würde sie ihn eben im Nahkampf stellen.

Sie umrundete den Felsen, dann sah sie den Schützen wieder: Er lief vor ihr über die Wiese. Katharina setzte ihm nach. Er schlug Haken, tauchte immer wieder zwischen zwei Bungalows oder in einer Felsspalte ab, doch sie kam näher, bis auf zehn Meter. Sie war bereits völlig außer Atem. Wie lange liefen sie jetzt schon? Zehn Minuten? Eine Viertelstunde? Sie mussten die Insel bald ganz umrundet haben.

Sie erreichten eine Treppe, die in die Höhe führte. Wo wollte der denn hin? Katharina hatte die Orientierung verloren. Egal. Ihm nach! Am Kopf der Treppe verlor sie ihn kurz aus den Augen. Sie drehte sich schnell um die eigene Achse.

Endlich sah ihn wieder. Und sie wusste auch, wo sie war. Über ihr ragte der Sprungturm in den Nachthimmel. Und der Schütze war bereits dabei, die Leiter zu erklimmen.

Was sollte das denn? Da oben hatte er doch keinen Ausweg! Mit zwei Sätzen war Katharina selbst am Fuß der Leiter und kletterte ihm nach. Fast gelang es ihr, seinen Fuß zu packen, doch er schüttelte sie ab und trat nach ihr. Katharina wich ihm aus und erreichte direkt nach ihm die oberste Plattform. Jetzt konnte er ihr nicht mehr entkommen.

Er drehte sich blitzschnell um, stand plötzlich ganz dicht vor ihr, packte sie und drückte sie an sich. Plötzlich verstand Katharina, was er vorhatte. Er zog sie zur Kante der Plattform. Sie strampelte und versuchte, ihre Hände zu befreien. Doch es war zu spät: Sie stürzten zusammen in den Abgrund.

Der Aufschlag auf der Wasseroberfläche drückte Katharina die Luft aus den Lungen, sie schmeckte Salzwasser, verschluckte sich, hustete – und ging unter wie ein Stein.

Appointment With Death

Wunsch? Hatte ich Wünsche?

Vor allem hatte ich Schulden. Geerbt von meinen Eltern. Das meiste davon hatte ich in den vergangenen Jahren schon abbezahlt. Aber trotzdem wäre es ein Anfang.

»Wissen Sie schon, was Sie als Erstes machen werden?«, fragte der Lottobeamte.

»Ein paar alte Schulden bezahlen.«

»Sehr vernünftig.«

Mag sein. Der Lottobeamte gab mir noch ein paar Warnungen mit: nicht prassen, keinen Luxus zeigen, nur wirklich guten Freunden vom Gewinn erzählen. Also niemandem. Ich hatte keine »wirklich guten« Freunde.

Zum Abschied gab er mir die Hand: »Ich wünsche Ihnen viel Erfolg und alles Gute. Und Sie werden sehen, wie gut man sich fühlt, wenn man alle alten Rechnungen beglichen hat.«

Alte Rechnungen? Ja. Genau das würde ich machen. Alte Rechnungen begleichen. Alle. Endgültig und für immer.

Just A Closer Walk With Thee

Das war jetzt wirklich lächerlich. Katharina hatte ja immer gewusst, dass sie eines Tages ertrinken würde. Aber doch nicht so. Nicht, weil sie wie eine blutige Anfängerin in eine Falle getappt war.

Sie trieb orientierungslos in der salzigen Schwärze und kämpfte gegen das Husten an. Ihre Ohren schmerzten vom Druck. Wenn sie wenigstens den Grund erreichte, dann konnte sie sich vielleicht abstoßen und auftauchen, zumindest ganz kurz, um Luft in ihre Lungen kriegen. Ihr Körper fühlte sich an, als würde er gleichzeitig platzen und zusammengequetscht werden; vor ihren Augen blitzte es, sie zwinkerte, sah bunte Farbkreise.

Eine Explosion dröhnte in ihren Ohren, gleichzeitig wurde es um sie herum gleißend hell. Das musste das Licht sein, von dem alle redeten. Das Licht am Ende des Tunnels.

Sie spürte, wie sie gepackt wurde. Etwas presste sich fest auf ihren Mund und ihre Nase. Sie versuchte, um sich zu schlagen, doch es war zwecklos. Das Etwas packte sie noch fester und zog sie mit sich. Sie hatte es ja immer gewusst. Im Wasser lauerten Monster und würden sie für immer in die Tiefe zerren.

Das Jenseits begann mit einem Kuss, doch die Lippen, die ihren Mund aufzwangen, waren kalt, nass und glitschig. Sie musste husten, schmeckte Salzwasser in ihrem Mund. Sie blinzelte und versuchte, die Augen zu öffnen. Über ihr schwebte in Überlebensgröße das Gesicht von Andreas Amendt.

Oh nein! Konnte sie nicht mal anständig sterben? Sie bestand ja nicht auf Engelsflügeln und Harfe, aber ein Wiedersehen mit ihrer Familie wäre schon schön gewesen. Sie wollte die Augen wieder schließen, doch harte Klapse auf ihre Wangen holten sie zurück.

»Bleiben Sie bei mir!« Amendts Stimme klang dumpf. Katharina spürte, wie sie erneut gepackt wurde. Ihr Oberkörper wurde angehoben und herumgedreht. Wasser floss ihr aus Mund und Nase. Sie spuckte, würgte. War jetzt nicht langsam mal gut? Sie hatte es ja begriffen: Sie war ertrunken.

Oder etwa nicht? Während sie nach Atem rang, obwohl jeder Atemzug schmerzte, dämmerte ihr, dass dies möglicherweise gar nicht das Jenseits war. Sie versuchte sich aufzurichten. Starke Hände stützten sie. Endlich fühlte sie sich kräftig genug, sich umzuschauen: Sie saß am Rand des großen Pools auf dem Boden. Andreas Amendt kniete neben ihr. Er war nackt. Warum war er nackt? Seine Haare waren klitschnass, die Wassertropfen auf seiner Haut glitzerten im Licht der Pool-Scheinwerfer wie Kristalle. Er musste ins Wasser gesprungen sein. Er musste sie gepackt und herausgezogen haben, um ihr das Leben zu retten. Schon wieder. Sie öffnete den Mund, wollte etwas sagen. Stattdessen erbrach sie sich. Galle und Salzwasser. Das meiste davon spritzte direkt auf Andreas Amendt, doch er hielt sie trotzdem fest. Mit einer Hand strich er ihr Haar beiseite.

Katharina schloss die Augen wieder. Andreas Amendt hob sie auf seine Arme und trug sie zu ihrem Bungalow. Hände streiften ihr die nassen Kleider vom Körper, rubbelten sie mit einem Frotteehandtuch ab. Endlich lag sie auf etwas Warmem, Weichem. Ein Bett. Eine Decke breitete sich wie von selbst über ihr aus. Sie zog sie bis zum Kinn.

Kurze Zeit später spürte sie, wie sich jemand schwer neben sie auf das Bett setzte und an ihrer Schulter rüttelte. Widerwillig öffnete sie die Augen. Neben ihr saß der nun wieder bekleidete Andreas Amendt: »Sie sind eine ganz schöne Idiotin, wissen Sie das? Wie konnten Sie nur mit auf den Sprungturm klettern? Es war doch klar, was er vorhatte. Und Sie tappen genau in die Falle. Seien Sie bloß froh, dass Vollmond ist und ich den Sprungturm vom Restaurantpavillon aus sehen konnte.«

Er hatte recht. Sie hatte mit dem Kopf durch die Wand gewollt und die Quittung dafür gekriegt. Katharina wollte sich umdrehen. Doch Amendt hielt sie fest.

»Nicht so voreilig. Ich muss Sie noch mal abhorchen.«

Er packte sie und setzte sie auf. Die Decke rutschte von ihrem Körper. Katharina wollte sie wieder um sich schlingen. Doch Andreas Amendt stoppte sie: »Keine falsche Scham jetzt. – Einatmen, Ausatmen …«

Sie tat, wie er befahl, während er das kalte Stethoskop auf ihren Rücken, dann auf ihre Brust presste.

Endlich ließ er zufrieden von ihr ab: »Die Lunge ist frei und Ihr Herz schlägt regelmäßig. Seien Sie froh, dass der Pool mit Meerwasser gefüllt ist. Süßwasser schädigt die Lungen sehr viel schneller. – Dennoch: Sandra wird heute Nacht zur Sicherheit bei Ihnen bleiben. Morgen früh schauen wir dann.«

»Aber –«

»Kein Aber. Für Sie ist jetzt Bettruhe angesagt. Sie hatten heute schon eine Rundreise ins Jenseits. Dabei soll es bleiben. Haben Sie verstanden?«

Katharina zog sich artig die Bettdecke wieder bis zum Hals. Amendt war aufgestanden und steckte das Stethoskop zurück in seine Tasche.

Katharina musterte ihn und krächzte: »Sie sehen furchtbar aus.«

Er blickte an sich herab. Sein weißes T-Shirt war über und über mit Blut besudelt. Große, rote Flecken, die an den Rändern bereits langsam braun wurden.

»Ja. Ich habe versucht, Sylvia Schubert wiederzubeleben. Aber ohne Erfolg. Der Pfeil ist direkt in ihr Herz gedrungen. Keine Chance.« Er seufzte matt. »Haben Sie bei Ihrem Abenteuer wenigstens erkennen können, wer unser Täter ist?«

Katharina schüttelte ärgerlich den Kopf: »Nein. Aber von den Gästen kann es keiner gewesen sein. Die waren ja alle da.«

»Bis auf diesen von Weillher – Wie nennen Sie ihn noch? Den Freiherrn?«

Harry räusperte sich. Er hatte die ganze Zeit unbemerkt in einer Ecke gestanden: »Der sitzt immer noch ein. Ist in den Hungerstreik getreten und weigert sich, die Zelle zu verlassen, bis Katharina sich bei ihm entschuldigt hat.«

Oh je, den Freiherrn hatte Katharina über die Ereignisse völlig vergessen. Sie hustete kräftig, dann sagte sie mit rauer Stimme: »Sag ihm, ich entschuldige mich morgen.«

Andreas Amendt nahm seine Tasche: »Wie schon gesagt, Sandra bleibt heute Nacht bei Ihnen.«

»Warten Sie, ich gebe Ihnen wenigstens ein frisches T-Shirt.«

»Das ist nicht –«

Doch Katharina war bereits aufgestanden. Die Bettdecke glitt von ihr herab. Egal. Sie ging mit unsicheren Schritten zum Schrank und fischte ein übergroßes Motörhead-T-Shirt heraus, das sie eigentlich als Nachthemd mitgenommen hatte. »Das müsste passen.« Sie warf es Andreas Amendt zu, der es geschickt auffing. Dann zog er das dreckige T-Shirt aus und warf es in den Papierkorb. Er sang leise vor sich hin, während er das neue Hemd überstreifte: »I know I'm born to lose and gambling is for fools ...«

Katharina sah ihn überrascht an.

»Was?«, fragte er beleidigt. »Ich höre auch nicht nur Jazz.«

Katharina lag in ihrem Bett und starrte zur Decke. Das war wirklich gerade noch mal gut gegangen. Und schon wieder war es Andreas Amendt gewesen, der ihr das Leben gerettet hatte. Ohne zu zögern.

Erneut setzte sich jemand neben sie auf das Bett: Sandra Herbst. Sie hielt eine Injektionsspritze in der Hand.

»Ein Antibiotikum«, erklärte sie. »Haben Sie Allergien oder Überempfindlichkeiten?«

Katharina schüttelte stumm den Kopf.

»Na, dann zeigen Sie mir mal Ihre Schulter.«

Katharina setzte sich behutsam auf. Mit einem Tupfer desinfizierte Sandra Herbst eine Stelle auf ihrem Oberarm, bevor sie ihr das Medikament injizierte. Danach klebte sie ein kleines Pflaster auf die Einstichstelle.

»Und wenn Sie in der Nacht irgendetwas bemerken, Atemnot, Herzrasen oder Panik oder so, dann melden Sie sich sofort. Ich sitze dort in dem Sessel.«

The Chicken
And The Hawk Boogie

Katharina wusste im ersten Augenblick nicht, wo sie war. Sie lag auf dem Rücken und starrte in die Finsternis. Dann fiel es ihr wieder ein. Sie war auf der Flucht vor einem Profi-Killer, auf Mafia Island, genauer gesagt auf Golden Rock, und auf der Suche nach einem Mörder. Diese Suche war für sie beinahe tödlich ausgegangen. Doch wenigstens diesmal hatten sie die Wasserungeheuer nicht für alle Ewigkeiten in die Tiefe gezogen.

Sie spürte Druck auf ihrer Blase. Vorsichtig wälzte sie sich aus dem Bett.

»Was ist?«, fragte eine dunkle Frauenstimme.

Wer war das? Ach ja! Andreas Amendt hatte Sandra Herbst zur Nachtwache abkommandiert.

»Ich muss nur mal aufs Klo«, murmelte Katharina. Sie stellte fest, dass sie fror. Kein Wunder, denn sie war immer noch nackt. Sie stand auf, ging zum Schrank und fischte ein T-Shirt und einen Slip heraus. Dunkel erinnerte sie sich, dass sie Andreas Amendt am Vorabend ein T-Shirt gegeben hatte. Warum noch mal? Richtig. Sein eigenes war voller Blut gewesen.

Katharina wankte ins Bad, ging aufs Klo, spülte, stand auf, warf einen Blick in den Spiegel. Ihre Haut war bleich, ihre Augen blutunterlaufen und ihr Haar ein einziges, filziges Chaos. Da sie ohnehin schon nackt war, stellte sie sich unter die Dusche.

Sie wusch sich und spülte ihre Haare. Dann stand sie nur noch da und genoss die Wärme des herabprasselnden Wassers. Sie hatte geträumt. Was noch mal? Sie konnte sich nicht mehr vollständig daran erinnern. Nur dass Amendts blutverschmiertes T-Shirt darin eine Rolle spielte.

Warum? Katharina wusste es nicht. Endlich biss sie die Zähne zusammen, drehte entschlossen das kalte Wasser auf und duschte sich noch einmal ab.

Als sie sich ihr eigenes T-Shirt überstreifte, musste sie noch einmal an ihren Traum denken. Warum war Amendts T-Shirt so wichtig? Hatte sie etwas übersehen?

Nun, sie war ohnehin wach. Sie ging zurück in den Wohnraum und fischte kurzerhand das blutverschmierte T-Shirt aus dem Papierkorb. Mit spitzen Fingern breitete sie es auf dem Bett aus.

Diese Blutspuren. Das hatte sie schon einmal gesehen. Nur wo? Es war, als hätte sie das entscheidende Puzzlestück gefunden und dafür vergessen, wo sie das restliche Puzzle hingelegt hatte. Erinnere dich, Katharina! Erinnere –

Zwei Schüsse peitschten draußen durch die Nacht. Rufe gellten. Schnelle Schritte auf Kies.

Katharina wollte aufspringen, zu ihrer Waffe greifen, doch Sandra Herbst hielt sie fest: »Bleiben Sie, wo Sie sind. Sie sind nicht in der Verfassung, sich einzumischen!«

Katharina machte sich los, griff nach ihrer Jeans, streifte sie über, rammte die Füße in ihre Sportschuhe. Dann riss sie ihre Pistole aus der Handtasche.

Sandra Herbst versperrte ihr den Weg, eine aufgezogene Spritze in der Hand: »Ich sagte, Sie sollen hierbleiben. Sie riskieren Ihr Leben, so angeschlagen, wie Sie sind.«

Katharina machte einen Schritt vorwärts, doch Sandra Herbst hielt drohend die Spritze hoch: »Muss ich Sie wirklich außer Gefecht setzen?« Ihre Augen funkelten angriffslustig.

In diesem Augenblick klopfte es. Sandra Herbst, ihre Augen fest auf Katharina gerichtet, öffnete die Tür. Draußen stand Harry, völlig außer Atem: »Er hat Kristina Bergthaler erwischt!«

»Und ist sie …?«

»Nein. Nur betäubt. Wir brauchen einen zweiten Arzt.«

»Ich komme.« Sandra Herbst warf die Spritze auf den Schreibtisch und griff nach ihrer Tasche.

»Ich auch«, verkündete Katharina. »Keine Widerrede!«

Sie folgte Harry und Sandra Herbst aus dem Bungalow. Kristina?, dachte sie. Wieso stand die denn auf der Opferliste? Die kannte diesen Schröder doch gar nicht! Oder doch? Hatte sie etwa gelogen? Oder hatte sie beim Detektiv-Spielen etwas gehört oder gesehen, was sie nicht hatte mitkriegen sollen?

Kristina lag auf dem Bett in ihrem Bungalow. Andreas Amendt hatte sich über sie gebeugt und untersuchte sie. Er sah auf, als Katharina, Sandra Herbst und Harry hereinkamen.

»Alles in Ordnung mit ihr?«, fragte Katharina.

Andreas Amendt wiegte den Kopf hin und her: »Ausgeknockt. Aber sonst scheint ihr nichts zu fehlen.«

Katharina atmete auf, doch Sandra Herbst fragte barsch: »Und wozu braucht ihr mich?«

Amendt deutete in eine Ecke des Raumes. Dort saß Javier auf einem Sessel und presste sich ein blutbeflecktes Taschentuch auf die Nase. Sandra Herbst ging zu ihm und bat ihn, seinen Kopf in den Nacken zu legen. Dann betastete sie die Nase. Plötzlich griff sie mit zwei Händen zu. Katharina schloss rasch die Augen; sie wusste, was jetzt kam. Ein scharfes Knacken, Javier schrie laut auf.

»Sorry«, sagte die Ärztin ohne das geringste Bedauern in der Stimme. »Aber sie sollte ja nicht schief bleiben.« Dann machte sie sich daran, die Nase zu versorgen, während Javier gottergeben seinen Rosenkranz durch die Finger gleiten ließ.

In diesem Moment regte sich Kristina stöhnend. Andreas Amendt zerbrach eine kleine Ampulle und hielt sie ihr unter die Nase. Der scharfe Geruch des Ammoniaks tat seine Wirkung sofort: Kristina setzte sich mit einem Ruck in ihrem Bett auf.

»Verdammte Scheiße, was hab' ich denn mit diesem Schröder zu tun?«, geiferte sie los. »Reicht es nicht, dass er Dirk-Marjan umgebracht hat?«

Kristina wollte aus dem Bett springen, doch ihr Kreislauf machte das noch nicht mit. Sie fiel zurück. Amendt fing sie auf, sodass sie sich den Kopf nicht an einem Bettpfosten stieß.

»Lassen Sie mich los, Sie Quacksalber«, fauchte sie ihn an.

Andreas Amendt zuckte zurück, als hätte er sich verbrannt. Kristina wühlte sich unter die Bettdecke und rollte sich schluchzend zusammen.

Katharina setzte sich neben sie und legte ihr die Hand auf die Schulter. Kristina schüttelte sie wütend ab.

»Was ist denn passiert?«, fragte Katharina vorsichtig.

Kristina streckte ärgerlich den Kopf unter der Decke hervor: »Was wohl? Ich wache mitten in der Nacht auf, da steht dieser Typ über mir mit seiner blöden Ninja-Maske. Und dann sticht er mir auch schon in den Hals. Mehr weiß ich auch nicht.« Sie rollte sich wieder zusammen.

»Hast du eine Idee, wer es gewesen sein könnte?«

Kristina setzte sich wütend auf: »Ich soll eine Idee haben? Das ist doch deine Aufgabe! Du bist doch die Kommissarin hier. Wenn du wirklich eine bist, du blöde Kuh! Quotenfrau, was?« Sie floh wieder unter ihre Bettdecke und schimpfte leise vor sich hin. »Lord Peter oder Miss Marple hätten diesem Schröder schon längst eine Falle gestellt. Und Hercule Poirot hätte ihn vor versammelter Mannschaft überführt!«

»Das hier ist aber kein Krimi!«, erwiderte Katharina zornig.

»Ach ja? Das habe ich noch gar nicht mitbekommen. Und ich dachte immer, ihr sollt so toll sein bei der deutschen Mordkommission. Über neunzig Prozent Aufklärungsquote. Hah!«

Katharina schämte sich. Kristina hatte im Grunde recht. »Es tut mir leid«, sagte sie leise.

»Leid, leid«, kam es dumpf unter der Bettdecke hervor. »Das macht Dirk-Marjan auch nicht wieder lebendig.«

Andreas Amendt hatte sie schließlich fortgeschickt. Nur er und Harry würden bei Kristina bleiben. Falls der Mörder es wieder versuchte.

Langsam gingen Katharina, Javier und Sandra Herbst über die Kieswege zurück zu Katharinas Bungalow. Javiers Aussprache war noch immer etwas nasal. Katharina fragte ihn, was genau passiert war.

Der Priester berichtete: »Ich hatte mein Abendgebet gesprochen und mir die letzten Tage noch einmal durch den Kopf gehen lassen. Und da hatte ich plötzlich eine Eingebung. Diese Höhle da unten mit den ganzen Spuren, das war doch sehr theatralisch, oder nicht? Die geheime Höhle des Bösen. Wie in einem schlechten Krimi.«

»Und?«, fragte Katharina drängend.

»Da habe ich gedacht, dass die Falle vielleicht gar nicht für uns gedacht war. Sondern für jemand anderen. Und dass diese Kristina ständig von Krimis spricht.«

»Sie meinen, die Falle war für Kristina?«

»Ja. – Und plötzlich habe ich Angst um sie bekommen. Da hab' ich Doktor Amendt geweckt und bin zu Herrn Markert gelaufen. Gemeinsam wollten wir nach dem Rechten sehen. Und als wir hingekommen sind zu Kristinas Bungalow, ging die Tür auf und heraus kam diese schwarze Gestalt mit Kristina auf dem Arm. Als er uns sieht, lässt er sie fallen und rennt weg. Ich hätte ihn fast erwischt, doch plötzlich dreht er sich um und schlägt mir mit aller Gewalt auf die Nase. Herr Markert hat noch zwei Warnschüsse abgegeben, aber umsonst.«

Katharina hatte plötzlich einen Verdacht. Javier musste den gleichen Gedanken gehabt haben: »Wissen Sie, das ist doch genau das, was Sie uns bei der Selbstverteidigung gezeigt haben: auf die Nase schlagen und weglaufen.«

Trouble In Mind

Auf Katharinas Bett lag immer noch Amendts blutbeflecktes T-Shirt. Keine Zeit sich damit zu beschäftigen. Sie faltete es zusammen und legte es in den kleinen Safe. Vielleicht fiel ihr später wieder ein, warum es so wichtig war.

Dann hatte Sandra Herbst sie noch einmal abgehorcht, zufrieden genickt – »Sie sind wirklich hart im Nehmen!« – und sie ins Bett gesteckt. Doch schlafen konnte Katharina nicht. Also lag sie in der Dunkelheit und grübelte. Kristina hatte recht: Sie hatte ihren Job bisher nicht sonderlich gut gemacht.

Der Täter, wer auch immer es war, Dirk Schröder oder ein anderer, war ihr weit voraus: Er kannte die Insel in- und auswendig. Er war völlig skrupellos. Und er war bestens informiert: Die Falle mit dem Sprungturm hatte er absichtlich gestellt. Woher wusste er, dass sie nicht schwimmen konnte?

Die Morde auf Golden Rock folgten einem präzisen, durchdachten Plan, der sehr viel Vorbereitung erforderte. Dirk Schröder – wenn er der Täter war – war Architekt: Das hieß, dass er mit langfristigen Planungen umzugehen wusste.

Doch für so einen Plan musste er sich unter den Gästen frei bewegen können. Informationen sammeln. Vertrauen erwerben. Keiner der Toten hatte Abwehrverletzungen gehabt. Selbst die Bronskis nicht. Wem auch immer sie dort unten in den Höhlen begegnet waren: Sie mussten ihn gekannt haben. Wenn auch vielleicht nicht als Dirk Schröder. Denn niemand auf der Insel hatte ihn in einem seiner Reisegenossen wiedererkannt.

Was hatte Augustin über Dirk Schröders Aussehen gesagt? Etwa eins achtzig groß, feist, Knubbelnase, Brille, hellbraune Haare. Abnehmen, Brille durch Kontaktlinsen ersetzen, Haare färben – und die Nase ließ sich sicher operieren. Kosmetische Chirurgie … das hatte sie doch irgendwo gehört?

Natürlich! *Das* war das fehlende Mosaiksteinchen! Plötzlich wusste Katharina, wer der Täter war. Nur er konnte Schröder sein. Es gab keine andere Möglichkeit. Und er hatte die perfekte

Methode gefunden, den Verdacht von sich abzulenken und sich jedem Zugriff zu entziehen.

Am liebsten wäre sie sofort aus dem Bett gesprungen, um ihre Schlussfolgerungen der ganzen Welt zu erzählen. Doch die Euphorie verflog schlagartig: Dass sie wusste, wer der Täter war, brachte sie überhaupt nicht weiter, solange sie keine Idee hatte, wie sie ihn stellen und überführen sollte. Außerdem hatte er, wenn Katharina recht hatte mit ihrer Theorie, einen Komplizen, denn alleine war das alles nicht zu machen.

Deshalb würde sie die Identität des Mörders erst einmal für sich behalten. Sicher war sicher. Bevor sie noch den Komplizen aufscheuchte und der zu Plan B griff und sie vielleicht doch alle in die Luft sprengte oder so.

Jetzt brauchte sie einen eigenen Plan. Eine geschickte Falle. Was hatte Javier gesagt? Über die Höhle, die sie entdeckt hatten? »Wie in einem schlechten Krimi?«

Genau! So ging es! Krimi! Das war der Schlüssel! Die perfekte Inszenierung! Die geheimnisvolle Insel als Schauplatz! Die theatralischen Morde! Das drohende Bibelzitat! Und dann die Art und Weise, wie sich der Täter jedem Verdacht entzogen hatte! Der Täter hatte sich von Krimis inspirieren lassen!

»Lord Peter oder Miss Marple hätten diesem Schröder doch schon längst eine Falle gestellt. Und Hercule Poirot hätte ihn vor versammelter Mannschaft überführt!« Das hatte Kristina gesagt.

Und genau so würde sie ihn drankriegen, dachte Katharina mit grimmiger Begeisterung. Er sollte ein echtes Krimifinale bekommen! Jetzt brauchte sie nur noch eine Krimi*expertin*!

So früh, wie es Sitte und Anstand nur zuließen, klopfte Katharina an die Tür von Kristinas Bungalow. Andreas Amendt öffnete. Katharina schob sich an ihm vorbei: »Ich muss mit Kristina reden!«

Sie setzte sich auf das Bett und rüttelte Kristina, die sich noch immer wie ein Bündel eingerollt hatte, an der Schulter.

»Gehen Sie weg!«, murrte das Bündel, ohne sich zu rühren.

Katharina ließ sich nicht beirren: »Ich weiß, wie wir den Täter fangen!«

»Na und?«, kam es dumpf zurück.

»Und dazu brauche ich deine Hilfe!«

Kristina streckte den Kopf unter der Decke hervor: »Wirklich?«

»Wirklich!« Und dann erzählte Katharina ihr, was sie vorhatte. Das grimmige Grinsen auf Kristinas Gesicht wurde immer breiter.

»Sie sind vollkommen übergeschnappt!«, herrschte Andreas Amendt Katharina an. »Wissen Sie eigentlich, wie riskant das ist?«

Er und Harry hatten stumm zugehört, während Katharina ihren Plan ausbreitete. Jetzt schüttelten sie missbilligend die Köpfe.

»Aber das machen Sie nicht im Alleingang!« Amendt nahm seinen Rucksack und wandte sich zur Tür.

»Wo wollen Sie denn hin?«, fragte Katharina.

»Ich will schauen, ob wir genügend Medikamente und Verbandsmaterial haben. Falls Ihr Plan schiefgeht.«

Optimistisch wie immer, dachte Katharina, als die Tür hinter ihm ins Schloss fiel. Aber davon würde sie sich nicht beirren lassen. Allerdings hatte er recht: Der Plan war nicht frei von Risiko. Deshalb musste sie erst einmal für die Sicherheit der Gäste sorgen. Das hieß leider, einen Außenstehenden ins Vertrauen zu ziehen. Aber sei's drum. Das war es ihr wert.

Chittaswarup Kumar hatte ihr Tee angeboten und unverbindlich lächelnd zugehört, während Katharina ihm erklärte, was sie von ihm wollte. Dann hatte er genickt und ihr eine Bedingung gestellt. Katharina hätte beinahe laut aufgelacht, als sie gehört hatte, worum es ihm ging. Doch! Das würde sich machen lassen!

Nach diesem Gespräch hatte sich Katharina mit Kristina in ihren Bungalow zurückgezogen, um das große Finale zu planen. Das Mädchen wusste wirklich alles über Krimis und hatte ziemlich fix verstanden, was Katharina von ihr wollte. Außerdem brachte sie genau den richtigen Schuss biestige Gemeinheit ein. Fast freute sich Katharina schon darauf, den Plan in die Tat umzusetzen.

Augustin und seine Männer hatten alle Gäste in kleinen Gruppen zum Restaurantpavillon gebracht. Katharina und Kristina hatten

Platzkarten verteilt, denn sie wollten nichts dem Zufall überlassen.

Die Paare hatten sie an einzelne Tische gesetzt: die Kerbels, die Heidlichs. Auch Thorsten Urban, den Unternehmensberater, und Luisa Rheinsberger, die professionelle Witwe, hatte Katharina zusammengesetzt. Alle anderen saßen allein an ihren Tischen: Christian Kurt saß weit entfernt von jeder Weiblichkeit, die ihn ablenken konnte. Der Rauschgoldengel war sehr traurig gewesen, nicht mit ihrer geliebten Darissa von Heuth zusammensitzen zu können, die an der anderen Seite des Raumes Platz nehmen musste. Charlie Buchmann hatte bereits Schlagseite und lümmelte sich auf seinen Stuhl. Studienrat Leune saß hinter seinem Tisch wie ein Streber hinter seinem Pult, aufrechter Rücken, die Augen geradeaus. Tamara Giesler und Berndt Ohlmann saßen in der Nähe des Podestes. Der Freiherr, bei dem sich Katharina inzwischen offiziell entschuldigt hatte, lehnte an einer Säule. In seiner Nähe hatte Stefan Döring Platz genommen. Er hatte dunkle Ringe unter den Augen. Und genau in der Mitte des Raumes fläzte sich Jean-Luc auf einem Stuhl. Alle Gäste waren angespannt; wenn sie miteinander sprachen, flüsterten sie. Nur Jean-Luc gähnte laut und demonstrativ.

Chittaswarup Kumar hatte als Letzter den Pavillon betreten und sich an seinen üblichen Tisch gesetzt. Seine beiden Leibwächter standen vor den Eingängen des Pavillons, bereit für ihren großen Auftritt. Aber so weit war es noch lange nicht.

Katharina holte noch einmal tief Luft und trat auf die kleine Empore. Kristina drückte ihr aufmunternd den Arm und flüsterte ihr zu: »Das Spiel beginnt.«

Dann nahm sie ihren Platz auf einem Barhocker an der Seite des Pavillons ein. In den Händen hatte sie einen Stapel Karteikarten. Sie würde soufflieren, falls Katharina den Faden verlor.

»Meine Damen und Herren, verzeihen Sie, dass ich Sie an diesem Nachmittag behellige«, begann Katharina. »Aber Sie alle haben ja erlebt, wie Sylvia Schubert gestern Abend ermordet wurde.«

Die Gäste sahen einander an. Einige schluckten, als die unbequeme Wahrheit in ihre Köpfe sickerte.

»Und? Haben Sie den Täter erwischt?«, fragte Christian Kurt.

»Nein. Aber ich weiß jetzt, wer es ist.«

»Und? Worauf warten Sie noch? Nehmen Sie ihn fest.«

»So einfach geht das nicht. Gestatten Sie mir, dass ich etwas aushole. Bei der Aufklärung eines Verbrechens steht eine Frage immer im Mittelpunkt. Die nach dem Motiv. – Wer hatte ein Motiv, Sie alle zu bedrohen und bis jetzt mindestens acht Menschen zu töten?«

»Acht?«, kam es aus dem Publikum.

»Ja. Acht. – Oder ist Ihnen noch nicht aufgefallen, dass sich Ihre Reihen gelichtet haben?«

»Doch, klar«, sagte diesmal Charlie Buchmann. »Aber ich habe gedacht, das waren Unfälle.«

Oh selige Ignoranz der Laien, dachte Katharina für sich. Was sie nicht sahen, war auch nicht da. »Nein. Das waren keine Unfälle. – Und wir müssen davon ausgehen, dass Sie alle ebenfalls auf der Liste des Mörders stehen.«

Katharina hatte befürchtet, dass in dieser Stelle Panik ausbrechen würde, doch die Gäste schwiegen geschockt.

Plötzlich sagte Kerbel in die Stille hinein: »Des kann net sein. Mir sinn doch bloß zufällisch hier. Weil wir die Reise inner Tombola von unser Kleingartenverein gewonne habe.«

»Ach? Und sind solch wertvolle Preise üblich?«

»Des nisch, aber ... Wer sollte uns denn umbringe wolle?«

»Da wollte ich gerade zu kommen.« Katharina sah Hilfe suchend zu Kristina. »Wo war ich?«

Doch es war Darissa von Heuth, die gelangweilt antwortete: »Beim Motiv.«

Die Regisseurin saß lässig auf ihrem Platz, als ginge sie das alles nichts an. Sie hatte ein kleines Notizbuch und einen dünnen Stift aus ihrer Tasche gezogen und schrieb hin und wieder etwas mit.

»Richtig. Das Motiv«, nahm Katharina den Faden wieder auf. »So komplex sich Gewalttaten auch darstellen mögen, sie lassen sich praktisch immer auf die gleichen Grundmotive zurückführen: Hochmut, Habgier, Wollust, Rache, Selbstsucht, Eifersucht, Neid.«

»Die sieben Todsünden«, nahm Darissa von Heuth die Pointe vorweg. »Ist das nicht ein bisschen einfach?«

»Nein«, antwortete Katharina grob. »Lassen Sie uns die Motive einmal gemeinsam durchgehen. Da wäre zunächst der Hochmut: Ganz sicher ist unser Täter hochmütig. Er lockt Sie alle auf diese Insel, sperrt Sie ein und beginnt, seine Morde zu begehen. Er ist hochmütig genug zu glauben, dass er nicht entdeckt werden wird.«

Katharina nahm kurz einen Schluck Wasser aus dem Glas, das sie sich bereitgestellt hatte. Die Gesichter Ihrer Zuschauer waren voller Zweifel. Sie würde kämpfen müssen, aber sie hatte noch ein paar Asse im Ärmel. Mit großen Schritten durchquerte sie den Raum, bis sie fast in der Mitte stand. Dann fuhr sie fort: »Habgier! Sehr viele Tötungsdelikte werden aus Habgier begangen. Und wir haben wenigstens einen Menschen unter uns, der aus seiner Habgier keinen Hehl macht: Chittaswarup Kumar.« Katharina trat an den Tisch des dicken Inders. »Es ist kein Geheimnis, dass er Golden Rock gerne seinem Tourismus-Imperium einverleiben würde. Und was wäre besser geeignet, den Kaufpreis zu drücken, als ein handfester Skandal? Also nistet er sich auf Golden Rock ein und wartet auf geeignete Opfer wie die Spinne in ihrem Netz.«

Die Gäste lehnten sich vor, viele mit offenem Mund, wohl in der Überzeugung, jetzt Zeuge einer echten Mörderüberführung zu werden.

Doch leider verlor Kumar in diesem Moment die Fassung: Er lachte dröhnend und schlug sich vor Vergnügen auf die Schenkel. Als junger Mann hatte er von einer Bollywood-Karriere geträumt, doch seine Eltern wollten ihm diese Flausen austreiben und hatten ihn zum Studium nach Deutschland geschickt. Deshalb hatte er sich ausbedungen, in Katharinas Plan einen Bösewicht zu spielen.

Leider fand er ein wenig zu viel Gefallen an seiner Rolle, denn die anderen Gäste fielen unwillkürlich in das Lachen ein.

»Ach, das ist das Krimispiel«, rief jemand erleichtert, Katharina konnte nicht sehen, wer.

»Das ist aber ganz schön geschmacklos«, entrüstete sich der Studienrat. »Wo doch –«

»Ruhe bitte«, donnerte Harry, wie sie es abgesprochen hatten, sollte die Situation aus dem Ruder laufen.

»Nein, leider ist das kein Spiel«, fuhr Katharina mit kräftiger Stimme fort. »Und Sie alle tun gut daran, mir zuzuhören, wenn Ihnen Ihr Leben lieb ist.«

Es wurde totenstill. Katharina sprach weiter: »Doch kommen wir auf Chittaswarup Kumar zurück. Dieser Verdacht hat Mängel. Denn was sollte er mit einem Resort, dessen Ruf endgültig ruiniert ist?«

Der dicke Inder faltete zufrieden die Hände über seinem Bauch. Katharina fuhr fort: »Doch noch jemand anderes profitiert von diesem Skandal. Sie haben es bemerkt: Außer Ihnen hat Golden Rock keine Gäste. Zufall? Wirtschaftliche Flaute? Oder hat unser Täter es bewusst so eingerichtet? Egal wie: Golden Rock steckt in wirtschaftlichen Schwierigkeiten. Und wer muss deshalb Angst um seinen Job haben?«

»Der da!« Jean-Luc deutete auf Döring.

»Ganz genau.« Katharina ging zu dem Tisch, an dem Stefan Döring saß. Er hatte den Kopf zwischen seine Schultern gezogen. Katharina stützte sich auf seine Stuhllehne: »Natürlich der verantwortliche Direktor der Anlage. Auch ihm käme ein Skandal sehr gelegen, nicht wahr? Die Pleite der Anlage wäre nicht seine Schuld – und er kann Retter in der Not spielen. Habe ich recht, Herr Döring?«

Döring schwieg. Katharina packte ihn am Kinn und zwang ihn so, sie anzusehen. Gut, dass sie ihn nicht eingeweiht hatten. Er spielte seine Rolle perfekt. »Habe ich recht, oder nicht?«, wiederholte sie.

Döring antwortete noch immer nicht.

»Wäre so eine Notlage nicht ideal, sich als perfekten Krisenmanager hinzustellen?« Sie wandte sich wieder an ihr Publikum. »Und nicht nur das: Stefan Döring ist Bundeswehr-Offizier der Reserve. Ein Pionier. Ausgebildet darin, mit Sprengstoffen umzugehen. Und zu töten.«

Das war das falsche Stichwort gewesen: Charlie Buchmann sprang auf, gefolgt von Christian Kurt und auch Jean-Luc.

»Worauf warten wir dann noch?« Buchmann machte einen Schritt vorwärts. Weitere Stühle wurden gerückt. Noch mehr Gäste wollten aufstehen.

Es war Harry, der die Situation rettete, bevor sich die Gästeschar in einen wütenden Lynchmob verwandelte. Er stellte sich schützend vor Döring und sagte mit freundlicher Strenge: »Setzen Sie sich! Wir haben die Situation unter Kontrolle. Und wir sorgen schon dafür, dass der Täter seine gerechte Strafe bekommt.«

Es dauerte einen Moment, aber die Gäste gehorchten. Katharina wollte aufatmen, doch plötzlich verlor Döring die Fassung: »Sind Sie von allen guten Geistern verlassen? Ich soll *Gäste* umgebracht haben?« Er wollte wütend aufstehen, doch Katharina hielt ihn zurück.

»Beruhigen Sie sich!«, sagte sie schnell, bevor sich der Mob wieder formieren konnte. »Auch Sie sind es nicht gewesen. Denn dann hätten Sie dafür gesorgt, dass wir schon längst einen Schuldigen gefunden hätten. Vielleicht hätten Sie ihn sogar selbst überführt. Momentan schwimmen Ihnen die Felle davon, wenn wir die Mordserie nicht endlich stoppen.«

»Ganz richtig.« Döring verschränkte finster die Arme.

»Sagen Sie uns nun den Täter, oder wollen Sie uns erst alle der Reihe nach verdächtigen wie in einem schlechten Krimi?«, fragte Darissa von Heuth genervt und ohne den Blick von ihren Notizen zu nehmen.

Katharina warf ihr einen bösen Blick zu, doch eigentlich war sie dankbar für die Überleitung.

»Richtig. Der Täter«, sagte sie. »Dazu komme ich gleich. Lassen Sie mich aber zunächst etwas erklären. Wie einige von Ihnen vielleicht wissen, ist jeder Mensch auf der Welt mit jedem anderen über maximal sieben Zwischenstationen verbunden –«

»Sechs«, korrigierte sie Studienrat Leune. »Es sind sechs Zwischenstationen.«

Katharina widerstand dem Drang, Leune für seine Streberei einen Schlag auf den Hinterkopf zu geben, und sprach weiter: »Sechs. Meinetwegen. – Wie Sie vielleicht schon bemerkt haben, kennen sich einige von Ihnen untereinander: Sie sind gemeinsam zur Schule gegangen, waren auf der gleichen Uni oder arbeiten zusammen. Das ist kein Zufall. Denn Sie alle sind über maximal einen weiteren Menschen verbunden. Den Täter!«

»Das ist doch eine Binsenweisheit«, unterbrach sie Dari
Heuth erneut. Katharina ließ sich nicht beirren: »Ein bi..
Geduld noch. Bevor ich Ihnen den Täter nenne, lassen Sie mich
Ihnen eine Geschichte erzählen.«

»Oh Gott, Märchenstunde auch noch.«

Wenn diese Regisseurin sie noch einmal unterbrach, würde Katharina sie rauswerfen lassen müssen. Aber der Reihe nach: »Es ist eine traurige Geschichte, und sie geht so: Es war einmal ein junger Mann. Er war künstlerisch begabt und vom Traum beseelt, ein großer Architekt zu werden.« Kristina hob unauffällig den Daumen. Sie war sehr stolz auf diese Passage gewesen. Andreas Amendt hatte sie jedoch bei der Generalprobe in Katharinas Bungalow als »Hedwig Kurz-Mahler goes Crime« bezeichnet.

»Doch leider, leider ... Nicht immer geht Begabung mit Durchsetzungskraft einher. Unser junger Mann – er war immer schwächer als andere. Nicht so ansehnlich. Doch er war ein guter Mensch. Hilfsbereit. Liebevoll. Viel zu gutmütig. – Schon in der Schule ...«, sie ging zum Tisch von Jean-Luc, »das Opfer der Bullys. Nicht wahr?«

»Isch weiß nischt, von wem sie spreschen.«

»Nun, dann werde ich es Ihnen sagen. Sie alle ...«, Katharina richtete sich auf und ließ ihren Blick über die Gäste schweifen, »Sie alle sind ihm begegnet. Die meisten von Ihnen werden vergessen haben, wann und wo. Doch er hat Sie nicht vergessen. Und Sie auf seine Liste gesetzt.«

»Nun kommen Sie aber mal zu Potte. Das ist ja schlimmer als bei Hochhuth«, stöhnte Darissa von Heuth laut auf. »Wer ist es?«

Katharina zog die Augenbraue hoch und fixierte die Regisseurin. »Ich dachte, gerade Sie hätten es bereits erraten. Es ist Dirk Schröder.«

»Das Schaf?«, fragte der Rauschgoldengel arglos in die Stille hinein. »Der soll der Täter sein?«

»Ganz recht. Das Schaf. Aber dass er der Täter ist, habe ich nicht gesagt.«

»Wer da-hann?«, dehnte der Rauschgoldengel genervt ihre Frage.

»Nicht so voreilig. Sie alle sind ihm begegnet, nicht wahr? Haben ihn ausgenutzt. Sein Herz gebrochen. In der Schule. Im

Studium. Und dann im Beruf. Zum Beispiel Jens Mandeibel – ein Bully und stolz darauf. Er hat sogar damit geprahlt, wie er in der Schule Kleinere in die Toilette getaucht hat.«

»Dirk 'ätte ja nisch immer wieder ankommen brauchen.« Jean-Luc lehnte sich zurück und legte seine Füße auf einen Stuhl.

»Dann Claudia Weisz, Sabrina Jacheau und Sylvia Schubert. Die Frauen, in die Dirk Schröder sich verliebt hat. Sie haben ihn weggeworfen wie ein altes Hemd. Die Bronskis: Sie haben sein Talent bis zum bitteren Ende ausgequetscht und ihn dann fallen lassen. Pfarrer Hans Giesler hat ihn vor aller Welt bloßgestellt. Und warum? Weil er ihn irgendwie nicht leiden konnte.«

Die Witwe des Pfarrers starrte beschämt auf ihre Hände: »Das ist alles meine Schuld«, sagte sie leise. »Dirk war so begabt. Und ich ... ich habe ihn ermutigt. Da ist mein Mann eifersüchtig geworden.«

»Ganz recht.« Katharina sprang leichtfüßig auf die Empore. »Jetzt bitte ich Sie, in sich zu gehen. Was haben Sie ihm angetan, dass Sie hier gelandet sind?«

»Mann, was für ein Theater«, seufzte Darissa von Heuth.

»Genau! Theater! Haben Sie sich nicht Bühnenbilder von ihm bauen lassen?«

Die Regisseurin erwiderte kühl: »Fressen oder gefressen werden. Und?«

»Ja, so werden die meisten von Ihnen gedacht haben. Charlie Buchmann zum Beispiel ...«

Der Angesprochene sah erschrocken auf. »Ich?«

»Haben Sie sich nicht Ihr Firmengebäude von Studenten entwerfen lassen? Unter ihnen Dirk Schröder?«

»Ja, aber ... die Statik. Das musste dann ein Profi machen.«

»Nun, das klingt beinahe glaubwürdig. Wenn Dirk Schröder nicht schon im Studium ein Ass in Statik gewesen wäre. Sie haben schlicht die Pläne geklaut, nicht wahr?«

»Ach, das hat der Schröder auch gesagt. Dabei soll er lieber froh sein, dass er überhaupt so was entwerfen durfte.«

»Es ist ja ein schönes Bild, das Sie da zeichnen«, mischte sich Studienrat Leune empört ein. »Der arme, ach so talentierte junge Mann. Aber völlig falsch: Ich kenne ihn, er war mein Schüler.

– Vollkommen unbegabt. Und das habe ich auch in meinem Protestschreiben an die Städelschule deutlich zum Ausdruck gebracht.«

»Genau. Und dieses Schreiben hätte beinahe dazu geführt, dass Dirk Schröder von der Hochschule geflogen wäre, nicht wahr?«

»Ich protestiere entschieden gegen diese Schuldzuweisungen.«

»Ganz rescht. Und mer solle dran glaube, weil mer ihn aus der Tankstell geworfe habe?«, fiel Kerbel in den Protest ein. »Früher hätt ma mit so was kurze Prozess gemacht. Rübe ab und feddisch. Und heut ... immer de aame Däter. De scha so leiden dut.«

Auch die anderen Gäste murmelten protestierend. Katharina hob beschwichtigend die Hände: »Beruhigen Sie sich bitte. Ich habe niemanden beschuldigt. Ich wollte nur, dass Sie verstehen, warum Sie hier sind.«

»Des habbe wie ja jetz ve'stanne. Und? Fangense nu de Däter oder nisch?«

»Eins nach dem anderen. Meine Geschichte ist noch nicht zu Ende. Und sie endet traurig. Denn Dirk Schröder ist tot. – Entlassen aus seinem Job, den er liebte, und tödlich erkrankt – denn Doktor Norrisch hat ihn zu spät diagnostiziert – sah er keinen anderen Ausweg, als seinem Leben ein Ende zu setzen.«

War das nicht ein bisschen zu dick aufgetragen? Die Gäste schauten sich betroffen an. Kerbel machte eine entschuldigende Geste: »Des dut mir natürlich furschbar leid dun, abä wer hat dann die ganze Leut umgebracht?«

»Gute Frage. Dazu wollte ich jetzt kommen.«

»Na endlich.« Natürlich. Darissa von Heuth. Katharina ignorierte sie.

»Dirk Schröder ist tot. Doch in seinem kurzen Leben ist er ein paar Menschen begegnet, die ihn zu schätzen wussten.« Autsch. Sie hörte sich ja schlimmer an, als der Pfarrer auf der Beerdigung ihrer Familie. Doch die Gäste lauschten andächtig. »Und sie haben sich entschlossen, ihn zu rächen.«

Sie stieg wieder von dem Podest herunter und ging langsam auf den Tisch zu, an dem Dr. Thorsten Urban und Luisa Rheinsberger saßen. »Freunde seiner Eltern. Die ihn haben aufwachsen sehen.

Und die die notwendigen finanziellen Mittel haben, um ihren Plan in die Tat umzusetzen.«

»Wir?«, fragte Urban. »Wir ... haben damit nichts zu tun!«

»Ach nein? Kannten Sie Dirk Schröders Eltern nicht?«

»Doch, schon, aber –«

Katharina schlug ihre Faust vor ihnen auf den Tisch: »Warum sind Sie dann hier?«

Die beiden senkten den Kopf. Katharina schwieg. Eisige Geduld war im Verhör stets die beste Waffe. Die Rheinsberger sprach als Erste: »Ich ... ich hatte eine Affäre mit seinem Vater. Und Dirk ... der hat mir immer die Schuld gegeben, dass die Ehe seiner Eltern daran zerbrochen ist. Die Mutter hat sich nach der Scheidung totgesoffen.« Rasch fügte sie erhobenen Hauptes hinzu: »Aber sie hat vorher schon getrunken. Das war nicht meine Schuld, ehrlich.«

»Aha!« Katharina richtete sich auf. Dann wandte sie sich an Urban: »Und Sie?«

»Ich? Ja ... ich weiß nicht.«

»Lügen Sie mich nicht an.« Katharinas Stimme hatte die Schärfe einer Rasierklinge.

»Na ja, es kann sein ... also ... Sein Vater hat mich als Berater engagiert. Für sein Unternehmen. Und dann hat er Pleite gemacht.«

»Unternehmensberater«, spottete Charlie Buchmann laut vernehmlich. »Die sicherste Art, eine Firma zu ruinieren.«

Urban sprang auf: »Das ist eine unverschämte Unterstellung.«

Katharina sah Hilfe suchend zu Kristina. Wegen der unvermuteten Geständnisse hatte sie erneut den Faden verloren. Das Mädchen verstand und fragte übertrieben neugierig: »Und? Wer ist denn nun der Täter? Ein Freund?«

Darissa von Heuth stöhnte erneut auf. Katharina ließ sich nicht beirren: »Genau. Ein Freund. Dirk Schröder hatte einen besten Freund, doch angeblich hatten sie sich aus den Augen verloren. Oder etwa nicht?«

Katharina ging drohend auf den Tisch zu, an dem Frank Heidlich, der schüchterne Ex-Anwalt und Chauffeur, saß. Er klappte ängstlich den Mund auf und zu. »Ich?«

»Ja. Sie hatten wieder Kontakt, kurz vor Schröders Tod, nicht wahr? Sie haben den Plan zusammen entworfen. Den Schauplatz ausgewählt. Einen Ort, der für Dirk Schröder von großer Bedeutung war. Denn hier war er zum ersten Mal in seinem Leben in seinem Element: Er durfte eine Brücke bauen. Und hier fand er die Anerkennung, die ihm so lange verwehrt worden war. Richtig?«

Frank Heidlich hatte die Augen starr auf die Tischplatte gerichtet.

»Gemeinsam haben Sie die Opfer ausgewählt. Bestimmt, wie diese sterben sollten. Die Breughers, das war Ihre Idee, nicht wahr? Sie waren ja selbst an der Schulaufführung beteiligt, aus der die beiden Dirk Schröder rausintrigiert haben, oder nicht?«

»Ja, aber ...«

»Wie haben Sie es gemacht? Sie betäubt und ihnen dann das Gift eingeflößt?«

Frank Heidlich blieben die Worte im Hals stecken. Dafür schlug ihm seine Frau stolz auf die Schulter: »Mensch, Frank! Wirklich? Du hast dir das alles ausgedacht? Ich wusste ja immer, dass du es in dir hast. Und keine Sorge, ich besorge dir einen *guten* Anwalt.«

»Aber ich habe doch nie einem Menschen auch nur ein Haar gekrümmt«, widersprach Heidlich kleinlaut.

»Ja, ja. Gut, Frank! Alles leugnen! Die können dir überhaupt nichts nachweisen«, bestärkte ihn seine Frau.

Katharina holte tief Luft, während sie innerlich bis zehn zählte; dann sagte sie freundlich: »Ich muss Sie leider enttäuschen, Frau Heidlich. Ihr Mann ist unschuldig.«

»Was?«, fragte Roswitha Heidlich entrüstet. Ihr Mann sagte leise: »Sag' ich doch. Ich war das nicht.«

»Halt du dich da raus, Frank!«

Das brachte das Fass zum Überlaufen. Die anderen Gäste brachen plötzlich in hysterisches Gelächter aus. Katharina konnte es ihnen nicht verdenken. Am liebsten hätte sie mitgelacht.

»Ruhe!«, donnerte Harry. Es dauerte ein paar Sekunden, bis die Gäste gehorchten.

Roswitha Heidlich fragte streng: »Und warum sind wir dann hier?«

Das hatte Katharina in der Tat gewundert. Es war Kristina gewesen, die die Antwort darauf gefunden hatte. Sie strahlte stolz, als Katharina weitersprach: »Wer sagt denn, dass es wirklich Ihr Mann ist, der auf der Liste steht? Warum nicht Sie?«

»Ich?«, fragte Roswitha Heidlich empört: »Warum sollte man mich umbringen wollen?«

»Sie kennen Ihren Mann schon seit seinem Studium?«

»Was hat das denn damit –?«

»Beantworten Sie bitte meine Frage!«, unterbrach sie Katharina.

»Ja. Ich kenne ihn seit dem Studium.«

»Ein feingeistiger, schüchterner Jura-Student. Gebildet. Belesen. Genau, was Ihnen fehlte, nicht wahr?«

»Na und? Was kann ich dafür, dass meine Eltern einfache Leute waren?«

»Und Sie wollten Ihren Mann ganz für sich. Ihn nicht mit seinen Freunden teilen, oder?«

Frank Heidlich sagte eifrig: »Das kann wirklich sein. Damals habe ich – Aua!« Seine Frau hatte ihm mit der flachen Hand auf den Hinterkopf geschlagen. »Und du siehst ja, wie recht ich hatte. Feine Freunde sind das«, zischte sie. Und dann fügte sie noch hinzu: »Waschlappen!«

Die anderen Gäste lachten erneut hämisch. Frank Heidlich war drauf und dran, sich unter dem Tisch zu verkriechen. Er tat Katharina leid, also lenkte sie schnell die Aufmerksamkeit von den beiden ab, indem sie mit Schwung auf die Empore sprang: Auf zum Grande Finale!

»Doch was ist, wenn ich mich irre?«, begann sie. »Die möglichen Freunde haben wir ja nun ausgeschlossen. Was also –?«

»Und wenn das gar nicht der Schröder war?«, fragte Charlie Buchmann dazwischen. »Ich für meinen Teil ... Na ja, man macht sich doch auch andere Feinde, oder nicht?«

»Mir net«, widersprach Frau Kerbel resolut. »Mir sinn die beliebteste Nachbarn in unserm Kleingartenverein.«

»Dann lassen Sie mich weitersprechen«, sagte Katharina. Sie wartete darauf, dass wieder Ruhe einkehrte. Dann setzte sie ihren Gedanken fort: »Was ist also, wenn ich mich irre? Wenn Dirk Schröder gar nicht tot ist?«

»Sie haben aber gesagt ...«, widersprach Buchmann.

»Krankheiten heilen manchmal von selbst aus. Selbst tödlicher Krebs geht hin und wieder in Remission. Nicht wahr, Doktor Amendt?«

Der Angesprochene kam nicht zu seiner Antwort.

»Auch noch eine Wunderheilung!«, protestierte Darissa von Heuth. »Was kommt als Nächstes? Auferstehung von den Toten?«

Da hatte sie gar nicht so unrecht, dachte Katharina für sich und sprach ruhig weiter: »Was also, wenn Dirk Schröder noch lebt? Wenn er dem Tod in letzter Sekunde von der Schippe gesprungen ist? Was ist, wenn er sich im Fieberwahn seiner Krankheit dieser einen Fantasie hingegeben hat, wieder und wieder? Dass er es noch einmal allen Menschen, die ihm Unrecht getan haben, heimzahlt?«

»Fieberwahn seiner Krankheit.« Kristina hatte wirklich eine lyrische Ader. Aber Katharina war auch keine bessere Formulierung eingefallen.

»Und plötzlich ist er gesund. Er macht sich daran, seinen Plan in die Tat umzusetzen. Er lädt alle seine Feinde nach Golden Rock ein, verbirgt sich unerkannt unter den Gästen –«

»Jetzt wird es wirklich albern!« Darissa von Heuth sprang auf. »Das ist doch pures Märchen! Alles nur Show!«

»Warten Sie's ab!«, sagte Katharina freundlich, aber bestimmt. Sie sah Darissa von Heuth so lange unverwandt an, bis diese sich wieder setzte. »Na, wenn es denn sein muss ... Fahren Sie fort.«

»Danke.«

»Aber der Dirk ist'e nisch 'ier! Oder 'at ihn schemand'e gesähn?«, warf Jean-Luc ein.

»Nur etwas Geduld. Auch dazu habe ich meine kleinen grauen Zellen bemüht.« Sie warf einen Seitenblick auf Kristina, die ihr Kichern mühsam hinter ihrer Hand verbarg. Sie hatte auf diesem Satz bestanden, warum auch immer.

»Wie erinnern Sie sich an Dirk Schröder? Wenn Sie ihn beschreiben sollten?«

»Er war dick. So ein Teddy«, rief der Rauschgoldengel vorlaut.

»Und was noch?«

Manuela Striese warf ihr blondes Engelshaar zurück. »Und er hat immer eine ganz starke Brille getragen.«

»Und dann diese Nase. So ein dicker Knubbel«, ergänzte Darissa von Heuth hämisch.

»Ganz richtig«, übernahm Katharina wieder das Wort. »Dick. Brillenträger. Und eine sehr prominente Nase. Noch irgendetwas?«

Die Gäste sahen sich ratlos an.

»Nun«, fuhr Katharina sachlich fort. »Was wäre, wenn er während seiner Krankheit stark abgenommen hat? Oder er hat angefangen zu trainieren. Brillen kann man durch Kontaktlinsen ersetzen. Und die Nase kann ein guter Chirurg richten. Er verändert also sein Äußeres. Und dann macht er einen genialen Schachzug. Er nimmt die Identität eines seiner Feinde an.«

Katharina ließ den Satz im Raum stehen, bis sich endlich jemand rührte. Thorsten Urban fragte unsicher: »Sie meinen doch nicht, dass einer von uns …?«

»Doch genau. Einer von Ihnen ist Dirk Schröder.«

»Und wer?« Die Frage fand vielfältiges Echo im Raum. Die Gäste beobachteten einander misstrauisch.

»Nun, ich stand zunächst vor einem Rätsel. Doch dann habe ich Stefan Döring überzeugt, dass ich das Satellitentelefon benutzen durfte. Ich habe meine alte Dienststelle kontaktiert. Und die haben etwas Erstaunliches herausgefunden. Einer von ihnen ist nicht der, der er vorgibt, zu sein.«

Sie zog ein zusammengefaltetes Blatt Papier aus der Tasche: »Das ist ein Totenschein! Er beweist, dass einer von Ihnen schon seit drei Jahren tot ist. Bei einem Badeunfall auf den Malediven ertrunken.«

Katharina genoss die Spannung und wartete, solange es nur irgend ging, bevor sie weitersprach: »Bei allen äußeren Veränderungen gibt es ein Merkmal, das sich nicht verändern lässt: die Stimme! Doch Dirk Schröder war intelligent genug, auch dafür eine Lösung zu finden: Er verdeckte seine eigene Stimme mit einem starken fremdländischen Akzent! – Nicht wahr, Jean-Luc?«

»Isch weiß nisch, von was Sie spreschen! Das ist-e meine Akzente.«

»Nach mehreren Jahrzehnten in Deutschland? Wo Sie auch zur Schule gegangen sind?« Genüsslich faltete Katharina den Zettel in ihrer Hand auseinander und legte ihn vor Jean-Luc auf den Tisch, der das Dokument nahm und ungläubig las.

»Der wahre Jean-Luc Meier ist tot«, triumphierte Katharina. »Und Sie sind Dirk Schröder!«

Sie winkte den beiden Leibwächtern von Chittaswarup Kumar. Martialisch kamen sie hereingestapft, packten Jean-Luc an den Schultern und schleiften ihn nach draußen. Erst halb auf dem Weg zur Rezeption hatte Jean-Luc begriffen, was eben passiert war und brüllte immer wieder aus Leibeskräften: »Isch bin unschuldisch!«

Katharina nahm den Totenschein wieder an sich und faltete ihn zufrieden zusammen, bevor noch jemand bemerkte, dass er gefälscht war.

Die Gäste sahen dem Abgeführten schweigend nach, bis Darissa von Heuth frustriert ihr Notizbuch zuklappte: »Na, das war aber eine schwere Geburt. Hab' ich doch immer gesagt, dass dieser Akzent nur gespielt ist.«

Der Rauschgoldengel pflichtete ihrer Freundin bei: »Und ich hab' vorher schon gedacht, dass ich den kenne. Diese Augen … genau die von Dirk!«

Das brach das Eis. Plötzlich redeten die Gäste emsig und erleichtert durcheinander: »Ja, genau die Augen.« – »Und man hat ja gesehen, dass der gerade viel abgenommen hat.« – »Desterwesche hat der uns imme' so komisch angeschaut.« – »Und die Händ! Hast du die Händ gesehe! Eschte Würgerpranke!« – »Wusste ja, dass mit dem was nicht stimmt.« Je länger sie redeten, desto überzeugter klangen sie.

Katharina bedeutete Andreas Amendt und Kristina, ihr zu folgen. Gemeinsam verließen sie den Restaurantpavillon.

Als sie außer Hör- und Sichtweite waren, schlug Kristina Katharina kumpelhaft auf die Schulter: »Das war großartig. Besser hätte es Hercule Poirot auch nicht gekonnt.«

Doch Katharina war mit ihren Gedanken schon ganz woanders. »Kommt«, sagte sie. »Wir haben es noch nicht hinter uns.«

Harry lehnte kopfschüttelnd an der Stahltür des Lagerraumes, der zuvor als Zelle für den Freiherrn gedient hatte, und wartete auf sie.

»Wie geht es unserem Delinquenten?«, fragte ihn Katharina.
»Hat sich ein bisschen beruhigt und einen Anwalt gefordert.«
»Na, dann lass mich jetzt mal mit ihm sprechen.«

Harry schloss die Stahltür auf und ließ Katharina zu ihrem Gefangenen.

Black Snake Blues

Katharina lief klebriger Schweiß über den Rücken. Den ganzen Tag war es schon schwül und heiß gewesen und die Nacht hatte keine Abkühlung gebracht. Dass sie vollständig bekleidet unter der Bettdecke lag, die Hände am Griff ihrer Pistole, half auch nicht gerade.

Als die Gäste gerade beim Abendessen saßen, hatten Kumars Leibwächter Jean-Luc mit großem Tamm-Tamm über die Kieswege geführt. Jean-Luc rief wieder flehend: »Isch bin unschuldisch! Isch bin unschuldisch!«

Die Gäste sahen ihm nach. »Der kriegt, was er verdient hat«, sagte einer laut. Die anderen klatschten Beifall. Hoffentlich würden sie tun, was Katharina von ihnen erwartete. Denn sie waren noch nicht außer Gefahr.

Deshalb hatte Katharina Chittaswarup Kumar darum gebeten, den Gästen für diese Nacht eine sichere Unterkunft zu bieten. Sein Haus war großzügig unterkellert. Dort hatten seine Leibwächter Feldbetten für alle aufgestellt. Sie selbst würden das Haus bewachen, falls ihr Plan doch durchschaut worden war.

Katharina hatte die beiden Leibwächter unterschätzt: Ken und Zach waren ehemalige Elite-Soldaten, die sich jetzt ihren Lebensunterhalt als Status-Symbole für reiche Klienten verdienten. Sie waren froh gewesen, endlich einmal wieder eine wirklich wichtige und militärische Aufgabe zu bekommen. Katharina hatte ihr Waffenarsenal gesehen: Im Zweifelsfalle würden sie jeden Angreifer atomisieren, noch bevor er das Haus betreten konnte.

Nach dem Abendessen hatten Harry, Kristina und ein paar Angestellte die Gäste in kleinen Gruppen unauffällig in das Haus von Chittaswarup Kumar geführt. Und Katharina selbst hatte sich auf den Weg gemacht zu ihrer nächsten Station: dem Bungalow, in dem der Schnorchel des Poseidon endete.

Andreas Amendt hatte kritisch angemerkt, dass mit der Wahl dieses Bungalows die Falle doch ziemlich offensichtlich wäre: Aber genau darauf spekulierte Katharina. Der Täter war eitel, das hatte er bei der Halsabschneide-Nummer mit dem Freiherrn und Jean-Luc bewiesen. Mit etwas Glück würde er es gerade deshalb versuchen, weil die Falle so offensichtlich war – und sei es nur, um ihr eins auszuwischen.

Sie hatte sich erst gar keine Mühe gegeben, den Bungalow, in dem sie angeblich den Gefangenen untergebracht hatten, heimlich zu betreten. Sie hatte das Essenstablett genommen, das vor der Tür auf sie wartete, und war hineinspaziert, als wolle sie den Gefangenen versorgen und verhören. Doch Jean-Luc war schon längst nicht mehr dort. Sie hatten ihn über den schmalen Gang zwischen den Felsen hinter den Bungalows in Sicherheit gebracht. Stattdessen wartete Javier auf sie. Er hatte sich freiwillig als Verstärkung gemeldet und konnte mit einer Pistole umgehen; deshalb hatte ihm Harry erneut seine Walther PPK geliehen.

Katharina hatte sich auf dem Bett in die Bettdecke eingerollt, ihre Waffe griffbereit. Javier lehnte an einer Wand neben der Tür des Badezimmers, ohne einen Laut von sich zu geben oder sich zu bewegen. Katharina wünschte sich die Selbstdisziplin des Priesters: Sie bewegte sich im Bett hin und her. Es war unbequem. Ihr war heiß. Und ihr Herz schlug bis zum Hals. Aber jetzt hieß es warten. Und auf die Eitelkeit des Täters hoffen.

Wie lange warteten sie jetzt schon? Eine Stunde? Zwei? Ihre Augen wurden schwer, und plötzlich saß Susanne neben ihr auf dem Bett: »Du weißt, was du mir versprochen hast.«

»Ja. Aber nicht jetzt. Susanne, bitte.«

»Andreas ist unschuldig. Denk an das T-Shirt.«

»Das T-Shirt? Was ist damit?«

»Sieh es dir –« Plötzlich lauschte Susanne in die Dunkelheit. »Er kommt«, flüsterte sie.

Und mit einem Mal war Katharina wieder hellwach. Tatsächlich. Geräusche aus dem Bad. Schritte. Langsam. Anschleichend.

Im nächsten Moment flog die Badezimmertür auf. Im Licht des Mondes zeichnete sich im Türrahmen eine Gestalt ab. Sie trug eine Kiste, offenbar ziemlich schwer.

Katharina wollte sich aufsetzen, doch Javier war schneller. Im selben Moment hatte er den Lichtschalter betätigt und dem schwarz maskierten Mann die Pistole an den Kopf gesetzt. Der reagierte schnell; er warf die Kiste von sich und wollte fliehen. Doch Javier schlug ihm den Pistolenkolben ins Gesicht. Die Gestalt klappte zusammen. Es war vorbei.

Oder doch nicht? Katharina sah mit Schrecken, dass die Kiste, die der Angreifer in den Raum geworfen hatte, aufgesprungen war. Ihr Inhalt ergoss sich über den Fußboden: Schlangen. Viele Schlangen. Sie wanden sich übereinander und schlängelten sich über den ganzen Fußboden.

Javier kommandierte: »Still liegen bleiben.« Das hätte er Katharina nicht zu sagen brauchen. Er selbst bewegte sich nicht von der Stelle, während die Schlangen um ihn herum züngelten. Auch die Gestalt, die gerade benommen wieder zu sich kam, tat keinen Mucks. Sie lag genau in der Tür zum Badezimmer und schnitt so den Tieren den Weg ab.

Mit Schrecken sah Katharina, wie sich eine Schlange am Bettpfosten emporwand und auf das Bett kroch: eine ausgewachsene schwarze Mamba.

Verdammt. Sie saßen in ihrer eigenen Falle fest. Was jetzt? Einen Schuss abgeben, um Hilfe zu alarmieren? Schlangen waren taub. Aber sie würden die Erschütterung spüren. Das würde sie aggressiv machen.

Die Mamba war unter die Bettdecke gekrochen und glitt an Katharinas Bein entlang. Katharina spürte das raue Kratzen der Schlangenschuppen durch den dünnen Stoff ihrer Hose. Sie rief sich im Geiste alles Wissen zusammen, dass sie über Schlangen hatte: Die Tiere waren Menschenflüchter. Sie bissen erst zu, wenn sie nicht mehr fliehen konnten. Wie jetzt. Scheiße!

Plötzlich hörte sie draußen Schritte auf dem Kies. Gott sei Dank! Das mussten Andreas Amendt und Harry sein, die im Bungalow gegenüber gewartet hatten. Das angeschaltete Licht war das Signal gewesen, dass die Falle zugeschnappt war.

Katharina wollte um Hilfe rufen, doch sie traute sich nicht, tief zu atmen, um die Mamba, die inzwischen ihren Bauch erreicht hatte, nicht zu erschrecken.

Javier rief laut: »Nicht reinkommen. Giftschlangen.«

»Verdammt. Ich wusste, dass was schiefgeht«, hörte Katharina Andreas Amendt fluchen, dann vernahm sie Schritte auf der Veranda. Aus den Augenwinkeln sah sie, wie der Arzt zum Fenster hineinspähte. Plötzlich verschwand sein Kopf wieder und sie hörte ihn schnell und drängend mit Harry sprechen. Endlich erschien er wieder im Fenster: »Halten Sie durch. Bewegen Sie sich nicht.«

Prima Idee, dachte Katharina bitter. Da wäre sie von selbst nicht drauf gekommen.

Andreas Amendt sprach weiter: »Wir drehen gleich die Klimaanlage an. Es wird ziemlich kalt werden.«

»Die Klimaanlage ist aber hier drinnen«, rief Javier zurück.

»Kein Problem«, antwortete diesmal Harry. »Wir können sie von der Rezeption aus fernsteuern.«

Schritte entfernten sich. Sie warteten. Endlich das erlösende Klicken der Klimaanlage. Katharina hob millimeterweise den Kopf, um auf das Display neben der Tür zu schauen: Null Grad Solltemperatur. Das würde die Anlage nicht schaffen. Aber Schlangen waren Wechselblüter, die weder große Hitze noch große Kälte abkonnten. Mit etwas Glück genügte der Temperaturabfall, um sie in eine Kältestarre fallen zu lassen.

Bestimmt eine halbe Stunde lang war nichts anderes zu hören als das Fauchen der Klimaanlage, die kalte Luft ins Zimmer spie, und das Rascheln der Schlangen, die nach einem Unterschlupf suchten. Täuschte Katharina sich oder wurde das Rascheln weniger?

Doch, tatsächlich. Es war nichts mehr zu hören. Amendts Plan war aufgegangen.

Bis auf die Mamba auf Katharinas Bauch: Sie kroch höher, um sich an ihrem Körper zu wärmen. Katharina verfluchte sich: Diesmal hatte sie eindeutig ihre Chancen überreizt.

Die Tür des Bungalows ging langsam auf. Andreas Amendt trug eine Regenjacke und dicke Handschuhe. Und er in den Händen hielt er ... einen Kohlendioxidlöscher. Das war genial. Der Löschnebel würde eiskalt sein.

Mit kleinen, gezielten Stößen aus dem Löscher kühlte Andreas Amendt die Schlangen noch weiter ab. Javier hob vorsichtig einen Fuß. Die Schlange, die darauf gelegen hatte, fiel mit einem dumpfen Plopp zu Boden und rührte sich nicht.

Schritt für Schritt suchte sich der Priester einen Pfad. Doch er ging nicht nach draußen, sondern zu der am Boden liegenden, maskierten Gestalt. Er streckte ihr die Hand entgegen und half ihr vorsichtig auf. Zu zweit tasteten sie sich behutsam vor, bis sie die Bungalowtür erreicht hatten. Mit einem letzten großen Schritt traten sie ins Freie. Dort packte Harry die Gestalt und legte ihr Handschellen an.

Katharina hatte so konzentriert zugeschaut, dass sie nicht bemerkt hatte, dass Andreas Amendt neben dem Bett stand. »Ich glaube, wenn Sie ganz vorsichtig ...«

Katharina schüttelte behutsam den Kopf. Dann deutete sie mit dem Kinn in Richtung ihrer Brust. »Mamba«, hauchte sie so vorsichtig wie möglich.

Andreas Amendt seufzte: »Sie können es mir nicht auch mal einfach machen, oder?«

Behutsam hob er die Decke hoch. Zentimeter um Zentimeter. Endlich hatte er die Decke ganz abgenommen und legte sie leise auf dem Boden ab.

Der Kopf der Schlange lag genau zwischen Katharinas Brüsten; die Mamba züngelte, aber sie bewegte sich nicht.

Amendt streifte einen Handschuh ab. Was machte dieser Wahnsinnige denn jetzt? Wollte er sich etwa für sie opfern?

Millimeter für Millimeter schob er seine Hand vor, bis sie ganz dicht über der Schlange war.

»Beten Sie«, murmelte er leise. Dann zählte er langsam rückwärts: »Drei, zwei, eins ...«

Plötzlich schoss seine Hand vor und packte die Schlange mit eisernem Griff direkt hinter dem Kopf. Gleichzeitig riss er das wild um sich peitschende Tier nach oben. Die Schlange sperrte wütend ihr Maul auf, ihre Giftzähne klappten aus. Kurz entschlossen riss Katharina ihre Pistole hoch und drückte ab.

Der Schuss bellte so laut, dass er beinahe ihre Trommelfelle zum Platzen brachte. Der Kopf der Schlange zerbarst in einem Regen aus Blut, Fleischfetzen und Knochensplittern. Der Körper des Tieres erschlaffte.

Entsetzt ließ Amendt die tote Schlange fallen. »Sind Sie vollkommen übergeschnappt?« Er untersuchte seine Hand nach Verletzungen, dann atmete er auf. »Schießen können Sie ja. Kommen Sie. Schön vorsichtig.«

Er half ihr aufzustehen. Dann suchten sie sich Schritt für Schritt einen Weg nach draußen.

Katharina schlug die Tür des Bungalows mit einem Knall hinter sich zu und lehnte sich erschöpft dagegen. Das war knapp gewesen.

»Sollen wir jetzt mal nachschauen, wen wir hier gefangen haben?«, fragte Harry.

Richtig. Sie hatten ja einen Gefangenen. Die vermummte Gestalt saß mit gefesselten Händen auf einem Korbsessel. Harry zog ihr die Maske vom Kopf.

Katharina war nicht sonderlich überrascht, als sie sah, wer darunter zum Vorschein kam. Sie hatte recht gehabt: Dirk Schröder hatte wirklich die perfekte Verkleidung gefunden. Doch sie war nicht in der Stimmung zu triumphieren. Ihre Beine zitterten und sie musste sich einen Augenblick hinsetzen.

»Wer?«, fragte Kristina entsetzt. Sie stand zusammen mit Katharina und Harry vor der Stahltür zur improvisierten Zelle. Nachdem sie ihren Gefangenen eingesperrt hatten, war Javier losgelaufen, um im Haus von Chittaswarup Kumar Entwarnung zu geben. Jetzt waren die meisten Gäste erleichtert in ihre Bungalows zurückgekehrt. Nur Kristina war zu ihnen gekommen, neugierig auf die Identität des Täters.

»Nein. Das glaube ich nicht«, sagte sie entrüstet.

Katharina bat Harry, die Tür zu öffnen.

Auf der Pritsche, noch immer an den Händen gefesselt, sein vorher so gepflegter Bart jetzt ein wucherndes Gestrüpp, saß ...

»Dirk-Marjan? Aber ...« Kristina verschlug es die Sprache.

Der Angesprochene verzog den Mund zu einem schiefen Grinsen: »Hallo, Kristina!«

»Aber ...«, stotterte Kristina. »Du kennst diesen Schröder doch gar nicht. Und –«

Katharina legte ihr die Hand auf die Schulter: »Doch. Er kennt ihn nur zu gut. Dirk-Marjan ist Dirk Schröder.«

Kristina sah zwischen ihr und Dirk-Marjan hin und her. »Dirk-Marjan? Stimmt das?«

Der Angesprochene nickte triumphierend.

Plötzlich machte sich Kristina los, holte aus und schlug ihm die Faust ins Gesicht: »Arschloch!«

Sie drehte sich um und marschierte aus der Zelle. Dirk-Marjan begann zu lachen. Und hörte nicht mehr auf.

Told My Story

»Also, dann werfen Sie mal die Kamera an. Und Achtung, der Fokus zickt manchmal.«

Die Videokamera surrte. Katharina kämpfte mit dem Fokus des Objektivs. Endlich war das Bild im Sucher halbwegs scharf. Sie schnippte einmal: Der Tonpegel im Display schlug ausreichend aus. Zufrieden setzte sie sich auf ihren Stuhl.

»Nennen Sie bitte Ihren vollständigen Namen«, begann Katharina sachlich.

»Dirk-Marjan Jakutzki.«

»Ich meinte Ihren richtigen Namen.«

»Das ist mein richtiger Name. Ich habe ihn standesamtlich ändern lassen.«

»Dann nennen Sie eben auch Ihren Geburtsnamen.«

»Dirk Jonas Wilhelm Schröder.«

»Benutzen Sie auch andere Aliasse?«

»Das ›Bett-Schaf‹; aber das wissen Sie ja schon.«

»Ich wäre dankbar, wenn Sie das hier ernst nehmen würden.«

»Selbstverständlich. Ich bitte um Entschuldigung.«

»Bitte bestätigen Sie, dass Sie aus freien Stücken aussagen.«

»Wenn's der Wahrheitsfindung dient. Ich, Dirk-Marjan Jakutzki, oder, wenn Sie darauf bestehen, Dirk Schröder, bestätige hiermit, dass ich freiwillig und ohne Zwang aussage.«

»Herr Schröder –«

»Jakutzki, bitte.«

»Also gut, Herr Jakutzki, erzählen Sie. Wie hat alles angefangen?«

»Ich habe genau einmal in meinem Leben Lotto gespielt.«

»Ich sage Ihnen zum letzten Mal: Nehmen Sie das hier ernst!«

»Tue ich doch. So hat alles angefangen. Soll ich nun erzählen, oder nicht?«

»Also gut!« Katharina holte tief Luft. Das würde ein zähes Verhör werden. »Erzählen Sie. Wenn es denn sein muss.«

»Nun gut, also: Eigentlich hat alles ganz harmlos angefangen: Ich habe Lotto gespielt … das erste und einzige Mal in meinem

Leben. Ich war gerade aus meinem Job gefeuert worden und pleite. Gerade noch genug Geld auf dem Konto, um die Monatsmiete zu bezahlen und mir jeden Tag ein Brötchen zu kaufen. Auf der Straße hatte ich ein Zweieurostück gefunden – direkt vor einer Lotto-Annahmestelle. Über dem Eingang des Ladens hing eine Fahne, die den aktuellen Jackpot verkündete ...«

An Schlaf war nicht mehr zu denken gewesen. Der Täter saß zwar hinter Schloss und Riegel, doch seinen Jägern pumpte noch das Adrenalin in den Adern. Und niemand wollte so recht triumphieren, als sie vor dampfenden Kaffeetassen um einen großen Tisch in der Rezeption saßen: Katharina, Harry, Andreas Amendt, Javier, Kristina und Sandra Herbst.

»Es wird schwer werden, ihm etwas nachzuweisen«, stellte Katharina frustriert fest.

»Na ja, immerhin haben wir den Anschlag mit den Schlangen«, widersprach Javier gelassen.

Katharina schüttelte nachdenklich den Kopf: »Was ist, wenn er sich rausredet, dass er die Schlangen in den Höhlen gefunden hat und sie unschädlich machen wollte? Und dann dank unseres Angriffs gestolpert ist?«

»Gibt es nicht diese ganzen forensischen Beweise? So wie bei CSI?«, fragte Kristina. Sie wandte sich an Andreas Amendt: »Sie sind doch Gerichtsmediziner, oder? Sie müssen so was doch können.«

Amendt hob die Schultern: »Wunder vollbringen kann ich auch nicht. Es dürfte fast unmöglich sein, den Schröder direkt mit einer der Taten in Verbindung zu bringen.«

Kristina seufzte: »In Krimis ist das immer so viel einfacher.«

Katharina antwortete: »In Krimis müssen die Kommissare sich auch nicht darum kümmern, dass der Fall gerichtsfest ist.«

»Und in Krimis kriegt der Verbrecher immer einen Laberflash«, ergänzte Kristina. »Er bringt den Kommissar in seine Gewalt und fängt großspurig an zu reden. Offenbart seinen teuflischen Plan. Weil er so stolz darauf ist.«

Katharina stutzte. Kristina hatte sie auf eine Idee gebracht. »Wir brauchen ein Geständnis!«

»Und das gibt er uns freiwillig?«, fragte Andreas Amendt zweifelnd. »Glaube ich nicht.«

»Wir müssen ihn ködern.«

»Und wie?«

Während Katharina weitersprach, wurde ihre Stimme immer überzeugter: »Kristina hat recht. Wir müssen seine Eitelkeit kitzeln.«

»Eitelkeit?«

»Er hat sich so viel Mühe gegeben. So viel Zeit und Geld in den Plan investiert. Denken Sie nur an die ganze Theatralik. Die Drohung vom Band. Die inszenierten Schauplätze. Überhaupt, die Insel als mörderische Falle. Würde mich wundern, wenn er nicht damit angeben will.«

Harry hob abwehrend die Hand: »So ein Geständnis ist aber nichts wert. Nicht, wenn wir es nicht ordnungsgemäß aufzeichnen. Und einen Anwalt brauchen wir auch.«

Katharina stand auf: »Das ist kein Problem. Dieser Frank Heidlich ist Anwalt. Und eine Videokamera wird sich ja wohl irgendwo auftreiben lassen.«

»Dirk-Marjan hatte eine im Gepäck«, warf Kristina hilfsbereit ein. »Darf ich zuschauen?«

Katharina wollte erst ablehnen, doch dann besann sie sich eines Besseren. Natürlich! Ein Opfer, das Schröder durch seine Worte leiden lassen konnte! »Klar. Das hast du dir verdient!«

Frank Heidlich war überrascht gewesen, als Katharina und Harry in seinem Bungalow aufgekreuzt waren. Eigentlich hatte er ablehnen wollen, doch seine Frau machte ihm einen Strich durch die Rechnung: »Frank, natürlich übernimmst du das. Denk doch mal nach! Verteidiger eines Serienmörders! Dann kannst du den Chauffeursjob sausen lassen und wieder als Anwalt praktizieren. Die Klienten werden uns die Bude einrennen.«

Also hatte Frank Heidlich sich bereit erklärt, die Rolle des Anwalts zu übernehmen. Am PC in der Rezeption hatte er eine Vertretungsvollmacht aufgesetzt.

Katharina hatte kurzerhand Stefan Dörings Büro requiriert und es bis auf den Schreibtisch und ein paar Stühle leer räumen lassen.

Und endlich hatten sie alles zusammen, was sie brauchten: den Raum, die Kamera, den Anwalt. Harry, Kristina, Andreas Amendt und Sandra Herbst hatten auf Stühlen an der Rückwand Platz genommen. Frank Heidlich saß an einer Seite des Tisches. Und dann hatte Katharina die beiden Leibwächter gebeten, Dirk-Marjan zum Verhör vorzuführen.

Dirk-Marjan hatte milde amüsiert gelächelt, und mit dem Satz »Besser einen schlechten Anwalt als gar keinen« die Vollmacht für Frank Heidlich unterschrieben. Katharina wollte ihn eben über seine Rechte aufklären, als er sie unterbrach: »Bevor wir anfangen: mein Kompliment. Die Show gestern Nachmittag war erste Sahne. Ich habe sie leider nur akustisch mitbekommen, aber –«

»So, Sie haben uns also abgehört«, unterbrach ihn Katharina, »das hatte ich gehofft.«

»Natürlich! Glauben Sie im Ernst, dass ich die Insel als Falle auswähle und dann nicht dafür sorge, dass die wichtigsten Räume mit Mikrofonen ausgestattet sind? Wie dem auch sei: sehr gute Show. Und ich muss zugeben, dass mich die Falle interessiert hat, die Sie da gestellt haben. Ich dachte wirklich, mit den Schlangen bin ich auf der sicheren Seite und könnte Sie mir vom Hals schaffen. Tja, Pech gehabt. Ein Punkt für Sie. Damit steht es neun zu eins für mich.«

»Sie geben also zu, neun Menschen umgebracht zu haben?«

»Natürlich. Aber wollen Sie das nicht alles aufzeichnen? Und ich meine, mich dunkel zu erinnern, dass Sie mir auch noch irgendwas erzählen müssen. Von wegen meiner Rechte und so.«

»Selbstverständlich.« Katharina spulte die Rechtsbelehrung ab. Dann fragte sie: »Haben Sie das alles verstanden?«

»Ja. Ist ja nicht so schwierig. Wollen wir dann loslegen?«

Frank Heidlich hob die Hand: »Als dein Anwalt muss ich dir dringend raten, gar nichts zu sagen.«

»Aber Frank! Wo sich die Frau Kommissarin doch so darauf gefreut hat. Also, dann werfen Sie mal die Kamera an. Und Achtung, der Fokus zickt manchmal.«

»... Genau das würde ich machen. Alte Rechnungen begleichen. Alle. Endgültig und für immer.« Dirk-Marjan griff nach dem Wasserglas und nahm einen Schluck.

»Ein Lottogewinn? Sie haben all die Menschen umgebracht – wegen eines Lottogewinns?« Und Katharina hatte geglaubt, sie hätte alle dämlichen Ausreden auf diesem Planeten schon gehört.

»Nein, nein. Der Plan war ein anderer. Mehr so pubertär.«

»Nämlich?«

»Na, ist das nicht klar? Ich mache mich schön, eröffne mein eigenes Architekturbüro, baue die Brücken, die ich will, schlafe mit so vielen Frauen wie möglich und so weiter. Was man eben macht, wenn man reich und sexy ist.«

»Und das hat nicht funktioniert?«

»Doch. Am Anfang schon. Als Erstes bin ich meinen Namen losgeworden. Ich meine, ›Dirk Schröder‹ – so heißen doch wirklich nur Loser, oder? Und dann bin ich nach Thailand gefahren. Zur Gesichtsoperation. Und zum Abnehmen. Niemand sollte mich mehr erkennen. Danach bin ich nach Frankfurt zurückgekehrt und habe ein schönes Loft als Büro gemietet. Plötzlich kamen tatsächlich Anfragen. Und Aufträge. Der Hotshot-Architekt, der aus dem Nichts auftaucht: das hat die Menschen neugierig gemacht.«

»Dann war ja eigentlich alles in bester Ordnung, oder?«

»Hab' ich auch gedacht. Bis alles wieder von vorne anfing. Die Bronskis haben mir den einen Auftrag, auf den ich wirklich Lust hatte, abgejagt. Eine Autobahnbrücke im Vorharz. Die Bronskis, die lassen eben Geld an die richtigen Stellen zurückfließen. Stattdessen entsteht dort jetzt ein ziemlich minderwertiges Bauwerk. Zusammengepfuscht.«

»Aber hätten Sie nicht klagen können? Oder die Geschichte an die Presse bringen?«

»Nee, nee, die Presse liebt ihren Bronski. Weil der genauso war, wie sich Klein-Mäxchen den genialen Architekten vorstellt. Sie wissen schon: Rollkragen-Pulli, Designer-Jeans, alberne Brille, obwohl er die gar nicht braucht. Großspurig-philosophische Reden.«

»Also haben Sie sich entschlossen, die Bronskis umzubringen?«

»Nein, da noch nicht. Ich habe Bauchschmerzen bekommen vor lauter Ärger – und da bin ich zum Norrisch gegangen. Sollte ja angeblich ein guter Arzt sein. Der hat im Ultraschall so seltsame Flecken auf meiner Leber gesehen und mich zum Radiologen geschickt.

Es hat eine Woche gedauert, bis ich den Termin gekriegt habe. Ich musste jede Menge Kontrastmittel trinken. Und dann haben die mich nach Hause geschickt, ohne mir irgendetwas zu sagen.«

Dirk-Marjan machte eine dramatische Pause, bis Katharina drängte: »Und dann?«

»Es waren Blutschwämmchen. Harmlos.«

Katharina sah zu Andreas Amendt. Er erklärte: »Sogenannte Hämangiome. Zumeist harmlos, aber im Ultraschall nicht unbedingt von Tumoren zu unterscheiden.«

»Zwei Wochen Todesangst! Für nichts!«, jammerte Dirk-Marjan.

»Sie haben also Ihren Arzt umgebracht, weil er nicht von vorneherein eine tödliche Erkrankung ausschließen wollte?« Andreas Amendts Stimme klang bitter.

»Zwei Wochen Todesangst!«

»Besser als drei Monate am Morphiumtropf langsam vor sich hin zu krepieren.«

Katharina mischte sich ein, bevor das Gespräch aus dem Ruder lief: »Und dann haben Sie also den Plan gefasst?«

»Nee, der Hammer ist dann erst noch gekommen. Ich hatte eine tolle Frau kennengelernt. Und ich dachte eigentlich, sie mag mich auch. Aber dann fängt sie ausgerechnet eine Affäre mit Bronski an. Das war ja schon demütigend genug. Und dann war plötzlich Schluss zwischen den beiden. Genau als ich auf die Resultate von der Untersuchung gewartet habe. Und die Braut hatte nichts Besseres zu tun, als mich vollzujammern mit ihren Bronski-Geschichten.«

Katharina wollte etwas fragen, doch Kristina kam ihr zuvor: »Dirk-Marjan, du bist so was von doof! Wirklich!«

Alle drehten sich zu ihr um.

»Du meinst doch mich, oder? Die Frau mit dem Bronski?«, fuhr sie fort. »Wie lange waren wir da schon befreundet? Ein Jahr? Und – ich meine: Wir haben im gleichen Bett geschlafen! Was muss man denn als Frau noch alles tun? Striptease? Und da wunderst du dich, wenn ich mir mal ein kleines Abenteuer gönne? Mit so einem Idioten wie dem Bronski? Ich meine, den kann man als Mann doch wirklich nicht ernst nehmen.« Sie korrigierte sich beschämt: »Konnte.«

Dirk-Marjan starrte sie mit offenem Mund an: »Du meinst, du wolltest ... du warst ...«

»Ja, natürlich. Du warst doch derjenige, der nicht wollte. Du hast doch mit diesem Freundschaftsding angefangen. Die Caro – das ist meine beste Freundin – hat schon gemeint, du wirst mir sicher bald deinen Lover vorstellen.«

»Aber ich bin doch nicht –«

»Nein. Du bist ein Idiot. Und ein Lahmarsch. Und du hast versucht mich umzubringen.« Kristina lehnte sich schmollend zurück und verschränkte die Arme.

Katharina unterdrückte den Wunsch, Dirk-Marjan beidhändig zu ohrfeigen. »Also, zu diesem Zeitpunkt haben Sie dann den Plan gefasst?«

»Ja. Doch. So kann man das sagen. Ich meine, erst war es mehr ein Spiel. Ich habe alle Menschen aufgeschrieben, die ich gerne umbringen würde. Und mir Todesarten ausgedacht. Doch dann habe ich in einem Reisebüro einen Prospekt von Golden Rock gefunden. Da war so ein angeberischer Aufsatz vom Bronski drin. Über die Brücke. Dabei hat der keinen Handschlag daran getan, das war alles ich. Aber mein Name war überhaupt nicht erwähnt. Und da hatte ich plötzlich den Plan im Kopf. Es war geradezu erschreckend einfach, ihn umzusetzen. Ich habe dafür gesorgt, dass alle ihre Einladungen nach Golden Rock kriegen, und einen ITler von der Eigentümer-Gesellschaft bestochen, damit die Anlage ansonsten ausgebucht erscheint. Und es sind tatsächlich fast alle gekommen. Bis auf Kleinstadt-Oberbürgermeister Kolches.«

Katharina erinnerte sich. Der durfte nicht fahren wegen eines Bestechungsverdachts. Es war sein Ticket gewesen, dass sie Last Minute gekauft hatte.

»Und dann habe ich losgelegt!«, prahlte Dirk-Marjan. »Das war so verdammt einfach. Angefangen habe ich mit Jens ...«

»Mandeibel?«, fragte Katharina.

»Richtig. Ein paar K.O.-Tropfen und etwas Ipecac in sein letztes Bier und schon hing er halb ohnmächtig über der Toilette. Ich musste die nur noch verstopfen und mich auf ihn setzen, bis er aufgehört hat zu zucken. – Und dann die Breughers. Wer hätte gedacht, dass die –«

»Moment«, unterbrach ihn Andreas Amendt. »Da war erst noch Claudia Weisz. Die Frau, die beim Essen erstickt ist.«

»Das war so cool«, Dirk-Marjan kicherte in sich hinein, »die ist ganz von selbst krepiert. Und so passend. Die hat schon früher immer essen müssen, wenn sie Stress hatte. Eigentlich sollte sie erst später sterben. Allein in ihrem Bungalow. An einer Fischgräte ersticken. Sie hat mir nämlich mal einen toten Fisch vor die Tür gelegt, wissen Sie?«

»Warum das denn?«, fragte Katharina verwirrt.

»Keine Ahnung. Frau halt. – Also, dann kamen die Breughers. Und die haben mir mit ihrem Auftritt als Romeo und Julia so eine perfekte Steilvorlage geliefert. Das war großartig. Die haben mich damals nämlich aus der Schulaufführung rausgedrängt. Die Susannah hat behauptet, ich hätte sie sexuell belästigt. – Bin fast von der Schule geflogen. Das war doch wirklich dreist, oder?«

Katharina ignorierte seine Selbstgerechtigkeit: »Und dann kam Norrisch?«

»Ja. Genau. Dachte mir, an so einer Lebergeschichte zu krepieren, ist genau das Richtige für ihn. Damit er auch mal diese Todesangst spürt.« Dirk-Marjan lachte wieder in sich hinein.

Katharina lehnte sich vor: »Und dann?«

»Auf einmal kamen Sie ins Spiel. Sie gehörten nicht zu den Gästen und sind immer an den Tatorten aufgetaucht. Und dann habe ich mitgekriegt, dass sie Sicherheitsbeauftragte sind oder so. Dachte mir, das könnte ein Spaß werden. War es auch. Teilweise sind Sie echt durch die Geschichte getappt wie eine blinde Kuh. – Also habe ich diese CD produziert. Sie wissen schon die mit ›1219 Romans kriegen jeden Einzelnen von euch‹. Ging ganz einfach mit meinem Laptop. Dachte mir, ich mach' allen mal so richtig Angst. Doch dann hatte der Döring diese Idee mit dem Krimispiel. Noch besser. Umso einfacher konnte ich mir die Sabrina vorknöpfen.«

»Die Geschichte mit dem Sybian?«

»Dem was?«, fragte Kristina dazwischen.

»So eine Masturbiermaschine für Frauen. Zum Draufsetzen«, erklärte Katharina rasch.

»Genau. Das Ding habe ich am Tag der Ankunft in ihren Bungalow gestellt. Dachte mir schon, dass sie nicht widerstehen kann.«

»Lassen Sie mich raten: Die hat Sie auch nicht rangelassen?«

Dirk-Marjan zuckte unsicher mit den Augen: »Doch. Rangelassen schon. Die war ja nicht wählerisch. Und dann hat sie mich von jetzt auf gleich abgesägt. Mit der klassischen Ausrede, dass ich jetzt in sie verliebt sei, das sei ihr einfach zu nah. Schwer gestört, die Braut. Hat eine Schneise der Zerstörung hinterlassen. Würde mich nicht wundern, wenn ich nicht der Einzige wäre, der über ihren Tod nicht gerade betrübt ist.«

Katharina erinnerte sich an das Ipecac im Badezimmer von Sabrina Jacheau. An die Narben auf ihrem Arm. Schwer gestört. Ja. Vermutlich. Aber nicht so, wie Dirk-Marjan glaubte.

Dirk-Marjan redete vergnügt weiter: »Ich musste halt eine Nacht abwarten, in der sie alleine war und maschinelle Unterhaltung gesucht hat. So einen Sybian wollte sie nämlich schon damals haben, als wir noch zusammen studiert haben. Also habe ich gewartet, bis sie so richtig in Fahrt war – und Bumm!« Er klatschte mit kindlicher Freude in die Hände.

Katharinas Gesicht fühlte sich plötzlich eiskalt an. Sie stand auf und schaltete die Kamera ab: »Kurze Unterbrechung. Passen Sie auf den Gefangenen auf.«

Es gelang ihr gerade noch, halbwegs normal aus dem Zimmer zu gehen. Dann rannte sie zur Toilette und übergab sich.

Als sich ihr Magen wieder beruhigt hatte, spülte sie am Waschbecken den Mund aus und wusch sich das Gesicht mit kaltem Wasser. Was für ein Psychopath!

Dirk-Marjan saß lässig auf seinem Stuhl und nippte an einer Tasse Kaffee, als Katharina wieder in den Raum kam.

»Können wir weitermachen?«, fragte er süffisant. »Ich verspreche auch, dass es nicht mehr sehr viel ekliger wird.«

Katharina schaltete kommentarlos die Videokamera an.

»Okay«, nahm Dirk-Marjan seine Erzählung wieder auf. »Giesler. Das lief fast schon zu glatt. Ich habe den Schlüssel für das Affengehege gemopst und darauf gewartet, dass mir der Giesler mal alleine über den Weg läuft. Wir haben uns übers Fotografieren unterhalten – der ist ja ständig mit seiner Kamera durch die Gegend gerannt – und ich habe ein bisschen geprahlt. Dass ich bei den Affen war und tolle Fotos gemacht habe. Das wollte er natürlich auch. Erst habe ich mich etwas geziert, dann habe ich ihm doch den Schlüssel gegeben. Alles andere hat er ganz allein erledigt.«

»Danach haben Sie sich entschlossen, sich zum Schein selbst umzubringen. Warum?«

»Moment«, unterbrach sie Dirk-Marjan. »Jetzt kommen doch erst noch Jean-Luc und der Freiherr.«

»Ja, ja, ja«, knurrte Katharina. »Sie wollten mich ein bisschen an der Nase herumführen und zeigen, wie toll Sie sind. Das habe ich verstanden. – Nett, dass Sie dazu wenigstens auf das Morden verzichtet haben.«

»Aber doch nicht deswegen«, widersprach Dirk-Marjan empört. »Für Jean-Luc hatte ich mir so etwas Schönes ausgedacht!« Plötzlich wurde sein Ton kindlich: »Wollen Sie wissen, was?«

»Nein«, fuhr ihm Katharina über den Mund. »Sie haben sich dann also entschlossen, sich selbst ›umzubringen‹. – Warum? Sind wir Ihnen zu nahegekommen?«

Dirk-Marjan schmollte ob dieser Unterstellung: »Ach, das war von Anfang an der Plan. War doch eine gute Tarnung, oder? Hab' ich Kristina zu verdanken.«

»Mir?«, fragte Kristina empört. »Warum das denn?«

»Du hast mal diesen Agatha-Christie-Band bei mir vergessen. Da drin hab' ich genau die Prise Ironie gefunden, die noch fehlte: mein eigener Tod. – Ich habe also einen der unter Drogen stehenden Affen geholt, ihn in die Felsspalte gesetzt, etwas Blut verspritzt, das ich mir schon vorher abgezapft hatte, und eine Puppe über die Brüstung geworfen. Mit meiner Kleidung an. Wussten Sie, dass die auch täuschend echt aussehende männliche Sexpuppen herstellen? War ein cooler Abgang, oder?«

Er bekam nicht den erwarteten Applaus, als er triumphierend in die Runde sah. Kristina sagte hochnäsig: »Dirk-Marjan, du bist echt widerlich. Und dazu noch ein Idiot.«

»Ach ja?«

»Ja. Ich war da nämlich gerade auf dem Weg, um dir zu sagen, dass ich … also … Frau Yamamoto hier«, sie deutete auf Katharina, »hat mir geraten, ich soll dir die Wahrheit sagen. Was ich für dich empfinde. Empfunden habe. – Dann hätten wir den Rest der Zeit, bis die Brücke wieder steht, im Bett verbracht. Die Morde hätten aufgehört. Und niemand hätte dich verdächtigt.«

Dirk-Marjan blickte zu Boden. Plötzlich gab er sich einen Ruck und sah wieder auf: »Einerlei. Vergossene Milch. Wo war ich? Ach ja, die Bronskis.«

Er nahm theatralisch einen Schluck Kaffee und schenkte sich dann umständlich nach. Erst nachdem er Milch und Zucker hinzugefügt und mit klirrendem Löffel umgerührt hatte, fuhr er fort: »Die Bronskis. Was für habgierige Dummköpfe. – Ich meine, ein anonymer Brief, der sie an einen entlegenen Ort lockt, mitten in der Nacht! Wer fällt denn auf so was rein? Und dass sie dann auch noch einer schwarz maskierten Gestalt freiwillig in die Schmugglerhöhlen folgen? Wie blöd muss man dafür sein? – Wie dem auch sei: In diesem Sklavenkerker habe ich meine Maske abgenommen.«

»Und die sind nicht geflohen?«

»Nein. Ich habe denen gesagt, dass ich meinen Job leid bin. Und dass ich abtauche. Dass ich ein Mini-U-Boot habe, das mich von der Insel bringt. Das haben die geglaubt!« Er lachte kurz. »Und dann haben wir mit Sekt angestoßen. Die waren ausgeknockt, bevor ihre Gläser leer waren.«

»Lassen Sie mich raten«, unterbrach ihn Andreas Amendt. »Die Idee mit den Smartphones hatten Sie von mir? Sie haben mich belauscht?«

»Von Ihnen?«, antwortete Dirk-Marjan tief gekränkt. »Das war meine Idee! Von A bis Z. Brustkorb auf, Herzen raus, Smartphones rein. Aber eines muss ich euch Ärzten lassen: Ihr müsst ganz schön Kraft in den Fingern haben. So ein Brustkorb ist echt schwierig zu knacken.«

Katharina schnitt ihm sein triumphierendes Grinsen mit der nächsten Frage ab: »Und dann haben Sie die Falle vorbereitet? Den geheimen Raum?«

»Ja. Das fand ich sehr gelungen. Die Höhle des Löwen. Das geheime Hauptquartier. Fast wie bei James Bond.«

»Und warum haben Sie die Falle dann nicht zuschnappen lassen, als Doktor Amendt, Javier und ich drinsaßen?«

»Die Falle war doch nicht für Sie bestimmt«, antwortete Dirk-Marjan entrüstet.

»Für Kristina?«, rief Javier.

»Für mich?« Kristina warf dem Priester einen verwirrten Blick zu.

»Richtig!«, fuhr Dirk-Marjan fort. »Dachte mir, dass du unbedingt Detektiv spielen willst. – Und eigentlich wollte ich dich da hinlocken. Als das nicht mehr ging, musste ich zur Betäubungsspritze greifen.«

»Javier hat also recht gehabt«, sagte Harry zufrieden. »Genau das hat er sich nämlich gedacht. Und da hat er mich alarmiert. Wir sind ja gerade noch rechtzeitig gekommen.«

»Echt? Sie haben mir das Leben gerettet?« Noch bevor Javier in Deckung gehen konnte, hatte Kristina ihn umarmt und ihm einen Kuss auf die Wange gegeben. Der Priester lief rot an. »Na ja, manchmal werden Gebete erhört«, sagte er demütig.

»Und dann war da noch Sylvia Schubert«, sagte Dirk-Marjan schneidend, verärgert, dass jemand anderes die Aufmerksamkeit genoss, die doch ihm zustand.

»Ja?«, fragte Katharina.

»Ich habe Sie belauscht, als Sie in der Höhle saßen. Und da hatte ich schon das Gefühl, dass Sie bald erraten würden, wer ich bin. Also dachte ich, ich schlage zwei Fliegen mit einer Klappe: Kille Sylvia mit einem Pfeil ins Herz – Sie wissen schon, gebrochenes Herz und so – und ertränke Sie. War doch auch passend, oder?«

»Ist aber nicht aufgegangen. – Und weiter?«, knurrte Katharina.

»Weiter? Nichts weiter. Den Rest kennen Sie. Kristina ist mir entkommen, dann kam Ihre Falle und ich habe halt Pech gehabt. Ach ja, Doktor Amendt, danke, dass Sie mir das Leben gerettet haben. Das mit der Kälte und den Schlangen hätte ich nicht gewusst.«

Andreas Amendt verzog angewidert das Gesicht.

»Darf ich jetzt in meine Zelle zurück?«, fragte Dirk-Marjan mit betonter Höflichkeit. »Oder will jemand noch etwas wissen?«

Frank Heidlich hob zögernd die Hand: »Und die anderen? Die noch leben? Hätten die auch alle sterben müssen?«

»Nein. Nicht alle. Sind auch ein paar Unschuldige drunter. Die Frau vom Giesler zu Beispiel. Oder dieser Ohlmann. Und die Frau Kerbel ist eigentlich auch ganz nett.«

»Und wolltest du wirklich meine Frau umbringen?«, fragte Heidlich zögernd.

»Deine Frau? Wie kommst du denn da drauf? Dich!«

»Mich? Was habe *ich* dir getan?«

»Was du getan hast? Nichts! Das ist doch genau das Problem. Wenn ich dich nicht getreten hätte, würdest du dich immer noch fragen, was du studieren sollst. Du bist ein Waschlappen.«

Mit einem lauten Knacken zerbrach der Bleistift, den Heidlich in den Händen gedreht hatte. »Und du bist ein durchgeknallter Psychopath«, sagte er leise, aber fest. »Du bist genauso wie die, die du umgebracht hast. Nicht besser als Mandeibel. – Kein Wunder, dass dich die Frauen nicht rangelassen haben. Denn im Grunde bist du immer noch dick, hässlich und ein Arschloch.«

»Ich bin nicht –« Dirk-Marjan wollte Heidlich über den Tisch hinweg packen, doch die beiden Leibwächter waren im nächsten Augenblick hinter ihm und hielten ihn fest.

Heidlich fuhr geschäftsmäßig fort: »Tja, das Geständnis hätten wir ja nun. War es das dann?« Er nahm seinen Block und wollte aufstehen.

»Moment noch!« Katharina hob die Hand, um ihn aufzuhalten. »Ich habe noch ein paar Fragen.«

Dirk-Marjan setzte sich wieder in Positur. »Na dann mal los. Ist bald Zeit fürs Mittagessen.«

Katharina musterte ihn abfällig: »Ihr ganzer Plan ist ja schön und gut. Aber … nur auf Ihrem Mist gewachsen ist er nicht, oder?«

»Wie kommen Sie denn darauf? Natürlich ist das mein Plan!« Auf Dirk-Marjans Wangen erschienen hektische rote Zornesflecken.

Katharina spielte diese, ihre letzte, Trumpfkarte ruhig aus: »Nun, aber die ganzen Requisiten. Die gesprengten Riffe, um das Wasser unpassierbar zu machen. Und nicht zuletzt die Brücke. Für diese Nacht zumindest haben Sie ein Alibi. Ich habe Sie selbst gesehen.«

»Fernzünder!«

»Ich meinte die Sprengschnüre. Wer hat die angebracht? Sie haben ja selbst gesagt: So etwas dauert.«

»Ja, und?«

»Sie haben einen Komplizen. Wen?«

»Ich habe keinen Komplizen. Und wenn ich einen hätte, würde ich ihn nicht verraten. *Ich* bin nämlich loyal!« Stolz verschränkte Dirk-Marjan die Arme.

Harry lehnte sich vor und sagte ruhig, aber bestimmt: »Das würde sich aber sicher strafmildernd auswirken.«

Dirk-Marjan sah ihn einen Augenblick lang unverwandt an. Dann brach er plötzlich in lautes Gelächter aus. »Wie kommen Sie drauf, dass ich bestraft werde?«, stieß er hervor. Dann lachte er noch lauter. »Glauben Sie, ich habe so schlampig geplant, dass ich nicht damit gerechnet habe, dass ich vielleicht gefangen werde? Sie haben doch meine Brücke gesehen. Zwei Sets redundante Stützen und die Stahlseile. Ich mache nichts ohne Absicherung.«

Er spielte auf Zeit, dachte Katharina. Wollte sie einschüchtern. Sie fragte: »Und Ihre Absicherung werden Sie uns aber nicht verraten, oder?«

»Doch, gerne. – Golden Rock habe ich nicht nur aus Sentimentalität ausgewählt.«

»Sondern?«

»Schon vergessen? Ich habe die Brücke gebaut. Die Leute hier mögen mich. Und schätzen mich. Für einige bin ich sogar ein Held. Sobald Sie mich der örtlichen Polizei übergeben, bin ich frei. Kostet mich nicht mehr als ein paar Tausend Euro.«

Dirk-Marjan wartete, bis alle im Raum seine Botschaft verdaut hatten, bevor er prahlerisch fortfuhr: »Und dann? Wieder nach Asien. Gesicht verändern. Und, nein, Sie können mein Vermögen nicht – wie nennt man das im Krimi doch immer so nett? – einfrieren. Auch das ist in Sicherheit. Und dann mache ich da weiter, wo ich aufgehört habe. Ich knöpfe mir einen nach dem anderen vor. Sie können sie nicht ewig unter Polizeischutz stellen. Und Sie alle …«, er deutete mit Daumen und Zeigefinger eine Pistole an, »nehme ich mir auch vor. Peng. Peng. Peng. Peng. Peng.«

Die imaginären Schüsse gingen über in langes Schweigen.

Es war Kristina, die als Erste wieder sprach: »Eigentlich ist er doch ohnehin schon tot. Also offiziell. Können wir ihn nicht einfach von der Aussichtsplattform schmeißen? Wäre das nicht Notwehr?« Nach einem Moment fügte sie hinzu: »Ich meine, falls wirklich jemand fragen sollte.«

Dirk-Marjan begann wieder zu lachen. »Du bist wirklich gut, Kristina!« Doch sein Lachen erstarb, als er in Katharinas kalt funkelnde Augen blickte.

»Sie wollen doch nicht wirklich …?«, fragte er panisch.

»Ich denke darüber nach!«

»Sie wollen ihn doch nicht wirklich umbringen?«, fragte Andreas Amendt erschüttert. Er, Katharina, Harry, Kristina und Sandra Herbst standen gemeinsam in der Rezeption und sahen den beiden Leibwächtern nach, die Dirk-Marjan wieder in seine Zelle zurückbrachten.

»Warum eigentlich nicht?«, fragte Kristina boshaft. »Ein Schubs und Feierabend.«

»Sie denken doch nicht wirklich darüber nach?« Amendt packte Katharina an der Schulter. »Kathari– Frau Klein? Ernsthaft?«

Katharina machte sich mit einem Ruck los. »Natürlich nicht. Aber ein bisschen Todesangst kann dem arroganten Arsch nicht schaden.« Am liebsten hätte sie irgendetwas zerschmettert, aber es stand nichts Passendes in der Nähe. Also begann sie, in der Rezeption auf und ab zu tigern: »Neun Morde! Weil ja alle so gemein zum armen kleinen Dirk waren! Und jetzt kommt er auch noch davon! Lacht sich ins Fäustchen! Und dann macht er weiter! Und wir können nichts tun! Überhaupt nichts!« Sie blieb vor Andreas Amendt stehen: »Oder haben Sie schon mal so einen idiotischen Plan gehört? Es ist doch immer das Gleiche! Kleinliche Menschen mit banalen Motiven!«

Amendt biss sich nachdenklich auf die Unterlippe: »Ich weiß nicht.«

Diese Reaktion ernüchterte Katharina schlagartig: »Was wissen Sie nicht?«

»Ich weiß nicht, ob wir so leichtfertig urteilen sollten. Vielleicht sind wir nicht viel anders.«

»Nicht viel anders?« Katharina wollte ihn anfahren, aber der Ernst in seiner Stimme bremste sie. »Wie meinen Sie das?«

Andreas Amendt musterte sie kurz, aber nachdrücklich: »Haben Sie Ihre Pistole dabei?«

»Ja, natürlich. In meiner Handtasche. Warum?«

»Nehmen Sie sie heraus.«

»Wozu das denn?«

»Ein Experiment.«

Katharina gehorchte zögernd und nahm die Waffe aus ihrer Handtasche. »Und jetzt?«

»Legen Sie auf mich an. Als ob sie mich verhaften wollen.«

»Aber ...«

»Bitte tun Sie mir den Gefallen. Sie werden gleich verstehen, worauf ich hinauswill.«

Katharina überzeugte sich davon, dass die Waffe gesichert war. Dann hob sie den Arm.

»Bitte richtig!«, kommandierte Andreas Amendt.

Also gut. Katharina griff die Waffe mit beiden Händen und zielte auf Amendts Brust.

Er sah sie ruhig an. Dann fragte er: »Wo ist Ihr Abzugsfinger jetzt?«

Katharina brauchte nicht auf ihre Hand zu sehen. »Er liegt neben dem Abzug. Warum?«

»Aber nicht auf dem Abzug, oder?«

»Nein. Natürlich nicht.«

»Man legt den Finger erst unmittelbar vor dem Schuss auf den Abzug, richtig? Damit man nicht aus Versehen abdrückt?«

»Richtig. Und?«

Andreas Amendt sagte zufrieden: »Sie können die Waffe jetzt runternehmen.«

Katharina ließ gehorsam die Hände sinken. »Und? Was beweist das jetzt?«

»Erinnern Sie sich noch an unsere erste Begegnung hier auf Golden Rock? Im Kühlhaus? Als Sie mich für einen Auftragskiller gehalten haben?«

»Natürlich.«

Andreas Amendt zögerte einen Moment. Dann sagte er: »Damals lag Ihr Finger auf dem Abzug.«

»Sie meinen ...« In Katharinas Ohren begann es zu rauschen. Schnell steckte sie die Waffe zurück in ihre Handtasche, als wäre sie plötzlich glühend heiß geworden. Dann ließ sie sich auf einen der Sessel sinken und verbarg das Gesicht in den Händen. Amendt hatte recht. Sie war ganz dicht davor gewesen, eiskalt einen wehrlosen Menschen umzubringen.

»Aber das ist doch etwas anderes«, sagte sie trotzig.

»Nur graduell«, widersprach Andreas Amendt. »Aber wenn es Sie tröstet: Ich bin genauso.«

Katharina hob den Kopf: »Sie?«

Er antwortete zögernd: »Wissen Sie, manchmal träume ich von damals. Dass ich es nicht gewesen bin. Dass ich den Täter rechtzeitig fange. – Der Traum endet immer gleich: Der Täter ist an meinen Autopsietisch gefesselt. Um mich herum viele Tabletts mit scharfen, blitzenden Instrumenten. Und bis er tot ist, dauert es sehr, sehr lange.«

Katharina musste nach Luft schnappen. »Sie meinen ...?«

»Ja. Wenn ich in Ihrer Situation gewesen wäre ... wenn ich so überzeugt gewesen wäre, den Mörder von Susanne vor mir zu haben, wie Sie, als Sie mich hier gesehen haben: Ich hätte abgedrückt.«

Death Comes As The End
(Or Maybe Not)

Ist die Kamera noch an? Ah ja. Gut. Ein Nachtrag.

Neun habe ich schon geschafft. Und die anderen – nun, die kommen noch dran. Versprochen. Ja, auch du, Frank. Schau also immer gut nach, ob die Technik deiner Limousine in Ordnung ist. Wäre doch schade, wenn ein durchtrennter Bremsschlauch einen deiner wertvollen Fahrgäste mit ins Jenseits befördert.

Das meiste von meinem Geld ist noch da: Rache ist ein ziemlich preiswertes Vergnügen. Und es ist in Sicherheit. Dort, wo ich auch bald sein werde.

Ich glaube, ich werde aber erst mal Urlaub machen. Mit ein paar knackigen Bikinibräuten schlafen. Weit fort von Afrika. Mir geht der Kontinent allmählich auf den Geist.

Und der Mandeibel hat recht gehabt: Asiatinnen sind viel ... na ja, sexueller. Vielleicht knöpfe ich mir in der nächsten Runde auch diese Kommissarin vor.

Und bis dahin? Nun, um den großen Philosophen Arnold Schwarzenegger zu zitieren: I'll be back.

So, und nun kannst du die Kiste abschalten, Frank.

Midnight Hour Blues

Es hätte wohl niemand auf Golden Rock gedacht, dass eine drei Meter breite und sechs Meter lange Betonplatte das schönste Weihnachtsgeschenk sein würde, das sie je erhalten sollten. Das schwere Bauteil schwebte, von einem Lasthelikopter getragen, langsam seiner endgültigen Position entgegen, während Gäste wie Angestellte gespannt zusahen.

Der Helikopterpilot leistete Millimeter-Arbeit; die Platte glitt an den für sie vorgesehenen Platz. Doch erst, als der erste Soldat die Platte betrat und sie hielt, brach die Spannung ihren Bann: Die Gäste und Angestellten von Golden Rock klatschten und jubelten, während sich die Soldaten daran machten, die letzten Spalten mit Beton zu schließen: Die Brücke war fertig, die Gefangenen von Golden Rock waren wieder frei.

Alle bis auf einen: Dirk-Marjan saß in seiner improvisierten Zelle, auch in diesem feierlichen Moment von einem der Leibwächter bewacht. Er erhielt drei Mahlzeiten am Tag und durfte jeden zweiten Tag unter strenger Aufsicht duschen. Doch das ganz große Problem war noch nicht gelöst: Wie sollten sie ihn der Gerechtigkeit zuführen?

Stefan Döring stand der Schweiß auf der Stirn, als hätte er die Brücke soeben selbst mit bloßen Händen aufgebaut. Immer wieder zupfte er an seinem »letzten frischen Hemd« und wischte die Handflächen verstohlen an seiner Hose ab. Beim Frühstück hatte er versprochen, dass es, sobald die Brücke stünde, auch wieder einen Wäscherei-Service geben würde, und das in einem Ton, als hinge der Fortbestand der Zivilisation davon ab.

Jetzt starrte er die Brücke hinunter, auf der ihm drei Männer in Bundeswehr-Overalls entgegenkamen. Sie gingen entspannt, mit schwingenden Armen, als unternähmen sie einen Spaziergang. Doch Döring salutierte, als die drei das Ende der Brücke erreicht hatten und Golden Rock offiziell betraten.

Der mittlere der Männer schlug dem Club-Direktor zur Begrüßung kräftig auf die Schulter: »Döring, altes Frontschwein!

Was hast du denn angestellt, dass sie dich auf einer einsamen Insel aussetzen?«

Döring ließ seine immer noch zum Salut erhobene Hand sinken und umarmte den Mann ebenso kumpelhaft: »Bachmann! Haben die dich doch tatsächlich zum Oberst gemacht! Darauf müssen wir trinken!«

»Ganz recht! Aber erst: der offizielle Teil!« Oberst Bachmann stellte sich in Positur. Dann sagte er mit kommandogewohnter Offiziersstimme: »Die Brücke ist hiermit offiziell eröffnet!«

Döring hatte den Oberst in sein mittlerweile wieder eingerichtetes Büro geführt. Harry, Katharina, Andreas Amendt, Sandra Herbst und Javier waren ihnen gefolgt.

Der Oberst hatte aus den Taschen seines Overalls einen großen Flachmann zutage befördert und daraus sieben Gläser eingeschenkt. Gemeinsam hatten sie angestoßen. Katharina hätte sich beinahe verschluckt, was der Oberst mit »Tja! Von meiner Familie selbst gebrannt!« kommentierte.

Dann hatte ihm Döring seine »Freunde und Helfer« vorgestellt und kurz berichtet. Oberst Bachmann war hellhörig geworden, als Döring bei den Morden angelangt war; er hatte verlangt, das Video mit dem Geständnis zu sehen.

Als Döring den kleinen Fernseher wieder abschaltete, pfiff der Oberst zwischen den Zähnen: »Das ist wirklich ein Problem! Wie kriegen wir den Dreckskerl von der Insel und vor Gericht?«

Nachdenklich goss er sich noch ein Glas aus seinem Flachmann ein und trank. Plötzlich sagte er: »Ich hab' da eine Idee. Gebt mir noch etwas Zeit, ich muss erst was nachprüfen. Und sagt den tansanischen Behörden noch nichts.« Mit Schwung setzte er das Glas ab: »Döring, alte Socke, was hältst du davon, wenn wir heute erst mal zünftig Weihnachten feiern? Meine Männer, deine Gäste. Wie in alten Zeiten.«

»Oh ja, Weihnachten«, entschlüpfte es Katharina. Die anderen sahen sie überrascht an.

»Frau Yamamoto, der Oberst meint es doch nur gut«, ermahnte Andreas Amendt sie streng. »Sie brauchen sich nicht über ihn lustig zu machen, auch wenn Weihnachten eine etwas alberne Sitte ist.«

»Oh, oh«, machte Harry. Und dann war Katharina schon zu Amendt herumgewirbelt und funkelte ihn wütend an: »Ich mache mich nicht lustig. Zufällig mag ich Weihnachten! Mit allem Drum und Dran. Weihnachtsbaum, Geschenke, Lieder, Tannenzweige und so weiter. Haben Sie ein Problem damit?«

Andreas Amendt starrte sie an, als hätte Katharina ihm gedroht, ihn als Weihnachtsbraten zu servieren: »Nein, natürlich nicht.«

Harry schlug ihm auf die Schulter: »Das ist auch besser so. Und wenn ich Ihnen einen guten Rat für die Zukunft geben darf: Stellen Sie sich niemals zwischen Kaja und eine Weihnachtsfeier!«

»Hopp, hopp! Kräuter schnipple! Eier schäle!« Frau Kerbel stand in der Mitte der Küche und kommandierte das Personal. Sie hatte es übernommen, dafür zu sorgen, dass »unsere Jungs was Anständsches zwische de Rippe kriesche«. Jetzt war sie puterrot im Gesicht und ihr stand der Schweiß auf der Stirn, während sie eine Rekordmenge »afrikanisch-grie Soß« zubereitete. Auch Andreas Amendt hatte ihr Hilfe angeboten. Katharina hatte sich sehr amüsiert, als sie ihn prompt zum Abwaschen abkommandierte, mit der Anmerkung, dass Intellektuelle »lieber denke als koche sollte«.

Diesen Nasenstüber hatte er sich für seine Weihnachtsmuffelei redlich verdient. Katharina hatte sich schon immer gewundert, wie man Weihnachten nicht mögen konnte: Häuser und Straßen waren geschmückt, alle Menschen grüßten sich freundlich und man machte einander Geschenke – aus keinem anderen Grund, als dem, dass man sich schätzte, mochte oder liebte. Selbst die Verbrecher arbeiteten zu Weihnachten mit halber Kraft. Und an einem besonders denkwürdigen Heiligabend im »Puccini« hatte Katharina erlebt, wie Kurtz mit seinem Erzfeind, dem Anführer der »Russen«, Arm in Arm selig Weihnachtslieder geschmettert hatte.

Jetzt stand Katharina mitten im Restaurantpavillon auf einer Leiter und hängte Weihnachtssterne auf, die aus einer kräftigen Folie, die Augustin aus seinen unendlichen Vorräten ausgegraben hatte, gefertigt waren. Kristina reichte sie ihr an. Der Freiherr und

Jean-Luc, der ein erstaunliches Talent mit der Schere hatte, saßen an einem Tisch und schnitten immer neue aus.

Augustin und seine Männer hatten, in Ermangelung einer Tanne, einen kleinen Affenbrotbaum, einen Baobab, ausgegraben und in einer großen Blechwanne in den Pavillon geschafft. Augustin selbst hatte seinen größten Schatz herausgerückt: echten deutschen Weihnachtsschmuck. Außerdem hatte er kleine Püppchen und andere Gegenstände in die Zweige gehängt.

Javier hatte ihn danach gefragt, und Augustin hatte ihm erklärt, es handele sich um Talismane, die die bösen Geister verscheuchen und die guten Geister erfreuen sollten. Daraufhin hatte ihn Javier gefragt, welcher Religion Augustin angehöre, der stolz erklärte, er sei getaufter Katholik. Allerdings könnte er sich ja auch irren. Deshalb ehre er lieber *alle* afrikanischen Götter. Man wisse ja nie.

Endlich hängte Katharina den letzten Stern auf. Geschafft! Stolz blickte sie von der Leiter aus auf ihr Werk. Doch, der Pavillon sah jetzt sehr weihnachtlich aus. Nun fehlten nur noch eine Dusche sowie festliche Kleidung, und sie war bereit, Weihnachten zu feiern.

Sonne und lauschige fünfundzwanzig Grad im Schatten: Weihnachten in Äquatornähe hatte etwas, stellte sie fest, während sie zu ihrem Bungalow wanderte.

Dort angekommen, legte sie sich zurecht, was sie anziehen würde: ein besonders schönes Bustier mit passendem Slip und das schwarze Samtkleid, das sie Kurtz' Mädchen in letzter Sekunde entrissen und in ihre Reisetasche gestopft hatte, ohne genau zu wissen, warum.

Zur Feier des Tages gönnte sie sich ein langes Schaumbad in der löwenbefußten Badewanne. Sie lehnte sich zurück und sah in den blauen Himmel über ihr. Alles würde gut werden. Und Ministro? Der war weit fort. Bestimmt hatte er ihre Spur längst verloren.

Sie raffte sich auf, stieg aus dem Wasser und trocknete sich ab. Haare föhnen und bürsten, bis sie glänzten, schminken, ein paar Tropfen Chanel-Parfüm und … Moment! Sie sah in den Spiegel. Was war denn das da auf ihrem Oberarm? Ein kleiner, kreisrunder blauer Fleck. Sie musste sich gestoßen haben. Aber – kreisrund? Ach ja, Sandra Herbst hatte ihr eine Spritze gegeben. An dem

Abend, als sie beinahe ertrunken war. Aber so einen Fleck hatte sie doch schon mal gesehen? Nur wo?

Einerlei. Sie schlüpfte in den flauschigen Bademantel und ging in den Wohn- und Schlafraum zurück. Sie wollte eben damit beginnen, sich anzukleiden, als es klopfte. Vor der Tür stand eine zierliche Schwarze: »Laundry?« Sie gab Katharina einen Schmutzwäsche-Sack. »Just put before door later!«, zwitscherte das Mädchen vergnügt und hüpfte weiter zum nächsten Pavillon.

Richtig. Wäsche waschen. Eine gute Idee. Katharina hatte fast keine sauberen Kleidungsstücke mehr. Sie begann, ihre Schmutzwäsche in den Sack zu stopfen. Als sie ein weißes T-Shirt hervorzog, musste sie kurz innehalten: Das T-Shirt hatte sie getragen, als sie Anton, das Warzenschwein, erschossen hatte. Es war über und über mit kleinen Blutstropfen besprenkelt, die inzwischen tiefbraun waren. Das T-Shirt war hinüber, ziemlich sicher. Sie wollte es schon in den Papierkorb werfen, als sie noch einmal stutzte. Sie breitete es auf dem Bett aus und betrachtete es näher. Feine Blutstropfen, die mit hoher Geschwindigkeit auf eine Oberfläche herabregneten. So genannte Rückschleuderspuren. Sie entstanden, wenn man schoss und zu nahe am Ziel stand. Am lebenden Ziel. Vor diesem Blutregen war man erst in etwa zwei Meter Entfernung sicher. Eine Zahl schoss ihr durch den Kopf. »Fünfzig bis achtzig Zentimeter«. Und sie sah das Bild eines zweiten T-Shirts vor sich.

Na klar! Das T-Shirt, das Amendt getragen hatte, als er sie vor dem Ertrinken bewahrt hatte. Sie holte es aus dem Safe, faltete es auf und legte es auf das Bett.

Und in diesem Moment, als sie beide T-Shirts nebeneinanderliegen sah, fielen die Puzzlestücke in ihrem Kopf an ihren Platz. Der blaue Fleck. Die Blutspuren. Die anderen Ungereimtheiten. Rasch nahm sie *die Akte* aus dem Safe, um sich zu vergewissern. Und dort fand sie die Bestätigung, die sie noch brauchte.

Sorgfältig faltete Katharina die T-Shirts zusammen und steckte sie zusammen mit der Akte in ihre Handtasche. Jetzt hatte sie wenigstens für einen Menschen ein Weihnachtsgeschenk.

»Ich hoffe, ich klinge nicht allzu vermessen, aber darf ich Ihnen sagen, wie gut Sie aussehen?«

Alle hatten Katharina angestarrt, als sie in den Restaurantpavillon kam, leichtfüßig, in ihrem Samtkleid, mit offenen, wehenden Haaren. Die Gäste, die Angestellten, die Soldaten. Doch es war ausgerechnet Javier, der ihr ein Kompliment machte, als Katharina an seinem Tisch Platz nahm. Sie spürte, wie ihre Wangen ein wenig warm wurden.

Javier hatte ein sehr charmantes Lächeln. Aber Moment, flirtete er etwa mit ihr? Nein, das konnte nicht sein. Er war doch Priester. Keusch per Gelübde. Oder?

Javier hatte wohl ihre Unsicherheit bemerkt. Doch er lächelte immer noch, während er ihr ein Glas Wein einschenkte: »Verzeihung, ich wollte Sie nicht in Verlegenheit bringen.«

In diesem Augenblick betrat Stefan Döring die Empore: ein General nach siegreicher Schlacht, erschöpft, aber aufrecht und glücklich – und in einem frisch gewaschenen Hemd.

»Wir haben es geschafft. Die Brücke steht wieder. Und in den nächsten Tagen können Sie alle nach Hause. Ich sag es ja: Pioniere sind von der schnellen Truppe.«

Die Soldaten klopften beifällig auf die Tische.

»Und nun wollen wir gemeinsam Weihnachten feiern. Wir wollen essen. Wir wollen trinken. Und wir wollen uns darüber freuen, dass wir es überstanden haben. Doch vor dem Vergnügen steht die Pflicht. Der Dank. Deshalb habe ich Pfarrer Javier gebeten, einen kurzen Gottesdienst abzuhalten.«

Javier stand auf und ging zur Empore. Mit warmer, sonorer Stimme begann er zu sprechen. Katharina dachte kurz, dass die Frauen seiner Gemeinde regelmäßig dahinschmelzen mussten, wenn er auf der Kanzel stand, tadelte sich aber gleich darauf für diesen Gedanken.

»In der Tat haben wir viel, wofür wir dankbar sein müssen. Doch vorher möchte ich für diejenigen beten, die nicht so glücklich waren. Für Jens Mandeibel und Claudia Weisz. Für Daniel und Susannah Breugher. Für Albert Norrisch. Für Sabrina Jacheau. Für meinen Bruder im Glauben Pastor Hans Giesler. Für Joachim und Gabriele Bronski. Und zuletzt für Sylvia Schubert. Für all diese Menschen, die einem feigen Mörder zum Opfer gefallen sind, bitte ich unseren Herrn, dass er sie gnädig in seinem Reiche aufnehmen und dass er ihren Mörder strafen möge. Mit irdischer und himmlischer Gerechtigkeit. Lassen Sie uns gemeinsam beten.«

Mit einer Geste forderte er seine Zuhörer auf aufzustehen. Alle gehorchten artig, senkten die Häupter und falteten die Hände.

»Vater unser im Himmel ...«

Katharinas Vater war ein wenig leidenschaftlicher Protestant gewesen, ihre Mutter eine unüberzeugte Buddhistin. Also waren Susanne und Katharina konfessionslos geblieben. Dennoch sprach Katharina das Gebet mit, so weit sie sich an den Wortlaut erinnern konnte: Sie musste der himmlischen Macht, die in den letzten Tagen mehrfach schützend die Hand über sie gehalten hatte, mehr als dankbar sein. Sie blickte aus den Augenwinkeln zu Andreas Amendt. Er war das Instrument der Vorsehung gewesen. Er hatte ihr inzwischen dreimal – nein, viermal, sie erinnerte sich daran, dass sie beinahe vom Stahlseil erschlagen worden wäre, als die Brücke einstürzte; er hatte sie in letzter Sekunde weggerissen – das Leben gerettet.

In die Dankbarkeit und Demut, mit der die Gäste das Gebet sprachen, mischte sich Erleichterung. Verständlich. Sie waren verschont geblieben. Hoffentlich für immer. Es musste ihnen gelingen, Dirk-Marjan der irdischen Gerechtigkeit zuzuführen. Aber darüber würde Katharina morgen wieder nachdenken. Jetzt war Heiligabend.

»Amen!«

Alle setzten sich wieder. Javier fuhr fort: »Und jetzt möchte ich meinen – unseren – Dank aussprechen. Nicht nur dem allmächtigen Gott, der schützend die Hand über uns gehalten hat, sondern auch denen, die seine irdischen Instrumente waren. Ich danke Stefan Döring, der auch im größten Chaos die Ruhe bewahrt hat. Ich danke Augustin und allen Angestellten, die uns nicht nur beschützt, sondern uns auch den Aufenthalt so angenehm wie möglich gestaltet haben. Ich danke Harry Markert, dem unsere Sicherheit über alles ging. Ich danke unseren beiden Ärzten, Sandra Herbst und Andreas Amendt, die um jedes Leben gerungen haben bis zum Letzten. Ich danke Oberst Bachmann und seinen Pionieren, die in kürzester Zeit eine architektonische, bauliche und logistische Meisterleistung vollbracht und die

Brücke wieder errichtet haben.« Er hielt einen Moment inne. Katharina sah auf. Fixierte er etwa sie? Ja, Javier sah genau zu ihr herüber. Ihre Wangen begannen zu glühen. Javier musste es gesehen haben, denn er hob erneut leicht die Mundwinkel. Flirtete er etwa doch mit ihr?

»Und, nicht zuletzt möchte ich Frau Yamamoto danken, die ihr Leben riskiert hat, um den Mörder unter uns zu stellen und so noch Schlimmeres zu verhindern.«

Alle drehten sich zu ihr um. Katharina wollte sich am liebsten unter dem Tisch verkriechen. Diesen Dank verdiente sie nicht.

Javier erlöste sie, indem er zügig weitersprach: »Und nicht zuletzt gilt mein Dank natürlich Frau Kerbel und ihren fleißigen Küchenhelfern, die unser Weihnachtsmahl bereitet haben. Und da wir alle hungrig sind, schließe ich hier. Amen.« Nach einem kurzen, augenzwinkernden Moment fügte er hinzu. »Und guten Appetit.«

Die Zuhörer wussten nicht, ob sie das Amen wiederholen oder klatschen sollten. Schließlich taten sie beides.

Während des Essens unterhielten Augustin und sein kleiner Chor die Gäste mit ihren eigenen, afrikanischen Versionen von Weihnachtsliedern. Katharina ertappte sich dabei, wie ihr Fuß hin und wieder mitwippte, auch wenn »Schneeflöckchen, Weißröckchen« bei lauen fünfundzwanzig Grad ein wenig fehl am Platze wirkte.

Als das Geschirr abgeräumt war, trat von Weillher an ihren Tisch, um sie zu einer neuen Runde Tango aufzufordern. Doch Katharina lehnte ab: »Nicht heute.« Der Freiherr wirkte ein wenig enttäuscht, also erklärte sie ihm: »Ich muss noch ein Weihnachtsgeschenk überreichen. Einem wirklich guten Freund.«

»Ich verstehe. Ein anderes Mal?«, fragte der Freiherr höflich.

»Jederzeit.«

Erst jetzt fiel Katharina auf, dass erwartungsvolle Blicke auf ihr ruhten: Andreas Amendt, Sandra Herbst, Harry und Javier, die alle mit an ihrem Tisch saßen, hatten ihr Gespräch unterbrochen. Nun denn, ein Zeitpunkt war so gut wie jeder andere.

»Doktor Amendt? Können Sie mich in die Rezeption begleiten? Ich möchte Ihnen etwas zeigen. Aber nicht hier.«

Zögernd stand Andreas Amendt auf. Die anderen sahen Katharina noch immer neugierig an. Nun gut, Zeugen konnten vielleicht nicht schaden. »Ja, ihr dürft auch mitkommen.«

»Ich weiß jetzt, was am dritten Dezember 1991 passiert ist«, begann Katharina. Sie hatte Andreas Amendt und die anderen gebeten, um einen Tisch in der Rezeption Platz zu nehmen.

Als Erstes faltete sie die beiden T-Shirts auf.

»Hier, sehen Sie«, begann sie, an Andreas Amendt gewandt, »das T-Shirt, das Sie getragen haben, als Sie Sylvia Schubert wiederbeleben wollten. Sie erinnern sich? Als ich in den Swimmingpool gefallen bin? Und hier, Ihr Hemd von damals.« Sie zog ein Foto aus der Akte. »Die Spuren sind fast identisch.«

»Ja, und?«

»Ich habe mir den Kopf zerbrochen. Etwas fehlte nämlich. Rückschleuderspuren!« Katharina zeigte auf ihr eigenes T-Shirt mit Antons Blut darauf.

»Die muss es nicht geben«, widersprach Andreas Amendt.

»Bei acht Schüssen aus nächster Nähe?«

»Oder ich habe damals die Kleider gewechselt.«

»Glaub' ich nicht. Ich bin ziemlich sicher, dass es sich folgendermaßen abgespielt hat.« Sie zog den Bericht mit den Fußabdrücken auf der Treppe und im Flur aus der Akte: »Sie sind von den Schüssen aufgewacht und die Treppe hinuntergelaufen. Im Wohnzimmer haben Sie die Toten entdeckt. Deshalb sind Sie in der Tür stehen geblieben. – Und jetzt sagen Sie mir, ob dies hier eine Einstichstelle ist.«

Sie nahm das Foto aus der Akte, das bei Amendts körperlicher Untersuchung nach der Tat gemacht worden war. Es zeigte seine einzige sichtbare Verletzung: einen kreisrunden blauen Fleck am Hals.

Andreas Amendt lehnte sich vor. »Ja, das kann eine Einstichstelle sein. Aber woher –?«

Katharina unterbrach ihn. »Jemand hat Ihnen aufgelauert und eine Spritze in den Hals gestoßen. Vermutlich ein Betäubungsmittel. Deshalb sind Sie auch nach vorne gefallen, daher die Handabdrücke von Ihnen neben der Tür.« Sie deutete auf die entsprechende Notiz im Bericht der Spurensicherung. »Der Täter ist geflohen. Doch Sie haben sich wieder aufgerafft –«

»Trotz Betäubung?«, fragte Andreas Amendt sarkastisch.

»Na ja, vielleicht das Adrenalin. Oder die Dosierung war nicht hoch genug.«

»Oder es war kein Betäubungsmittel, sondern etwas, das Sie desorientieren sollte«, schlug Javier vor.

»Und dann?«, fragte Andreas Amendt wenig überzeugt.

»Und dann …« Katharina holte Luft. Das war es, was sie verstanden hatte, als die T-Shirts vor ihr auf ihrem Bett gelegen hatten: »Dann haben Sie versucht, Susanne wiederzubeleben. Deshalb das Blut auf Ihrem Hemd. Genau wie hier.« Sie zeigte auf das zweite T-Shirt. »Und darum lag Susannes Körper auch so merkwürdig auf dem Boden.« Sie nahm das letzte Foto hervor. Es war das Tatortfoto, neben das Thomas notiert hatte: »Wer hat die Leiche bewegt?«

Andreas Amendt betrachte die Fotos und die T-Shirts misstrauisch.

»Und danach …«, redete Katharina schnell weiter, »danach haben Sie die Polizei gerufen. Dann hat Sie der Schock überwältigt. Oder die Drogen. Sie haben sich in die Dusche geschleppt.« Und endlich konnte sie den Satz aussprechen, auf den sie die ganze Zeit gewartet hatte: »Sie sind unschuldig.«

Andreas Amendt hielt das Foto von Susannes Leiche in der Hand und starrte es an. Er zitterte und war totenblass. Plötzlich ließ er das Foto fallen und rannte in die Nacht hinaus.

Katharina wollte ihm nachsetzen, doch Javier hielt sie zurück. Stattdessen sagte Sandra Herbst: »Ich passe besser auf, dass er keine Dummheiten macht.«

Dann folgte die Ärztin Andreas Amendt in die Dunkelheit.

Im ersten Augenblick war Katharina nur verwirrt. Dann packten sie Wut, Verzweiflung und Trauer gleichzeitig. Was hatte sie ihm denn getan? Sie hatte doch nur bewiesen, dass er unschuldig war. Gut, es waren alles nur Indizien, aber zusammengenommen war ihre Theorie absolut schlüssig. Was wollte dieser Idiot denn noch?

Sie ließ sich in einen Sessel fallen und verbarg das Gesicht in den Händen. Nicht mal heulen konnte sie jetzt.

Hinter ihrem Nebel aus Gedanken hörte sie Harry und Javier leise miteinander sprechen. Sie verstand nur, was Javier zuletzt sagte: »Keine Sorge, ich kümmere mich um sie.«

Zögernd entfernten sich Schritte. Dann spürte sie, wie sich jemand auf die Armlehne ihres Sessel setzte. Eine Hand legte sich auf ihre Schulter. Sie sah auf. Es war Javier: »Ich würde gerne ein paar Takte unter vier Augen mit Ihnen sprechen. Gehen Sie ein paar Schritte mit mir?«

Katharina war ohnehin nicht mehr nach Weihnachten zumute. »Sie können mich zu meinem Bungalow begleiten.«

Langsam gingen Katharina und Javier nebeneinander her, ihre Schritte auf dem Kies das einzige Geräusch.

Endlich fragte Katharina: »Sie glauben mir auch nicht, oder?«

Überrascht blieb Javier stehen: »Doch. Natürlich glaube ich Ihnen. Ich bin sogar hundertprozentig sicher, dass es sich genauso abgespielt hat, wie Sie geschildert haben.«

»Aber?«

»Doktor Amendt glaubt Ihnen nicht. Und er wird Ihnen so lange nicht glauben, bis Sie ihm den wahren Täter präsentieren.«

»Warum das denn nicht?«

»Wissen Sie, warum viele Menschen an Gott glauben?«, fragte Javier zurück.

Diese Frage verwirrte Katharina: »Was hat das denn jetzt damit zu tun?«

Doch Javier fuhr mit sanfter Stimme fort: »Der Glaube gibt ihrem Leben einen Zusammenhalt. Einen inneren Kern, ohne den sie sich in der Realität verirren würden.«

»Gott als menschengemacht? Und das von einem Priester?«

»Ich sage ja nicht, dass ich diese Auffassung teile. Doch für diese Gläubigen ist es letztlich unerheblich, ob Gott wirklich existiert. Solange sie nur an ihn glauben können.«

»Und was hat das mit Doktor Amendt zu tun?«

»Das ist doch offensichtlich, oder nicht? Er ist ein Gläubiger: Seit sechzehn Jahren glaubt er fest daran, dass er Ihre Familie umgebracht hat. Und er wird sich mit Händen und Füßen dagegen wehren, dass jemand diesen Glauben zerstört. Weil dann nichts mehr von ihm übrig bleibt.«

»Meinen Sie? Das klingt aber ziemlich gestört.«

»Vielleicht.«

Katharina ging ein paar Schritte. Was Javier sagte, klang nicht falsch. »Im Kampf Weltbild gegen Fakten verlieren die Fakten«, murmelte sie für sich. Doch Javier verstand sie trotzdem: »Richtig. Glaube schlägt Wirklichkeit. Besonders in so existenziellen Fragen.«

Katharina blieb wieder stehen. »Warum ist er dann Gerichtsmediziner geworden? Und nach Frankfurt zurückgekehrt? Sucht er nicht nach der Wahrheit?«

»Das würde er auch sagen, ja. Und anfangs war das sicher auch so. Doch jetzt? Er läuft davon.«

»Aber die ganzen Experimente, die er mit sich gemacht hat, um seine Erinnerungen zurückzugewinnen ...«

»Sie sehen doch, dass er aus den Ergebnissen die falschen Schlüsse zieht. Er bleibt lieber bei seiner kleinen Wahrheit. Dass er verrückt ist. Wie hat er es genannt? Dissoziative Persönlichkeit?«

»Ja. Aber was wäre die große Wahrheit?«

»Dass da draußen jemand ist, der die Frau, die er geliebt hat, umgebracht hat. Ohne Grund. Das pure Böse.«

»Der Teufel?«, fragte Katharina sarkastisch.

»Was denken Sie, wie der Teufel in die Welt gekommen ist? Um dieser Urangst ein Gesicht zu geben!«

Vielleicht hatte Javier recht. Vielleicht war sie deshalb immer so enttäuscht, wenn sie einen Fall aufgeklärt hatte: Weil sie wieder nicht Satan persönlich gegenübergetreten war, sondern irgendeinem kleinen Menschen mit banalen Motiven.

»Und was können wir tun, um ihm zu helfen?«, fragte sie nach einer Weile.

»Zunächst einmal können wir erkennen, dass wir nicht anders sind.«

»Wie meinen Sie das?«

Javier legte den Kopf schief und sah ihr in die Augen: »Warum sind Sie Polizistin geworden?«

Die Frage traf Katharina wie ein Stich in den Bauch. Sie war nur aus einem einzigen Grund Polizistin geworden: um herauszufinden, wer ihre Eltern umgebracht hatte.

Javier musste ihre Gedanken erraten haben. Er fuhr fort: »Und dennoch haben Sie sich erst jetzt mit dem Fall beschäftigt.«

»Vorher hatte ich die Akte nicht und –«

»Lügen Sie sich nicht selbst in die Tasche. Von so einer Kleinigkeit hätten Sie sich nicht abschrecken lassen. Sie haben Angst vor dem Danach.«

»Sie meinen, ich habe Angst vor der Wahrheit?«

»Nein, das meinte ich nicht. Stellen Sie sich vor, Sie treten eines Tages dem Mörder Ihrer Eltern gegenüber. Sie führen ihn der irdischen oder himmlischen Gerechtigkeit zu. Und dann?«

Ja, was war dann? Katharina wusste es nicht, da hatte Javier recht. Sie sah die leeren Gesichter der Angehörigen vor sich, wenn der Schuldspruch gefallen war. Wenn sie nach einem Moment der Erleichterung feststellten, dass die Toten noch immer tot waren und die Erde sich ohne sie weitergedreht hatte.

»Sie meinen, ich sollte die Suche aufgeben?«

»Nein. Im Gegenteil. Sie sollen die Suche endlich beginnen.«

»Aber ich weiß doch gar nicht, wo ich anfangen soll.«

»Das ist eine Ausrede«, ermahnte Javier sie streng. »Haben Sie eine Ermittlung noch nie mit leeren Händen begonnen?« Dann legte er ihr den Arm um die Schulter: »Sorgen Sie sich nicht um das Danach. Glauben Sie einem, der es weiß: Es gibt eines.«

»Ihnen?«

»Ich sagte ja eben: Wir *beide* sind ihm ähnlich.«

»Wie meinen Sie das?«

»Sie sind nicht die Einzige, die ihre Eltern durch ein Gewaltverbrechen verloren hat. Und ich war so davon besessen, den Mörder zu stellen, dass ich … Dinge getan habe, auf die ich nicht stolz bin.«

»Und, haben Sie den Mörder Ihrer Eltern gestellt?«

»Ja. Und danach habe ich Gott gefunden. Oder er mich.«

»Hat er Ihnen Ihre Sünden vergeben?«

»Nein. Ich werde sicher in der Hölle brennen. Aber bis dahin kann ich verhindern, dass es anderen Menschen so geht wie mir. Sie vor den Felipe de Vegas dieser Welt schützen. – Was haben Sie dem eigentlich angetan?«

Katharina war nicht danach, zu reden, also antwortete sie kurz angebunden: »Lange Geschichte. Bitte nicht heute Nacht.«

»Natürlich. Ein anderes Mal.« Javiers Arm lag noch immer um ihre Schulter. Die Berührung, die Wärme, die Javier ausstrahlte, taten gut. Katharina begann, sich wieder sicherer zu fühlen, zuversichtlicher.

Als sie vor der Tür ihres Bungalows angekommen waren, drehte sie sich zu Javier um. Sie wollte etwas sagen, sich bedanken, wusste aber nicht wie. Und sie erhielt auch keine Gelegenheit dazu. Denn Javier lehnte sich plötzlich vor, hob mit einem Finger ihr Kinn und küsste sie.

Wake Up!

Katharina erwachte mit pochenden Kopfschmerzen. Außerdem fühlte sie sich verdreht. Ihre Hände mussten sich hinter ihrem Rücken in ihre Bettdecke eingesponnen haben. Was war gestern Abend passiert? Sie erinnerte sich an die Weihnachtsfeier. Daran, dass sie Andreas Amendt seine Unschuld bewiesen hatte. Dass er ihr nicht geglaubt hatte und davongelaufen war. Und danach? Sie war durch die Nacht gelaufen. Mit Javier. Und vor ihrer Tür hatte der Priester sie geküsst. Oder nicht? Hatte sie sich das eingebildet?

Einerlei. Sie würde später darüber nachdenken. Wenn sie richtig wach war. Erst würde sie noch etwas schlafen. Nachdem sie sich aus dieser seltsamen Lage befreit hatte. Sie versuchte, sich zu drehen und zu rekeln, um ihre verspannten Muskeln zu lockern. Doch die verdammte Bettdecke hielt sie fest. Moment. Das war gar keine Bettdecke!

Katharina riss die Augen auf: Sie saß auf einem Stuhl in der Mitte ihres Bungalows. Ihre Hände waren hinter dem hölzernen Stützpfeiler gefesselt.

Vor ihr, auf dem Bett, saß Javier, eine Pistole in den Händen; eine Walther PPK, unförmig durch den großen Schalldämpfer.

Katharina verstand endlich. »Sie sind Ministro!«, krächzte sie.

Javier sah zu ihr. Seine Lippen verzogen sich zu einem schmalen Lächeln. Er stand auf und nahm ein Glas Wasser von ihrem Nachttisch. »Trinken Sie.« Seine Stimme war noch immer erschreckend sanft. Er hielt ihr das Glas an die Lippen. Katharina wollte den Kopf wegdrehen, doch Javier hielt ihn bestimmt fest. »Trinken Sie. Keine Sorge, das ist wirklich nur Wasser.«

Katharina gehorchte und nahm ein paar kleine Schlucke. Javier setzte das Glas wieder ab.

»Ich weiß, die Fesselung ist unbequem. Aber wir müssen uns unterhalten. In Ruhe.«

»Sind Sie nun Ministro?«

Javier unterdrückte ein trockenes Auflachen: »Ja.«

Natürlich. Ministro hieß Priester. Und Javier hatte es ja schon mehr als angedeutet. »Kein Mensch verdächtigt uns Kirchenmäuse.« Das hatte er gesagt. Als sie sich auf Golden Rock begegnet waren.

Katharina betrachtete ihn. Javier ... Ministro sah aus wie aus dem Ei gepellt. Er musste ihre Bewusstlosigkeit genutzt haben, um seine Kleidung zu bügeln und zu duschen: Sein Haar glänzte noch feucht.

»Und?«, fragte sie schließlich.

»Und was?«

»Sie wollten mit mir reden. Sie haben meine volle Aufmerksamkeit.« Zeit gewinnen, dachte Katharina. Vielleicht kam jemand. Oder ihr fiel etwas ein.

Ministro ließ sich Zeit, bevor er anhob: »Eigentlich habe ich nur eine ganz einfache Frage an Sie: Warum hat Felipe de Vega mich auf Sie angesetzt?«

»Was? Das wissen Sie nicht?«

»Nein. Sonst würde ich nicht fragen«, erwiderte Ministro mit mürrischer Ungeduld. »Antworten Sie! Sind Sie ein schmutziger Cop? Haben Sie de Vega bestohlen? Ihr Bestechungsgeld auf eigene Faust erhöht? Oder was?«

»Ich bin nicht bestechlich«, giftete Katharina zurück. »Und von Drogendealern nehme ich erst recht nichts an.«

Ministro blickte ihr unverwandt in die Augen: »Und warum will er Sie dann tot sehen? Und zwar so dringend, dass er mich losschickt, anstatt das von seinen deutschen Verbindungen erledigen zu lassen?«

»Das hat er zuerst versucht. Dieses Geschwisterpaar, Chabi ... Chabra ...«

»Chabrijewskow?« Ministro pfiff durch die Zähne. »Mit kleinem Geschütz hat sich de Vega bei Ihnen gar nicht erst abgegeben, oder?«

»Besonders erfolgreich waren die nicht. Sitzen beide ein.«

Ministro nickte anerkennend: »Glückwunsch. Die haben kein Problem damit, ganze Straßenzüge in Schutt und Asche zu legen, um eine Maus zu fangen.«

»Ich weiß.« Einen kurzen Augenblick sah Katharina das Bild des geborstenen Wracks von Morris, ihrem Mini Monte Carlo, vor sich.

»Also? Warum hat de Vega mich geschickt?«

Interessant, dass er das nicht wusste. Vielleicht konnte sie ja daraus irgendwie Kapital schlagen. Sie antwortete: »Ich habe seinen Sohn erschossen. Miguel de Vega.«

Ministros Reaktion überraschte Katharina. Wenn sie sich nicht sehr täuschte, versuchte er seine Verblüffung zu verbergen, indem er sich intensiv mit einem Fleck auf dem Lauf seiner Waffe beschäftigte. Endlich sah er wieder zu ihr: »Erzählen Sie!«

»Was soll ich erzählen?«

»Wie und warum Sie Miguel de Vega erschossen haben.«

Also gut. Jede Minute, die sie gewann, war kostbar. Katharina begann zu erzählen. Wie sie mit ihrem Partner Thomas in eine völlig verkorkste Geiselnahme geraten und Thomas im Kugelhagel aus Miguel de Vegas Mac-10 gestorben war. Und wie sie selbst die beiden Geiselnehmer erschossen hatte.

Ministro schüttelte den Kopf, als wüsste er nicht, ob er ihre Tat anerkennen oder missbilligen sollte: »Sie lieben das Risiko wirklich, oder? Sie müssen aufpassen, sonst bricht Ihnen das eines Tages das Genick.«

»Sagte der professionelle Killer. Soll das ein dummer Witz sein? Mir ist nicht nach Lachen zumute.«

Ministro sah sie einen Augenblick irritiert an. Dann verstand er: »Oh, richtig. Ja. Stimmt. Das können Sie noch nicht wissen. – Ich werde Sie nicht töten.«

Jetzt war es an Katharina verwirrt zu sein: »Was? Aber –«

Ministro unterbrach sie: »Wissen Sie eigentlich, wer Miguel de Vega ist?« Er korrigierte sich genussvoll. »Wer er war?«

Katharina antwortete nicht. Irgendetwas lief gerade ganz schwer an ihr vorbei. Entweder war ihr gerade ihr Leben geschenkt worden, oder Ministro ging mit seinem Psychospiel in eine neue Runde; gab ihr Hoffnung, um sie dann umso mehr leiden zu lassen.

Er fuhr fort: »Miguel de Vega war ein Psychopath, dem nichts so viel Spaß gemacht hat wie zu foltern und zu töten. – Ich habe das Dorf gesehen, dass er mit seinem ersten Todesschwadron überfallen hat. Fast fünfhundert Menschen, vor allem Frauen und Kinder. Einfach dahingemetzelt. Den Frauen hat er eine Baumsäge in die Scheide gerammt und sie bis zum Hals aufgesägt. Da war er zwölf.«

Zwölf, zwölf, zwölf. Die Zahl hallte in Katharinas Kopf wie ein Echo. Sie sah einen dunkelhaarigen, hübschen Jungen vor sich, höflich lächelnd, in der Hand eine blutverschmierte Säge. Das Bild schnürte ihr fast den Atem ab.

»Kurzum«, fuhr Ministro fort, »Sie haben der Menschheit einen Gefallen getan.«

Er schob seine Pistole mitsamt ihrem Schalldämpfer in die speziell dafür vorgesehene Innentasche seines Jacketts.

»Und jetzt?«, fragte Katharina.

»Kein ›Und jetzt‹. Ich werde Sie nicht töten. Wie ich schon sagte. Ich töte keine Unschuldigen.«

»Ein Killer mit Moral?«

Ministros Augen funkelten wütend auf. Katharina befürchtete schon, er würde seine Entscheidung rückgängig machen. Doch dann riss er sich zusammen: »Ja. In der Tat. Ich töte keine Unschuldigen. Punkt. Das habe ich nur einmal in meinem Leben getan. Und allein dafür werde ich eines Tages in der Hölle brennen.«

Er sah weg, während er um seine Fassung rang. Katharina fragte in seinen Rücken: »Das ist nicht die ganze Wahrheit, oder?«

Er drehte sich überrascht um. Dann wurde sein Blick plötzlich weich, seine Stimme wieder sanft: »Wie kommen Sie darauf?«

»Keine Unschuldigen. Das ist zu abstrakt. Wenn es nur darum ginge ... Wozu dann dieser ganze theatralische Auftritt hier? Hätten Sie mich als Javier nach Miguel de Vega gefragt, dann hätten Sie einfach verschwinden können.«

»Ich habe Sie gefragt! Und nie eine Antwort bekommen. Vielleicht ...« Er hielt inne, als ob ihm ein Gedanke durch den Kopf schoss, der ihn erschreckte. Dann setzte er erneut an. »Ich habe Sie beobachtet in den letzten Tagen. Die Welt ist mit Ihnen besser dran als ohne Sie. Fast, als wollte Gott ein Zeichen setzen, als er Sie auf diese Insel geschickt hat.«

»Ein Zeichen?«

»Sie müssen doch auch zugeben, dass alles zu gut passt: Von allen Zielen auf der Welt landen Sie ausgerechnet hier. Auf Golden Rock. Sie legen einem Mörder das Handwerk. Und gleichzeitig treffen Sie auf den Mann, den Sie für den Mörder Ihrer Familie halten; Sie finden alles, was Sie brauchen, um seine Unschuld zu beweisen.«

Katharina schüttelte unwillig den Kopf: »Ich habe neun Morde nicht verhindern können. Und was Doktor Amendt angeht ... Sie haben es ja gesehen. Er glaubt mir nicht.«

»Das war vielleicht der für Sie bestimmte Teil des Zeichens.«

»Für mich bestimmt?«

»Eine Lektion in Demut und Vorsicht. Dass Sie manchmal machtlos sind. Und dass Sie vielleicht in eine Situation geraten könnten, aus der es keinen Ausweg gibt. Keinen Freund, der Sie rettet.«

»Wie im Moment?«

Ministro sah sie verärgert an. Dann zog er plötzlich seine Pistole hervor. Verdammt, sie hatte etwas Falsches gesagt! Doch er richtete die Waffe auf das Bett und drückte dreimal ab. Die Pistole bellte laut, trotz des Schalldämpfers. Das Kissen spie Federn. Dann richtete er die Pistole auf Katharina. Okay, das war es jetzt. Sie schloss die Augen. Doch kein Schuss fiel.

Als sie die Augen wieder öffnete, hatte Ministro die Waffe weggesteckt und sich auf das Bett gesetzt. »Die waren für Sie bestimmt. Schon immer.« Er deutete auf das zerschossene Kissen. »Vielleicht nehmen Sie die Kugeln mit. Als Memento Mori.«

»Als was?«

»Als Erinnerung daran, dass Sie sterblich sind.«

Katharina wusste auch nicht warum, aber sie hatte das Bedürfnis, sich zu entschuldigen: »Tut mir leid, ich wollte Sie nicht kränken.«

»Schon in Ordnung.«

»Und der andere Teil des Zeichens?«

»Anderer Teil?«

»Sie haben gesagt, ein Teil des Zeichens sei vielleicht für mich bestimmt gewesen. Der andere Teil?«

»Für uns andere. Dass wir erkennen. Und Zeugnis ablegen. Dass die Welt mit Ihnen besser ist als ohne Sie. Dass Sie ein gerechter Mensch sind.«

Er klang wirklich wie ein ... Katharina musste einfach fragen: »Sie sind tatsächlich Priester, oder?«

Ministro sah sie erstaunt an: »Ja, natürlich.«
»Und das verträgt sich mit Ihrem Nebenerwerb?«
»Wie schon gesagt: Ich töte keine Unschuldigen. Ich denke, Sie wissen selbst, wer normalerweise auf der Abschussliste eines Profis steht: Korrupte und verdorbene Menschen, Verbrecher, die Leid und Tod über die Welt bringen.«
»Und Gott verzeiht Ihnen das?«
Ministro lächelte wieder schmal: »Nein. Ich sagte doch, ich werde eines Tages in der Hölle brennen.«
»Aber?«
»Ich verdiene mit dieser Arbeit genügend Geld, dass ich meine ganze Gemeinde ernähren und verhindern kann, dass sie sich aus purer Not gegen Gott versündigt. Das ist mir meine Seele wert.«
»Und was ist, wenn es Gott nicht gibt? Oder wenn er einfach nur ein Faible für Krimis hat?«
Javier lachte: »Das hat er. Sonst hätte er Agatha Christie nicht geschaffen. – Und ob es Gott wirklich gibt? Man nennt das die Pascalsche Wette. Man verliert nichts, wenn man an Gott glaubt und es ihn nicht gibt. Aber umgekehrt? Man büßt seine Seelenheil ein. Mindestens. Wer an Gott glaubt, gewinnt in jedem Fall. – Oder an Buddha. Oder an Allah. Oder an welche höhere Macht auch immer.«
Ministro stand auf, ging zum Fenster und zog die Gardine ein Stück auf. Draußen dämmerte es bereits.
»So, Zeit für mich zu gehen. Sie verstehen, dass ich Sie nicht freilassen kann? Aber es wird sicher bald jemand nach Ihnen schauen.« Ministro zog etwas aus der Tasche und legte es auf den Nachttisch. Einen Handschellenschlüssel. Doch der Nachttisch stand außerhalb von Katharinas Reichweite. Dann nahm er das zweite Kissen vom Bett. »Lehnen Sie sich mal etwas vor!«
Katharina gehorchte unwillkürlich. Er schob das Kissen in ihren Rücken. »So haben Sie es etwas bequemer.«
»Danke. – Ach, wie haben Sie mich überhaupt gefunden? Göttliche Vorsehung?«
Ministro schmunzelte: »Das wäre vermessen. Nein, ganz normale Detektivarbeit. Aber vielleicht noch eine kleine Belehrung: Ich habe Sie gefunden, weil Sie egozentrisch sind.«

»Wie meinen Sie das?«

»Sie sind immer davon ausgegangen, dass ich Ihnen folge. Aber als ich gesehen habe, dass Sie zu Antonio Kurtz gefahren sind, vom Polizeipräsidium aus, habe ich mich an dessen Fersen geheftet. Er hat mich direkt zu Ihrem Fluchtauto geführt. Der Rest war einfach. Also seien Sie froh, dass de Vega mich geschickt hat. Bei jedem anderen hätten Sie Frankfurt nicht lebend verlassen.«

Ministro richtete sich auf und zog sein Jackett glatt. Dann fiel ihm noch etwas ein: »Ach, kennen Sie einen Mann, der permanent Eukalyptuspastillen lutscht? – Ich habe ihn aus dem Präsidium kommen sehen. Kurz vor Ihnen.«

Katharina antwortete nicht. Es war bestimmt keine gute Idee, einem Profikiller zu sagen, wer ihr verraten hatte, dass er auf ihren Fersen war.

»Gut.« Ministro musste erraten haben, was sie dachte. »Wie dem auch sei. Dies als mein letzter Rat: Halten Sie sich fern von dem. Der bringt nichts als Ärger.«

Katharina schwieg weiter.

»So, ich muss dann wirklich los.«

Er ging zur Tür und hatte schon die Klinke in der Hand, doch Katharina wollte ihn nicht einfach ziehen lassen, ohne eine Antwort auf die Frage zu erhalten, die an ihr nagte: »Was ist zwischen uns geschehen letzte Nacht?«

Ministro drehte sich noch einmal zu ihr um: »Sie erinnern sich nicht? Tut mir leid, das kommt von den Drogen. – Aber, wenn es Sie beruhigt …« Er schien einen Moment nachzudenken. Dann antwortete er zögernd: »Nun, alles, was vielleicht geschehen ist oder auch nicht, geschah absolut freiwillig. – Nun hoffe ich, dass wir uns niemals wiedersehen. Weder in dieser noch in der nächsten Welt!«

Mit einem leisen Klappen schloss sich die Tür hinter ihm. Katharina starrte auf das Bett. Auf das zerschossene Kissen. Dort könnte sie jetzt liegen. Und was zur Hölle war in der Nacht zwischen ihr und Ministro geschehen?

Blues On The Burying Ground

»Können Sie eigentlich einmal *nicht* in Schwierigkeiten geraten?«

Andreas Amendt stand in der offenen Tür von Katharinas Bungalow: »Was ist? Ist unser Gefangener ausgerückt?«

»Nein. Ministro. Könnten Sie mich bitte losbinden?«, antwortete Katharina knapp.

»Ministro? Das ist doch dieser Killer, der ... Wie ist der denn hierhergekommen?«

»Javier.«

»Javier hat ihn gerufen?«

»Nein. Javier ist Ministro.«

»Javier? Unser frommer Javier?« fragte Andreas Amendt fassungslos. Dann durchfuhr es ihn siedend heiß: »Verdammt, der ist mit Sandra auf die Insel rübergefahren. – Schnell, wo sind die Schlüssel?«

»Auf dem Nachttisch.«

Er schloss die Handschellen auf. Dann löste er die Fußfesseln, während sich Katharina die schmerzenden Handgelenke rieb. Amendt half ihr ungeduldig auf: »Kommen Sie!«

Katharina schlüpfte schnell in ihre Sportschuhe, die neben dem Bett lagen. Erst jetzt fiel ihr auf, dass sie T-Shirt und Jeans anhatte. Ihr Samtkleid lag ordentlich über einem Sessel. Und sie trug ihr Bustier. Noch? Wieder? Hoffentlich noch. Dann wäre all das – Sie kam nicht dazu, ihren Gedanken zu Ende zu denken. Andreas Amendt zog sie mit sich fort.

Sie stürzten in die Rezeption. Harry, der gemeinsam mit Augustin hinter dem Tresen stand, sah sie erstaunt an. »Sandra ... mit Javier weggefahren ... Javier ist Ministro ... Killer ...«, stieß Andreas Amendt in atemlosem Stakkato hervor.

Harry verstand und wandte sich an Augustin: »Wir brauchen einen Wagen, ganz schnell.«

Augustin spurtete davon. Es dauerte eine gefühlte Ewigkeit, bis er in seinem DKW Munga zurückkehrte. Harry, Katharina und Andreas Amendt sprangen hinein. »Zu Sandras Praxis«, kommandierte Harry. Augustin trat aufs Gas, dass der Kies unter ihnen spritzte.

Doch sie kamen nicht einmal bis zur Brücke. Zwischen den Felsen kam ihnen hupend ein Wagen entgegen: der Jeep von Sandra Herbst. Sie winkte ihnen vergnügt.

Harry sprang aus dem Wagen und rannte zu ihr: »Gott sei Dank, du bist in Sicherheit!«

Er schloss die Ärztin in seine Arme. Etwas befremdet machte sie sich los: »Warum sollte ich nicht in Sicherheit sein?«

Statt einer Antwort fragte Katharina: »Wo ist Javier?«

»Ach der?« Sandra Herbst zuckte amüsiert mit den Achseln. »Der hat seine Siebensachen gepackt. Meinte, es wäre an der Zeit, sich auch um die anderen Gemeinden zu kümmern. Dann ist er mit ein paar Feldarbeitern mitgefahren. Lässt euch alle schön grüßen. Warum?«

Katharina wollte antworten, doch Harrys Blick brachte sie zum Verstummen. Sandra Herbst musterte sie fragend und sagte dann: »Ach, Frau Klein? Javier lässt Ihnen ausrichten, dass er sehr erfreut war, Ihre Bekanntschaft gemacht zu haben. Und er bedauert, dass er sich nur so knapp verabschiedet hat. Er meinte aber, er hätte Ihnen einen Abschiedsgruß dagelassen. – Moment! Wo wollt ihr denn hin?«

Atemlos waren Katharina und Andreas Amendt an Katharinas Bungalow angekommen. Der Arzt wollte hineinstürmen, doch Katharina hielt ihn zurück. Abschiedsgruß von einem Killer. Das konnte alles sein. Eine Bombe. Eine tödliche Giftschlange in ihrem Bett ...

Behutsam schob sie die Tür auf, bereit, sofort in Deckung zu springen. Doch nichts passierte. Zentimeter für Zentimeter tasteten sie sich vor, sahen in jeden Winkel, unter alle Möbel. Nichts.

Katharina blieb vor dem Bett stehen, auf dem das von den Schüssen zerrupfte Kissen lag. War das der Abschiedsgruß? Die Kugeln? Wie hatte sie Ministro genannt? Memento Mori? Enthielten sie noch eine Botschaft? Katharina nahm ihr Taschenmesser und das kleine Stoffbeutelchen, das sonst ihren MP3-Player enthielt, aus ihrer Handtasche. Dann lehnte sie sich über das Bett und begann behutsam mit der großen Klinge des Messers in den Löchern in der Matratze zu bohren, bis sie das Klicken von Metall auf Metall hörte. Sie angelte die Kugeln hervor und betrachtete sie. Sie waren gut erhalten und kaum deformiert. Aber auch nichts Besonderes. Normale Fabrikware, wie man sie auf jedem Schießstand und in jedem Waffengeschäft fand. Die Hülsen mit ihren Prägestempeln wären hilfreicher gewesen, doch die hatte Ministro mitgenommen.

Oder waren die Kugeln ein Hinweis auf ein anderes Verbrechen? Wenn ja, auf welches? Was hatte ihr der Mann mit den Eukalyptuspastillen gesagt? »Ministro hat schon in Deutschland gearbeitet.« Hielt sie vielleicht das Indiz für einen ganz besonders wichtigen Mord in den Händen? War dies das Abschiedsgeschenk? Dass sie noch einen Fall aufklären konnte?

Sie ließ die Kugeln in den kleinen Beutel gleiten. Auf jeden Fall würde sie sie aufheben und in Frankfurt ballistisch untersuchen lassen. Wenn es auch sonst nichts brachte, so waren sie doch der einzige Hinweis auf die Existenz eines Profi-Killers namens Ministro.

Ihr wurde bewusst, dass Ministro ein großes Risiko eingegangen war: Sie wusste jetzt, wie er aussah und wie er vorging. Und er konnte nicht erwarten, dass sie diese Informationen nicht weitergab. Sie war Polizistin. – Wollte er vielleicht gefasst werden? Von Serienmördern hatte man das schon gehört. Oder konnte er sich das leisten? Hielt jemand die Hand schützend über ihn? Wer? Natürlich! Der Mann mit den Eukalyptuspastillen! Er hatte sicher schon Geschäfte mit Killern gemacht. Andererseits hatte Ministro sie vor ihm gewarnt. Vorsicht Tiger, sagte der Löwe.

Andreas Amendt kam aus dem Bad. Zwischen seinen Händen hielt er einen Briefumschlag, und zwar ganz behutsam, nur an den Kanten, als handelte es sich um eine Bombe. Er legte ihn auf dem Bett ab. »Der war an den Spiegel geklemmt.«

Katharina betrachtete den Umschlag. Er hatte einen Aufdruck von Golden Rock. Mit der Pinzette aus ihrem Taschenmesser drehte sie ihn um. Die Lasche war nicht zugeklebt. Sie ließ die große Klinge des Taschenmessers behutsam über den Umschlag gleiten. Nichts zu spüren, was auf einen Bombenmechanismus schließen ließ.

Vorsichtig klappte sie die Lasche zurück. Der Umschlag schien nur ein paar gefaltete Blätter zu enthalten. Sie zog sie ganz langsam heraus, Millimeter für Millimeter. Nichts passierte.

Mit ausgestreckten Armen faltete sie die Blätter auf. Es war ein Brief, in einer sauberen, geschwungenen Handschrift geschrieben:

Liebe Katharina,
Sie gestatten doch, dass ich Sie so nenne? Wie dem auch sei, wenn Sie das hier lesen, dann ist unser Gespräch so ausgegangen, wie ich es gedacht und, das gestehe ich ehrlich, mir erhofft hatte.

Bitte erlauben Sie mir, dass ich wiederhole, was ich gestern Abend in meiner kleinen Predigt so unbeholfen versucht habe zum Ausdruck zu bringen: Ich danke Ihnen. Sie haben dreizehn Menschen, und vielleicht vielen mehr, das Leben gerettet. Wenn Sie nur halbwegs so denken wie ich, dann sind Ihre Gedanken und Ihre Seele bei den Toten und ihren Angehörigen. Doch manchmal muss man Verluste akzeptieren. Und man darf darüber nicht vergessen, welches Unheil man vermieden hat.

»Amen« höre ich jetzt im Geiste Doktor Amendt sagen. Und vielleicht hat er in seinem Sarkasmus recht. Bitte richten Sie auch ihm meinen Dank aus. Ich habe selten einen selbstloseren und, auch wenn ihn das vielleicht wütend macht, christlicheren Menschen erlebt als ihn. Und ich bin froh, dass Sie das bestätigt haben, was ich in meinem Herzen schon wusste: dass er unschuldig ist. Bitte geben Sie ihm Zeit. Er wird die Wahrheit akzeptieren. Eines Tages.

Nachdem all dies geschrieben ist, noch ein paar Bitten. Zum einen: Passen Sie besser auf sich auf! Ich weiß, Ihr Beruf bringt ein gewisses Risiko mit sich, doch überreizen Sie es nicht!

Darum auch meine zweite Bitte: Ich bin ein Killer, Sie sind Polizistin. Das macht uns zu natürlichen Feinden. Dennoch flehe ich Sie an, um Ihrer selbst willen, nicht zu versuchen, mich zu finden. Sie haben gesehen, wie leicht es mir gefallen ist, Sie aufzuspüren. Glauben Sie mir, dass ich Ihnen auch weiterhin stets einen Schritt voraus sein werde? Ich möchte nicht doch noch gezwungen sein, Sie zu töten.

Und zuletzt, ganz praktisch: Ich bitte Sie, untergetaucht zu bleiben, bis de Vega seine Jagd aufgibt. Ich kenne ihn und bin deshalb ziemlich sicher, dass er weitere Häscher ausgesandt hat, und zwar solche, die meine moralischen Grundsätze nicht unbedingt teilen. Ich werde aber versuchen, das meinige dazu beizutragen, dass dieses Damoklesschwert über Ihrem Haupt für immer verschwindet.

Ich höre gerade, wie Sie sich hinter mir bewegen. Bald werden Sie aufwachen. Daher komme ich zum Schluss, auch wenn es vielleicht noch einiges zu sagen gäbe. Ich möchte, dass Sie wissen, dass Sie stets einen Platz in meinen Gebeten haben werden – wenn das etwas zählt.

Von Herzen,

Ihr Javier (oder Ministro, was Ihnen lieber ist)

PS: Noch ein Gedanke zum Schluss: Wenn Sie Doktor Amendt wirklich helfen wollen, gehen Sie mit ihm auf den Schießstand. Ich bin mir sicher, dass Sie aus dem, was Sie dort beobachten, die richtigen Schlüsse ziehen werden.

»Der klingt wie ein richtiger Priester.« Andreas Amendt hatte über Katharinas Schulter mitgelesen.

Katharina antwortete matt: »Er *ist* ein richtiger Priester. Sagt er zumindest.«

»Und, ich hoffe, Sie gestatten mir die Beobachtung: Das liest sich wie ein Liebesbrief. Ist zwischen Ihnen –?«

»Nein!«, fuhr Katharina ihm über den Mund und stopfte die Blätter zurück in den Umschlag. Energisch öffnete sie den kleinen Safe und warf den Brief hinein. Liebesbrief! Von einem Killer! So weit kam es noch!

Doch die Frage nagte trotzdem an ihr: Was war nur passiert zwischen dem Kuss und dem Moment, in dem sie gefesselt aufgewacht war? Hatten sie wirklich miteinander …? Nein! Das würde Javier ihr nicht antun. Oder?

Katharina und Andreas Amendt wanderten über die Kieswege zum Restaurantpavillon. Plötzlich blieb der Arzt stehen.

»Frau Klein? Ich möchte Sie um Entschuldigung bitten. Wegen gestern Abend.« Er fuhr zögernd fort: »Ich weiß, Sie sind überzeugt, dass Sie die Wahrheit herausgefunden haben, aber …«

»Sie glauben mir nicht, oder?«

»Ich würde es gerne.« Andreas Amendt senkte den Blick. »Ich wäre so dankbar dafür. – Aber ich kann es nicht. Zu viele Ungereimtheiten.«

Katharina nickte langsam: »Ich verstehe.«

»Wirklich?«

»Nein. – Ich bin überzeugt, dass ich recht habe. Und … hundert Prozent Aufklärungsquote, schon vergessen?«

Sie ging ein paar Schritte, dann drehte sie sich wieder zu Andreas Amendt um. Er sah aus, als würde er im nächsten Augenblick anfangen zu weinen. So schroff wollte sie dann doch nicht sein: »Was muss ich tun, um Sie zu überzeugen?«

»Da gibt es nur eines. Finden Sie den echten Täter.« Plötzlich kam Andreas Amendt ein paar Schritte auf sie zu. In seiner Stimme klang tatsächlich ein Funken Hoffnung mit. »Was meinte Javier? Ich meine, Ministro? Sie sollen mit mir auf den Schießstand gehen?«

Katharina war selbst überfragt. »Ehrlich gesagt weiß ich es nicht. Aber Schießstand ist keine ganz schlechte Idee. Sie wissen ja, in Schwierigkeiten zu geraten, ist eine meiner leichtesten Übungen. Und da ist es vielleicht ganz gut, wenn Sie zumindest wissen, wie man eine Pistole hält.«

Andreas Amendt lachte kurz auf. Dann streckte er ihr die Hand hin: »Friede?«

»Friede! Natürlich!« Katharina schlug ein.

»Danke. Und danke auch, dass Sie an mich glauben.«

Katharina spürte, wie sich ein Klumpen in ihrem Bauch bildete. Sie holte tief Luft: »Nun ist aber gut. Sonst müssen wir in Frankfurt erst mal zur Gruppentherapie. – Und was ist nun? Kommen Sie mit auf den Schießstand?«

»Unter einer Bedingung.«

»Die wäre?«

»Sie lernen schwimmen.«

Katharina schluckte: »Muss das sein?«

»Ja. Das muss sein. Ich bringe es Ihnen auch bei. Ich ... ich bin ein guter Lehrer.«

»Daran zweifele ich nicht. Und wenn es sein muss.«

Scherzhaft hakte sie sich bei Andreas Amendt ein. Er legte ihr den Arm um die Schulter. Doch dann merkten sie beide, was sie taten, und ließen einander so rasch wieder los, als hätten sie sich verbrannt. Schweigend gingen sie nebeneinander her zum Restaurantpavillon.

»Melde gehorsamst: Auftrag ausgeführt. Gefangenentransport-Problem gelöst.« Oberst Bachmann salutierte zackig. Dann schwang er sich auf einen Stuhl an dem Tisch, an dem Andreas Amendt und

Katharina vor Tellern mit großen Omelettes saßen, die Augustin extra für sie zubereitet hatte.

Der Oberst sah sie erwartungsvoll an, begierig darauf, seine gute Kunde loszuwerden. Also tat Katharina ihm den Gefallen: »Wie denn bloß, Herr Oberst?«

Der Oberst kicherte ganz unsoldatisch: »Für die Brücke gab es einiges an Genehmigungs-Hickhack. Von wegen deutscher Truppen auf fremdem Hoheitsgebiet. Und die Lösung war ziemlich hilfreich.«

»Und wie sieht die aus?«, fragte Katharina betont freundlich.

Der Oberst sagte es ihr. Katharina konnte nicht umhin, eine grimmige Befriedigung zu empfinden.

»Und was soll die Show?« Dirk-Marjan stand mit auf den Rücken gefesselten Händen mitten auf der neuen Brücke. Katharina, Kristina und Harry standen neben ihm.

Vor ihnen trugen Soldaten gemessenen Schrittes Tragen vorbei, auf denen die in dunkelblaue Leichensäcke verpackten Toten lagen. Es war eine lange Prozession. Sie führte zu einem auf der Brücke wartenden Lasthelikopter.

Als die letzte Trage sie passiert hatte, antwortete Katharina : »Ich dachte, Sie sollten das hier sehen.«

»Warum? Ich weiß auch so, dass ich die da getötet habe. Und?«

»Warten Sie es ab.«

Endlich waren alle Leichen verladen. Die Rotoren des Lasthelikopters begannen sich zu drehen, immer schneller, der Motor heulte auf. Der Hubschrauber hob ab und flog wie eine riesige Libelle in den blauen Himmel hinein. Bald war er nicht mehr zu sehen und das Motorengeräusch nur noch ein entferntes Brummen.

»Und?« Dirk-Marjan drehte sich zu Katharina um. »Kann ich jetzt wieder in meine Zelle zurück?«

Katharina zog amüsiert die Augenbraue hoch: »Nein! Jetzt sind Sie dran!«

»Ich? Aber …?«, fragte Dirk-Marjan überrascht. Und dann wurde sein Gesicht schlagartig aschfahl: »Sie wollen mich von der Brücke werfen, oder?«

Katharina ließ ihn genüsslich ein paar Sekunden zappeln, bevor sie antwortete: »Nein, natürlich nicht. – Aber –«

»Bitte, bitte, bitte. Ich will!«, unterbrach sie Kristina mit kindlicher Begeisterung. Sie hatte es sich wirklich verdient, daher erwiderte Katharina mit einer angedeuteten Verneigung: »Aber natürlich. Tu uns die Ehre, Kristina.«

Kristina baute sich vor Dirk-Marjan auf: »Also *ich* war ja sehr dafür, dich von der Brücke zu schubsen. Aber wir haben noch eine bessere Lösung gefunden. Siehst du dort?«

Sie deutete auf einen kleinen Punkt am Horizont.

»Das ist der Helikopter, der dich nach Deutschland bringen wird«, fuhr sie zufrieden fort. »Vor Gericht!«

Dirk-Marjan sah sie verständnislos an: »Aber das wäre ... Entführung. Freiheitsberaubung. Die können doch nicht einfach jemanden in einem fremden Land kidnappen.«

Kristina gluckste vor Vergnügen: »Tun sie auch nicht. Die Brücke ist extraterritoriales Gebiet. So was wie eine Botschaft. Von wegen deutscher Truppen auf fremdem Staatsgebiet. Wenn ich das richtig verstanden habe.«

Sie blickte zu Oberst Bachmann, der bestätigend brummte.

»Bis heute um Mitternacht ist die Brücke noch neutrales Gelände. Und die Soldaten haben hier Polizeirecht. – Ätsch! Schachmatt!« Kristina streckte ihm die Zunge raus.

Katharina trat neben sie, widerstand aber dem Drang ihm gleichfalls die Zunge rauszustrecken. Stattdessen sagte sie in ihrem offiziellsten Tonfall: »Dirk-Marjan Jakutzki alias Dirk Schröder? Sie sind vorläufig festgenommen. Sie haben das Recht –«

In diesem Augenblick wurden sie von lautem Hupen unterbrochen. Ein Auto fuhr mit hoher Geschwindigkeit auf die Brücke. Es war der DKW Munga, Augustins Glanzstück.

Mit quietschenden Reifen kam der Wagen neben Dirk-Marjan zum Stehen; er hechtete kopfüber hinein. Und schon trat der Fahrer wieder aufs Gas.

Er raste die Brücke hinunter, auf das Festland zu. Doch Katharina fackelte nicht lange. Sie riss ihre Pistole heraus, legte an, zielte und schoss. Ein Hinterreifen des Munga platzte, der Wagen geriet ins Schleudern und prallte mit voller Wucht gegen das Geländer der Brücke.

Das Geländer hielt. Doch der Aufprall schleuderte Dirk-Marjan, der sich mit seinen gefesselten Händen nicht hatte festhalten können, aus dem türenlosen Wagen hinab in den Abgrund.

Katharina und die anderen sprangen zum Geländer: Dirk-Marjan stürzte kopfüber in das gischtige Wasser. Doch gleich darauf tauchte er wieder auf. Panisch mit den Füßen paddelnd versuchte er, gegen den Sog eines großen Strudels anzuschwimmen.

In diesem Moment donnerte der zweite Helikopter über sie hinweg. Katharina hörte, wie Oberst Bachmann Anweisungen in sein Funkgerät brüllte.

Der Helikopter flog dicht über der Wasseroberfläche, ein Soldat in einem Tragegurt schwang sich hinaus. Es gelang ihm, Dirk-Marjan zu packen und ihn in ruhigeres Wasser zu ziehen, doch dann ging dem Soldaten die Kraft aus. Er ließ Dirk-Marjan fallen. Der Helikopter sank noch tiefer. Die Kufen berührten jetzt fast die Wasseroberfläche. Der Soldat streckte wieder seine Hand aus und –

Der unmenschliche Schrei war so laut, dass er sogar das Dröhnen des Hubschraubermotors übertönte. Dirk-Marjan bäumte sich noch ein letztes Mal im Wasser auf. Dann versank er wie ein Stein.

»Seewespen«, brüllte Harry über den Lärm des Hubschraubers hinweg in Katharinas Ohr. Dann starrten sie wieder fassungslos auf die Wasseroberfläche. Der Helikopter drehte noch eine Runde, während der Soldat das Wasser absuchte. Dann gab er auf. Dirk-Marjan war Opfer seiner eigenen Falle geworden.

Endlich hatte Katharina ihre Fassung wiedergewonnen. Ihr Blick fiel auf den DKW Munga: Totalschaden. Sie lief zu dem Wrack.

Der Fahrer war über dem Lenkrad zusammengesunken, vermutlich vom Aufprall ausgeknockt. Katharina packte ihn an der Schulter und zog ihn zurück.

Das konnte doch nicht sein! Augustin?

Er schlug die Augen auf und spuckte einen Mund voller Blut aus. Zwei seiner Frontzähne fehlten. Trotzdem *lächelte* er. Ernsthaft?

Katharina brauchte gar nicht zu fragen. Augustins Aussprache war zischend, aber verständlich. »Fünfhunderttausend Dollar. Weißt du, wie viel Geld das ist?«, fragte er träumerisch.

»Du? Du warst der Komplize?« Katharina konnte es nicht fassen. »Die ganze Zeit? – Auch bei den Morden?«

Augustin versuchte die Schultern zu heben, zuckte aber vor Schmerz zusammen. Dann stieß er hervor: »Die paar Weißen. Wer vermisst die denn schon?« Er schloss die Augen wieder.

Katharina spürte, wie ihr Gesicht eiskalt wurde. Langsam ging sie rückwärts vom Wagen weg. Ein paar Soldaten waren inzwischen herbeigelaufen und begannen, Augustin aus dem Wagen zu heben und auf eine Trage zu legen. Wenn es denn sein musste. Von ihr aus hätte er dort verrecken können. Und im nächsten Augenblick schämte Katharina sich für diesen Gedanken.

Farewell Smile

»Es lebe der Katastrophentourismus! Wir sind das ganze nächste Jahr ausgebucht!«

Stefan Döring war, glänzend gelaunt einen Computer-Ausdruck schwenkend, an den Frühstückstisch getreten, an dem Katharina, Harry, Andreas Amendt und Sandra Herbst saßen. Er schwang sich auf einen Stuhl neben Katharina. »Ach, Frau Yamamoto? Sie brauchen nicht zufällig einen Job und wollen für unsere Gäste eine Show inszenieren? Krimi live auf Golden Rock?«

Einunddreißigster Dezember 2007. Silvester. Die meisten Gäste waren direkt nach Weihnachten abgereist. Doch Katharina war geblieben. Wo sollte sie auch hin?

Die meisten Reparaturen waren erledigt; auch neue Kabel für Telefon, Fernsehen und Internet waren über die Brücke gelegt worden; ein Abschiedsgeschenk von Oberst Bachmann, der die Gelegenheit nutzen wollte, auch die elektrischen und elektronischen Fähigkeiten seiner Truppe zu trainieren.

Die Abendessen waren still gewesen ohne Augustins Gesang. Es hatte unter den Gästen eine hitzige Diskussion gegeben, als sie erfuhren, dass er der Komplize des Mörders gewesen war. Jean-Luc war sich in rassistischen Tiraden ergangen, andere hatten sich über die Korruptheit Afrikas ereifert.

Es war ausgerechnet Luisa Rheinsberger gewesen, der juwelenbehängte Weihnachtsbaum, die ein Machtwort gesprochen hatte: »Ich kann das zumindest nachvollziehen. Tansania ist sehr arm. Viele Menschen leben von nicht mal einem Dollar am Tag. Fünfhunderttausend Dollar. Das ist unermesslicher Reichtum. So wie für uns fünfzig Millionen Euro! Und dafür würden bei uns auch eine Menge Menschen morden.«

Charlie Buchmann hatte erwidert, das würde er ja noch verstehen, aber dieser Rassismus gegen die Weißen –

Luisa Rheinsberger ließ ihn gar nicht erst ausreden: »Und wann haben Sie sich zuletzt über den Tod eines Schwarzen aufgeregt?«

»Frau Yamamoto? Wollen Sie nun Krimispiele für uns machen, oder nicht?« Stefan Döring stupste sie an die Schulter. Katharina schreckte hoch. Frau Yamamoto. Wie lange würde sie den Namen wohl noch tragen müssen?

Sie schüttelte energisch den Kopf: »Nein. Ich habe bereits einen Beruf. Und Krimispiele sind mir zu weit von der Realität weg.«

»Sie könnten das Ganze doch realistischer gestalten.«

Katharina seufzte. Was war das nur mit diesen Krimifans? Kristina hatte ihr beim Abschied verkündet, dass sie ein Buch über die Ereignisse auf Golden Rock schreiben werde. Natürlich einen Krimi. Mit dem Titel »African Tango«. Sie hatte Katharina gefragt, ob sie sie mal aufsuchen könne, von wegen der Details. Katharina hatte genickt. Und die junge Frau war glücklich in den Bus eingestiegen.

Sicher würde sich ihr Buch glänzend verkaufen. Denn natürlich hatten die Medien Wind von den Vorgängen auf Golden Rock bekommen und sich auf die nach Deutschland zurückgekehrten Gäste gestürzt. Ein paar Reporter waren sogar auf Golden Rock selbst aufgetaucht, und Stefan Döring hatte sich gerne interviewen lassen.

Katharina hatte sich aus guten Gründen verweigert. Es fehlte gerade noch, dass sie in Deutschland in die Schlagzeilen geriet.

Schlagzeilen? Das erinnerte Katharina an etwas. Sie wandte sich an Stefan Döring, der, enttäuscht darüber, dass sie sein Angebot abgelehnt hatte, löffelklirrend in seinem Kaffee rührte. »Geht das Internet eigentlich wieder?«

»Klar. WLAN auf der ganzen Insel. Die Zugangsdaten finden Sie in Ihrem Bungalow.«

Was hatte ihr der Mann mit den Eukalyptuspastillen gesagt? Sie sollte auf der Website der »Financial Times« nach einer Gewinnwarnung Ausschau halten. Das war das vereinbarte Zeichen, dass sie nach Frankfurt zurückkehren konnte. Wie hieß noch mal die Firma? Ach ja. KAJ.

Sie rief die Website auf. Doch sie brauchte sich gar nicht bis zu den Wirtschaftsnachrichten durchzuklicken. Schon auf der Startseite verkündete die Schlagzeile:

ERFOLGREICHER SCHLAG GEGEN DEN INTERNATIONALEN DROGENHANDEL
Bogotá/Kolumbien. Der international gesuchte Drogenhändler Felipe de Vega ist zusammen mit sechs seiner mächtigsten Verbündeten tot in seiner Residenz aufgefunden worden. Zurzeit ist noch unklar, ob es sich um eine offizielle Operation oder um einen Racheakt der Konkurrenz handelt. Ein Polizeisprecher erklärte: »Wir wissen momentan nur, dass die sieben Menschen mit gezielten Schüssen getötet worden sind. Es gibt keine Zeugen.«

Militär und Geheimdienste Kolumbiens und der USA dementierten offiziell jede Verwicklung in die Geschehnisse. Der venezolanische Präsident widersprach in einem Kommentar für die dpa: »Natürlich hat die CIA ihre Finger im Spiel gehabt. Das imperialistische Nordamerika kann keine erfolgreichen südamerikanischen Geschäftsleute dulden und schreckt auch vor Mord nicht zurück. Meine Sympathien und Mitgefühl gelten dem kolumbianischen Volk.«

Felipe de Vegas Vermögen, der sich aus armen Verhältnissen hocharbeitete und zuletzt vierzig Prozent des weltweiten Kokainhandels kontrollierte, wird auf sechs Milliarden US-Dollar geschätzt.

Katharina klickte auf die Wirtschaftsnachrichten. Tatsächlich fand sie die gesuchte Gewinnwarnung, gut versteckt zwischen Berichten über das Weihnachtsgeschäft des deutschen Einzelhandels. Sie konnte tatsächlich nach Hause.

In ihrem E-Mail-Account fand sie drei Nachrichten: eine von Kurtz, eine von ihrem Chef Polanski und eine offiziell aussehende Nachricht vom »Präsidium für Technik, Logistik und Verwaltung der hessischen Polizei«.

Die Nachrichten von Kurtz und Polanski hatten praktisch den gleichen Inhalt. Kurtz wählte etwas freundlichere Worte, doch Polanski fragte direkt: »Waren Sie das, Sie Wahnsinnsbraut?« An die Mail war der Link zu einem Bericht über Felipe de Vegas Tod angefügt.

Katharina mailte zurück: »Nein! Aber das hier war ich.« Sie suchte einen Link zu den Ereignissen auf Golden Rock und hängte ihn an. Dann wollte sie auf »Senden« klicken, doch sie hielt inne. Sie war sich plötzlich nicht mehr so sicher, ob sie nicht doch für den Tod von Felipe de Vega verantwortlich war. Was hatte Ministro geschrieben? »Ich werde aber versuchen, das meinige dazu beizutragen, dass dies Damoklesschwert über Ihrem Haupt für immer verschwindet.« War er es gewesen? Hatte er die Gelegenheit genutzt und ein paar »der Felipe de Vegas dieser Welt« beseitigt?

Katharina spürte einen bitteren Geschmack im Mund: Wenn sie recht hatte, war sie für den Tod von sieben weiteren Menschen verantwortlich, Schlag gegen den internationalen Drogenhandel hin oder her. Es würde einen kurzen, blutigen Verteilungskrieg geben, dann würden andere an Felipe de Vegas Stelle treten.

Einerlei. Geschehen war geschehen. Sie hatte den Abzug nicht selbst gedrückt.

»Und natürlich Dienstbewaffnung für alle Mitarbeiter der Sonderermittlungseinheit.« Andreas Amendt ließ vor Schreck seinen Stift fallen, als Katharina das sagte. Auch er hatte die Mail des »Präsidiums für Technik, Logistik und Verwaltung der hessischen Polizei« bekommen. Ab dem fünfzehnten Februar würden Katharina und Andreas Amendt gemeinsam eine neue Sonderermittlungseinheit leiten, um deren Ausstattung sie sich vorab Gedanken machen sollten. Deshalb hatten sie sich an einen Tisch im Restaurantpavillon gesetzt und angefangen, die Anforderungsliste, um die die Mail bat, zu schreiben.

Harry war zu ihnen gestoßen und hatte ein wenig traurig ein Fax vor Katharina hingelegt: »Meine neue Marsch-Order.« Er hatte eigentlich gehofft, in Tansania bleiben zu können, in Sandra Herbsts Nähe, vielleicht als Verbindungsoffizier der deutschen Polizei. »Doch das geht natürlich nur ab BKA aufwärts. Nicht für Streifenhörnchen wie mich.«

Katharina hatte das Fax gelesen, dann hatte sie gelacht und Harry umarmt: »Willkommen im Team!« Er war einer der beiden Streifenpolizisten, die zur ihrer Sonderermittlungseinheit abkommandiert worden waren. Zum Dienst unter »KD Klein«. An das Kürzel vor ihrem Namen musste sich Katharina noch gewöhnen. Es stand für »Kriminaldirektorin«. Gemeinsam berichteten sie und Andreas Amendt, was diese neue Einheit leisten sollte.

»Ihr sollt Todesfälle untersuchen, ob eventuell ein Verbrechen vorliegt und dieses nach Möglichkeit aufklären?«, fragte Harry wenig überzeugt. »Und was macht dann das KK 11?«

Andreas Amendt erklärte: »Na ja, wir sollen uns halt um all die Fälle kümmern, die durch das Raster fallen. Wo es keinen Anfangsverdacht gibt und die daher nicht oder nur sehr oberflächlich untersucht werden. Außerdem sollen wir Mediziner schulen.«

»Irgendwie klingt das nach Wegloben«, warf Harry ein.

»Ist es auch«, antwortete Katharina. »Aber die werden noch ihr blaues Wunder erleben. Die ganze Angelegenheit ist so schwammig formuliert, dass wir praktisch alles dürfen und fast nichts müssen.«

»Und was soll ich dabei?«, fragte Harry, dem der Plan jetzt schon besser gefiel.

»Meine Idee«, fuhr Katharina fort. »Kann nicht schaden, ein paar erfahrene Streifenpolizisten dabeizuhaben.«

»Damit sie dich von Dummheiten abhalten?« Harry legte Katharina den Arm um die Schulter und zog sie väterlich an sich.

»Nun kommen Sie schon. Hier gibt es keine gefährlichen Monster. Ich habe extra nachgeschaut«, kommandierte Andreas Amendt. Katharina tastete sich behutsam die Treppe in den Pool hinunter, die Hand ängstlich an das Geländer geklammert. Was war sie doch manchmal für ein Feigling! Beherzt nahm sie die letzte Stufe und ging durch das klare Wasser auf Andreas Amendt zu, der im Nichtschwimmerbereich auf sie wartete.

Sie hatten ihre Listen fertig geschrieben und abgeschickt. Und dann hatte Katharina Andreas Amendt daran erinnert, dass er sie auf den Schießstand begleiten wollte. Er hatte nur erwidert: »Erst die Arbeit, dann das Vergnügen, Frau Klein. Rein in den Badeanzug!« Verdammt! Sie hatte gehofft, er würde sich nicht mehr daran erinnern.

Er war gnädig gewesen und hatte mit dem Schwimmunterricht auf dem Land, am Rand des Pools, angefangen. Sie hatte sich bäuchlings auf einen Hocker legen müssen und er hatte ihr die Brustschwimmbewegungen beigebracht.

Dann hatte er sie in den Pool befohlen. Ins Wasser. Wo doch dort die Ungeheuer auf sie lauerten. Aber nein! Sie würde sich die Blöße nicht geben. Zielstrebig watete sie weiter, bis sie Andreas Amendt erreichte: »Und jetzt?«

»Legen Sie sich aufs Wasser! Keine Sorge! Ich halte Sie. Und das ist Salzwasser. Es trägt Sie fast von selbst.«

Zögernd gehorchte sie. Amendt legte ihr den Arm um den Bauch. Er war wirklich kräftig. Seine Hand fühlte sich sicher an. Gut. Richtig. Ärgerlich stellte sie fest, dass sich ihre Brustwarzen versteiften und gegen den dünnen Stoff des Badeanzugs drückten. Doch das kam sicher nur vom kalten Wasser. Ganz sicher. Und, was sollte sie noch mal?

»Schwimmbewegungen!«, befahl Amendt. Sie gehorchte und fühlte sich wie eine unbegabte Kaulquappe.

»Sehen Sie? Jeder kann schwimmen«, sagte Andreas Amendt leichthin. Was? Und wo war seine Hand geblieben? Vor Schreck vergaß Katharina ihre Bewegungen, verhedderte sich mit Armen und Beinen und ging unter. Im nächsten Moment wurde sie gepackt und an die Oberfläche gezogen. Sie spie Amendt eine Fontäne Wasser ins Gesicht: »Sie sind ein Arschloch!«

»Ich weiß. Und noch mal«, befahl Andreas Amendt. Wieder packte er sie. Artig begann sie, Arme und Beine zu bewegen.

»Achtung!« Sie spürte, wie sein Griff schwächer wurde. Schließlich ließ er ganz los.

Konzentrier dich, befahl sie sich. Und tatsächlich. Sie blieb oben. Zug um Zug kam der heiß ersehnte Beckenrand näher. Sie erreichte ihn, packte zu und drehte sich stolz zu ihrem Lehrer um. Amendt stand gerade mal drei Meter hinter ihr. Nur?

Er nickte ihr anerkennend zu: »Wenigstens kommen Sie jetzt schon mal an Land. Vorausgesetzt, Sie fallen ziemlich dicht am Ufer ins Wasser.«

Zur Antwort spritzte ihm Katharina eine Handvoll Wasser ins Gesicht. Er spritzte zurück: »Die gute Nachricht ist«, erklärte er vergnügt, »dass Sie Schwimmen nicht mehr verlernen können. Es prägt sich fest im Gedächtnis ein.«

Katharina zögerte, denn sie hatte plötzlich eine Idee: »Auch bei Amnesien?«, fragte sie.

Andreas Amendt sah sie verständnislos an: »Klar. Das Körpergedächtnis ist von Amnesien nicht betroffen. Warum?«

»Nur so ein Gedanke. – Kommen Sie! Noch eine Runde!«

Zufrieden packte Andreas Amendt sie wieder und legte sie auf das Wasser.

»Das ist eine Walther PPK.« Harry war so freundlich gewesen, Katharina seine Waffe für den Schießunterricht zu überlassen. Sein privater Schießstand lag am Fuß der Felsen, zwischen Geröll und nahe am Meer. Es war nicht mehr als eine Wand aus Holzbohlen und ein paar Sandsäcken dahinter, doch für Katharinas Zwecke reichte das vollkommen. Sie hatte drei Zielscheiben an die Bohlen geheftet. Dann hatte sie die Waffe auf einen flachen Felsblock zwischen sich und Andreas Amendt gelegt; er betrachtete die Pistole wie eine besonders giftige Schlange.

Katharina erklärte ihm die wichtigsten Teile und die Funktion. Dann bat sie ihn, die Waffe in die Hand zu nehmen. Er gehorchte. Unschlüssig drehte er die Walther in der Hand. Katharina befahl ihm, sich zur Wand zu drehen, dann gab sie ihm das Magazin, das er gehorsam in die Pistole schob. Viel zu vorsichtig versuchte er, den Schlitten zurückzuziehen, um die Waffe durchzuladen. Dann setzte ihm Katharina die Ohrenschützer auf. Pantomimisch zeigte sie ihm, wie er anlegen musste. Dann kommandierte sie laut: »Drei Schüsse!«

Der erste Schuss stieß Andreas Amendt zurück, er stolperte, doch Katharina stützte ihn. Beim zweiten Schuss riss er den Arm nach oben. Und beim dritten Schuss ließ er die Waffe beinahe fallen. »Au!«, schrie er auf. Katharina nahm ihm die Pistole ab, bevor sie zu Boden fiel; er steckte die Haut zwischen Daumen und Zeigefinger in den Mund. Die Waffe hatte ihn gebissen: Der Schlitten hatte beim Zurückfahren in die Haut geschnitten.

Katharina nahm das Magazin aus der Waffe. Sie kümmerte sich nicht um Amendts Verletzung, sondern referierte: »Die PPK ist eine ziemlich bissige Waffe. Leider. Dabei ist sie sehr zuverlässig und durch ihre geringe Größe gut verdeckt zu tragen. Auch die Pflege ist sehr einfach.« Während sie sprach, zerlegte sie die Waffe, ohne hinzusehen, in ihre Einzelteile. »Leider muss man ziemlich geübt sein, um ein gutes Schussbild zu erzielen.«

Sie hatte die Waffe wieder zusammengebaut, ebenfalls, ohne hinzusehen. Dafür starrte Andreas Amendt mit fasziniertem Abscheu auf ihre Hände. Gut. Deswegen veranstaltete sie die Show ja.

In einer einzigen flüssigen Bewegung schob Katharina das Magazin in die Pistole, entsicherte, lud, legte an und schoss. Sechs Schüsse, sechs Treffer. Je zwei in die innersten Ringe der drei Scheiben. Zufrieden legte sie die Waffe auf dem Felsblock ab.

»Und morgen arbeiten wir dann an Ihrer Zielgenauigkeit«, sagte sie.

Andreas Amendt biss sich auf die Lippen. Seine verletzte Hand hatte er in ein Taschentuch eingewickelt und presste sie gegen die Brust. »Kann ich nicht lieber was anderes lernen? Irgendwas Waffenloses?«

»Kommt auch noch. Aber erst die Pistole. So einen tödlichen Unfall wie bei Henthen will ich nicht noch einmal erleben«, erwiderte Katharina streng. Doch innerlich jubilierte sie. Sie hatte verstanden, was Javier gemeint hatte.

»So, noch fünf Minuten bis Mitternacht! Ich mache dann mal den Champagner auf.« Stefan Döring hatte sich bei seiner Silvesterfeier nicht lumpen lassen. Vermutlich hoffte er, Katharina in Champagnerlaune doch noch eine Mitarbeit abzuringen.

Katharina wandte sich an Andreas Amendt: »Ist Ihre Hand halbwegs in Ordnung?«

Zur Antwort hob er die Hand hoch. Zwischen Daumen und Zeigefinger klebte ein großes Pflaster.

»Trösten Sie sich. Ich bin auch nicht verschont geblieben. Und ich bin eine geübte Schützin.« Sie streckte ihre rechte Hand aus. Auch sie hatte zwei rote Striemen auf dem Handrücken zwischen Daumen und Zeigefinger.

Und dann griff sie plötzlich in ihre Handtasche und zog ein Foto heraus. Es stammte aus der Akte und zeigte Amendts Hände nach der Tat. Sie hatten keinen einzigen Kratzer. Triumphierend legte sie das Bild auf den Tisch.

Andreas Amendt verstand sofort: »Ich könnte Handschuhe angehabt haben –«, wollte er widersprechen, doch Katharina schnitt ihm das Wort ab: »Nein. Kein erfahrener Schütze würde eine PPK mit Handschuhen schießen, wenn er so viele Schüsse abgeben muss. Der Stoff oder das Leder würden sich im Schlitten verheddern und die Waffe blockieren.«

»Und was ist mit Einweghandschuhen?«, fragte er kleinlaut.

»Sie haben doch selbst erlebt, wie tief die PPK zubeißt. Glauben Sie im Ernst, eine dünne Schicht Latex hätte das verhindert?«

»Aber –«, wollte er wieder ansetzen.

»Wissen Sie, der menschliche Körper ist seltsam«, unterbrach ihn Katharina erneut, um ihre letzte Trumpfkarte auszuspielen. »Er vergisst Dinge nicht, die er einmal gründlich geübt hat. Schwimmen zum Beispiel. Und mich könnten Sie mitten in der Nacht aus dem Schlaf reißen und ich würde die Zielscheibe genauso gut treffen wie heute Nachmittag. – Und dieses Körpergedächtnis funktioniert auch über Amnesien hinweg, wie Sie mir ja vorhin im Pool erklärt haben. Außerdem habe ich im Internet einen ziemlich interessanten Artikel gefunden. Die einzelnen Personen einer dissoziativen Persönlichkeit teilen Kenntnisse. Sprechen. Radfahren. Und auch andere körperliche Fähigkeiten.«

»Und?«, fragte Andreas Amendt.

»Ich dachte, das könnten Sie sich zusammenreimen. So schnell und präzise, wie der Mörder von Susanne und meinen Eltern geschossen hat, hat er viele Stunden auf dem Schießplatz verbracht.« Katharina legte eine stolze Pause ein, bevor sie fortfuhr: »Und Sie haben heute erst das zweite Mal in Ihrem Leben eine scharfe Waffe in der Hand gehabt. Hundertprozentig.«

Andreas Amendt sah sie an. Eine Träne rann aus dem Augenwinkel über seine Wange. Doch er widersprach nicht. Und er lief auch nicht davon.

Katharina fuhr vergnügt fort: »Um es mit der großen Philosophin und Krimikennerin Kristina Bergthaler zu sagen: Ätsch! Schachmatt!«

Da musste selbst Andreas Amendt lachen. In diesem Moment schlug die Uhr Mitternacht. Perfektes Timing.

Katharina stellte sich auf die Zehenspitzen und hauchte ihm einen Kuss auf die Wange. »Gern geschehen. Und ein gutes neues Jahr.«

Hell On Earth – Reprise

Epilog: Frankfurt am Main,
15. Januar 2008

»Sie hätten mir wirklich kein Erste-Klasse-Ticket bezahlen müssen.«

»Ich wollte aber. Und haben Sie es schon vergessen? Ich bin reich.«

Andreas Amendt und Katharina hatten ihre Koffer und Taschen von den endlos kreisenden Laufbändern gefischt und auf einen Gepäckkarren geladen, den der Arzt jetzt schob.

»Ich dachte, Sie wollten Ihr Vermögen nicht anrühren, bis …?« Amendt war stehen geblieben.

»Hab' ich auch nicht.« Katharina drehte sich amüsiert zu ihm um: »Das Geld stammt aus meinen Pokergewinnen.«

»Trotzdem, ich –«

»Ach, seien Sie doch ruhig! Wir sind hier, oder nicht? – Und wenn Sie wollen, können Sie ja das Ticket mit Ihren Kochkünsten ausgleichen. Deal?«

»Deal.«

Sie gingen weiter, den langen Gang entlang, in Richtung Passkontrolle. Frankfurt, der Flughafen der kurzen Wege. Als sie eine frisch gewischte Fläche passierten, raunzte eine schlecht gelaunte Reinigungsaufsichtskraft (oder wie nannte man Hausmeister heute? Facility Manager?) sie an: »Hier können Sie aber nicht langgehen.« – Willkommen in Deutschland!

Ein letztes Mal zeigte Katharina ihren Pass mit dem Namen Zoë Yamamoto vor. Der frisch gebügelte Beamte winkte sie durch.

Auch die Zollbeamten nickten nur mürrisch. Wie damals, dachte Katharina. Damals, als sie aus Südafrika nach Deutschland zurückgekommen war, um die Leichen ihrer Familie zu identifizieren.

Der Flughafen hatte sich sehr verändert. 1991 war hier alles eine einzige Baustelle gewesen. Eng. Improvisiert. Sie war durch die Sperre gekommen, nur einen kleinen Rucksack über der Schulter. Es war alles viel zu schnell gegangen, um noch zu packen: Der Anruf kam mitten in der Nacht. Keine drei Stunden später war sie in Kapstadt ins Flugzeug gestiegen.

Hier in Deutschland hatte an der Sperre ein Polizist auf sie gewartet. In ihrer Erinnerung war es Polanski. Hatte er sie selbst abgeholt? Bestimmt.

Der Polizist war nicht allein gewesen. Katharina sah plötzlich das Gesicht seines Begleiters vor sich. Die warmen grauen Augen. Das dunkle Haar, das damals noch nicht grau gewesen war ...

»Geht es Ihnen nicht gut, Frau Klein? Sie sind totenblass.«

»Was? Ich ...«

Andreas Amendt nahm sie behutsam an den Schultern und setzte sie auf den Gepäckwagen. »Lehnen sie sich nach vorne. Kopf zwischen die Knie. Ja, so. Und tief durchatmen. – Ich hole Ihnen einen Kaffee aus dem Automaten da.«

Endlich hatte Katharina sich gefasst: »Nein, warten Sie. Ich ...«

»Ja?«

»Ich weiß, wer meine Familie umgebracht hat.«

Amendt packte ihre Hände. »Was? Wer?«

Katharina erzählte. Leise. Rasch. Von ihrer Ankunft damals. Von dem Polizisten, der sie abgeholt hatte. Von seiner Begleitung. Einem Priester.

»Und ich habe mich die ganze Zeit gefragt, woher ich ihn kenne. Jetzt weiß ich es. Der Priester damals, das war er.«

»Wer?«

»Ministro. Javier.«

»Sind Sie sicher?«

»Ja.« Katharina sah Ministro vor sich. Wie er sie mit seinen warmen, grauen Augen angesehen hatte. Wie er sie geküsst hatte. Wie er ...

Katharina musste kräftig schlucken, um das Würgen in ihrem Hals zu bekämpfen.

Andreas Amendt hatte ihre Hände losgelassen und war auf die Knie gesunken. Er sah zu Boden. Fassungslos. Blass. Er fragte mit heiserer Stimme: »Aber wer sollte einen Killer auf Ihre Eltern ansetzen? Und auf Susanne?«

»Das ist die Frage, oder nicht?«

»Und was ist, wenn Sie sich irren?«

»Ich irre mich nicht.« Katharina ließ ihre Hand in die das Vorderfach ihrer Reisetasche gleiten; sie schloss sich um das Stoffbeutelchen mit den drei Kugeln. »Die waren für Sie bestimmt. Schon immer.« Das also hatte Ministro gemeint. Sie fuhr fort: »Und ich kann es sogar beweisen.«

»Beweisen? Wie?«

Statt zu antworten, stand Katharina auf. Sie brauchte einen Moment, um ihr Gleichgewicht zu finden. Dann sagte sie energisch: »Kommen Sie, Doktor Amendt. Auf uns wartet Arbeit.«

Ende

Bitte beachten Sie auch den folgenden Buchhinweis

Westend Blues
Ein Katharina-Klein-Krimi aus Frankfurt am Main
Helmut Barz
978-3-86680-484-5
14,90 € [D]

Weitere Krimis finden Sie unter:
www.sutton-belletristik.de